現代主義・當代台灣

文學典範的軌跡

Modernism in Contemporary Taiwan
Trajectories of a Literary Paradigm

張誦聖

序

如果把一九四九年作為現、當代的分界點，盛行於上世紀中葉的現代主義對當代台灣的影響是毋庸置疑的。不錯，它所追求的菁英典範如今已經過時，然而無可否認的是，在台灣當代文學、電影、藝術領域裡最傲人的成就背後，往往都有它龐大的身影——即便是作為反叛的對象、影響焦慮的來源。擴大視野來看，二十世紀大部分非西方社會，尤其是台灣的東亞鄰居，也都有它們各自以不同方式銘刻的現代主義回憶，以及尚未擺脫的菁英文化情結。況且精練、世故、標榜高品味的現代主義美學素養也無疑是當今全球文化體系重組之際，非西方社會的文藝創作者尋求新定位的重要資源。

上世紀六、七〇年代之交我在台大外文系受到的現代主義啟蒙跟隨我至今，籠罩了我在美國數十年來的學術生涯。這本集子的上編〈現代主義與二十世紀五〇—八〇年代的台灣小說〉譯自*Modernism and the Nativist Resistance: Contemporary Chinese Fiction from Taiwan*（Duke University Press）。這本書一九九三年出版時，是英語世界裡第一本以台灣文學為對象的個人專書。當時台灣文學研究在英、美東亞學術圈裡正氣勢如虹，儼然是個亟待開展的年輕學術領域，潛力無窮，榮景可期。然而事實卻未能完全符合預期。緊接下來的十年，適值另外幾個研究領域驟然勃興：台灣解嚴後社會政治文化思想的激變與翻轉、幾個華人社會的新潮電影在國際上嶄露頭角、「中國（大陸）當代研究」逐步朝日後的顯學地位醞釀成形——這些高分貝題材在後現代、後殖民、後結構主義激發的動能支撐下，吸收了大部分西方學界裡原本就頗為有限的東亞（尤其是人力）資源。以文學創作為關注的台灣研究遭池魚之殃，陷入了低谷。

轉機在二〇〇三年之後開始漸漸浮現。過去十年間令人振奮的跡象不只一端。首先，英語世界裡專攻與台灣文學有關議題（同志、市場、二二八、歷史創傷記憶、與其他文化類型之間的共棲關係等）的學術著作數量倍增，且多由重要出版社印行[1]。其次，愈來愈多泛以「中國」為標題的文學專書中開始以台灣作品為其主要分析內容，或至少是參考樣本[2]。最後，相應於全球化趨勢，近些年出現了幾本令人矚目的東亞文學專題研究，其中台灣更是被適當地賦予了它應得的地位[3]。

與這些趨勢平行的是，從現實層面上來說，台灣夾在自我定位和兩岸關係之間的處境愈來愈錯綜難解；而在學術領域裡，則是更多的研究者得以擺脫舊有的框限，把台灣放置在依不同軸線所劃定的系譜脈絡中來思考——下編〈台灣文化場域中的現代主義〉所收的九篇文章，便是記錄了我自己這方面的探索。仍然以現代主義小說為核心，勾勒它和整體台灣文學生態、文學史書寫、新電影、冷戰、全球化、東亞啟蒙現代性之間的關係，試圖朝著更為系統化的理論敘述邁進。撰寫時間正好跨越本世紀的第一個十年；在台灣以文字發表過的只有三篇。

1 Fran Martin, *Situating Sexualities: Queer Representation in Taiwanese Fiction, Film and Public Culture* (Hong Kong: Hong Kong University Press, 2003); Faye Yuan Kleeman, *Under an Imperial Sun: Japanese Colonial Literature of Taiwan and the South* (Honolulu: University of Hawai'i Press, 2003); Sung-sheng Yvonne Chang, *Literary Culture in Taiwan: Martial Law to Market Law* (New York: Columbia University Press, 2004); June Chun Yip, *Envisioning Taiwan: Fiction, Cinema, and the Nation in the Cultural Imaginary* (Durham, N. C.: Duke University Press, 2004); Nancy Guy, *Peking Opera and Politics in Taiwan* (Urbana: University of Illinois Press, 2005); Sylvia Li-chun Lin, *Representing Atrocity in Taiwan: The 2/28 Incident and White Terror in Fiction and Film* (New York: Columbia University Press, 2007); Chung-to Au, *Modernist Aesthetics in Taiwanese Poetry since the 1950s* (Leiden: Brill, 2008); Lisa Lai-ming Wong, *Rays of the Searching Sun: The Transcultural Poetics of Yang Mu* (No. 23 in New Comparative Poetics Series; Brussels: P. I. E. Peter Lang, 2009); Ming-Yeh T. Rawnsley, *Cultural and Social Change in Taiwan: Society, Cinema and Theatre* (New York: Routledge, 2011).

2 Tze-lan Deborah Sang, *The Emerging Lesbian: Female Same-sex Desire in Modern China* (Chicago: University of Chicago Press, 2003); Yomi Braester, *Witness Against History: Literature, Film, and Public Discourse in Twentieth-Century China* (Stanford: Stanford University Press, 2003); David Der-wei Wang, *The Monster that is History: History, Violence, and Fictional Writing in Twentieth-century China* (Berkeley: University of California Press, 2004); Lingchei Letty Chen, *Writing Chinese: Reshaping Chinese Cultural Identity* (New York: Palgrave Macmillan, 2006); Shu-mei Shih, *Visuality and Identity: Sinophone Articulations across the Pacific* (Berkeley: University of California Press, 2007); Michael Berry, *A History of Pain: Trauma in Modern Chinese Literature and Film* (New York: Columbia University Press, 2008); Ming-yan Lai, *Nativism and Modernity: Cultural Contestations in China and Taiwan under Global Capitalism* (Albany, New

上編〈現代主義與二十世紀五〇—八〇年代的台灣小說〉第一、二章也曾在台灣的學術期刊發表過[4]。作為完整的全書中譯，距英文原著出版已經整整二十年。這其間台灣文學經歷的滄桑無數，學術批評典範也幾度更迭。但願這些遲到的出土舊物能為有心的讀者提供一些回味歷史的材料。記得應鳳凰介紹我和林載爵先生見面，初次談出版《現代主義》中譯的事，是一九九〇年代末；延宕了這麼許久皆因我自己疏懶。只是對於當初熱心參與翻譯初稿的友人、學生——除了居功厥偉的應鳳凰，還有唐維敏、宋偉杰、羅曉芳、陳綾琪……如今他們多已是資深教授了——一直深感過意不去。對於聯經的林載爵發行人和胡金倫總編輯無邊的耐心和儒雅的君子風度自然更是感念在心。

York: State University of New York Press, 2008); Carlos Rojas, *The Naked Gaze: Reflections on Chinese Modernity* (Cambridge, Mass.: Harvard University Asian Center, 2009); Hsiu-Chuang Deppman, *Adapted for the Screen: the Cultural Politics of Modern Chinese Fiction and Film* (Honolulu, T. H.: University of Hawai'i Press, 2010).

3 Margaret Hillenbrand, *Literature, Modernity, and the Practice of Resistance: Japanese and Taiwanese Fiction, 1960-1990* (Leiden and Boston: Brill, 2007); Karen Laura Thornber, *Empire of Texts in Motion: Chinese, Korean, and Taiwanese Transculturations of Japanese Literature* (Cambridge, Mass.: Harvard University Asia Center, 2009); Karen Laura Thornber, *Ecoambiguity: Environmental Crises and East Asian Literatures* (Ann Arbor: The University of Michigan Press, 2012).

4 應鳳凰譯，〈台灣現代主義小說及本土抗爭〉，《台灣文學評論》三卷三期（二〇〇三年七月），頁五二—七六；〈台灣現代主義文學潮流的崛起〉（The Rise of the Modernist Trend），《台灣文學學報》七期（二〇〇七年十二月），頁一三三—六〇。

目次

序 3

第一編 現代主義與二十世紀五〇—八〇年代的台灣小說

第一章 緒論 11
第二章 現代主義文學潮流的崛起 43
第三章 文學現代主義的移植 77
第四章 臻於成熟的現代派作家——文化批判與文本策略 125
第五章 鄉土文學對現代主義的抗拒 207
第六章 結語：步入新紀元 249

第二編　台灣文化場域中的現代主義

第一章　現代主義文學在台灣當代文學生產場域裡的位置　267
第二章　「文學體制」、「場域觀」、「文學生態」——台灣文學史書寫的幾個新觀念架構　283
第三章　《恐怖分子》和當代台灣文化發展中的大分水嶺　299
第四章　台灣文學裡的「都會想像」、「現代性震撼」，與「資產階級異議文化」　319
第五章　二十世紀中國現代主義和全球化現代性——台灣新電影的三位作者導演　339
第六章　現代主義、台灣文學，和全球化趨勢對文學體制的衝擊　365
第七章　試談幾個研究「東亞現代主義文學」的新框架——以台灣為例　381
第八章　台灣冷戰年代的「非常態」文學生產　401
第九章　重訪現代主義——王文興和魯迅　427
引用書目　453

第一編

現代主義與二十世紀五〇—八〇年代的台灣小說

第一章
緒論[1]

一九八八年，中華民國總統蔣經國先生去世，標誌著台灣戰後一個歷史世代的結束。這個世代肇始於一九四九年；當時，蔣介石領導的國民政府在內戰中失利，從中國大陸撤退到海角一隅的台灣。四十年來，在蔣氏父子威權統治下，台灣在社會、政治、文化的各個領域裡都呈現出相當程度的連續性和同質性。直至一九八〇年代中期，蔣經國在去世前兩年間陸續推動了幾項重大的政治改革——包括解除戒嚴、承認反對黨、開放報禁，以及恢復與中國大陸的民間交流——社會上各層面才開始產生急劇的結構性轉變。新的文化藝術思潮一波波湧現，多半針對當時既存社會秩序，直接或間接地提出重新檢視的訴求。目前這個時刻，是我們將台灣戒嚴時期視為一整體歷史時段，對活動於其間的作家

1　本書原寫作年代約為一九八九至一九九〇年。

的文學成果做一番重新評估的大好時機。

自從一九四九年中國分裂成兩個政治實體，各自施行不同的社會政治制度後，「中國新文學傳統」也隨之在這兩個不同的華人社會裡分道揚鑣[2]。一方面，四九年後的台灣作家所承襲的新文學傳統是經過刻意篩選的：富有革命意涵的「批判寫實主義」受到壓制，而新文學傳統中不具抗議色彩的「感性抒情」（lyrical-sentimentalism）流派則相對地大為風行。另一方面，從一九五〇年代冷戰時期的反共宣傳，歷經六〇年代和七〇年代的現代、鄉土文學運動，直至今天的多元主義和市場取向的大眾文化，台灣的文學潮流在在呼應著大環境裡社會政治變遷的走向。

借用英國文化研究先驅雷蒙・威廉斯（Raymond Williams）的理論架構，我們或許可將台灣一九六〇年代受西潮影響、具菁英主義特質的現代主義文學運動，和七〇年代傾向於民粹、民族主義的鄉土文學運動視為戒嚴時期的「另類」（alternative）和「反對」（oppositional）文化形構[3]。台灣的現代派作家在吸納由西方資本主義社會所孕育的文學理念的同時，也冀望達到轉化意識形態的目的——亦即藉由個人主義、自由主義，及理性主義等資產階級社會價值，來矯正當代承襲自傳統價值體系、具有壓迫性的社會倫理規範。因此，現代派作家對當前台灣主導文化中的「新傳統主義」論述，基本上是抱持著一種質疑的態度，這在運動的晚期更加充分表露，無疑具有相當程度的潛在顛覆性。

另一方面，台灣的鄉土文學運動以文學為託辭，拮抗當時政治社會上的主導勢力，具有十足的反霸權性格。這個運動的導火線源自於一九七〇年代台灣在國際社會上的外交挫敗。它為台灣的本土知識分子架設了一個發言的舞台，藉以表達他們對外省、本省人之間政治權力的分配不均，以及自六〇年代以降，由快速工業化所衍生之社會經濟問題的不滿。這個運動的反對性格在其宣示的三點目標中昭然若揭：第一，破除大陸人掌控的國民黨政府所塑造的政治神話；第二，譴責資產階級資本主義（bourgeois capitalism）的社會價值觀；第三，向以現代主義文學運動為表徵的西方文化帝國主義宣戰。

上述兩個文學運動皆曾一度在台灣文壇帶領風騷，但基於不同的理由，為期都不甚長。約莫在一九七〇、八〇年代之交，現代文學和鄉土文學的影響力驟然下降。兩個運動各自潛在的缺點，隨著時間的推移而逐漸浮現：由於大部分現代派作家主張藝術自主，與政治脫鉤，他們作品中的顛覆成分極易被霸權文化力量收編，使其批判效力大為減弱。部分現代派作家所竭力體現的現代主義美學原則，又與一般中國讀者抒情性的審美感知方式格格不入。儘管現代主義文學運動的基本動力並沒有因為失去大眾的專寵而全然耗盡，評論者及一般讀者卻都以令人喪氣的冷漠態度，來對待在八〇年代問世的、臻於成熟的現代派作品。而與此同時，鄉土主義者強悍的政治性議題，對於大體滿意於現狀的中產階級讀者來說，不但具有威脅性，也令人厭煩。除此之外，較為激進的鄉土主義者已逐漸將他們的抗爭行為導向直接的政治參與。

---

2 一般認為，現代中國文學傳統起始於一九一七至一九一九年之間的「新文學運動」或「白話文運動」。其後數十年，以白話文寫作、深受西方文學形式影響的作品，取代了使用文言文的傳統書寫，成為現代文學的主流。

3 Raymond Williams. *Marxism and Literature* (Oxford, New York: Oxford University Press, 1977), pp. 112-14.

在這兩股文學派系的爭論聲趨於沉寂之際，另一類本質上較為通俗的「嚴肅」文學乘勢而起，而抒情感性的文學傳統又得以在一九八〇年代再度復興。這十年中嶄露頭角的年輕世代作家，不但汲取了現代派作家精緻成熟的文學技巧，也受到鄉土主義的影響而展現出相當程度的社會意識。然而，這些年輕作家所擁有的專業視野卻明顯地與他們的前輩相異。在台灣逐步商業化的文化環境中，他們無疑是更加深刻地受到市場邏輯的制約。

過去二十多年來，評論台灣文學的著作具有強烈的派系性，同時由於不少現代派作家在一九七〇年代白熱化的文學論戰裡被中傷，形象受損，對當前現代主義文學的研究頗有負面影響。在國外，夏志清教授在他《中國現代小說史》（*A History of Modern Chinese Fiction*）一書再版（一九七一）序文中提到：「一九六一年以降，台灣地區產生了一個規模雖小卻極具潛力的文學復興運動，然而卻沒有多少西方讀者知道它的存在」[4]。在這以後，陸續出現了數十篇討論這個文學現象的文字，並有一本研究台灣小說的論文集於一九八〇年問世，書中收集了若干篇針對現代派作家的重要評論[5]。儘管如此，不論在中文或英文文獻中，至今仍未出現一本能充分涵蓋現代主義文學運動各階段發展面向的學術專著。

本書的撰寫目的，即希望能填補此一空白，從不同的觀察角度來切入這個文學運動。書內各章將分別討論下列幾個主題：第一，現代派作家在藝術創作形式上的重新出發，這使得他們的作品有別於舊有的現代中國文學，而後者在台灣而言可以活躍於一九五〇年代文壇的老一代作家為代表。第二，台灣現代派作家在吸收西方「文學現代主義」時所採取的幾種不同途徑。第三，運動成熟期作品中出現的文化批判及文本策略。第四，鄉土主義論者對現代主義的抗爭聲浪。

西方文學對中國作家產生了哪些影響，以及各式各樣的「主義」如何在中國文學裡被轉化，一向是二十世紀中國文學研究領域裡的熱門課題。本書提出的一個論點是，在台灣現代主義文學運動中出現的某些創作實踐，確實可以被視為嚴格定義下的「現代主義文學」。我希望以此跟目前也在思考類似文學史問題的，研究中國大陸現代主義思潮的學者們，進行一些對話。

一、現代主義文學運動

一般認為，在台灣小說中首開現代主義先河的是一九六〇年出現的《現代文學》雜誌（一九六〇—一九七三；一九七六—一九八四）。《現代文學》由一群當時仍就讀台灣大學外文系的年輕作家們所創立，除了刊登中文創作，也譯介許多西方現代主義的經典作品與評論文字，囊括卡夫卡（Franz Kafka）、喬哀斯（James Joyce）、吳爾芙（Virginia Woolf）、福克納（William Faulkner）、沃爾夫（Thomas Wolfe）、勞倫斯（D. H. Lawrence）等代表性人物。草創之初，整份雜誌不過是一間工作

---

4 C. T. Hsia, 'Preface,' *A History of Modern Chinese Fiction* (New Haven: Yale University Press, 1971, 2nd ed.), pp. vii.

5 Jeannette L. Faurot ed, *Chinese Fiction from Taiwan: Critical Perspectives. Symposium on Taiwan Fiction, University of Texas at Austin, 1979* (Bloomington: Indiana University Press, 1980).

坊，提供一塊園地讓這些早熟而才華洋溢的外文系學生練習寫作；而這群年輕作者的文學理念充分反映出深受他們敬愛的老師夏濟安教授的影響。然而不多時這份雜誌卻演變成一個頗具盛名的「現代主義」文學中心；而在往後二十年間，幾位原始創刊者紛紛展現的傑出文學成就，更加增長了它的聲望[6]。白先勇日後在《現代文學》作品選集的序言中，便引以為傲地聲稱：「這部作品集等於囊括台灣在《現代文學》雜誌出刊的十三年間所有具有潛力作家的作品」[7]。

儘管後來接任的《現代文學》編輯，包括幾位知名作家和中國古典文學研究者，並不見得全然認同那些創刊同仁的藝術主張，然而整份雜誌的編輯方針很清楚地是以引進有別於當代主流的新藝術形式為主。特別值得注意的是，《現代文學》第一期刊出了一篇相當於台灣現代派宣言的發刊詞，其中就明白點出籌辦這份雜誌的理由：「我們認為舊有藝術形式和風格不足以表現我們作為現代人的藝術情感」[8]。這種說法有一個重要的預設，即在藝術表達形式和時代的「認知精神」之間，存在著某種必然關聯——我們記得西方（尤其是英國）的現代主義者，在二十世紀初期，也曾用類似的理由來解釋為什麼在他們的作品和過往的歷史之間有一個決然的斷裂。

雖然我們不能確知，台灣的現代派作家是否也像許多西方現代主義者一樣，深信發生於「現代」的歷史斷裂，已將他們從整個人類過去的文明中剝離，然而許多因應於近二百年來——主要是西方——社會的現代化而發展出來的藝術主題和技巧，的確經常出現在他們的作品之中。這種「挪用」或許有助於某些台灣作家在心理上抗衡資本主義對他們自己的社會所造成的衝擊，但無可否認的是，這種現代主義文學版本和它所摹效的西方原型之間，存在著相當程度的差異。這種差異，必然是緣自於十九世紀中葉以後的西方和一九五〇、六〇年代的台灣之間，歷史文化條件的巨大不同。

研究一九四九年後台灣文學的學者和評論家們曾經熱烈爭辯過「中國現代主義」一詞的適當性。對台灣現代派作品的模仿性格較為敏感的學者們指出，這些作品的現代主義特徵大多相當表面化，並非發自於內在。由於缺少激發西方現代主義作品的精神活力，「最後變成形式重於內容，只重風格體裁和技巧的展示，而較少深厚的哲學意涵」[9]。隱藏在現代主義的表象之下，是一些相當地域性的主題關懷，甚或是矯作而不真實的情操。換言之，這種論點認為台灣現代派作家對西方現代主義的挪用，只停留在語言和風格的層次，對於文化歷史性的內涵，則大體予以置換了。

許多來自鄉土主義陣營的批評者則抱持更為負面的看法。他們對於現代主義的成見，大致上是盧卡奇式的，認為文學技巧本身是多餘的浮飾，是一種形式遊戲，足以轉移作家的注意力，妨礙他們關

6《現代文學》的創始成員後來都成為傑出的作家、評論家和學者。白先勇、王文興、歐陽子、陳若曦、水晶、王禎和等，成為台灣主要小說創作者；葉維廉、戴天成為聲望卓著的詩人；李歐梵、劉紹銘、葉維廉、歐陽子則成為重要的評論家和學者。

7 白先勇，〈代序之一——《現代文學》的回顧與前瞻〉，收入歐陽子編，《現代文學小說選集》冊一（台北：爾雅，一九七七），頁一五—一七。

8 劉紹銘，〈前言〉，《現代文學》一期（一九六〇年三月），頁二。

9 Leo Ou-fan Lee, "'Modernism' and 'Romanticism' in Taiwan Literature," in *Chinese Fiction from Taiwan*. Ed. Jeannette L. Faurot, pp. 6-30.

心當代社會上真正重要的議題。基於社會主義和民族主義的信念，這些批評者最大的關注是如何防止西方資本主義在台灣生根，而在他們的眼中，現代主義就是助長這個過程的幫凶。於是他們強烈譴責現代派作家，認為他們是受了虛榮心的驅使，而一廂情願地將疏離症候群、存在主義式的絕望、虛無、敗德等等資本主義社會的精神病徵，全都強加在自己身上——而事實上這些徵候根本還沒有在台灣出現。鄉土主義論者尉天驄便曾挖苦地說，現代派作家「看人家感冒，自己就打噴嚏」。

這些意見中不少有價值的觀點，將在後文中繼續論及。目前我要指出的，是正反雙方論點都過於側重價值判斷，反映出這些批評者對現代主義文學運動中隱含的西方和中國的「主」「奴」關係，懷著一種焦慮感。事實上，這種焦慮感的產生，和現代派作家對西方藝術楷模的欣然採納，是源自於相同的外在歷史環境；而抱持上述批評觀點的人，也多半和現代派作家隸屬於同一年齡層。和他們不同的是，本書以較晚的歷史時刻作為切入點，試圖指出：不論台灣的現代主義文學是「真品」或「贗品」、是否成為半世紀以前西方現代主義文學的完美複製品，都不甚重要。真正重要而使得這個運動具有研究價值的，是現代主義確然已在本地的中文創作及文化層面，產生了意義深遠的影響。

因此，台灣的現代主義文學運動的意義值得我們探討，是因為它在當代作家中激發了新的動力，並且重新鑄造了他們的藝術表達模式。本書中間各章節便是由這個角度從事探討。本篇序論的目的則是試著從兩個大方向來檢視這個運動的文化和思想史脈絡。

首先，我將台灣的現代主義文學運動視為中國知識分子企圖仿效超越西方高層文化的一個當代個案。從十九世紀末以降，中國與西方霸權文化的接觸產生了許多摧毀性的影響。中國知識分子震驚之餘，開始嘗試不同的文化重建方案，其中最具功效的，便是吸納西方文化產品的精華，使其本土化。台灣的現代主義文學運動所代表的，正是這個綿長的「西化」工程一個晚近的實例，因此不可避免地顯現出一般西化運動的幾項基本特質。其次，我認為這個運動和中國共產革命前、民國時期的自由主義知識陣營，尤其是英美派知識分子之間，有重要的傳承關係[10]。台灣的現代派特別強調「藝術自主」這項自由主義文學觀，同時大體說來，比他們一九四九年之前的前輩們要更加徹底地奉行這個原則。

10 民國時期的自由主義知識分子試圖在中國迂迴的現代化進程中扮演決定性角色的努力，一方面受到保守政治的邊緣化，另一方面則被激進勢力所擊潰。費正清（John King Fairbank）在《偉大的中國革命：一八〇〇—一九八五》（*The Great Chinese Revolution: 1800-1985*, 1986）中，以〈新文化與中國自由主義教育〉（The New Culture and Sino-Liberal Education）整章篇幅來討論民國時期（一九一一—一九四九）以留美歸國學人為主的自由主義改革。雖然，隨著共產革命的成功，自由派漸進式的改革方案在中國大陸宣告無功，然而卻在一九四九年之後的台灣綻放出傲人的成績。費正清寫道：「台灣在一九四九年之後，成為民國時期自由派（Sino-liberal）領導班底中，選擇不冒險歸附共產黨的那批人的避風港。雖然國民黨在台的統治，以軍閥派於一九四九年二月屠害台灣菁英分子為開端，其後自由派領導者也獲得了施展的機會」（頁二六八）。深受英、美影響的現代主義文學運動在台灣的出現，印證了文學領域內所承接的一九四九年前中國自由主義傳統的餘緒。我們不難證明，一九四九年後台灣重要文學人物——例如曾是新月社成員的梁實秋，身為一群現代派作家啟蒙導師的夏濟安；一九六〇年代將新批評引進台灣的重要批評家顏元叔——所持的基本文學概念，皆深植於西方自由人文主義傳統。尤其是顏元叔提出文學應具有將生活戲劇化和批評人生的雙重功能，不僅呼應麥修．阿諾德（Matthew Arnold）的說法，也貼近民國時期有自由主義傾向的文學研究會「為生活而藝術」的著名信條。

二、菁英主義的文化復興計畫

一九四九年後的台灣作家受到西方文學的影響格外顯著，若干學者（如劉紹銘教授）認為這個現象的主要肇因，是由於這些作家無法親炙戰前前輩的文學遺產。也就是說，四九年前大部分新文學作品的被禁，形成了一個真空狀態，使得台灣的年輕作家們不得不轉向國外尋求文學靈感。更為激進一點的說法，則強調「文化帝國主義」的侵蝕，認為美國在四九年後台灣社會中的巨大身影，必然滋長大家對美國文化產品的過度熱衷。

一九四九年在中國現代文學史中所造成的斷層固然令人遺憾，然而過於強調台灣文學與四九年前中國新文學傳統之間表面上的斷裂，不免轉移了我們對這兩個世代裡，中國知識分子對西方一脈相承的態度的注意力。儘管採取的策略不盡相同，不同世代裡的中國知識分子在處理自身和西方強勢文化之間的曖昧關係時，卻呈現類似的基調。例如，《現代文學》雜誌的創刊同仁在點明他們向西方看齊的立場時，其說辭便明顯地脫自深層結構的「西化論述」[11]。

西化論述的特殊邏輯在於，坦承當代中國事務的各種衰敗和不及人處，而為了達到自我更新的最終目的，對於西方文明的優點開明地接受，甚或主動吸收。因此，劉紹銘在《現代文學》創刊號的前言裡說道，編輯們無意沉溺於中國過往的光輝傳統，相反的，「我們必須承認落後」[12]。劉紹銘並以自我批評的口氣宣稱：「在新文學的界道上，我們雖不至一片空白，但至少是荒涼的」[13]。在之後一期中，王文興也聲言是由於對「目下藝術界的衰萎」不滿，讓一群年輕大學生「盡力接受歐美的現代主義，同時重新估量中國的古代藝術」，並預言「他們將成為中國文藝復興運動的先驅」[14]。《現代文學》的編輯群很明顯地是以自由主義的視野，來摹想他們振興當代中國文學的志業。劉紹銘在同一篇前言中說，他和同仁們在追求他們的目標時，以「冷靜、睿智、開明、虛心」的態度自期。連王文興措辭激烈的編者按語，最大的訴求也是懇請保守派人士放寬尺度。在該文裡王文興生動地將現代主義的反對者比喻成專橫的父親：他禁止自己的子女打球、唱歌、賽跑、騎車、聽收音機，只因為這些行為都是「洋玩意兒」——西化的產物[15]。這種態度肯定西方文明在現代生活中占有絕對

11 改革派知識分子公開主張、呼籲「全面西化」，在中國現代史上出現過好幾次；台灣現代主義文學運動的發端，也明顯地與其中之一相重合——此即一九六〇年代初期以自由主義《文星》雜誌為主要論壇的「中西文化論戰」。在這場論戰中，年輕的知識分子——其中最廣為人知的即為李敖——對傳統社會體制和學界保守立場提出嚴厲攻擊。這個激進的自由主義出擊最終未能免於遭到政府鎮壓的命運。雖然主張文學非關政治的現代派作家最多只是間接地涉入這場論爭（譬如，王文興曾在《文星》雜誌刊登文字），但是他們顯然分享西化一方的基本主張。知識分子對中西文化孰優孰劣的論爭大規模爆發的情況包括五四運動時期、三〇年代末，以及八〇年代中期的中國大陸。一九八七年出現的《河殤》紀錄片可說是最後這場論爭的高潮。

12 劉紹銘，〈前言〉，頁二。

13 同前註。

14 王文興，〈現代文學一年〉，《現代文學》七期（一九六一年三月），頁四。

15 同前註，頁六。

的優越性，乍看之下頗為激進，但最終是以「開明」為標榜。

這種明確支持自由主義包容性的立場，多少舒緩了東西對立的緊張態勢，使得台灣的西化運動比現代史上的那些前例要來得平順許多。比方說，和五四時代的西化知識分子相較，台灣的現代派顯然少了許多罪咎感和自我否定的情緒[16]。作為西化的後進尖兵，台灣的現代派作家似乎已然接受了「西化的必要性」這個前提，而認定專注地奉獻一己的才智和努力來實現這個目標，才是他們的使命。

西化論述的崛起總是受到特定歷史情勢的衝激。一九六〇年代的台灣和八〇年代的中國大陸有頗多類似之處；在政府的鼓勵帶動之下，和西方國家互動頻繁，影響及於社會每個層面。對知識分子來說，與西方的密切交流，不僅增加他們對當代西方思潮的了解，同時也激發一種迎頭趕上的願景。現代主義文學所以會被視為全世界最新穎、最進步的藝術「主流」，和它在二十世紀後半葉被西方學界經典化，以及戰後西方在全球勢力的擴張，自然都有直接的關聯。隨著西方文化產品在世界主義（cosmopolitanism）旗幟下昂首闊步，以及人們對「現代狀況」已然普世存在的認知，引發一種國籍界線已經在某種意義下被泯滅的幻覺。人們想像一個藝術社群可能跨越國界存在，不論各成員的出處，都可適用於一套絕對的藝術準則。對一九四九年後初期台灣的年輕中國作家來說，這種說法特別具有吸引力；因為他們很難不敏銳的意識到自己國家當前文化現狀的落後，以及台灣在國際舞台的邊緣地位[17]。

現代主義文學被賦予「進步、前衛」的符號功能，是台灣與戰後許多其他亞洲國家共有的現象。而弔詭的是，作家想要躋身國際菁英社群的願望，也同時蘊含著民族主義的潛在動機；因為個人的藝術成就，也勢必給他（她）的國家帶來榮耀。因為這些因素，台灣現代主義文學和西方是有著某些基本差異的。最明顯的是，身為開發中國家的知識分子，台灣現代派作家通常不像二十世紀西方現代主義者那樣，對「現代性」抱持貶抑的看法——除了一些浮面的說辭。即便在他們最嚴苛的時刻，也從未表現出像萊諾・崔林（Lionel Trilling）在〈論現代文學的現代元素〉（On the Modern Element in Modern Literature）一文中那般，對人類文明深切入骨的挫折情緒[18]。這些中國知識分子不但沒有對應

16 李歐梵，以同屬受現代主義洗禮的一代成員的身分，曾這樣表示：「在六〇年代的台灣，文化危機的意識明顯地缺席。攻擊傳統的意識形態戰役早已打過，並且『贏』了。雖然『全盤西化』的口號儼然響亮，和五四時期的中國不同，在台灣，傳統和現代已經不再形成尖銳對立」（Leo Ou-fan Lee, "'Modernism' and 'Romanticism' in Taiwan Literature," pp. 19-20）。

17 在撤退來台的最初幾年，在物資匱乏、又面臨海峽對岸強大敵人中共的軍事威脅下，甫自大陸潰敗的國民黨政府竭力將台灣建設成一個島嶼國家，視社會安定和經濟成長為當前要務，知識自由則往往變成犧牲的代價。反攻大陸的政治神話，在提振大陸來台人民士氣的同時，實際上強化了大眾對戰事或許難免一觸即發的潛在焦慮。到了一九六〇年代，緊張情勢逐漸弛緩，經濟發展獲得長足進步，然而台灣社會持續受到來自於保守威權政府，以及封建社會價值積澱的各種束縛和限制。這種停滯、囿限、孤立的氛圍在一九六三年《中國季刊》（*The China Quarterly*）收入的一些文章中清晰可見。這些文章後來結集成單行本《今日台灣》（Mark Mancall ed, *Formosa Today* [New York and London: Frederick A. Praeger Publisher, 1964]）。

18 或許正是由於缺乏這種挫折情緒，原始主義，西方文學現代主義裡間接批判現代文明的一大主題，卻在台灣現代主義文學中明顯地缺席。

於西方現代主義者的「文化否定」（cultural negation）概念，反而一心嚮往阿諾德實證主義式的現代視景；諷刺的是，崔林正是以阿諾德的觀點為例，來論證一種遭到二十世紀現代主義者通盤駁斥的思維方式。阿諾德對現代文化抱持樂觀的態度，認為現代文化「標誌著某種永恆的智性和文明的美德」。這種說法在台灣找到不少知音，一九六〇年代最具影響力的評論家顏元叔便是其中之一[19]。事實上，台灣戰後一代知識分子大多積極支持國家透過科技發展來達到現代化的目的，認為這是改進文化環境的先決條件。他們對如何實踐「現代性工程」的體悟，或許和尤根·哈伯瑪斯（Jürgen Habermas）所描述的有雷同之處。哈氏說：「啟蒙思想家在十八世紀所勾勒的現代性藍圖，是奠立在他們自己依循著事物內在邏輯，努力發展實證科學、普世道德和法律，以及自主性藝術的基礎之上的……啟蒙思想家想要利用這種專業文化的累積，來豐富人們的日常生活——也就是說，來理性地規畫日常社會生活」[20]。

對於大多數戰後台灣西化的一代來說，這種憧憬雖然十分具有吸引力，但也往往挾帶極大的欺矇作用。譬如說，在王文興探觸靈魂深處的小說《家變》（一九七三）裡，對這樣一個具有「秩序、便利、禮節、理性」等理想特質的理性化現代社會的願景投射，正是書中主角過激地批判傳統中國家庭制度的基礎。小說中的年輕男主角根據他閱讀小說的主觀印象，狂熱地相信一種烏托邦似的人際關係已經在十九世紀「真正文明」的歐洲社會中實現：這樣的看法顯然是過於天真。然而，這種極端的立場，無疑是當年普遍盛行的——且為許多台灣知識分子潛意識裡所接受——籠罩著西方文明的強大「迷思」的產物。

對於中國知識分子來說，高度菁英化的西方現代主義文學具有另外一項重要的意義：它具有取代中國古典文學，填補貴族式高層藝術位置的潛力。許多第三世界的作家都極端熱衷於建構一種「民族文化」，反映出他們對自己的文化可能注定遭到歷史抹煞的高度恐懼。相反地，當代中國知識分子則慣常顯露出另一種症候：過度膨脹的自我文化認同。誠然，一九四九年後台灣的古典文學教育並非十分理想。政府提倡的「文化復興」運動裡許多浮誇溢美之辭，其實產生了相當程度的反效果，造成傳統中國文化的空洞化和通俗化。然而即便如此，對當代台灣的中國知識分子來說，這種恢復中國往日榮耀的欲望，無疑是一種普遍的心理需求；儘管是，為了達到相同的目標，現代主義者和傳統派人士所採取的方式極為不同。

19 下面崔林所引述的阿諾德的話，似乎描繪出台灣自由主義知識分子理想中的現代世界：「當一個社會維持擁有信賴、信心、自由心靈活動的條件，並容忍不同意見時，便是一個現代社會。當一個社會提供充裕的物質條件，足以讓生活便利順暢、品味得以發展，便是一個現代社會。最後，當一個社會中的成員知識成熟——阿諾德的意思是，人們願意以理性判斷、以批判精神觀察事實，並尋找事物的法則——便是一個現代社會」（Lionel Trilling, "On the Modernist Element in Modern Literature," in *Beyond Culture* [1961]. Rpt. in *Literary Modernism*. Ed. Irving Howe [Greenwich, Conn.: Fawcett Publications, 1967], p. 70）。

20 Jürgen Habermas, "Modernity Versus Postmodernity," *New German Critique* 22 (Winter, 1981). Rpt. as "Modernity-An Incomplete Project," in *The Anti-Aesthetic, Essays on Postmodern Culture*. Ed. Hal Foster (Port Townsend, Washington: Bay Press, 1983), p. 9.

現代派作家對文學風格具有高度的敏感性，這使得他們不肯一廂情願地相信傳統文學體裁在現代環境中仍有發展的餘地。傳統文學體裁大多產生於士紳階級，具有特定的文學屬性，已經無法扣合當代的歷史脈動。雖然傳統文學風格的影響仍然隨處可見，並且具有對讀眾的吸引力，但是普遍化和輕率的使用使得它精緻的抒情性大受損傷。陳腐的美文辭藻常常只具有空洞的裝飾作用，加上五四遺留的浪漫煽情，形成一種看似華麗卻十分貧瘠的文字風格。現代派作家對作品結構複雜性和語言精練度的嚴格要求，很可以滿足嚴肅作家在試圖創造中國的現代「高層藝術」時，對一種嶄新「語言」的需求。

儘管西方現代主義和中國古典文學的意識形態意涵極不相同，但從美學形態來看，兩者之間卻有契合之處。台灣的現代派作家，至少在他們的成熟期，愈來愈傾向於強調這種觀點。著名的詩人余光中和楊牧就是明顯的例子。在小說作家方面，白先勇則最為突出。除了小說集《臺北人》（一九七一）裡傳統主義的歷史文化觀之外，《孽子》（一九八三）裡的象徵結構和哲學觀更是直接轉化自作者最喜愛的古典小說《紅樓夢》[21]。王文興亦曾援引中國古典詩學與傳統倫理觀，來說明他對自己「赫克里斯」式語言實驗所持的態度。他在〈五省印象〉（一九九〇）裡的散文風格與中國傳統抒情散文有鮮明的神似之處。白先勇和王文興兩位作家對傳統文學藝術，如崑曲、古典小說，以及晚明公安、竟陵派小品文等的嗜愛則是眾所周知的。因此，儘管崇尚西化的現代派在面對中國固有傳統時，最初採取的是自我批評與自我否定的策略，他們卻始終懷有一種烏托邦式的理想，希望最終能將中西兩個傳統的「菁華」融匯於一爐。

事實上，在台灣現代主義文學運動未進入成熟階段之前，大部分現代派作品只能在極膚淺的意義下視為「現代主義」文學。就如同歐文・豪（Irving Howe）所說的，「忠實地仿效、模擬了外在的現代性格調和特徵，內在的精神動力卻付之闕如。」儘管如此，現代主義文學運動的智性取向和知識性自我定位，則無疑將台灣作家帶領到一個前輩作家從未涉足的領域，並因此大量更新了中國現代敘事文學的主題典範。

如果像夏志清教授所說的，一九四九年以前中國現代作家的道德負擔主要來自於他們「感時憂國」的情懷，那麼在台灣現代派作家的作品中，對國家命運的關切只扮演著一個次要的角色。台灣現代派作家大多展現出對「深度」的強烈執著：他們喜歡挖掘人性心理的隱祕，為詭異難解（uncanny）的事物所吸引，並且偏好透過象徵手法來表達奧祕的「真相」。這些作家因此經常觸碰到像性慾、亂倫、罪孽等的社會禁忌。而他們對一些艱深的道德議題——像個人的倫理責任、命運、人類受苦的終極意義等——所從事的探索，往往將作品提升到一個更高的境界。這種哲學性思考特別引人注目，因為它有別於中國傳統敘述文類的現世傾向，同時（或許有些矯枉過正地）對四九年之前過於偏重社會政治現象的中國現代小說產生了某種程度的匡正作用。

21《紅樓夢》為清朝曹雪芹（一七一五？—一七六三）所作。這部小說最近、也是最好的英譯本，是大衛・霍克斯（David Hawkes）和閔福德（John Minford）合力完成的 *The Story of the Stone*（石頭記）。

三、藝術自主性與自由主義理想

台灣現代派作家對文學技巧的精研，不僅受到普遍肯定，甚至得到對手的稱譽。從某種意義來說，這個成就必須歸功於這些現代派作家所堅信的「藝術自主」原則。由於他們肯定藝術本身的自主地位，相信文學作品本身具有獨立於社會功能之外的內在價值，因此能夠有效地抗拒來自政治領域和道德領域的規範性制約。如同許多學者再三指出，現代中國作家對文學藝術的耕耘，受到這兩種壓力的妨礙最為巨大。因此，台灣現代派作家成功地開創了一個不受局限的藝術想像空間，在中國現代史上幾無前例。就單以這點來說，這個現代主義文學運動的歷史意涵，就已超越了一九四九年後台灣的特定時空。

現代派作家所採納的藝術自主觀，以及與之相關的各種美學原則，無疑是從西方典範衍生而來的。尤其是美國新批評主義者（New Critics）的文學觀，對台灣現代派作家有關鍵性的影響，因為好幾位現代派作家曾於一九六〇年代在美國大學研究所攻讀。在這裡，我並不打算列舉這些作家們明顯具有形式主義傾向的藝術觀點，而是將重點放在闡明現代派某些基本的意識形態預設。現代派作家對於文學的「不具功利性」、本身擁有一套「內在規則與價值」的信念，可說是衍生自西方「啟蒙理性」的概念：「美感」（aesthetics）被視為一個獨特的經驗領域，必須被允許依據其自身的內在邏輯而發展。儘管鄉土派作家將現代派藝術觀點斥為頹廢、逃避現實，然而證據顯示，西方現代主義對台灣現代派作家的吸引，並不限於「為藝術而藝術」的信條，而是來自於它更深的意識形態層面。更精確地說，台灣現代派作家在現代主義意識形態裡看到一些特殊的價值，認為它將有助於匡正他們所深切感受到的自身文化的缺陷。

哈伯瑪斯在〈現代性——一個未完成的志業〉（Modernity-An Incomplete Project）一文中曾引述韋伯（Max Weber），認為「文化的現代性」意味著以往「表現於宗教與形上學的實質理性」如今被區分開來，成為科學、道德與藝術三個自主性領域[22]。這三個特殊領域的分化，是宗教與形上學所支撐的統一世界觀瓦解的後果[23]。儘管毫無疑問地，中國與西方的形上學之間存在著基本性的差異，我們仍然可以說，在中國社會工業化和現代化的過程中，發生了一個和西方宗教解體相類似的現象。簡言之，就是受到儒家支持的道德主義（neo-Confucianist moralism），以及被「家庭式倫理」規範的人際關係逐漸開始瓦解。譬如，在白先勇的《孽子》和王文興的《家變》這兩部台灣現代派最重要的小說中（我們將在第四章詳細討論這兩部作品）便透過常見的父子衝突主題，有力地呈現出這個過程如何對個人心理意識帶來強烈的震撼。

這兩部小說針對具體表現於儒家「忠」、「孝」觀念的傳統倫理規範提出尖銳抗議，無疑是向構成當代台灣社會「上層結構」（superstructure）的精神價值提出質疑。值得注意的是，這兩部作品都是借著西方的思想概念，展開對中國社會裡傳統價值積澱的挑戰。《家變》這部小說的核心內容，環

---

22 Jürgen Habermas, “Modernity-An Incomplete Project,” p. 9.

23 Ibid.

繞於一個經濟狀況拮据的現代中國家庭裡，資產階級個人主義和孝道觀念的衝突。而作者將小說主角描寫為一位過度狂熱的理性主義者，則顯露出他對這種意識形態輸入的實際社會效應，仍然懷有某種程度的疑慮。《孽子》所投射出的頗為理想主義的視景，則呼應著美國一九六〇年代反文化運動的若干主張：肯定人性本能（Dionysian impulse）的社會解放力（這一點具有某種程度的無政府主義色彩）；禮讚稍縱即逝的「青春」與「美」在現世裡展現的具體形跡；同時以浪漫的行徑頌揚「愛」的救贖性。作者更在這樣的理想圖景裡，注入古典小說《紅樓夢》的神話母題，使得本書的象徵層次更為豐富。《孽子》裡隱匿於台北新公園的同志社群，就像《紅樓夢》大觀園裡的痴男怨女一樣，都是臣服於「情」和「心」這兩個至高指令，而兩者既具有救贖性，也能使人墮入不拔的深淵。這個微觀世界是極端脆弱的，因為它永遠生存在「父親」律法的陰影之下——園子外面，即是一個以父權秩序為主導的儒家社會。在《家變》與《孽子》這兩部小說中，「尋父」的主題十分凸顯，兩個主角都不斷地在找尋「父親」的替身，似乎顯露出兩位作者對台灣當代社會人際關係基礎廣泛解體的焦慮——歷史上中國社會的人際關係無疑是靠著父權秩序來穩固的。

這兩位作家得以將這種焦慮轉化為藝術，顯然得助於西方啟蒙理性思維，這可以從藝術與意識形態兩個層面來討論。從藝術層面來說，啟蒙理性將美學與道德分割為兩個獨立領域，為作者的冷靜自剖提供了必要的距離——我們知道這兩位作家都採用了在他們的生命裡留下深刻烙印的個人經驗作為寫作素材。而在意識形態層面上，西方文明提供的另類文化想像具有解放性的功能，被這些作家用來對抗儒家倫理規範的壓力。儘管在細讀他們的作品時，我們很容易察覺出兩位作家對於他們所背書的新迷思仍然存有疑慮，然而呼之欲出的，是這些作家想要從傳統的桎梏中獲取自由，並同時保有道德尊嚴（西方自由人文主義的核心觀念）的強烈渴望。

培德・布爾格（Peter Bürger）曾經引述哈伯瑪斯來說明他自己的論點：藝術和日常生活實踐的分離是一種歷史性過程，這種過程和資產階級社會的發展有密切的關聯。這段引言出現在《前衛藝術理論》（*Theorie der Avantgarde*）一書中：「自主性的藝術只有在下述的情況下才能產生——資產階級社會持續發展，經濟和政治體系由文化系統中剝離，傳統世界觀遭到『公平交易』這種基本意識形態的蝕毀，而將藝術從它的儀式功能中釋放出來」[24]。的確，資產社會發展的一個重要條件，民主政治制度，在戒嚴時期的台灣尚未充分建立。然而由「柔性威權主義」、「多元極權主義」等社會科學研究者慣用來形容台灣政治現實駁雜特性的術語來看，此時的「國家」與「社會」之間的互動關係有別於一般常見的典範。而本書所關注的事實是，在當時由國家主導的現代化過程中，一個具備資產階級基本特性的社會已在台灣迅速成形，而受西方影響的自由主義知識分子則是這個過程的主要推動力量。自由主義者在受挫於一九七〇年代興起的激進政治運動之前，曾經是威權政府眼中相當大的威脅，這可由六〇年代的《自由中國》、《文星》雜誌遭到鎮壓，七〇年代初期的《大學雜誌》改組幾

---

24 *Theorie der Avantgarde* 一書中譯可以參見《前衛藝術理論》（蔡佩君譯〔台北：時報文化，一九九八〕，頁三〇）。這段引述的德文原文來自：Jürgen Habermas, "Bewusstmachende oder rettende Kritik-die Aktualitaet Walter Benjamins," in *Zur Aktualitaet Walter Benjamins*. Ed. S. Unseld (Frankfurt: Suhrkamp, 1972), p. 190。

個著名事件裡得到證明[25]。而現代派作家們，基於本身的自由主義傾向，也往往透過作品引渡資本主義社會價值，暗中銷蝕政府「新傳統主義」的文化論述[26]。

由此看來，現代派作家支持藝術自主的原則，是和台灣整個社會發展的大方向步伐一致的。然而，如此確認現代派的美學信念與台灣當代社會發展的自然連結，尚未能解答與文學史相關的一些複雜議題。儘管這個運動美學特徵的發展和西方現代主義歷時更久的進化過程之間究竟有多少對應之處，經常成為爭辯的話題，但具體的探究卻很少見。我認為這方面的探討或許可以從追溯某些現代主義特性怎樣在台灣作品中逐步發展著手；最顯著的例子是從「內容」到「形式」的轉移和對文學技巧的刻意精練。

論者經常指出，現代派作家格外重視文學的技術層面，對「語言」尤其擁有高度的自覺。然而較少人提到，在這個運動的後期，王文興、王禎和及李永平等小說家，透過賦予藝術語言近乎形上的先驗價值，試圖落實一種極端的美學立場。這些作家多年來全心投入小說語言的錘鍊，使他們身列福樓拜（Gustave Flaubert）所謂的「專業藝術」傳統。按照馬克思學派對現代主義的說法，這種現象正好反映出資產階級社會裡藝術被客體化（objectification）的過程。佐辰·徐德薩士（Jochen Schulte-Sasse）在替布爾格的專書寫序時，曾如此簡述後者的觀點：在美學主義和象徵主義興起的十九世紀後半葉，藝術家對「寫作技法，如何運用物質、發揮它的影響潛力」發展出愈來愈強的自覺意識。這些關注可被解釋為反映作家想要進一步掌握文學生產工具的企圖。這段歷史時期也同時見證了對「藝術觀眾」美學賞鑑力的培養，也莫非不是為了提升顧客水準，迎接商品化「藝術」時代的來臨[27]。

儘管台灣現代主義文學運動盛行的一九五〇、六〇年代對世界上某些其他地區來說已逐漸進入「後現代」時期，而現代派作家也吸納了不少新近的藝術觀念和技巧，不過我們認為這個運動的主要

---

25 由最近（一九八〇年代末期）的發展看來，藉由參與校園學生運動，台灣的自由派學者顯然又重新出現在公共領域中。

26 台灣的現代派應該可以在資本主義中看到一些和他們自己精神相投的地方，印證了丹尼・貝爾（Daniel Bell）在《曲折的路徑》（*The Winding Passage*）裡的說法：「資產階級資本主義作為現代經濟的社會形式，以及前衛現代主義作為文化的勝利特徵，其共同根源就是兩者都駁斥過去，都具有極強的動能，並且都追求新奇、崇尚變化。」不過貝爾也曾在別處說過，兩者之間的關係並不穩定，必然會隨著大眾文化在資本主義社會裡的發展而產生變化（Daniel Bell, *The Winding Passage* [New York: Basic Books, 1980], p. xv）。

27 Jochen Schulte-Sasse, “Foreword: Theory of Modernism versus Theory of the Avant-Garde,” in *Theory of the Avant-Garde*. By Peter Bürger (Minneapolis: University of Minnesota Press, 1984), p. xiii. 用布爾格自己的話來說，這種「藝術手法〔或工具〕」和「步驟」核心範疇的建立，表示「創作的藝術過程可以重新建構為一種理性選擇各類技巧的過程，在選擇某項技巧時，必然考慮到將可能會帶來那些特定效果。這種對藝術生產的重新建構不僅預設藝術生產含有相當高的理性成分，也預設這些手法〔或工具〕是可以自由獲取的。也就是說，它們不再是社會規範（即便是透過中介）藉以傳達自身的風格規範系統的一部分」。布爾格緊接著說，「從生產美學的角度來說，藝術領域中自從十九世紀中葉以來這種以形式為主導的現象，可以理解為〔生產者〕對於手法〔或工具〕的支配、掌控；從接受美學的角度來說，則是一種促使受眾更具有敏銳接受力的趨勢。了解整體過程的一致性是十分重要的；一旦『內容』這個範疇衰退下去，手法〔或工具〕便成為可以獲取的東西」（pp. 17-18）。

傾向最為接近早期的西方現代主義，亦即十九世紀末至二十世紀初那個階段。換句話說，在台灣現代主義文學運動極度壓縮的時程中，我們仍然可以看出下列特色：對傳統文學觀中「內容」和「形式」所占位階的翻轉，及對傳統書寫技巧的極端揚棄——這些顯然必須歸因於二十世紀初西方思想家對「語言」和「意義」所提出的懷疑論觀點。從這個意義上說，現代派作家的文學語言觀受到西方影響是無可否認的。然而同時我們也看到，許多較富於創意的實驗，是作家們受到語言和其指涉對象之間的不穩定關係的啟示，而對中國文字表意符號特性重新加以檢視的結果。這類實驗，尤其是王文興的《家變》與《背海的人》（一九八一）這兩部小說，和李永平的《吉陵春秋》（一九八六）故事系列，標誌著中文書寫的當代文學裡現代主義美學的發展頂峰，值得我們給予更多的學術關注。

如前所述，我以為台灣現代主義文學運動的主要發展趨向和西方現代主義的早期美學化階段有相當程度的對應，不過我也要同時反駁一般論者將這個運動中某些成分視為「前衛」的看法。這個論點的理論基礎是布爾格在《前衛藝術理論》一書中提出的概念，即「前衛」和「現代主義」是兩個截然不同的藝術運動。根據布爾格的看法，「現代主義可以理解為對傳統寫作技巧的抨擊，而前衛主義則必須理解為一個企圖改變藝術活動商業體制化的出擊」；因此這兩個運動有著全然不同的社會功能[28]。具有前衛風格特色的作品在台灣現代主義文學運動初期曾極度風行，然而為時短暫。許多曾經以前衛風格寫作的作家日後反斥其為淺浮，有些甚至回復到極其傳統的敘述模式。隨著「藝術自主原則」在台灣成為爭議性話題，與現代派同一世代的作家們，不是忙於為這個原則辯護，便是從鄉土主義具有社會主義傾向的角度對它提出批判，原本應由「前衛主義」承擔的特殊抗議形式反而停滯不前。至少以台灣的現代派作家來說，西方前衛運動的核心精神——也就是對「『藝術』作為一種社會體制，以及其自主性運作的方式」徹底提出挑戰——從未產生過真正重要的影響。

雖然我認為明確的前衛藝術傳統並沒有在台灣發生，但卻必須指出，構成西方前衛主義和其他「反美學」（anti-aestheticism）意識的一個重要因素，即對藝術在現代社會中「不具效能性」（inconsequentiality）的認知，卻對台灣現代派作家有深刻影響。台灣現代派對藝術在現代社會中不具有實際功能的理性接受，可以看作他們和一九四九年之前的中國作家——包括那些主張將藝術從政治中獨立出來的自由主義前輩——之間一個關鍵性的差異。在繼續往下討論之前，我要簡要的回顧一下另一個相關的議題，即在二十世紀現代中國文學史的大框架裡，「藝術自主性」的曲折發展過程。

過去二十年間對於現代派的負面聲浪，總是一再譴責他們逃避現實、頹廢，並抨擊他們的象牙塔心態。然而從另一個角度來看，現代派的一些主要特質，也可以理解為從事創作者為了抗拒當代中國社會裡無所不在的社會性和政治性束縛所採用的策略。過去半個世紀以來，中國作家們所遭受到的各種不合法理，而且經常牽涉暴力的政治干預，在此無須贅述。值得一提的是，來自道德領域的社會壓力也不容輕忽。作家們經常被指責為耽於描寫「不道德」的行為，無助於發揚文學的「正確」社會功

28 Jochen Schulte-Sasse, "Foreword," p. xv. 徐德薩士曾經更為精確地簡述布爾格的說法：「美學主義強化藝術的自主性，並因此建立『美學經驗』這塊特定場域，使得前衛主義者清楚認識到自主性藝術『無社會功效』的特性；這種認知的合理後果，是將藝術再度導回社會實踐」（p. iv）。

能[29]。作家們必須不斷的擺脫這些壓制，爭取更大創作空間——這個現象當然不是從台灣現代主義文學運動才開始，而是涵蓋了整個中國現代文學史。

如眾所周知，現代中國文學是在梁啟超的清末民初重要知識分子和政治運動家的提倡下誕生的；這些早期現代中國知識分子在西洋小說中看到了有助於重振中國積弱的潛力。因此，從一開始，新文學就負擔了「國族自強」和「文化改造」的重大使命。不論是五四時期或一九三〇年代，許多意識形態不同的文學團體互相爭辯的重心，多半在於如何達成這些使命，而非討論這些使命本身是否超出文學領域之外。中國現代作家特別容易接受政治動員，在某種程度上是因為文學曾經是政府文官考試的必考科目，也是傳統中國社會士紳階級教育的重心之一，而國家官員皆選自這個階級。雖然文學幫助個人晉升功名的實際用途已隨著一九一一年民國成立之後傳統文官體制解體而消失，但是基於士紳階層的文化積澱，文學至今仍被習慣性地廣泛賦予重要的社會功能。這個傳統也一再被政治領袖有效地利用來羅致知識分子，博取他們的認同。對於這種戕害文學的行為，在四九年共產極權政府成立之前，抗議之聲屢有所聞，而其中英美自由派學者扮演了重要的角色。

泛屬英美派，以非政治性文學主張著稱的新月社成員，日後成為銜接一九四九年以前中國自由主義傳統和四九年後台灣文學的重要橋梁。簡要地把他們的文學觀點和台灣的現代派做個比較，應該有助於本書主題的探討。梁實秋可說是這個陣營中一個重要的人物；他對激進政治與左派教條的批評，藉由一九二四年左右與魯迅的一場筆戰聞名後世。我們由梁氏的評論文字中可以得知：儘管四九年以前的自由派不贊同過分強調功能的文學觀，他們也並非支持純粹的美學化觀點，並非將藝術由道德啟發功能中全然脫出[30]。大體上說，這也正是台灣和現代派作家同時的自由主義知識分子的立場。譬如顏元叔便曾提出：文學的功能在於「批評人生」[31]。四九年前和四九年後的自由派學者的主要差異在於，四九年之後的台灣學者更傾向於從西方自由人文主義傳統——以阿諾德和李維士（F. R. Leavis）為代表——借取權威，而前者則較為著重中國古典傳統。

現代派作家同樣從西方自由人文主義傳統繼承了下列概念：文學的最終目標在於描述人類生存狀態的永恆特質。當鄉土主義者發難攻擊歐陽子的作品時，白先勇起身辯護，表示文學的主要功能在於

---

29 中國知識分子所持文學應具有社會效應的信念，和在西方發展的寫實主義小說的文類要素之間的衝突，在馬斯頓・安敏成（Marston Anderson）的《現實主義的限制：革命時代的中國小說》（*The Limits of Realism: Chinese Fiction in the Revolutionary Period* [Berkeley and Los Angeles: The University of California Press, 1990]）一書處理得十分透徹。就像安敏成書中的章節標題所顯示的，道德性和社會性的「障礙」，是使得西方寫實文學中固有的形式成規無法在中國得到充分實踐的主要原因。他認為，寫實主義作為資產階級文學形式，具有反社會的特質，這和中國知識分子對文學所持有的根深柢固的信念發生牴觸。

30 參見《梁實秋論文選》中收入的文章。雖然，與文學研究會對立的創造社成員表面上主張「為藝術而藝術」，然而他們後來大幅轉向極為實利取向、偏左翼的文學觀點的事實，可以說明他們原本的主張是傾向浪漫主義，而非美學主義的。相反地，文學研究會「為生活而藝術」的理想，反而給予藝術創作更多的自由空間。

31 顏元叔，《文學的玄思》（台北：驚聲文物，一九七二），頁五。

傳達有關「普遍人性」的知識[32]。另外，即便是具有強烈美學傾向的王文興，也認為嚴肅文學與流行文學之間的區別，在於前者能夠「說出一些關於生命意義的道理」[33]。既然現代派作家仍然認定藝術是詮釋「人性真實」的最有利形式，我們可以說他們的文學觀還是具有一個基本的道德面向。

另一項台灣現代派作家和一九四九年前自由主義前輩之間的重要分歧，是前者以悲觀認知文學在現代社會中的「不具效能性」（inconsequentiality）。四九年後台灣社會的發展進程中，自由主義理想和資產階級社會現實之間逐漸加寬的距離，使得現代派作家不得不承認：他們自身所從事的文學志業，社會效能其實極為有限；儘管他們也同時自我安慰地相信，藝術對少數的菁英分子是具有正面價值的[34]。將現代派作家對文學社會功能的看法表達得最為淋漓盡致的，當推一九七八年鄉土文學運動極盛時王文興在台北耕莘文教院發表的一篇著名（從鄉土主義者的觀點來說，則是「惡名昭彰」）的演講：〈鄉土文學的功與過〉。

王文興在這場演講裡表示，文學的唯一目的，就是「使人快樂」，僅此而已[35]。當然，這個快樂不是享樂主義者的快樂。對於有道德性傾向的讀者，快樂源自於好的作品本身具有滿足道德要求的潛力[36]。當王的對手們提出「好的文學作品應該雅俗共賞」時，他的回答是：藝術從本質上來說就是具有階級性的[37]。即使像《紅樓夢》這種永恆的經典作品，也並非以相同方式吸引不同階層的讀者；有的讀者只看見寶玉和黛玉之間的愛情故事，有的讀者則從它的知性主題及人性洞見中得到啟示[38]。那些自命為無產階級作家的人，聲稱為勞動階級寫作，其實只是一種自欺；因為勞動階級的讀者根本不喜歡讀他們的作品，「他們喜歡看的書，往往和他們的生活距離越遠越好」[39]。

王文興不屑譁眾取寵的辛辣幽默，以及演說中使用的反諷修辭語法，成功地激怒了那些傾向於同情鄉土主義「社會平等」理想的聽眾。這場演講不僅凸顯了現代派和鄉土派之間的基本爭執點，同時也明白地顯示出，台灣現代派作家的藝術信念乃是以「社會分層」（social stratification）、「文化多元」（cultural pluralism）等自由主義概念為基礎，因此自始排除了一九四九年前中國作家理想中「全民文化改造」的偉大使命。

---

32 白先勇，〈談小說批評的標準——讀唐吉崧〈歐陽子的《秋葉》有感〉〉，《驀然回首》（台北：爾雅，一九七八），頁四一—四二。

33 取自筆者與王文興的個人訪談。

34 歐陽子在論文〈藝術與人生〉中說道，她贊成德州政府決定將約納生．綏夫特（Jonathan Swift）的〈一個謙卑的提案〉（A Modest Proposal）從中學課本中刪除，並指出成熟的文學作品應該以文學雜誌的讀者為特定對象。參見歐陽子，〈藝術與人生〉，《現代文學復刊號》六期（一九七九年一月）；後收入《歐陽子自選集》（台北：黎明文化，一九八二），頁二九二—九四。

35 王文興，〈鄉土文學的功與過〉，《夏潮》二三期（一九七八年二月）；後收入尉天驄編，《鄉土文學討論集》（台北：遠景，一九七八），頁五二〇。

36 同前註，頁五二一。

37 同前註，頁五二二。

38 同前註，頁五二四。

39 同前註，頁五二一。

現代派對文學「有限的社會功能」的概念，和一九四九年前作家所持類似主張之間的關鍵差異，或許可以從現代派作家與周作人的比較中略窺一二。周作人在他一九三、四〇年代所寫的散文作品中提出「藝術無用論」，否認藝術具有實用性價值，貶抑教誨性的「載道」傳統，而對表現主義的「言志」傳統多所肯定[40]。雖然周作人和王文興在抗議對手「以無正當性的手法利用文學」這方面的想法雷同，但周作人所強調的藝術的「非功利」面相，明顯地是以中國傳統思想作為主要的參照系。波拉德（David Pollard）曾經表示：「我們可以覺察出一個對於文學所扮演角色的潛在信念，是從他（周作人）個人的生平背景自然衍生出來的。文學既不是劃時代的大事業，也不是個人稟賦的施展場域，而只是一個受過教育的普通人的日常活動」[41]。在傳統中國社會裡，文學的功能和儒家傳統文人的生活方式密切相連，而傳統文人理應將個人的人格培養視為日常生活的必修功課。周作人從二〇年代發表「進步」意識的散文，轉而專寫草木花蟲、地方風俗等瑣碎題材，一般被認為是受挫的表徵，充滿了文人深切的無力感。從另一個角度看，此種行徑也可以解釋為智者在時不我予之際所選擇的「蟄伏」或退隱——這種歷史悠久的隱士傳統以逆向操作的方式，適足以鞏固儒家的統御制度。我們甚至可以說，周作人這些瑣屑題材的傳統小品文，是根植於道家的一種形上學預設——亦即宇宙間存在著一個統攝萬物的整體原則——以及其被動卻樂觀的世界觀。

對比之下，台灣現代派作家由始至終都抱持著一種悲觀的態度。他們認定在現代社會機制的全面覆蓋下，文學毫無實際的社會功效可言，因此理性地退守，捨棄公共領域而全心致力於寫作——儘管這樣的做法仍然具有積極的意涵，卻不免帶有悲劇的色彩。福樓拜式的對藝術創作的獻身，其先決歷史條件是「藝術」在資產階級社會裡的專業體制化。現代派作家不斷雕琢他們的技藝，使其臻於完美，顯示他們對閱讀效果的重視已經超乎一切；這意味著他們眼中的作者與讀者之間的關係，和傳統文人把寫作當作陶養性情的個人實踐，已是大異其趣。

儘管如此，台灣現代派作家對小說語言藝術化的專注耕耘，最終使得他們得以在另一個層面上體現「小說」這個敘述文類的社會意涵。依照巴赫汀（M. M. Bakhtin）的說法，「所有『多重聲音交織（heteroglossia）』的複合語言，不管其個別組成成分的背後、構成它們獨特性的原則是些什麼，都成為透視這個世界的多重切入點，提供我們用文字理解世界的不同形式，和特定的世界觀；每個聲音都是它所指涉的事物、意義、和價值的集合表徵」[42]。現代主義文學運動晚期出現的作品，如王禎和的《玫瑰玫瑰我愛你》（一九八四）和王文興的《背海的人》——以我之見，這兩本書堪稱台灣現代主義文學運動的經典之作——都高度自覺地運用了「眾聲喧譁」的原則。兩位作者大量地使用諧仿式的語

---

40 參見楊牧編，《周作人文選》兩卷（台北：洪範，一九八三）。另請參見大衛・波拉德（David Pollard）在《由中國人角度看文學：周作人的文學價值及其與傳統的關係》（*A Chinese Look at Literature: The Literary Values of Chou Tso-jen in Relation to the Tradition* [Berkeley, Los Angeles: University of California Press, 1973], pp. 41-46）這本書「實利主義」（Utilitarianism）一節中的精采討論。

41 Ibid, p. 47.

42 M. M. Bakhtin, "Discourse in the Novel," *The Dialogic Imagination: Four Essays*. Ed. Michael Holquist. Trans. Caryl Emerson and Michael Holquist (Austin: The University of Texas Press, 1981), p. 292.

言，其目的在於揭露當代台灣社會中一些大眾習慣性接受、不加省察的意識形態概念，其中許多來自於傳統世界觀的積澱。這些作品，再加上《孽子》、《家變》，都是在台灣的中國人社會在現代化過程裡文化轉型（或者以詹明信〔Frederic Jameson〕的話來說，是一種「資產階級的文化革命」）的特殊歷史性產物，對舊有的價值體系有「解碼」的功能。表面上看來已然鬆弛的東西文化對峙，其深藏的潛在暴力在現代派作家的成熟期作品中終於赫然浮現。

第二章
現代主義文學潮流的崛起

論者常將在本書所涵蓋的一九四〇年中活躍的作家區分為老中青三「代」——這個「代」字是個大略的用詞，代與代間不過是十至十五年左右的間隔。除了李昂和李永平之外，本書討論的現代派小說家大都屬於中間的一代；一九四九年時，他們多半是十幾歲的年紀，爾後在一九六〇年代現代主義思潮影響下，走上文學創作的道路。基於文壇運作的普世法則，這些現代派作家在剛登上文學舞台之際，傾向於標榜自己和老一代作家之間的根本差異；而他們自己所界定的這些差異，如今已大體為評論者所接受。

第一個普遍的認定是：現代主義文學運動是對一九五〇年代反共宣傳文學的一種反動。的確，現代派的自由主義傾向使得他們反對政府提倡的「戰鬥文學」，並對作家們甘心助政府一臂之力的行為不予苟同。然而這種異議是針對「文學政治化」的現象而發，並非意味著他們不贊同官方所持的政治立場。本書以下各章節的論證即為：事實上多數現代派作家本身是堅決反共的，即便他們不見得願意為政府的威權主義背書。相對來說，老一代作家比較願意妥協，一部分是由於五〇年代的政治控制較為嚴密。更重要的，這些作家大多數是一九四九年跟隨國民黨來到台灣的大陸人[1]，是國家機器文化動員的主要對象。

除了涉入政治宣傳，一九五〇年代作家的業餘色彩也經常受到訾議；而這個性質可以追溯到台灣特有的一個文學生產體制，即報紙的文藝「副刊」。副刊無可否認地是台灣當代文學活動的重要推手，然而基於它對能為大眾接受的文字產品的大量需求，不免同時助長了一種隨和、輕質的寫作風格，以及中層文化水準（middle-brow）的文學品味。文學寫作趨向於非專業性，而藝術性與報導性文類之間的分際也更加模糊。現代派將文學視為一種高層文化的藝術形式，接受正統的文類概念，因此他們對這種環境下生產的作品所呈現的「中額」性格心生不滿，是不難理解的。

儘管一九五〇年代的整體文化生態不利於嚴肅文學的生產，若干具有文學價值的作品仍然值得我們給予更多的關注。更重要的，以本書的研究目標著眼，這些作品所呈現的傳統面貌提供了一個歷史脈絡，讓我們更準確地衡量現代派作家給台灣這個文學舞台所帶來的改變。因此本章前半部將討論老一代作家兩個重要類型的作品，傳統散文與寫實小說，以琦君、林海音、朱西甯、潘人木四位作家為代表；後半部則探討現代派作家所引進的幾種新的藝術走向，以歐陽子的作品為例加以闡述。

一、老一代作家與「主導文化」

傳統散文

一九四九年後台灣通行的散文風格和中華人民共和國極為不同。後者因意識形態之故，揚棄過去封建時代的士紳文學，並在辭彙中加入大量便於動員群眾的白話政治用語。前者則有「文貴於白」的傾向，保留了許多古典語辭和傳統文學典故。無可諱言地，這個現象部分反映出國民黨政府的文化策略——企圖透過對傳統文化的提倡，來肯定自身作為一個「中國政府」的正當性。從實際的層面來說，台灣四九年後的主導文化格外推崇五四新文學的抒情傳統，已將文學寫作風格導至某個特定的方向。譬如說，將徐志摩、朱自清的作品選入中學教材，使得前者華麗而具有歐洲異國風味的美感意識和後者典雅洗練的傳統抒情感性廣受喜愛。然而，經過不斷的摹仿，這類風格極易變得空泛浮濫。

現代派所發起的文學運動，便包含了對這種當代文風的批判；尤為現代派作家所詬病的，是這種風格的華而不實、陳腔濫調、不精準，和缺乏原創性。現代派小說家自己對語言的使用，便十分自覺

1　一九五〇年代，台灣的文壇多半由大陸作家主導。一九四五年台灣歸還中國後，國語取代台灣方言（福佬話）和日語，成為官方語言。由於這個語言障礙，當時已屆中年的台灣本土作家的創作活動大受挫折。另一個讓台灣作家噤若寒蟬的理由，則是政治恐懼。一九四七年二月二十八日台灣人民暴動，遭到國民黨軍隊的強力鎮壓，是為「二二八事件」。事件之後許多台灣知識分子受到嚴重的迫害。

地想要糾正這些缺點。至於現代派小說家的「語言革命」是否成功，論者可能有不同的意見；不過他們對當代寫作風格提出的挑戰，凸顯出他們與傳統主義者之間美學觀念上的根本差異。

漢學家普實克（Jaroslav Průšek）曾經說過，傳統中國文學是一種精練、感性、優雅的書寫形式，「所有經驗都必須通過美的審鑑（censorship of beauty）……只有具備『文』（或『美』）的特質的作品，才被允許進入文學的殿堂——文學亦即是『文』——而所有邪惡、醜陋的情感都被排除在外」[2]。雖然新文學已經取代了舊文學長達半世紀之久，然而在中國讀者和作者之間——特別是那些老一輩的——傳統美學觀和「美的審鑑標準」依舊十分普遍。這些讀者無可避免地對現代主義產生反感。現代派作家經常通過描繪醜陋的、聳動性的、甚至敗德可恥的行為來達到驚慄的效果。他們過於關注人類心靈深處的黑暗；他們對倫理關係中矛盾的揭露，被視為具有顛覆性而又超越禮儀規範。下文將兩篇著名作品——朱自清代表新文學抒情傳統的散文〈背影〉（一九二五）和王文興的現代主義小說《家變》——中對父子關係的處理做個簡單的對比，或許可以凸顯傳統主義和現代主義美學間一個基本的差異。值得一提的是，這兩部作品都具有相當程度的自傳性，因此更能顯示出作者如何運用兩種不同的美學框架，來書寫一些刻骨銘心的個人經驗。

〈背影〉的敘述者在撰寫這篇作品時，正為一種深切的自責所苦，後悔日前父親到車站為他送行時，自己態度的不佳。當天做兒子的對年老父親言語的嘮叨和行動的迂緩笨拙表現出十分的不耐煩，如今一幕幕在筆下生動地重演，文章很快地被一種懺悔自責的情緒所籠罩。敘述者緊接著陳說：父親近來健康衰退，其實是長年擔負家庭生計、奉獻犧牲的後果。

王文興《家變》裡的兒子被父親的老邁昏聵激怒到一個地步，甚至不讓父親吃完他自己的生日晚餐。父親慼然離家出走之後，兒子在驚恐和深感罪孽之餘，雖然展開了長期的尋父之旅，卻最終領悟到一件事：父親不在，母親和兒子反而可以過著愉快、健康的生活。

在朱自清的故事裡，作者剛一偏離「父慈子孝」的準則，便很快地提出一個「正確」的自我批判，這無疑是符合傳統主義的文類規範，及其所認可的道德性世界觀。相較之下，王文興冷酷而赤裸地剖析父子之間愛恨交雜的關係，則表現出一種現代主義的意識形態：呈現兒子感情的醜陋面，藉以破除社會建構的孝道迷思，並且理性地指認出實際上支配著我們生活的、無情的自然及經濟法則。

現代派作家透過文學來探究人性真實的激進做法，侵犯了較為傾向傳統的讀者與作者的秩序感。對後者來說，文學寫作體現的是另一套功能。這套功能可以琦君的作品作為範例來加以說明。

一九五〇年代的台灣出現了大量的傳統式散文，尤其是小品文和介於散文與小說之間的一種書寫文類，明顯地延續了較早中國大陸抗戰時期及戰後幾年的發展趨勢[3]。張秀亞、鍾梅音、徐鍾珮等人都以散文名家，但是卻難以與琦君匹敵——後者的多產和高知名度持續了三十年之久。琦君作品的題

---

2 Jaroslav Průšek, *The Lyrical and the Epic: Studies of Modern Chinese Literature*. Ed. Leo Ou-fan Lee (Bloomington: Indiana University Press, 1980), p. 10.

3 關於抗戰時期上海、北京散文的再度蓬勃發展，參見Edward Gunn, *Unwelcome Muse: Chinese Literature in Shanghai and Peking 1937-1945* (New York: Columbia University Press, 1980), ch. 4。

材重複性頗大，二十多本作品中，童年回憶占去極大篇幅，其中不乏以同樣幾位人物和事件為中心的描述。即使是〈髻〉（一九六九）、〈阿玉〉（一九五六）、〈七月的哀傷〉（一九七一），和〈橘子紅了〉（一九八七）這種類似小說形式的作品，仍然具有濃厚的自傳色彩。事實上，就像《琦君的世界》這本書的書名所顯示的，琦君作品的無窮魅力正是來自於故事的講述者（讀者心中的琦君本人）所散發的歷史真實感。

琦君出身書香門第，父親早年仕宦於國民政府，琦君跟隨母親在鄉下祖宅度過童年，過著當時極為典型的鄉間士紳階級生活——這正是許多老一輩中產階級大陸人所共有的背景。這些讀者在琦君的作品中看到他們自己的過去：鄉村的童年歲月、大宅門裡逢年過節的喜慶熱鬧、跟著嚴厲的私塾老師背誦古書的枯燥乏味；然後，是到大城市裡西式學堂念中學、抗戰時期離鄉背井的艱苦經歷。琦君作品裡的主要人物，她的父母，也是這些讀者所熟悉的典型。父親是處在新舊過渡時期的傳統中國士紳，雖然具有讓女兒接受高等教育的開明心態，在自己的家中卻擁有舊式的父權地位，娶了兩門妻室，並且對身為元配的琦君母親相當冷落。琦君的母親則篤信佛教，遵守傳統女性美德，凡事逆來順受。琦君作品的吸引力因此和一九四九年離鄉抵台的大陸人的懷鄉情緒有著密切的關係。

除了懷鄉情結之外，琦君作品裡所描繪的文人生活方式，體現出一個舊式的優雅典型：失眠的夜晚，隨手取來一本書籍翻閱（《三更有夢書當枕》是她的一本書名）[4]；友人來訪，沏一壺熱茶，吟詩作樂——精緻的文化涵養讓日常生活的平凡瑣事成為美感愉悅的來源。而琦君本身的文學才華讓她在同年代許多以類似題材寫作的作家中脫穎而出。她的散文風格明白流暢，糅合了對古典文學的豐富知識和對日常語言音樂性的敏感。琦君的菁英教育背景——她大學時曾受教於詞學大師夏承燾，而幼時家教是一位禮佛的飽學隱士——也無疑增加了讀者對她的尊敬。

琦君作品的主題層面也屬於極其傳統的典型；下文我想用她的一篇廣受讚美的散文〈髻〉來稍作討論。〈髻〉是一篇情節簡單的自傳性故事，故事的敘述者（作者）回憶過去環繞著她的母親和父親年輕貌美的二太太之間緊張關係的一些往事。作者記得後者美麗的S型髮髻無時無刻不在提醒著她的母親在這場爭奪丈夫感情的競賽裡處於劣勢的事實。然而，在丈夫去世之後，兩個女人之間不共戴天的敵意卻消失了；在共同的苦難中，她們反而變成了朋友。這時，女兒原先的憤憤不平也已經緩和了。父母雙雙過世之後，她與父親的二太太同住，開始對這個腦後不再梳著漂亮髮髻、邁向暮年的女人產生了深切的同情。在故事的結尾，作者悲觀地感慨生命無常，人類的努力奮鬥終歸徒勞。

敘述者與母親二人都遵循著以和為貴的被動性處世原則。故事裡從未清楚地指認出真正的罪魁禍首——一個對女性不公的一夫多妻制——反而訴諸「溫柔敦厚」的美德，並以佛家道家的無為思想來消弭個人心中的悲悵。這部作品在當代極受推崇，無疑是因為它滿足了讀者對某種傳統文化價值的懷念。在這層意義上，這個故事可和中國現代文學史中另外兩篇優異的傳統散文作品相提並論：即朱自清的〈背影〉及楊絳的《幹校六記》（一九八三）（後者是大陸女作家，錢鍾書之妻楊絳女士有關文革的回憶錄）。雖然三位作者都滿懷哀矜之情，但是他們始終拒絕用社會歷史的因素來解釋個人的

4《三更有夢書當枕》（台北：爾雅，一九七五）。

不幸。人為的不義，加苦於旁人——不論是受到冷落的妻子的怨懟、年邁老父的孤寂，或是文革中更大的磨難——卻都在一種高貴的悲憫情懷中被消解，恰可以「哀而不傷」四個字來形容。

琦君在抒情散文方面成就不凡，但是她在嘗試寫作小說時，除了少數例外，大多出現瑕疵。譬如，她的短篇小說集《菁姐》（一九五六）裡的許多作品，為了呈現和她的散文類似的價值觀，不惜將人際關係單純化、角色理想化，使得作品流於煽情，說教意味過濃。很明顯的，使得琦君散文受到歡迎的傳統意識形態和美感機制，恰好與現代派努力推介的「現代短篇小說」的文類習規（generic conventions）互相牴觸。

寫實小說

由於老一輩作家在成長時期多半接觸過魯迅、茅盾、巴金和老舍等人的作品，因此在寫作體例上大體延續了大陸五四時期和一九三〇年代的「寫實」傳統——一個源自十九世紀歐洲、而經過在地化的寫實主義。然而，基於政治的因素，他們必須（有意識或是無意識地）祛除那些可能冒犯一九四九年後台灣主導文化的寫實成分：有關革命和無產階級的素材成為禁忌；任何涉及階級意識的主題也在迴避之列。然而，由於文類習規的傳承透過諸多不同的管道，完全的壓制是沒有可能的。值得從學術的角度來仔細探究的，是這些作家為了配合不同陣營的意識形態要求，巧妙地改寫中國左翼寫實傳統中的一些文類習規，所採用的文本策略。

一九五〇年代出現了《秧歌》、《旋風》和《荻村傳》等相當優秀的「反共」寫實小說。這些小說有它們本身的重要性，可是由於故事的重心全然放置在中國大陸的共產革命，而且它們的作者或者從未在台灣居住（譬如張愛玲），或者處於台灣文壇的邊緣（譬如姜貴和陳紀瀅）[5]，因此減弱了它們在台灣當代文學史上的重要性。從一九四九年後當代台灣文學史的角度來看，更具有研究價值的，是在五〇年代中期崛起、並持續在台灣文壇裡活躍了相當長一段時期的一批作家，像王藍、孟瑤、潘人木、林海音、聶華苓、彭歌、朱西甯、段彩華、司馬中原及鍾肇政等人[6]。

雖然從表面題材來看，這些作家的小說充滿了對大陸家鄉的緬懷追憶，然而從一個更深的意義上來看，這些正是當代台灣政治文化生態的特殊產物。一方面，在處理過去的年代裡婦女的命運、傳統大家庭制的束縛，以及勞動階級和家庭僕婢的艱苦處境等題材時，他們毫無疑問地承襲了一九四九年以前寫實主義文學的解放思潮；然而在此同時，寫實主義文學的許多文類習規已經被重寫，它所挾帶的批判訊息也被舒緩或甚至予以置換。這些作家的右翼政治信念，以及對當前政府政策的擁戴，使得

5　這一點可能頗有爭議性，需要一個更精確的對「文壇」的定義。

6　譬如林海音在一九五〇、六〇年代主編《聯合報・聯合副刊》及《純文學》月刊時，提拔了七等生、黃春明等多位與現代派同期的重要小說家。彭歌既是小說作家，也是七〇年代鄉土文學論戰期間，代表政府表達官方立場的鬥士。七〇年代末八〇年代初，小說家朱西甯身邊圍繞了一群才華洋溢的嬰兒潮一代的年輕作家。他們後來創辦了一個出版社，三三書坊，成為標榜「中國情結」的一個論壇。詩人瘂弦擔任《聯合報・聯合副刊》主編長達二十餘年；七〇年代中期至八〇年代中期，《聯合報》和它的主要競爭者《中國時報》的副刊所主辦的文學獎大大地提高了小說創作者的市場價值。

他們採用種種書寫策略來馴化寫實傳統裡的反叛精神，並將關注的焦點，從社會歷史的公領域，移轉到個人的私領域。

由於老一代作家的作品裡，充滿了外緣（源自於文學領域之外的）動機和政治妥協，使得嚴肅的文學評論者對它們的評價打了很大的折扣。下面選擇其中三位代表作家加以分析，目的不在於糾正這個批評角度，而是針對一個評價老一輩作家時常見的盲點——更確切一點說，我的重點在於釐清這些作品傳達、消弭、轉化意識形態訊息的方式，以及妥協的意識形態對作品藝術成就的負面影響。

在《香火相傳》（*The Unbroken Chain*）這本台灣小說的英文選集中，收入了林海音的小說〈春酒〉（一九五三）[7]。這篇作品描寫台北一些富裕的大陸人，藉著勾結國民黨官僚，坐享特權，而敘述者對他們勢利的言行和「過客心態」極盡諷誚挖苦之能事[8]。作為一個寫實作家，林海音的這則故事無異是一個成功的例子，然而在她全部的作品中，能夠如此直言不諱，批判當代社會現狀的，其實也還是鳳毛麟角。在她的作品中更為常見的是健康積極的人生態度，典型的代表作像〈綠藻與鹹蛋〉（一九五六）[9]這一類輕鬆幽默的家庭喜劇（〈綠藻與鹹蛋〉還被選作林海音小說英譯本的書名）。

綜觀現代中國文學史，個人私有領域一直是自由派陣營作家的關注焦點。譬如，文學研究社提倡「為人生而文學」，新月社成員則以能夠幽默地品味「生活樂趣」著稱。林海音的實用主義精神，讓我們聯想起五四時期的女作家凌叔華；在她筆下，受到人生逆境考驗的女主角，常常得在「節制」和「世故」的美德中尋找心理平衡。她的許多以台灣一九五〇年代中產階級家庭困境為題材的故事，都凸顯出這種妥協主義的基調。

在林海音以一九四九年前大陸為背景的故事中，卻不時呈現出和一九三〇年代優秀寫實主義作家一脈相承的批判角度，可以〈燭〉（一九六二）和〈金鯉魚的百襉裙〉（一九六四）作代表。這兩篇小說富有戲劇性張力，動人地表達出女性主義的抗議精神，特別值得注意。

〈燭〉的主角是二十世紀初年，北京一個大戶人家的女主人。丈夫將一個僕人的女兒秋姑娘收做偏房以後，她就假託身體不適，長年臥床不起。作為一個大家庭的女主人，她自動從日常生活和家務責任中退席，未嘗沒有惡意報復的意味——秋姑娘因此必須肩負家中所有雜務，外加服侍病人。在勞累一整天之後，秋姑娘回到自己的房間，丈夫正等著她；而女主人這時清醒著，妒火焚心，專注地傾聽他們兩人調情的嬉笑聲。後來，臥病的女主人比任何人都活得長久，變成兒子家中一個人見人厭的人物。總是縮躺在房間黑暗一角的老婦，陪伴著她的，是一小節燃燒殆盡的蠟燭，成為她自我煎熬、痛苦地度過一生的貼切象徵。

另一個故事的女主角金鯉魚是個婢女，在她十六歲時，被男主人收房成為姨太太，不久就生下一個兒子。這是女人一生的最高成就，相當於男人通過科舉考試獲取功名，也是一種「鯉魚躍龍門」——

7 Lin Hai-yin, "Lunar New Year's feast," in *The Unbroken Chain: An Anthology of Taiwan Fiction Since 1926*. Ed. Joseph S. M. Lau (Bloomington: Indiana University Press, 1983), pp. 68-73.

8 著名台灣文學學者劉紹銘教授的文章裡再三提到此類早期台灣大陸人的流亡心態。

9 譯註：《綠藻與鹹蛋》最早的中文版本是一九五七年文華文藝社出版，一九八〇年改由純文學出版社出版。

這是女主角綽號的來由。然而，儘管她親生兒子是家中的獨嗣，享有優寵的地位，金鯉魚本人仍是一個身分低賤的侍妾，所受待遇和一般婢女並無不同。一直等到兒子即將成婚，金鯉魚認為她的地位終於應該獲得承認。她心想，如今已是民國時期了，人們應該享有一定程度的自由。她悄悄地給自己訂做了一套華麗的禮服：一件耀眼的紅緞「百襉裙」，上面用金絲線繡著喜鵲和梅花。根據舊有的禮俗，只有家族中真正的女主人才有資格穿著這種花色的禮服；金鯉魚不自量力地試圖提升自己地位的舉動十分輕易地就被擊敗了：女主人突然宣布，婚禮當天家裡上上下下所有女人都必須穿著新式旗袍——當時正流行的時髦服飾。

林海音另外寫過幾個類似題材的小說；像〈殉〉（一九五七），描述一位仍是處女之身的寡婦，甘願成為封建社會貞節禮法的犧牲品，以對小叔的單向仰慕來替代得不到的婚姻情感。林海音的自傳性故事集《城南舊事》（一九六〇）裡也有幾個具有批判意味的片段，只是表現方式含蓄得多。〈燭〉和〈金鯉魚的百襉裙〉之所以格外傑出，在於兩者悲劇性的寓意。小說人物對非人性化社會制度的反抗，雖然終究徒勞無功，甚至帶來自我戕害的後果，卻無疑是一種大膽的挑釁。此外，藉著刻畫中國父權制度下迂迴詭詐的家族政治，作者所揭露的，正是使得女人成為她們自己最可怕敵人的社會機制。林海音不以某個特定階級作為控訴對象，而是針對壓迫性的社會制度做出了有力的批判。

然而，從這兩個故事的敘事框架來看，我們有理由認為，兩者都不夠資格稱為「批判寫實小說」。兩篇小說的開端和結尾處，女主角的孫子或孫女出場，不啻傳達出這樣的訊息：故事發生在一個已經過去了的年代。孫輩們對於祖父母那一代的女性所承受的不幸顯然懵然無知，這固然帶來某種戲劇性的反諷效果，但也同時向讀者保證，過去造成女性不公平待遇的那些歷史環境已經徹底消失了。如果說今天的社會已經遺忘了它自己過去邪惡的歷史，也正好說明它是一個更文明、更講求人性的社會。作者不把重心放在批判仍然遺留在當代台灣社會的封建心態，卻意圖強化讀者對現狀的滿意度。我們不難察覺，在主題設計上，這些故事和中國大陸更加露骨的「憶苦思甜」母題（不可忘記共產黨革命的好處，和「解放」前的艱苦日子）之間，具有微妙的雷同之處；兩個例子都顯示，批評中國的封建歷史經驗，可以達到肯定當代政治社會秩序的「正面」效果。

朱西甯出生於中國大陸北方一個信奉基督教的士紳家庭，抗日戰爭時期加入國民黨軍隊，一九五〇年代中期，成為台灣最知名的軍中作家之一。朱西甯收入《狼》（一九六三）、《鐵漿》（一九六三）和《破曉時分》（一九六七）等集子裡的早期小說中，多半以三、四〇年代中國大陸的鄉間城鎮為背景。雖然朱西甯自己曾經透露，由於他相當年少時便離開家鄉，這些故事的場景多半是建立在對故鄉頗為模糊的記憶之上，但是有些評論者卻聲稱，朱的小說很容易被誤以為是三〇年代的作品。這個現象大可被視為「互文」（intertextuality）這個批評觀念的有力佐證；換言之，文學作品的生產，主要是受到其他文學作品的影響，而並非真正反映出作者對某些「客觀」現實的觀察。再者，儘管從表面上看，朱西甯的作品十分接近中國三〇年代的寫實文學，然而它們的意識形態內涵卻幾乎是完全對立的。

朱西甯小說的時空背景，讓人聯想到茅盾的〈春蠶〉和吳組緗的安徽故事系列。他們筆下的鄉民也正經歷著當時普遍存在的社會災難：土匪的侵擾、地主的剝削、貪官污吏的壓迫，和農村經濟的整體崩潰。然而，儘管朱西甯的小說記錄了這些令人憂心的社會不安，卻極少進一步探索這些情況背後複雜的歷史因素。更為常見的是，作者把這些災禍的起因，歸咎於個別角色獨特的脾性、道德性的衝突，或是命運的捉弄。小說中經常採用天真無知的敘述者（譬如小孩），也有助於作者對政治性議題不露痕跡的迴避。

譬如在〈破曉時分〉（一九六三）裡，官僚的猖狂與腐敗、擁有土地的士紳階級的道德墮落，並沒有被當作一個特定的歷史現象來批判，而是以黑色幽默的方式呈現；它們不過是一個啟蒙故事的舞台布景——而小說對主角即將步入的荒唐成人世界的描寫，缺乏足夠的說服力。〈騾車上〉（一九五七）是一則幽默短篇，文中毫不觸及有關帝國主義、資本主義、階級剝削，或異族侵略的主題，儘管很明顯的，是這些歷史因素迫使像故事中車家人一樣的中國農民必須虧本賣出自家的土地。故事把焦點集中在一個簡單的道德訊息上：鄰人有難，就該拔刀相助、義無反顧。這似乎意味著，單單依靠個別人物的俠義精神，就足以匡正不義，讓貪心的地主得到應有的教訓。〈小翠與大黑牛〉（一九六〇）處理一位年輕男子，不滿家人給他安排的婚姻，卻偷偷愛慕他的表妹。這個潛伏的婚姻悲劇元素，最終卻被一個不太令人信服的喜劇結局置換了。白芝教授（Cyril Birch）曾經在文章中指出，朱西甯頗具盛名的小說〈鐵漿〉（一九六一）可以視為中國鄉民對現代化經濟來襲的盲目反擊。然而故事中對反覆無常的「命運」的強調，對舊式俠義風格的誇張呈現，在在顯示出作者最主要的關注，在於塑造強烈突出的角色，而不是以寫實主義的手法對一個歷史過程做出評論。朱西甯有時似乎故意將寫實主義的文類習規加以改寫，藉此表達他對銘刻於其中的左派意識形態的不滿。

由今天的角度來看，朱西甯的小說有兩個特徵值得注意。首先，在一個很重要的意義上，朱西甯對共產革命前中國大陸土地的想像，以及他的作品中對一九四九年前寫實主義傳統的文本指涉——這類指涉通常不具有寫實主義文學原有的意識形態印記——是出自於一個年輕軍人對失去的故鄉的懷念之情，因此，他對四九年前文學傳統的召喚，情感動機大於藝術動機[10]。譬如，在朱西甯早期一篇故事〈也是滋味〉（一九六三）裡類似意識流的敘述中，將「紅龜」（紅粿，一種台灣人常吃，表皮染成紅色的米製糕餅）聯想成沾血的熱饅頭，明顯地指涉魯迅著名小說〈藥〉中的主要意象。由於這個類比在朱的小說中全然不具有任何主題層面的作用，我們不妨把它解釋成一個回憶的姿態（a gesture of memory）。

其次，在朱西甯使用較為純粹的文學效果——像是懸疑、戲劇張力、民間傳奇激發的想像情節、或是生動的黑色幽默和謔仿——來置換寫實文學的批判主題的同時，似乎也在自覺地發展著一個他個人的意識形態系統。在林海音的作品中，我們有時察覺她有心規避一些敏感的議題，自願配合政府對文藝工作者的要求（比方說她大部分的故事裡對社會「光明」面的描寫），相較之下，朱西甯則是一位自發性的保守主義者。多年來，朱西甯發展出一套超越政府教條的意識形態框架，糅合基督教道德主義、文化層面的中國中心主義，和一個以未分裂的中國為前提的鄉土主義。舉例來說，一九七〇年

10 朱西甯曾特別明白表達過大陸人放逐到台灣之後思鄉情感，並在一九七〇年代大力呼籲政府對三〇年代中國文學解禁。

代末期，朱西甯和一群年輕追隨者成立的文學社團，取名「三三書坊」（兩個「三」字分別代表基督教的三位一體，以及孫中山的三民主義），具有顯著的意識形態標誌；他於一九八一年出版的散文集《微言篇》，以感性的中國文化沙文主義頌揚古今華夏事物[11]；而朱的「鄉土主義」，儘管有別於台灣鄉土文學運動所提倡的「台灣中心」的地域主義，卻與後者一樣，傾向於浪漫化農業社會單純的價值標準，並譴責現代化對田園生活方式帶來的威脅。

朱西甯意欲發展自己的一套意識形態系統的企圖，在早期一篇廣受批評者注意的小說〈狼〉（一九六一）裡即可見端倪。〈狼〉描述一個孤兒被他不能生育的二嬸收養，卻因為初見面時不肯叫她「娘」，便一直不被善待。後來，經過家裡離職雇工大轂轆的責備規勸，二嬸回心轉意，悔悟自己的過錯。小說中，二嬸和大轂轆之間的鬥法，和大轂轆用盡心機對付一隻屢次偷襲他家羊群的狡猾的狼的情節相互平行。在象徵層次上，這個故事明顯地指涉著基督教「善」與「惡」——分別由大轂轆與二嬸代表——之間的鬥爭。小說裡的兩個角色具有鮮明的寓意：大轂轆鍥而不捨，對惡狼憎恨追殺，被讚揚為一種道德正義的表現；二嬸的作為則集合了各種道德缺失：沒有慈悲心，不誠實，通姦。然而，小說的結局卻意外地修改了這個「屬靈戰爭」的性質；作者頗難令人信服地揭露，原來二嬸的所有邪惡作為，尤其是她的淫亂，都只有一個動機：強烈渴望子嗣的慾望。如此，作者祭出了深植中國農村的傳統價值觀，將子嗣對女人的絕對重要性提升到了一個救贖性的地位。無論作者是否意識到，這個結局似乎呼應著五四作家沈從文的小說〈蕭蕭〉的結局：童養媳蕭蕭生了一個男嬰，儘管是姦情的產物，卻仍然大受夫家的歡迎，以致將媳婦原該受到懲罰的這件事置之度外。

朱西甯的小說有幾處明顯的弱點：二嬸的心理轉變突兀，難以取信；幾條主題線索沒有充分整合；某些情節的高度戲劇化有喧賓奪主之嫌（如大觳轆與狼鬥智的插曲儘管十分精采，卻超越主題所需）。比這些缺點更令人不安的，是作者對某些「舊中國」鄉土習俗的一廂情願的美化。

朱西甯版的新傳統保守主義與台灣戰後主導文化的正統略有不同；他過度感性的風格也不免對其藝術成就有所傷害。然而這些特質在一九四九年後台灣的一個特殊族群（即大陸來台的中產階級讀者）裡有一定的社會根源，也在相當程度上為一九八〇年代蓬勃興起、外省第二代作家熱烈參與的「文化鄉愁」風潮奠定了基礎[12]。

潘人木的著名反共小說《蓮漪表妹》（一九五一）處理抗日戰爭前夕，左派地下學生在中國大陸大學校園裡的活動。這部書和一九三〇年代寫實主義文學有某些相似之處——不同點在於它運用了若干文學手法來迴避對粗糙歷史事實的再現。它採用了類似茅盾、丁玲這些左派革命作家的寫實形式，企圖替一個複雜的歷史現象提出一套意識形態的詮釋，是一九四九年後回顧國共激烈戰爭丟失大陸這

11 朱西甯陶醉於中國文化，似乎受到胡蘭成《山河歲月》（一九七五）、《今生今世》（一九七六）等作品的影響。胡蘭成是一位見聞廣博的記者，曾經於抗戰時期，在上海替日本人工作。朱西甯最崇拜張愛玲，而胡蘭成則是張愛玲的前夫。

12 關於更詳細討論這個現象，請參閱筆者另外兩篇論文：古佳艷譯，〈袁瓊瓊與八〇年代台灣女性作家的「張愛玲熱」〉（《中外文學》二三卷八期〔一九九五年一月〕，頁五三—五八），和黃志仁、黃素卿譯，〈朱天文與台灣文化及文學的新動向〉（《中外文學》二二卷一〇期〔一九九四年三月〕，頁八〇—九八）。

個重大創痛經驗的少數幾部文學作品之一。作為一個典型的冷戰時期作品，《蓮漪表妹》批判共產黨利用青年學生的愛國情操和虛榮心來作為它篡奪政治權力的工具。就主題來說，由於這本小說有一套預設的政治觀點，對歷史的描述偏於一面之辭，因此和許多其他中國寫實傳統的作品患有相同的缺失。

然而，這部作品的真正缺點並不在於意識形態的取向本身。事實上，潘人木所表現出的中國普通老百姓對激進政治的憤慨，無疑是具有正當性的；像小說中父親一樣守法而支持溫和改革的中層公務人員，在中國大陸極左政權統治的年代裡，正是備受迫害的一群[13]。（潘人木其他一些處理當代主題的故事，如〈哀樂小天地〉、〈鬧蛇之夜〉等，也是透過對主流儒家統治哲學——一種高度依賴士大夫良知和道德感的哲學——的肯定，來闡揚這種保守的政治立場。這些小說中的人物秉持老式讀書人的堅忍操守，面對生計困難的窘迫歲月，令人聯想起沈從文抗日時期所撰的一些小品。其動機除了對國民黨政府的政治效忠，也有對中國知識傳統裡正面特質的信念。）《蓮漪表妹》在重現歷史的功能上無法令人滿意，更重要的原因是它所體現的「中產品味」藝術視野——這種藝術視野是台灣商業性環境的產物，也是共產革命前中國大都市文化生態的延續。潘人木對生活裡的非理性力量和人性中的荒謬成分格外敏感，擅長藉由命運之不可測來表達她的人生觀照，和蘇青、張愛玲等一九四〇年代上海中產文學女作家一脈相承；這些作家慣常將大時代裡的「歷史」作為都市浪漫傳奇的背景來處理[14]。《蓮漪表妹》中人物的悽慘命運、俏皮的對白，和通俗愛情劇的情節，使得作者探討歷史的嚴肅意圖被瑣碎化。夏志清教授曾經指出，三〇年代寫實主義小說經常受到意識形態教條、乾燥的對話，和冗長的篇幅所累，妨害了它們的可讀性。而《蓮漪表妹》的問題恰好相反：削弱了這部作品再現歷史的潛力的，正是它趣味性的中產流行小說文類特質。

在短篇小說集《哀樂小天地》（一九八一）中，潘人木的愛好和通俗劇的情節，恰好達到某種正面藝術效果。譬如，常被收入各種選集的短篇故事〈夜光杯〉（一九六三），小說聚焦於人生的「機緣」因素，達成一種類似莫泊桑的反諷效果[15]。

總之，老一輩作家的作品雖然不是沒有藝術優點，但是他們具備深刻的意識形態觀點，卻牢牢嵌入台灣一九四九年以後整個時代保守的主導文化之中。年輕一輩現代主義作家的崛起，伴隨其自由主義傾向和新的美學概念，不只向老一輩作家的藝術視野挑戰，並且置疑主導文化對於作家的意識形態宰制。接著我們就要討論，現代主義作家在藝術領域裡引發的種種轉變；對於本書後面幾章處理更為激進的文化批判，這些轉變是重要的了解基礎。

13《蓮漪表妹》和潘人木後來的小說〈有情襪〉（一九八五）中所描寫的父親，似乎是以真實生活中潘人木自己的父親為範本。

14 朱西甯在其《微言篇》中，曾對潘人木和張愛玲的相似之處，進行有趣的評論。參見朱西甯，《微言篇》（台北：三三書坊，一九八一），頁三七。

15〈夜光杯〉描述一位開古董店的父親讓一對兄弟尋找真正夜光杯的故事，情節見《哀樂小天地》（台北：純文學）。

二、現代主義的新藝術形式

在台灣當代小說的形式和主題兩方面，現代主義文學運動都產生極為重要的影響：就主題來說，現代主義作家致力探究人類經驗的新領域，突破傳統文學的限制，可以說承襲二十世紀初期五四前輩們的種種努力，甚至在深度上還超過他們[16]。這些小說家為了理解、分析現代世界中人類經驗的複雜性，相當偏愛理性主義、科學主義，以及嚴肅、有時並不成熟的哲學冥想。就形式來說，如同晚近一些學者指出，中國現代小說作者開始試圖以寫實手法再現人生圖像，卻屢屢受到作品修辭結構中固有主觀語氣的阻撓。因此，現代主義作家為了糾正這項缺點，引進一種新的「客觀形式」。尤其，他們喜歡巧妙處理小說的敘述觀點，藉以展示道德觀的相對性。由於這些形式設計主要取自現代西方小說，因此《現代文學》雜誌一群出身西洋文學系的年輕作家，自然而然扮演相當重要的角色。

李歐梵在評論白先勇、王文興、歐陽子和陳若曦等《現代文學》雜誌小說作家時，他說：「從他們早期的作品判斷，毫無疑問地四位作家都顯現受到西方現代小說啟發的風格意識。尤其王文興，雖然不是每次都非常成功，卻是一個認真而自覺、風格與形式的實踐者」[17]。王文興小說在語言層次的前衛性實驗，我們將在後文中加以補充。如果我們想針對過去三十年間，經由現代主義引介、並成為台灣作家廣泛吸收的新敘事形式，進行一個總體的探索，歐陽子便是一個最好的出發點。

一九六〇至一九六七年間，歐陽子的小說作品總共不超過二十篇短篇，而且都收入《那長頭髮的女孩》（一九六七）這部書裡。由於她的小說特別注重疏離個人脫離常軌的社會行為和心理危機，同時也能精準掌握當時美國大學文學系所的現代小說技巧規則，使得她成為台灣現代主義小說的一個先驅。

值得注意的是，根據歐陽子的自述，在她剛開始寫作時，真正對她具有吸引力的，反而是抒情感傷的文體。她早期喜愛的作家中包括冰心和張秀亞，兩位正好分別代表五四時期的抒情流派，她也非常鍾情於一九五〇年代的傳統主義散文。一直到歐陽子大二上過夏濟安教授的課，才逐漸開闊她的眼界，轉入「現代主義小說」的行列。夏濟安曾經強力批評現代中國文學的感傷主義趨勢，正好代表知識分子檢討一九四九年以前流行的五四抒情文風[18]。從這個角度來看，我們可以說，台灣戰後的現代主義文學運動和中國新文學傳統之間，其實具有錯綜複雜的連結關係。在夏濟安教授的影響之下，這些現代主義作家不只對五四文學作品的浪漫理想化和感傷主義十分敏感，而且基於對英美形式主義理論的了解，他們還能鞏固那些深受西方影響的文學形式，使得這些形式的內在潛力得到充分發展[19]。現代主義作家致力傳播的寫作技巧法則，在塑造六〇年代以來的台灣小說作品上，扮演極重要角色；歐陽子在她短篇集《那長頭髮的女孩》的序文中，簡要綜述這些法則，值得我們仔細檢視。

---

16 根據普實克的觀察，五四作家除了具有抒情和主觀的傾向，也在引進個人的生活走入更寬、更新的高層文學上，做過很大努力。

17 李歐梵著，吳新發譯，〈中國現代文學的現代主義——文學史的研究兼比較〉，《現代文學》復刊一四期（一九八一年六月），頁一七。

18《那長頭髮的女孩》中的大半小說已做過修改，並以《秋葉》這個不同的書名，於一九七一年由晨鐘書局重新出版。

19 大部分台灣現代主義作家都到美國念研究所，特別是到愛荷華大學的國際作家工作坊。

在這篇序言中，歐陽子一開始便譴責「感傷主義」，認為感傷主義是整個現代中國文學一個明顯的缺點。歐陽子首先指出，「人類的精神世界」就是她小說主題的焦點所在，然後列舉短篇小說寫作必須遵循的幾條技術規則。她引證詹姆士（Henry James）的「戲劇效果法」（scenic method），以及亞里斯多德（Aristotle）的「三一律」，強調「結構」在文學作品裡具有關鍵地位；很明顯地，她認為「戲劇性呈現」比「作者陳述」更具優點。接著，歐陽子舉出自己的小說為例，主張語言的使用應當精簡，應當避免使用陳腐的表達方法和典故。至於她在小說情節的鋪排上，總是盡量刪剪不相干的細節，也很少讓故事建立在不可能發生的巧合上。

在「序言」的其他部分，歐陽子集中介紹「客觀敘事」這項修辭技巧。歐陽子主張，敘事的「語調」是作者傳達他（她）對主題和人物態度的一種管道；她並且進一步指出，她多半採取中立、不具偏見的態度，因此讀者既不能將小說人物的觀點當作她的觀點，也不應該認為這些觀點必然就是「正確的」。最後，她以自己一篇小說〈近黃昏時〉（一九六五）為例，說明作者不進行價值判斷的立場：這篇小說針對同一個事件，提出三種不同觀點出發的敘事，但是沒有一種敘事觀點完全正確或完全錯誤。讀者必須用自己的判斷力，謹慎加以比較，以便「正確發現事情的真相」[20]。

這篇序言顯示，歐陽子相信小說可以描繪一幅真實世界公正無偏的圖畫，不僅是可能的，也是合乎需要的。因此，讀者賦予某種特權，能夠形成自己的意見和道德判斷。這類意見讓我們立刻聯想起寫實主義文學再現的概念，而比較不像現代主義者將文學視為自我指涉的論述實踐。事實上，整個一九六〇年代，儘管許多評論文章引介西方文學觀念，但是大部分都將注意力集中在某些基本文學技巧規則和批評標準，而且這些規則和標準早已在西方採納多年、被視為理所當然。譬如，顏元叔、朱立民、葉維廉等曾經接受美國學院訓練的權威學者和批評者，便系統地詳細描述整套西洋文學法則的基本原理，對台灣文學創作和實際批評，有著難以估計的影響。事實上，由於嚴格定義下的短篇小說（short story）和長篇小說（novel）這兩個文類，一直至本世紀才自西方傳進中國，因此上述現象是可以理解的。中國作家希望因為這些文類本身遊戲規則臻於完美，熱衷學習文類原有形式的要求，這種盼望之情不僅見於六〇年代的台灣作家，也在八〇年代現代主義小說再度興起時，深深影響中國大陸的作家[21]。另一個事實是：在挪用外國文學法則時，必然超出一些基本技巧的掌控原則，而不可避免捲入更為龐大、複雜的藝術和意識形態系統網絡。本書的主要論點之一，便是針對台灣現代主義文學運動來說，幾位頗為用心的作家，事實上已經從更深層的意識形態面向，挪用文學的現代主義，而他們採取的美學觀點也比歐陽子的序言更為複雜。本書第三、四章的核心內容便在闡述這個現象。在這裡，筆者先將重心放在現代主義作家引介的幾個技術原則和較普遍的影響。我們將從兩個角度進行討論：第一，從整套理論上來說，現代主義結合現代科學對人類行為先進知識的主題常規的建立。第二，老的形式傳統遭到新的傳統取代；在小說寫作上，尤其偏愛「客觀」敘事這個形式。

20　歐陽子，《那長頭髮的女孩》（台北：文星書店，一九六七；台北：大林，一九七八），頁四。

21　一個有趣、並值得注意的現象是，高行健於一九八一年撰寫一本《現代小說技巧初探》，於一九八〇年代初激起大陸文壇關於現代主義文學的熱烈辯論，其觀念和六〇年代台灣現代主義頗為相似。

心理學的應用範例

許多新的現代主義文學主題逐漸盛行，主要原因是對那些渴望探測人類心靈黑森林的年輕作家來說，現代主義具備廣大的吸引力。由於不少一九六〇年代作家出身中產階級的學院，在生活上受到保護，他們使用自書籍閱讀得來的抽象知識，代替實際觀察的生活傾向，所以現代主義能夠發揮強烈的影響。歐陽子顯然受到佛洛依德（Sigmund Freud）心理分析理論的廣泛影響，對其中反常的人際關係深深著迷。在她的幾篇故事中，都將戲劇性焦點集中在變態心理特徵遭到突然揭露的那一刻。譬如，在〈魔女〉（一九六七）故事結局時，我們發現母親竟然就是自己對祕密戀人激情占有慾的終身奴隸，這使得主角再也無法和人產生任何正常關係。這項發現令人震驚之處，在於她塑造出一個慈愛母親形象，成功地騙住每個人。在另一篇小說〈網〉（一九六二）中，年輕妻子無法和從前的愛人結婚，原因是兩人在感情上都具有一種被虐待狂的傾向：雙方都太渴望能夠為對方犧牲，對彼此的感受都太過敏感，終於互相折磨，乃至於到達一種無法忍受的程度。對變態行為感到興趣的作家，其實不是只有歐陽子，其他年輕的現代主義作家也多數曾經描寫後佛洛依德中產階級的心理困境。譬如，在王文興的小說〈母親〉（一九六〇）中，便處理一位精神衰弱的母親，對她十幾歲的兒子產生一種類似情人的依戀。白先勇的〈香港，一九六〇〉（一九六四）則是描寫一位香港上層階級女難民的悲劇故事，她的生活墮落腐化，甚至不惜找流氓作踐自己。如果我們要列出這一系列作品的清單，其中還可以包括水晶的小說〈沒有臉的人〉（一九六二）、陳映真的〈文書〉（一九六三），以及其他許多作品。

現代主義作家對形式具有高度自覺，並且將文學視為自我指涉文本，這種態度一直較晚時期才逐漸發展成熟。台灣現代主義文學運動的早期作品，譬如上述幾個例子，多半都是寫實性稍弱的傳統形式小說，過於受到西方文學或非文學作品的密切影響。歐陽子相當坦誠地透露，她的小說〈魔女〉便是取材自美國一齣電視肥皂劇；另一篇作品〈近黃昏時〉，則借用她以小說家福克納（William Faulkner）〈當我等待死亡時〉（As I lay dying）為題的期末報告[22]。從歷史的角度來看，現代主義作品這種模擬成分居多的心理小說，確實難以抗衡描述台灣當代生活的鄉土文學作品。

不過，從寫作技巧的提升來看，現代主義作家則相當值得稱讚。他們喚起大家逐漸重視不同素材轉化藝術的種種機制，替更精練的形式革新奠下基礎。白先勇曾引用夏濟安的話，說明在文學作品中，「說什麼」還沒有「怎麼說」來得重要。王文興甚至更積極力辯：作家僅僅關切如何操縱讀者的反應。我們必須找到適當的脈絡，才能夠理解這些藝術觀念的重要性；也就是說，必須先檢視這些藝術觀念如何逸離傳統文學的表現觀點和敘事常規。當然，許多批評者責怪現代主義耗費過多精力處理藝術技巧，反而忽略作品的主題內容；不過，另外一個論點是，出現於現代主義文學運動初期的心理小說敘述範式，其實也滋養了王文興和白先勇等後期具有重要社會學含義的作品。由比較正面的意義來看，這些現代主義作家閱讀西方經典譯著，獲得許多生活的替代性知識，又在學院研讀存在主義和佛洛依德心理分析，進一步建立心理分析的探討辭彙和概念架構。凡此種種，都是之前中國現代作家

22 見歐陽子的〈關於我自己：回答夏祖麗女士的訪問〉，收入其散文集《移植的櫻花》（台北：爾雅，一九七八），頁一五三—二〇一。

無法輕易享有的資源。

此外，任何作家在進行虛構想像時，總是或多或少投射出她或他個人生活的私密幻想，而這些幻想又起源於個別作家在社會化過程中遭遇的種種問題。因此，這些年輕的現代主義作家雖然寫出一些藝術成績並不成熟的作品，卻能夠顯露作者如何積極認真，嘗試面對盤據個人自我的心理糾纏。譬如，在歐陽子的作品中，強調人的自我認知和公共形象之間的落差，就是一個相當特殊的關注角度，也不斷投射到小說感情張力最強的戲劇性時刻。她的〈魔女〉、〈半個微笑〉（一九六〇），和〈最後一節課〉（一九六七），都將重心放在個人私密、卑鄙念頭意外曝光，呈現於大庭廣眾時產生刻骨銘心的焦慮感。這個主題很容易被視為作者內心潛伏恐懼的投射。歐陽子另外寫作一篇廣受讚揚的小說〈花瓶〉（一九六一），故事表面上是寫一個嫉妒心很強的丈夫，為了戰勝自己的自卑感，而處於不斷的絕望與掙扎；不幸的是，他為了達到這個目的，處心積慮的計謀，卻在沒有預警下當場拆穿，並且遭到極大羞辱。從心理分析的角度來說，這個故事可以解釋成作者試圖以自虐的形式，將縈繞不去的夢魘投射於具體情節的演出[23]。王文興的小說處理少男如何啟蒙，進入成人世界的愛、命運、性，和永難逃避的死亡。譬如，〈欠缺〉（一九六四）、〈命運的迹線〉（一九六三）、〈寒流〉（一九六二）和〈日曆〉（一九六〇）等主題，便將生命存在的「意義」這種盤根錯節的思維，置放於最重要的位置。在王文興後期的作品中，對於這種糾纏的處理，顯得更為得心應手。如同夏志清教授指出，白先勇借用西方文學經典的語彙，表達來自個人經驗、內心深處的熱望。對另一個優秀現代主義作家水晶來說，屈辱主題再三出現，顯示作者能夠敏銳反映人和社會環境的疏離關係，並且在功利價值主導一切的現代世界中，重新肯定人性尊嚴的願望。

如果早期現代主義小說多半在主題觀念上缺乏創意，這些作品仍然高度反映作者個人生命的某種真實。雖然這種心理學式的探索已經逐漸平凡，尚未提出多少有力的新的詮釋，但是年輕現代主義作家進行真摯、勇敢、誠實的自我分析，卻能夠在台灣文化地圖上，開拓一片新的天地。在這些努力之下，人類行為的正常標準得以重新劃定界線，而其挑戰的對象不僅只是傳統的倫理規範，也是一九四九年以後台灣主導文化主軸的保守中產階級心態。在這個意義之下，早期現代主義作家等於鋪好一條道路，促使往後這個運動成熟階段的作品裡，可以出現更為激進的文化反省。

「客觀現實」的理想

現代主義推動許多形式特徵，其中最值一提的，就是作者和文本之間的距離受到拓寬。從某種意義來看，現代主義作家努力師法西方現代小說，等於延續中國現代文學史的一個巨大方向，試圖脫離傳統的文學表現觀念，而趨向由「摹仿論」（mimetic theory）主導的文學觀。因為他們譴責感傷主義，明顯注重隱祕複雜的人類心靈，由此來看，「個人情感」已經不再是文學的根源或肇因，而是可

23 莎莉．林佛斯（Sally Lindfors）的博士論文〈私人生活〉（Private Lives: An Analysis of the Short Stories of Ouyang Tzu, A Modern Chinese Writer）中，關於歐陽子專注個人身分問題，提出極佳的討論。

以站在超然客觀的態度加以觀察的對象[24]。

現代主義作家相當熟稔西方文學的精緻概念，排斥「文學表現只是個人經驗或人類活動的編輯記錄」這類簡單看法，強調一個較為抽象的概念，也就是說，作家可以根據主導人類行為的普世法則，「再創造」各種生活事件或人的經歷。因此，歐陽子寫道：「我的作品內容，常是敘述並解析一個人在某種情況下，面臨某種難題時，會起怎樣的反應，會做怎樣的抉擇。他之有此反應，做此抉擇，一定有其必然的道理，而這道理常可從他的環境、他的過去或他的天性中，追溯得出，分析得出」[25]。這種臨床分析的模式，將小說看做個案病歷，在本質上和那些受到傳統藝術概念影響的作品差別很大。

許多學者已經指出，中國現代小說作家，包括備受尊崇的魯迅在內，普遍偏愛封閉性的主題結構。他們也認為，在一定程度上，作家有義務清楚表達對某些道德立場的認可。然而，現代主義作家卻認為，無論是哪一種明顯的教誨企圖，都是對讀者想像力的侮辱，因此不斷力圖撥開封閉的敘述結構。其中之一是，現代主義作家強調作者和角色之間不同的觀點。因此，歐陽子認為有必要提醒她的讀者：「小說角色的觀點，並不代表我本人，也因此不必一定就是對的」[26]。

現代主義作家主張好的文學作品必須「客觀」，避免主觀價值判斷，同時也要充分了解，只有在藝術包裝之下，才可能達成這種「客觀性」。的確，故事正要展開時，作者最好不要忽然冒出，發表意見或直接說教，然而小說的每個細節終究還是受到作者控制；尤其，作者對於重要情節和象徵符號的操控，最終目標仍在於傳達特定的訊息。因為現代主義作品的重要主題意涵，就是揭發傳統道德的相對性，所以，儘管這些訊息並不能膚淺地解讀為道德說教，但是毋庸置疑地，它們仍然對人類行為的道德範疇產生作用。

不容忽略的是，「主題不確定性」（thematic indeterminacy）、「道德無涉論」（moral disinterestedness）等西方現代主義的流派特徵，都不是台灣現代主義作品的顯著特性。或許，基於現代主義者自覺採用理性的世界觀，許多台灣現代主義作家在他們創作初期，傾向將「客觀呈現」定義為關於作品釋放事實證據的方式，或者決定作品呈現的「真實」在情節中展開的機械過程。因此，雖然「知識論懷疑」（epistemological incertitude）概念曾在西方早期現代主義作品占有最重要位置，但是台灣現代主義作家並不特別敏感。在這裡，筆者就以歐陽子的小說〈近黃昏時〉闡釋這個論點。

〈近黃昏時〉這部小說並列三種不同角色的觀點，敘述一個複雜的三角關係如何導引出一樁謀殺未遂的案件。吉威是一個二十歲出頭的年輕人，余彬則是他瀟灑標緻、「有著嫩白頸背」的摯友；麗芬則是吉威的母親，雖然年華老去，但風韻猶存。余彬和麗芬雖有戀情，卻準備離開她，前往另一個城市。在余彬把他的決定告訴麗芬之後，遇到正在外面花園等候的吉威，兩人大吵一架，最後吉威用一把雕木刀，對著余彬的大腿之間深深劃了兩刀。麗芬、吉威，和事件的目擊者王媽三個人，各自說出自己的獨白，提供讀者三種截然不同的版本。

---

24 與一九四九年之前中國現代文學有關這個特色的討論，見安敏成的《現實主義的限制》。

25 歐陽子，《那長頭髮的女孩》，頁二一。

26 同前註，頁三一。

讓麗芬感到痛苦萬分的是，那些年輕的戀人總是跟她學到做愛藝術後，便一個個棄她而去。雖然和其他戀人比較起來，余彬相當被動，「骨子裡一點熱情都沒有」。從她的獨白中，透露出她之所以過著自暴自棄的生活，是因為長子童年時意外身亡，在她的心裡烙下深刻的創傷。她感覺吉威近來總是兩眼不離，監視她和余彬，時時溜動著「冷冷的，懷恨的眼睛」。因此，她認為吉威殺害余彬，就是為了表達他的恨意，還有對她的報復。

從吉威的敘事中，透露他並不怨恨母親從不曾愛過他。相反地，他具有明顯的伊底帕斯情結，反而懇求余彬不要離開寂寞的母親。在事件發生之前，他和余彬本來是一對同性戀人，余彬開始和麗芬交往、戀愛，目的只是為了證明他也能過著正常、異性戀的生活。對吉威來說，他似乎藉著余彬，間接得到一種和母親之間的替代性親密關係。他試圖不讓余彬離去，卻在失敗之後，曾經懇求余彬「讓我們回到過去的日子」，但是兩者都遭到余彬拒絕。在極端絕望和嫉妒之下，吉威於是想要閹割余彬，而不是要殺害他。

依照王媽的解釋，吉威會在一氣之下，拔刀殺害自己最好的朋友，「不過是他痛恨邪行，想護著公道」，以及想要維護父親的名聲。她的敘事也提供比較詳細的情節，果然證實麗芬具有強烈的自戀心理：她愛死去的大兒子，因為他繼承她美麗的外貌，她恨老二吉威，因為他長得像她的丈夫。

這個故事明顯採用《羅生門》的電影手法，這個手法流行一時，主要就是清楚傳達「真實具有多重面貌」的訊息[27]。在電影《羅生門》中，三個敘事者各自具有無可穿透的主觀偏見，針對同一事件呈現三種不同的版本。黑澤明利用這項設計，提出「『真理』永遠在時間中消失」的哲學洞見。不論出自無心、刻意如此，或身不由己，每個敘事者都在「說謊」，而這個事實絕非僅是一種無知的結果。事實上，如果這些謊言不是為了獲得某種自我利益，便是出於自我中心的盲點；導演以極具說服力的方式，將這種狀況呈現為普遍的人性。這部電影強調「在某個終極意義上，真理永遠無法遭到個人意識參透」的主題，強化「存在的焦慮」，也傳達出對人類認知可能性的深刻質疑。

雖然歐陽子也同樣強調，每個人在詮釋同一段經歷時，不可避免將受到某些先入為主想法的制約，她的故事則採取偏向偵探小說的結構；只要小說提供足夠、相關的資訊細節，讀者便能自行恢復「事件的真實原貌」。小說的三種敘事呈現出不完整的真相，如果敘事者不是對某項重要事實懵然無知，便是因為敘事本身便已有所隱略。當讀者拼湊這些散亂的線索後，便很容易找到一個幾近「事實真相」的完整故事。歐陽子相信原本故事是存在的，顯示她真正的關切點，是經驗主義意義下「說故事」的過程，而不是人類理解真實的認識論問題、或者敘事行為本身。重要的是，為了發掘這個原本故事，必須明瞭故事中事件的因果關係。因此，整個閱讀過程提供讀者一種知識性的滿足，更甚於挑起哲學性的沉思。

當然，歐陽子這種敘事設計也具有獨特的主題功能。她的小說多半採取單一敘事視角，也就是單一語言意識的角度呈現，譬如〈近黃昏時〉採用三種敘事各自單獨呈現。她有意避免觀點呈現的混雜，多半以不同的角色表達不同角度的觀點。在這樣的敘事設計下，歐陽子可以順利展開她所偏好的

27 這裡指的是黑澤明導演的電影《羅生門》，改編自芥川龍之介的小說〈竹藪中〉。

主題：也就是說，如果個別人物自我欺瞞、自我疏離，便會對現實的觀察產生盲點，而使自己受到局限。雖然，黑澤明電影指稱，這種情況源自人性普遍具有自我禁錮的本質，歐陽子則認為這種限制屬於一種病理特徵。因此，儘管原本「真實」的輪廓超乎故事人物的意識範疇，對其他人物角色，或未捲入事件中的旁觀者來說，卻是輕而易舉便觀察得到。所以，歐陽子故事的戲劇性效果，其實來自已知（或容易推知）的真理，和遭到心理蒙蔽的個人之間的張力。作者身為故事的創作者，似乎享有絕對的權力，雖然同樣遭遇意義形成過程中牽涉的種種問題，但絕對不會受到干擾。

早期現代主義作家相當具有自覺意識，主動賦予作品敘事形式某些主題含義，並且操控作品的敘事觀點。雖然這不見得是西方現代主義文學的特有關注，然而現代主義作家充分運用形式和內容之間的對應關係，無疑替中國小說作家開拓出一個新的領域。譬如，王文興在小說《家變》中，便精心設計兩條交叉的故事主線，並且刻意混淆主角和敘事者之間的觀點，以這種方式傳達出重要的主題訊息。在《臺北人》故事系列中，白先勇在建構精緻的象徵系統時，採用大量的平行手法，也具有相當關鍵的功能。不可否認的是，當這些作家專心創作戲劇性情節時，卻忽略作者在「文學再現」過程中扮演的專斷角色，這種缺乏自省的現象，不僅出人意料之外，更讓人深感不安。或許，這正可以解釋為什麼部分現代主義作家的作品中，有些情節顯得格外機械化。基於這種形式自覺，某些具有雄心壯志的現代主義作家後來果然攀向更高的藝術成就，創造更多「作者」文本。他們終究成功脫離原先的模仿對象，捨棄「摹仿論」的模式，而以文學作品和指涉對象間的離異關係為基礎，進行更為徹底的創新。

對文壇的影響

現代主義作家的主題和形式常規受到廣泛傳播。一九六〇年代以降，台灣所有嚴肅小說創作者幾乎都奉為圭臬。因此，新的小說形式必會將比較抒情的散文創作形式排擠到邊緣地位。即使像林文月、莊因、張曉風、方瑜、王孝廉等人，都和現代主義作家屬於同一個世代的一群散文家，他們或多或少還是維持傳統的寫作風格。然而，許多創作人才紛紛有心鍛鍊新形態的現代小說。甚至，像陳若曦、陳映真、黃春明和王禎和等人，具有強烈社會意識，並曾公開呵斥現代主義意識形態的作家，也和現代主義具有類似的文學認知；譬如，偏愛情節本身的戲劇性呈現，避免作者插入議論，或者傾向由心理動機詮釋人類行為。

一九七〇年代末期，台灣文壇愈來愈多元化，但是現代主義文學運動的整體影響仍然到處可見。李昂、東年、黃凡和顧肇森等戰後嬰兒潮一代的年輕作家，逐漸精確處理「實現個人價值」與「傳統倫理規範」之間的衝突，而對「存在的意義」和存在主義式焦慮等題目，則仍舊興趣較低。雖然這些年輕作家並不像早期現代主義一般，將文學創作當作一種「智性的追求」，但是他們卻徹底地吸納現代主義引進的文學技巧，特別是「客觀原則」。他們作品的結構精練優美，有時甚至超越他們的前輩[28]。

現代主義小說的發展過程中，出現另一個值得注意的影響，也就是菁英分子和大眾之間、現代主

28 一九八〇年代，戰後嬰兒潮一代蘊釀一股抒情散文的復甦風潮，陳幸蕙、愛亞、林清玄等知名作家最早便以這種形式出現。

義和傳統主義之間，品味逐漸趨於兩極化的現象。雖然在長達十多年時間裡，現代主義作家常在報紙副刊發表文章，但是由於部分作家愈來愈傾向美學主義，他們和大眾之間的鴻溝也愈來愈大。一九七〇年代後期以降，戰後嬰兒潮一代的作家，常因作品多次於報紙副刊曝光，而獲得極高的知名度。差不多在同一段時間，王文興《背海的人》在《中國時報．人間副刊》連載，卻因為小說使用「粗鄙」的語言，冒犯中產階級為主的讀者們，最後竟被迫停載。傳統主義與現代主義之間的緊張關係性質微妙，也較少公開論及。然而，毫無疑問的是，這兩個陣營批評者之間，對於傑出文學作品評判的標準，確實存在一些基本差異。歐陽子在一次私下閒談時，曾經透露學生時代的一齣小插曲：她在大一時，曾寫下一篇詞藻華麗、帶有感傷情調的作文，受到當時中文老師由衷誇讚一番；但是，夏濟安教授看了後，卻大表不以為然。幾乎毫無例外地，傳統主義者必然對王文興的《家變》和《背海的人》出現負面反應，也進一步證實這個在文學品味上存在難以跨越的鴻溝[29]。這些批評者已經具有相當水準，但他們之間對於作品的見解標準卻又如此分歧。這正可以證明在一九四九年以後的台灣文壇，確實已經誕生一個新的美學取向。這個新的寫作、主題常規系統正是由現代主義作家一手移植，並且顯然已經發揮主導文學作品生產和接受的效應。

29　這個結論根據他過去十五年來的個別訪問和公開發表的意見。

第三章
文學現代主義的移植

前一章提到，現代主義文學運動在很大程度上改變了台灣敘事文類的修辭傳統和主題成規，因此從根本上更新了一整個世代的作家和讀者的藝術視野。這一章將進一步檢視台灣的現代派作家，是透過哪些特殊方式來挪用、體現西方現代主義文學的若干典型特質。這項探討工作的理想起點，應該是運動初期所湧現的一波短暫的「前衛」風潮。雖然對某些評論家來說，現代主義文學運動就等同於這個激進風潮以及它對文學形式的顛覆，但是以下我想要論證的是：台灣一九六〇年代的前衛風潮其實相當短暫，而且影響力有限；甚至連「前衛」這個標籤都可能是個誤用。然而，為了討論方便起見，我將繼續沿用這個名詞——只是將它加以特別界定，用以專指當時在台灣出現的「前衛」風格。

一、具有浪漫主義特質的「前衛」作家

一九六〇年代，自命前衛的作家們醉心於存在主義思潮，成為一個令人矚目的特色。由於在運動初期引進了卡夫卡（Frantz Kafka），影響所及，晦澀的情節和古怪的文字風行一時；而無數年輕作家的作品中，充滿了虛無、苦悶，和對「存在的荒謬」所產生的焦慮感[1]。不難想像的是，許多讀者和評論者都感到這一類作品不知所云，對作者故示深奧的矯飾態度頗有怨言。在諸多負面的批評文字中，海外學者關傑明（John Kwan-Terry）曾提出一些一針見血的論點。

關傑明一九七二年發表的英文論文，〈當代中國新詩裡的現代與傳統〉（Modernism and Tradition in Some Recent Chinese Verse），針對當時台灣新詩裡流行的「現代主義」發出若干質疑[2]。他認為，現代派詩人對詩句傳達意義的功能的不屑，不僅造成詩人與讀者之間無法就作品指涉內容溝通的隔閡現象，更可能「導致藝術層面的全面崩潰」[3]。他覺得這個現象是追求時髦，盲目崇拜現代西方藝術潮流的結果，並對它所反映的文化危機深感憂慮。大體說來，關氏提出的論點也可適用於小說文類，一時間得到頗大的共鳴。文章發表後，引發了一場激烈的「新詩論戰」。在很大程度上，這是隨後發生的，規模更大的反現代主義潮流——也就是大家熟知的「鄉土文學運動」——的一個前哨戰。

鄉土派評論者認為文學應當具有社會性，必須能被大眾理解；他們的強烈主張成功地遏止了人們對隱晦的「前衛」文學風格的狂熱。作家既然成為社會上受剝削的弱勢階級的代言人，目的性強、以社會批判為訴求的作品大量增加，而對文學技巧的琢磨則被視為是反動社會觀的一個徵兆。艱深晦澀

的文字不再，粗糙樸素的風格取而代之，俾求忠實地再現社會底層人物的言行。在新的創作風氣之下，有些一度熱衷前衛風格的作家甚至公開否定自己早期的作品，斥之為頹廢、政治不正確。

雖然這些對「擬前衛主義」的批評大部分不無道理，但一九六〇年代崛起的「美學式偶像摧毀」，卻代表著戰後台灣文學史上一個重要的時刻。以現代主義之名被引進的、活潑而富有原動力的藝術觀念，對傳統美學形式及文學評鑑的準則形成一種挑戰。一時間被激發出的努力中，若干得以堅持下來，鑄成了現代中文文學史上的一個新世代。一九七三年，劉紹銘寫下了〈中國現代小說中的時

---

1 李歐梵曾經提出評論，「《現代文學》第一期便以卡夫卡為主題，這項決定是王文興的大膽作法。接下來對湯瑪斯曼、喬艾思、勞倫斯的介紹，可以視為一種印象派的盛宴，對王文興和他同學們的智識早熟」（Leo Ou-fan Lee, "'Modernism' and 'Romanticism' in Taiwan Literature," p. 14）。雖然《現代文學》的作者群必須負責引進卡夫卡給台灣讀者，而他們本身也深深為存在主義主題所吸引，在實踐層次上，他們則相當自我克制，並沒有大量學習卡夫卡的神祕風格。

2 John Kwan-Terry, "Modernism and Tradition in Some Recent Chinese Verse," *Tamkang Review* 3.2 (1972): 189-202. 關氏也就此題發表了一篇中文文章，〈中國現代詩人的困境〉，《中國時報．人間副刊》，一九七二年二月二十八至二十九日。

3 用關傑明自己的話來說，「在所有作品中，我們發現許多例子，詩人和讀者之間主要在兩個平面上無法溝通；兩者在參考平面，就是所有稱為詩的『理性』；兩者在感覺平面，對呈現情境的情緒態度，不管近來中國詩可能喚起哪個傳統，最重要的傳統，也就是詩與讀者之間的自然社群的傳統，卻已消失不見」（John Kwan-Terry, "Modernism and Tradition in Some Recent Chinese Verse," pp. 194-95）。

間與現實觀念〉一文，綜論當時台灣文學開創的新局面，所關注的正是這個革命性的意涵。這篇文章至今仍是對這段時期小說創作最精闢的一篇概述。

劉紹銘把他文章中所引述的，用來闡明這種創新趨勢的小說，歸類為「寓言式寫作」。其實這些作品還可以進一步分成兩個類型：第一類以七等生、叢甦、施叔青為代表，可能比較接近嚴格定義下的「前衛」，因為作者「刻意使用反形式，或對既有的文學成規加以顛覆」[4]，而作品的題旨經常十分隱晦，抗拒理性的分析。第二類，如王文興〈最快樂的事〉（一九六〇）和水晶的〈淅瀝瀝淅瀝……〉，則顯示一種極為不同的藝術概念——語言明白，內容寫實，有十分明確的主題訊息。雖然兩類作品都偏離了傳統的文學寫作方式，卻各自包含了往不同方向發展的潛在因子。一方面，第二類作品的道德寓言中含有某種知性目標，旨在呈現有關人性真理的卓見，往後並開啟了更廣泛的諭示方法運用；譬如，在白先勇和王文興等現代派作家後期的作品中，便是以此為基礎，建構複雜精緻的象徵系統。另一方面，第一類作品在語意上的含混矛盾，應該是標誌了現代主義文學運動初期特色的若干心理動機的產物。在一九六〇年代寫出大量令人側目的「晦澀、古怪」作品的七等生，可作為這種早期現象的代表。

一九六二至一九六四年之間，七等生陸續在《聯合報．聯合副刊》及《現代文學》雜誌發表一系列素描和小品，開始吸引了批評家的注意。這些作品主要取材於他個人的生活經歷，技巧是刻意的使用一種冷靜壓抑的筆調，讓人聯想到海明威（Ernest Hemingway）小說裡典型的疏離人物。他具有更明顯「前衛」特徵的作品，則發表在一九六四至一九七二年之間，收入《僵局》（一九六九）、《精神病患》（一九七〇）、《巨蟹集》（一九七二），和《來到小鎮的亞茲別》（一九六五）等小說集。這些較晚的作品又可分成兩個基本類型，第一類型的故事主要是描繪文字，敘述成分不多；儘管充滿虛幻事件，而且情節經常缺乏連貫性，但是其中具體意象突出、臨場感強勁，有其特殊的魅力。第二類型的故事通常包含冗長的哲學冥想，大多透過人物的內心獨白來表達；有時也出現想像式的對白，譬如在〈爭執〉（一九六八）裡老戴和一尊神像的對話[5]。

劉紹銘曾以挖苦的語調說，七等生的文體罹患了「小兒麻痺症」[6]。不論用任何批評標準來看，七等生的語言都摻雜了過多扭曲、不自然的西化句法，以及語意上不必要的含糊。然而，它也確實有一種奇異詭譎、印象主義式的鮮活，以及響亮的節奏。這些令人耳目一新的意象，常常襯托出一種迷人的氛圍，對那些原本就追求新奇的讀者有一種獨特的吸引力。葉石濤、郭楓，及劉紹銘本人，在評論七等生早期作品時，都把他拿來和卡夫卡、伊歐涅斯柯（Eugene Ionesco）和皮蘭德婁（Luigi Pirandello）相提並論，可見已將他獨樹一幟的風格，視為一種美學層次的「偶像摧毀」。

---

4 Malcolm Bradbury and James Mcfarlane, "The Name and Nature of Modernism," in *Modernism: 1890-1930*. Ed. Malcolm Bradbury and James Mcfarlane (Harmondsworth; New York: Penguin Books, 1976), p. 30.

5 七等生，〈爭執〉，《僵局》（台北：林白，一九六九），頁一八—二二。

6 劉紹銘，〈七等生「小兒麻痺」的文體〉，收入張恒豪編，《火獄的自焚：七等生小說論評》（台北：遠行，一九七七），頁三九—四一。

波奇歐里（Renato Poggioli）在《前衛藝術理論》（*The Theory of the Avant-garde*）一書中主張，我們可以從前衛主義的偶像摧毀中，覺察出特殊的心理動機，「它們很少只局限於形式上與美學上的變形或扭曲……而是超越藝術的範疇，揭示了……真實的苦悶與虛無的衝動」[7]。正是在這個心理動機的層面上，西方與台灣前衛作家之間存在著重要的差異。一九六〇年代的台灣作家採取偶像摧毀的姿態，拒絕傳統文學形式，很明顯地並非基於對「現代文明」持有一種從歷史角度出發的悲觀看法，而更多的是來自於純粹個人層面的渴望與挫折。許多批評家已經指出，年輕作家熱衷於高深莫測的藝術形式，傾心於虛無主義，是國府遷台之後，多年來大環境裡的孤立與停滯所造成的文化症候之一。七等生作品凸顯的自我中心反抗精神——特別是對無條件個人自由的強烈堅持——毋寧是這個特殊文化環境下的產品[8]。

西方的前衛主義對台灣年輕知識分子的影響，以及存在主義哲學所散播的新的形上學思潮，或者可以拿來和二十世紀初「新原初主義」（neo-primitivism）對西方前衛作家的影響做個比較。兩者都是透過「異國情調」（exoticism）的效應而產生作用的。波奇歐里指出西方前衛藝術家，如何使用新原初主義的「變形」（deformation）——或刻意從原始藝術中複製古怪奇特的形象——來顛覆西方文明的既有藝術規範[9]。而從台灣前衛作家的例子來看，他們的作品中對變形原則的挪用——是一種二度模仿，並大幅摻入了存在主義的虛無概念——可說具有類似的「抗衡文化」（counter-cultural）的功效[10]。在某種意義上來說，這些作品和《家變》與《孽子》有異曲同工之妙，同樣表達出對藝術自由和個人自我實現的欲求。不過，王文興、白先勇，和陳映真、林懷民等其他現代派作家主要是借助於西方的思想架構，來批評中國經驗，而前衛派作家則是以外國文化產品的意象為藍本，發揮創作想像力，展現對另類文化價值的渴望。無疑的，這種創作表現正是西方文本於戰後大量湧進台灣的結果。在一層單薄的哲學表飾之下，是大量的浪漫遐想和異國情調。比方說，施叔青著名的短篇小說〈約伯的末裔〉（一九六七）裡，充滿了對聖經的指涉和高蹈的隱喻，賦予它一個極富哲理的外表，然而由於讀者對《舊約聖經》的形上學體系並不見得熟悉，整個故事的主要吸引力來源反而是其中的舶來知識氛圍。

---

7 Renato Poggioli, *The Theory of the Avant-garde.* Trans. Gerald Fitzgerald (Cambridge, Mass.: The Belknap Press of Harvard University Press, 1968), p. 181.

8 七等生堅決要求這種個人權利，在高全之的〈七等生的道德架構〉研究中顯示出來，並附上許多七等生作品的參考文本。

9 波奇歐里評論奧特嘉（Ortega）有關現代主義去人性化的理論，他表示，「簡言之，去人性化的概念逐漸具有更鮮活、精確的意義，因為它部分和『變形』的風格概念產生部分同義，和又不全然相同的關係。在藝術史上，『變形』原則並不算新奇。前衛主義藝術便在原初藝術或考古藝術中重新發現到『變形』原則的存在。譬如，前衛主義雕塑特別專注於Etruscan和埃及、哥倫比亞發現美洲之前、古希臘之前，以及非洲黑人世界的雕塑。也許我們可以這麼說，Ortega所謂的『去人性化』，和『新原初主義』的變形是一樣的，就是對所有蠻荒和原始藝術的真確和原生變型，進行有意識的複製」（Renato Poggioli, *The Theory of the Avant-garde*, pp. 176-77）。

10 一九七〇年代以後，台灣藝術作品，尤其電影，開始大量描述社會中的壓迫元素。

七等生也同樣地善於運用異國情調製造效果。在有些作品中，他模仿通行的西洋名著翻譯文體的敘述腔調和語法，糅合進一些個人的特色。他的小說場景充滿了如石刻雕像、大理石市政廳、歌德式教堂等物件，與台灣本土風物格格不入，卻更可能出現在十九世紀的歐洲。他的寓言世界裡也多半住著外國仙女，而非中國神祇。七等生小說人物的古怪姓名，常是以中文音譯西方或日本等國家的名字。所有這些設計造成令人方位錯亂的疏離效果，呼應著七等生想要建構一個想像的文化空間，祭出一套有別於他本人及讀者所熟悉的道德框架的努力。

批評界一致認為，七等生一生始終懸念的，就是如何持續和自己處於劣勢的社會地位奮鬥。在他許多小說作品中反覆出現這樣一個主題：一個男性、自我中心意識極強、具有挑戰力和創造力——幾乎是按照他的自我形象塑造出來的——藝術家，理應不受一切社會規範和實際生活顧慮的約束。評論者高全之和劉紹銘都曾指出，這樣一個任性而自我中心的要求，必然在「我」和「他們」（整個的社會）之間劃下一道鴻溝。七等生早期的一些小說裡，明顯地頌揚那些違反常態的行為。譬如說，在〈跳遠選手退休了〉（一九六八）裡那個自我疏離、反社會、甚至有些魔道似的人物，受到無條件的崇拜。同樣的，在如〈訪問〉（一九七〇）和〈絲瓜布〉（一九七一）這些小說裡，每當主角義憤填膺地譴責他人的敗德行為時，他本身自詡的道德優越性其實毫無根據，無法令人信服。

外借的存在主義話語

一九六七年，七等生出版小說〈我愛黑眼珠〉，為早期現代派作家如何挪用西方存在主義文學裡常見的母題，提供了一個最好的範例。小說主人公李龍弟跟妻子晴子約好在戲院門口見面。但是因為晴子遲到了，兩人沒有見到面；李龍弟趕回晴子工作地點，晴子卻又已經離去。在李龍弟的回程上，傾盆大雨突然從天而降，城市街道頓時成為水鄉澤國。李龍弟對這時四周拚命想逃離這場災禍的人們表達出極度的輕視；而在他開始大談生命哲理的同時，卻也自私地推擠著這些人，從他們身上踐踏而過。為了確實展現李龍弟的心態和思路，我將使用一段較長的引文：

（他）……流淚，他心裡感慨地想著：「如此模樣求生的世人多麼可恥啊，我寧願站在這裡牢抱著這根巨柱與巨柱同亡」。……他暗自傷感著：在這個自然界，死亡一事是最不足道的；人類的痛楚於這冷酷的自然界何所傷害呢？面對這不能抗力的自然的破壞，人類自己堅信與依持的價值如何恆在呢？他慶幸自己在往日所建立的曖昧的信念現在卻能夠具體地幫助他面對可怕的侵掠而不畏懼，要是他在那時力爭著霸占一些權力和私慾，現在如何能忍受得住它們被自然的威力掃蕩而去呢？……人的存在便是在現在中自己與環境的關係，在這樣的境況中，我能首先辨識自己，選擇自己和愛我自己嗎？這時與神同在嗎？[11]

11 英譯作者為Timothy A. Ross和Dennis T. Hu。七等生，〈我愛黑眼珠〉，《僵局》（台北：林白，一九六九），頁二〇〇。

李龍弟義正辭嚴地譴責了所有的人，並慶幸自己一向就與社會疏離；之後卻為了救助一個有病在身的妓女，爬到一間屋頂上。隔天一早天剛亮時，他發現妻子晴子就在附近的屋脊上，他們中間僅僅隔著一條湍急的水流，但是他拒絕與妻子相認。相反地，他安慰躺在懷裡的患病女子，並將先前買給晴子的麵包餵給她吃。對於晴子瘋狂的憤怒抗議，主角在內心裡這樣回應：

妳說我背叛了我們的關係，但是在這樣的境況中，我們如何再接密我們的關係呢？唯一引起你憤怒的不在我的反叛，而在妳內心的嫉妒：不甘往日的權益突然被另一個人取代。至於我，我必須選擇，在現況中選擇，我必須負起我做人的條件，我不是掛名來這個世上獲取利益的，我須負起一件使我感到存在的榮耀之責任。無論如何，這一條鴻溝使我感覺我不再是妳具體的丈夫，除非有一刻，這個鴻溝消除了，我才可能返回給妳。上帝憐憫妳，妳變得這樣狼狽襤褸的模樣。12

說出上面這段話的主角如此的以自我為中心，已足以讓讀者對他的觀點持保留態度；而其後他為這種獨特的論證所提供的哲學依據就更顯得迂闊無稽了。聽到晴子在對面自言自語敘說往事，主角回應道：

是的，每一個人都有往事，無論快樂或悲傷都有那一番遭遇。可是人常常把往事的境遇拿來在現在中作為索求的藉口，當他（她）一點也沒有索求到時，他（她）便感到痛苦。人往往如此無恥，不斷地拿往事來欺詐現在。為什麼人在每一個現在中不能企求新的生活意義呢？生命像一根燃燒的木柴，那一端的灰燼雖還具有木柴的外形，可是已不堪撫觸，也不能重燃，唯有另一端是堅實和明亮的。[13]

人的「過去」與「現在」於存在意義上被一個鴻溝所隔開的哲學概念吸引了不少年輕的台灣現代派作家（譬如陳映真一九六七年的小說〈第一件差事〉就用了一個與上面一段很類似的火把意象來傳達人生短暫的主題），而七等生把這個存在主義概念挪用為個人道德抉擇的根據，顯得十分牽強。

存在主義文學中另一個常見的主題是有如世界末日的毀滅性大災難。的確，大難臨頭的畫面讓我們立即聯想到聖經故事裡上帝對人類的懲罰，也是對「天地不仁」的無情見證。作家透過將人物置放在一種極端狀況（如自然災禍降臨、死刑執行的當刻）中的故事設計，企圖對我輩生活中被視為理所當然的倫理規範、常理共識提出質疑。然而，七等生故事情節上的漏洞，和他筆下主角的矯情論證，卻削弱了這樣的主題功能。儘管主角確言他對晴子態度的改變是洪水造成的，但書中的描述讓我們感到困境並非絕對無法克服；實際上，洪水第二天就消退了，而且還有一艘救生艇在水上來回搜救災民。因此主角堅稱兩人所棲息的屋頂之間存在著「一條不能跨越的鴻溝」顯得強詞奪理。不過，即便有人

---

12 同前註，頁二〇五。
13 同前註，頁二〇七。

向七等生指出這個漏洞，他大概也會認為這些細節其實無關宏旨。從某種意義上說，這條鴻溝無非是個方便的藉口；真正切斷主角和他妻子之間關係的，是他對「當下責任」及「個人尊嚴」高度主觀而武斷的認定——這個道德議題始終魔症似地纏繞著主角心頭。主角選擇不認他的妻子，源自於他個人化的思維邏輯，是作者在故事一開端就已充分交代的、主角的憂鬱性格和哲學冥想習慣合理推展的後果。主角的奇特信念——基於「當下」對一個陌生人的道德責任，他不得不暫時廢棄過去的婚姻承諾——並非極端環境下人類的自然反應，而是一個理想主義者為自己設計的英雄準則，是一種自我意志的展現。這種高蹈的哲學性辯解，無非是用來支撐他浪漫主義式的自我昇華和個人本位的自我肯定。

評論者對〈我愛黑眼珠〉的反應存在著有趣的分歧。王靖獻（楊牧）透過象徵性解讀，肯定主角甘冒偏離倫理規範的罪名而展現的悲憫心懷，並將主角的世界視為一「幻想」與「真實」的角力場。王靖獻為主角辯護：「被鴻溝隔開了的晴子，僅僅是主角腦中想像的概念，自然沒有能力與她丈夫臂彎裡的妓女對抗」[14]。因此，主角「以失去他自已妻子的代價，選擇了保護一個生病的妓女，因為這是唯一實際的、誠實的方法，來展現他的道德力量」[15]。

的確，我們唯有捨棄寫實的考量，純粹象徵性地將這個故事解讀為幾股力量之間的衝突，才能無保留地接受主角為自己行為所提出的合理化說辭。然而大多數評論者似乎仍然以寫實框架出發，譴責主角呼之欲出的利己主義。此外，高全之和劉紹銘則指出，李龍弟和好些七等生其他故事裡的主要角色所面臨的困境，與作者本身一向頑強而投入地試圖肯定、提高藝術家的尊嚴，全然不顧及個人在正常社會中角色功能的行徑，似乎同出一轍。

「藝術自我」的浪漫主義式彰顯

一九七〇年代末，七等生到達了一個更為成熟的年紀，終於邁出新的一步，開始營造自己的公眾形象。從此，他將自己大量寫入附在他作品前後的序言、後記以及年表之中。這些文字中包含的生平資料透露出，七等生早期小說中某些迷幻怪誕、詭譎費解的場景，其實是在一些真實事件的骨架上添綴若干想像性細節而成的。當然，我們或許會因此對這些作品缺乏真正原創性的藝術重組而感到失望，然而它們卻充分顯示了七等生是如何將一己的生活經驗當作他的主要藝術創作素材。一九七三年點燃鄉土文學運動戰火的業餘評論家唐文標曾頗具洞察力地建議：因為「很主觀性地把自己投射到他的每一部作品中，我們或可把他每部作品都當成他的自傳來讀」[16]。如此看來，七等生的個人化「前衛」風格，與其說是源自於現代主義對語言和形式的質疑，毋寧說更接近於浪漫主義的自我造像。

七等生的晚期作品，更直接地流露他易變的脾性，突如其來的憂鬱，針對侵犯到他個人的人或事不可抑制的忿懣和敵意，以及一種似乎並非由衷的、對群眾的輕蔑。收在《沙河悲歌》（一九七六）、《散步去黑橋》（一九七八）、《銀波翅膀》（一九八〇），及《老婦人》（一九八四）這幾本集子

---

14 C. H. Wang, "Fancy and Reality in Ch'i-teng Sheng's Fiction," in *Chinese Fiction from Taiwan*. Ed. Jeannette L. Faurot, p. 199.

15 Ibid, p. 15.

16 唐文標，〈隱遁的小角色〉，收入張恒豪編，《火獄的自焚》，頁一八五。

裡的小說揚棄了早期怪異的風格，採用較傳統的形式。經過一段「自省」時期，他又出版了《譚郎的書信》（一九八五）與《重回沙河》（一九八六），內容是以動人的文采所撰寫的書信和日記片段。此後，七等生更加無顧忌地使用未經剪裁的生活素材——包括涉及文藝圈其他公眾人物的個人經驗——來撰寫他的作品。儘管這類寫作免不了職業道德上的爭議，作者陷入冗長哲理冥思的習慣也常令人感到不耐，然而卻不乏靈光乍現的時刻。我們終於真確感受到七等生年輕時深深崇拜的美國作家惠特曼（Walt Whitman）對他的影響。在他流暢地處理像自我謳歌、對一己私密的怪僻和善變性格的披露和表白、真摯激情地讚賞大自然等典型的浪漫主義母題時，儼然是一個古典的浪漫主義者。本身也是傑出詩人的楊牧，甚至將七等生的〈散步去黑橋〉與華滋華斯（William Wordsworth）的散文詩和艾略特（T. S. Eliot）的〈普魯佛洛克的情歌〉（The Love Song of J. Alfred Prufrock）[17]相比擬。以「前衛」風格為武器來批判上層及中產階級價值觀的憤怒青年，此時似乎成了一個沉靜的浪漫主義者。

雖則並非每個嘗試前衛風格的台灣作家都跟七等生一樣，具有膨脹自我的浪漫脾性，然而透過「類前衛」風格將自我經驗「異國情趣化」的例子卻十分常見。小說家施叔青坦承年輕時代渴望冒險，為自己「我生在平靜的年代。沒來得及趕上戰爭」[18]感到扼腕。李昂也表明她一九六〇年代末的一系列實驗性小說，表面上充滿奇幻，卻都有所本，根據的是她家鄉鹿港所發生的真人實事[19]。前衛創作風格的主要功能，是為六〇年代洋溢著豐盈想像力的台灣年輕作家們提供了替代性的冒險經驗。這樣的事實，激發了我們進一步探究下列美學議題的興趣。

波奇歐里在評論西方前衛主義時表示：

前衛主義在形式和風格上最重要的特徵之一，語言的封閉主義（linguistic hermeticism），可被視為公眾與藝術家之間敵對狀態的肇因——也同時是後果。許多現代批評家對當代新詩語言裡普遍存在的晦澀問題更有著這樣的理解：它是對吾等平淡乏味、不精確、枯燥的公共語言一種必然的反動。公共語言裡大「量」溝通的實際目的，損壞了表達工具的「質」。根據這個理論，當代新詩語言的晦澀，對於一般語言因常規與習慣而造成的惡化，應該有清滌（cathartic）和治療（therapeutic）的雙重功能。我們抒情詩歌裡看似私密封閉的特殊語法，於是有了一個社會性的目標——它變成是所有大眾文化裡共通的「語言惡質化」問題的矯正劑。[20]

培德·布爾格在他討論前衛主義的新書中卻持有不同的看法。他認為上述這些特色並非前衛派所獨有，而是在較早的十九世紀象徵主義和美學主義等流派中——這些潮流後來發展成為我們現在所知道的現代主義——已經出現。布爾格的觀點是，二十世紀初期的前衛運動其實應該更準確地被視為美

---

17 C. H. Wang, "Fancy and Reality in Ch'i-teng Sheng's Fiction," p. 203.

18 施叔青，〈那些不毛的日子〉，《現代文學》四二期（一九七〇年十二月），頁一八二；後收入《拾掇那些日子》（台北：志文，一九七一），頁一。

19 李昂，《花季》（台北：洪範，一九八五），頁二一—三。

20 Renato Poggioli, *The Theory of the Avant-garde*, p. 37.

學化趨勢持續發展的必然結果；這種發展使得前衛藝術家們不得不採取激烈的手段，試圖將藝術重新整合到實際生活裡。

台灣作家對種種前衛風格的實踐中，並不包含上述這些目的。儘管這些作家往往欣然以超現實、達達主義，或其他前衛流派藝術家的姿態自居，但究其動機，主要是受到這些藝術流派背後耀眼的異質稟賦所吸引；或者，也十分重要的，是因為認同這些姿態所代表的「走在時代前端」的符號意義。在中國現代文學的短暫歷史發展上，一九六〇年代以前並沒有一個發展成熟的美學主義（中國傳統文學裡精緻的美學主義，在「現代」已沒有適合其茁壯的土壤），而剛被喚起的、對語言以及內容與形式之間複雜關係的認知懷疑論，仍未充分地被消化吸收。因此，任性而為的語言意象遊戲、對既有創作規範的刻意背離，常常伴隨著一種挑戰的姿勢，抗議社會上「一體化」（totalizing）的趨勢，同時肯定個人自我實現的價值。（類似的觀察也可從中國大陸八〇年代如劉索拉、徐星和殘雪等人的作品中得出。）正如劉紹銘所再三強調的，六〇年代台灣的文學潮流間接而曲折地傳達出了敏感的年輕藝術創作者對當時沉滯的政治社會氛圍的情緒反應。其中幾位，如陳映真、陳若曦，很快地便理解到這其實是一種無效的抗議模式，轉而採用更加寫實的寫作形式來批判上述文化生態。這不但證實了劉紹銘的觀點，同時也暴露出前衛思潮當時給台灣作家在藝術觀念上帶來的影響仍然是相當表面的。

七等生對藝術家是否成為社會上崇拜對象的極度關切，和他呼應「作品乃是個人情感滿溢時之自然宣洩」的創作信念，可見他所認同的文學觀基本上是「抒發」式的，更接近於西方的浪漫主義。他曾經用下述的話來反駁一位編輯對他的寫作文法所提之糾正意見：「碰巧我並不太計較那些所謂文法上的對錯問題，當我以緊密的精神追索我的意念之時，在小說中去計較文法是甚為不合理的事」[21]。到了一九八〇年代，不少早年涉獵前衛風格的作家都轉而從事積極的社會參與，以傳統形式的寫作試圖與群眾溝通、影響讀者——如此輕易地就放棄了他們的「語言封閉主義」，足以證明在這些藝術家與「公眾」之間，從來就不存在著嚴重的敵對狀態。

現代主義文學運動期間，另一群作家則深切地領悟到「市場語言」貧瘠、庸淡的本質。如王文興、李永平、王禎和等人，不遺餘力地投入寫作風格實驗，尤其是著重對感官細節的描繪、藉此豐富小說的語言，因而發展出一種絕對意義上的「美學主義」。他們對小說語言的看法與浪漫主義傳統的抒情觀明顯背離；而後者似乎是迴盪在七等生文學創作生涯裡的一個基調。本章最後一部分將討論這些更具野心的創作實踐；這裡讓我們先將注意力放在現代主義對台灣小說的一些基本面所產生的影響。

二、對「語言」和「敘述聲音」的自覺性探索

一九二六年，在當時文壇已具有相當分量的自由主義學者梁實秋，在一篇關於中國文學主導思潮的文章中表達了他對「外來影響」的保留態度。他認為中國作家之所以對外國文學時尚過度熱心，基

21 七等生，《離城記》（台北：晨鐘，一九七三），頁六八。文中並指明是《中外文學》的主編胡耀恆先生。

本上是一種「浪漫」傾向，是他們渴望擺脫陳腐疲弱的本國文學傳統，並為之灌入新血的結果。這樣的企圖，缺乏堅實的基礎，最後自然是要被拋棄的：「外國影響一經傳入，即如摧枯拉朽，勢莫能禦，不管是好的影響壞的影響必將一視同仁的兼收並納，結果是弄得漫無秩序，一團糟，但在這一團糟裡面卻是有生氣勃勃的一股精神。這一團糟的精神不會持久的，日久氣衰，仍回復於穩固的基礎之上」[22]。無疑的，許多人都和他一樣，對這種全盤照收舶來思潮的風氣十分不以為然，不過梁實秋卻有一個建設性的看法；他提議採用「古典精神」來平衡過度的浪漫傾向：「『古典的』即是健康的，因為其意義在保持各個部分的平衡；『浪漫的』即是病態的，因為其要點在偏畸的無限發展。譬如說，情感與想像，都是文學的最主要質料，假如情感與想像能受理性之制裁，充分發展而不逾越常軌，這便是古典的了；假如情感與想像單獨的發展，成為一種特殊的奇異的現象，那便可以說是浪漫的了」[23]。

作為一個哈佛出身的學者，梁實秋論文學多以英美文學傳統為指涉框架。從某種意義上說，他的文學觀點代表了中國自由主義派學者典型的主流看法，在一九四九年後的台灣學界尤其具有相當的權威性。梁本人在國立台灣師範大學執教，直至退休。比他年輕一輩，在台灣六、七〇年代引領風潮的文學學者像夏濟安、朱立民和顏元叔等人，也大體呈現出類似的學術傾向。雖然此時另一波的文學潮流——西方的「文學現代主義」——已經成為新的膜拜對象，但這些參與的學者們仍然明顯地偏愛其中具有「古典」色彩的「次傳統」；現代主義詩人艾略特的備受尊崇可資證明。

在這樣一個學術氛圍下，我們很容易理解為什麼《現代文學》雜誌的一群作家，為了想要駕馭、掌握文學形式（一個追求秩序的「古典式」企圖），格外強調的是理智而不是情感、是知性而不是感性。即使像王文興這樣挑戰權威的作家，我們也可以在他激進的個人主義和對「理性」超乎尋常的信念之間找出某種聯結。而這群作家通常總是避開異國情調、存在主義式的苦悶，以及各種「前衛派」的「反形式」，也就不令人驚奇了。相反的，他們卻更為知性地，對涉及文學再現模式、語言、敘述聲音、敘事觀點等理論議題顯示關注。

有關現代派在語言方面的實驗，太多評論家都把注意力傾注於意識流的寫作技巧上——無疑是因為它明顯地有異於傳統的敘述模式。然而中國作家對西方意識流技巧的挪用，大抵是缺乏創意的模仿，並無更新之處。史坦柏格（Erwin R. Steinberg）在《尤里西斯的意識流及其超越》（*The Stream of Consciousness and Beyond in Ulysses*）一書中解釋為何需要創造「意識流」這樣一套新的敘述模式：是因為認識到邏輯、單向、線性的語言媒介，在呈現人們紊亂無序、多向度、同步進行的心理活動時，有它的局限。意識流的典型語言特徵，如不加標點、斷裂的詞句、片段語法，以及不相干細節的並列等，目的在於模擬、再現具體的感官印象、表面看來無端由的聯想，以及真實狀態中經常被突兀切換的思緒。如果仔細檢視台灣現代派作家常被引證的意識流作品，像水晶〈沒有臉的人〉、王文興

22 梁實秋，〈第一輯　浪漫的與古典的：現代中國文學之浪漫的趨勢〉，《梁實秋論文學》（台北：時報文化，一九七八），頁五。

23 梁實秋，〈第二輯　文藝批評論：結論〉，《梁實秋論文學》，頁二三二—二三三。

的〈母親〉、白先勇的〈遊園驚夢〉，可以清楚地發現這些作家僅只是模仿西方文學裡已然標準化、常態化了的一些形式設計。儘管這些作家對上述技巧的挪用相當稱職，也往往能夠達到增進個別作品藝術效果的目的，然而追根究柢，這種挪用絲毫沒有體現現代主義「實驗」及「創新」的核心精神。

「客觀敘事」與單一語言意識

背離既有的形式規範，不論模仿與否，必然會將大家已經習以為常的某些「文學再現」的基本因素特別凸顯出來。現代主義作家的一個重要的關注點，是摹仿（mimesis）文學觀裡所預設的故事敘述層面（fictional discourse）與現實指涉世界（referential world）之間的差距。因此現代主義小說家長久以來的努力，大多圍繞著以「維護小說的擬真幻覺（realistic illusion）」為目標的技術操弄。早期現代主義作家致力推行「客觀敘事」，盡可能淡化作者的身影，使用中介性減至最低的語言來陳述故事、描繪景物，以期達到更高的真實效果。在這種敘事類型裡，由於「隱藏作者」（implied author）與故事人物之間必然存在的觀點差異，經常蘊含著一種反諷意味，已被公認為現代主義小說的一個標誌。

理論上說，「客觀敘事」一詞必然是一個專屬的概念，必須放置在現代西方小說某種特定的傳統中來理解。即使是韋恩．布斯（Wayne Booth）和西莫．查特曼（Seymour Chatman）兩位發明推廣「客觀敘事」、「公開敘述者」與「隱蔽敘述者」（“overt” and “covert” narrators）等詞彙的學者，也如此提醒我們說：嚴格說來，「客觀敘事」是一種實際上的不可能；所有的敘事類型都無可避免地具有「混雜觀點」，因為個別用詞都有它成套的引申字義，而在故事敘述中個人的自我指涉標誌有其先天的含糊性。巴赫汀在研究十九世紀歐洲小說時，以不同的角度來面對這個問題。他的敘述理論認為，最能充分顯示小說敘述特徵的，正是它對壟斷性敘述聲音——不論是純粹個人，或純粹客觀——的抗拒力。即便是理應是最接近「客觀敘事」狀態的單一、直接的作者敘述聲音，也必然會摻糅了「他人的話語」（他人的聲音、他人的腔調、他人的觀點）——不論是通過「內心對話」（internal dialogism），或者是「人物地帶」（character zones）的效果。藝術作品的敘述層面因此永遠是「多聲帶」（polyphonic）的。

由於台灣現代派作家受到英美文學修辭理論的影響較深，他們格外講究如何才能達到「非中介性客觀敘述」的理想狀態。在這個方向所做的最純粹的嘗試，可在歐陽子的作品裡找到。我們知道她一向刻意避免華麗、裝飾性的詞藻。如果對她的短篇小說細加檢驗，會發現其中的敘述觀點保持著相當嚴格的一致性——故事多半由單一觀點講述；敘述者之外的聲音，只允許透過人物之間的對白，或內心獨白帶入小說中。歐陽子小心翼翼地努力排除不同聲音之間的交互作用——或至少加以控制——顯示出這樣的基本信念：使小說語言成為一種敘述性再現的透明媒介，不受敘述者主觀情感的干擾，是個值得追求的目標。如此精心控制的結果，那種巴赫汀視之為小說敘述動力根源的、難以駕馭的眾聲喧譁（heteroglossia）效果，便自然被削弱或馴服。而在此同時，作者則轉而將她的精力投注到情節及人物行為上，提升其戲劇性的強度。

的確，歐陽子大部分小說皆擅長於傳達高度的戲劇張力。她小說敘述中高度約束性的「單一語言意識」也並沒有產生預期中的負面影響。因為她的興趣主要集中在高教育水準的中產階級人物，他們的內心衝突。這些人物和小說敘述者擁有許多共同的語言習慣，而後者所使用的一般性日常語言，可以很容易地沿用到再現小說人物聲音的對白裡。

一般來說，作者與文本之間的距離增大，不但有利於較強的戲劇性呈現，也讓作品的主題訊息得以經由多重管道來傳播。甚至像黃春明這樣、據稱對某些顯著的現代主義影響「免疫」的作家，這種技巧觀念的印記也明晰可見。譬如說，黃春明小說裡乍看自然無飾的敘述方式，栩栩如生地捕捉到鄉下人的語言習慣，卻也同時展示出作者對敘述觀點伶俐的操作；儘管不脫客觀敘述的範圍，卻有別於歐陽子的一絲不苟。黃春明小說中，公開與隱蔽的敘述聲音間的自然切換，將敘述者與主角之間的距離拉近，產生一種親密關係，與歐陽子敘述方法的疏離效果成為鮮明的對比。利用這種作者與文本之間的距離，黃春明在作品中靈活運用段落的副標題來製造嘲諷的效果。這些副標題與故事內容的交互作用給了他的作品一個額外的主題深度。

「任性的敘述者」與擬真幻覺的破解

如果說歐陽子對「客觀敘述」原則——一個在西方已經過時的寫作規範——的遵奉篤行顯得有些保守，那麼另外一些台灣作家則是相當程度地受到世界上最新美學趨勢的感染，特別是晚期現代主義作品中出現的一些形式設計。這些作品對故事體小說的寫實傳統規範不以為然，也不再關心文學作品的「脈絡」（context）或「文本」（text），而把焦點放在故事的敘事「法則」（code）上，亦即說故事的過程本身。例如王禎和故事裡對「任性的敘述者」（arbitrary narrator）的運用，經常蓄意破解寫實小說的擬真幻象。就這一點來說，應可看作是這一種實驗精神的展現。

大部分使用客觀敘述的現代主義小說中，敘述者都盡可能抹除自我存在的痕跡，而王禎和小說的介入型敘述者則正好相反，頻頻藉由其招搖的嘲弄語調、括弧中的插話，及其他種種諷刺性的評語來吸引人們對自己的注意。更有甚者，王禎和有時似乎是在刻意地操弄敘述溝通行為中必然存在的本體矛盾，引以自娛。他那篇匪夷所思的〈五月十三節〉（一九六七）大約是展現這種「現代主義式癖好」的最佳實例了。這篇小說裡作者對兩個不同事件的敘述，幾乎逐字抄襲，細節也近乎雷同，作品因而被賦予一種不尋常的超現實感。某天，兩個不同的顧客光顧了一間由一對老夫婦經營的玩具店；一個在早晨，老先生一個人看店，另一個在下午，當時只有老太太在場。不可思議的是，描寫這兩個場景的文字幾乎完全一樣——不只是對話近似，連敘述本身也無甚差異——彷彿敘述者突發奇想，玩了個自我模仿的遊戲。

王禎和在選取敘述模式上所展示的自由度，無形中昭示了他的小說的虛構性，戳破了像歐陽子這樣的作家苦心積慮想要維護的擬真幻象。王禎和在小說技巧上的這種執意而為，在他後期的一些作品中益加顯著，效果則更為突兀。例如他在〈素蘭小姐要出嫁〉（一九七六）、〈寂寞紅〉（一九六三、一九七一），和〈香格里拉〉（一九七九）裡，使用了類似英國小說《項狄傳》（*Tristram Shandy*）的形式設計，從印刷版面的變化——如加大字號或使用粗體——到在文字中插入不同文類的文本。譬如敘述者會在講述中途忽然改用詩句；或以劇本的形式插入一段對白；作者有時會替難懂的方言提供註解、為故事裡人物所唱的一首歌附上曲譜，或列出一張清單顯示小說中某一家人收入支出的明細。某篇小說裡作者甚至在書頁正中央框出一大塊空白，用來標示故事中被他省略掉的部分。

王禎和小說敘述中不時出現的破格現象，或可視為他對作者與讀者之間關係的試探性搖撼，毫無疑問地具有後設的意涵；比起後現代主義在台灣所掀起的後設小說風潮（如多重結局的設計）要早了相當長一段時間。王禎和似乎並沒有遵循任何固定的模式，只是興之所至，以近乎戲耍的態度來操作一些不合規範的技巧。雖然如此活潑展現的實驗興致似乎很符合「現代主義」的原創精神，但由於缺乏一個明確的美學動機，不免減低了王所發明的許多形式設計的價值。儘管如此，由於這些形式設計不再理所當然地默認文本與其所指涉的現實世界之間的穩定關係，它們無疑可被視為是更為系統化的美學主義實驗的先驅。

語言意識的強化：多種「言說類型」的蓄意拼合

如果說，作家們明確意識到作者與文本之間所存鴻溝的必然後果，是試圖去鞏固或顛覆既有的敘述規範，那麼也還有另一個重要的效應：現代派作家利用這個距離，開發新的可能，在敘述語言中收納並置不同的「聲音」，來豐富藝術性的效果。正如巴赫汀所指出的，每一種言說模式、言說類型，不論是藝術性的或非藝術性的，「都有它自己口頭上或語義上的獨特形態，藉以過濾吸收現實的不同面向」[24]。被藝術性文字收攬在其中的個別聲音，因此代表著觀看這個世界的特殊視域；而多重聲音的並置，則拓展了藝術性敘述的觀念跨度[25]。這種自覺性的操作，使得現代派作家得以更進一步超越過去那種被作者聲音所壟斷的傳統小說敘述。

白先勇之所以常被譽為是一位精練的文體家，想必和他的敘述語言能夠生動地呈現由不同的聲音組成的「混聲合唱」有關（他最著名的作品《臺北人》中，同時收攬了從四星上將跟他的副官莊嚴的對話到妓院老鴇下流粗話的各種獨特聲音）。身為中華民國歷史上一位戰績輝煌的將軍的兒子，白先勇或許享有比別人更多的機會，得以觀察不同階層的人物，因此作品裡集合了許多地位懸殊的「社會語言族群」（sociolinguistic groups）。儘管白先勇在模仿口語聲調的天分並非格外傑出（《臺北人》裡的一些對白頗不自然；《孽子》亦然），然而在他的小說裡，多重「社會階級語言」交響，落差極大的不同世界觀並置，所呈現的跨度和張力很難在同輩的作品中找到。同時，聲音的多重性不只來自於小說人物之間的互動。一個極佳的例子是《臺北人》開篇小說〈永遠的尹雪艷〉（一九六五）裡敘述者巧妙的「雙聲帶」效果。敘述者以講述上流社會八卦的口氣，既呈現出一個令人豔羨、安逸、舒適、優雅的世界，又描繪了一幅道德墮落、劫數難逃的陰冷景象。某種程度上代表著鐵面無情的「歷史」的講述者，聲音裡表面上平鋪直敘、暗地裡幸災樂禍的雙重價值觀，不斷腐蝕著環繞在這些台北的上海遺民頹廢生活四周的華麗光環。

一種更廣泛地被運用來豐富敘述聲音的藝術效果的，是台語的使用；一般認為是由王禎和首開其風。雖然此一設計的明顯動機是反映台灣社會語言的使用實況，然而透過對台灣農民和鄉下人日常用

24 M. M. Bakhtin, "Discourse in the Novel," p. 321.

25 Ibid.

語的成功模仿，也同時提供了為弱勢族群代言的強有力工具。正是因為這個功能，使得台語作為一個小說藝術特徵成為飽受爭議的對象，屢屢被利用、污名化，或過度使用：鄉土派作家利用它來強化讀者對「社會語言區隔」的敏感度，而無數並無明確意識形態動機的模仿者的蜂起，使得間插台語的寫作法一時間成為文壇的最新流行。

收納不同的言說模式、言說類型，自然不只是在一種簡單的意義上模仿、挪用特殊社會語言族群的說話聲音而已。巴赫汀提出的「言說類型」的概念，指的不只是生活中的社會語言種類（非藝術性類型），同時也包括書寫的文本（藝術性類型）。台灣的現代派作家十分自覺地從既有的文學作品中挪用各種「言說類型」；這不僅高度影響他們對個人風格的塑造，同時也驗證了：在他們全力以赴的文學追求背後，存在著各種複雜的文化與意識形態動力。

許多人都提到過，白先勇的小說語言受到《紅樓夢》很大的影響。白先勇同輩的許多人成長期的閱讀經驗已經大部分來自於翻譯小說，而他卻從孩提時代就浸潤於中國古典小說。我們很容易覺察出《臺北人》的敘述語言如何汲取了古典白話小說敘事風格和描景辭彙的養分。一個經典的例子是〈遊園驚夢〉故事一開頭呈現的富麗客廳場景，快節奏地帶領讀者瀏覽屋內裝飾和角色衣著，是古典白話小說中常見的典型手法。及時享受人生的宴樂氣氛，說故事者鐵口論斷人物生死、既投入又超然的世俗形象，以及一切仰賴命運主宰的消極世界觀：這些都自然引發讀者對舊中國的想像。因此我們說白先勇故事裡塑造了充滿懷舊意味的「往昔」，並不是指寫實意義上的再現，而是指高度依賴古典小說敘述傳統的一種文本生產。《臺北人》裡的這種風格有效地反襯出一個貫穿全書的主旨：「往昔」的文化氛圍正在我們身邊迅速地凋零。

另一位作家陳映真早期小說中所使用的長緩迂迴的句型，和外加的語尾虛字，則顯然來自日文造句法的挪用，以致風格上受日本美感意識影響，呈現出一種特殊的憂鬱，和對感官世界浪漫式的迷戀。陳映真對中國五四時期及一九三〇年代文學風格的挪用，無疑有某種意識形態的動機——如眾所周知的，陳對這個時期盛行的左翼人道主義十分傾心——這在早期小說如〈麵攤〉（一九五九）及〈蘋果樹〉（一九六一）中最為顯著。儘管〈蘋果樹〉開篇的部分和故事中浪漫的歌謠透露出一種細膩的鄉愁之美，但〈麵攤〉裡身為苗栗本地人的台灣父親，在招呼顧客時使用中國北方方言中的敬詞「您」字，似乎不太合乎情理。陳映真使用出現在一九四九年以前中國文學作品裡的「伊」字來取代國語裡的「她」，也同樣顯得突兀。然而不可否認的，陳映真這種透過語言來捕捉往昔時光的做法，有助於他建立一種獨特的、具有感傷情調的個人風格，對許多讀者來說極富吸引力——儘管也常有令人感到尷尬的時刻。

這些作家對他時他地的文學風格的挪用，基本上還是出於主題上的動機；而另一些作家的操作，則具有更為純粹的互文效果。比方說，王禎和經常混合崇高和低俗的語彙來製造一種「擬英雄詩體」的諧仿效果；他有意將古詩中描寫高貴莊嚴情境的經典名句與小說中形容粗鄙人物的詞句並列，最明顯的例子是短篇小說〈快樂的人〉（一九六四）。王文興在一篇描述國共內戰的寓言小說〈龍天樓〉（一九六四—一九六五）裡，從過去的文學經典——從中國古典小說到西洋文學名著——裡挪用了若干風格迥異的「言說類型」，形成一種帶有黑色幽默的嘲弄式「擬史詩」文體。例如〈龍天樓〉中，潛逃回家的查旅長遇到半瞎的鄰居艾老爹，後者以酷似莎士比亞（William Shakespeare）或希臘悲劇的修辭風格，發表了一段宏偉的演說，敘述敵人來時查旅長一家人如何壯烈抵抗，爾後慘遭殺害。這種對謔仿風格的刻意探索，是王文興後期小說《背海的人》中更為成功的語言技巧的先奏。

以下我將詳細地分析王禎和一篇著名的短篇小說，〈嫁粧一牛車〉，來說明台灣現代派作家在語言意識上的勤懇磨練，確已使他們的作品與民國時期和當代大陸以中文寫作的小說之間，有了重大的區別。即使在移植西方小說形式的早期，現代中文作家便努力地嘗試操縱敘事聲音，例如透過反諷及「不可靠敘述者」——著名的例子有魯迅的〈阿Q正傳〉（一九二一）、〈孔乙己〉（一九一九），及吳組緗〈官官的補品〉（一九三四或一九三五）——成績可觀。然而台灣現代派小說家自覺地對「言說類型」和個別聲音加以藝術性重組，無疑臻於更成熟的境界。《嫁粧一牛車》是個最佳的範例。

就某種意義說，王禎和可以被形容成一個語言上的「眾聲喧譁」大師（巴赫汀所定義的"heteroglossia"，指文本中各種言說類型的交互作用）。巴赫汀認為：「所有『眾聲喧譁』的語言，不論背後是基於什麼原則賦予它各自的獨特性，都代表著特定的觀看世界的角度、用文字將世界概念化的方式，和特定的世界觀，並各有其對象、意義，及價值」[26]。〈嫁粧一牛車〉裡，王禎和對語言做藝術性的重組，凸顯出語言中的「社會意識形態」預設，因此是構成故事主題層面的核心因素。

小說敘述一個名叫萬發、耳朵失聰的貧窮鄉下人，以拉牛車為生，幾乎難以維持一家人溫飽。一個姓簡的成衣販子搬來附近，當了萬發的新鄰居之後，不久便和他的妻子有染。簡僱了萬發的兒子幫忙生意，雪中送炭地給了他們一家相當大的經濟援助。萬發每每掙扎著要保存他可憐的自尊，卻又難以應付餓肚皮的代價，有一次倒楣的他不小心撞死了個小孩而意外坐了牢。出獄之後的萬發，終於必須接受這樣的事實：簡和他妻子目前這種關係，其實是維持他們一家人生存下去的唯一出路。一週一次，他帶著一瓶簡贈與他的啤酒外出，吞忍下屈辱之感，讓簡和他的妻子共度黃昏時光。很諷刺地，靠了他太太的姦夫給的錢，萬發終於得以實現他一生的夢想，而擁有了自己的一輛牛車。

與中國一九三〇年代左翼人道主義小說不同，這個故事裡終身為貧窮所困的鄉民被刻畫得相當不討人喜歡。每個人都多少有著身體上的特殊缺陷：萬發幾乎是個聾子，原因是戰爭時期有一次他洗澡時耳朵進了髒水，又找不到個好醫生；此外，他在努力掙扎著維持尊嚴的同時，顯露出可笑的怯懦。萬發的妻子阿好是一個罕見的醜女人，胸部像塊洗衣板，她愛好賭博，又十分討人厭地整日饒舌。她的情夫簡仔則有很重的狐臭，一隻手不斷地伸入腋下搔癢。因此，作者對人道主義訊息的傳達，並不是藉由正面刻畫無辜的苦難者，以博得讀者的同情，而主要是透過小說敘述層面的精巧設計。

從頭到尾，小說裡這位惡作劇、雙重語態的敘述者，就一直活力充沛地使用機智的警句與諺語，來嘲弄、譏笑他小說人物的不幸處境。譬如說，他把渴望食物的肚子，稱之為「填不完的無底洞」。他有意利用軍事、教育、外交上的職業專用術語，來描述這群農民粗鄙的言行舉止。幾個正在取笑萬發的村人，看來好像「軍訓動作那樣子齊一地掉頭注目禮著萬發」[27]；而阿好和簡仔在泥濘地上做

---

26 Ibid.

27 王禎和，〈嫁粧一牛車〉，《嫁粧一牛車》（台北：遠景，一九七五），頁七三。

愛，被比喻成戰場上的短兵相接。阿好雙手插在臀部上難看的姿勢，形狀像「算術裡底小括弧」。當阿好和簡的行為讓萬發產生懷疑，而努力要為自己辯解時，活像是「小學生比賽背書」。其後萬發丟掉了工作，有很長一段時間三餐不繼，被寫成必須「三分之二弱」、「二分之一飽」或「十分之一飽」地捱受飢餓——彷彿有人正以數學的精準在測量著他的胃納。敘述者甚至把阿好字斟句酌（「每個字都用心秤稱過」）的說話神情，拿來與「外交官發表公報時」的慎重相比。這些語言明白地指向文明社會裡受人尊敬的中產階級生活，乃為使用這些語言的整個社群所共同擁有——這自然包括正在閱讀這篇小說的，受過教育的中產階級讀者。因此，當讀者們和敘述者一道取笑小說中人物的時候，他們很快就發現自己其實正和敘述者一樣，有著勢利的階級意識和惡意的幸災樂禍。透過「曖昧性的笑聲」（ambivalent laughter），作者先策略性地讓讀者陷入他們自己的社會語言意識，再藉此對他們提出批判。

相比之下，一九三〇年代作家吳組緗的短篇〈官官的補品〉在敘述聲音上的設計就單純許多。我們很快就學會把小說中那位有錢少爺說的每一句話顛倒過來，來解讀作者本意要傳達的訊息。作者好些有關中國以及世界情勢的觀點，皆透過少爺的表哥及村裡另一個老人之口直接表達出來。此外，受壓迫的貧困農民在吳組緗的小說裡大多被賦予正面的形象，極易獲得讀者同情。譬如作者把那位受僱擠奶作為官官補品的農婦以及她正派、勤苦工作的家人，拿來跟水牛這類的善良、有益人類的動物相比；農婦的乳房被比喻成農產品，「像瓜棚上吊著的大葫蘆」；而她胸部上的青色筋脈「猶如地圖上的河流」，使她成為中國的象徵。

王禎和透過小說的敘述者，成功地傳達了更為複雜的訊息。雖然從一般中產階級讀者的角度來看，他的小說人物令人歧視，然而作為同一個社會的成員，這群讀者與這些角色的悲慘遭遇並非毫無干係。此外，儘管猥褻、齷齪、並且無知，這些不幸的人之所以值得同情，因為他們和其他所有的人類一樣，有對食物的基本需求，也有一顆能感受到輕蔑的痛苦的心。從這個角度來看，王禎和是個比起許多普羅小說作家更為深沉的人道主義者。此後王持續發展他特有的敘述技巧來表達他的人道主義社會觀點。另一部小說《玫瑰玫瑰我愛你》令人矚目的特色，也正是不同社會語言的並列——主角董斯文那種偽知識分子的花言巧語，拉皮條客們低級而猥褻的粗話，和妓女們天真幼稚的說話方式——和這些不同的「語言意識形態族群」之間充滿戲劇化的互動。

三、美學主義傾向的發展高峰

台灣現代派作家形式自覺的最極致呈現，在於他們對語言、對形式與內容之間關係所持的態度。王文興長年不撓地致力於試探小說形式的局限，孜孜不懈地實驗小說語言的功能[28]，必須從現代主義

28 Leo Ou-fan Lee, "Beyond Realism: Thoughts on Modernist Experiments in Contemporary Chinese Writing," in *Worlds Apart: Recent Chinese Writing and Its Audiences*. Ed. Howard Goldblatt (Armonk, New York & London, England: M. E. Sharpe, 1990), p. 74.

「美學主義」（aestheticism）的角度來理解才有意義。不過，儘管王文興提出了一個高度自我指涉的小說論述，然而就像我在第四章中會討論到的，他的文學追求最重要的旨趣，仍然在於傳達某些深刻的道德視景。只有在一位更年輕的現代派作家李永平的作品中，可以看到美學關注所占的絕對優勢。李永平頗負盛名的小說系列《吉陵春秋》可說將台灣現代派小說的美學主義實踐帶到了一個新的高點。

王文興的美學觀

王文興堅稱：「小說……一概由文字表達。……／因為文字是作品的一切……。」他建議讀者「可以撇開別的不談，只看（他作品的）文字」[29]。新批評主義的學術訓練使得他篤信形式主義的藝術主張，認為最好的文學效果必須透過「去自動化」（deautomatization）、「去慣性化」（dehabitualization）的方式才能達到。他以堅毅不撓的精神將形式主義的創作原則付諸實踐，但求創造一種具有極大陌生化效果的小說語言。其不可避免結果是一種高度自我指涉的風格，招引了各方對這種風格本身的大量關注，對王文興想要更新、尖銳化讀者對所描寫之物感受的意圖，不啻造成了某種障礙。不過以下的討論目的不在於分析、評價王文興文字風格的特性及美學感染力——因為這個題目已經被好些優秀的評論者處理過了[30]——而是把焦點放在王文興文字實驗背後的美學觀念上。過去十年來，王文興在不同的場合對他的文體實踐提出了若干說明。儘管不見得是已被充分發展的理論，這些說明表達出王文興經過嚴密思考、系統性闡發的美學觀點，這在現代中國文學史上是極為少見的。

王文興的文學實驗與其他現代派作家——例如王禎和——的重要區別之處，在於它嚴格的專業主義（professionalism）。王禎和隨興所至地在敘述形式的幾個不同層面做出實驗，往往淺嘗即止；王文興卻致力於締造一種文學的「個人語言」（idiolect），而且顯然深信為了達成這個目標所要付出的勤奮工作和長期鍛鍊不亞於培養一個優秀的音樂家或畫家。算一算他花費在撰寫兩部小說的年數——《家變》，一九六五至一九七二年；《背海的人》，一九七四至一九七九年寫完的上集已經出版，而從一九八〇年起持續下集的撰寫——可知他日復一日地經營這份艱鉅的文學事業已然超過二十五個年頭[31]。就純屬技巧的層面來說，王文興的實驗主要著力於句型和語彙的重鑄，以凸顯強化語言裡某些特定的聽覺和視覺質素。然而他的美學觀點究竟有什麼內涵？我們如何理解他戮力追求的理想效果？

29 王文興，《家變》（台北：寰宇，一九七三；洪範，一九七八，初版；一九七九，三版）。見洪範版《家變》序，頁二。

30 張漢良，〈淺談「家變」的文字〉，《中外文學》一卷一二期（一九七三年五月），頁一二二—四一；歐陽子，〈論「家變」之結構，形式，與文字句法〉，《中外文學》一卷一二期（一九七三年五月），頁五一—六三；後收入《歐陽子自選集》，頁二九五—三二九；鄭恆雄，〈文體的語言的基礎——論王文興《背海的人》〉，《中外文學》一五卷一期（一九八六年六月），頁一二八—五七；——，〈從記號學的觀點看王文興《背海的人》上冊的宗教觀〉，收入輔仁大學外語學院編，《文學與宗教：第一屆國際文學與宗教會議論文集》（台北：時報，一九八七），頁三九三—四二〇；Edward Gunn, "The Process of Wang Wen-hsing's Art," *Modern Chinese Literature* 1.1 (September 1984): 29-41。

31 編註：《背海的人》下冊已於一九九九年出版。

更進一步來看，他的美學語言的原型取自何處，他判斷其成功與否的標準又是什麼？

在一九八二年一次個別談話中，我向王文興請教了一個問題：為什麼他的自傳性小說《家變》裡，故事發展到越後面，小說的句子變得越長，越不順，越冗贅繞口。王文興回答說，那是因為在小說的語言敘事風格與故事的「情緒」之間，存在著一種對應關係。因此當主角的內心世界逐漸進入混亂的狀態，敘述者的語言也變得愈來愈夾纏。他又說，因為敘述者是作者主觀創造的產物，作者自然享有絕對的權力，來決定他採用哪一種敘事風格。

王文興分享了本世紀大多數小說創作實驗所具有的一個特色，那就是對語言的態度——對語言作為一種象徵系統的武斷性本質所擁有的高度自覺。為了開發、拓展語言媒介的藝術潛能，王文興針對語言的物質屬性所做的實驗，在某種意義上說，更進一步擴大了語言及其指涉物之間的距離（除了一般語言如詞彙、音韻、句型句構等的物質屬性之外，中國書寫文字的圖像表意特性，特別有利於創作者在「心理視覺」〔psycho-visual〕效果上的經營）。這種做法極易危及傳統觀念裡所認定的小說語言的基本模效功能（mimetic function），在晚期現代主義是頗為常見的現象。然而，跟西方更為極端的反寫實創作比起來，王文興語言實驗的激進性，毋寧是較為溫和的，因為他的小說敘述背離寫實成規之處，僅在於對摹擬再現原則的一個輕微觸犯。如此並非徹底地違犯寫實小說的創作規則，有時對創作者反而不利。舉例來說，他背離常規的地方往往不見得合乎常理：精心重鑄語言的結果，他小說中的若干人物似乎都擁有同樣一套特殊的語言習慣，譬如偏好使用冗長的句子、某幾種類型的重複，和過多的頓句等。而當《家變》後半部的敘述者開始使用盤繞夾纏的語句之時，主角跟主角的哥哥也用同一種方式說話，這不免違逆了讀者對小說對話寫實性的期待。

然而王文興顯然並不為這個缺點擔心；對他來說，這種語言的救贖之道，在於它獨特的「生動性」。他聲稱他的語言運用並不要在膚淺的表面意義上遵循寫實原則。而是想用獨具的腔調，來捕捉不同說話方式的細微本質。小說的語言必須經過藝術性的處理和重組，同時，借用一個中國傳統的批評觀念，應該致力於追求「神似」，一種精神或本質上的相像，而非「形似」。他甚至自創了「超摹擬」（trans-mimetic）這個詞，來形容他想要達到的那種被提升的逼真感，這對他來說是更高層次的「寫實主義」。也是在這樣的意義下，他期待自己的小說文字的「流利」與「精確」能夠被欣賞。

作為一個英國文學教授，王文興顯然十分熟悉西方寫實小說的歷史。寫實小說的許多成規都已經走過了「被完善化、被襲用、然後被戲仿」的發展週期；而世上也早就存在著不少文學類型，其主要創作目標正是要顛覆這些成規。儘管王文興無疑將自己視為一個全球傳統下的寫實主義作家，他不能不意識到寫實主義所面臨的現狀。作為一個後來者，他卻十分堅決地要為這個老舊的文學形式注入新生命。他一方面選擇不像一些西方後現代主義作家那樣去顛覆或謔仿寫作行為的本身，而駐守於熟悉的寫實主義疆域裡，而另一方面，受到當代文學較前衛潮流的啟發，以「意符」（signifier）與「意指」（signified）之間的落差做基礎，從事他個人的創新實驗。因此，王文興與前衛派作家基本上不同的地方，在於他把對舊有傳統的違逆視為一種必要的惡，而他最終的目的仍是想要達到寫實小說「再現真實」的原初理想。

然而，以如此理性的態度所孕育的方案，存在著一些本質性的內在難題。寫實小說的舊傳統與新的文學再現概念，兩者無疑是分道揚鑣：一個是要營造，另一個卻要摧毀「真實的幻覺」。雖然對王文興自己來說，這個矛盾似乎得以理性地解決，但這樣的解決無疑缺乏穩固的基礎。大多數讀者和評論者都認為王文興的小說語言怪異：創新有餘，自然不足。這種怪異，就某種意義來看，適切地反映出了一個在現代主義全盛期已逾半世紀之久才矢志參與、原創性十足的藝術家的窘境。

儘管王文興的小說實驗有諸如上述的可議之處，他的語言富有一種直觸感官的具體性和鮮活感，堪稱是上乘的藝術成品，而這個成就必須歸功於現代主義美學的影響。王文興曾經在不同的場合談到他對語言的重鑄是以音樂、繪畫、詩等較敘事小說更為抽象的藝術形式為楷模。小說家必須處理文字，就像音樂家面對他的音符，或者畫家面對色彩。這個分析讓人想起詹明信的論點：現代主義作家處理文字時以其感官素材為基本對象，可視為是一種「印象主義策略」（impressionistic strategy），其主要功能，是「將內容非實體化（to derealize the content），使之成為可在純粹美學層次上被消費的物件」[32]。

證據顯示，王文興對突出小說語言的感官特質著力甚深，這必然讓它的美學效果與溝通功能之間產生張力。雖然王文興刻意發掘中國文字所具有的不同種類的美感品質，值得注意的是，他似乎更為偏重「心理聽覺」（psychoacoustic）的效果。他讓許多讀者不以為然的，對具有圖像表意性質的中國文字所做的大膽實驗中，最常見的，便是將文字的語義組成部分專斷地換置，以達到特定的語音效果。例如拿「口」字旁取代「手」字旁，促使讀者產生較溫和的聲音印象；或為了不同的效果而使用英文字母、注音符號來取代中文字。至少在他最新的小說《背海的人》裡，虛字的重複使用和句型句構的重組，的確產生一種悅耳的音韻節奏——借用詹明信的話，足以給予讀者官能上的滿足感（libidinally gratifying）。

王文興試圖說服他的讀者，要他們擺脫傳統上只在溝通層次上尋找小說意義的舊習。他堅稱自己的小說語言是最具有「音樂性」的；在許多場合促請讀者在閱讀他小說的時候，要像讀詩一樣，不僅要注意「意義」，更要留意文字的「聲音」。為了展示他小說文字的真正精華其實來自於它的聲音特質，王文興有時更在研討會上當眾朗讀自己的作品片段。在他洪範版《家變》的序裡，王文興把閱讀過程拿來和聆聽古典音樂相比，如此辯解：就像你不能將一部四個樂章的協奏曲，在十分鐘以內盡速把它聽完一樣，閱讀也必須在特定長短的時間內完成。他甚至建議：為了不遺漏每個細節，包括標點符號，閱讀文學作品的理想速度是每小時一千字（約合七百個英文字），每天兩個小時。

馬克思主義批評認為，追根究柢，現代主義美學策略與資本主義發展過程中的「異化」，以及藝術家試圖抗拒工業社會裡的標準化現象有關。也許我們可以這樣說，王文興寫作生涯事業開啟的時刻，台灣的資本主義發展階段，大致與歐洲十九世紀末葉相符。在台灣的中國作家很自然地受到西方早期現代主義的吸引，因為他們在日益斷裂、逐漸量化的現代世界裡，也經歷著類似的，滲入他們日常生活的結構性轉變。因此不令人驚奇的是，王文興雖然不時的嘗試教育他的讀者，培練他們鑑賞文

32 Fredric Jameson, *The Political Unconscious, Narrative as a Socially Symbolic Act* (Ithaca, New York: Cornell University Press, 1981), p. 214.

學的敏銳度，但也深深地體悟到這些努力的徒勞無功。事實上，對於他所從事的菁英文學事業與台灣高度商業的文化環境之間的不協調，王文興向來就有高度的自覺。他曾經說過根本不期望小說《家變》可能會被許多人閱讀——他最初只計畫複印一些在小圈子裡傳閱。

然而另一方面，或許是印證了現代主義固有的烏托邦特質，王文興也頗為理想主義地渴望達成一個可能的任務：他說他極端嚮往能用像海明威式「鮮活」的大眾化語言，寫出真正「大眾化」的作品；只是他堅持要循著到目前為止他所走的路徑來到達那個目的地。對一種理想的文字風格幾近於宗教的信仰，讓我們聯想起福樓拜「非彼不可」的選字原則（le mot juste），以及本世紀許多現代主義作家對文字的專注奉獻。然而諷刺的是，台灣消費文化快速發展的結果，使得現代主義文學盛行的時期十分短暫。甚至在這些嚴肅作家來得及發表他們的成熟作品之前，他們四周的社會就已經洶然邁向一個蓬勃燦爛的大眾文化，內含於其中的，是泯滅現代主義核心精神的、勢不可擋的趨力。《家變》所吸引的公眾注意多半來自於它反傳統的內容，而不是因為它創新的風格。有些評論家甚至把這本書出人意外所受到的熱烈反應，歸因於連載這本小說的《中外文學》編輯們成功的宣傳策略。圍繞著《家變》的爭論很快冷卻下來，而王文興跟讀者大眾之間的鴻溝就更為廣闊了。

到現在為止我對王文興語言實驗的討論，大體是依據西方所定義的現代主義特性。然而，即使是戰後台灣如此短暫的現代主義風潮，所產生的中文版現代派文學，也不可能僅只是西方模型的複製品。王文興所經歷的旅程，從絕對信奉西方藝術典範到深入思考來自中國傳統文化的因素，是最好的證明。

在一九八七年的一篇短文〈無休止的戰爭〉中，王文興談到他在二十歲那年，有一天突然覺悟到，他自己的文字與任何其他人一點也沒有不同。那時他正在閱讀福樓拜、莫泊桑（Guy de Maupassant）、托爾斯泰（Leo Tolstoy）。在他們的作品中，他可以聽到一種聲調，一種節奏，就像低音管弦樂裡的一般。然而，在他自己的文字中，卻沒有這種音樂——那真是可恥的「不成熟、草率和狼狽」。兩年之後，他接觸到海明威的作品；在他看來，那是一種音樂性和簡捷生動最理想的結合。他於是投入了一個長期的奮戰，與小說語言搏鬥。他每天只寫幾十個字，而且為了不要寫得太快，故意不像一般從上寫到下，而是從左到右。每個句子的修改，總在十次以上。王文興承認以海明威做他的楷模聽起來似乎令人詫異，因為後者的簡明與他自己的風格截然相異。不過他也同時確信，就像中國傳統批評術語所說的，有所謂的「神同形異」。

雖然最早啟發王文興美學觀點的明顯地是外國文學，但當他深入追究更加隱微的美學問題時，則似乎轉向了中國傳統藝術與倫理的概念來尋求理論支撐。「神」字作為一個批評術語，是劉若愚教授所界定的中國文學理論「形上學傳統」（“the metaphysical school”）中的關鍵字，其哲學基礎來自於道家思想與佛教的禪宗。當王文興宣稱他想努力摹仿中國古文的抑揚頓挫時，似乎和清朝著重格律的詩論主張不謀而合。更有甚者，〈無休止的戰爭〉文末處所述的觀念，儼然回歸到了儒家傳統。此處王文興形容他與語言的長期格鬥，遵奉的乃是一個「誠」的原則——即孔子「修辭立其誠」的「誠」；就某種意義來說，西方寫實文學跟傳統中國道德觀，兩個信念都同樣強調忠於經驗，也就是「誠」的重要性。從道德的角度來理解文體實踐，同時回歸到主觀的倫理經驗：王文興似乎為他奉獻一生的文學志業找到了一個新的支撐點。

一個現代主義美學觀的模範案例：《吉陵春秋》

現代主義者的一個重要傾向，一個總是冒犯大眾品味，也同時遭到官方查禁和保守人士本能反感的傾向，是所謂的「追求感官刺激」，就如美國著名文學評論家歐文‧豪所形容的：

現代主義作家追求「感官刺激」——我們必須從這個詞的嚴肅定義來理解它；而他們的追隨者，則須取它的輕浮定義。現代主義作家不把作品的題材看成是可以操演、可以捕捉的東西，而是必須費力征服、使之擴展……。他們為「深邃之處」所迷惑——不論是哪一種深處：城市的深處，自我，非法的地下組織，貧民窟，或藉由性、酒、毒品所引發的極度感官刺激。33

一九八〇年代出版的台灣現代派重要作品——包括王文興的《背海的人》（一九八一）、白先勇的《孽子》（一九八三）、李昂的《殺夫》（一九八三）、王禎和的《玫瑰玫瑰我愛你》（一九八四），及李永平的《吉陵春秋》（一九八六）——都不約而同地強烈展現了此一傾向，顯然並非巧合。《背海的人》裡的那位「反英雄」的情色想像使他在一個性能力超強的妓女面前窘態畢露，也因此把一個普通的嫖妓場景，意外轉變成一個S／M滑稽戲。《殺夫》中對屠宰戶殺豬現場栩栩如生的描繪，與屠夫在家對妻子身心的雙重虐待彼此呼應，構成這篇以性暴力與復仇為題的小說的基調。在《孽子》

裡，伴隨著時時被喚起的一種歡慶氣氛，兩種生理慾求——對性的飢渴，以及對食物的基本需要——以相同的頻率出現，讓「謳讚身體」這個主題浮上檯面。然而書中被華麗敘述文字所烘呈得亮眼的烏托邦，卻時時藉由污穢的感官細節——尤其是有關身體的流質排泄物，如因台灣的濕熱天氣或性交和暴力所釋出的血液、汗水、眼淚及唾液——暴露出其陰暗面。「身體下半部功能」是《玫瑰玫瑰我愛你》引發嘉年華爆笑聲的主要來源——主角每次開口說教，必定先放響屁。然而，就美學強度來說，這些小說都無法與《吉陵春秋》匹敵：這是一部充滿暴力與褻瀆，瀰漫著不祥氛圍，令人魅惑驚懾的作品；其對殺戮、凌虐、性的羶腥描寫，穿刺讀者感官神經。

雖然現代派作家一般並不特意強調作品的歷史時空，前面提到的幾部小說卻都運用了巴赫汀所稱之「下層社會的自然主義」（underworld naturalism），來傳達某種社會信息[34]。除了王禎和的《玫瑰玫瑰我愛你》明顯可被歸類為謔仿式的政治諷刺，前面三部富於象徵性的作品裡的感官描述，也都對作者想要表達的社會評議或道德批判主題，具有輔助的功能。這些作品裡明白呈現了諸如家庭暴力、娼妓、藍領與白領犯罪行為等社會病徵，對貧窮著墨尤深，無疑是當時台灣社會的逼真寫照。然而必須強調的是，這些作品的尖銳的顛覆效果，並非來自於作者過人的社會洞察力，而是因為小說聳動羶腥的感官性題材，侵犯逾越了一般讀者對正當行為規範的共識。《背海的人》在《中國時報》副刊連載

33 Irving Howe, "The Idea of the Modern," in *Literary Modernism*. Ed. Irving Howe, p 22.

34 M. M. Bakhtin, *Problems of Dostoersky's Poetics*. Trans. R. W. Rotsel (Ann Arbor: Ardis, 1973), p. 94.

的時候，被它「不當」語言激怒的讀者施加壓力，讓報紙停止刊登。有關《殺夫》的許多爭議，大部分圍繞著故事裡露骨踰矩的描寫，尤其是當它們出自於一位未婚女性作者之手。《孽子》必須等到日後被拍成一部通俗劇類型電影之後，才多少讓一般大眾有接觸到它的機會。

耐人尋味的是，這些作品之中最具聳動性的《吉陵春秋》卻沒有引起太大的爭議。或許正是因為這部作品完全缺乏任何意識形態的關聯性——或許也可以說，在李永平對逾越道德規範行為極其細緻而又非道德性的描述背後，唯一的意識形態即是「美學的意識形態」——同時它旨在「無目的」(disinterested)美學愉悅感的意向如此彰明較著，所以這部作品的實際讀者某種程度上已然經過篩選。由於作品提供給可能曲解其主題的讀者極少切入點，因此真正去讀這本小說的人，多半本來就具有美學鑑賞的能力和意願。這也許是目前僅有的少數評論皆屬正面的原因。

《吉陵春秋》不是一部傳統定義下的長篇小說，而是一個故事系列，圍繞著在這本書開始以前某個時間點發生的一個犯罪事件。地方上的大流氓孫四房，跟四個幫凶小無賴，在一個全鎮都在慶祝觀音菩薩生日的夜晚，強姦了鎮上棺材店老闆劉老實的妻子長笙。之後長笙自殺。第二天劉老實殺了孫四房的妻子和他的情婦，然後向官府自首被捕。吉陵鎮的鎮民從此以後，在某種意義上，全都成了這件罪案的共犯，被罪咎感纏繞著，風聲鶴唳地等待著劉老實回來報復那些直接涉入強姦案的幾個人。然而冤債的償還，是以一種迂迴枝岔的路徑進行的，即使到了系列故事結束之際，也沒有得到充分的推展。

這本書的主題明顯地屬於「非道德性」。作者故意延宕四個小無賴日夜等待復仇的時間。劉老實替他妻子報仇，卻沒有了斷真凶孫四房，反而是砍殺了孫的妻子和情婦春紅——後者還死在她五歲的兒子面前，而在孩子身心留下永久的創傷。如果我們依據評論者龍應台對情節的詮釋，把〈大水〉中被殺死在河上的一家四口當作是燕娘的一家——從另兩篇故事〈思念〉及〈滿天花雨〉裡我們得知燕娘的丈夫曾是孫四房強姦案的四個幫凶之一——那麼命運的諷刺真可謂到了極致：燕娘的丈夫是四個無賴之中唯一顯示出悔改跡象的。由於每一次的復仇行為不可避免地會殃及無辜，道德的逾越也似乎總是不斷被複製。世界被描寫成一個無理可喻的存在主義式地獄，在這裡「天理」只存在人們的想像中，經常掛在口邊，卻是越想要捕捉，越隱退到吾人掌握不可及之處。

在王禎和與王文興的小說中，人物常常是盲目的社會力量的犧牲品，而作者刻意強調他們惹人輕藐的行徑，無非是一種文學策略，目的在測試讀者同情心的極限。由於《吉陵春秋》裡，美學的考量處於支配地位，道德的違犯經常被用來挑起恐懼和興奮的聳動之感，而非用以促生道德反省或人道關注。譬如在〈好一片春雨〉中，作者暗示秋棠，一個後來很可能遭到惡棍強姦並賣入妓院的天真浪漫的小女孩，芳心被同船一個看來像殺人嫌犯的漢子所擄獲，讓讀者在擔心秋棠命運之際，還參雜了一種曖昧的情緒。同樣的，〈日頭雨〉裡小樂屠狗的一幕，宰殺的過程被描繪得如此鉅細靡遺、栩栩如生，使得讀者在閱讀中替代性地享受了暴力的樂趣。

如果說讀者很難由道德的角度對李永平的小說人物產生同情，他們卻有很大的空間在感官的層面上移情到這些人物身上：因為李永平用了極好的寫作技巧，製造張力和臨場感，建立懾人入勝的擬真幻景。他的敘述魔力，大抵來自於「非主觀敘述」（impersonal narration）技巧的出色運用。李永平可說將現代派陣營中形式主義一派竭力追求的理想敘述形式，實踐到臻於完美的地步。

系列中的單篇故事像〈日頭雨〉（該篇得到一九七九年聯合報短篇小說徵文首獎）和〈萬福巷裡〉，在敘述形式上純採記實法，盡量不摻雜主觀意念地複寫、再現人物行為，將敘述者仲介程度減至最低，接近「客觀敘述」的理想境界。由於敘述者嚴格約束自己，不自由進入人物的內在精神世界，因此這些故事的敘述大半由可以觀看得到的外在身體動作和人物對白的詳實紀錄組成。對視覺畛域的控制是極端嚴密的。幾個重要場景，例如地平線上血紅色的日頭，和在嘉年華節慶日反覆出現的觀音神像，都以自然而不招搖的方式，彷彿純屬偶然地出現在某一人物的視域裡。於是，篇中充滿了諸如「覷著」或「瞧見」等標示小說人物視覺辨識行為的詞語。這樣的敘述行為，有如查特曼所說的，庶幾等同於速記員和照相機的作用，而產生的結果，更是逼近了敘述類型光譜上「純粹模擬」（pure mimesis）的一端。

由於「非敘述式再現」（nonnarrated representation）的敘述類型刻意封鎖所有傳統敘述者與讀者之間直接溝通的管道，《吉陵春秋》的讀者於是常會發覺自己被分派到一個被符咒鎮住的世界裡觀看者的角色。當讀者不斷地接收到各種混雜的視覺印象、未經詮釋的行為對白，和繞梁不斷的懸疑，如潮水般大量的感官知覺被喚起，往往無從消解。〈日頭雨〉提供了一個李永平如何製造張力，爾後加以釋除——但不是用傳統的方式——的極佳範例。占據〈日頭雨〉大半篇幅的是對小樂（四個無賴之一）在一個日頭毒辣的炙熱午後如何宰殺一隻母狗，然後剝皮的詳實而鮮活的描述。小樂始終覺著想作嘔，顯然是因為聽到了傳言，說是有一個看起來像劉老實的人忽然出現在鎮上那株苦楝樹下，想必是來尋仇的。在營造了大量的張力之後，結局似乎是個反高潮：小樂最後一步步走到苦楝樹下去面對那位復仇者，但是這個身分始終不明的男人，竟一言不發地離開了。如此高度曖昧的最後一幕，卻藉由那位神祕客離開時降下的一陣驟雨，而獲得了一種象徵性的終結感。大雨一下子消除了充斥全篇令人難以忍受的酷熱，釋去了小樂及鎮民們心上的重壓，對他們始終縈繞不去的罪孽感有著滌清的功效。它也同時適度地紓解了讀者的焦慮——即便在情節的層面還留有未解開的懸疑。

這部書裡對生物性慾求、殘酷暴力、褻瀆神聖、恐懼報應、渴望慈悲等等的美學處理，可被視為如希臘悲劇般具有「心理洗滌」（cathartic）的作用。評論者如余光中、劉紹銘、朱炎，多少都把這部作品詮釋為一種道德寓言，一個一群人集體造孽的「罪與罰」的故事[35]。余光中更進一步認為，除了處理最基本的人類本能慾望與感情之外，這部作品同時深入洞察了中國人心靈隱晦幽暗之處。此一評論無疑觸及到這部作品的一個重要的美學資源。

早期台灣現代派文學的「前衛」作家，藉由以西方為指涉的域外異國情調來表達他們的浪漫主義情懷，而在鄉土文學論戰過後的十年，李永平則將「鄉土」中國的地域特徵異國情調化，以成就他精心炮製的美學方案。不過他的鄉土主義頗不同於朱西甯的中國鄉土主義，更有異於多數台灣本土作

35 余光中，〈十二瓣的觀音蓮——我讀《吉陵春秋》〉，收入李永平，《吉陵春秋》（台北：洪範，一九八六），頁一—九；朱炎，〈我讀日頭雨〉，收入聯合報編輯部，《聯合報六八年度短篇小說獎作品集》（台北：聯合報社，一九七九），頁三三五—四三。

家，乃是衍生自他對東南亞華人社群——即便無須特指他童年生長之地沙勞越——記憶的一種鄉土想像。雖然有評論者臆測《吉陵春秋》的發生背景大約是二十世紀初大陸某鄉鎮，但書裡卻沒有足夠的寫實性證據來支持或反駁這個意見。事實上，古老中國的綜合形象並不依賴特定的歷史時空指涉，而主要是一種文本的產物：書中的語言刻意模仿傳統中國白話小說；人物的命名、外在景物、民情習俗或許確有其真實的範本，但明顯地經過重鑄，旨在召喚、烘呈一種現代性入駐之前中國小鎮的特異氛圍。故事中的虛構世界因此既寫實又虛幻，既熟悉又陌生，多少讓人聯想起《水滸傳》之流的俠義傳奇。最突出的，是傳統世界觀中衍自佛教的通俗民間信仰——環繞著「緣」與「孽」的宿命思想，無疑構成了這部小說裡情節鋪陳的基線。

正如余光中所指出，「中國底層文化的道德傳統置淫於萬惡之首」[36]。孫四房在觀音像前姦污長笙，同時觸犯了人和神的律法，因此植下孽種。由於在故事中從未懷過身孕、形象與觀音菩薩多處重疊的長笙，被刻意塑造成貞潔的象徵，此一罪行因而更不可寬恕。孽緣持續繁衍，引發更多罪行和報應，不僅施於犯者本身，同時牽累親族家人、後代子孫，以及無辜的旁觀者。雖然圍繞著「孽緣」的中國民間信仰，對個人良知的警示勸戒作用與基督教的神譴異曲同功，「孽緣」的荒誕開展模式卻更易激發出陰冥的聯想，使人對生命中無法掌握的「偶然」因素，產生一種原始而非理性的恐懼。如此，李永平輕叩中國人潛意識深處一扇幽暗之門，召喚他們對神祕超自然事物的不安之感和本能敬畏——從汲取本土資源以實踐現代主義美學這個角度來說，他的成就顯然超越了台灣其他現代派作家。

另外頗值一提的，是李永平這部作品與眾不同的結構。由於沒有清楚的主題軸線，小說系列中大部分單元都像是故事中切割出來、彼此不連續的片段。李永平高明之處，恰恰在於他如何把這些篇章結合成一個整體——在他所精心編製、貫串全書的「章法」裡，蘊藏著將故事涵義無限延展的豐富潛能。隨著主要人物和觀點的不同，同一個核心事件像三稜鏡般，每個切面被來自不同方向的光線一次又一次地重新聚焦。每當謀殺案被重新提起一次，它就在一個新的脈絡裡獲得一層新的現實意涵，與其他單元中被儲藏在小說記憶裡不同的現實層面交互輝映、撞擊。由於個別故事之間只有部分交疊，一個人物的命運和另外單元裡事件的糾纏，構成開放式的情節，預示著新故事的產生。於是，理論上說，故事系列可以無限衍生下去，而當下的陳述只是暫時把焦點集中在聚光燈投射之處。所造成的整體效果是，由於不曾形成關閉的語義系統，蓋棺論定的一刻——足以賦予故事道德意涵的最終結局——在似乎可以無限延展的敘述中永遠被推遲了下去。將《吉陵春秋》和第二章所提歐陽子的小說〈近黃昏時〉相比，儘管兩者都涉及對同一關鍵事件的不同觀看角度，作者在處理這個認知議題的方式上卻大異其趣。歐陽子接受一個原初「真相」的客觀存在，但對每個人認知真相的能力提出質疑。李永平小說的美學效果，卻正是建立在真實情境的「不可確定性」上。基於人類認知能力的根本局限，「客觀真相」永遠不會以清晰的輪廓、界域分明形態被重新呈現。正如布萊德貝里（Malcolm Bradbury）和麥克法蘭（James Mcfarlane）所說的，現代主義作家理解到人類嚴峻的認知困境，因此意圖透過藝術，對吾人所身處的無目的、無必然性、無秩序的世界，在本質或存在的意義上提出救

36 余光中，〈十二瓣的觀音蓮〉，頁六。

贖[37]。李永平並沒有嘗試用形式來規整生命的混亂素材，而是取「偶然性」本身——「緣」與「孽」兩個概念的基本運作邏輯——作為組織書中材料的中心法則。

當作者用來組織《吉陵春秋》各篇的章法指向一個新的美學樣式——後現代主義——時，每個單篇裡所使用的客觀敘事法，卻無疑代表著現代主義作家戮力實踐的一個典型。這兩種特色的結合產生了一種「超真實」（hyper real）的特色：儘管在局部層次上逼真寫實，整個小說世界明顯的是一個想像的語言建構，存在於一種虛構的時空中。一方面刻意摧毀「客觀現實」的寫實再現概念，另一方面塑造一個強有力的美學論述，李永平比任何現代派作家更為自覺地試圖創造一種自我指涉的文本。或許正是在這層意義上，我們願意無條件附和劉紹銘的說法，把李永平與少數重要作家，包括魯迅、張愛玲及白先勇等相提並論，因為他們都對「拓寬中國現代小說敘述的疆域」[38]做出了貢獻。此外，由於現代派作家引進的多種文學技巧的藝術潛能，在李永平這部作品中被發揮得淋漓盡致，《吉陵春秋》或許可以被稱為是台灣一九四九年以後現代主義文學運動一個最具代表性的作品。

---

37 Malcolm Bradbury and James Mcfarlane, "The Name and Nature of Modernism," p. 50.

38 Joseph Shiu-ming Lau, "The Tropics Mythopoetized: The Extraterritorial Writing of Li Yung-p'ing in the Context of the *Hsiang-t'u* Movement," *Tamkang Review* 12.1 (Fall 1981): 6.

第四章
臻於成熟的現代派作家
——文化批判與文本策略

在這一章裡我將集中討論台灣現代派小說四部重要的代表作：白先勇的《臺北人》和《孽子》，以及王文興的《家變》和《背海的人》。我的目的不僅在於說明這些作品在哪些意義上體現了西方現代主義文學運動某些特定的美學形式，也同時希望藉此來論證：當台灣現代派作家的藝術技巧臻於成熟之際，他們結合本土文學傳統、針砭當代社會現實的能力也隨之大為增強，因此而達到的創作成就，對現代中文文學史的貢獻是具有里程碑意義的。由於本章首先要處理的小說，白先勇的小說《臺北人》[1]，在歐陽子、劉紹銘、夏志清、顏元叔等人的精采評論中已有詳盡的解析，因此我的討論將

1 白先勇《臺北人》的英譯本全名為《遊園驚夢：台北人物故事》（*Wandering in the Garden, Waking from a Dream: Tales of Taipei Characters*）。

側重於一個特定的面向：即這部作品在主題概念和意識形態視景方面根源於中國傳統觀念的部分。

一、《臺北人》

劉紹銘的〈現代中國小說中的時間與現實觀念〉一文，雖然主要關注的是一九六〇年代年輕一輩的作家，也同時指出了國民黨政府撤離大陸、退守台灣的頭二十年間，台灣文學所呈現出的一個顯著特性：對歷史題材的壓抑。在這段時期內，由於觸及敏感議題的作品易於遭到查禁，連帶作者被列入黑名單，因此作家們自發性或非自發性地進行自我審查，導致當代歷史在文學作品中罕見地缺席。較之於四九年以前的中國大陸文學，這個特徵尤其引人矚目；因為正如夏志清所說，後者「將其所有的憂慮關懷，都挹注在受著精神宿疾磨難的華夏中國之上」[2]。

雖然老一輩作家在某種程度上承襲了一九四九年以前中國新文學的寫實傳統，但是他們對「批判寫實主義」（critical realism）的刻意迴避，以及在有意無意之間對這個傳統寫作成規的重新改寫，無疑是當時主導文化中意識形態規範所造成的現象。然而大多數較為年輕的現代派作家並不完全認同這種主導意識形態。儘管他們難免也感受到相同的壓力，但是他們的作品所以不凸顯歷史指涉的重要性，主要是源於美學層面，而非政治層面的動機。在他們的作品裡不僅找不到明顯鼓吹某種政治或意識形態立場的文字，他們對於「歷史」本身的概念也有所不同。正如劉紹銘所說的，幾乎所有的現代派年輕作家都曾嘗試過寫作「道德寓言」，而「在這些寓言作家的手中……中國現代小說從傳統的主軸中分出了一個支脈：他們不再關注自然主義者定義下的『人與社會的歷史』（man-social history），轉而書寫拉雷（John Henry Raleigh）所謂的『自我和宇宙的歷史』（ego-universal history）」[3]。儘管那種真正晦澀難懂的寓言寫作很快地不再流行，而不久之後台灣的現代派作家也開始著手處理當代歷史的題材，劉紹銘的觀察依然有效，因為這類現代派作品通常是自我定位為「人類共同歷史」的個體呈現。就這個傾向來說，白先勇的《臺北人》提供了一個極佳的例證。

一般來說，台灣現代派小說缺乏歷史參照性，而《臺北人》一書處理一九六〇年代流寓台北的大陸人鴕鳥心態，一經發表，便成為一個頗為人稱道的反證。譬如，夏志清嘉許這部作品，認為它「甚至可以說是部民國史」[4]。劉紹銘則在書中人物裡看到了「流放在外的中國人所共同擁有的集體意識」[5]。顏元叔也稱讚白先勇「具有強烈的歷史意識」，儘管他對這本書的評論主要集中在技巧層面。此外，當左派評論者責難白先勇的「反動」傾向，認為他試圖替一個與國民黨掛鉤的頹廢階層粉飾罪過，稱他為「殯儀館的化妝師」時，他們所關注的，也正是這部作品的歷史意涵。然而從本書所

---

2 C. T. Hsia, "Appendix I: On Taiwan Fiction," *A History of Modern Chinese Fiction*, p. 533.

3 Joseph Shiu-ming Lau, "The Concepts of Time and Reality in Moderns Chinese Fiction," *Tamkang Review* 4.1 (1973): 32.

4 夏志清，〈白先勇論〉（上），《現代文學》三九期（一九六九年十二月），頁一一一五；後收入白先勇，《臺北人》（台北：晨鐘，一九七三），頁二九四。

5 Joseph Shiu-ming Lau, "Celestials and Commoners: Exiles in Pai Hsien-yung's Stories," *Monumenta Serica* 36 (1984-85): 410.

採取的批評角度來看，《臺北人》中的歷史再現其實隱含著一種美學策略，其要旨在於用超乎歷史的普世性辭彙來重寫歷史。

在歐陽子的《臺北人》專論《王謝堂前的燕子》一書中，對這部作品的普世性主題做了充分的闡述。歐陽子強調《臺北人》的多重意義結構——這與劉紹銘所談到的寓言式寫作手法同出一轍——並認為這本小說集的主要關注在於人類所共同面對的生命課題：今昔之比、靈肉之爭、生死之謎。儘管她將作者筆下的「過去」與「現在」之間的分界點定位於一九四九年，明顯地指涉國民黨政府撤守台灣的當代歷史[6]，然而她對今昔主題的詮釋，卻主要是在一個普世性、而非歷史性的參考框架中進行的。在《臺北人》一書的象徵體系裡，「過去」不僅是一個時間指涉，更代表著一套精神價值，一個對豐饒滿足的想像，在小說中人物陷入「靈與肉的永恆爭鬥」之際，扮演著關鍵性的角色[7]。延續這個思維，儘管《臺北人》的主要題材是當代中國歷史，卻是以一種高度普世化、象徵化的方式呈現。歐陽子的解析尤其值得重視，因為它明白顯示了歐陽子和她的同班同學白先勇所共有的，大體來說是得自於西方自由人文主義傳統的基本觀念預設。

雖然白先勇享有台灣現代派小說中堅作家的美譽，他對現代主義文學運動純粹美學的挪用卻相當有節制。現代主義文學運動質疑文學指涉現實的功能，強調文學作品的文本「自我指涉」的本質，這些在像王文興、李永平等台灣現代派作家的藝術觀裡都十分顯著。而在白先勇公開表露的文學見解裡，特別是關於形式和內容互動關係方面，仍然多半停留於廣義的人文主義文學傳統之內，而不特別強調語言作為獨立詞語實體的自主性。（譬如說，白先勇過去對藝術自主性的辯護，均再三強調中國現代文學應該擺脫政治干預的重要性。）更重要的是，和其他同輩作家相較之下，白先勇毫無疑問地更傾向於、也更成功地在作品中吸納中國傳統文學的滋養[8]。他擅長使用複雜的文本暗喻，迂迴的政治影射，和避開直接批評當局的種種慧黠的策略，似乎都受到中國傳統文學的啟發。在白先勇兩部主要作品的中心主題裡，充滿了對中國文人傳統、士紳階級意識形態的指涉。這些指涉在《臺北人》裡，作者處理歷史和文化、公共和私密之間的弔詭關係時，最為顯著可見。

6 歐陽子，《王謝堂前的燕子：《臺北人》的研析與索引》（台北：爾雅，一九七六），頁九。

7 歐陽子曾詳細闡明《臺北人》的普世主義意識：「靈與肉的鬥爭就好像是過去與現在的鬥爭，因為在《臺北人》的世界中，『靈魂』反映於『過去』，而『肉體』等同於『現在』。靈就是愛、理想，和精神，肉則是性、現實，和身體」（Ou-yang Tzu, "The Fictional World of Pai Hsien-yung," in *Chinese Fiction from Taiwan*. Ed. Jeannette L. Faurot, p. 174）。事實上，這兩組價值的直接對應，並未出現於所有故事中；例如〈花橋榮記〉（一九七〇）、〈那片血一般紅的杜鵑花〉（一九六九），和〈一把青〉（一九六六）。不過，在白先勇的其他作品中也可以看到類似的對比。在他早期作品中，過去是具有欺罔性、幽靈幻影一般的想像的幸福狀態；例如〈月夢〉（一九六〇）、〈青春〉（一九六一）、〈那晚的月光〉（原題為〈畢業〉，一九六一）等。在後來的《紐約客》系列中，過去代表人物失去「自我」和認同之前的那段時間；例如〈芝加哥之死〉（一九六四）、〈謫仙記〉（一九六五），和〈謫仙怨〉（一九六九）。

8 許多學者都觀察到，傳統中國美學和現代主義美學之間有許多明顯的契合之處，儘管兩者在文類概念、社會起源，和形上學理念體系等層次上存在著基本性的差異。

文化和歷史

朱雀橋邊野草花　烏衣巷口夕陽斜
舊時王謝堂前燕　飛入尋常百姓家

——唐・劉禹錫（七七二—八四二），〈烏衣巷〉

引錄在《臺北人》首頁的這首古詩，道出對人生短暫、世事無常的哀嘆，這也許是中國傳統詩歌中最常出現、廣泛被應用的母題。除了替全書的情感氛圍定調，這首詩藉著惋嘆六朝金粉的起落、顯赫家族的興衰，也同時召喚出「存在於歷史與文化之間的永恆弔詭」這個主題。儘管歷史上的六朝時期政治動亂，中央政府在北方蠻夷的威脅下積弱不振，然而它也無可否認地是一個文化活動力極強，藝術成就非凡的時期。詩人在這首詩裡表達的，對在國家民族存亡之際所產生的燦爛歷史文物的讚嘆，在某種意義上其實有違儒家的道德規約。這種道德規約是將對精緻藝術的過度耽溺，和個人對國家責任的輕忽聯繫在一起的[9]。

白先勇在私下或公開的場合，都曾坦率表達他對文化與政治、藝術與歷史之間曖昧關係的個人觀點，但在《臺北人》小說作品的字裡行間，卻只是迂迴地旁敲側擊。故事的敘述者（或「隱藏作者」）嚴守文學客觀呈現的原則，謹慎地避免直接表露主觀的道德判斷。我們不妨用《臺北人》系列小說中最為著名的〈遊園驚夢〉（一九六六）來說明這個技巧。在這個故事裡象徵著傳統中國的，是南京夫子廟（既是宗儒的孔子廟，又是一個通俗的市民娛樂區；南京更是民國時期的首都）裡一群崑曲女伶，這就毫無疑問地點出「頹廢」和「精緻藝術」之間曖昧糾纏、毫不單純的關聯性[10]。這樣的故事場景，讓對傳統文學稍有素養的讀者，立即聯想起兩句譴責缺乏民族大義者的著名詩句：「商女不知亡國恨，隔江猶唱後庭花」[11]。故事敘述者擺明的中立態度所作勢遮蓋的，正是小說作者意欲間接傳遞的批判訊息。在描述國民黨高級將領和夫人們的奢侈生活時，敘述者鋪陳錢夫人晚宴的豪華：「錢公館裡的酒席錢，『袁大頭』就用得罪過花啦的」[12]。一句若不經意的「罪過花啦」，將整個極度混亂、災難頻仍、民不聊生的一九四〇年代民國史，在一瞬間隱然呈現。

由此說來，白先勇的小說乍看缺少從社會歷史觀點出發的道德批判，是有意「擱置」的結果，而非政治的盲點。此外，白先勇在書首將作品獻給「先父母以及他們那個憂患重重的時代」，無疑是他所採取的「擱置策略」的佐證。在這裡所呈現的歷史是透過個人主觀篩選的歷史，主要的關注角度在於個人生命所遭受到的衝擊。這種從公共到私密，從客觀到主觀的擱置替換，無疑是深植於中國士紳文學的一個特點。傳統詩詞經常扮演的功能，是學優則仕的文人表達其敏感、細緻，甚至頹廢情緒的

9 一個著名的儒家成語，「國家興亡，匹夫有責」，即明白表達這個概念。
10 參見歐陽子在《王謝堂前的燕子》中對於崑曲在故事中象徵涵義的討論，頁二六二—六六。
11 出自晚唐著名詩人杜牧（八〇三—八五二）的詩作〈泊秦淮〉。作者顯然有意使用這個典故：秦淮河位於今日的南京，也是〈遊園驚夢〉故事發生的地點。
12 白先勇，〈遊園驚夢〉，《臺北人》（台北：晨鐘，一九七三），頁二三四。

管道，其所作用的經驗範疇與審理公務的實際生活之間，受文學成規之賜，經常維持著某種距離。

在很大的程度上，正如歐陽子所指出的，白先勇並沒有在《臺北人》中明白批判儒家文化傳統；在某些時刻他甚至間接肯定儒家文化的價值。因此，儘管這本書對當代歷史「非政治性」的處理方式，並非沒有可被政治當局挑剔之處——譬如書中經常觸及令國民黨尷尬，在一九六、七〇年代仍屬忌諱的一些題材——但是在台灣當代主導文化新傳統主義的背書之下，這本書卻受到廣大讀者的喜愛；被「抹除痕跡」的歷史成為受寵愛的消費對象。由於這部作品與中國傳統文化性格如此微妙地契合，它不僅在台灣被許多不同氣質傾向——傳統和現代皆然——的讀者群所肯定，更超越了兩岸意識形態的差異，在中國大陸也廣受讀者的熱烈歡迎。

公共與私密

白先勇對文化和歷史關係的理解，明顯受到儒家價值系統的影響，但是也顯露出他對儒家傳統某些方面的不滿。雖然對這種不滿的表達在《孽子》這部書中最為確鑿，但在《臺北人》故事集裡已可稍見端倪。我們或許可以從歐陽子在《王謝堂前的燕子》裡對《臺北人》「公共」與「私密」的母題所作的評論著手。

歐陽子在分析《臺北人》的主題結構時，一再強調精神和本能、靈和肉之間的對立——可以說是一種相當受西方概念影響的詮釋架構。由於《臺北人》寫作之時，作者本人所受到的強勢西方影響與她類似，所以這種評論角度無疑是具有正當性的。不過，作為一個細心而反省力強的評論者，歐陽子曾經數度坦承，她的批評架構不見得永遠奏效[13]。特別值得注意的一次是，雖然歐陽子曾多次強調白先勇對「精神」優於「肉慾」的肯定，但是在〈遊園驚夢〉這篇小說中，她覺察到作者顯然更加同情愛慾中偏向「肉體」的一面。為了維持論證的一致性，歐陽子將這個短篇小說視為一個罕見的例外。

從「我只活過一次」等語，以及性象徵的暗示含義，我們可以知道錢夫人把她和鄭參謀的那次的交歡，比喻為「活」、為「生命」，而把得不到性滿足的富貴榮華生活，暗喻為「死亡」。……在白先勇大部分的小說裡，靈肉是對立的，青春和性慾是對立的。靈和青春代表「生命」；肉和性慾則意味著「死亡」。鄭彥青一角，既象徵青春活力，又象徵性的誘惑，既具有靈的光芒，又富有肉的號召，是《臺北人》小說世界裡絕無僅有的特別人物」[14]。

13 舉例來說，歐陽子這個架構在解釋〈那片血一般紅的杜鵑花〉時，便失去分析力量。這個故事處理中年男僕王雄和受女主人驕寵的女兒麗兒之間某種奇特的關係。王雄這位僕人長得像隻猩猩，卻有一顆如孩童般單純的心。作者暗示，王雄全心全意對待麗兒，具有某種潛意識的性聯想，因為他把麗兒當作他隨國民政府來台時棄留在大陸的青梅竹馬愛人的代替品。歐陽子使用「靈」與「肉」的對立關係將這段故事詮釋如下：隨著麗兒年齡漸長，拒絕王雄的感情，整個「靈」的關係就被毀壞，而王雄幻想中的純真世界——他所悉心照顧的屋後的杜鵑即為其象徵——也勢將崩解。有一天，王雄突然自殺身亡。而在此之前，他強暴並試圖掐殺素來惹他憎惡、肉感的女僕喜妹。歐陽子認為王雄攻擊喜妹並自我了結生命，代表「靈」對「肉」的復仇和最終勝利（〈那片血一般紅的杜鵑花〉，《臺北人》〔台北：晨鐘，一九七三〕，頁一〇二），似乎不能完全令人信服。

14 白先勇，〈遊園驚夢〉，頁二五五—五六。

歐陽子以邏輯二分的方式，將愛情劃為感性和肉體兩面，是一種相當典型的西方心理學評論手法，也和她試圖闡明這部作品的「普世性」主題有關[15]。然而，鑑於西方對靈與肉、精神與色慾間二分的看法不見得與中國人對愛（或「情」）的概念全然吻合，我們可以對她這種詮釋提出質疑。「情」字原本指的是「事物的自然狀態、傾向」，可以理解為兼指色慾的激情和單純的感性，而不妨礙它被視為「慾」或動物性慾望反義詞的可能性。然而這兩種感官本能都是源自人類身體的天然狀態，並不具備歐陽子所採用的西方概念中的形而上的層面。在中國一元論傾向的思維體系裡，情和慾很可以是一個二而一的概念。儘管占有不同的道德位階，它們不必然被視為本質上對立的二元極端，而更有可能是意味著在一個連續光譜上占有不同位置的兩種組合狀態。

歐陽子的討論顯示，〈遊園驚夢〉的一個中心主題就是壓抑性意識形態與個人本能慾望衝突下所產生的「怨」。這個主題所隱含的對中國文化的批判，其實已經預設了情與慾之間的連續性。以下的討論大致以歐陽子的分析為基礎，再從筆者所採用的分析框架的角度稍作增補。

根據歐陽子的詮釋，出身崑曲女伶而嫁入侯門的錢夫人的藝名「藍田玉」，象徵著傳統婦女的美德，同時意味著中國傳統文化的精神本質。因為和更具大眾化形式的京劇相較之下，崑曲更為細緻講究，是高雅文人的消遣藝術；歐陽子認為作者用崑曲正面代表中國精緻文化傳統，而錢夫人目前僻居台灣南部，遠離文化中心，不啻象徵著這個傳統的式微[16]。歐陽子並引申這個象徵意義來說明正統的中國文化如何在現代社會裡不受重視：「我們中國傳統文化具有光輝燦爛的歷史，可是就是因為太過講究純美、純粹的精神，絲毫不肯接受現實俗世的污染，在今日的平民世界裡，已經和一般人的生活幾乎全部脫節，再也無法受到欣賞與了解」[17]。

歐陽子論證崑曲比「花部」（京劇的前身，曾取代崑曲成為當時最流行的曲藝）更具優雅的藝術形式，另一個有關中國戲曲的歷史因素或許也可納入考量。由於戲曲是在元明兩代伴隨著商人階級而興盛的通俗藝術形式，它和白話小說一樣，始終停留在較低的文化位階。久而久之，這兩種通俗文學形式轉而具有另一種功能，成為遭到主流文化排擠的文人表達不滿，兼以自娛的管道。他們對通俗劇式濫情、男女情愛露骨描繪的耽溺，一般被理解為含有向主流道學派思想抗議的意味，特別是針對儒家道德主義中的禁慾傾向對人的內心情感和肉體慾望的壓抑。儘管透過幾位文學大家之手，某些戲曲

15《王謝堂前的燕子》第一章裡有歐陽子對《臺北人》主題的精闢描述：由於人類生命的有限，「愛情也只在凝固成一個記憶時，才能持久」。故事中的人物如果擁抱「靈」，而排斥「肉」，最後都將步上自我毀滅的道路；因為「太多的『靈』，太多『精神』，到底不是血肉之軀所能承受的。」為了應付受到肉體需求所主導的現實生活，人只能偶然回顧保存於對年輕時代記憶中的那些珍貴時刻，因為那時靈尚未遭到身體慾望的污染。如此一來，這種回顧的能力，對於不得不與肉體妥協的個人來說，便具有某種救贖的價值（頁二二一二三）。

16白先勇藉由這齣戲露骨的情愛歌詞，點出錢夫人的內心騷動；因為她的不安正是來自於性壓抑和貧瘠的感情生活。錢夫人受到含有情色暗示的戲文和酒精的雙重影響，回想起她與丈夫的年輕參謀之間一次外遇的經過。這裡白先勇用了一段極富詩意、充滿性象徵的精采意識流片段來表達錢夫人的思緒流動。這種逾越規範的動作是錢夫人在正常情況下不會做出的。

17同前註，頁二六五。

和白話小說後來被轉化為高層文化形式，作品列入經典之林，但是其內容中所保留的情色成分，以及將私領域的個人情、慾提升至公領域社會倫理之上的意識形態，依然被正統文化視為具有「誨淫誨盜」的道德顛覆性。或許我們可以說，〈遊園驚夢〉中引用《牡丹亭》，是白先勇在長篇小說《孽子》裡大量指涉《紅樓夢》文本的前奏，由此也可以證明白先勇確實有意將自己置身於這個抗議傳統之中，其對象則是擁有數百年歷史的儒家倫理思想中對個人的壓抑成分。

在《臺北人》之後差不多二十年才出版的《孽子》，雖然仍舊持有保守的基調，但白先勇在這本著作中對主導文化的批判已是昭然若揭。儘管《臺北人》中諸篇故事具有間接抗議的姿態，但大體來說仍然推重阿波羅式的理性睿智；而《孽子》的核心主題則可以看成對酒神式歡愉本能的謳讚——充滿性慾的狂喜焦慮、不易紓解的性飢渴張力，和對被重新納入正常秩序的頑強抗拒。公共與私密之間的衝突和糾葛在這裡被推上前台一個醒目的位置。

二、《孽子》

白先勇最近一部小說《孽子》出版了將近十年，卻始終沒有出現較為全面而深入的評論。雖然這種冷淡也許只是台灣讀者和評論界對現代派文學普遍喪失興趣的徵兆之一，但另一個可能的原因是，作者藉由一群被放逐在社會邊緣的同性戀者所呈現出的文化批判，對於閱讀水平較高的讀者來說，並不難解讀，此外小說裡的抗議訊息也表達得十分明確。然而，這種表面印象也許並不可靠。鑑於台灣的現代派作家往往極其嚴肅地將文學創作當作生命中智性追求的重要途徑，這本小說中所體現的道德視景，作為白先勇個人發展至成熟階段的產物，其內涵可能遠超過表面可立即辨識的部分。這部作品深刻展現的中國文化積澱，譬如公共與私密之間的關係、父權對於家庭和社會的宰制方式等等，只有通過對小說精密象徵體系的仔細辨認，才得以充分理解領會。

《孽子》包括四個部分：只占一頁的開場白，兩個分別由三十三、三十個章節組成的主要部分，和書末的尾聲。第一章〈放逐〉的主角阿青，高中三年級，是個退伍團長的兒子。阿青因為和學校裡管理員發生同性戀猥褻行為，遭到退學，並被父親趕出家門。第二章〈在我們的王國裡〉開場時，阿青加入了一個夜夜在台北新公園聚集的地下同性戀社群。往後數月裡，阿青以充當男妓維生，偶遇一位名叫王夔龍的陌生人，而他竟然正是公園裡一則流傳多年傳奇故事的主角，「龍子」。阿青也去探望了母親；多年前她和一位喇叭手私奔離家出走，此時瘦弱得只剩皮包骨，痛苦地躺在病床上等死。第二章以四個月後的一次意外事件作結：阿青和公園裡的其他人一同因一件輕微罪案被警察拘捕。第三章叫〈安樂鄉〉。公園裡的領頭人物楊教頭新開了一家名叫「安樂鄉」的同性戀酒吧。因為公園裡蓮花池如今遭到宵禁，這間酒吧就成為他們新的聚會場所。阿青和小玉、老鼠、吳敏等其他三個男孩被默默行善多年的「傅老爺子」保釋後，快樂地擔任著酒保的工作。之後，因為照顧傅老爺子的吳大娘摔傷了腿，楊教頭便將阿青遣去照顧傅老爺子。不久，傅老爺子生病過世，阿青一直守在病床旁送終。酒吧後來卻不得不關門大吉，因為有位記者撰寫了一篇不堪的報導文章，影射這類不法場所的存在。全書的尾聲，〈那些青春鳥的行旅〉，簡短地交代了阿青和他那群朋友最終如何被重新納入社會，從事正常的職業。

和小說情節主線平行的龍子與傅老爺子兩個次要角色的故事，負載了很大的主題功能。龍子是公園裡再三受到轉述的「傳奇」故事的英雄。他是一位高官的兒子，卻瘋狂地愛上了公園裡外號叫「野鳳凰」的男孩。後者在貧民窟長大，有著與眾不同的暴戾性格。他們的悲劇戀情是這樣結束的：一個除夕夜，因為阿鳳堅絕不願和龍子一道回家，龍子親手殺死了阿鳳。龍子的父親為了阻止醜聞曝光，立刻送他出國，並且在他有生之日不准兒子回來。

傅老爺子是一位退休將領，他的兒子傅衛曾是一位前途似錦的年輕軍官。然而，傅衛和充員兵發生猥褻行為，在被人發現之後，飲彈自殺。事實上，傅衛決定自殺之前曾請求父親給他一個解釋的機會，卻遭到傅老爺子斷然拒絕。他自殺當天正巧是父親的生日。人子的冤屈，此後成為父親年年痛苦的記憶。

小說人物頗為複雜，明顯地延續《臺北人》裡的平行結構。白先勇將擁有類似特質的角色聚合在一起，採取交叉作用的手法，成功地凸顯一系列主要和次要的主題。在這些主題中，環繞著龍子和傅老爺子這對「父與子」原型的主題，最具特殊意義：小說的第一個重要主題是「情」的反社會性。儘管龍子的非理性戀情所造成的凶殘悲劇只有一個邊緣角色的遭遇堪為比擬——桃太郎以結束自己的生命來報復愛人的背叛——類似的激情其實不斷地在園中每一個人的身體裡騷動著；它也是導致這個私密社群和外面世界格格不入的主要關鍵。第二個主題是父子間的衝突。龍子遭到父親放逐，傅老爺子也背棄了他的兒子。龍子在父親死後回國，透過阿青拜訪了傅老爺子，他們兩人見面時的對話暗示著父與子之間的對抗其實有著化解的可能性。第三個主題是現代社會裡壓迫形式的無所不在。龍子雖然來自社會有權階級，卻與那些居於社會底層，最為悲慘、遭受踐踏的一群人產生聯繫：阿鳳的母親來自萬華，是一個擺地攤的女兒，天生既傻又啞，被一群流氓輪姦、毆打，丟到水溝裡，才懷孕生出阿鳳；龍子流浪紐約時，遇到許多無家可歸、被迫犯罪賣淫的人。傅老爺子和龍子兩人最後藉著悔悟和幫助貧窮無望的人來達到精神的救贖：傅老爺子在育幼院裡當義工，領養一位天生沒有四肢的殘障兒童；龍子則收養一個跛腳的男孩，幫他治好腿疾。作者似乎藉此傳達了這樣的道德觀點：只有寬容和不含歧視的情感，才能夠減輕人類的痛苦。下文的討論，將詳細闡明這些主題的特殊文化意涵。

情色與文明社會：美國反文化運動的影響

個人自我的私密情感，和社會上壓抑個人的規範律法之間的對立，在第二章〈在我們的王國裡〉的起始處以詩一般的方式呈現：

> 在我們的王國裡，只有黑夜，沒有白天。天一亮，我們的王國便隱形起來了，因為這是一個極不合法的國度：我們沒有政府，沒有憲法，不被承認，不受尊重，我們有的只是一群烏合之眾的國民。有時候，我們推舉一個元首——一個資格老、丰儀美、有架勢、吃得開的人物，然而我們又很隨便，很任性的把他推倒，因為我們是一個喜新厭舊，不守規矩的國族。說起我們王國的疆域，其實狹小得可憐，長不過兩三百公尺，寬不過百把公尺，僅限於台北市館前路新公園裡那個

長方形蓮花池周圍一小撮的土地。我們國土的邊緣，都栽著一些重重疊疊、糾纏不清的熱帶樹叢：綠珊瑚、麵包樹，一棵棵老得鬚髮零落的棕櫚，還有靠著馬路的那一排終日搖頭嘆息的大王椰，如同一圈緊密的圍籬，把我們的王國遮掩起來，與外面世界暫時隔離。[18]

在這裡作者將同性戀社群命名為一個「王國」，將它當作一面對照外界社會的鏡子，其目的在於呈現一種另類的價值體系。現代文明社會尊崇律法、憲章和理性，而同性戀者在蓮花池邊的非法聚會，則被相對地描繪為難以駕馭、無政府和嘉年華式的。然而，雖則這個王國的公民不受普通律法的約束，他們卻擁有自己的價值體系。這個價值體系可以總括為對身體的膜拜：一個人可以因為身體的健美而當選領袖；而由熱帶氣候、植物作為象徵的古老而原始的激情深深地根植於每個胸膛；由「麵包樹」和遍布書中的無數食物意象所表徵的感官愉悅，就像性行為一樣，都是源自基本生存狀態的自然本能，即人類擁有一個身體的這個事實。因此，這個社群的成員不應只被視為社會的放逐者，基於他們主動拒絕被社會律法規範的這個事實，他們也是一批反叛者。當然，就實際權力來說，他們無法與對手抗衡；他們是遭受壓制的少數，不斷被驚嚇，時刻警惕外部世界對他們疆域的「侵襲」，並「在黑暗中摸索出一條求存之道」[19]。

對身體，尤其是同性戀者身體的謳讚，似乎又將讀者帶回到白先勇早期的創作世界。就像夏志清曾經指出的，在白先勇的早期短篇小說中，阿當尼斯（Adonis）這位神話人物具有重要的原型作用[20]。在這些作品中，白先勇顯現他對年輕男性角色人物具有個人偏愛，將他們當作青春、美和愛的象徵；同時也將某些專橫跋扈的女性刻畫成肉感、貪婪和予人以威脅感的形象。《孽子》的主題則擴延到社會文化批判的範圍，意味更加深長，而和白先勇早期個人化的創作有所分別。造成這個變化的一個可能因素，是白先勇曾經親身目睹的[21]，一九六〇年代美國的反文化運動，和這個運動所蘊含的反體制精神、人文主義理想，和解放人性的思潮。

儘管這個運動似乎不可否認地對白先勇造成衝擊，但是在政治觀點方面，白先勇與這些運動的激進分子則完全不同。他和台灣其他幾位現代派作家一樣，仍然保持著自由主義的立場，公開反對共產主義。夏志清曾經敏銳地注意到一九六〇年代台灣年輕作家和同一歷史時期西方年輕作家之間的差別。他的觀點大致如下：當西方進步作家擯棄基督教文明，和它的二十世紀代言人葉慈（William Yeats）、艾略特、喬哀斯（James Joyce）、勞倫斯（D. H. 勞倫斯）和福克納等作家之際，台灣的現代派作家追尋的，卻正是西方現代主義文學運動的經典傳統。當西方年輕一代作家集體尋求建立烏托邦社會，而使得賀伯特·馬庫色（Herbert Marcuse）結合馬克思主義和佛洛伊德精神分析學說而創立的

18 白先勇，《孽子》（台北：遠景，一九八三，初版；一九八四，六版），頁三。《孽子》由葛浩文（Howard Goldblatt）譯成英文（*Crystal Boys: A Novel*）於一九九〇年出版。

19 同前註，頁三一—四。

20 夏志清，〈白先勇論〉（上），頁二九八—三〇八。

21 筆者曾於一九七〇年代初期出席白先勇在國立台灣大學的一次公開演講中，聽到他對美國嬉皮運動自由精神的由衷讚美。白先勇於一九六二年移居美國。

新的思想體系鼎盛一時之際，台灣的現代派作家卻表現出絕對的保守傾向[22]。夏志清並且從歷史觀點來說明這個現象：

白先勇這一代作家，深感到上一輩青年叫囂蠢動促進共產黨勢力在大陸膨脹的悲劇，是不可能受這種烏托邦式新社會理想之誘惑的。他們對祖國的熱愛（雖然他們不愛寫反共八股），養成他們一種尊重傳統，保守的氣質。[23]

雖然台灣現代派作家採取相對保守和中庸的政治立場，但是並未妨礙他們對中國社會中的壓迫性文化因素做出激烈抗議。與西方傳統基督教的式微相呼應的，是在中國社會的儒家封建道德規範的解體，而這個過程隨著人們思維模式的現代化仍然持續地在開展。台灣現代派作家選擇性地承襲了五四知識分子的反傳統立場，意圖用他們自己的方式，嚴肅地重新審視自己的文化遺產。而在這些作家創作生涯的關鍵時期（約莫二十五至三十歲之間）接觸到的美國的反文化運動，正好替他們提供了一種另類的文化典範。這個反文化運動的解放精神在這一代的好幾位重要作家——包括偏向保守的歐陽子和激進派的陳映真——身上都留下顯明的印記。（雖然陳映真直至一九八〇年代才到美國訪問，美國六〇年代反戰運動對他深刻的影響在諸如〈賀大哥〉〔一九七八〕等小說中明顯可見。）而以白先勇來說，對身體的禮讚和對現代文明的不滿無疑構成了他批判中國社會中殘存封建價值觀念的重要基礎。

文化批判：與《紅樓夢》的文本互涉

白先勇可說是在採納西方觀念的同時，也明顯融入傳統因素的一位台灣現代派作家。在堅持人文主義對自我的肯定，禮讚「原慾」（libido）的同時，他尤其注重人類情感的感性層面，這和他對中國古典小說《紅樓夢》的偏愛相信有一定的關聯。

對「情」的高度執著，正是新公園裡的人們和外部世界隔閡之處。在《孽子》第二部緊接前面引錄文字的一段中，作者以感傷的筆調繼續描繪那個「王國」：「在我們這個極隱密，極不合法的蕞爾小國中，這些年，卻也發生過不少可歌可泣，不足與外人道的滄桑痛史」[24]。公園裡幾位白髮前輩更篤定地斷言，王國的成員對它有一種永遠的繫念，有的人：「在五年、十年、十五年、二十年後，一個又深又黑的夜裡，突然會出現在蓮花池畔，重返我們黑暗王國，圍著池子急切焦灼的輪迴著，好像在尋找自己許多年前失去了的那個靈魂似的」[25]。

在同一段中，作者寫到蓮花池中在遭到市政府人員清除之前的美麗紅睡蓮。紅色的睡蓮象徵「情」狂熱的一面，它們被比喻為火和「一盞盞明艷的紅燈籠」，並在龍子刺殺阿鳳時，再度被提

---

22 夏志清，〈白先勇論〉（上），頁二九三。
23 同前註。
24 白先勇，《孽子》，頁四。
25 同前註，頁五。

及。這種狂熱的激情是一種天然的慾望，就像睡蓮構成自然風景的一部分。值得深思的，是個人情感的象徵遭到執法者摧毀，取而代之的，是八角亭，一個隱祕「王國」成員人人痛恨的人造文化標誌。

在《紅樓夢》一書中，作者曹雪芹廣泛採用道家、佛家兩種歷來和儒家主流傳統相對抗的反文化思潮觀點。同樣地，白先勇的小說也明顯地借鏡於此類宗教思想框架。例證之一是，蓮花是佛陀的寶座，睡蓮也可看成是徹悟或涅槃的象徵，是一種對激情和慾望的超越。特別是由於睡蓮的「蓮」與憐憫、憐惜的「憐」讀音相同，白先勇這裡採用的雙關諧音手法，和曹雪芹在《紅樓夢》中將一位象徵性人物取名英蓮（應憐）可說是同出一轍。當園中耆老為新來者講述這個王國的歷史時——「於是我們那些白髮蒼蒼的元老們，便點著頭，半閉著眼，滿面悲憫，帶著智慧，而又十分感慨地結論道……」[26]——他們的神態，讓人聯想起慈悲的菩薩，憐憫而充滿了解地注視著人間的苦難。

《紅樓夢》的序言指出，小說源自一則鐫刻於無稽崖青埂峰上的一塊靈石的故事，經由號為空空道人的僧人抄撰，才得以流傳於世。這些刻文道出靈石的本末。原來，當初天神女媧煉石補天時，獨獨留下一塊未用的石頭。後來，這塊石頭已通靈性，由一僧一道帶至紅塵俗世，享受人間榮華富貴，最終大徹大悟，終又回到彼岸。《紅樓夢》一書則詳細敘述靈石化身寶玉後的塵世遭遇。寶玉雖然生於賈府這樣富貴的士紳家族，然而，令他父親十分不悅的是，對於社會上認可的貴族子嗣生涯規畫，像是苦讀經書、應試科舉、求取仕途等，寶玉毫不感興趣；相反地，他成天和一群才貌雙全的姊妹和婢女為伴，在奢侈華麗的大觀園裡吟詩作樂、荒廢時日。

《孽子》對《紅樓夢》的文本指涉最明顯的就是故事場景的安排。無論是「新公園」還是「安樂鄉」，都和大觀園一樣，是一個烏托邦式的王國；在它的轄區裡，主導文化的價值被翻轉，而個人價值，譬如「情」，或感性的位階卻被提升。白先勇小說中的父親形象無疑代表著園外公領域裡的權威。《孽子》傳達出的一個明確訊息是，在儒家傳統裡的士紳家庭中，父親對兒子的期望，經由所處的文化背景所制約，往往離不開「盡忠報國」；這對個人的自然情感造成嚴重的壓抑，經常導致父子間關係的愛恨交織。龍子的名字出自成語「望子成龍」，但是龍子沉迷在愛慾和激情裡，妨礙他履行人子的天職。傅衛和阿青令他們的父親痛心處，皆因由於他們的「行為失檢」，使他們遭到學校、軍隊等公領域裡體制的排斥，無法成為社會的「有用之材」。因而，這種對父權的不滿可以理解為一種對封建制度殘存社會規範的批判。錯綜複雜的父子關係，以及個體對集體承擔的責任具有深刻的禮教根源：因為社會和國家被視為家庭的延伸，於國的忠和於家的孝其實是一體兩面。就像寶玉的父親是一位崇奉禮教的官紳，《孽子》中的三位父親也全部無條件地忠於國家。阿青的父親是個曾被誤為叛徒而遭到解職處分的團長；在遭受冤屈之餘，卻仍舊夢想著把兒子送去受軍事教育。龍子的父親是一個政壇知名人物，而傅老爺子則是退休將領，他們所受到的傷害莫大於兒子們的同性戀行為妨害了他們為國盡忠。父親將兒子驅逐家門，其含義不止於一件家務紛爭，也同時是奉社會、國家之名行事；不孝的兒子，也同時是不忠的國民。

就如同寶玉縱情裙釵間的嬉戲，配合一般社會上實用主義的「工作倫理」在白先勇的小說裡也受

26 同前註。

到貶抑；這可能是受到「嬉皮」運動反體制思想的影響。雖然新公園裡的男孩大都出身背景不佳，缺乏向上發展的機會，但是他們也經常主動拒絕工作的機會，不屑以辛勤的勞動換取生活的改善。阿青拒絕在銀馬車咖啡屋打工；小玉一旦發覺他在藥廠裡的職位不能幫他達到赴日尋父的夢想，就斷然放棄；這些行為，在某種意義上，和寶玉憎惡為功名苦讀並無二致。此外，《孽子》的重要場景總離不開聚會、宴樂和嘉年華式的狂歡，也可以看出受到中國明、清兩代傳統小說結構特徵的影響。小說中不遺餘力地強調食、色、遊戲和友情為身體所帶來的愉悅和本能性滿足，無非隱含著一種對主流社會功利主義的批判。

在《紅樓夢》中，曹雪芹成功地藉女性氣質提出一個另類價值體系，以「個人」和「情感」對抗「公眾」和「功利」，由此而貶抑男性，否認父權文化秩序和律法。在《紅樓夢》的前言部分，曹雪芹筆下的女性形象，便較男性角色具有更高的才情。藉由寶玉的那段名言，這個和正統相異的觀點得到極致的表現：「女兒是水作的骨肉，男人是泥作的骨肉。我見到女兒，我便清爽；見到男子，便覺濁臭逼人」[27]。白先勇在《孽子》中對同性戀者的描寫，和曹雪芹在《紅樓夢》中的褒揚女性，從反叛功能來說，有異曲同工的效果；新公園裡的男孩們都相當敏感多情。兩位作家都可說是積極地在參與著他們所處時代的反文化運動。曹雪芹在傳統中國社會中固有的將「女性化」與菁英文化掛鉤的意識形態基礎上，推崇女性特質[28]，因而替通俗小說的抗議傳統開闢了一條新途徑，也同時將小說提升到高層文化的領域。白先勇借助和同性戀運動緊密相聯的平權運動，關注遭受雙重壓迫的同性戀娼妓社群，從而對當代社會中兩種壓迫形式——對性別、貧窮的歧視——提出抗議。

儘管《孽子》和《紅樓夢》有許多相似之處，兩者之間仍然存在某些本質上的差異。在《紅樓夢》中，除去公眾和個體的對抗關係之外，還存在另外一種矛盾：也就是，在靈石和它的化身寶玉上，不斷交替出現「頑」（反叛的、頑劣的）和「靈」（精神的、悟性的）兩種特性。從不同角度來看，我們對「頑」和「靈」可能產生相反的理解：從禮教的角度出發，寶玉不肯向正統勢力低頭的固執性情，是一種愚頑，更是崇高補天事業拒於門外的「無材」；然而，從佛道兩家的觀點來看，寶玉卻具有一種神奇的靈性，促使他最終超脫愛恨之情，達到大徹大悟的境界。

曹雪芹最終意圖表達的觀點彷彿是這樣一個佛家觀點：只有擺脫對紅塵（形象的幻覺世界）的繫念，才能夠臻於涅槃的境地[29]。儘管白先勇在小說中運用各種佛家比喻，但是最終並非倡導宗教解脫；從根本上講，《孽子》的主題毋寧是植基於自由人文主義的思想精神。我們或可將白先勇小說的中心意象，「心」，和《紅樓夢》中與之對應的、極其複雜曖昧的「石頭」意象，做個比較，來嘗試了解兩者主題間的差異。

---

27 同前註，頁七六。

28 學者王躍進最近仍在一篇論文中將這個現象形容為「文化的女性化」。值得注意的是，白先勇表現的受到壓抑的「情」，其原型自然不是中國民間傳統和白話通俗小說中所保有的《水滸傳》式的豪邁和男子漢氣概，而是更接近小說戲曲中女性化的「才子佳人」故事類型。

29 參見〈紅樓夢〉中如下一段：「從此空空道人因空見色，由色生情，傳情入色，自色入空，遂易名為情僧，改《石頭記》為《情僧錄》。」

中國人並不十分明晰地劃清「心」和「腦」之間的界線：「心」似乎兼具二者的功能，它既是意志，又是感情；既是感覺，又是情緒；既是情感，又是理智。它是「情」的發源處，但在「情」過於氾濫時，又能夠駕馭、控制它。在《孽子》裡，「心」同時是「激情」與「同情」，這兩種藉由紅睡蓮象徵情感的源頭（在阿鳳被殺的場景中，「心」和「蓮」似乎的確彼此相隨）。這個象徵中，我們可以追蹤龍子和阿鳳這段孽緣的肇因。

《孽子》的龍子和阿鳳相愛，顯然仿效《紅樓夢》寶玉和黛玉之間，靈石和仙草的前世因緣關係。石上的刻文告訴讀者，當靈石得知自己無材補天時，不免自怨自嘆。一日他在靈河岸上發現一株絳珠草。此後，他常以甘露澆灌仙草，最終使她「脫卻草胎木質，得換人形。」這個仙女為報答靈石的灌溉之恩，想到自己既無甘露之水，唯一的報恩方法是「他既下世為人，我也去下世為人，但把我一生所有的眼淚還他，也償還得過他。」這個仙女的化身顯然就是寶玉的表妹——多愁善感動輒流淚的林黛玉。

乍看之下，龍子和阿鳳之間的關係也包含著「報答救命之恩」的成分。龍子後來用刀刺中阿鳳的胸膛時，表示他只是將先前給阿鳳的心取回。同時，阿鳳從小就性情異常暴烈，極易喪失理智，不斷地重複說道他從來就未曾擁有過一顆心。阿鳳被龍子殺害時，沒有流露絲毫的痛恨和不滿，而只有悲傷，就好像這條命本來就是他虧欠龍子的。這條「命」顯然是一種最親密的愛，一種從小在孤兒院中長大的阿鳳不曾感受到過的愛。

就像《紅樓夢》中石頭的作用，「心」是《孽子》裡個人救贖的關鍵。龍子殺死自己的愛人，體現一種過度的激情，一種具有毀滅性的「情」。雖然「心」是「情」的源頭，但是由於「情」現下占據了主導地位，「心」原本具有控制、調節和平衡情緒的功能便受到阻撓。因此，就像寶玉一度丟失他的通靈玉石，龍子在流亡紐約的前半年，也是喪失一切人的感覺。直到龍子救了一名來自波多黎各的男孩，在他的胸口發現一個心形的傷疤，他才恢復理智，重新擁有一顆心。如果《紅樓夢》中那塊神奇玉石，終究讓寶玉看透「紅塵」、幻世，走向徹悟，《孽子》裡的「心」則是通往諒解和同情的橋梁。這顆重新獲得的心讓龍子對紐約街頭的孤兒產生同情，最後導致他懺悔和贖罪的行為。然而，二者的相似之處也似乎僅止於此。

寶玉任性、聰穎，卻冥頑不化，最受他珍惜的似乎不是熾烈的激情，而是「情」中更為纖細敏感的部分。在書中，寶石的感情十分細膩，不只對他的園中玩伴——他的姊妹和婢女，在《石頭記》裡被描述成一群害相思病，能化身成人的仙靈——對他的父母、或其他家族成員，也同樣真心以對。正如曹雪芹指出，要能大徹大悟，最重要的條件之一，便是要看破「情」；也就是說，要看破、超脫這種人與人間的情感聯繫。寶玉在剃度出家後，甚至拋棄了他出生便佩掛身上的玉石；儘管正是通過這塊玉石，寶玉才得以達到超悟的境界。

白先勇偏好處理以強烈、極端的方式表達的「情」，似乎顯示出來自西方的影響。在某種意義上來說，《紅樓夢》和《孽子》這兩部作品各自以諧仿的方式反映了所處時代的通俗小說——曹雪芹時代「才子佳人」式的慾情，和現代浪漫言情的大眾文學，多少對他們所採取的「情」的概念有所影響。但是，兩者重要的差異在於，白先勇不像曹雪芹那樣主張徹底超脫「情」。他所理解的「情」似乎局限在某種框架之中：不論是在戀人之間的毀滅性激情，或父子之間的愛恨交織中，都讓人感受到一種受到扭曲的，亟需被啟蒙的特性；這種狹隘和偏執的「情」，理應被轉化為諒解、寬容，和公正無私的同情心。

追根究柢，白先勇這部小說主要企圖表達的是人文主義，而不是道家或佛家的宗教觀點。白先勇和同時代的台灣鄉土文學作家不同，他從不以社會學的觀點，處理他深切關注的社會問題。作為一名自由人文主義者，白先勇傾向強調個人所能發揮的理解力和同情心的重要。這部小說中所反映的同情心，正是美國大眾所熟悉的自由主義理想的典型代表；它反對現代社會裡一切形式——包括因階級和種族差異而生的——歧視和壓迫。龍子出身於上層社會，卻在新公園裡和多數來自貧民窟的男孩子結交。後來他流落美國，又認識許許多多在紐約街頭流浪的孤兒，而他們屬於不同的種族、國家，有黑人、波多黎各人、猶太人、義大利人等。可以說，白先勇是把「情」這個廣泛定義下的人類基本情感，視為將他們彼此聯繫在一起的無形紐帶。

「孽」的消解：抗議與和解

夏志清敏銳地觀察到，白先勇對兩性關係具有不尋常的敏感，可能在某種成分上與他的同性戀傾向有關[30]，而歐陽子則將此聯繫到白先勇對「神祕」的偏好。她指出《臺北人》的許多故事中都提到冤孽；這個源自佛教傳統、廣泛流傳民間的果報觀念認為每個人今世所受的苦難，皆是由他前世或先輩犯下的罪孽所造成[31]。這個觀念在《孤戀花》（一九七〇）這篇小說中表達得尤其鮮明。

《孤戀花》的敘述者是一個大約有同性戀傾向的夜總會大班，十五年前在大陸曾經收留過一個妓女，五寶，後來在台灣又和娟娟同住。兩個年輕的妓女都出奇認命地聽由她們的保護人對她們施行性虐待。五寶後來以自殺了結；而娟娟的出現，在某種神祕的意義上，不啻是五寶的化身。因此當娟娟最後忽然發狂，用一根鐵棍打死她的流氓男人柯老六時，在敘述者看來，儼然是個為前世尋仇的冤報行為。

歐陽子認為，白先勇這篇小說的主題結構中包含了一個超現實的層面，無法用理性加以充分解釋[32]。她指出，柯老六固然代表人類獸性的一面，有受虐狂傾向的娟娟也同樣參與了肉體的罪惡[33]。因此，無論是五寶還是娟娟，都不僅僅是他人強加的、有形的外在邪惡的犧牲品，同時也受困於她們各自打從出生便承襲了的「孽」。譬如，娟娟的父母便替她種下罪孽的禍根：她的瘋子母親一次差點將她打死，她父親在娟娟十五歲時就強暴了她。娟娟殺死柯老六之後，被送進瘋人院，在那裡變得平

---

30 夏志清於〈白先勇論〉（上）中如此寫道：「他不避諱但也不強調他同性戀的傾向，而在近年寫的小說中，他可說完全接受了世俗道德的標準，來衡量他所創造的人物的行為，雖然一寫到愛情（如最近一篇〈那片血一般紅的杜鵑花〉），他仍保持他自己對人生中最複雜最奇妙的現象，一種個人的獨特的看法，……」（頁三〇八）。

31 歐陽子用不太以為然的口氣如此概述白先勇對人生的「迷信」看法：「白先勇似乎相信，人之『孽』主要是祖先遺傳而來，出生就已註定，根本無法擺脫」（《王謝堂前的燕子》，頁二八）。

32 同前註，頁一五三。

33 同前註，頁一六〇。

和、快樂。具有諷刺意味的是，只有在娟娟發瘋以後，才使得「孽」的惡性循環得以終結。

《臺北人》裡這個相對邊緣的主題，在《孽子》的主題結構中卻占有極重要的位置，甚至構成白先勇道德視景的核心。小說所集中關注的「情」是以「慾」作為它的極端變奏，精神戀愛和肉體慾望彼此在本質上並不對立，而是相互包含。作者對受「情」和「慾」折磨的角色同樣給予同情，而嚴厲地譴責那些拒絕去了解具有敏感而痛苦的靈魂的人。這種態度的基礎，在於白先勇認為，「情」和「慾」都是來自前世因緣，是個人無從選擇的。因此，除了將小說《孽子》的書名理解為兒子違抗父母意志，成為父母的咒詛之外，還可以解釋為人子本身所承擔的孽緣。後者強調兒子們本身受到詛咒，前生注定受苦[34]；而由生理層次的性偏好所導致的不公平待遇，被當作這種受苦的原型。既然人子由父母承襲肉身，在某種意義下，父母便也應對將痛苦的種子傳遞給兒子承擔部分責任。因而當父親站在社會律法的角度，將同性戀視為一種低下的肉慾，一種邪惡、不道德、非人的獸性時，不僅是一種不公正，也同時反諷地帶有自我定罪的意味。

白先勇以同性戀象徵一種永恆的人類情況，是與他所承襲的現代主義文學運動文學傳統中對「普世性」的注重相契合的。就如通行的佛教觀點所主張的，人類苦難的終極肇因，在於擁有身體，因為身體是個會衰羸的器皿。在傅老爺子臨終前，阿青幫助他排泄糞便。大便發出的惡臭，讓阿青聯想起人類生存的物質基礎，血肉之軀的桎梏，在生、老、病、死等四種不可避免的人生災難面前，根本不堪一擊。由於同性戀是先天承襲而來的生理狀態，對同性戀者的歧視因此是不公平的，這一個論點在白先勇筆下傅天賜這個角色身上強烈地表達了出來。傅天賜是個孤兒院裡的孩子，他生下來即沒有四肢，卻有一顆敏感的心。傅老爺子收養他時，替他取了「天賜」這個具有諷刺意味的名字。傅天賜代表人類無辜受苦的極端案例，它只能被理解為一種孽，一種必須追溯到父母或前世的受苦的肇因。

儘管嚴峻的父輩拒絕理解兒子的痛苦，是對基本人性的違逆，白先勇似乎仍然認為父子間最終可能達成和解。小說結尾時的兩個事件可以清楚說明這一點。

上面所提傅老爺子去世時阿青隨侍在側的場景，讓人聯想起中國古代一則孝子的故事：為了探知父親的病情輕重，兒子甚至口嚐父親的排泄物。阿青履行傳統兒子的職責，似乎是完成了一種認父的儀式。只有在生命自然週期的脈絡下，也就是人人必須親歷的生老病死之中，父子之間的關係才具有真正的意義。在小說裡的三位父親中，傅老爺子是唯一後悔對兒子過於苛嚴的父親，同時，透過對其他同性戀男孩的照顧和幫助，表達了他想要了解兒子行為真正本質的意圖。傅老爺子和阿青之間的這

34《孽子》的書名可以有另一種詮釋，影射當代中國歷史。阿青被逐出家門，龍子流放到國外，傅老爺子的兒子所以自殺，並非出於羞愧，而是為了抗議父親拒絕了解他。這些，從一個較大的層次來看，可說象徵著一代華人的集體困境。這些人基於不同的原因——大多與政治有關——不得不離鄉背井，成為所謂的「孤臣孽子」。這讓我們回想起白先勇在《臺北人》裡〈冬夜〉這則故事中提到，中國知識分子在五四運動中否定了傳統，使自己成為弒父的罪人，注定永遠要背負著這個恥辱的印記，這也是「孽」的最終極形式。我們很難抗拒對《孽子》做這樣的政治性解讀。《臺北人》從老一輩人的角度看待傳統，對它的式微有著深深的惋惜；而《孽子》則是從年輕一輩的角度來觀看傳統。這些年輕世代被比喻為島上的颱風和地震，以及跨海翱翔，不知何處是盡頭的青春鳥；而嚴厲的父親角色，國家的律法，則基本上代表著錯誤的一方。

種關係，因此可以象徵父和子、當權者和被逐者、壓迫者和受壓迫者之間的和解。

在小說的結尾，出現另外一件表明父子和解的事件。在傅老爺子去世，「安樂鄉」關門之後，阿青和他的朋友們似乎重新被融入社會，許多人充任侍者的職位。除夕夜，阿青抱著懷舊的情緒，再次來到新公園的蓮花池畔，竟和龍子不期而遇。龍子自從在公園裡收養一個瘸腿男孩，幫助他施行手術之後，似乎稍稍彌補了他的罪孽，因而整個人顯得平和許多。兩人再次談論龍子和阿鳳的傳奇故事，並且使它得到一個終結。兩人分手之後，阿青在八角亭發現一個十多歲的小男孩。小男孩又冷又怕，十分驚惶不安。看到這樣的情形，阿青滿懷同情，邀請這位無家可歸、名叫羅平的孩子到他的公寓暫住。小說最後一段這樣寫道：

> 我跟羅平兩人，肩併肩，在忠孝西路了無人跡的人行道，放步跑了下去。我突然記了起來，從前在學校裡，軍訓出操，我是我們小班的班長，我們在操場上練習跑步總是由我帶頭叫口令的。在一片噼噼啪啪的爆竹聲中，我領著羅平，兩人迎著寒流，在那條長長的忠孝路上，一面跑，我嘴裡一面叫著：
>
> 一二
>
> 一二
>
> 一二
>
> 一二[35]

從字面上來說，他們跑過路名意味著：「忠、孝」。在中文版面上，口令呈現一種上升的形狀。這個最後場景因此可以理解為一種妥協的姿態。兒子祈盼父親的理解和寬恕，尋求被重新納入社會主流秩序——一個以忠孝傳統為基石的社會體制。從一個不過激的立場出發，白先勇提出的抗議不是為了否定權力，而是反映出怨懟和不滿，以及表達他對一個更寬容、理性的社會的渴望。

王文興的《家變》與《背海的人》這兩部小說，可以說是中國現代小說中具有里程碑意義的重要作品。無論從主題內容，或風格手法來說，他的作品在挪用現代主義文學運動的意識形態和美學觀念上，都獲得極高的成就。然而國內評論界對這兩部作品的反響卻截然不同。《家變》一經問世便造成轟動，其後不時引發熱烈的討論，而《背海的人》自出版以來便大體被冷落。以下對兩部作品的分析也因此將採取不同的方式。在對《家變》開始進行分析之前，我會將前人的評論觀點做一番綜述——這些不同的觀點充分反映出台灣近二十年來知識氛圍的遞變。對《背海的人》的討論則將主要集中於文本解析，因為至今為止，關於這篇小說全面而深刻的評論仍然屈指可數。

35 白先勇，《孽子》，頁三九七。

三、《家變》

從最表層的意義上看來，《家變》是一部成長小說（bildungsroman），是出身於經濟情況拮据的中低層外省家庭的主人翁范曄，從幼童到青年時期成長的心路歷程。在小說開頭的抒情章節中所溫馨呈現的、范曄孩提時代對父母的依戀，隨著他的年歲增長，逐漸轉變成一種極端痛苦的愛憎情結。在書的後半部，超常敏感的主人翁對父母的鄙俗和謹小慎微的為人——來自於他們有限的教育背景、平凡的個性，和窘困的家庭經濟條件所致——發展出強烈的嫌惡，但又同時深為內疚和自責所苦。自許為知識分子的他，間或將怨忿傾注到中國傳統家庭制度和孝道觀念之上，但這只能使他更加深刻地意識到自己早已深陷於它們無形的束縛中。在小說接近尾聲之處，范曄取代了已退休的父親負擔起維持家計的責任，這時他被父親的年邁智昏激怒的次數愈來愈頻繁，程度也更加激烈。除了經常責罵之外，有一次甚至為了一點小事，在父親生日當天不許他用畢晚餐，以示懲罰。面對這種種難以忍受的折磨，終於有一天這個父親失蹤了，無論兒子怎樣尋找，再也沒有回來。

評論回顧

如果說白先勇在《孽子》裡站在被社會放逐的人子的立場所做的抗議，反映了他對中國文化中某些壓抑成分的不滿，那麼，他在權威與被社會遺棄者之間擬想的和解可能性就使得他對現有價值體系的挑戰顯得不那麼激進。而《家變》不尋常的顛覆性則來自於這回從家裡被放逐出去的不是兒子，而是父親。這在一個父權神聖不可侵犯，而子孝又是一切倫常規範基礎的社會裡是嚴重反常的。書中描述范曄的「不孝」行為，卻未曾明白地從作者的角度加以譴責，遂讓有心人士感到是對社會道德秩序的一種威脅。一九七三年《家變》出版後的最初幾年，台灣文化政策制定當局對它頗懷戒心，據言曾經下令限制有關這本書的公開討論。只需理解到新傳統主義意識形態在台灣所享有的主導性地位，以及《家變》對它所意味的公然挑釁，那麼不論是執政當局的反應，或者是當時社會上一些保守人士對這本書的道德曖昧性所表達的義憤，便都十分順理成章。然而，這本小說的衝擊性並不受限於台灣的特定社會政治環境。在封建思想受到官方批判的中華人民共和國，也出現一篇評論文章，針對王文興對家庭親情的污損，表達深切的不滿[36]。然而將這部小說對中國人集體意識所產生的強烈震撼描述得最為一針見血的，大概還數海外學者劉紹銘：「王文興面對人心真相之勇氣，為二十年來台灣文學所僅見。這種『真相』，生活在我們這個仍在表面上講究傳統道德的社會的人，是不敢也不忍迫視的」[37]。

如果說是王文興的勇氣，讓他暴露了現代中國人一個潛藏的心結，深深觸動了他們的心弦，那麼

36 中國大陸福建一位學者封祖盛，對《家變》主題提出反對意見，其思路和鄉土文學陣營對這部小說的攻擊，幾乎如出一轍。請參見其著作《台灣小說主要流派初探》中討論《家變》的章節。參見封祖盛，《台灣小說主要流派初探》（福州：福建人民，一九八三），頁一九八—二〇〇。

37 劉紹銘，〈十年來的台灣小說：一九六五—一九七五——兼論王文興的《家變》〉，《中外文學》四卷一二期（一九七六年五月），頁一一。

將這種撕肝裂膽的自省轉化為滿足美感需求的藝術經驗，造成小說問世後立即獲得台灣主流形式主義批評陣營高度評價的，則是他高超的創作技巧。當時像顏元叔、歐陽子等批評界的領軍人物，都衷心讚美這本小說的擄獲人心的臨場感，和一流的「心理寫實」；這些出色的評論也為這部小說紮實地樹立了經典的地位。

這些評論唯一稍顯不足之處，是對頗具關鍵性的、王文興的激烈語言實驗所做的處理。歐陽子和張漢良都曾仔細解析王文興的語言革新手法，將其分類為運用重複、句法變形（倒裝）、字形變化、象聲詞、擬聲詞、組造新詞等。但是，嚴格地說，他們並未充分探討這種語言革新所可能持以為據的美學前提，來試圖合理的解釋王文興非比尋常的「語言的戰爭」（王文興自稱一天只能寫七十個字——事實上是「重寫」，因為描述整個故事架構的初稿早已寫畢）。這幾位主要是形式主義訓練出身的評論者的基本看法是，王文興的特殊語言操作是一種文學技巧，旨在造成陌生化的效果，避免讀者對常規語言機械式地做出習慣性反應。因此，小說中晦澀難懂的語言風格與精神受折磨的主人翁紛亂的心緒之間所存在的自然對應——這種理解觀點王文興本人也表示支持——就經常被當成最後的答案，而將關乎美學前提的棘手問題擱置一旁。

若是只把逾軌的語言操作單純的視為旨在強化作品美學效果的文學技巧，那麼王文興語言實驗的成果確有可商榷的餘地。歐陽子就曾經直率地推斷，《家變》某些部分出現的古怪語言特徵，有可能是因為在這本小說長時間的創作過程中，作者不由自主發生了風格的變化[38]。另一位極有見地的評論者，詹姆士・舒（James C. T. Shu 譯音），不但呼應這個觀點，更提出一種說法來解釋王文興的語言實驗注定不完善的根由。他認為今日的書寫中文仍處於演變過程之中，還不能提供給王文興一種穩定的常態風格，作為變化的基準[39]。事實上，形式主義批評，由於構成其核心的「常態／變型」模式背後，是頗有局限性的「內緣文學效果」理論預設——「語言行為理論」（speech act theory）在一九六〇、七〇年代對此有詳盡的剖析——因此當它被運用在處理王文興小說語言的時候，也常捉襟見肘。

當台灣的鄉土文化論述於一九七〇年代日益高漲時，《家變》成為惡意攻訐的主要箭靶。抱持民粹的鄉土主義評論者指責王文興「破壞標準中文」。王文興的知識菁英主義，以及匠心獨具的隱晦語言，則被視為對一般讀者的倨傲排斥。

鄉土主義對這本小說的負面評價仍是呂正惠〈王文興的悲劇〉一文的主軸，雖然這篇論文是一九八六年（鄉土文學運動結束之後的若干年）才寫的。在這篇文章裡，呂正惠首先將王文興歸類為台灣六〇年代最為西化的一個世代；這個世代甘願臣服於來自西方的文化帝國主義——國民黨政府戰後外交政策的一個政治產物。其次，他指出王文興在台灣社會裡的自我疏離，源自於他自許為第三世界裡「前衛」西化知識分子的菁英定位。這種疏離在本質上有別於西方現代主義文學運動者的疏離；後者

38 歐陽子，〈論「家變」之結構，形式，與文字句法〉，頁三一八。

39 James C. T. Shu, "Iconoclasm in Taiwan Literature: 'A Change in the Family.'," *Chinese Literature: Essays, Articles and Reviews* 2.1 (January 1980): 73-85. Rpt. as "Iconoclasm in Wang Wen-hsing's *Chia-pien*," in *Chinese Fiction from Taiwan*. Ed. Jeannette L. Faurot, pp. 179-93.

是從高度物質導向的資本主義社會中自我放逐的藝術家。因此，他認為范曄的反叛並不是像作者本人所想像的，是父子衝突這個普世現象的一個表徵，而是由於范曄接受了西方資本階級的個人主義，而這種個人主義在他和中國社會的獨特文化肌理之間，形成一道無法跨越的鴻溝。由於在這已經為他摒絕的社會中，范曄看不到生命的意義，他最終成為一位「荒謬」的反叛英雄，只能在漫無目標、自我消耗的反叛中白費精力。

以往對於《家變》的討論大多數是非歷史性的批評論述，而這篇立場分明的雄辯文章卻打破了這種局面。作者以一九六〇年代台灣的知識環境來詮釋這部作品，凸顯它意識形態位置的歷史特殊性。汲取了鄉土主義批評最具正面意義的影響，準確的指出，《家變》的主要能量來自於中國和西方、封建和現代意識形態之間的衝撞。而在此同時，文章也承襲了鄉土主義評論者的民族主義和社會主義預設立場，堅信台灣的現代派文學是西方資本主義社會裡現代主義文學運動文學的仿效品。

和早先懷有明確政治目的鄉土主義運動者不同，呂正惠並不止於想公開表達他對現代主義文學運動的譴責和對前資本主義文化形式的眷戀。作為一九八〇年代一位學院評論者，他覺得有責任為他對現代主義文學運動的批判提出理論層次上的依據。一方面，和他所崇拜的西方批評家盧卡奇（György Lukács）一樣，他認為文學現代主義文學運動將人們對真實社會政治議題的關切轉移到了美學形式上（「由於他那種不正確的美學觀，他以一種莫名其妙的文體，掩蓋了他作為小說家所敏銳觀察到的台灣社會現象」）[40]。另一方面，儘管呂正惠似乎贊同法蘭克福學派的批判理論，對文學現代主義文學運動在西方資本主義社會裡的哲學根源和批判潛力有所認可，然而他卻堅持否定現代主義文學運動在台灣社會脈絡中的地位；支撐這個觀點的，是他對中國傳統的文化獨特性所抱持的一種高度本質主義的看法。呂正惠沒有看到的是，在資本主義已經徹底占上風的台灣社會——尤其是都會地區——中，市場體制的獨特邏輯無疑可在生活於這個環境裡的作家身上激發出某種「現代主義文學運動意識」；而《家變》裡對傳統中國家庭體制偶像摧毀式的撻伐，表現的正是一種面對舊有社會文化形構在今日台灣加速解體的複雜心理。

另一位評論者詹姆士·舒所處理的議題大體和呂正惠相仿，只不過是放置在一個不同的歷史脈絡之中（上溯到五四時期）。在他對造成范曄反叛行為的客觀歷史狀況考量中還有另一個元素：當代台灣社會的「腓力士精神」（庸俗市儈的實利主義）。他把范曄稱為是「一個成長於物質主義膨脹的社會裡的、他日的藝術家」[41]，代表的基本上是作者本人的自我投射。詹姆士·舒還試圖將這部小說和中國現代文學史裡早期的名著做比較。他認為，《家變》和魯迅、巴金等人的反封建作品最關鍵性的不同，在於早期作者可以從社會政治的角度來診斷一個病態的社會，將封建思想指認為二十世紀早期中國最大的毒瘤，而王文興則陷入一種微妙複雜的無助狀態，不可能一針見血地指出那些困擾他和同代人的社會弊病。可以說，這種無助的狀態的來由是雙重的，結合了台灣資本主義發展中出現的新社

40 呂正惠，〈王文興的悲劇——生錯了地方，還是受錯了教育〉，《文星》一〇二期（一九八六年十二月），頁一一三。

41 James C. T. Shu, "Iconoclasm in Wang Wen-hsing's *Chia-pien*," p. 184.

會環境，以及一九六〇年代台灣現代主義文學運動影響下個人主義的認知與觀察模式。詹姆士・舒並表示，由於范曄是個疏離的藝術家，他「對價值觀的體悟是主觀的、直覺的」，他那種「對待事物的整體認知方式……將道德和審美融為一體，不加以區分」[42]。

詹姆士・舒這篇文章的重要貢獻，是他推展了范曄對中國家庭制度的激烈反叛和現代中國文化史裡一個更廣泛持久的「時代母題」之間的連結關係——由五四知識分子所開啟的最廣義的「除魅弒神」或「偶像摧毀」（iconoclasm），首度將中國家庭制度視為壓迫性的舊社會秩序的縮影。如果說一九六〇年代台灣的中西文化論辯——《家變》正是其合理產物——基本上是延續了五四時期知識分子重新評價自身文化遺產的痛苦掙扎，這個論點無疑可以成立。在文章結尾，舒顯然企圖銜接這兩個重要主題——新近引入的、西方現代主義文學運動式個人主義觀點下對現實的領會，和較早、也是受外國啟發的五四反傳統主義——而做出下面的結論：在「不孝」兒子的內裡，是一位與布爾喬亞社會格格不入的藝術家，和一個反既定秩序的「憤怒」的叛逆者[43]。

儘管詹姆士・舒的論證精闢有力，筆者卻認為，雖然「偶像摧毀」是小說的重要特徵之一，但它僅僅只是為了表現更加複雜主題的切入點，而這些主題的現代主義文學運動意識形態內容只有在充分審慮小說的形式之後才得以彰顯。耿德華曾經扼要地總結：「在王文興小說的諸多評論中，始終未曾出現一個可以闡明王文興形式實驗真正特性的理論；這個特性，在於它（形式實驗）是構成作品描述對象之意義的不可或缺成分」[44]。作為一部現代主義文學運動晚期的作品，《家變》的創作必須以它本身之前現代小說形式演變的歷史為前提條件。它因此具有一個高度自覺、精心陶鑄的形式結構[45]，而小說的主題訊息則被極其精緻地編入其中的符碼。下面我對《家變》的討論就是從這個前提出發。

從某種意義來說，《家變》的要旨在於徹底的重新檢視傳統中國家庭倫理，在啟蒙主義理性的基礎上，解構「孝道」這個概念。中國父母被視為以脅誘的方式，將「孝」的觀念強加給子女（譬如，在第九章裡，范曄的父親多次預言他長大後一定會成為一個不孝的兒子，使范曄產生強烈的、混雜著怨恨的罪惡感），其主要動機是為了確保自身的利益，為了使兒女在父母年邁後甘願承擔贍養的義務。如此灌輸給孩子的責任感，本質上是不穩固的。由於子女和父母的情感紐帶，部分來自子女對父母養育之恩的感念，一旦這種愛的物質基礎不復存在，譬如性格衝突等其他因素，便可能使親子關係轉變為一種愛恨交織的痛苦情感。感情枷鎖和道德規範皆強固難移，子女便受到了雙重的禁錮。

儘管作為理論，這樣的訊息無傷大雅，但是要讓華人讀者在情感上接受它，作為實踐原則，則困

42 Ibid, p. 188.

43 Ibid, p. 192.

44 Edward Gunn, "The Process of Wang Wen-hsing's Art," p. 29.

45 我們有理由相信這種自我意識的存在，因為王文興是以全球脈絡中現代主義文學運動作家自我定位的少數台灣作家之一，也因為他十分自覺地試圖參與跟西方世界文學傳統之間的對話。譬如，王文興曾經透露，受到卡繆（Albert Camus）作品《瘟疫》（*The Plague*）的影響，他刻意隱藏《家變》敘事者的身分，讓「未來的」讀者們可以自行發現。有關《家變》敘事者的討論方面，請參見筆者的文章，"Langauge, Narrator, and Stream-of-consciousness: The Two Novels of Wang Wen-hsing," *Modern Chinese Literature* 1.1 (Sep. 1984): 43-55.

難重重——這是十分容易理解的；即便對作者本身，也無疑意味著極大的侵擾。然而，由於王文興高度認同現代主義文學運動意識形態，將寫作當作一個客觀化過程，透過它來進行最為激烈的內心鬥爭，而同時，各種現代主義文學運動美學策略則允許在同一個過程中，一面解構「孝道」這個概念，將其「去神聖化」，一面忠實記錄這個行為對他本人心靈造成的強烈情感衝擊。在一九八二年的一次私人訪談中，王文興曾對《家變》做出一個重要的描述，把這篇作品稱為「一部私人的回憶錄，由王文興書寫王文興」。尤其重要的，王文興並且提及他如何刻意隱藏自己在小說中的身分，「因為其中一些記憶仍然十分痛苦」。當被追問到有關作者的「經驗自我」和小說中「隱藏作者」之間的區別時，王文興換了一種說法：小說中的敘事者其實是一個「虛構的作者」（隱藏作者），當這個虛構作者在書寫他的私人回憶錄時，試圖藉另一個人發聲，以便隱藏自己的身分。這讓人立即聯想到詹明信在《政治無意識》一書中，對於現代主義文學運動美學的討論[46]。王文興所書寫的特殊的「回憶錄」，似乎是作者和自己的過去之間一種創造性的遭遇，一個有意重寫個人歷史，意圖將痛苦的現實轉化為文體風格的過程。

這部作品因此不是一般意義上的自傳小說，而是意圖將一些強烈的震撼經驗轉化為藝術的自覺性嘗試。王文興深知這種經驗本身易遭物議的性質，因此決意採用一種超越一般心理小說（包含其所預設的動機和行為模式概念）的藝術形式。這種藝術形式將個人的私密經驗投射到更大的知識架構上——一種將主觀的個別經驗相對化、普遍化的寫作策略——而同時保留在現實經驗中出現的激烈衝突、矛盾不一致、個性分裂現象。下面一部分將集中討論王文興在小說《家變》中採取的重要寫作策略。

將主觀經驗相對化的藝術性結構

在這本小說中，極端複雜的心理經驗是透過精密的文本結構來表達的。全書有一個細心設計的整體框架，下面分成一百七十二個獨立的章節；其中比較短的可能只有一行，比較長者則可能多達數頁。兩條不同的敘事線相互交叉。為主的一條是傳記體的形式，記敘范曄從小到大的生活片段；由一百五十七個章節組成，以阿拉伯數字標示。不時打斷這個向前發展的故事走向的，是另一條敘事線，記錄范曄尋找他神祕失蹤的父親的經過；共十五章，分別以英文字母標示。

這樣的結構所凸顯的，是片段化與整合秩序之間的明顯張力。將故事分割成短小的段落，自然打斷敘事的流暢，造成一種不連貫的斷裂感；它的疏離效果、自我指涉性質，和對作品真實幻覺的削弱經常被評論者指出[47]。斷裂的結構也來自於小說中並列的截然不同的文體，譬如描述社會場景的戲劇性文體，和記錄主人翁感官經驗的抒情詩體裁。書中也不斷穿插長篇的內心獨白；而一些敘述獨立事件的章節，由始有末，儼然是短篇小說的體裁。敘事觀點的變化和不統一，顯然來自於作者有意安排，也在某種程度上增強了不連貫的總體印象[48]。

---

46 Fredric Jameson, *The Political Unconscious, Narrative as a Socially Symbolic Act*, p. 228.

47 張誦聖，〈從《家變》的形式設計談起〉，《聯合文學》三卷八期（一九八七年六月），頁一九六—一九九；Edward Gunn, "The Process of Wang Wen-hsing's Art," p. 33.

48 Sung-sheng Yvonne Chang, "Language, Narrator, and Stream-of-consciousness," pp. 43-55.

然而由此產生的離心力，卻因為文本經過巧妙設計和緊密編織，在主題層面和意義結構上呈現出強大的聚合力，而兩相抵消。第一條敘事線裡出現的事件，多圍繞著幾個核心的意義組合。在重複出現的母題中，最易於辨認的，有伊底帕斯情結、死亡和啟蒙等。幾個特定場景的間隔性重現，則為小說文本勾勒出另一種類型的圖案；譬如，颱風來襲和飛機越過頭頂的場景——後者總是出現於記述主人翁進入一個新的成長階段的頭一個章節。整體的效果就像一部交響曲的樂章，用重複和變調譜出抑揚頓挫的節奏。

這種模擬音樂的節奏，在記述范曄尋父的第二條敘事線中展現得更為明朗。間歇不斷出現、稍有變化但大同小異的報紙尋人廣告，召喚著離家出走的父親，規律合拍地為第一條敘事線標點斷句，卻又不停的挑起犯罪和難堪的聯想。尋父章節的不斷重複，很快產生一個循環的印象：范曄不停的出現在火車上、陌生城市的街頭，或者收留走失人士的修道院或教堂裡，但是每次旅行最後總是把他帶回起點——他的家。小說還極富象徵意義地以標有字母「O」的章節作為全書的結尾：「O」意味著完結、回到「零」點，一個循環週期的起始或完成，也是希臘文的最後一個字母「Omega」。至此，小說的兩個敘事線終於交會，合而為一。

如此匠心的形式安排，以音樂、詩歌等更為純粹的抽象藝術為模範，和前章討論的高度美學化的語言運用，都應被看作是王文興自覺地朝向將小說藝術風格化努力，也是他將個人經驗輸入於藝術符碼中的文本策略[49]。此外，有別於傳統寫實主義小說敘述模式，這部作品先將時間的連貫性打破，再把個別事件重新組合於人為標誌的兩條敘事線之下。這樣的操作不僅顯示王文興對小說形式具有某種

「後寫實主義（post-realist）」的意識，在小說主題層面也發揮了一個重要功能：它把時間流裡的瞬間「價值」加以相對化。

在按照時間順序排列，描述主人翁生活片段的半獨立章節裡，王文興嚴格遵循亨利．詹姆士所提倡的敘述觀點技巧，達到極高的擬真效果。一個活靈活現的主觀意識（通常是主人翁范曄的主觀意識）因此從每一章的紙面躍出。然而，由於小說的斷裂結構，每個章節所描繪的思想、情感不可避免地很快被中斷。正是透過這樣一而再、再而三地將人物的主觀經驗「相對化」，作者得以忠實對待父子痛苦相處經驗中個別瞬間的「真實」。借用詹明信有關現代主義文學運動抑制現實經驗的「囿控」策略的說法——所謂「被註銷的寫實主義」[50]——王文興似乎是首先將過去經歷的現實經驗活生生地喚起，其目的正是為了在下一個瞬間將它壓服，將這個過程中攪起的激烈感情重新管理、安置在一個以理性方式人為構築的框架之下。

存在主義對於時間和主觀經驗的哲學看法似乎是影響一九六〇年代台灣現代派作家最深刻的一部分。以王文興來說，對主觀經驗現象學式的洞察彷彿形成他從「自我」和個人過去經驗的困擾之中勉

49 參見詹明信在《政治無意識》中的討論：美學化策略「不管基於何種理由，試圖以被視為半自主性活動的『感知』（perception）為媒介，來改寫這個世界和它的組構成分，或重新設置它的符碼」（Fredric Jameson, *The Political Unconscious, Narrative as a Socially Symbolic Act*, p. 230）。

50 Ibid, p. 266.

強抽離出來的一個理性基礎。事實上，小說另外一個結構特質也許更為明白地透露出他想以一個由理性的純粹邏輯所打造的模型來重鑄個人經驗的意圖。

好像並沒有什麼評論者指出過，《家變》整體上採用的是一種偵探小說的情節架構，明顯地表示出作者想要操縱讀者閱讀過程的企圖。這種操縱，無疑是透過羅蘭巴特在《S/Z》中所定義的「尋索符碼」。小說一開頭以一個「謎」的方式呈現父親的失蹤，儘管也包括了若干對謎底的暗示，但是兩條敘事線都是朝向最終解開謎底的那一刻推展。由於中心事件（父親的走失）被兩次聚焦——一次在開頭，一次在末尾——讀者無法不意識到自己的想法在閱讀過程中如何被修改，因而接收到下面兩個重要訊息：首先，范曄在小說開頭曾經預言，父親出走，勢必將成為震驚台灣全島的社會醜聞，但結果並非如此；相反的，讀者後來得知許多老人無家可歸，由修道院和教堂收留（范曄在那些地方尋找自己的父親，卻沒有結果）。事實上，范家的悲劇不過是這個道德冷漠的社會裡經常上演的一幕。其次，作者從內在角度，讓讀者知悉兒子驅逐父親的經過，在某種意義上「解釋」了這個難堪的事件，從而揭開了謎底。因此標示末尾章節的字母「O」，也可以是恍然大悟的讀者發出的驚呼：「噢！」

提供「新神話」內容的西方知識潮流

正如白先勇在《孽子》裡使用綿密的文本指涉來傳遞這部作品的象徵題旨，王文興處心積慮地用一系列含義深刻的母題將小說中的事件組織就緒，也無非是為了透過這個內部主題結構，誘導讀者做有效的象徵性閱讀。儘管王文興的象徵系統所援引的觀念架構，和台灣現代主義文學運動早期所偏好的相去不遠，也不外是受佛洛依德主義、存在主義，和榮格神話等知識潮流的啟發，然而比起七等生、施叔青等人，王文興在《家變》中顯然投入了更多的精力，所達到的成就也自然更高。

在第一條敘事線中，伊底帕斯情結和死亡等核心母題，通常是一般評論者討論的對象。因此，我的討論重點，主要放在羅馬字母標示之章節中的主題符碼。

顯然，王文興想要用這個敘事線把整個故事投射到更具有普世性的抽象意義系統裡。這把范曄從他身處的具體歷史脈絡中提升到另一個層次：他的經歷象徵著普世性的「人生旅途」。譬如說，范曄在旅途中的所見所聞，不斷迫使他反省自己的生命過程，檢視他和父親的關係。他由此所得到的啟悟往往極富象徵意涵，使得這個敘事線裡所描述的個人經歷染上普世性的色彩。其中最重要的，是以當前流行的神話理論為參考框架的尋父母題。

「尋父」——這兩個字不時在范曄刊登的報紙廣告裡出現——既是范曄旅程的表面動機，也是深埋於他心底的糾結情感之肇因。這個母題首度出現於小說開始不久B章裡做夢的場景。范曄在父親離去後不久，夢見中父親返家；他年輕、愉快、衣冠楚楚的模樣，是范曄潛意識中保存的童年時的父親形象。從各方面來說，這個形象都與目前迅速衰老的父親成鮮明對比。在F章裡，范曄在火車上遇見一個年長的男子，他的慈父風範讓范曄立即聯想起的，不是他自己的真正父親，而是一度被他投射在一位鄰居身上的、理想化的父親形象。其後在M章中，范曄（對他自己）發表了一番有關「父愛」的長篇大論。他讚美那些為子女做出犧牲的平凡父親，譬如他曾在報上讀到的那位上班族，為了養家而收取賄賂；或是他在公立醫院門口看見的那些非法賣血的中年男子；或是市場上的苦力或小販，「竭心盡力」幹活，為了使他們的孩子免於挨餓。

如此，藉由個人理想化的父親形象，范曄似乎發展出一個包含了其他受苦人類的「群體」概念。他似乎被在那些不惜消耗自身（「出賣自己鮮血、肉體和勞動」）以維護人類存續的人身上所彰顯的「普遍人性」所深深打動。在這個時刻，范曄的精神之旅達到了一個高峰，他從此具備了壯年男子的成熟心態，為投身於以維護物種繁衍賡續為最高道德的大自然生命週期做好了準備。從一種意義上說，對范曄而言，這個旅途是一個煉獄，從它的考驗中范曄尋到一種哲學性的真理。從另一層意義來說，這個過程對范曄目前的困境提出了一種反諷：就像神話所定規的那樣，人子弒父的罪行，只有通過取代父親的角色，才能贖償。這裡援引生物世界裡生命循環的概念，暗示逐父和弒父都是出於自然力量的驅使，王文興只差沒有進一步點明：中國家庭倫理的產生，也無非是為了便於延續人類群體的生命。於是，在這種「新神話」對生命意義詮釋的對照下，王文興似乎與他生活中矛盾的真實來源，前現代中國賦予生命終極價值的意義系統，達成了某種和解的關係。

另一個許多評論者都曾提到過的重要影響，是存在主義。這裡不再重複他們的論點，只列舉幾個例子，說明王文興創造存在主義經典場景的高超技巧。從實際的觀點來看，范曄的尋父過程既漫無目的，也相當荒謬；因為台灣人口眾多，而他卻缺乏任何有關父親下落的線索。因此讀者不止一次看到范曄孤身一人，走在陌生城市的街頭。經常是，陽光灼熱、街頭一片空盪。有時候，他處身一群陌生人當中，就像某次一個瘋子試圖指揮交通，結果卻造成嚴重的交通堵塞（L章）。他手中總是拿著報紙（顯示他與外界的聯繫是透過中介、不直接的），而他戴著又大又黑的太陽鏡，和別人保持一定距離。他的身邊經常被一些空洞的宗教符號所圍繞：修道院的房間總是空無一人；教堂和寺廟對無法回應人們的需求。以下E章這段描述讓人生動地聯想起卡繆的《異鄉人》（*L'Étranger*）：

他走在中午炎日酷晒下的街道中，街因酷熱空蕩無人影。道兩側翼是水泥方形樓建，底層沒在黯陰中。他向前走：手中攜著報紙圓捲——他剛拜訪過一家教會，毫無所得。他向前進，身後一道短身落影。他的背天空有一隻十字架。51

空盪的天空中的十字架，一方面給畫面染上超現實的色彩，使得范曄這位承受著形而上的創痛、與社會疏離的存在主義英雄形象更為完整。范曄「背」負著罪惡的十字架，此時此刻，他轉化成一個弒父篡位，因而必須被釘上十字架的基督形象。

一言以蔽之，這個敘事線最重要的功能，便是將范曄的生命置放在一個人類共同歷史的寬廣脈絡之中。這種更高層次的意義體系，對於另一條敘事線中，透過高度成功的寫實手法再現的日常生活具體事件，所強有力地彰顯出來的個人的「經驗真實」來說，不啻具有補充、斟改、否定和質疑等種種功能。

從某個意義來說，王文興和他的同代人正處於一個「去神聖化」的歷史過程中，這是台灣社會跨

51 王文興，《家變》（台北：洪範，一九七九），頁三八。

越現代化門檻、前資本主義的主導意識形態和封建社會的文化形構被若干「新神話」、新的生命意義詮釋系統所取代的過渡時期。就像戰前日本和當代中華人民共和國的現代主義文學運動者一樣，台灣現代派作家發現如存在主義、佛洛依德精神分析，和榮格神話等的西方理論，足以充當他們摧毀殘餘的封建意識形態（在王文興來說，是「家庭倫理」）、抗拒其心理控制的有力武器。詹姆士・舒將范曄對家庭體制聳動性的撻伐，與五四時期「偶像摧毀」的反傳統精神聯繫在一起，應該說是正確的。不妨說，現代中國知識分子於二十世紀初期開始「解碼」封建主義的努力，仍然處於進行式，是個「未完成」的志業。呂正惠對王文興將西方資產階級個人主義觀念替代封建家庭倫理的看法，也不無道理。然而，由於呂正惠沒有適切區分范曄和創作者王文興之間的觀念差異，他忽略了王文興、歐陽子這批現代派作家所服膺的是啟蒙理性主義，而不是資產階級個人主義的事實。正是基於這種理性思維的習慣，使得王文興得以將自己的激進想法放置在一個參考框架中。王文興所呈現的，范曄在不同年齡階段的理性思維能力成長（包括他對中國家庭制度的明顯過激意見），足以證明他對「理性」與「過激」交纏難分的事實有充分的認知[52]。

雖然王文興高度推崇人的理性，作為現代主義文學運動藝術家，他更珍視的目標是在一旁觀察自己投入行動。不少評論家將王文興小說的若干特色視為技巧的創新，譬如其中「反小說」的元素、高度美學化的文體風格，和不一致的敘事觀點等等。以上的討論，循著詹明信把小說看作是一種社會象徵行動的說法[53]，試圖證明：這些特徵也同時是作家所採取的文本策略，其目的為，在審美或想像的層次上，象徵性地化解某些在真實生活中難以超越的衝突或極端困境。

四、《背海的人》

《家變》表現的社會矛盾不限於家庭範圍之內。譬如說，書中也同時包含了極其優秀的、對地域偏見、階級性勢利，以及遷徙在台的中階層外省家庭經濟困窘狀態的處理，在一九四九年以後台灣文學中大約無出其右。然而，作品涉及的大部分社會問題都從屬於中心題旨之下，難以歸納出清楚的位置。在王文興第二部雄心勃勃的小說《背海的人》裡，則可以看到更加複雜、令人深思的社會文化評論。

毋庸置疑的是，這部小說的哲理含義和呈現手法，都與西方文學傳統有深厚的淵源。王文興顯然

52 在一篇訪談紀錄中，單德興曾問王文興，是否同意某些評論者的說法，認為范曄對中國家庭制度的長篇大論，是一個文學寫作技巧上的瑕疵。王文興的回應是，「我在下筆時，便已經想過這個問題。但是，我仍然決定採取這種不相稱的手法，因為我覺得只有加入這個不協調的段落，才能夠充分表達本書的觀點。到目前為止，我還是堅持這個看法。這是這部小說中，唯一以申論為內容的段落。在十八、十九世紀時，這種手法相當普遍，但多半被視為技巧尚未臻成熟。即便如此，我還是願意採納這個作法。另外重要的是，我作了一些改變。在十八、十九世紀的小說中，作者常常只是藉由這些段落，自由地表達他們自己的觀點。在《家變》中，這些申論部分被虛構化了。這是故事人物的觀點，不是我的。這其中有很大的差異」（Te-hsing Shan, "Wang Wen-hsing on Wang Wen-hsing," *Modern Chinese Literature* 1.1 [September 1984]: 63）。

53 Fredric Jameson, *The Political Unconscious, Narrative as a Socially Symbolic Act*, p. 225.

想藉著小說敘事者在流亡時隨身攜帶著的四本書，托爾斯泰的《復活》（*Resurrection*）、尼采（Friedrich Wilhelm Nietzsche）的《查拉圖斯特拉如是說》（*Thus Spake Zarathustra*）、杜思妥也夫斯基（Fyodor Dostoyevsky）的《地下室手記》（*Notes from the Underground*）和紀德（André Gide）的《地糧》（*Les Nourritures Terrestres*）——皆為西方現代文學經典，處理有關文明、價值、理性、疏離、道德責任等議題——來諭知讀者這本著作在知識層次上的廣度和縱深[54]。根據王文興本人的說法，在《背海的人》這篇小說中，他有意參照西方文學的前例，使用「悲喜劇」的形式，以及諧擬、黑色幽默等技巧[55]。這種西方文學的影響當然有可能削弱作者原創性的訴求。譬如李歐梵便曾有這樣的觀察：《背海的人》和羅斯（Philip Roth）的《波特尼的怨訴》（*Portnoy's Complaint*）、喬哀斯的《尤利西斯》（*Ulysses*）等西方當代文學作品，甚至和好萊塢電影《糖果》（*Candy*），都有可以辨識的文本關聯[56]。此外，在這本小說「存在主義式的荒謬」主題，和「反英雄」主角的敘事風格裡，都可以找到貝克特（Samuel Beckett）後期作品，譬如《馬洛依》（*Molloy*）[57]的影子。

我們或許可以把這種對西方文學傳統影響的依附性——或說「衍生性」——視為是從台灣現代派作家一個基本的信念裡自然發展出來的；王文興無疑比其他作家更加嚴肅地認同這個信念，並且以更為具體而持久的努力將它付諸實踐。這個基本的信念是：從一開始，台灣現代派作家便深信，西方現代主義文學運動傳統可以提供給他們必要的知識框架和文學技巧，來深刻地探討有關生命的重要議題，而這是中國小說傳統無法做到的[58]。《背海的人》因此不僅是王文興試圖探索人生意義的作品，也是藉由他所認定、充斥於西方文學現代主義文學運動中、具有成熟藝術性的呈現方式來表達這種探索的嘗試。在本章的討論中，我將特別強調作品的兩個主題面向。首先，由於本地的社會文化場景必然是王文興哲理思考的對象，他在作品中提出的發人深思的洞見，不只是以普遍人性著眼，也涉及台灣社會當代現實。其次，由於現代主義文學運動者相當自覺地以文學創作作為某種「智性工程」，他們的哲學探索因此自然深深地和作家的個人關注緊密契合。對王文興來說，這種哲理層面的探索和他所接受的啟蒙理性，以及他長久以來對人際溝通、「命運」（形而上及實際雙重意義上的）擺布的興趣，是無法分開的。由於這本小說十分複雜，以下的論述中將大量引用原文來支持我對作品的詮

---

54 耿德華曾經討論王文興的觀點和這四本西方經典的關係（Edward Gunn, "The Process of Wang Wen-hsing's Art," p. 39）。

55 在單德興的訪談中，王文興曾經談到他對西方文學傳統裡意識流、嚴肅喜劇、內心獨白、通俗劇、鬧劇、詼諧劇、象徵寫實等文學技巧的興趣。

56 Leo Ou-fan Lee, "Beyond Realism," pp. 75-76.

57 王文興在一次訪談中，承認貝克特對這部小說的影響（Te-hsing Shan, "Wang Wen-hsing on Wang Wen-hsing," p. 63）。

58 在幾個不同的場合中，王文興提到「黑色幽默」可以顯現某種特殊的人生真理，但是這在傳統中國敘事中卻付之闕如。它和晚清小說作者經常使用的陰慘黑暗、聳動聽聞的喜劇處理有本質上的區別。他在單德興的訪談中也提出一個類似的觀點，指出諧謔模仿（burlesque）的技巧「從來沒有用於任何中國小說，但是在歐洲小說中則屢見不鮮」，同前註，頁六四。

釋[59]。

《背海的人》的敘事者是一位典型貝克特式的反英雄；他是個退伍的中年男子，名聲不佳，在書裡自稱「爺」——這個俚語的自我稱謂有傲慢的含義（「爺」的字面含義是「父親」或「你的父親」；用在談話中時，這個詞隱含著對談話對象的侮辱）。這一次王文興再度採用存在主義文學中常見的情景安排。敘事者不久之前才因為賭博和挪用公款東窗事發，從台北，台灣現代文明的中心，逃到一個位於台灣東岸海濱的貧苦小漁村，深坑澳。在《家變》中，范曄身負親族關係和傳統道德的雙重重擔，而《背海的人》的敘事者則是無家一身輕、是個沒有社會義務的單身漢。他唯一的生活目標就是滿足自己的兩種基本需求：一種是生理方面的需求（食和色）；一種則來自於他異常活躍（儘管未經陶養）而強勁的精神智能。來到漁村之後，他發現漁獲季節已過，無魚可捕，不得已只能靠擺算命攤來維持基本生計。這個職業的特殊性質，以及他手中大把的空閒時間，意外地將他引入一個不尋常的精神探索之路，讓他毫無拘束地思考許多人生的重大問題——這是文明枷鎖中正常人所無法享受的奢侈。

就敘述層面說，整篇小說就是這位反英雄某個夜晚輾轉未眠下的長篇獨白，把睿智卓見跟邪門外道的胡言亂語，理性思緒與純粹無稽之談隨心所欲地攪和在一起。前一百頁，約莫是全書的一半篇幅，主要是敘事者對遠近大小事情——從當地飯館的菜價，到自由、民主概念——貌似深含哲理的感想和點評。即便是敘事者講述他為人算命的那一個段落，也是感想記錄多於實情描繪。書的第二部分則大體追敘發生在敘事者到達漁村之後前十天的一些事件。雖然敘事者個性不喜社交，他仍舊和當地居民有所接觸，譬如某個「方言研究所」的職員——他為了省錢在那裡包伙——和幾個妓院和茶室的小姐。

現代文明的缺憾

這位反英雄表面上無稽的言論，卻暗含了針對台灣社會的一些批判——此時台灣社會正因出口經濟和工業化而開始產生了一些結構性的變化。故事發生的地點深坑澳，一個距離台北只有幾哩之遙的荒僻漁村，是轉型過程帶來的各種社會弊病的總體象徵。敘事者前不久從台北都會被放逐到這個漁村，在心理上夾處於現代文明兩個極端的中間。他因而能夠從一種特有的優勢角度觀察、評判「社會進步」的一般狀況，和一九四九年以後主導台灣的特定文化意識形態。

和鄉土作家倡導的社會現實主義相反，王文興的批評不是通過主題內容的直接表述，而是藉由敘述層面的特殊運勢。中年退伍軍人代表了特定的社會意義形態群體（中低階層的大陸移民），他粗獷的活力、狡黠的智性，以及對擺弄語言表意機制如孩童般的著迷和投入，成為作者嘗試揭示該語言社群所共享一些價值共識與社會成見的有力工具。當敘事者試圖透過語言來思考自娛的同時，語言其實

59 在單德興的訪談中，王文興表示《背海的人》「是所有我的作品中，最具有象徵意義的」（同前註，頁六二）。在這部小說中，許多象徵手法都具有深刻的存在主義意涵。譬如，王文興表示，「整部小說中，重點就在於將一個渺小的個人放置在漠不關心的大自然面前」（同前註，頁六四）。不過筆者的討論主要不在於闡明這些存在主義主題（儘管免不了提及其中某些部分），而是想從社會學角度來探索這部作品在當代台灣歷史脈絡中的意涵。

也正透過他進行思考。當敘事者顛倒成語的含義、扭曲通用俗語、開格言的玩笑、為事物情景命名或者有意錯誤命名，而從中獲得快感之時，他的言說行為剛好戲謔性地複製了語言如何主導駕馭思維的過程。正如巴赫汀所說：「一個人的意識形態養成……是一個選擇性吸收他人語言的過程」[60]。在這部作品中，許多畫線、括弧或黑體印刷的語詞，可以當作一九四九年以後流行於台灣公眾之「迷思」的記號來解讀。敘事者對它們有意或無意間的扭曲，將我們的關注點導向這個特殊文化的意識形態基礎。

作者特別點明故事發生日期是一九六二年，顯然是具有特殊意義的：一九六〇年代正是台灣經濟起飛的時期。當全國全速邁向工業化和資本主義時，農村和城市兩種生活方式之間的差距也隨之遽增。當時的台北已經初具現代都會的雛形，繁榮的程度超過島上其他地區，而從台北乘火車僅需四小時便可抵達的深坑澳，則代表島上大多數落後的地區，其「精髓」正被不斷擴張的城市所吸噬。然而，不像鄉土主義作家那樣，單從浪漫化的鄉村人的角度看待城鄉之間的對立，王文興將城市和農村視為同一條經濟鏈上的兩個點。所以，敘事者大失所望地抱怨：凡所有一切的好東西都被銷到台北去了；好的水果、肉類，甚至是好看的女人[61]。深坑澳沒有被描繪成前資本主義時代的田園風光——事實上，敘事者認為「田園景色」、「原始情調」不過是貧窮的代名詞，而一般人對鄉村的浪漫想像純粹是來自於無知[62]——而是作為城市的對立面和反諷對比。在這裡一切都被掠取到山窮水盡的地步，赤裸裸地暴露出與現代文明形影不離的荒謬。譬如，村中唯一的現代建築，一個天主教堂——象徵著台灣到處可見的外國宗教——高高地聳立於山頭，和村裡其他殘敗不堪的茅草房子形成強烈對比。窮苦的漁民將當鋪作為銀行使用，他們的理財策略被形容為「挖肉補瘡」[63]。色情、飲食、宗教是這個地方最興旺的商業活動，儘管——或正由於——居民們普遍地貧窮，大約是因為窮人和富人所能夠同樣享有的樂趣就只有「食」和「色」。

在小說前四分之一的篇幅中，敘事者的思緒主要圍繞著從普世的角度所觀察到的「文明」生活的荒謬。譬如，他以典型的智慧語錄方式，來界定「回憶錄」作為一種文學類型的特點。要寫「回憶錄」，一個人必須首先是位名人——「彷彿只有名人才會有回憶」。因此，回憶錄作為一種文類，其價值並非來自於寫作當時的努力，而是全然來自於作者提筆之前的努力——「很有點像整拿一筆人壽保險額」[64]。再者，敘事者回憶當年為了從軍隊退役，歷經千辛萬苦才從醫院拿到的胃潰瘍證明——儘管這個病長年來讓他多次大量出血。他提出一個荒唐的比喻，來嘲諷要求這種證明的不合理：就像一個剛出生的嬰兒，必須在小手中拿著一張「降生證明書」，才能表示確實已經出生[65]。幫他取得醫院證明的那個人，表現得好像是給了他一個莫大的恩惠；實際上，這個人等於篡奪了他胃潰瘍的「所有權」——為了這個病流血的是他！還有一次，敘事者百般不解地問到，為什麼這個社會上的人都必須

---

60 M. M. Bakhtin, "Discourse in the Novel," p. 341.

61 王文興，《背海的人》（上）（台北：洪範，一九八一），頁一五—一六。

62 同前註，頁一九。

63 同前註，頁一八。

64 同前註，頁二。

65 同前註，頁一一。

有「職業」，彷彿這是唯一的「存在的標記」。他問道，難道沒有職業的人就不能仍然保有他「存在的標記」[66]？這種具有明顯存在主義意味的議論在書中屢屢可見。

敘事者關於食物價格的審思，對於消費心理的微妙處提供了新穎的看法。首先，他建議「時價」應該可以列為佛蘭西斯・培根（Francis Bacon）名單上的「四大偶像崇拜」之外的第五樣，因為每位顧客都似乎被它震懾住了，對它所隱含的專斷性敬畏有加。然而，理論上來說，時價不見得就一定比較貴——甚至可能比較便宜，要是價格下降了的話。他於是決定點一道這種令人望而生畏的菜。結果，所有標著「時價」的菜，根本全都無貨供應。事實上，當地許多簡陋寒酸的餐館門口，張貼著些五顏六色、滿布佳餚的招貼，不過是為了裝飾而已。他們真正賣的食物，都是引不起食欲的，而且一律都是「不二價」，不管點了什麼菜，都是兩塊新台幣。敘事者以嘲諷的語氣表示，這是一個「劃時代」的變革：「不是以物定價，而是以價定物」[67]。整部作品中出現許多經濟術語的諧謔用法，顯然，王文興意圖藉此表達他的觀察：當代台灣社會正處於一個關鍵的轉變期。實際經驗的抽離、市場價格的武斷性，和拜物的現象，無疑都是資本主義邏輯的表徵。

這種對「現代」生活的理性思考，不是一種「意識形態的分化」，或「將讀者對歷史和社會的關切……用個人的經驗所取代」的方式，更無疑具有寫實主義的元素，不過較偏向於詹明信所謂的「現代主義文學運動意義的寫實主義」[68]。這本小說對故事背景（一九六〇至七〇年代初的台灣社會）的觀察和理解，大概比描寫這段時期的任何其他文學作品更為獨到、深刻。譬如，敘事者諧謔地使用一些都會俚語來描繪深坑澳的當地現象時——像是說當地診所採用「開放式」經營，在人來人往的地方為病人看治等——無異是以台北所達到的現代文明標準，來衡量漁村的落後，鮮明地凸顯出城鄉的巨大差異[69]。而敘事者本身的經歷正是國民黨從大陸撤退後的那些年台灣混亂社會狀況的寫照。身為一名退伍軍人，他在台灣的有限的社會關係集中於來自大陸的同鄉，尤其是本家。正是依賴其中一位的協助，他才能從軍隊退下來，找到工作；而他則替這位同鄉所涉足的非法生意跑腿，以為回報。前不久，他被發現挪用辦公室經費，而他的靠山則拒絕為他說情。面對這種「背叛」，敘事者氣憤不已，義正嚴詞地抱怨：「這還叫做什麼同鄉不同鄉的個？做到這麼樣的了的地步，是有情沒有情？Ah？有義沒有義？Ah？」[70]敘事者在這裡訴諸於「情」、「義」這類已經過時、舊時代裡統御人際交往的

66 同前註，頁五四—五五。

67 同前註，頁二〇—二二。

68 詹明信曾經提出不同論點，反駁盧卡奇將現代主義視為「意識形態的轉移」，他表示，「理解現代主義工程最適當的方式是，採取諾曼·侯蘭（Norman Holland）的現成說法，將它視為是意圖「掌控」歷史和社會這兩個深具政治性的本能；換句話說，便是將它們的火力消解，為它們準備替代性的滿足，諸如此類。但是我們必須補充，這種本能只有先被激發出來，才能夠被駕馭；這正是現代主義工程最微妙的部分，即必須運用寫實的手法處理，以便在下一個瞬間將已被喚醒的真實圈控、抑制住（Fredric Jameson, *The Political Unconscious, Narrative as a Socially Symbolic Act*, p. 266）。

69 王文興，《背海的人》（上），頁一七。

70 同前註，頁八。

行為規範，自然十分可笑——尤其是他自己遵循的是一套頗為功利的叢林法則。然而正是這種自相矛盾和價值混淆，讓我們得以一窺一九四九年後的台灣在社會秩序重新建立之前，如何在封建過往的餘緒和現代功利主義——甚至是純粹無法無天的剝削掠奪——的夾縫之間苟存。

然而，更為複雜細緻的社會批評浮現於作者對主導性文化意識形態的看法，其中敘事者對於唯物主義的觀點便是極佳的例證。敘事者以近乎說教的語氣，指責他在好萊塢電影中看到的「美國生活方式」。他不認可美國人過度的物質享受，對美國人為了擁有各式機器——「電視機，電動洗衣機，電唱機，電錄音機，電幻燈機，電影機，電動打字機，電割草機，電冰箱，流線型華美小轎車」[71]——不惜終年拚命工作的態度大不以為然。他惋惜在這種物質至上的文化中，沒有人懂得「人生的真正意義」。這番講演以（其實是敘事者自己杜撰的）一段高蹈的語錄式格言結束：「人生牠那裡是〔拏〕來「用使」的，人生是要將之〔拏挈〕牠來「珍惜」的，人生應該是要〔拏〕到牠來不急不緊悠然品鑑賞味牠的來了個的。人生，總之應當是要去做人，而不是做事——我，本大爺自箇兒，說的」[72]。爺頗為自豪地發表完畢，話剛落音，便察覺到思路中存在著某些不妥之處：

〔嘿〕，等一等，等一等，等一等，這麼說似乎好像有一點奇怪，這樣說來那〔麼〕我必屬是一個「安貧樂道」，「知足常樂」，終年只需要二三件的毛衣，一雙一百零一雙的皮鞋子，就可以過活了底人了〔麼〕？當然不是，——當然不，當然不是的。爺是自然是要去追求那金銀財玉，富貴榮華，美女送抱的。爺以是的就是這麼一個滿是矛盾的人，爺固是自己是明明知道富貴不足

> 趨取，可以打頭兒起就根本就沒有這一個必需地去需要到它，然而爺可就是偏偏硬就是「硬」是要牠，「非」要牠不可。——矛盾！——矛盾！——爺這一個人就是一個大大大大而又大的矛盾！——爺就是矛盾。[73]

從道德角度控訴「西方唯物主義」，可說是極為適切地展示了敘事者受到台灣主導文化中新傳統主義、保守文化論述制約而產生的「偽意識」。敘事者所屬的特定「社會意識形態」和「社會語言」群體（或所謂的外省軍公教族群）是格外認可這種道德高地的；而作為一個語言使用者，爺也不自覺地浸潤於語言所產生的迷思之中。然而這部小說批判的力道，則恰好來自於它對這種社會集體建構之道德共識的不斷攪亂和暗中毀損。儘管敘事者不由自己地操使著他所屬族群的共同語言，然而他放任不羈的思辨癖好，使得他拒絕被這個語言的範疇所全盤吸納，也因此得以擺脫它內在邏輯的約束。敘事者一再訴諸於無理可講的「武斷性」，作為一種有力的武器，來抵擋語言暴君式的全面控制。就像任何其他的語言使用者一樣，敘事者並沒有能力取得一個超驗層次的立足點：他只能任性執拗地宣稱自己偏就推崇「矛盾」這個「邏輯」；或者偶爾心血來潮，用武斷地顛倒自己原有立場的方式來反叛

71 同前註，頁八。

72 同前註，頁三〇。

73 同前註，頁三〇—三一。

語言。

因此，作者藉由揭露一般公眾語言裡的邏輯謬誤、矛盾悖論，和欺罔性特質，展開一種「反諷性的除魅」，如此間接折射（若非直接反映）出他個人對於台灣社會裡教誨式新傳統主義的針砭立場。雖然中國現代文學裡從來不缺少文化批判的火力，但是王文興這部解構主導文化論述的小說，卻是一個不可多得的「作家文本」範例。

貧窮與人類悲憫心的局限

這部小說結合各種不同因素，勾勒了一幅寫實的圖像，生動地描繪出一九四九年以後台灣社會獨有的若干現象。譬如說，敘事者以各式各樣的軍事隱喻來講述他的性經驗，不僅提醒讀者敘事者的軍人背景，也讓讀者聯想到四九年以後台灣社會在軍事統治下的整體氛圍。敘事者診斷當代台灣文學的主要病徵，也頗有獨到的見解：他認為詩人太多，而好詩卻難得一見；而詩人所以這麼容易在文壇上獲得盛名，多半是由於寫作本身完全沒有經濟效益，因此詩人的存在在台灣這個物質掛帥的社會裡基本上是無足輕重的。而小說中最具壓倒性的母題，則是環繞著「貧窮」的基調：在一個經濟蓬勃發展的社會裡底層人群——這裡主要取樣於四九年大陸來台族群——的貧窮。

由於物質匱乏是國民政府撤退來台後社會上的普遍現象，在一九五〇年代末至六〇年代初崛起於文壇的現代派和鄉土派作家都以貧窮為主要關注對象。然而，兩者處理貧窮這個主題的態度卻大相逕庭。鄉土派作家肯定人們在面對屈辱環境時維護自尊的潛力，而現代派作家則對個人在他人的苦難面前究竟有多少能力賦予同情表示懷疑。鄉土派作家偏愛鄉村居民，而現代派作家則更常處理城市底層的百姓。鄉土派呈現出一種將對象理想化的溫馨浪漫傾向，而現代派則力求達到冷靜不濫情的寫實境界。

貧窮在《背海的人》裡主要是從個人角度和心理層面來呈現的。故事一開端，敘事者事事不順，滿腔憤懣，認為周邊所有的人都對他不起，自己十分無辜，因此傾倒出一連串火爆熾烈的詛咒髒話。貧困不僅衍生氣惱、不滿，而且引發一場生存鬥爭。敘事者足智多謀，把一切物品轉化為「萬能」以滿足生活基本需要，如將多功能浴缸同時當作床鋪、桌子使用，連他自己都洋洋得意。這樣一位強勢不屈的貧困者顯然不太能夠激發讀者的同情——儘管說陷入這樣的窘境並不全然是他本身的錯；作為來自大陸的退伍軍人，又缺乏可靠的社會關係，敘事者的確可算是當時社會上最弱勢族群中的一員。

以筆端不帶憐憫的方式來描述主人公的落難和不幸，這對塑造《背海的人》特有的「文本—讀者」互動關係來說，具有十分關鍵的作用。當他本人外在擁有的財物已然減至最低限度，他對周圍其他人遭遇的困境所表現的無動於衷，他對深坑澳地區人民的窮途末路所發出的超然、甚或是不懷好意的風涼評語，便都不造成一般涵義上的道德僭越——因為他自己擁有的更少——而相反地產生了布萊西特式的陌生化效果。一個很好的例子是敘事者對人類飲食習慣的「嶄新」發現：勞動階層的偏愛甜食，是因為他們需要更多卡路里；而那些善於用鹽的人們則往往擁有較高的文明水平[74]。此外，敘事

74 同前註，頁二二一。

者看到在漁汛來臨之前，深坑澳漁民整天無所事事，茫然惶恐地在岸邊溜達，而不禁質問上帝為何賦予這些人頭腦，因為他們所能做的只不過是將腦門殼全般倒傾，用來充塞添實他們下半身的「胃腹」[75]。在中國現代文學史上，鮮少看到以如此辛辣通徹的方式來表現貧窮的「去人性化」特質。

《背海的人》不僅探究台灣當代文明的「底蘊」——即貧窮的所在處，「深坑澳」這個地名就是一個象徵——並且試圖透視個人內心深處的道德圖景。從早期的短篇小說〈玩具手槍〉（一九六〇）和〈黑衣〉（一九六四）開始，王文興便質疑人與人之間是否有可能產生有意義的關係，同時探索人性中固有的邪惡。這種探索，在這本小說的下半部，透過敘事者與「近整處」的工作人員，以及當地妓女的交往，以更為咄咄逼人的方式展開。

雖然敘事者能夠客觀地對他在周遭所目睹的貧窮做哲理式的思辨，然而「不幸」卻似乎更為純粹的是一種主觀的經驗。王文興似乎高度質疑一般人是否具有對他人的不幸真正感同身受的能力。以下討論的幾個情節中，敘事者面對他人不幸時的反應，多半沒有保持應有的道德分寸，或許可以用來凸顯出小說的中心主題：人類同情心固有的局限性。

第一個例子發生在小說中處理算命的那個章節的末尾。敘事者發現，不久前葬身暴風雨的年輕海員正是眼前與他交談的船長的長子，他確確實實地吃了一驚，以至於一句毫不顧及對方感覺的話衝口而出：「『真的啊——？』我的那一個的聲情語息好像就宛佛是是在似如此的個的說：『噢！是你，原來，中了〔二十〕萬塊錢的愛國第一大特獎，真的啊？』」[76]儘管他當下的反應和文明行為的要求不符，但是他也並不是真的對這種不幸遭遇無動於衷。第二天，當敘事者得知船長不顧喪子之慟，又準備出海捕魚時，他發表了一番文情並茂的感嘆，讚美船長是揹荷著「命運之大木枷」，投身於「人類意志和殘酷自然之間的永恆戰鬥」——他可是早先就預言船長未來注定要喪生於海上的[77]。敘事者虛矯高蹈的演說表面上聽起來空洞無物，卻弔詭地傳達出另一層意涵；與前一天敘事者的漠然反應一併觀之，莫非坐實了這樣一個看法：不論是任何類型的社群溝通言辭，在回應人類嚴峻的基本生存狀態的功能上，都是徹底不適任的。

接下來的幾段事例來自於敘事者和「近整處」成員的交往。這是一群不稱職，或心理、生理出現問題的公務員，遭到台北本部以「遣散」的名義放逐到此地（理論上來說，台灣當時仍處於與大陸交戰的狀態，必須將政府機構和人員分遣各地）[78]。敘事者以尖刻的嘲諷語氣指出，為了保有職位這些人絞盡腦汁，招攬各式各樣只要他們能夠找到的項目，包括編撰一部他們自己工作單位本身的歷史。不過，作者傳達出一個更為令人心寒的訊息：雖然這些人的處境確實令人同情，但是他們的行徑卻是全然可鄙，促使旁人對他們產生的輕視大於憐恤。比方說，每天快要接近下班的時刻，他們的那間辦

75 同前註，頁五五七。

76 同前註，頁七八。

77 同前註，頁八五—八六。

78 王文興自己曾經指出，近整處這段章節主要以湯瑪斯．曼（Thomas Mann）的《魔山》（*Magic Mountain*）為模型。不過，湯瑪斯．曼大多描寫上層或中上層階級；王文興說：「這裡，我想要蒐集所有中國的垃圾。這是個垃圾桶」（Te-hsing Shan, "Wang Wen-hsing on Wang Wen-hsing," p. 64）。

公室都照例變成一座瘋人院，處裡的人員彼此進行既惡劣又幼稚的人身攻擊，甚至像小學校頑童一般扭打成一團。儘管敘事者和他們同屬一個社會族群，也一樣遭到霉運，然而卻比他們優越，因為心智健全。他於是以一種充滿興味又同時混雜著不屑的態度，冷眼旁觀這一齣齣的鬧劇。

我們只有在了解了這些人的個人經歷，得知他們幾無例外都患有某種長期折磨人的慢性病（其中有些人精神方面確實有問題）之後，才能夠從社會學的意義上認知到他們的可值同情之處。「近整處」成員之一的虞世樑便是個標準的例子，他受命運擺布的被動人生中有許多不幸事故對大陸遷台的一批人來說是很常見的。他的妻子多年來一直就精神不太正常，不久前產下了一個死嬰——當地的天主教教會不給她許可墮胎——終於住進醫院，而原有四個孩子則不得不送進不同的孤兒院。照虞世樑的說法，這都怪他當初運氣不好：「起初本來有　三個　女孩子　可以拿來供我選一個從當中出來的，本來原可以是這樣，不曉得為什麼，——我運氣不好——竟然選擇到的個的她出來了的」[79]，這裡虞世樑說的是一個很普遍的現象：許多大陸來台的單身漢花一筆聘金——經常是他們的全部積蓄——娶年紀比他們小得多的台灣女孩為妻。

雖然和他大部分的同事相比，虞世樑要正派許多，但這個人也有他自己獨家讓人看不起的一面：他的弱點是全然缺乏意志力，讓我們聯想起小說《家變》中范曄的父親。在連番厄運的打擊下虞世樑全無招架之力，彷彿缺少脊梁骨似的對一切都逆來順受。當壞脾氣的醫生催他馬上籌錢買血漿救他的妻子時，儘管他心中並不真想救活她，但還是服從醫生的指示去做了。在奔波一天、筋疲力盡之際，他卻不加思索地順著朋友的邀請，加入方城之戰，結果把借來的錢幾乎全都在牌桌上輸掉了。

敘事者不關痛癢地對待這些他生活中由於偶然機緣接觸到的卑微可憫的人物，照理說合乎常情。但小說的作者卻似乎十分在意這種看似無可厚非的「正常」舉止所涉及的深層道德領域。在以下的事件中，作者毫不保留的把敘事者「自然、平常」的反應如實照錄，冷不防將一個更為複雜艱難的生命議題呈現在讀者的面前。有一次餐前聊天的時候，虞世樑閒述一件過去家裡發生的事。他的精神病妻子有一陣子常常拿了把菜刀，把她小一點的一個孩子捉過來，喊著要砍了他「做些香腸過年」。要不是這時家裡的老大挺身出來說要替弟弟而死，不知怎的將他媽媽喚醒，悲劇差一點就釀成了。講完之後，虞世樑又不甚得體地加了一句，提到說他的妻子捉過來要殺的小孩往往都是他們家裡的老三，「因為在那個時候我們的這一個老三長得的確是比較是胖一些」[80]。聽到這裡，敘事者忍不住當著虞世樑的面便縱聲哈哈大笑起來，全然不顧及這個故事悽慘的一面。

這個笑聲，就像「近整處」辦公室裡扭打場面所引發的讀者的笑聲一樣，正是巴赫汀所謂的具有雙重含義的「曖昧的笑聲」（ambivalent laughter）；因為它同時暴露出發笑者一種惡作劇的本能快感和潛意識中對自身道德卑下所感到的不安。由此看來，作者刻意用詼諧、戲謔來呈現生活中難堪、荒唐、可悲的現象——或謂「黑色幽默」——是蓄意為讀者鋪設一個必備的心理框架，來適切地領悟這些人的不幸的「真正」本質。

79 王文興，《背海的人》（上），頁一四六。
80 同前註，頁一三七。

從現代主義文學運動的觀點來看，另一個妨礙人們真確地體悟人類不幸的，是浮濫的感傷主義。下面這一段章節就是以辛辣的幽默方式，展示人道主義自欺欺人的特質。

在小說最後一部分，敘事者回顧最近一次造訪當地茶室的經驗。那天來陪他的女孩子十分睏倦、無反應。她讓他想起台北一位他以為自己愛上了的茶室小姐。他想起自己甚至主動提出，願意無條件拿出三萬塊新台幣替她贖身。第二天晚上，他沒有將許諾的錢送去，而是在城市昏睡的街道上徘徊良久，最後終於走進了另一家茶館。

這段情節明顯的是對時下常見的一類流行故事的諧仿；可資對比的，是同樣的劇情也在鄉土派重要作家陳映真的著名短篇小說〈將軍族〉（一九六四）中出現過。在陳映真將這個情節重塑的版本裡，一位大陸來的退伍軍人慷慨地將自己的退伍金贈與一位台灣女孩，讓她不至於第二度被出賣，淪入妓院。儘管他的目的沒有達到，但是這個感人的行為本身證明了無私的利他精神是可能存在的，尤其是在社會上窮苦和受剝削的人們之間。王文興無疑對這種利他主義情操抱持著一種極端犬儒的態度。他的懷疑論對象是當時遭到無節制濫用的「人道主義」——這在作者形容敘事者初次遇見後來他允諾為其贖身的茶室女招待的那一段集誇張戲謔之大成的喜劇性章節中，表露無疑：

> 爺無比地感動。在那一個黑黑的，小而又小的卡座間裡頭，爺想到了這一生所從來未曾想過的一些個大問題：例如，人生，生命，究竟是為什麼？為什麼這樣之好來的一個女子，要受到如這等的這一類折磨？——在面對到別人的痛楚之時候，你能夠做什麼？你能夠幫助些什麼來的牠

的的 ？在這一個世界上，還有無數的，像她這種樣子的女子，——美珠——她大概也叫做是「美珠」——要用什麼樣的方法才能夠使得她們每一個人每一個人都擺脫掉這一類的苦難生活？爺想盡了辦法，想盡辦法，——但是什麼辦法也想不出來，——末了，爺想到，惟一的辦法恐怕就是在同她們發生性之關係來的時候，要操得好一點，——至少這樣子還能夠給她們一點點兒的獲得來的牠的的個。茶室，其是是一個最好再好也不過的教育之所在：——牠可以在短短的時間的裡面，教會了你許多多許多多有關人生，跟的那社會，的種種的認識。——茶室即教室——每個尋歡客其實都是一個比那一個人都要徹底的「人道主義者」。[81]

在荒唐無稽的幽默表層之下是嚴肅的人生大問題；但是，「你能夠做什麼？」這段既認真又粗俗的獨白似乎存心要將自我膨脹的人道主義者和他們不切實際的崇高理想從聖壇上拉到泥地裡，是王文興蓄意採用西方文學傳統裡「嚴肅喜劇」（seriocomic）風格的極好範例。王文興這種現代主義文學運動式的文類挪用格外值得注意，因為它有意要消解的，正是五四以來盛行於中國現代嚴肅文學中對人生的浪漫主義詮釋。

緊接著敘事者對台北茶室女招待的回憶之後發生的事，卻充分印證了「道德無能」的這個主題：

---

81 同前註，頁一七二—七三。

敘事者的行為向我們展示，當面對著細微的自身利益時，人類本能的同情心是如何不堪一擊[82]。敘事者突然發現女孩子的衣袖上戴著一個白色的絨線球。根據當地的風俗，這表示她家裡某個人剛剛過世。他當時吃了一驚，彷彿被蛇咬了一口，感到羞愧自責，便問道：「是你的什麼人？」這句話立即引得女孩傷心至極地放聲大哭，使她的臉「變成一張世界上難得找到的最醜怪不過的，最難看的臉」[83]。但當她的哭聲延續了許久仍然毫無停止的意思時，敘事者開始煩躁了，擔心自己花的錢很快就要被眼淚沖走。他於是十分「無恥」地——也十分重實效地——把女孩的手強拉過來自慰。如果說稍早敘事者聽到船長和虞世樑不幸遭遇時的不當反應是即時發生的、幾乎是無自覺的反射，這一回卻明明是對自身道德本能有意識的背叛。然而讀者卻會發現自己並不見得比敘事者高尚，因為他的道德缺失仍是十分合乎常情的。因此，作者念茲在茲追究的是，在付諸實踐的意義上，善良人性的基本極限的問題。

一個理性主義者的宗教追尋

我們要討論第三個例子是王文興文學作品中最難以清晰陳述、但同時也是最關鍵的一個議題。在擺攤算命這個小說橋段中，透過敘事者對神祕的「未知空間」的試探，王文興似乎持續了一個他從早期作品就開始悉心探索的個人關注。這些早期作品通常以一種曖昧兩可的雙義思考，追索命運這個主題。對王文興這個世代的台灣知識分子來說，理性主義成為某種重要的新偶像，而這種曖昧雙義的特性則似乎同時反映出王文興對理性主義的忠誠與無法信任。儘管從五四時期以來，啟蒙理性便一直在中國知識分子的反傳統主義裡占有核心地位，然而像《背海的人》這般，對「理性主義」思考模式的正當性基礎與限制因素從事哲理式的思辨，可說是極為罕見。

在王文興早期作品中，明顯展示存在主義荒謬性主題的，像是〈海邊聖母節〉、〈龍天樓〉、〈寒流〉、〈日曆〉、〈最快樂的事〉、〈命運的迹線〉（一九六三）等，〈命運的迹線〉這篇小說最為直接地大膽正視命運的主題。在這個故事中，年幼的主人公用刀片劃破自己的手掌，為了製造一條擬真的「生命線」。耿德華所著〈王文興藝術的歷程〉（The Process of Wang Wen-hsing's Art）一文中，對這個行為的主題意涵有精闢的闡釋：

> 這個故事敘述一個男孩在得知掌紋上的生命線過短，預示早夭之後，用刀片從手掌心劃到手腕來延長他的生命線，險些就割開自己的大動脈，危及性命。命運這個概念強調的是一個事先注定的過程，沒有選擇的餘地，因此也不提供任何量度行為的道德意義系統。這個男孩推翻這個情況，透過他自己的抉擇，企圖創造一個道德脈絡——在這個脈絡裡他的行為是有著「賦予生命」的價值意涵的。另一方面，男孩的父母堅信這個生命線不代表什麼，只不過是個不具有真實含義的、一個偶發行為所遺留的痕跡。這是男孩所無法接受的：因為如此一來，他的存在感就只能建

82 同前註，頁一七五—七六。

83 同前註，頁一七五。

立在偶發的機遇之上。換言之，男孩所反抗的，既是「必然性」，也是「偶發性」；前者剝奪了他做選擇的權利，後者則剝奪了他所做之選擇的意義，兩者結合則否定了任何道德秩序的存在。然而在他意圖將自己從先決性的命定過程中解脫出來，並將某種秩序強加於生命的偶發性之上的同時，他也使自己瀕臨毀滅的邊緣：他手上的疤痕所象徵的，毋寧是他那同時導向「意義」和「毀滅」的個人意志力。84

這個男孩為了試探命運對人類生命掌控的實情所採取的激烈行為，在《背海的人》算命這個橋段中，轉化為更具象徵意義的挑戰姿態——筆者將在下文中討論。這裡我想要特別強調王文興筆下的人物在思考人類必死的宿命時所採取的極度理性化的推論模式。〈命運的迹線〉裡的男孩在割掌之前，特地蒐集有關祖父母壽命長短的資料，作為解讀他自己生命線含義的參考。在另一則故事〈日曆〉中，一位健康快樂的十七歲男孩，當他突然明白自己也終有死去的一天時，也是既驚又悲。他的「頓悟」來自於數學推算：有一天他在白紙上畫日曆自娛，發現他未來所有能活的年數，最多只夠填滿很少的幾張紙。在〈最快樂的事〉中，年輕人在他第一次性經驗後自殺身亡，他所根據的邏輯或偽邏輯是：「假如，確實如他們所說，這已經是最快樂的事，再沒有其他快樂的事嗎？」儘管心靈創傷所引發的死亡欲念是文學裡最常見的母題之一，但王文興的作品獨樹一格之處，是故事中人物堅定固執地依賴理性與邏輯，來試圖掌握他們所經驗到的真實。

在《家變》中，我們可以從范曄許多童年故事中，看到理性在這位主角心中萌發的軌跡。有一次，他對一枝新鋼筆的「價值」做出這樣抽象的思考：

> 兩個禮拜之前他得獲一枝新的筆，他時常一陣陣有欲取出來使用的熱望，但他每次都因惜使不得而抑控，受著苦楚。後來他豁然想通了：如今他「想」用就應該「用」，并不能叫「浪費」。倒反而使這枝筆增多一項作用：令人快樂。而若是不用牠不僅沒有快樂，還平平另添一層痛苦。再守兩天他就會很自然地使用新筆，那時沒有了慾望，憑空損失掉一個快樂。他乃明白他提冰的經驗的意涵和他的自來水筆的意涵相像：握住是刻的快樂。那年他十一歲。[85]

這位早熟的男孩對快感本質的哲學冥想，以及他依據邏輯推理來修正自己行為的企圖，都顯得不太尋常。而王文興特意記錄了這段經驗發生時小男孩的年紀，也表明了他本身對理性如何萌發的過程持有相當自覺的關注。作者的這種自覺值得我們進一步探索、分析。

學者詹姆士・舒曾經評論道，范曄是「一位生長在物質主義橫流的社會裡的潛在藝術家」，而「他自己也難免吸收了一些庸俗的近利價值」[86]。不過，范曄這種理性思考的習慣使得他所持的物質

---

84 Edward Gunn, "The Process of Wang Wen-hsing's Art," p. 31.
85 王文興，《家變》，頁一〇二。
86 James C. T. Shu, "Iconoclasm in Wang Wen-hsing's *Chia-pien*," p. 184.

主義和整個社會的有著基本上的差異，這一點是很容易遭到忽視的。反諷的是，詹姆士‧舒認為范曄對家庭制度的反叛，不像五四運動抨擊傳統觀念的人那樣具有一種「旺盛的邏輯精神」——可見他忽略了一種可能性：王文興意圖用這種反叛來展示的，正是對理性主義過度熱切投入所釀成的一種狂熱過激行為。書中所描述的、頗為范曄欽羨的十九世紀歐洲社會的父子關係，就歷史來說未必是正確的事實，但是對當時二十三歲的范曄來說，它代表著一種「開明」的、以理性為依歸的人際關係。王文興不是單純地描述一個年輕的中國人如何奮力掙脫封建意識形態的束縛，像許多五四時期的作家那樣。他處理的是一個特別的個案：在這裡，啟蒙理性被視為一個新的宗教，而對其一廂情願的熱切追求成為一種反傳統主義的趨力。書中范曄批評中國家庭制度的許多過激論點充滿許多顯見的謬誤，且以一種頗不成熟的語調表達（王文興大可選擇使用一種不同的口氣），顯現出作者對於這個情況的複雜性具有深刻的自覺，儘管他自己無法完全免疫於這種理性狂熱。

我們因此有理由將范曄視為一個「過度理性」的受害者，他的心靈苦痛正是由理性的局限與貧瘠所致，因為在面對生命中極端複雜的「真實」時，理性不足以適任。王文興在書中其他幾處充分展示了內含於理性主義的狂熱偏執成分。有好幾次，當范曄以年輕人特有的熱誠展開理性推斷，往往由於旺盛想像力的介入，使他不由自主地被這個過程吸入，做出毫無根據的荒唐臆測，幾乎到了妄想狂的地步。我們不妨看看下面這個例子：為了找尋「合乎邏輯」的理由來否定他在兒提時代對父母的崇敬與愛慕，范曄有一天突然之間開始懷疑父母親之間是否對彼此忠誠：「何以他可以信任他的父親？可幾乎一家家的父他都在外風流，他的父親沿何的可以例外？」[87]然而，過了一會兒，他便覺悟到自己是何等荒謬，「他忽然感到片頓疲倦，和深感對於自己的羞慚」[88]。

在《背海的人》中，王文興對理性思考的有效性和內在局限的探索，採取了更為複雜的形式，部分是由於敘事者半開玩笑的說話口吻，部分則是因為這裡出現了更多弔詭的狀況和偽詐的徵兆。敘事者對「徵兆」曖昧多義的特性既感困惑又深受吸引，這在算命這個橋段中處理得淋漓盡致。這段情節也是王文興自己認為最難解讀的部分。

雖然敘事者不得以擺攤算命全然是為了維持生計，然而這個行業的特殊性質卻激起了他極大的好奇心，引得他煞費苦心地啟動了一系列設計縝密的試探來叩問「形而上的真理」。基於天生的理性傾向，敘事者熱衷於譴責各種形式的迷信，但是他也不得不向自己承認一個祕密：他其實一直有個十分強烈的渴望，想要找到某種證據，能夠或者確認、或者否定無可逆轉的命運的存在。他於是決定進行一項實驗：他私底下記住相書上預示吉凶的外在徵象，然後等著觀看自己是否能夠鐵口直斷，料事如神。其結果就像謎語一樣，讓人困惑不已。以天氣來說，和他所預告的就剛好完全相反。他替一艘船、還有船上四位漁民算命，結果這五卦中只有一卦清晰無誤地如其所言——船難果然發生，三位漁民喪生，驗證主角警告他們不要出航是對的。然而第一位漁民的面相特徵預示他三天之內會葬身火窟，結果卻是命喪暴風雨；船長則是逃過一劫，但是他最終是否會像他的掌紋所示死於汪洋大海之上

87 王文興，《家變》，頁一五七。
88 同前註。

卻未可得知。船長兒子的死完全推翻了敘事者的預言。第四位遇難漁民的情況更是令人費解：輪到幫他算命的時刻，敘事者忽然失去耐心，便心血來潮地宣判他大限已近，甚至沒有參照相書。

表面上，他的試驗並沒有達成任何結論，而主角半類似宗教的追尋也證明徒勞無功。不過，這個追尋過程所涉及的心理層面卻釋出許多似非而是的訊息。敘事者的追尋過程時時伴隨著為了辨別證據真偽和有效性而進行的精密檢驗，其邏輯推斷的方式是十分嚴謹的。因此，在玩笑戲耍的掩蓋之下，敘事者所採取的試探超驗性真理存在的方式，呼應了〈生命的迹線〉裡小男孩的做法，是一種使用有限的證據來進行的科學性演繹。

敘事者對於宇宙奧祕的假設性描述，仍是相當理性的，以一個擁有比人類更高智慧的存在為前提。他想像某種神祕的力量，是能夠決定一切的「主宰」、「設計」，是宇宙秩序背後的「藍圖」。至於人類可能藉以管窺這種奧祕的渠道為何，他提出兩種可能性：一是透過相書（由體制欽定的書寫、經文），一是透過人類自己無法解釋的神祕力量（超越人類經驗的奇蹟、神鬼）[89]。這兩個管道都必須藉由人類智慧的中介；換句話說，通過對外在徵兆的解讀，人類擁有自身透視這項奧祕的鑰匙。

這段故事中出現了兩類徵兆。一種是「真實」的徵兆，就像是手掌上的紋路、身體上的痣、面相的色澤。敘事者抱怨說相書所提供的解讀這些生理徵兆的條文指示常常過於武斷。首先，它們缺乏統計數字的支持；其次，它們多半建立在不明確的證據之上[90]。這些顯然不能算是什麼了不起的新發現。至於第二類型的徵兆，「偽造」的徵兆，則有趣得多。第一個「偽徵」出現在算命這段故事剛要開始之前。

主角在洗臉時，帶著某種童稚氣息，研究自己的面相。相書上說：「眉長色白者，壽長之相」[91]。他的眉毛頗長——甚至有些泛白！不過這是肥皂泡沫的傑作。接著，有些令讀者想不到的是，主角發出了這樣的疑問：這種偶然性的徵兆會不會在實質上具有與真實的徵兆同樣的效果。這則事件以一個幽默的評語告終；主角指出相書內含狡詐，將因果關係倒置——如果某人的眉毛變白，自然就可以斷定他已經相當長壽。然而我們不應只注意到這則事件表面上的荒謬性。在這裡，作者正在試圖引領讀者，將他們的關注力導向「偽徵」的某些更為弔詭、陰險的特性。

至少在另外三個例子裡出現了類似的偶然性徵兆：一位算命客人前額呈現的黃色被視為是肝病的症候；船長兒子所著衣服鮮豔的顏色被解讀為吉兆；而那個歷劫歸來的漁民手掌上的髒印，如果真是皮膚上長的，就再完美不過地印證了相書上的描述。這些徵兆表面上看都是出於人為湊巧；它們所以會出現在某個時空環境中純粹是偶然的機運。然而它們表面上看似無心的誤導性也可以用別的角度來詮釋。這種誤導有沒有可能竟然是蓄意的呢？它有沒有可能剛好是另一個更大的設計的一部分，一個命運故意擺布下的陷阱呢？果真如此，那我們就是受到了雙重的捉弄。徵兆是否在本質上就具有歧義的特性，這個棘手的難題又被拋回給我們，而且帶來的震撼更大。

89 王文興，《背海的人》（上），頁四八—四九。
90 同前註，頁四四—四五。
91 同前註，頁三六。

作者如此著力地處理徵兆，旨在具體摹畫出人類心理一個黑暗角落的風景：一種對超乎尋常的神祕怪誕事物、對命運的嘲弄、對不經意受到造化瞞騙的莫名恐懼。古典希臘悲劇和莎士比亞都曾處理這種罪無可逭的情形，用人類的智慧反制人類自身，使人類在不知不覺中成為協助命運達成其目的之工具。另一位當代作家黃春明在他的作品〈鑼〉（一九六九）裡也探討了相同的主題。迷信的主角用掃帚敲了空棺材三次之後，非常擔心他已經害死了楊老先生。他一直無法安心入睡，直到他最後透過對另一個模糊預兆的解釋來說服自己、解決先前的疑慮。王文興小說的敘事者同樣受到這種超乎尋常的怪誕感覺所苦，只不過較之黃春明故事裡的人物，他更為執著、更具有挑戰知識領域的慾望。他將真理付諸檢驗的行為，不啻開啟了和比人類層次更高的「未知」領域的對話，就像〈命運的迹線〉裡的男孩一樣，純粹靠著意志力（和運氣），替自己創造了一個幾可亂真的生命線。

王文興曾經表示他在《背海的人》中嘗試呈現一種基本上屬於無神論的宗教觀。然而弔詭的是，這部小說裡高度理性的探究方式，正好提前展示了成為作者後來進行宗教追尋的一個核心概念：暫時性認可（provisionality）。敘事者極其嚴格地依循著邏輯定律來檢驗他的假設前提，整個步驟若非全然合乎科學性，卻無疑是經過巧思的精心設計，使得足以顯示整個假設不可能成立的徵兆，恰巧也同時成為我們無從否認它的證據。既然敘事者依據理性來設定這個追尋的遊戲規則，除非我們能完全排除任何正面答覆的可能性，我們就必須得要暫時接受它的開放性結論。

一九八六年，王文興正式皈依天主教，也許顯示他已經接受這種暫時性的真理。在此之前，王文興一反尋常地在刊登於《聯合文學》的〈手記續抄〉[92]，對他的宗教追尋提出一個頗為直截了當的說法。手記的作者看著一隻小鳥不停地啄著鏡中反射出來自己的影像，為這隻小鳥感到悲哀，因為牠正徒勞無功地追求著關於自我的知識。作者闡釋說，人類所擁有關於這隻小鳥處境的知識，在本質上就絕非小鳥可得而識，因為它的先備條件是只有人類才被賦予的觀看視角。這個明顯的比喻正好應和了《背海的人》敘事者所述說的假設：有關一個更高層次的智慧來源、一個超經驗性的存在，所擁有的關於我們人類本身的更高超的知識。這裡所傳達的訊息是這樣的：人類應該要認知到自身知識的局限；對宇宙性層級存在的可能性所做的任何否定，都不過是一種僭越。這裡作者再度以非常理性的方式，用負面排除的推理方式達到一項結論，而它的基礎是建立在一個自願接受假設性（暫時性）真理的理性選擇上。

作為一位堅定的現代主義文學運動作家，王文興似乎從他對「確定性」（determinacy）的高度熱衷裡獲得了一種特殊的動力，頗為弔詭地促使他去描述一個必然導向「不可決定性」（undecidability）的追尋過程。荷蘭籍知名國際比較文學學者佛克馬（Douwe Fokkema）曾經在一場演講中對現代主義文學運動者提出以下描述，用來形容王文興似乎非常恰當。相對於寫實主義作家「藉由一個可以體驗、圍繞及涵蓋一切的敘事來創造一個史詩世界……現代主義文學運動者正好相反，他們絲毫不去嘗試囊括全面，並且缺乏可以促動他們試圖發現統御人類生存法則的確定感……儘管如此，現代主義文學運動者是個從不放棄思考的知識分子，即便他深知絞盡腦汁之後，所能得到的只不過得到暫時被認

92 王文興，〈手記續抄〉，《聯合文學》二卷一期（一九八五年十一月），頁九八。

可、局部性的結論。他因此通常將這些結論以假設性的面貌呈現」[93]。《背海的人》裡的算命故事似乎就是王文興這位末代現代主義文學運動作家從事藝術追求過程的寫照：當他挾著一種逆向思考的信心來追尋「確定性」時，已然將其中的假設性本質納入前提之內。

「殘酷經驗」與藝術追求

跡象顯示，王文興的宗教追尋依然在繼續進行。在《背海的人》完成之際，王文興對托爾斯泰老年時期的宗教性寓言特別感到興趣，同時儘管他已經皈依天主，顯然對基督教教義還是有所質疑。近幾年來，王文興對佛經產生了濃厚的興趣。雖然他從未公開討論他的宗教和藝術追尋兩者之間的平行關係，無可置疑地，兩者共享相同的動力，並且彼此相互影響。雖然要想更詳盡地討論這個平行關係必須等到王文興下一部作品，已耗時十年的《背海的人》續集問世，在這裡筆者想要對王文興的藝術觀做一些初步的觀察，主要以《背海的人》這部小說為基礎[94]。

大體言之，王文興似乎開始揚棄由一種貧瘠的理性形式所主導的局面——他前一部作品《家變》堪稱是個代表。如果對「真實」和「經驗」的理性體驗不可避免地必然產生扭曲，如果邏輯思考只能導引出暫時性的結論，那麼或許我們應該賦與經驗本身——尤其是以較原始、粗糙形式呈現的經驗——更大的價值。《背海的人》裡處理許多低級本能、非智性的經驗，似乎正好和范曄的理性狂熱背道而馳。《背海的人》語言層面裡無厘頭式的詭辯和糾纏不清的似是而非，可以視為對范曄一本正經、謹慎、理性、甚至有時「偽」理性思維的誇張諧仿。事實上，作者有意創造了這位髒話連篇、詼諧不敬的中年退伍軍人作為《家變》裡超級敏感、性格陰鬱、有道德潔癖的年輕知識分子的鏡像對比[95]。小說快結束時，敘事者遇到一位樸實而童稚般快樂無邪的妓女。這是個周身充滿了靈魂救贖象徵的人物，而她的快樂似乎是從她的健康的身體、慷慨的性格、無窮的精力，及對單純快感的熱衷——即使是生活中最繁瑣的細節都是她喜樂活水的源頭——自然流溢而出。從某種意義上說，即使是近整處辦公室裡喧囂吵嚷、低級趣味的打鬧場面，由於被作者摹繪得如此鮮活生動，也都散發出縱樂狂歡的嘉年華氣息。

在《背海的人》這部小說中，王文興似乎特意強調：「藝術」就像「性」一樣，必須保有天然、粗糙之「經驗」的原始本質。書中藝術和生理本能、原慾（libido）的滿足一再被相題並論。小說一開始，隨著一連串淫穢褻瀆的咒罵之後，敘事者表示他的話語獨白——也就是構成這部小說的實際內容——是受到動物性的表現需求所趨使，就像狗吠一樣[96]。事實上，敘事者再三強調，創作過程就應該是受到生理性的驅使，並且能產生像性快感一樣的滿足[97]；他甚至還將別出心裁的性交姿勢比擬作標新

---

93 Douwe Fokkema, *Literary History, Modernism and Postmodernism* (Amsterdam/Philadelphia: John Benjamins Publishing Company, 1984), pp. 13-14.

94 編註：《背海的人》下集已於一九九九年出版（台北：洪範書店）。

95 王文興自己提到，他將《背海的人》敘事者塑造為一位個性外向的角色，和范曄內向的性格形成對比。

96 王文興，《背海的人》（上），頁一—一二。

97 同前註，頁九四—九九。

立異的藝術實驗，兩者都是「外型顯然甚為美好，甚至極其複雜」；只可惜，「型式遠勝過內容」[98]。

王文興不斷在這部小說中將相同的視覺意象應用在「藝術」和「性」上，可以證明他確實認為這兩者之間存在某種纏結的關係。就像王文興經常將他自己的寫作比喻為「永無休止的戰爭」，小說中的性愛場面也充滿許多軍事隱喻。然而，對小說主題來說更具有啟示作用的是王文興還用「禪」來比喻「藝術」和「性」。敘事者說有史以來最佳的傳統詩句，非禪宗《六祖壇經》書前記載的一首「菩提詩」莫屬[99]。另一處對性慾的討論中所用的意象也毫無疑問源自禪宗：人類為了滿足永遠無法饜足的性慾所做的嘗試，被比喻成想要撈取映在臭水池塘中的月亮，一整晚在池中的髒水裡跳進跳出的愚蠢行為——不僅筋疲力竭，還弄得「一身子的臭揚揚」[100]。由於傳統中國詩學的「形上學派」深受禪宗思想的影響，經常將詩（或詩的美學經驗）比擬為「鏡中之花」、「水中之月」（劉若愚），可見這裡王文興也試圖將「藝術」帶進來與「性」並論：兩者皆是受到生理觸動，奮力追求一個本質上就是虛幻而難以捉摸的目標——滿足或發揮潛在能力的經驗。囿於人類生存狀態的內在局限，這種努力的結果經常難如人意：敘事者的性冒險充滿挫敗，他的創作經驗更是痛苦異常，得不償失。儘管如此，正如受到敘事者高度讚美的菩提詩所提示的，王文興對藝術的態度終究是正面的：

菩提本非樹，
明鏡亦非台，
本來無一物，

何處染塵埃。

（六祖禪宗）

雖然這首詩明白點出，包括藝術在內的「真實」都具有虛幻性質，然而這首詩的本身所以被保存了下來，成為公認的偉大傑作，足以驗證了藝術的真正價值所在：它揭露經驗的虛幻性本質，卻又同時將這種虛幻以美學經驗的形式加以保存。和《家變》中處理的「時間性」主題一樣，這種對藝術與真實之間關係的看法，呼應了一個廣為流行的現代主義文學運動觀點：藝術將經驗從時間之流中劫取出來，將之以美學經驗的形式珍藏於歷史之外。對王文興來說，透過人類想像力所達成的藝術的絕對性可用來補足宗教真理的「不可確定性」。再者，由於王文興把創作過程當作日復一日「無休止的戰爭」，以體力投入的方式實踐藝術的追求[101]，這或許就成了他理性知識追求的「替代性滿足」。

98 同前註，頁一五八—五九。

99 同前註，頁九三—九五。

100 同前註，頁九九。

101 王文興曾經提到，他在實際寫作過程中，養成許多奇怪的習慣。譬如，他一定要用很短的鉛筆，才能用身體的氣力「擊」紙而書。

第五章
鄉土文學對現代主義的抗拒

從一九六〇年代末期至七〇年代初期，正當現代派小說作家在藝術層次上日臻成熟之際，對於現代主義在台灣文學領域裡幾近壟斷的格局，也開始浮現抗拒的聲浪。一九七二年登場的新詩論戰，是另一個大規模抨擊現代主義文學運動的前奏；參與這個論戰的包括多位學界評論者和現代派詩人，他們的討論聚焦在當代台灣詩作所受到的西方影響特質。辯論中所達成的共識大致如此：坊間流傳的「新詩」，姑不論它另外的優點，呈現了許多不健康的特質，諸如語義晦澀、過度使用外來意象和歐化句法，以及對當代社會現實的迴避。這些特質更進一步被認為是標誌了台灣的現代主義文學運動所助長的偏執風格。

雖說評論者和作家週期性地檢討、反叛當代通行的創作風格，在文學史上是一種常態，然而由於新詩論戰緊扣著台灣知識分子對自身中國文化認同逐漸滋長的危機意識，因此具有一個特殊的社會意涵。在一九七〇年代初期「回歸本土」的熱潮裡，思想先進的知識分子開始非議對西方文化的盲目崇拜與模仿，規勸國人尊重本土文化傳承並對島內社會議題展現更多的關懷。一些自由派學者，特別是一些從美國留學歸國的，在開啟這個風潮上扮演了重要的角色；他們最初的影響環繞著幾所大學院校和知識分子刊物[1]。

這類泛屬民族主義思維中所顯示的特定文化觀，在成為新詩論戰導火線的、一九七二年發表於《中國時報》的關傑明所著〈中國現代詩人的困境〉一文中可見端倪[2]。關傑明是一位當時任教於新加坡大學的海外華人英國文學教授，根據他的診斷，中國現代詩弊病的根源來自一種「文化危機」，以及中國作家對於「現代主義」文學方案所導致的困境缺乏自覺。下段引文譯自關氏同年發表於《淡江評論》（*Tamkang Review*）的一篇題為〈當代中國新詩裡的現代與傳統〉（Modernism and Tradition in Some Recent Chinese Verse）的文章：

> 我們自滿於擁有一些模仿而來的事物，或對於能以操作一個外貸的機械性文明而感到自得，這些，掩蓋了我們在思考真正自我時所產生的恐懼。現代詩，就像我們的公眾語言一樣，不再把追尋道德真理和人生態度作為一個自然的功能，這種生命力的喪失反映出我們文化的危機。現代詩需要的不單是一個語言革命，而同時是一個心靈革命，俾使文學可以如過去幾個世紀一樣，藉由解放和溝通情感，來豐富我們承自於傳統的語言遺產的潛在能量。[3]

值得注意的是，關傑明有關中國「文化危機」的論點，強烈呼應了湯恩比（A. J. Toynbee）對西方現代主義——尤其是其中的前衛潮流——的負面批判。與波奇歐里知名著作《前衛藝術理論》中引述湯氏的文字做對比，此一相似性昭然若揭：

> 當今盛行的背棄我們西方藝術傳統的傾向……〔以及〕由這場美學品味的革命性變革所暴露出的衰退，不是技巧上的，是心靈上的。藉由否定我們自身的西方藝術傳統，從而將我們的美學官能削弱到一個空虛貧乏的地步，並乘機取來達荷美（Dahomey）和卑寧（Benin）的異國情調和原始風味，彷彿它們是荒野中的甘露，我們正以此向全人類宣稱：我們已經放棄了我們與生俱來的繼承權。我們對傳統藝術技巧的拒斥，所表明的，是我們西方文明某種心靈淪喪的後果。[4]

1 譬如，自由派雜誌《大學雜誌》便包括一些廣為人知、口才便給的知識分子，像是陳鼓應、楊國樞、張俊宏都列名編輯委員名單。王文興也曾經一度是該刊物的編輯人員。

2 此文原由英文寫成，由詩人景翔譯成中文，分上下兩次於一九七二年二月二十八日、二十九日發表於《中國時報．人間副刊》，第一〇版。此值冷戰時期，關氏所謂「當代中國」作家或詩人，蓋指居住於向外關閉的中國大陸以外，以中文寫作的華裔作家、詩人。

3 John Kwan-Terry, "Modernism and Tradition in Some Recent Chinese Verse," p. 197.

4 A. J. Toynbee, *A Study of History*, V. 4 (London: Oxford University Press, 1935-61), p. 52; Renato Poggioli, *The Theory of the Avant-garde*, p. 178.

關傑明在論文中也曾提及波奇歐里的著作，據此或可斷言兩者在用詞和觀念層次上的高度雷同，應非偶然。關傑明將追尋風格上的時尚等同於缺乏道德關注，並呼籲「心靈革命」，和湯恩比在前衛藝術中看到西方文明精神破產的徵兆有異曲同工之處，無異敲響一個深沉的道德音符。果不其然，新詩論戰之後接踵而至的台灣鄉土文學運動論述中，一直存在著將民族傳統與道德關注做出某種內在聯繫的基調。

一、鄉土文學論戰及其餘波

現代派和鄉土派之間的對決

從一九七〇年代初期至中期，一群文學評論者開始公開抵制受外國影響的現代派作品，並鼓吹一種本土的、能夠擔負起社會責任的文學。這個趨勢於一九七七、七八年爆發的一場劇鬥「鄉土文學論戰」中到達巔峰，其後，隨著一九七九年幾位鄉土陣營的主要人物退場、轉為直接參與政治抗爭，這個熱烈激昂的社會風潮便驟然降溫。「鄉土文學」作為一種寫作類型其主要特徵包括使用台灣方言、描寫鄉下人或小鎮居民面臨的經濟困境、反抗存在於台灣的帝國主義勢力；它的系譜可以追溯至日據時期的三〇年代[5]。七〇年代的鄉土文學倡導者雖然大體承襲了主導這個早先風潮的民族主義精神，但也有他們自己的政治議題。

以回溯的角度來看，鄉土文學陣營是一九四九年之後台灣歷史重要關卡上，首度出現的反對型社會形構。在歷經二十年來的政治安定與經濟持續成長之後，整個國家在一九六〇年代末期遭遇到一連串外交挫敗：一九七一年，台灣被逐出聯合國，接著美國總統尼克森訪問中國大陸；一九七二年，台灣與日本的外交關係畫下句點。這些事件不僅造成台灣在國際社會的孤立，也在知識分子之間滋生了一種信心危機。在國民黨政府的國家控制中因此而造成的縫隙，給予倍感灰心的本地知識分子一個契機，讓他們得以抒發長期以來累積的不滿：包括受到「反共大陸」口號掩蓋的、對國家前途的焦慮；對政府迫害異議分子的憤慨；以及諸多其他威權統治所引發的怨懟。而尤其讓政府感到芒刺在背的，是鄉土派對一種非資本主義社會經濟制度的提倡。

當快速發展帶來的社會問題逐漸深化，長期受到壓抑的社會主義思想開始重新浮上檯面。台灣大多數自由派知識分子要求政治民主化，卻支持資本主義形態的經濟現代化，但鄉土派不以為然，主張台灣的社會經濟制度必須有所改革。針對政府經濟上對西方國家（尤其是美國）的過度依賴，造成台灣人民生活充斥著「頹廢」的資本主義文化，他們發動猛烈的攻擊。他們一方面為台灣的工人和農民在都市擴展過程中付出極大代價而感到憤慨不平，一方面試圖讓公眾認識到快速經濟發展對台灣社會整體所帶來的負面影響。

這些反對聲音對國民黨政府造成某種程度的威脅，因為他們深信社會主義意識形態高漲的必然結

5 Jing Wang, "Taiwan *Hsiang-t'u* Literature: Perspectives in the Evolution of a Literary Movement," in *Chinese Fiction from Taiwan*. Ed. Jeannette L. Faurot, pp. 43-70.

果，就是導致一個由大陸中共政權撐腰的共產主義叛亂。此外，鄉土文學運動所蘊含的地域主義情緒直接觸動一個極度敏感的神經，即「省籍認同問題」。不僅是由於本地台灣人和大陸人之間的緊張關係一直是當局的一個隱憂，同時不平衡的政治權力分配也有如一個瀕臨動盪邊緣的震央[6]。由於這些因素，儘管幾個主要的鄉土派領導人物實際上偏向社會主義或民族主義，而絕非支持台灣獨立的分離主義者（譬如陳映真便堅決主張台灣在未來應該與中國大陸統一），然而整體來說，鄉土文學批評論述無可避免地深陷於本地台灣人與由大陸人所控制的國民黨政府之間長期政治角力的泥淖中。

台灣的鄉土文學因此不可否認的是被一些人在某個特定歷史時刻運用來挑戰現有社會、政治秩序的。事實上，現代中國社會裡頻繁的意識形態衝突似乎都不可避免地衍生出蔓延甚廣的文學論爭，在五四時期、一九三〇年代，和共產黨統治的中國大陸都有無數例證。傳統中國對文學的實用觀點，以及士族意識形態賦予知識分子（文人）的崇高社會使命，相互結合，將文學論述塑造成一個準政治空間。正因如此，鄉土派對嚴格奉行「非政治性」文學觀的現代派作家的攻擊，大部分指向後者身為知識階層成員，卻罔顧社會責任的立場。

反現代派的批評者以《文季》為大本營。《文季》成立於一九六六年，以尉天驄為核心推動者，主要創立成員包括數位其實是以現代主義作品受到注目的作家，像是陳映真、劉大任、施叔青和七等生。同時《文季》發掘了黃春明和王禎和兩位重要作家，他們的小說明顯地異於時下流行的現代派風尚，以樸實的寫實主義手法描述鄉村生活。雖然兩位作家後來都表示過不願意以「鄉土文學」的標籤來概括他們的作品，然而傾心於文學改革的《文季》的編輯委員們當時卻蓄意要以這些作品為利器來對抗現代主義的主導優勢。

一九七三年，和《文季》關係密切的政治大學數學系訪問教授唐文標發難抨擊現代派的菁英傾向和對大眾讀者的忽視。唐文標的幾篇批評文字在相當短的時間內出現於不同的雜誌，集中凸顯幾個相同的論點，因此造成的衝激強度頗大[7]。這個直截了當的指控震驚了許多自由派的評論家，顏元叔便把這次襲擊稱為「唐文標事件」。不僅如此，一旦鄉土派批評者挑中個別作家作為攻擊目標，砲火則更加猛烈。幾乎與唐文標事件同時，《文季》籌辦了一系列座談，討論歐陽子小說的主題意涵，斥之為頹廢敗德（何欣、唐吉崧）。火藥庫就此點燃；到了一九七〇年代中期，台灣文壇已經分裂成水火不容的對立陣營[8]。

隨著批評論述加速政治化，一九七〇年代的文壇氛圍變得十分紛擾不安。一九七六年，一份激進的雜誌《夏潮》創刊，以挑釁的姿態使用如「普羅（工農兵）文學」、「階級意識」等觸犯禁忌的辭彙，強烈刺激著自由派長期內化的反共情緒。一九七七年夏天，重量級現代派詩人余光中的短文〈狼

6　一九四九年後的二十年裡，國民黨政府高階層的官員中大陸人不成比例地占絕大多數。隨著戰後台灣知識分子的登上時代舞台，政治權力重新分配的需求逐日增長。雖然政府從一九七〇年代初開始推行「台灣本土化」，它的步調並不能令所有人滿意。台灣知識分子的政治不滿有很大成分可以追溯到一個歷史根源：一九四七年的二二八事件中國民黨政府對台灣人暴動的血腥鎮壓。

7　從發表於《中外文學》的短文〈僵斃的現代詩〉裡可以一窺唐文標精簡犀利的文風。

8　陳映真一九七七年的文章〈文學反映社會，回到社會〉扼要地總結了鄉土陣營的信念。

來了〉公開點名鄉土派為左翼分子。這項嚴峻的指控激起了強烈的情緒反應與各方反擊，一時之間，台灣的報紙副刊和雜誌版面充斥著各類論辯文學與政治關係的文章。一直到一九七八年中，這場所謂的「鄉土文學論戰」才在政府恐嚇行將介入之下，才驟然告終[9]。

論戰之中，不同意識形態立場的知識分子形成兩個暫時、權宜性的聯盟。一方面，傾向自由主義的現代派為了抵制鄉土派的左傾教條主義，和親政府的作家和文學官僚系統靠攏。另一方面，徐復觀、胡秋原等年長資深的知名學人則與鄉土派應和，挺身護衛知識分子介入政治的權利[10]。大小新舊不等的雜誌和報紙副刊，也都建立了旗幟鮮明的黨派盟友。夾在支持政府人士和各種反對派系之間，向不以政治為職志的現代派作家不久發現自己也已經不由自主地被嵌進了特定的角色裡。

鄉土文學論戰激起了相當激烈的情緒反應。由於論戰涉及許多對個別作家的攻訐，在現代派和鄉土派之間劃下深刻的裂痕，需要很久的時間來癒合。一方面，對鄉土文學持右翼保守立場的非難挾有招來政治迫害的潛在威脅。而另一方面，許多自命為鄉土派的評論者將意識形態指導原則強加在創作者身上的行為過於霸道，有的甚至幾近謾罵[11]。這愈加說明了一個事實：當時反政府情緒決堤氾濫，而現代派扮演了代罪羔羊的角色[12]。在這場論戰中，自由派學院評論者的角色並非一邊倒。譬如，顏元叔和齊益壽等有分量的評論者推崇鄉土派的民族主義立場，也贊成文學必須兼負社會責任的看法，但是他們對將政治與藝術彼此混淆頗不以為然。對平息白熱化的論爭來說，學院派大體上理性而顧及社會需求的藝術觀點自然只是杯水車薪。

雖然鄉土派是主動將一些觀念議程提到檯面上來的一方，某些嚴肅的鄉土文學運動倡導者對這場論戰感到十分失望。譬如，陳映真認為論戰未能被提升到更高的理論層次，無法成為一場「新啟蒙」知識運動，令人遺憾[13]。而像楊青矗和王拓等人，嘗試以文學為表達意識形態訴求的媒介，也似乎感

---

9 這次論戰的重要文章大多收入尉天驄所編《鄉土文學討論集》。

10 徐復觀是著名傳統中國文學學者。胡秋原則是有自由派傾向的馬克思主義者，主編《中華雜誌》。該雜誌經常發表批評政府的言論，然而多年來一直和國民黨高層維持著曖昧的親近關係。兩位學者顯然在鄉土派的社會批評中看到五四理念的迴響。陳映真後來追述，鄉土文學運動的積極參與者當時十分擔憂即將被捕入獄，因此向位尊名顯的徐、胡等學界人士尋求庇護。據說胡秋原的聲望和他在國民黨政府內的人脈確實有助於阻止這次預期中的逮捕。

11 一個極端的例子是，侯立朝將同以批判家庭制度為主題的王文興的《家變》和巴金的《家》譴稱為「王巴文學」（侯立朝）。王巴與「王八」諧音。劉紹銘在專文"The Tropics Mythopoetized"中對侯氏以及其他人針對現代派的攻擊有扼要的摘述，見"The Tropics Mythopoetized: The Extraterritorial Writing of Li Yung-p'ing in the Context of the *Hsiang-t'u* Movement," *Tamkang Review* 12.1 (Fall 1981): 1-26。

12 現代派作家歐陽子當時已定居美國，選擇不直接回應鄉土派對她作品公然具有敵意的批評，轉而將她的文學理念透過一本以白先勇《臺北人》為對象的論著裡（即《王謝堂前的燕子》）表達，顯然是個聰明的策略。而王文興則為他在一九七八年耕莘文教院的一場公開演講付出了昂貴的代價。王文興在演說中對文學和經濟議題的論點不折不扣地反映出自由主義的基本立場。《夏潮》陣營對此提出嚴厲的詰難；一個台中的農民組織在報上公開抗議王的說法；一整本集結了負面批評的文集《這樣的教授王文興》在當年出版。

13 陳映真，《鳶山》（陳映真作品集・隨筆卷・卷八）（台北：人間，一九八八），頁一〇二。

到極度挫折，終於轉向透過更直接的途徑來追求他們的政治目標。

將「現代」與「鄉土」兩極化的謬誤

劉紹銘曾經表示：「鄉土文學作家對社會議題投入的精神確實十分傑出；然而另一方面，他們對不同類型、想要保有一間吳爾芙（Virginia Woolf）所謂的『自己的房間』（A Room of One's Own）的作家缺乏容忍，則讓人無法苟同」[14]。鄉土派的排他性應可歸咎於兩極對立的思考方式——現代主義相對於鄉土主義、前衛實驗相對於寫實創作、都會資本主義經濟相對於鄉村農業生產模式——並且在這個對立中厚彼而薄此[15]。這種二元思考模式之使得許多人把一九六〇、七〇年代的作家也看成是兩個對立的群體，而這個不正確的看法更進一步造成對台灣現代主義文學運動的性質和影響範圍的錯誤認知。筆者下文對黃春明——一位許多人公認的優秀鄉土作家——的討論，目的便在於對這些觀點提出修正。

鄉土文學論戰發生後，許多評論者辯稱，像黃春明、王禎和等人作品裡的「內在」鄉土特質，使他們能夠一開始便免疫於現代主義弊病，即便他們都是在現代主義文學運動中投身於寫作。王禎和的後期發展似乎讓這種想要把他與現代主義切割的善意落了空；而黃春明則被提升到鄉土文學代表人物的地位。即便在劉春城極為優秀的《黃春明前傳》（一九八七）中，這種對黃春明鄉土本質的理想化也十分顯著：劉認為黃春明在很短的時間裡就「走過了」現代主義的影響，包括對虛無和自憐的耽溺[16]。

黃春明是台灣一九四九年以後最有天分的小說家之一，也是個敏銳的社會觀察者，對過去二十多年來加諸於他的盛譽可說當之無愧。不過，這種理想化的、不受污染的鄉土作家形象背後所預設的「現代主義特質」卻值得商榷。我們不妨再次引用劉春城的研究為例。他跟隨前輩評論者，把現代主義文學運動定性為「虛無蒼白」、引向「文學死胡同」的一個文學方案[17]。並認為一九六〇年代晚期《文季》刊出的鄉土小說敲響了現代主義文學運動的喪鐘[18]。

事實上，以道德立場詮釋現代主義文學運動早期作品的特徵，並全然忽略鄉土文學興起後現代派作家的發展和演變，已經成為過去十年來批評界的一般共識。這種流行看法有欠精確；為了達到研究的目的我們可將「現代主義風潮」與「現代主義文學運動」做出區分：前者是台灣社會在一九四九年後一個青年次文化，也是現代主義文學運動醞釀的背景；後者則是一個嚴格定義下的文學史運動，其

---

14 Joseph Shiu-ming Lau, "Echoes of the May Fourth Movement in Hsiang-t'u Fiction," in *Mainland China, Taiwan, and U.S. Policy*. Ed. Hung-mao Tien (Cambridge, Mass.: Oelgeschlager, Gunn & Hain, Publishers, Inc., 1983), p. 148.

15 王瑾對台灣鄉土文學有如此的描述：「鄉土文學應可以一系列二分法來定義：本土文學相對於殖民文學；平民文學相對於貴族文學；關注社會的鄉土文學相對於個人主義和逃避主義文學；寫實文學相對於前衛文學」（Jing Wang, "Taiwan *Hsiang-t'u* Literature," p. 62）。

16 劉春城，《黃春明前傳》（台北：圓神，一九八七），頁二二一。

17 同前註，頁二一八—一九、三〇。

18 劉春城特別指出，一九六七年黃春明發表〈青番公的故事〉之後便告別了現代主義（頁二二八）。

發展的週期長度遠超過前者。坊間對「現代主義文學運動」的褊狹定義無法適用於我們在第四章討論的許多成熟現代主義作品；而強調諸如虛無主義等以負面道德意涵界定的現代主義特徵，也遮蔽了像普世主義（universalism）、以人文主義出發的個體經驗關注等現代主義作品的思想精髓。這些特色在一九六〇年代末、七〇年代初的黃春明小說中都明白可見；自此以後，黃春明才更加自覺地書寫攸關台灣居民集體命運的議題[19]。

許多批評家都已經指出，黃春明一九六〇年代晚期作品的核心主題，是在舊有農業社群不可避免的瓦解過程中，個人所做的掙扎。以負面形象呈現的現代科技侵蝕著台灣鄉村田園，威脅著小說人物對於這種生活方式的依存和想像。在〈鑼〉（一九六九）這篇小說中，三輪車上的擴音器取代了原有的敲鑼，成為公家機關傳布消息給村民的方式，不僅使以打鑼為生的憨欽仔丟了飯碗，也為一個行之有年的傳統畫下句點。在〈溺死一隻老貓〉（一九六七）裡，龍眼泉上所蓋的游泳池最初受到村民們的激烈反對，完成後卻廣受歡迎，充分展現都市頹廢生活的強大腐蝕力。地方政府官員操縱村民所不熟悉的民主程序來貫徹建造游泳池的決定，以滿足附近城鎮居民夏日遊憩的需求。從作者看來，這無疑是利用村民對現代社會運作規則的無知所採取的欺瞞手段，是一項對善良習俗持有者的惡意侵犯。

這類的處理，並不像大多數黃春明的評論者所理解的「寫實」手法，而是反映出對於現代性一種先入為主的幻滅感。和多數鄉土派論述恰恰相反的是，這一點並不是鄉土文學獨有的特色，而也是現代主義者的核心立場（可以從王文興的例子中看出）。而最關鍵的地方在於，這些故事並未傳達出典型「社會主義」式的訊息，而主要是凸顯人本主義式的關注，將包括科技與民主在內的現代文明視為對「人」的基本價值的潛在威脅。和一九七〇年代楊青矗、王拓等人的意識形態寫作，以及一九七二年之後黃春明自己的小說相較之下，黃春明的早期作品更富於對個人內在經驗細緻而高度敏感的處理，時常運用浪漫主義觀念下的悲劇超脫（tragic transcendence）作為終極肯定「人性」的方式。

黃春明最受喜愛的小說〈兒子的大玩偶〉（一九六八）裡有典型的現代主義式主題的明顯印記。儘管故事以一個為生活掙扎的小鎮青年為主要人物，而他的劣勢位置是由貧窮、不識字所直接導致的，但是整部作品的主要關注焦點並非惡劣的社會環境肇因，而更是著眼於主角受到威脅的自我意識。坤樹新近找到的工作是打扮成小丑沿街做活動廣告。他最大的痛苦不只來自於由於個性敏感而滋生的一種羞辱感，同時還有某個難以名狀的隱憂：一個存在主義式的、對喪失自我認同感的恐懼。的確，這則故事裡對幾個流行的存在主義母題的迴響值得我們重視。在炎炎夏日之下，沿著街頭路口走動，坤樹不斷受到某種昏眩的襲擊：「近前光晃晃的柏油路面，熱得實在看不到什麼了。稍遠一點的地方的景象，都給蒙在一層黃膽色的空氣的背後，他再也不敢穿望那一層帶有顏色的空氣看遠處」[20]。從現實的角度來說，他是害怕自己身體支撐不住——但也同時暗示對於喪失自我意識的恐懼。荒謬感和疏離（異化）感，藉由他身上所著、時空錯置的十九世紀歐洲將軍服飾生動地被勾勒出

19 譬如葛浩文（Howard Goldblatt）便讚美這個時期的黃春明小說，認為它們具有重要的人本主義意涵，及內在的普遍性。

20 黃春明，〈兒子的大玩偶〉，《青番公的故事》（台北：皇冠，一九八五），頁二七〇。

來：「望著鏡子，淒然的留半邊臉苦笑。白茫茫的波濤在腦子裡翻騰」[21]。故事的結尾十分有名：主角好不容易換了新工作，卻又坐到鏡前重新上妝，為了讓習慣看到他將軍裝扮的兒子認出他來。這個結局對烘托出存在主義式追尋自我的主題有畫龍點睛的效果。

另一個例子也可以用來見證對個人經驗的描述的重點，常常是這個經驗本身的奧祕內涵：在〈溺死一隻老貓〉中，阿盛伯的性格經歷了一次短暫的昇華。當他勸服村民反抗地方政府時，阿盛伯彷彿經歷了一場奇蹟似的，「使他的態度顯出一種宗教性的安之若素」[22]。「忠於一種信念，整個人就向神的階段昇華。阿盛伯大概就是這種情形。已經走到人和神混雜的使徒過程」[23]。這種為時不長的提升狀態，絕對是主觀的個人經驗，只對經歷者本身有意義。作者明白指出阿盛伯的英雄行徑只是一個徒勞的抵抗，在社會進步的過程中必然遭到踐踏，而在此同時，他卻試圖肯定人性——恰恰在它經歷失敗的那一瞬間。

在〈鑼〉這篇小說戲劇性的結尾中，打鑼的憨欽仔更是毫無疑問地被塑造成一個希臘式的悲劇英雄。許久沒有人雇他打鑼的憨欽仔，突然接到村幹事要他向村民發通告的差事，他傾其所能地想把事情做得出色——卻昧於文明社會裡的潛規則——擅自將公告的遣辭改成俗謔滑稽的台詞，以確保宣告收到實效。於是這就成了憨欽仔真正最後一次打鑼；儘管從演出的角度來說精采絕倫。故事裡憨欽仔個性上的自負自尊，想要與人平起平坐、甚至出人頭地的強烈欲望與努力，毋寧是導致他陷入絕境的肇因——先是使他無法與社會地位原低於他的茄冬樹下的殯葬臨時工相處，最後甚至扼殺了他窮途末路時的最後一線生機——但也同時肯定了他作為一個「人」的價值，讓他和魯迅筆下中國農民阿Q的卑劣形象大有區別。

〈癬〉（一九六八）這篇故事的主人公江阿發是一個工人家庭的一家之主，他所遭遇的窘境則較有喜劇的意味。讓鎮裡的醫生，也是自己兒時玩伴，在妻子子宮裝上避孕環，和允許他的妻子有外遇之間有什麼差別？阿發沒法說服自己。然而他的窮困使他希望妻子自己搞定，不必得到他的首肯。問題是，他忠實的妻子不會這麼做。儘管黃春明用癬來象徵故事中人物的無法面對現實，已經是對這個社會做出批評──「你不說，就不會癢。」──這裡真正關鍵的還是阿發的自尊。故事結尾時，整個家庭經濟狀況沒有任何改善的前景，但是阿發的自尊心則絲毫未受損傷[24]。

直到後來像〈蘋果的滋味〉（一九七二）這樣的小說裡，窮人才不再能維持他們的尊嚴。一位工人被美國上校的座車迎面撞上，壓斷了雙腿，他的妻子故意以大聲的哭泣來博取外國人的同情。她的丈夫雖然一開始埋怨上校，後來得知鉅額賠償金時卻轉而向他致謝，甚至為自己之前的氣憤道歉。這些較晚的故事裡人物自我尊嚴的喪失，是外在環境裡過分龐大的壓力所致──美國和日本的帝國主

21 同前註，頁二七四。

22 黃春明，〈溺死一隻老貓〉，《青番公的故事》，頁一四一。

23 同前註，頁一四二。

24 這裡使用疾病來象徵社會問題使人聯想到魯迅的〈藥〉，其中華老栓想用一個沾著被處決的革命黨人的血的饅頭來治好他兒子的癆病，代表的是愚昧和迷信。癬是一種頑固、難以根除，但卻不致命的疾病，和魯迅的肺癆相比，可以看出黃春明對社會前景的看法遠不及魯迅黯淡。

義——說明作者的注意力已經從個人轉移到環境，到因階級或國家而結合的群體的共同命運。

另外一個評論者鮮少注意到的，是黃春明的寫作在一九七二年出現了方向上的改變後，就再也不將美感經驗視為救贖——或至少是精神提升——的一個潛在源頭。黃春明早期作品中有許多地方顯示出他對不尋常的形狀和顏色的好奇與著迷。在一篇序言中，他描述自己如何被一位偶然在鄉村遇到的小男孩所震撼：這個男孩用五種不同的顏色塗在自己變形的手指上，不斷來回搖擺著。在〈魚〉（一九六八）這篇抒情的短篇裡呈現了另一個美與殘酷的奇特組合：阿蒼心碎地目睹長年居住山間的祖父所渴望一嚐的鰹仔魚，被卡車輾進了泥地裡，變成了「一張糊了的魚的圖案」。那輛將男孩省吃儉用買來的魚輾得面目全非、成為山間泥濘小路上奇特圖像的卡車，是整體工商業時代的縮影，它頃刻間將魚的實用價值轉換成為感官經驗，並一舉毀掉了男孩對祖父承諾的信物，衝擊力之大使他頓時茫然以對：這是一個十分經典的、富有嘲諷張力的現代主義場景。猶有勝之的是〈魚〉的結尾，所產生的迴響超越了故事的有限時空。由於阿蒼倔強地堅稱他真的如約帶了一條魚回來——但卻無法以實物證明——惹惱了阿公，祖孫之間一場衝突終於難以避免。他們的爭吵聲意外地引來了山谷的回音：「——真的買魚回來了」[25]。當這句話從遠方傳到他們的耳膜時，兩人都吃了一驚。遠方的回聲彷彿是來支援男孩，證實他沒有說謊；就好像一個第三者——這裡是來自大自然的共鳴——突然決定參與這場祖孫之間因貧困而起的小型糾紛，將他們從瑣碎卻真實的憂慮中瞬時抽離出來。

黃春明後來的小說中仍然出現許多奇特的音像。譬如在〈蘋果的滋味〉裡啞巴女孩試圖說話時的古怪發音，或者是〈小琪的那一頂帽子〉（一九七四）中天使般美麗的女孩帽子下面恐怖的「五顏六色結成疤的頭蓋骨」[26]。不過這種技巧的作用已經和之前大有不同；多半是為了人道主義的同情，而非純粹的美感意識。因此，當〈蘋果的滋味〉中美國上校被揹著嬰兒的啞巴女孩嚇了一跳，忍不住呼出「噢！上帝。」的時候，他熱心幫助這個貧窮家庭的善心就蒙上了一層陰影，暴露出來自於第一世界的人道主義背後的天真。黃春明早期小說的意象往往吸引讀者一窺神祕難測的感官經驗世界，並非以理性的方式所可剖析清楚。而這裡蘋果的象徵含義卻十分明確——「酸酸澀澀，嚼起來泡泡的有點假假的感覺」[27]，生動地表達出台灣人民對戰後年代國家接受的美援的感受——無疑是用來傳達特定的意識形態訊息。

意識形態寫作的興起

放置在更寬廣的歷史脈絡裡來看，現代主義和鄉土文學的分歧是現代中國歷史上自由派與激進派知識分子之間的持續爭鬥，雙方持有截然不同的改革方案，對文學應擔負何種社會功能的觀點也不一致。一九七〇年代中期在台灣出現的一個意識形態寫作的新典範，便是朝著和以著重內省、具有人本主義、普世主義立場的現代主義背道而馳的方向邁進，同時十分自覺地把關注焦點集中在具有特殊歷

25 黃春明，〈魚〉，《青蕃公的故事》，頁二六六。
26 黃春明，〈小琪的那一頂帽子〉，《鑼》（台北：遠景，一九七四），頁二四〇。
27 黃春明，〈蘋果的滋味〉，《鑼》（台北：遠景，一九七四），頁一七二。

史性的當代台灣社會現象。除了黃春明的晚期作品處理帝國主義之外，楊青矗和王拓等作家也探索資本主義式的剝削如何對台灣城市工廠勞工和鄉村漁民造成影響。這些文學作品的努力背後有嚴肅的理論思維；儘管大部分鄉土文學論戰本身和當代文學實踐幾乎可說無甚關聯。

在諸多囂嚷的論爭文字中，王拓一九七七年的〈是現實主義文學，不是鄉土文學〉頗受注目，正因它一針見血地道出晚近文學實踐的一個真實面相。王拓在這篇文章提出的主要論點是，鄉土文學並非只寫鄉下地方的人和事，而是關注整個台灣社會的「此時此地」，涵括更為廣泛的社會現狀和居民。因此，鄉土文學應該被界定為根植於台灣本土的文學，是能以反映台灣的社會現實，及台灣人民的物質和心理願望的文學。王拓使用「現實」一詞——當代現實，此時此地——而非沿用「寫實」，並且擴大鄉土文學的範疇，涵蓋台灣各種層次的社會真實，不僅釐清夾纏著「寫實」（realism）這個由西方引入文學術語的混雜辯論，而同時藉由強調更具有優先秩序的議題，而為鄉土文學勾勒出一個鮮明的意識形態位置。這篇論文可說代表了鄉土文學進行自我界定過程中重要的一步。

至於評論者對一九七〇年代創作的鄉土文學作品本身，一般來說都並非給予正面的肯定。雖然內容題材的轉變得到大多數人的讚許，過量的意識形態關注卻被認為是個缺點，妨礙了鄉土文學的藝術成就。儘管黃春明經常被看成是個例外，不少人也覺得隨著他晚期作品裡社會評論的比重增加，他的藝術造詣也相對的出現下滑。

然而，就像現代主義文學在鄉土文學興起後仍舊持續演化，鄉土文學的寫作也沒有因為鄉土文學論戰在一九七〇年代末戛然而止而宣告結束。八〇年代，在陳映真、宋澤萊、李喬和吳錦發等鄉土意識形態作家的持續努力之下，對於創作形式的自覺明顯增高，從而導致技巧上的創新。限於篇幅，這裡無法一一詳述；下節的討論將聚焦於陳映真這位最重要的鄉土論者和小說家的努力及貢獻。

二、陳映真與現代主義的分道揚鑣

陳映真一九五九年從大學畢業後便開始發表小說，風格充滿現代主義文學運動早期的特色。不過，到了一九六六年加入《文季》的時候，他似乎已經從對現代主義的迷戀中清醒了過來。不久，他因為參加一個馬克思主義讀書會而身陷囹圄，文學生命也因此中斷了達七年之久。一九七五年獲釋出獄後，陳很快地與尉天驄為夥，成為鄉土文學的主要倡導人。他對台灣現代主義文學運動的批判遠較他人深刻，受到鄉土支持者的普遍認可。

文學與文化批評

一九八〇年代以前，陳映真的文學觀大體可以「簡單反映論」來概括，其中蘊含的社會主義思維和道德主義基調清晰可見。到了層次較低的鄉土派評論者手中，這些特性經常淪為粗糙的教條主義；本身也是創作者的陳映真卻對其中的複雜性有極高的自覺，而且能夠持續改進、修正他自己的觀點[28]。

28 雖然陳映真說他關注的不是藝術，而更是作品「說了些什麼」，然而他承認偉大的藝術是天才的傑作。他也曾宣然而陳映真最重要的貢獻在於，他把自己樹立成六〇年代以來盛行於台灣的自由人文主義文學論述最堅定有力的對抗力量。陳映真對當代台灣文學的批評雖然數量頗少，而且相當簡略，卻有舉足輕重的地位；因為他的批評觀點和形式主義新批評的角度背道而馳，展現強烈的歷史意識[29]。自從一九八三年受愛荷華大學國際作家工作坊之邀訪美，並赴日本、韓國、菲律賓、印尼等台灣的亞洲鄰國遊歷後，陳映真更進一步將注意力轉向現代主義作為資本主義擴張的一部分如何在二十世紀裡向全球擴散的現象。這個新的覺醒讓陳映真把台灣的鄉土文學運動和其他第三世界國家對抗西方文學影響的民族主義抗爭銜接起來，視之為一種獨特的後殖民現象。

儘管陳映真的貢獻十分難能可貴，從嚴格的學術標準來說，他對台灣現代主義文學運動的批評有不少瑕疵。首先，從他過去二十多年來的文字看來，陳映真一直都將「現代主義」和「前衛主義」裡的「反再現主張」混為一談。雖然他在一九八七年的一次訪談中[30]提到或許應該略微修正對台灣現代派的否定態度，但陳映真反對他們的理由，認為他們過度熱衷於貧瘠的現代主義實驗創新，所根據的理由卻從未改變。譬如，在一九八七年的同一次訪談中，他說：「可是現代派只能走一次，比如將人的鼻子畫成三個，其他人再依樣畫葫蘆這樣做，就沒有意思」[31]，精闢地摘述了他在入獄前撰寫的兩篇文章——〈現代主義底再開發——演出「等待果陀」底隨想〉（一九六七）[32]和〈知識人的偏執〉（一九六八）[33]的主要論點[34]。雖說這些早期文章對一九五〇、六〇年代的文學現象提出了異常敏銳的洞見，然而陳映真到了八〇年代末期依然再度重申相同的論點，顯示出他完全沒有把後來出現的現代主義作品納入考量。

其次，陳映真對現代主義風格較為具體的批評，反映（或始創）了一個非議現代主義論述的共通趨勢，就是把焦點集中在晦澀不明確、語言的非邏輯性格，以及「形式的過分肥大和肥胖」[35]。而這個批評重點雖然適用於描述早期現代主義小說和新詩的特色，卻無法涵蓋後來出現的現代主義小說。事實上，陳映真曾經說過：「所以一九七二年的新詩論戰的根本性質是反帝、反西方的。這個針對面

稱文學技巧是「基本的」要件；而一個好的藝術家知道如何善加利用唾手可得的技巧。在一九八七年的一次訪問中，陳甚至修改他對台灣現代派的負面評價，還讚揚拉丁美洲「魔幻寫實」作家旺盛的想像力。陳映真後來創辦了一個畫刊雜誌《人間》（一九八五—一九八九），利用視覺影像和新聞報導來傳播他的信念，似乎默認了由於「文學」具有較大的詮釋空間，在現代社會裡並非散布理念的最有效工具。

29 在〈四十年來的台灣文藝思潮〉這篇文章裡可以看到陳映真對戰後台灣文學的主要觀點。這是一篇演講稿，刊載於香港的《八方文藝叢刊》（六期〔一九八七年〕，頁三—三六）。《陳映真作品集》裡收有此文的刪節版（見〈四十年來台灣文藝思潮之演變〉，《鳶山》〔陳映真作品集．隨筆卷．卷八〕，頁二〇七—二二三）。

30 彥火，〈陳映真的自剖和反省〉，收入陳映真，《思想的貧困（訪談卷：人訪陳映真）》（陳映真作品集．訪談卷：人訪陳映真，陳映真作品集．卷六）（台北：人間，一九八八），頁八七—八九。

31 同前註，頁八八。

32 陳映真，〈現代主義底再開發——演出「等待果陀」底隨想〉，《鳶山》，頁一—一五。

33 陳映真，〈知識人的偏執〉，《鳶山》，頁一六—二一。

34 正如陳映真自己說的，這兩篇短文很可能是對台灣現代主義文學最早的批評。

35 〈四十年來的台灣文藝思潮〉，頁一七—二三。

非常重要，幾年以後的鄉土文學論戰其實只不過是新詩論戰的延長」[36]。我們可以這樣假定：一九五〇、六〇年代出現的、不成熟的前衛詩歌或小說，與王文興、白先勇、王禎和等現代派小說家更為形式主義寫實形態的作品之間的分野，在陳映真壓倒性的意識形態關注之下，是不具任何意義的。

陳映真針對台灣現代主義文學所發出的這些過早的評斷，源自於一個基本認定：他以為在一九六〇年代這段時間裡，「台灣現代主義文學跟藝術達到它的高峰及爛熟的時期」[37]。儘管如前所述，這種斷代方式忽略了當代台灣現代主義文學發展的真實歷史軌跡，但是我們不難理解他為何有這樣的知識斷層。在陳映真出獄後的幾年間，他對政治文化議題的興趣遠高於文學藝術。再者，七〇年代鄉土派和現代派之間的針鋒相對，也讓他沒有公正評判後者作品的必要距離。不論如何，陳映真針對現代派的批判觀點成了鄉土文學論戰之後的主導論述，不僅被鄉土派陣營採納，也在相當程度上對未參與論戰的年輕一輩評論者產生了影響。《南方》雜誌於一九八七年出版的鄉土文學論戰專號就是很好的例子[38]。

雖然《南方》雜誌這次專號，藉助於法蘭克福學派批判理論的理論架構，對現代／鄉土之爭提供了十分中肯的重新詮釋，然而在論及台灣本身的現代主義創作時，卻僅以典型的鄉土派過激口吻，重申陳映真的負面觀點，從下面這段文字可以明白看出：「台灣『現代主義文學』完全否定文學的社會批判功能（歐美現代主義則否）；雖然在文學技巧的實驗方面有相當的成就，但是其對於現代情境的體驗卻與台灣的社會情境脫節，終遭至全面揚棄」[39]。令人遺憾的是，這些基本上十分優秀的、對鄉土文學論戰的重新評價，僅僅省事地將西方和台灣的現代主義文學強加區分，而未能對後者提出原創性的批判，其結果只是延續加固了一些已經在論戰中形成的偏頗定論。

對於現代派的成見，以其最常見的形式而論，經常帶有明顯的道德主義色彩。之前引述的關傑明於一九七二年的文章提供的說法仍然最為生動、透徹。他在現代主義中看到「心靈的空虛」、「個人和社會崩解的病態傾向，導致無法面對生命、愛情，與生死等這些本質上的真實」[40]。我們或許不該把這種道德化的態度完全歸咎於陳映真，不過他至少是這種傾向的一個極為有力的代言人。這種道德主義的盲點是它忽略了現代派作家最有價值的貢獻：他們藉由現代主義的意識形態和美學來重新檢視自己的文化。當陳映真和其他鄉土派及新馬克思主義評論者於一九八〇年代針對台灣日益商業化的文化環境發出嚴厲責難之時，很少人意識到，現代主義菁英論是台灣的嚴肅藝術家最後一個可以用來抵

36《海峽》編輯撰，〈「鄉土文學」論戰十週年的回顧——訪陳映真〉，收入陳映真，《思想的貧困》，頁九九—一〇〇。

37〈四十年來的台灣文藝思潮〉，頁二二三。

38《南方》是幾位優秀年輕知識分子主辦的一個有新馬克思主義傾向的雜誌。

39 銅豌豆，〈從「批評的道德」到「道德化的批評」——文學論戰和政治氾濫〉，《南方》九期（一九八七年七月），頁一一。事實上陳映真對社會現代化進程與現代主義文化之間的複雜關係自然是有所認識的。他於一九八七年香港那次演說裡提及，他深知在白色恐怖的年代裡，有些作家利用現代主義的晦澀性來傳達某種不能公開展示的抗拒意識。然而他認為這種趨勢並沒有持續下去（〈四十年來的台灣文藝思潮〉，頁二二—二二六）。

40 John Kwan-Terry, "Modernism and Tradition in Some Recent Chinese Verse," p. 197.

禦主導文化中文學商品化，及其所滋長的濫情傾向的憑藉。從這個角度來說，我們或許可以贊同劉紹銘的說法：「雖然鄉土派理論家援用社會／歷史決定論的法則來解釋晚近鄉土小說的興起，他們卻並沒有花費同等的精力來思考促使現代派作家出現的社會歷史境況」[41]。

公允地說，陳映真作為異議知識分子和文化批評者的角色，都超越了他在文學評論方面的重要性。過去十年來，政治管控已出現相當程度的鬆綁（尤其是一九八三年以後），陳映真也逐漸成為一位更為成熟的思想家，並且針對許多政治社會問題提出強而有力的看法。陳映真是對跨國資本主義侵蝕台灣居民的個人與國族認同，提出撻伐的先驅，他以跨國企業為寫作題材的小說開創了一種頗受歡迎的次文類。台灣和中華人民共和國之間的關係轉變引發了一連串有關統獨的辯論，而陳映真全力反駁獨派對台灣人民「中國人」身分認同的否定，也因此將鄉土派陣營內部稍早的一次「分裂」公諸於世[42]。最近幾年，在批判國民黨戰後初期白色恐怖的熱烈聲浪中，陳映真將這個議題放置在中國大陸文化大革命、韓戰、美國冷戰政策等歷史脈絡中重新檢視，並且提出一項說法，認為一九五〇年代對左翼知識分子的迫害導致了台灣社會「知識貧乏」的現象。

陳映真和大部分台灣政治運動不同，後者一般說來不熱衷於理論的建構，不過他也同時直接參與許多政治活動。他支持台灣首度成立的工黨、遊行抗議政府決定允許美國農業產品進口、撰寫反對日本的政治文章、訪問中華人民共和國，並且創辦《人間》雜誌（一九八五—一九八九），探討娼妓、原住民少數族群、環境污染、越戰遺孤等社會問題。這種結合政治行動與嚴肅的知識探尋作風，使人聯想起魯迅這位備受推崇的中國現代知識分子[43]。的確，陳映真對當代台灣社會「知識貧乏」和中產階級「幸福（偽）意識」的尖銳批評，相當程度上呼應了魯迅對中國人的「國民性」、奴隸性格和政治冷漠等膾炙人口的譴責。除了延續五四運動的精神之外，陳映真也自覺地將自己與台灣進步知識分子的理想愛國主義傳統銜接，這個傳統可以追溯到日據時期、二次大戰後到國民黨撤退來台之間，以及一九五〇年代[44]。最後，陳映真源自於基督教家庭背景的個性特質——如強烈的使命感、人道熱忱，以及富有宗教色彩的道德情操——對他的文學寫作生涯有明顯的形塑作用，使他成為台灣戰後文壇中一個獨特的人物。

一場「文學再現」的戰役

陳映真和現代派作家之間最關鍵的差異，在於他們對「文學再現歷史」的不同觀點。即使在接觸

41 Joseph Shiu-ming Lau, "Echoes of the May Fourth Movement in Hsiang-t'u Fiction," p. 148.

42 鄉土派陣營於一九八二、一九八三年左右分裂成南北兩派，大體以陳映真的親統、「第三世界文學」為北派，親獨的「台灣意識文學」為南派。

43 早期現代中國文學在台灣長期被禁——直至一九八〇年代中才逐漸開放——而陳映真可能是他同輩中的少數例外，曾經直接接觸到這些作品。在最近一篇文章裡陳提到他在十二、三歲時偶然讀到一本選有〈阿Q正傳〉的小說集，給他帶來很大的震撼，喚醒了他對中國歷史的意識。

44 陳映真曾經將他強烈的歷史意識聯繫到他童年經歷的幾個事件。比如，隔鄰的一位年輕女子被情治人員帶走；中學時期每日到台北上學的途中，在火車站牆壁上讀到的處決告示。

到現代主義美學的最初階段，陳映真就似乎已經深深感覺到現代主義是一種「意識形態轉移」的形式，一種「將注意力從歷史和社會代換到純粹形式、形上關注和個體經驗」的方式[45]。因此，雖然王文興和陳映真兩位作家同樣受到文學現代主義的啟蒙，前者雄心萬丈地意圖將現代主義的創作符碼琢磨到臻於完美的境地——據知王文興於一九六四至一九六五年間撰寫的〈龍天樓〉裡已開始他獨特語言實驗——而幾乎是同一時期，一九六三至一九六五年間，陳映真的作品展現某種主題和形式的曖昧衝突，顯示出他對這個美學範式本身的不滿。這種不滿成為他後來於一九七五年獲釋後寫下〈試論陳映真〉一文[46]、摒斥自己早期作品的肇因。在下述的討論中，筆者希望能夠闡明的是：在陳映真早期小說裡乍看十分顯著的現代主義特徵之下，經常隱伏著他壓抑的「政治衝動」，以及他想要貼近當代歷史的強烈欲望。

在陳映真早期作品中，存在主義和歷史的主題通常彙集於一位有戰爭創傷經驗的角色。戰爭不僅代表對虛無的終極形式之恐懼，也指向那個年代的一個禁忌題材：現代中國歷史。雖說心靈的墮落無能常被作者描述為無力履行道德義務的後果，像是〈我的弟弟康雄〉（一九六〇）裡的康雄，或者〈故鄉〉裡的哥哥，然而「歷史」毫無疑問地仍是陳映真筆下一些最令人難忘的人物心靈創痛之潛在原因，像是〈鄉村的教師〉（一九六〇）中的吳錦翔、〈貓牠們的祖母〉（一九六三）中的女婿，或者〈文書〉（一九六三）的主角。一方面，這些人物所蒙受的痛苦是典型的「存在主義式的」，源自於個人無法理解和面對的粗糙現實的壓力；另一方面，他們的心理創傷是特定的歷史所遺留下來的痕跡。因此，縈繞著這些故事的蒼白氣氛間接反映出作者對政治禁忌所產生的壓抑情緒。

在鄉土文學論戰期間，論者常將陳映真和白先勇如何在作品中處理大陸來台移民的方式做對比，認為兩人的差異來自於他們的政治立場：前者進步，後者反動。事實上，兩者對歷史截然不同的文學處理方式顯然源自於出身背景。白先勇出生於大陸，父親是中日戰爭中國民黨著名將領，本身擁有「見證歷史」的優勢——即便是透過間接管道。因此，對白先勇來說，歷史是懷舊的對象，是過去式，具體展現於個人命運的巨變中；而藉助於現代主義美學，歷史頗適宜以「普世真理」的形式來呈現。而對陳映真這樣的人來說，這段歷史的知識則大體被剝奪了，因為它遭到系統性的扭曲、在公眾領域中刻意被隱藏；而正因如此，它反而成為有巨大吸引力的想像題材。陳映真在他的小說中不斷藉由文學想像，將自己投射於大陸人的角色身上，來重新發現或重新創造歷史（所以陳映真的大陸人角色和白先勇的《臺北人》故事不同，通常是和陳映真年歲相仿的、較年輕的男性）。〈鄉村的教師〉這類故事裡透過想像所描繪的大陸山川，瀰漫著浪漫主義的憂鬱氣息，動人異常；〈文書〉中大陸軍閥令人難以置信的殘忍暴行帶有一層陰慘的荒涼；而負載著抽象和具體、形上和歷史雙重創痛的悲觀流浪青年形象，則是在〈最後的夏日〉（一九六六）和〈第一件差事〉（一九六七）中這兩篇小說裡最後一次登場。

---

45 Fredric Jameson, *The Political Unconscious, Narrative as a Socially Symbolic Act*, p. 266.

46 陳映真，〈試論陳映真——《第一件差事》、《將軍族》自序〉，《鞭子和提燈》（陳映真作品集·自序及書評卷·卷九）（台北：人間，一九八八），頁三—一三。

陳映真於一九六三至六五年間在《現代文學》發表的作品中——包括〈文書〉——使用了時下流行的「現代主義」技巧來處理他的核心關注。〈文書〉的主人公是一位出身於軍閥家庭的中年大陸人，雖然已在台灣舒適地安頓了下來，卻仍被戰爭中殘酷殺戮的夢魘所擾，無法過著正常的生活。有一次，一隻貓神祕地出現了。在他不祥的直覺中，這隻貓就是當年他行刑殺害的一個台灣青年犯人（後來發現就是他太太的兄弟）的化身。神智混亂中，他開槍射殺了他的太太。這個斧鑿痕跡甚深的變態心理通俗劇碼，正是當時現代主義作品的經典形態，不消說對作者想要探索的嚴肅主題——戰患連連的中國歷史遺留在個人意識上的心理創傷——有損無益。

在另一篇現代主義小說〈淒慘的無言的嘴〉（一九六四）中，陳映真將注意力轉移到當代歷史。原來造成這位藝術系學生的主角心理疾病的原因似乎沒有別的，就是一九六〇年代停滯、閉塞的政治社會氛圍：包括在國際世界中的孤立、美國文化影響的獨霸，以及將許多大學畢業生帶到北美的第一世界留學潮。這裡，像魯迅的〈狂人日記〉一樣，陳映真也在巧妙地操縱「瘋狂」與「心智健全」之間的弔詭關係。精神病人的眼中所見的黑暗房間，布滿毒蟲、水蛭、蟾蜍和蝙蝠，正是狂人對一個正常人所無法理解的真實所持有的洞見。

這個故事的另一個更重要面向，在於它暗指陳映真自己當時所面對的兩難情況：既受現代主義所吸引，又對它所代表的意涵感到不滿。與社會疏離的主人公既為自己總是以美學角度觀看這個世界的習慣所困擾，卻又無法擺脫它的囿限。有一天他在街上閒逛時看到路邊一些工人，想到他們的腿部肌肉十分好看，應該可以充當美術課的最佳模特兒。接著在回到療養院的途中，他遇見一群旁觀者正看著警察相驗一位甫遭謀殺的年輕妓女屍體。學生對這個景觀的反應混雜著憐憫和快感，而他自己似乎已經感覺到，這正是他真正的疾病，在殘酷和普通人所遭受的痛苦面前，他完全無能為力。

當陳映真在故事裡鋪陳這個隱微的主題時，他還深陷於後來為他所詬病的現代主義美學意識之中——依據新馬的看法，美學快感是用來「消蝕」社會、歷史和政治意識，為它們預備下「替代性的滿足」的。小說裡使用莎士比亞的句子來描述女性屍體的傷痕——「淒慘無言的嘴」——以達到感官刺激的效果，正是這種美學形式的特色。主角所看到的黑暗房間讓人想起魯迅在《吶喊》一書序言所提到的「鐵屋」，但有更豐富的視覺意象，以及現代主義所喜好的奇幻詭譎與異國情調。（最後以劍劃破黑暗，讓光線進入房間的勇士，甚至是一位「羅馬」武士。）這則故事因此成了一則自我否定的寓言。主角預言，當陽光灑入黑暗的房間時，所有軟弱醜陋的東西都將凋萎消逝，包括他自己。這個預言似乎暗示著陳映真意識到自己無法抗拒現代主義以美感置換道德行動的弱點。陳映真這個時期的許多作品，像〈一綠色之候鳥〉（一九六四）、〈兀自照耀著的太陽〉（一九六五），都具有不安與自我懷疑的成分，而這些在篇幅頗長的〈獵人之死〉（一九六五）中則淪為一種自我耽溺。

一九六六至一九六八年之間，如同許多論者——甚至陳映真本身——所觀察到的，陳映真大幅拓寬了他的觀察面向，並且對當代歷史展開了更直接而具有批判性和客觀性的評論。〈唐倩的喜劇〉是對知識界狂熱追求西方知識潮流——如存在主義和新實證主義——的公開嘲諷；而〈第一件差事〉則堪稱陳映真這時期的最佳作品。這個故事有個雙重交疊的主題：存在本身的焦慮和歷史創傷的烙印。胡心保是個從大陸來的中年男子，他的突然自殺令人費解，線索之一是他生前說的一句話：「人為什麼能一天天過，卻不曉得幹嗎活著。」作者顯然將這個自殺行為解釋為一個遷徙至台、失根的大陸人因為發現自己的生命存在毫無意義，勇敢地選擇了死亡。故事裡把大陸人和台灣人之間的差異巧妙地以「樹」的意象來表達。敘事者是負責調查這個案子的年輕警員，身為台灣本地人，他像棵樹一樣，穩固地扎根在這塊土地裡。而大陸人被比喻成從樹幹上被剪除的樹枝，雖然因為露水的緣故，可以苟延殘喘一段時間，卻終究注定要枯萎的。胡心保對生存「意義」的執著，以及他拒絕與明知生命缺乏意義卻繼續苟活的人（像是體育老師和胡的太太）為伍，將他塑造成一個典型的存在主義英雄[47]。

這個故事最值得讚賞的特色，是陳映真相當技巧地將幾個主題放在情節中交叉呈現，十分有力地凸顯它們的含義。身為敘事者的警員不斷重複同一個句子：「（自殺）總是有原因的」，諷刺地提醒讀者：這個真正的原因其實超越了敘事者的理解範圍。而他之所以無法了解胡心保自殺的原因，來自於兩人出身的地域背景、教育和階級各方面的差異。正如〈那麼衰老的眼淚〉（一九六一）、〈一綠色之候鳥〉兩篇小說裡的低層階級台灣勞動婦女象徵著大地母親，以及直覺的生命力，這位警員也屬於較為弱勢的台灣人，在大學畢業生面前總有一丁點錐心的自卑感。他的來自較低的社會階層、台灣本地人身分，以及非知識分子的職業，從某個意義上說是一種福氣，因為他是故事中唯一「快樂」的人。他有一個好妻子和下班後等著他的熱騰騰晚餐。不過，在某種程度上，他也代表著台灣制式教育系統所生產出來的「思想貧瘠」。故事末尾，敘事者寫了一篇正義凜然的自殺事件結案報告，拼湊複述他在警校念書時被灌輸的教條式訓誨，這無異是對當時台灣主導文化中奉為正統的道德主義之諷仿。透過將警員這個正面角色描繪成深受意識形態教化的洗腦而渾然不自覺的受害者，這應該是陳映真首度對台灣一九四九年後的主導文化所發出的尖銳批判。

陳映真在一九七五年的序言中提到，在他入獄前的兩年間，從一九六六至一九六七年，他的小說風格已從主觀、個人和浪漫，向客觀、理性和批判轉移[48]。耐人尋味的是，現代派作家也似乎經歷了類似的轉型。譬如夏志清曾指出，一九六四年之後，白先勇的小說中也出現了從主觀角度到客觀角度的轉變。白先勇和王文興兩位作家較為成熟的作品，如《臺北人》（一九六五—一九七一）和《家變》（一九六五—一九七二），也都是在這段時期內醞釀、撰寫的。跡象顯示，在現代主義文學運動期間投身於創作生涯的作家們，此時剛完成了技術磨練的階段，正著手於自己的作品中探索生活的素材[49]。

47〈第一件差事〉裡的存在主義母題以不同的意象出現：旅館窗外的弓著背的橋，讓胡心保想起他從大陸家鄉逃難時遇到一座類似的橋。故事裡重複提到「只有那頭的燈亮，這邊的壞了」，顯然賦予這個意象以特定的主題意涵：壞了的燈象徵胡目前生活已失去意義，加強他自我了結的決心。一個有趣的對比是：在七等生〈我愛黑眼珠〉裡的火把意象指出只有當下才是真實的，所以我們應該只活在當下；而陳映真的橋的意象則顯示當下不再具有意義。兩位作家似乎從相反的角度出發，鋪陳存在主義的哲學意涵。

48 陳映真，〈試論陳映真〉，頁三—一三。

49 陳映真此段時間的兩篇小說，〈哦！蘇珊娜〉（一九六六）和〈最後的夏日〉（一九六六），故事背景皆反映了當代時空。其中人物的原型是他生活中所熟悉的：游移在屈從於頹廢的誘惑與出國追求成功之間的台灣年輕知識分子。這兩篇作品使人聯想到白先勇寫於一九六四和一九六九年之間的《紐約客》，描寫他初到美國幾年裡遇到的人物。

陳映真和他們兩位作家的差異之處，在於不同的藝術取向。儘管現代派作家也朝向當代歷史尋找主題，譬如白先勇的《臺北人》或王文興的《家變》，然而他們更為關注的，是使用文本策略和象徵系統來呈現人類恆常普遍歷史中的個別案例。因此，在這個轉型期之後，現代派和陳映真分道揚鑣，前者繼續追求現代主義，而陳映真則抵達了公開揚棄自己的過去、找尋新表現形式的臨界點。

約納森・艾拉克（Jonathan Arac）在《批評系譜》（*Critical Genealogies*）中，重新檢視二十世紀中現代主義和寫實主義之間的論爭，提出所謂「再現手法的戰役」[50]，似乎可以適切地勾畫陳映真文學追尋的本質[51]。艾拉克指出，「文學再現的力量是那些自認為受到外來的、產生疏離效果的再現方式所宰制的群體，不惜透過熱烈爭鬥而致力追求的東西」[52]。陳映真對歷史再現的關注在很大程度上與鄉土派將「寫實主義」作為一個政治武器來使用有關。雖然「寫實主義」這個詞在鄉土文學論戰中從未被明確地界定過，它的政治功能呼之欲出：由於「寫實主義」被視為與「現代主義」對立，而反現代主義等同於反西方和反帝國主義，陳映真和他的鄉土派同儕們因此將之採納為他們的欽定藝術形式。

陳映真入獄期間以化名發表的兩篇小說，〈永恆的大地〉（一九七〇）和〈某一個日午〉（一九七三），作為文學作品來說未必精采，但是卻直截了當地展現了陳映真參與「文學再現」戰役的企圖心。這裡陳映真讓他壓抑的政治熱情扮演了主導的角色，以政治寓言的形式直指當下台灣的政治情勢。

在〈永恆的大地〉中，臥病不起的父親（代表老化的國民黨）失去了家中財富（代表中國大陸），仍堅持將罪過傳給他的兒子。雖然他躺在樓上的病床上，依然嚴密監視兒子的一舉一動，並且不耐地等待應該來接他們回老家去的船隻。兒子在不完全理解的狀況下繼承了這份罪惡感；他似乎意識到他和父親在這塊土地上做主人的日子已所剩無幾。然而，出於忠心，他繼續向父親謊報天氣、父親的健康狀態，以及未來返家的計畫。媳婦原是從另一個主人（代表在日本掌控下的台灣）那裡贖回來的，受到剝削且被視為家中的次等成員。她不斷夢想能夠逃到外國，而且從她家鄉某一個人那裡懷了一個孩子。另一個故事〈某一個日午〉中，兒子在確認自己懦弱、無能的個性全是拜父親專橫教養方式所賜之後，自殺身亡。在自殺的前一天，他發現家中一個密藏的包裹，裡面記錄著父親年輕時代的種種——時值五四運動——而對父親那個世代的人如今墮落的程度感到萬分震驚。他原本是幫傭的台灣本地人女友懷了他的孩子，當他死後拒絕他父親虛偽、屈尊的援助，決心自己撫養孩子長大。

這些充滿怨懟及顛覆性政治訊息的故事，顯然反映了作者身陷囹圄的怒氣，然而其中某些主題線索可以回溯到陳映真早期作品。雖然大陸人和台灣人在他的早期作品中從未被描述為壓迫者和受壓迫者、征服者和被征服者之間的關係，但是這個關係的確在象徵層次上代表了存在於台灣社會中的宰制形式和不公平的權力分配。將健壯、自然、低層階級出身的女性角色與無能的知識階層男性做對比，

---

50 Jonathan Arac, *Critical Genealogies: Historical Situations for Postmodern Literary Studies* (New York: Columbia University Press, 1989), pp. 294-305.

51 主要是書中題為〈典型議題：再現〉（An Exemplary issue: Representation）的章節。

52 Jonathan Arac, *Critical Genealogie*, p. 295.

也十分常見。似乎唯一的新元素，就是將威權的父親形象明白指認為各種壓迫形式關係的最終源頭，也是陳映真一生竭力抗爭的對象。對本篇研究來說頗有意義的，是故事裡出現的一些新的形式特徵。作者以自我完足的象徵架構來蘊含對歷史的詮釋，不再透過那一層籠罩於陳映真早期作品中的病態主觀性煙幕。新近發生在陳映真生命中的嚴峻事件似乎已將他從困惑中解脫出來。他不再擺盪於現代主義美學和寫實再現手法的兩難之間，而決意以文學作為一種詮釋歷史的工具。

陳映真在出獄後的作品中，以盡可能明確的方式來傳達他的歷史觀點，使得他愈來愈得以趨近「批判寫實主義」的理想。「華盛頓大樓」系列故事和中篇小說《趙南棟》（一九八七）藉由相當成功的寫實手法來探索當代台灣社會裡各種不同的意識形態宰制[53]。有人或許並不同意陳映真對跨國資本主義的道德譴責；譬如高棣民（Thomas Gold）所著《台灣的政府與社會》（*State and Society in Taiwan*）便曾指出，台灣今天的經濟繁榮從巴西，或其他拉丁美洲國家、非洲國家的角度來說是十分值得羨慕的。或者，有人會同意金介甫（Jeffrey Kinkley）的論點，認為這些作品的某些成分其實恰好削弱了陳映真批判跨國集團的意識形態基本前提。不論如何，陳映真對當代社會問題的分析和診斷，在一九四九年以來的台灣歷史中可以說是絕無僅有。像〈萬商帝君〉（一九八二）和《趙南棟》等作品，讓人聯想到茅盾和丁玲等人的長篇小說，都是在宏觀處理眾多社會面相的同時，試圖測試特定意識形態的政治處方。這些作品奠定了陳映真作為一九四九年以前中國大陸「批判寫實」傳統重要接班人的地位[54]。

浪漫主義和道德主義的文學處理

現代派作家認為過分感性是現代中國文學最不足取的症狀，因而自覺地摒棄這項五四時期浪漫主義的主要「遺產」。陳映真則刻意透過一九四九年前中國大陸現代文學的浪漫風格來體現其人道主義的情操。一九六〇年代崇奉自由主義的現代派作家對道德採取相對主義的態度，對重新檢視傳統倫理規範持有高度的興趣。陳映真卻執著於更為保守的道德主義立場，這在他一九七六年〈現代主義底再開發〉一文中所刻畫的現代人負面形象中充分表露：「墮落、背德、懼怖、淫亂、倒錯、虛無、蒼白、荒謬、敗北、凶殺、孤絕、無望、憤怒、和煩悶」[55]。不過陳映真這種浪漫傾向和道德主義視域

53「華盛頓大樓」系列（一九七八—一九八二）處理在跨國公司裡任職的台灣人的生活。目前完成的故事有：〈夜行貨車〉（一九七八）、〈上班族的一日〉（一九七八）、〈雲〉（一九八〇），和〈萬商帝君〉（一九八二）。金介甫在〈從壓迫到依賴——陳映真小說中的兩個階段〉一文中對這個系列有精闢的討論，見 Jeffrey C. Kinkley, "From Oppression to Dependency: Two Stages in the Fiction of Chen Yingzhen [Ch'en Ying-chen]," *Modern China* 16.3 (July 1990): 243-68。

54 誠然，中國「寫實主義」傳統的經典作品中，藝術成就極高的為數並不多。它們的典型特色之一，是在乍看十分明確的意識形態框架下，同時存在著幾個不協調的敘事系統；陳映真也是如此。李歐梵曾精闢地指出，陳映真試圖對社會問題下診斷並根據某種意識形態提出解決方式，但是他的故事中卻經常存在著一些「潛文本」，洩露出現代主義的影響；有些甚至逆向消蝕了他意圖傳達的意識形態訊息。

55 陳映真，〈現代主義底再開發〉，頁一。

基本上有別於七等生對「自我」（ego）的極度誇耀肯定，以及「西方主義」式的異國情調；其中含有的精神層面顯然來自於陳映真本人的基督徒背景。下面的章節將討論這些特色如何呈現於陳映真的早期作品中，以便勾勒出它們與陳映真的政治意圖之間錯綜複雜的關係。

想要凸顯陳映真的浪漫、道德主義取向，最好的方式之一就是聚焦於他不同階段裡對於貧窮——貧窮是台灣戰後二十年間最嚴重、最普遍的社會疾病——的處理方式。在他寫作生涯的最初幾年裡，無疑是以極端主觀的角度來處理貧窮這個十分明顯的主題。貧窮與社會剝削的關係十分模糊；特別是在〈祖父和傘〉（一九六〇）和〈蘋果樹〉這兩篇作品中，貧窮更被浪漫化，散發出一種懷舊、哀愁的美感。在〈鄉村的教師〉和〈死者〉（一九六〇）中，這種「美感」甚至構成故事人物想像中的母國——中國——的情感魅力的一部分。在此同時，貧窮具有另外一項重要功能，就是成為作者人道主義情操的「客觀投射物」。這些故事中的主人公大多是性格憂鬱的青年，對貧窮的人必須忍受的不公感到痛心疾首；其中的理想主義者，像是〈鄉村的教師〉的吳錦翔、或〈故鄉〉的哥哥，則徒勞無功地試圖扮演窮人救世主的角色。

儘管現代派作家多半無法抗拒「詭譎」（uncanny）事物的吸引力，他們堅定的理性傾向使他們遠離神祕主義。而陳映真則常以心靈超越作為一種抵抗的形式。從〈麵攤〉中生病男孩夢裡出現的星，到象徵著每個人內心渴望、註銷個人所感受的壓迫經驗的蘋果樹，「夢境」是窮人抗拒生活中殘酷現實的唯一途徑。固然說，〈蘋果樹〉帶有憤世意味的結局確認了現實的力量大於想像——年輕的藝術學生和瘋了的木匠太太短暫地一瞥天堂的極樂之後，女的隨即死去，年輕人也遭到逮捕——但陳映真已在死亡和心靈超越之間做出了某種連結。〈蘋果樹〉中，瘋女人臨死之前展現出難以用筆墨形容的美麗；〈貓牠們的祖母〉裡祖母辭世時的坐姿和她想要化身為菩薩的願望竟然不謀而合；而〈死者〉生前替自己打造的金碧輝煌的棺材，以及他對渡船的幻覺，都將死亡經驗與某種神祕莊嚴的景象銜接在一起，充滿了宗教性的暗喻。

最後，現代派作家最為關注的是蘊含著宰制性的人為規範，陳映真則不屈不撓地與心靈上的軟弱和墮落傾向奮鬥，其觀念層次經常帶有基督教的色彩。他的一篇早期作品〈我的弟弟康雄〉獲得廣泛的好評，顯然來自於故事對這種心靈掙扎富有悲劇性的鋪陳和論證。身為敘事者的姊姊和她滿懷理想主義的弟弟康雄都極端厭惡富人的偽善，矢志拒斥財富的誘惑，結果兩人都宣告失敗。這種腐蝕性的強烈無力感甚至讓康雄，這個年輕的叛徒，憤世嫉俗地宣稱：「貧窮本身是最大的罪惡」[56]。姊弟兩人都以他們自己的方式來欺騙自己。弟弟憑藉假想中的人道主義行為——「在他的烏托邦建立了許多貧民醫院、學校和孤兒院」[57]。而姊姊在嫁入富有的基督徒家庭、成為原來受她蔑視的階級的一分子之後，仍然以「自暴自棄」和不認同這個階級所持價值的私下決心，來維持她未為人知的反叛姿態。弟弟在和一位年紀較大的女人發生不倫關係後自殺身亡。在教堂裡面對著與弟弟形象重疊的十字架上

56 陳映真，〈我的弟弟康雄〉，《我的弟弟康雄》（陳映真作品集．小說卷一九五九—一九六四，一，卷一）（台北：人間，一九八八），頁一一。

57 同前註，頁一四。

的基督，姊姊頓然被一陣恐懼、羞恥、罪惡和背叛的感覺所淹沒。敘事者將幫忙殮葬時所見到的弟弟的裸體與基督的身體混淆，無形中暗示：基督的自我犧牲所體現的崇高道德秩序，正是那個奪去弟弟生命的力量。因此，這兩個年輕人最後打了敗仗，並非輸給他們以年輕的熱情所挑戰的世俗價值，而是敗於讓「虛無主義和無政府主義」變為幼稚和虛假的，更真實、更有力的基督教義。

個人主題和政治主題的融合

浪漫氣息的理想主義、基督教道德哲學，和心靈超越等，在陳映真一九六三年之後的小說裡，似乎一度沉潛在其他主題之下，但是在一九八〇年代初期卻又重新浮現。這些母題的存在，可以幫助解釋為什麼即使在陳映真最具左翼意識形態的作品中，其切入角度也和王拓、楊青矗、宋澤萊等人有著相當程度的差異；因為後者多半從集體的意義上，關注貧窮以及社會經濟層面的剝削。經過二十年時序上的差異，陳映真現在是將這些關注，置放在他多年來縈繞於懷的、歷史與政治糾葛關係的脈絡中加以凝視。作品中所傳達的訊息因此極其複雜。筆者在下文將以〈山路〉（一九八三）這個故事為例，企圖對這些訊息做一些詮釋。

〈山路〉觸及一九五〇年代政治犯的主題：女主角以懺悔的心情，追憶她自己和當年為左派政治理想犧牲的一些朋友們的遭遇，而終於因為早年所抱持的理想徹底幻滅而死於絕望。〈山路〉的重要性不僅在於處理五〇年代左翼分子所遭受到的政治迫害[58]，同時更凸顯出另一個作者長期關注的核心主題：即八〇年代瀰漫台灣富裕社會的崇尚物質的心態。而陳映真認為，這種心態足以阻礙精神價值的養成，腐化基本人性。

〈山路〉的主角蔡千惠，由於暗戀未婚夫的好友李國坤，而李於一九五〇年代以匪諜身分遭到處決，留下陷入無助絕境的家人，因此毅然奉獻她的一生把國坤的幼弟國木扶養成人。因為她自己的未婚夫貞柏被判終身監禁，所以她謊稱是和李國坤已在外地成婚的妻子，而順利地被李家接納。小說的故事發生在二十五年後，蔡千惠則和國坤的弟弟國木一家人一起過著頗為舒適的生活；國木現在是一個成功的專業人士，擁有自己的會計師事務所。有一天，千惠突然在報上看到自己的未婚夫貞柏即將被釋的消息。這則新聞醍醐灌頂地讓千惠頓然痛苦地覺悟到，自己目前習以為常的物質安逸，以及她長年灌輸國木不要沾惹政治的教導，萬分反諷地，正好背叛了國坤及她自己的未婚夫當初為之不惜做出任何犧牲的理想。一旦喪失了生的意志，千惠很快地不治而死，遺留下一封以優美的日文書寫的信，給她的未婚夫貞柏桑。

故事中對蔡千惠住院、死亡等事件的描寫採用的是自然寫實的手法[59]。儘管對於蔡千惠的死，醫

58 這個故事是陳映真一系列處理政治犯議題的作品之一。已完成的作品有：〈鈴鐺花〉（一九八三）、〈山路〉（一九八四），和中篇小說《趙南棟》（一九八七）。

59 鄉土派重視文學是否能為大眾所接受，因此他們所以偏好較為直接透明的文學再現方式是基於政治理由，而非美學考量。有些作家——特別是楊青矗、王拓和宋澤萊——還使用「自然主義」手法，將統計數字放入小說中來增高他們再現歷史的可信度。由於這些作家本身不久就轉為採用更多樣的藝術技巧，因此對這個手法的重要討論似乎未曾出現。泛屬自然主義的手法在陳映真的作品中常有所見，比方說對「紀錄」文字的使用（〈賀大

生無法提出科學性的合理解釋（事實上她和〈鄉村老師〉裡的吳錦翔一樣，是死於極度的絕望，和求生意志的喪失），敘述者卻對診斷的過程做了極為精細的描述，提供讀者包括像血壓紀錄、醫藥處方等細節報告。和這種「客觀」敘述模式成鮮明對照的，是蔡千惠的信，以幽雅的日本女子書寫風格寫成，適切地呈現出千惠這個富有浪漫氣息的理想主義者，在與歷史不期而遇時，經驗中所涵蓋的主觀視景。兩種互為對比的敘述模式並置，衍生出豐富的主題意涵。一方面，透過蔡千惠信中主觀抒情風格的使用，表達出對個人歷史遭遇時經常無法避免的視野局限，和因此而產生的無奈、痛苦的自覺。另一方面，冷靜而準確的事實描述，不啻暗示某種透視歷史的角度，甚至構成對蔡千惠感性人生故事的一種批判性旁白。

在陳映真的小說人物中，蔡千惠無疑是最純粹的理想主義者。她所肯定並且身體力行的道德原則，是其他角色如康雄、吳錦翔，和〈故鄉〉中的哥哥也同樣熱烈追求，卻無法成功實踐的。然而，耐人尋味的是，她的理想主義是透過間接管道實現的。她並沒有直接參與社會改革或政治行動；事實上，千惠的自我奉獻根本未曾達到社會群體的層面。她為李家所做的犧牲是出於高度浪漫的個人動機——即她對李國坤革命熱忱的私自仰慕——而她採取的特殊形式奉獻也只有在特定的、以個人意義為中心的價值體系裡才具有意義：首先這個意義必須取決於讀者對年輕革命激情價值的認可；其次，由於千惠扶養國木的目的在於報慰李國坤，因此預設了家族親屬關係對個人的重要性。

蔡千惠的犧牲另外還具有一個道德動機，因為她懷疑她自己的哥哥背叛了革命同志，而將組織名單洩露給有關當局。蔡千惠因此發誓要替她的兄弟贖罪。這種罪與罰的概念，以及個人的罪愆可由他人代償的想法，都令人產生基督教義的聯想，特別是蔡千惠似乎對物質和心靈、肉體和靈魂之間的對立深信不疑。譬如故事中的某一段描述到，當千惠幫助李家在礦區裡艱苦地從事體力勞動時，她看著自己像花一般的年輕肌膚逐漸被摧殘，感到一種自苦的、贖罪的快感。後來千惠得知有關政治犯的消息，忽然對自己的物質享受感到無比的羞慚，似乎也是基於上述物質、心靈二元的信念。雖然這種對現代物質文明的憎惡，明顯呼應陳映真在文章中經常引述的法蘭克福學派之批判理論，然而從陳映真小說所提供的意義脈絡來看[60]，其個人道德意涵似乎更大於社會學定義下的批判。

故事裡的浪漫理想主義和基督教信念被蘊嵌在一個政治道德的意義脈絡中，並且環繞著一個存在主義文學裡常見的主題——背叛。蔡千惠的哥哥是第一個背叛者，動機想必是自私與懦弱。事情發展到後來，蔡千惠覺悟到自己竟也無意中出賣了同志，因為她背離了他們的人道主義理想；她的背叛因此也屬於——儘管是不同層次的——道德的缺失。（這個控訴無疑也是作者針對台灣大多數追求物質成功、不願捲入政治的中產階級民眾而發的。）然而，最嚴重的背叛並不是來自任何個人，而是來自

哥〉中的醫療報告、〈山路〉中的日記、《趙南棟》中的法院判例），以及象徵旨義透明的意象（過渡時期作品〈六月裡的玫瑰花〉（一九六七）裡的玫瑰、〈夜行貨車〉裡有中國圖案的景泰藍、〈雲〉裡揮舞的藍、黃、白色的帽子）。

60　這個主題在《趙南棟》中更加明朗，在下一章中會再論及。陳映真於一九八〇年代中期的文章中經常提到賀伯特・馬庫色（Herbert Marcuse）「單向度的人」（one-dimensional men）的概念。

歷史本身。蔡千惠在信中婉轉地表露，困擾她最甚的迷惘在於：在過去二十五年的時間裡，歷史似乎已經明白揭示，左派知識分子為之拋棄生命，並將國家的未來賭押於其上的共產主義理想，已然宣告失敗。這個發現顯然具有最劇烈的殺傷力，因為它使得所有人的犧牲成為虛妄。

我們或者可以將蔡千惠的死解讀為另一個贖罪行為（這一次是為了彌補她自己的錯誤，而非她兄弟的過失）；只有如此以死亡成就她的懺悔，才能對她（以及作者自己）所執著的精神價值信仰做出最後的肯定。從這層意義上，陳映真再度以死亡作為無助者的一種工具，以對抗生命中的嚴苛現實，並贏得道德上的勝利。儘管如此，我們很難不意識到，故事最終傳達的題旨其實是十分幽黯的。因為陳映真一生堅持關懷的歷史，在這裡被呈現為真正的罪魁禍首——現代中國歷史迫使諸多理想主義、愛國主義，和意識形態信念全都淪為他日被愚弄、嘲諷的對象[61]。蔡千惠的死或許含有些許抗議的成分，然而可以確定的是，作品傳達出的歷史諷刺和失敗訊息，遠大於心靈超越。

61 這個主題對陳映真來說具有個人的含義。不可測的歷史變化讓左翼分子的個人犧牲變成毫無價值，這無疑是以陳映真本人的遭遇作為參考版本的。陳曾經在一次訪談中形容他對中國共產黨的失望：「本以為中共這個注一定是好牌，那知道翻開來，竟是一張爛牌。相形之下，原以為壞牌的，就顯得不那麼糟……真是諷刺」（〈論強權、人民和輕重〉附錄：陳映真來函，《思想的貧困》，頁九）。

第六章
結語：步入新紀元

鄉土文學論戰期間公開表達的許多異議聲音，就某種意義而言，迫使政府不得不採取更為寬容的政策，因此也替一九八〇年代初期以降迅速增溫的民主政治化鬥爭搭設了一個舞台。一九八六年，反對黨民主進步黨成立，文學也在相當程度上從扮演政治抗爭的煙幕屏障角色中獲得解放。在這段期間裡，文學無可避免地與台灣益趨蓬勃的傳播媒體發展出一種更形緊密的關係。最引人矚目的，是彼此競爭的《聯合報》與《中國時報》兩大報，為了促銷的目的，大量投資在文學副刊這個項目上，而作家與讀者對其中某個副刊的忠誠度，成了一種商業競賽指標。從七〇年代中期至八〇年代中期，兩大報舉辦的年度小說文學獎給文學創作帶來了一個空前盛況——絕大多數嬰兒潮一代的作家都是透過這個管道在台灣文壇上嶄露頭角。

目睹一九八〇年代的台灣社會發展，鄉土文學論者可能既灰心又感慨，因為他們所預言的資本主義「精神污染」，被社會上急劇升高的拜金主義和犯罪率充分印證。整個台灣的文化環境，也逐漸變得以消費為主要取向。不無諷刺意味的是，就連鄉土文學寫作本身也在相當程度上受到文化建制的收編。特別是七〇年代末期至八〇年代初期之間，報紙副刊與文學刊物上充斥著許多貌似鄉土文學的作品，刻意展現台灣本土色彩，在內容上卻未必承襲鄉土文學運動的意識形態[1]。

一九八〇年代，公眾對於現代派與鄉土派作家所追求的理想，熱情逐漸退潮，台灣文壇大體以嬰兒潮世代為主，而他們的文學專業理念與前輩大異其趣。相對於將創作視為一項思想志業或政治探索，他們更在乎作品是否廣為流行，同時更為關注影響台灣中產階層都會居民的形形色色問題，尤其是新近出現的富裕社會中逐漸寬鬆的道德標準。像是黃凡和李昂等作家，藉由某種知識菁英的犬儒姿態來抨擊物質主義及其所引發的文化貧瘠；另外，像蕭颯和廖輝英，則以更為腳踏實地的角度來審視那些正逐步改變普通人生活的新的社會因素，尤其著重解放中的性觀念和婚外戀等問題；其次，袁瓊瓊和朱天文等人，則回歸到感性的唯情傳統，將注意力聚焦在主觀的細微情感上，以一種自我圓足的姿態面對社會政治議題。無論偏向前衛或保守，這一批新生代作家對於甫出現的新興政治情境似乎有一種共同的反應。當有關海峽另一端中國人的資訊驟然間唾手可得，當統獨的公開辯論在日常生活中漸趨熾烈，這些戰後嬰兒潮的新一代作家，則傾向於強調自己植根於一九四九年後台灣特定社會歷史現實中、獨特的文化身分。

這十年間台灣作家對文學所採取的立場無疑是十分多元的。現代主義世代在這十年裡發表了他們更為成熟的著作，而年輕文學創作者的產品則具有豐富的多樣性——譬如眷村文學[2]、有關商界生活的作品、政治小說、新鄉土文學、抗議文學[3]、女性主義作品、科幻小說等——呈現出各種不同「聲音」的多部結合，這個特徵就像王德威《眾聲喧嘩》這本文集的標題所提示的一樣。要想全面性地檢驗這些文學創作，無疑需要一個新的分析架構。然而一九八〇年代台灣文學發展中的某些趨勢，卻和本篇研究所論及的內容之間有明確的關聯。

一、重訪西化論述

廣義界定的「回歸鄉土」趨勢一直持續至一九八〇年代初期，超越了現代主義和鄉土文學的爭

1 鄉土文學的身體力行者也將這種現象稱為「鄉土文學的庸俗化」。然而，在這場鄉土文學運動中，大眾傳播媒體卻發揮錯綜複雜的作用。陳映真曾經說過，如果一九七〇年代的鄉土文學論戰沒有借助傳播媒體，特別是高信疆主編的《中國時報》副刊，便無法傳播得如此廣闊。《中國時報》力倡「報導文學」，部分原因是出於市場策略的考量，和具有前現代主義取向的《聯合報》一較長短，並站在鄉土運動的陣線探索社會問題，在效果上既使鄉土事業大眾化，也削弱他們激進的形象。

2 「眷村」是早期國民黨從大陸撤退到台灣之後，為軍隊或政府公務人員眷屬所建的住宅區。圍繞這些地區發展出一種特殊的次文化，是許多外省第二代作家所共有的經驗。

3 以《台灣文藝》（一九六四—）為陣營的一群作家，倡導「人權文學」、「抗議文學」，和「台灣本土文學」，延續並激化了鄉土文學的政治傳統。

論。鄉土文學論戰之後，對於本土文化遺產新生的關注醞釀了一種風潮，大抵可稱之為「文化懷舊」。幾位早期的現代派作家對此頗有貢獻。譬如，施叔青和李昂刻意轉向民間傳統和本土題材。林懷民這位早期的現代派作家，赴美期間曾師從著名舞蹈家瑪莎・葛蘭姆（Martha Graham），回台後創建台灣第一個現代舞團，創作廣受讚譽的《雲門舞集》，並將中國古典與台灣民間的素材融合於舞蹈設計中。他們創下的實績對接下來十年的創作嘗試產生了重要的定調作用——儘管在同時，也替市場對傳統及本土文化符號的侵用奠下了基礎。

正當本土取代國外，成為「異國」想像的主要來源，以及一種中國／台灣的文化身分開始占據公眾意識的主要位置時，一九八〇年代中期以來「後現代」潮流的風行，卻重新開啟了潘朵拉的盒子，使得「西方」對中國當代文學影響這個議題再次浮上檯面。曾幾何時，浪漫主義、現實主義，以及現代主義等西方早期文學思潮，都受到中國作家大膽移植；如今，後現代寫作模式又以相當類似的方式成為新的風尚；「後現代」的表層標誌，像是雙重結局、真實和虛構並置、拼貼等技巧，出現在優劣不等的各類作品中。這種模仿、移植的作品，頗讓人想起現代主義文學運動早期階段的作品，而像王文興等現代派前輩作家，對這類寫作的價值深表懷疑，也就不足為奇[4]。

事實上，我們可以在具有「後現代」傾向的作家與現代派之間辨識出不少相似點，特別是他們在認知取向上的雷同。在一場《自由中國評論》（*Free China Review*）刊物主辦的討論會上，年僅二十九歲的作家林燿德斷言：「一部小說是否會成為好小說，並不取決於主題，而取決於技巧」[5]。另一位作家張大春——他的《大說謊家》已被視為一部「後現代」的傑出代表作——的論點則令人聯想起現代派對文學在當代社會中邊緣地位的高度自覺：「二十年，甚至是五十年以前，人們極為看重文學與社會之間強有力的相互影響。但是今天，文學不再具有它在中國傳統社會曾經扮演的領導地位。作家過去被視為知識分子，具有強烈的責任感，寫作和世界的變化有關。當代作家沒有這種義務，因此寫作的範圍更為有限」[6]。

儘管年紀較輕的作家傾向於帶有玩世意味的「後現代」思想形態——從他們強調「差異性」、對不可調和事物之多元共存狀態採取寬容態度，以及對「不可確定性」的癖好可以證明[7]——而這些與現代派作家的氣質並不協調，但是兩代作家之間卻存在著清楚無誤的相似性：例如他們的知識取向、全球主義，以及向西方（或東歐、拉美等西方影響下的文學傳統）尋求文學創作楷模的做法。誠然，年輕一代的作家受到「後現代」意識形態的制約，對於「自我」和「他者」的二元劃分有著更敏銳的自覺，因此並不像現代主義者那樣熱衷於護衛普世主義。

嚴格來說，台灣大部分現代派作家並不像本書所集中討論的幾位全心投入地奉行現代主義的意識

4 王文興於一九八八年的一次私人談話中，提出這樣的觀點。

5 *Free China Review* Seminar. "Reflections on Reality," trans. Merisa Lin and Winnie Chang. *Free China Review* 41.4 (April 1991): 23.

6 同前註，頁二一。

7 譬如，林燿德這樣說道：「如何在真正的現實與對其的表現之間保持平衡，這完全是作家自己哲學態度的事」，以及「我不讓自己沉溺於尋找生活終極價值的幻想中」（同前註，頁二三—二四）。

形態和美學觀點。他們固然不見得分享鄉土派的貶抑態度，將現代派的文學志業視為一種「買辦」心態，但確實對它並非是一個「原創版本」的衍生性感到困擾。這種不安指向一個所有中國現代作家共同面臨的內在困境；下文將以李昂，一位跨屬現代派和戰後嬰兒潮世代的作家，為案例，簡要探討這個困境。

葛浩文認為李昂是「最持久、最成功、亦最有影響力的以『性』為題材的中文小說作家」[8]。李昂對女性「性」議題的長期關注無可置疑，但她並不曾全心投入任何特定的藝術取向，而且在現代主義和現實主義的技巧之間進行多次顯著的轉換。毫無疑問地，她對現代主義技巧的運用令人激賞：比如她一九六〇年代末期處理年輕女子性幻想的「類前衛」作品中編織的夢境投射，以及她最知名的小說〈殺夫〉（一九八五）中對於飢餓和性慾等原始本能極具感官刺激效果的驚悚處理，堪稱是現代主義美學的經典展示。然而，不同於王文興、李永平，李昂從未誓言奉行現代主義美學，反而公然宣告她的寫作是「希望能反映時代、反省問題」[9]。

李昂和其他多數現代派作家一樣，同屬菁英知識分子之列；她從美國獲得碩士學位之後回國任職中國文化學院（中國文化大學的前身）。許多年來，李昂持續緊跟菁英（high-brow）思想論述，從存在主義直到後結構文化理論。然而在此同時，她似乎和這些舶來的思想框架保持一定的距離，在有意無意之間展現一種三心二意的懷疑態度。早在李昂十六歲撰寫處女作〈花季〉（一九六七）時，我們便可以辨認出她這種曖昧態度。

〈花季〉出版之後讓李昂立即聲名大噪，這或許多少可以歸因於故事裡對敏感題材的處理，出自於一位早熟的年輕女作家之手。冬天裡一個陽光燦爛的日子，一名逃課的女學生隨著花匠找尋聖誕樹。女生坐在自行車後座，幻想自己突然遭到中年花匠的攻擊與蹂躪；這段前往苗圃的沉悶旅程於是化為一場高潮起伏的假想歷險。就文學的角度來說這篇小說十分出色，作者以嫻熟的技巧來呈現少女如何半戲謔地意識到，自己的憂心或許毫無根據可言，只不過是過度活躍想像力的杜撰。

李昂大膽暴露妙齡少女的性狂想，顯示出一九六〇年代自由主義氛圍的影響；而敘事者半自嘲的按語則更透露出一種洞察的世故：少女虛構的歷險過程，說到底，來自於她閱覽的閒書：「那時候，我還很年輕，年輕該是一個美妙的花季，可是我擁有的僅是從小書店買到的幾冊翻譯小說，和在我夢中出現的白馬王子」[10]。如此，作者坦然供認在她極度貧瘠的青少年生活中，外國文學作品是提供異國想像和浪漫狂想的唯一泉源。果不其然，少女一時興起尋找聖誕樹的衝動，也是受一本畫冊插圖的激發：「翻到最後一頁，在一棵很大的耶誕樹下，王子同公主拉著手愉快的微笑著」[11]。這種幻想的藍本盡在西方文學和電影中：「白色」聖誕（台灣只有在山頂才有雪）；王子、公主，以及林中仙女；還有法國電影的一幕幕場景。

8 Howard Goldblatt, "Sex and Society: The Fiction of Li Ang," in *Worlds Apart*, p. 150.

9 李昂，〈序〉，《年華》（台北：時報文化，一九八八），頁一一。

10 李昂，〈花季〉，《李昂集》（台北：前衛，一九九二），頁一。

11 同前註，頁二。

這篇小說可以被當作一面映照當時文化風景的鏡子：到處氾濫的西方文化主導著年輕作家的文學想像，提供給他們替代性滿足和感情出口，遂得以從社會政治禁忌和被孤立的文化環境中逃逸而出。〈花季〉的敘事者邀請讀者一同耽溺於對自由的禮讚；雖然沒有人期待會真正發生什麼事情，但是這趟自行車之旅讓想像力得以任意翱翔，遠較校園裡例行的一天要令人興奮。不幸的是，作者所處的是單調乏味的半開放現實社會，就像花匠在花圃裡找到的幾株蒼白瘦弱的菊花，終究無可避免地迫使人面對。這是個令人萬分沮喪的體悟；李昂在小說〈年華〉（一九八八）的首頁，借用下面幾句話來回顧它：

> 六〇年代末期
>
> 沒有事情發生，沒有人來，沒有人去，真可怕！
>
> ——貝克特・〈等待果陀〉[12]

這些徵兆指向人們對西方文化強勢主導的一種半自覺不安——就像〈花季〉的年輕作者李昂所展示的——削弱了現代主義的實質影響力。也就是說，一九六〇年代現代派作家對擁有許多「借來的事實」[13]的自足感，並非沒有缺口。

如果說一九六〇年代的社會歷史情境在〈花季〉裡留下可感的印記，那麼六〇年代末、七〇年代初所開端的文化轉形之撞擊力，則記錄於〈年華〉（寫於七〇年代初，但並未立即發表）中。在這篇小說裡，作者對知識界「回歸鄉土」的潮流表達出一種半熱衷半疑惑的態度。十年後（一九八四年）李昂寫了另一篇作品〈一封未寄的情書〉，除了增添一絲懷舊的色彩外，處理的主題幾乎完全相同。經歷了充斥於八〇年代的物質主義氾濫和中產階級的狹隘自滿後，反觀瀰漫於「叛逆、西化」的六〇年代的理想主義，李昂惋惜西化所帶來的叛逆精神和世界觀，已經遭到「逐漸為有時候過強而成為盲點的本土意識取代。……換得的是愈來愈驕人的自足與功利心態」[14]。

在李昂的創作生涯中，她總是一方面「反映」，另一方面「反思」台灣主導文化的走向，因此體現出一種經歷西化的第三世界知識分子身上常見的「精神分裂」姿態。困擾著他們的，是這樣一個現象：他們用來批判自己國家文化狀況的思想框架，經常無可避免地是借自於一個異質的傳統。李昂的後期作品《暗夜》（一九八六）再次反映了這個困境。

葛浩文描述《暗夜》這部長篇小說：「環繞著一群生活在台北極度物質化的金融圈環境裡的中、上層階級男女，以及他們之間複雜而帶有矯造意味的人際關係和性關係」[15]。這部作品最有意義的是

12 李昂，〈年華〉，《年華》，頁二三。
13 John Kwan-Terry, "Modernism and Tradition in Some Recent Chinese Verse," p. 197.
14 李昂，〈序〉，《年華》，頁一〇。這一母題在李昂後來的幾部作品，如《暗夜》（一九八六）以及小說集《一封未寄的情書》（一九八六）中都曾反覆出現。
15 Howard Goldblatt, "Sex and Society," p. 189.

貫穿小說的整體框架。陳天瑞是一位就讀於T大哲學研究所的學生，自封為道德維護大使，突兀地造訪資本家黃承德這位白手起家的台灣新貴，為的是揭露黃承德的妻子和黃的至交好友葉原之間的婚外情。陳天瑞鼓動黃承德懲罰自己的妻子與好友這個道貌岸然的勸誡，原來包藏著一個自私的動機，因為陳天瑞曾經對葉原的新情人丁欣欣求愛遭拒。結果是，當其他人物參與桃色事件的心理動因，都可以追溯他們的童年經驗和家庭背景，而因此贏得讀者某種程度的同情，陳天瑞卻獨一無二地被描述為一位全然偽善、荒唐的人物，因為他執意認同一種謬誤的道德觀，嚴以待人而寬以待己。

這篇小說最大的缺點，在於它有關社會道德墮落的重要訊息，是藉由陳天瑞這個基本上是負面的角色來傳達的。一方面，陳天瑞用迂腐說教的手段——援引新馬克思主義「偽意識」概念——來說服黃承德採取行動，顯示出他頭腦不清。作者展示陳天瑞如何常被自己的滔滔雄辯所陶醉，擺明是諷刺進步知識分子和他們充斥新馬術語的菁英論述。然而弔詭的是，另一方面，李昂又明顯地肯定陳天瑞透過這些術語所表達的某些批判觀念。奚密（Michelle Yeh）的專文便曾引述陳天瑞對於「偽意識」的定義，指出它如何適切地概括了小說中其他人物「自欺欺人、道德懦弱、和虛偽矯飾」[16]。一個更有力的例證是，對於婦女在中國傳統文化中被社會規範的角色[17]，陳天瑞的討論非常貼近李昂本人在其他場合表達的意見。

這裡的問題，並非在於作者試圖透過作品中某個不可信賴的人物，來替自己的觀點代言。陳天瑞本身令人難以認同的道德特質，並不會自動削弱他對其他人物的批評力度。真正引人訾議的是，作者巧妙地迴避了任何直接或間接地嘗試將陳天瑞的論述放置在理論視角中。僅以發言者為人處世上的瑕疵作為質疑的基礎，而沒有將發言內容適度地問題化，不啻暴露了李昂本身對西方舶來論述一貫的曖昧態度。（作為對比：《家變》以西方中產個人主義的價值觀為基礎，對中國家庭體制提出的批判，則由於范曄這個人物本身複雜、矛盾的性格而被問題化。）李昂默認陳天瑞「借來」的理論之有效性，使她對台灣菁英知識分子的諷刺失去了焦點；她彷彿只是對他們矯飾浮誇的姿態有所反感，而並不否定他們的思想內容。缺乏批評視角，削弱了她對當代社會進行批判的意圖；因為我們很難在李昂和陳天瑞兩者挪用「偽意識」之類的觀念從事文化批評中，做出有效的區分[18]。

正如李昂在早期創作中汲取存在主義文學的某些特徵，卻不見得真正贊同存在主義的哲學信條，她似乎在某種程度上遵從後結構主義的文化批評，卻並非在意識形態的層次上認同它。她的模稜兩可、懷疑主義，以及試圖對當前受西方影響的思想論述做出中肯的批判卻又無能為力，是普遍存在於現代台灣知識分子中的症狀，很少人得以倖免，鄉土運動的健將們也不例外。譬如，以陳映真來說，他在譴責舶來西方現代主義文學思潮的同時，仍舊將「十九世紀歐洲寫實主義」視為他理想中的文學

---

16 Michelle Yeh, "Shapes of Darkness: Symbols in Li Ang's *Dark Night*," in *Modern Chinese Women Writers, Critical Appraisals*. Ed. Michael S. Duke (Armonk, N.Y., London: M. E. Sharpe, Inc., 1989), p. 87.

17 同前註，頁七八。

18 李昂這種曖昧令人回想起陳映真一九六七年的小說〈唐倩的喜劇〉。該作品嘲諷年輕一代知識分子對存在主義哲學與新實證主義的狂熱——這些顯然是後來的新馬克思主義、後結構主義，以及後現代主義於一九六〇年代的對應物。

典型。即便在試圖抵抗西方文化霸權的過程中，中國現代知識分子仍常免不了從另一種同樣源自於西方的影響中汲取精神養分。

二、一九八〇年代的前輩現代派作家

本書一個主要的論點是：台灣的自由主義現代派作家，先於具有社會主義傾向的鄉土主義論者，對台灣一九四九年後的主導文化意識形態提出了挑戰。同樣地，在政治場域裡，早在激進的鄉土文學運動浮現以前，自由主義改革者對領導權威構成了真正的威脅。然而，由於統治政權本身趨向於自由化，以及反對勢力複雜糾纏的地域和派別因素，自由主義者的抗爭立場根基逐漸銷蝕，而其中許多人已經實際上被納入主流官方機構。然而，由一些事件可以看出——尤其是一九九〇年以降，國民黨內部分鬩牆公諸於世之後的一系列事件——從自由主義意識形態出發、抗議威權政府，再度獲得動力，而這一次介入的包括許多年輕一代的自由派學者[19]。

雖然現代派作家明確支持自由主義式的改革，他們的作品也常為自由主義觀點背書，但是他們本身卻很少直接參與政治事務的討論。現代派作家的歷程和自由主義改革派之間，存在許多平行之處。由於王文興似乎被公認為最「徹底」的中國現代主義作家[20]，以下將簡要地審視他和台灣自由主義改革論述之間的關係。王文興於一九六〇年代初期在《文星》雜誌發表文字，七〇年代初期加入《大學雜誌》編輯委員會，而兩者都是具有激進形象、居樞紐地位的自由主義刊物。一九七〇年王文興赴美一年重返台灣後，公開讚揚西方的進步學生運動，曾一度引起國民黨政府的不安。當局也意識到王文興小說《家變》的潛在顛覆性，因而採取一些預防措施，限制對這部小說的公開討論。

頗為反諷的是，短短幾年之後，當現代派成為激進鄉土主義者的攻擊箭靶時，他們和右翼政府之間的關係反而有顯著的改善。從現在的角度回顧，現代派作家所以能和政府之間形成親密聯盟有個合理的基礎，因為兩者都以西式民主和資本主義經濟發展的角度來想像台灣的未來。一九七七年王文興在耕莘文教院的演講，一反平常對此類議題的緘默，公開支持市場經濟，並認為外資投入台灣是有互惠互利的功效。丹尼・貝爾（Daniel Bell）曾經指出：「資產階級資本主義作為現代經濟的社會形式，以及前衛現代主義作為文化的勝利特徵，其共同根源就是兩者都駁斥過去，具有極強的動能，並且追求新奇、崇尚變化」[21]。現代派作品所提倡的啟蒙價值，基本上有利於第三世界民族國家循西方

---

19 近幾年間自由派大學教授直接介入台灣方興未艾的學生運動。受天安門事件的啟發，一九九〇年三月一批學生在中正紀念堂前舉行絕食示威，以抗議國民大會（台灣的立法機構；指資深立法委員與國大代表）在總統選舉前夕的政治敲詐。一九九一年五月，由於先前一名學生舉辦親台灣獨立活動而在清華大學校園被逮捕，引發了一場反抗政治迫害的抗議活動，更大一批學院內自由知識分子捲入其中，最終導致立法院廢除有關懲處叛逆者的條文。

20 李歐梵曾說：「如果有人一定要我指出台灣大陸海峽兩岸一名真正的現代主義者，那我毫不猶豫地推選王文興」（Leo Ou-fan Lee, "Beyond Realism," p. 74）。

21 Daniel Bell, *The Winding Passage* (New York: Basic Books, 1980), p. xv.

模式進行現代化的努力。

然而，現代主義和中產資本主義之間的結盟勢必岌岌可危，無法永久維持穩固關係。在資本主義漸趨發達的過程中，文化現代主義和社會現代主義之間的衝突在所難免[22]。中產價值觀以難以置信的速度進入台灣社會，讓許多曾受現代主義洗禮的作家深深覺得不適應。一個有意義的巧合是，陳映真和王文興於一九八七年分別發表了一部作品，針對台灣社會甚囂塵上的物質主義表達出深切的警戒和憂慮之感。陳映真持續〈山路〉裡對動物性享樂主義的批判，在《趙南棟》[23]裡刻畫成長於驟然富裕的台灣社會中的年輕一代，如何在放縱本能的感官欲望中迷失。王文興的幽默短劇〈M和W〉，則是心血來潮，含沙射影地預告，人們無力自拔地迷戀於金錢遊戲的結果，最終將導致毀滅的厄運，就像劇中女子在收場時，被一個無臉的幽靈（死神的象徵）攫走一樣。

像王文興這樣的現代派作家在一九八〇年代台灣社會中所遭到的疏離，不限於他對無饜物欲的不予認同。王文興一九八九年夏天造訪大陸後，發表了以〈五省印象〉（一九九〇）為題的一系列遊記，再次引發了爭議性的反應。

在這篇作品裡，王文興的文體實驗到達一個新的成熟階段；主觀的詩意與客觀的場景水乳交融，構成一種精美的文體，令人聯想起中國傳統的抒情散文；這也反映出王文興過去十多年來興趣轉向中國古典文學的事實。雖然在王文興個人的文體演進中，〈五省印象〉這部作品堪稱一座新的里程碑，但是他其中毫無保留地表達中國大陸的正面印象，令人側目，就連刊登這部作品的《聯合文學》編輯，也不得不在特定章節處加上編者按語，說明這「只代表王文興的個人觀點」。

如果我們仔細觀察，王文興對於中華人民共和國「驚人」的社會成就的評價，像是井然的交通秩序、公共建設、經濟狀況，或僅來自於他過分低估過去四十年中共政府的所為。儘管文中處處可見對一些被一般觀光客所忽略的現象之敏銳觀察，〈五省印象〉仍然反映出作者未善加利用晚近台灣唾手可得的資訊。王文興懷疑二手資訊，篤信個人觀察，可以說是「新批評主義」核心精神的落實，也可說是對現代社會資訊爆炸的激進反應。換句話說，這與作家主動選擇的審美認知模式是不可分割的。因此，王文興對於歷史知識方面的選擇性接受，是受自我意志驅使，也是現代主義意識形態深刻印記的必然呈現。這種自我導引的歷史認知，和陳映真在〈山路〉這篇小說裡藉著主角蔡千惠的一生所表現的主題，產生有趣的呼應。在該篇小說裡，當代中華人民共和國「真相」遲來的公諸於世，對蔡千惠這種政治理想主義者帶來的震撼使她驟然失去生命的欲望。在某種意義上，這種絕對的震撼是陳映真本人心境的投射。然而，對王文興而言，他既不是浪漫的理想主義者，也不曾相信中國共產主義者

---

22 貝爾同時提醒世人有關現代主義／資本主義聯盟的脆弱性：「然而無可規避的是，兩種真實所依賴的不同軸心原則（技術經濟領域將人分割成不同「角色」，而文化領域強調的是成就完整的個人）使中產經濟體制與現代主義文化之間產生尖銳的衝突」（同前註）。

23 趙南棟的母親是白色恐怖下一位左翼知識分子烈士，而他卻成為一九八〇年代台灣富裕社會的犧牲品。他的性情溫和、沒有責任感、熱衷於感官享樂，除了無饜足地追逐身體欲望的滿足外，他的生活缺乏目標。在他的父親亡故後，趙南棟亡母的獄友葉春美終於決定在趙南棟更深地沉溺於台北的聲色犬馬之前，將他帶到自己故鄉石碇仔山地的淨土中去。

承諾的烏托邦，所以用另一種角度觀看相同的現實，竟然引出正面的評價，毋寧是充滿歷史反諷的意味。

台灣接受現代主義洗禮的一代，發現自己在如此短暫的時間內被時代拋棄後，是整個現代主義文學運動「時程壓縮」的結果，在非西方世界移植文學現代主義的過程中絕非無雙。毋庸置疑的是，在文學作品的質和量方面，中國現代主義出現三次浪潮，卻都無法和本世紀二、三十年間的西方現代主義運動相提並論。然而這些作品在全球和國族的歷史脈絡中所蘊含的意義，卻不單純受到其藝術成就的限制。本書從事這項研究，就是試圖描述台灣作家移植文學現代主義的雄心與成績、抱負和前提，希望作為更進一步探索這些意義的基礎。

第二編

台灣文化場域中的現代主義

第一章
現代主義文學在台灣當代文學生產場域裡的位置[1]

緣起

一九九〇年代初以降，台灣的知識界經歷了戲劇性的變化，對現代主義文學似乎也有重新評估的跡象。我所接觸到的一種似乎相當通行的詮釋，是把現代派文學作品「蒼白、孤絕、焦慮、疏離」的特色和產生現代文學的歷史背景（如五〇年代嚴峻的政治高壓氛圍、台灣社會在國際上的孤立，和外省人離鄉背井的戰爭創傷經驗等）做出某種聯繫。換句話說，這個論點認為現代主義提供了一個適切的藝術形式，讓作家們得以發洩確實存在於台灣社會裡、受當時政治環境制約的某種時代情緒。這種

1 本文原宣讀於國立政治大學主辦「現代主義與台灣文學學術研討會」（二〇〇一年六月二一—二三日）。

論點仍然是從反映論的基礎上出發，但是賦予本土社會較高的主體性，可以說是「本土化」文化論述發展的一環。

我覺得這樣的論點有它的道理，但是也同時牽引出一些文學史上的複雜課題，尤其是有關藝術流派的多重面向和生命週期中階段性特色等方面的問題。舉例來說，這種敘述應用在現代派小說上就不一定正確。從夏濟安開始，以學院派為主的小說創作者有意識地倡導一種「藝術自主」（artistic autonomy）原則。這種對藝術自主原則的信仰無疑是受西方文學觀啟發的結果，但是更重要的動因應該說是本土社會裡的「菁英主義」。確切一點地說，這種「非西方現代社會」（non-Western modern societies）的菁英知識分子以一種曖昧的，兼具西化和民族主義的立場，以西方近代文明為楷模，對「高層文化」（high culture）積極追求的現象，本身是二十世紀的世紀性潮流。對這種現象的批判，必然牽涉到對「現代性」認知模式（如工具理性、啟蒙心態、專業性），以及二次世界大戰後新殖民主義、經濟殖民主義運作邏輯的批判。這應該是晚近後殖民論述種種對「被動現代性」、「另類現代性」或「殖民現代性」理論關注的一個焦點。而我對當代現代主義文學的思考，比較重視的即是這種受外來影響的菁英式文化生產和當地「軟性威權統治」（soft-core authoritarianism）所孕育的主導文化（dominant culture）之間的互動關係。藉今天這個機會，我想把我對這個問題產生興趣的來由，和過去十多年來所嘗試過的研究方法做一個簡單的介紹。

我在一九八〇年代末寫作《現代主義與本土對抗：當代台灣中文小說》（*Modernism and the Nativist Resistance: Contemporary Chinese Fiction from Taiwan*, Duke University Press, 1993）的時候，感

覺到那時候台灣島內對現代文學運動的評價還大體沿襲了鄉土文學的負面批判觀點，所以不知不覺採取了一種辯解的態度，希望指出西方現代主義對台灣小說的正面影響，以及現代派小說在台灣當代社會發展脈絡裡的意義。因為我這本書基本上是從文學專業的立場出發，所以比較重視文學史上的意義。既然學者們大多公認現代主義文學觀（literary modernism）在中文創作形式上有重要的啟發，我這本書的主要目標，即是將這些啟發性質、內容，從具有代表性的台灣現代派小說作品中歸納出來，用盡可能精確的方式做系統性的描述。在這個過程中所遇到的比較大的挑戰，是怎麼樣來詮釋藝術形式和意識形態之間對應關係的問題。因為從歷史脈絡來看，遠的方面現代派小說在精神上應該是承襲了五四以降、大陸民國時期（Republican era）的自由人文派（liberal humanism）文藝觀——但是比起梁實秋等人，又更向「藝術自主」原則推進了一步。近的方面則直接與五、六〇年代之交，美式自由主義風潮以及學院派成功地引介與之對應的文學觀（新批評、形式主義等）有關。我的工作，則是希望把這種意識形態系譜和小說家的認知模式、美學主張、技巧運用等之間的聯繫，做一些分析和描述。

必須承認的是，我當時受到「批判理論」（Critical Theory）的影響，特別重視現代主義文學的社會批判性，因此花了相當大的篇幅探討台灣小說在一九七、八〇年代產生的所謂「嚴格意義」下的現代主義作品——《家變》、《背海的人》、《孽子》等——和當時台灣社會現代性演化進程之間的關係。由此引出的結論是，這些成熟期的台灣現代派小說對戒嚴時期正面、保守、尊崇傳統道德的教化性「主導文化」做出了相當有力的批判性。這個觀點和鄉土文學運動以降對現代主義的負面評價的基本不同處，一是在於對現代主義（modernism，指文化層面的）和現代性（modernity，指社會層面的）之間關係的看法（我所接受的觀點把前者視為對後者的批判）；二是對「文化帝國主義」（cultural imperialism）運作方式的理解（我認為移植的文化潮流在本土社會裡的影響不一定是負面的，也可以產生具有歷史特殊性的文化產品）。從方法學上說，這本書仍然是在比較文學「影響研究」的框架中，以在現代西方歷史中發生的現象為參考架構的文學專業研究。

就我往後發展出的興趣來說，這個方法有兩個重要的局限。一是這個方法以作家和作品為分析對象，不能夠正面而有系統地處理發生在歷史脈絡裡極端繁複的、廣義的文學現象。二是無法充分釐清政治經濟，甚至是文化思想領域裡的歷史動力如何作用於文學生產活動上。激進的左翼文學批評常常充滿霸氣地把兩者做短路式的聯結，無疑是最為人詬病的；然而不可否認的，專注於個體文學研究的「內緣批評」（internal criticism）在處理比較宏觀的文學史議題上，也經常捉襟見肘。尤其是如果我們用發展得非常深奧繁複的內緣批評理論去分析未經適當歷史定位的當代作家、作品的時候，常有本末倒置、頭重腳輕的顧慮。這些缺失，正是皮耶・布赫迪厄（Pierre Bourdieu）的文化生產場域（the field of cultural production）理論所企圖克服的。

作為一個比較文學研究者，我對採用理論架構時可能產生的弊病，自然不是沒有戒惕之心——尤其是一個由「社會科學」傾向極濃，完整自足的理論體系。因此我的進度相當緩慢；我很感謝主持人陳芳明教授給我這個機會，讓我重新思索整理一下場域理論應用在台灣當代文學研究的可行性。以下我想先介紹幾個場域理論的基本概念，然後在最後一節裡概略地敘述，我以場域觀初步探討現代主義文學在台灣當代文學生產場域裡的位置之心得。

一、幾個場域觀概念

「場域」和「位置」

文學場域裡的每個「位置」具有某種特殊屬性（或資產），我們依據這些屬性（或資產）界定它與場域中其他位置的相對關係。每個位置（即便是占有主導地位的位置）都結構性地依賴其他的位置而存在。一個場域的結構就是由這些特定屬性（或資產）所構成的資本的分配結構。這些屬性（或資產）的多寡是場域中決定成敗的關鍵，由此而決定參與文學活動者獲益（如文學聲望）的可能性。[2]

每個文類（如小說）或次文類（如通俗小說），以及作家、出版社、文學評論者、刊物、文學流派都可以有相應的位置。而我們這裡所採用的是比較抽象廣義的「美學位置」（artistic position）。文

2 Pierre Bourdieu, *The Field of Cultural Production: Essays on Art and Literature* (New York: Columbia University Press, 1993), p. 30.

學生產場域的主要動力，來自各種位置之間的競爭關係。占有不同位置的文學活動參與者不斷地彼此角逐界定正當性文學論述的主導權。而他們從事這種競爭活動所採取的策略，往往和文學活動參與者個人的「宿習」、「氣性」（habitus, disposition）有關；而這種習性則是由個人過去種種文學或非文學經驗所導向、組構和形塑的。「要了解作家和藝術家的活動——尤其是他們的作品——必須先認識到這些是兩種歷史軌跡交會的產物：作家和藝術家所占有的位置的歷史軌跡和構成他們特有習性的過程的歷史軌跡」[3]。

要爭取主導地位，建立正當性，必須推翻當時已然具有主導地位的美學位置。攫取位置的主要意義在於翻轉當時的文學場域秩序，因此重要的是作家如何界定這個秩序和他企圖取代的位置，以及他個人的習性如何導致他所採取的策略。舉例來說，余光中在一九六〇年代提出「下五四的半旗」，對五四散文藝術成就的批評，攸關於現代主義美學位置的主導獲取地位，以及現代主義美學論述的取得正當性[4]。

觀察諸如此類的位置攫取活動，再追溯歷史各時段新舊主導位置的歷史發展軌跡，和文學活動參與者所具有的習性之歷史軌跡，可以讓我們對文學史的發展，有一個系統性的、宏觀的了解。在這個理論基礎上，我以為我們可以在當代台灣文學生產場域中分辨出主流、現代、鄉土，與本土這四種具有不同的歷史軌跡的美學位置。而這四個位置之間的互動，主要表現在「文化意義上的正當性」（cultural legitimacy）和「政治意義上的正當性」（political legitimacy）的消長上。這個消長的軌跡必然取決於它們個別所擁有的或強或弱的「文化資產」和「政治資產」。

邁向自主性的文學生產場域

布赫迪厄所分析的現代社會（主要是十九世紀法國的資本主義社會）裡，文化消費者的持續增加，從事文學價值評鑑者的機構或個人的數量增加，文化生產者起碼程度的經濟獨立……等等，使得文化活動逐漸脫離外在力量的干涉，文化生產場域的自主性從而逐步增強。「文學生產場域的自主性」和「藝術自主性」所指涉的對象自然不同，但是卻有互相關聯的地方。「一個自主的場域中被公認為最具有正當性的評鑑原則，必然是最能充分表現出此項活動本身特質的原則」[5]。「藝術自主」原則，強調「文學性」（語言、風格），因為這是文學活動足以區別於其他活動的基礎。「一個場域所擁有的自主性，取決於它能在多大程度上以它自己的方式對不同的生產者施予評鑑與規範」[6]。在一個自主性高的文化生產場域裡，這些規範、評鑑的標準（亦即文學生產者獲取聲望的基礎）建立在「文化意義的正當性」上。

從一九六〇年代以降，我們明顯地看到形成自主性文化生產場域的一些條件在台灣出現而且快速

3 Ibid, p. 61.

4 〈下五四的半旗〉（一九六三），《逍遙遊》（台北：大林，一九七九，頁一——一二）；〈我們需要幾本書〉（一九六八），《焚鶴人》（台北：純文學，一九七二），頁八九——一〇三。

5 Pierre Bourdieu, *The Field of Cultural Production*, p. 117.

6 Ibid, p. 40.

增強，但是文化生產場域邁向自主的途徑必然受到當時特殊歷史環境的制約。五〇年代初期，國民黨對文藝生產的直接干預，主要沿襲抗戰時期建立的文學動員模式[7]。一九五六年是一個明顯的轉折點。五〇年代末期至七〇年代中期，不論是受自由主義影響的現代派，或是逐漸走向社會主義理想的現實主義倡導者，都是以菁英知識分子的文學同仁雜誌為基地。七〇年代中無疑是當代台灣文化社會發展的一個分水嶺。以往對七〇年代鄉土文學運動的學術研究，大多著墨於政治意識形態與文藝創作實踐之間的衝突與轇轕，直到近年媒體研究興起，才將注意力從運動的內涵轉移到它的「形式」——鄉土論戰在某種意義上實可視為媒體霸權崛起的一個重要表徵和操作演練，它快速擴張的規模很大程度上仰賴新近崛起的，媒體提供的公共意見論壇[8]。這個文化生態的演變在文學場域裡最直接的表現是：六、七〇年代以菁英雜誌為基地的主流文學生產轉為由副刊及與副刊緊密掛鉤的文學出版工業所主導。八〇年代文化市場蓬勃發展，文學生產的硬體卻仍受到戒嚴體制的約束，形成了一個很特殊的文化生態。

我們想要描述的，便是這個被特定歷史環境制約的場域發展軌跡對場域內各種美學位置的影響。

外在因素對文學生產的影響

在布赫迪厄的分析架構裡，文化生產場域存在於一般權力場域（general field of power）之內，但是有它自己的運作規律。權力場域裡政治和經濟的力量只能依循一種折射關係對文學生產產生作用。「馬克思學者所論及的『外在決定因素』（external determinants）——例如經濟危機、科技演化或政治革命——只能透過它們在文學場域結構裡造成的變化來呈顯其影響力。」而要了解這些文學場域結構裡的變化，必須要先了解它的運作規律[9]。

中國和台灣的現代歷史上，政治社會的變動往往是造成文學場域內秩序重整的主要力量。政治力量的干涉，和傳統知識分子的政治角色，使得文學價值評鑑標準一直傾向取決於文學之外的活動領域；文學場域因此是半自主性的。布赫迪厄認為歐洲社會裡市場的出現激發了「藝術為藝術」（art for art's sake）的純粹藝術觀。在中國或台灣的情況似乎大不相同。藝術自主觀更多是受到外來影響的啟發。文化生產場域向自主狀態邁進的過程，似乎更多地意味著從「政治從屬」轉移至「市場本位」；而這個過程又是和社會上政治民主化和經濟自由化運動同時發生的，因此更增加其複雜性。當代台灣，造成場域內四個美學位置消長的主要因素，自然是權力場域裡政治和經濟的力量。但是只有從由場域本身性質決定的遊戲規則來理解，才能充分釐清它們的複雜性，才能在歷史的軸線上，對場域內部結構關係做出系統性的分析和描述。

---

7 Charles A. Laughlin, "The Battlefield of Cultural Production: Chinese Literary Mobilization during the War Years," *Journal of Modern Literature in Chinese* 2.1 (July 1998): 83-103.

8 參見向陽，〈文學．社會與意識型態：以七〇年代「鄉土文學論戰」中的副刊媒介運作為例〉，收入國立台灣師範大學國文系編，《第二屆台灣本土文化國際學術研討會論文集》（台北：國立台灣師範大學，一九九六），頁三一七—三〇）。

9 Pierre Bourdieu, *The Field of Cultural Production*, pp. 181-82.

二、現代主義位置與文化場域中的政治因素

現代主義位置在台灣文學場域近期發展過程中，逐漸式微，是不爭的事實。戰後台灣戒嚴時期的最後十年，也就是從一九七〇年代末的鄉土文學運動至八〇年代末解嚴，是主流文學生態從「政治主導」轉移到「市場本位」的關鍵轉變期。新的商業本位主流位置崛起，而原來在政治主導下的文化正當性（legitimate culture）逐漸被取代。嚴格意義下的現代派文學由於本身具有的菁英性格，從七〇年代中期以降便在文學場域中邊緣化。而現代主義位置的美學主張則被由媒體主導、逐步向商業文化妥協的主流文學所吸納。然而我在這裡想要強調的一點是，儘管「現代派」在八〇年代具有主導性的「本土」和「商業」的文化論述中地位曖昧，甚至常被視為威權統治的共謀，這個位置所倡導的、受西方現代主義美學意識啟發的「藝術自主觀」，卻已然被多數文學活動參與者所接受，甚至內化。我們對某個社會中文化場域自主性的判斷，大致可根據教科書中所傳授的「文化正當性」的性質而定——比方說「正當性政治」成分的多寡。可以說，現代主義位置的美學主張在很大的程度上已經為台灣文學場域裡「文化意義正當性」奠定了基礎。

解嚴前受到國家機器制約的文學副刊在市場因素驟然增強的一九八〇年代，採取了相當成功的對應策略。其中最重要的，是將主導文化中某些構成成分依據商業邏輯加以轉化，而形成一種影響甚廣的保守的文化主義（culturalism）。這種特殊的文學生態孕育了介於菁英與通俗之間文類位階的文學產品，蔚為主流。作為其中堅的嬰兒潮作家在文類層級（genre hierarchy）上所展露的跨越性和模稜

兩可的心態，成為其進入九〇年代後在商業主導的文學場域裡分道揚鑣的先奏。表面上看，現代主義這個菁英文學潮流經過鄉土文學的衝擊，在八〇年代已然失去了舉足輕重的影響力，而事實上，台灣文學與世界文學的關係，歷經近百年的漸進發展，至此跨入一個新的層次：用後殖民論述的術語來說，此時台灣的文學生產場域「已然西化」，反而使得對西化影響的討論、討論者的主體位置等，變得複雜而弔詭。與現代主義同源的當代西方思想潮流對台灣當地文化、文學生產的影響從八〇年代以降更加具有同時性。這個現象充分顯示在副刊文學獎的評審標準、書評寫作與文化理論交互作用的菁英文化生態，以及逐漸發展成熟的知識市場等諸多現象中。

這些現象在在顯示，台灣當代文化發展的與非西方現代社會（尤其是二十世紀後半葉）所分享的特性，是超出布赫迪厄場域觀的理論所處理的範疇。比方說，當布氏討論「自律性評價原則」（autonomous principle of hierarchization）和「他律性評價原則」（hetrogeneous principle of hierarchization）時，總以「大量生產」（large-scale production，如暢銷小說）和「限量生產」（restricted production，如象徵派詩作）為例，基本上最著重的是經濟力量對文學生產場域的影響。然而在軟性威權體制與全球化（或新殖民主義）的邏輯下快速現代化的東亞社會裡，政治性他律原則在文學場域中複雜迂迴而持續的潛在影響，仍然是最最不可忽視的因素。

像許多其他的非西方社會一樣，現代主義美學位置在台灣的崛起，以及它在本土文化場域裡獲取優勢地位所依據的資本，與權力場域中新殖民文化形態、威權政治有不可分的緊密關係。雖然在邁向自主性的文學生產場域裡，新的運作規律逐漸成熟，文化正當性成為文學參與者爭取的對象，而現代主義位置的強調藝術自主，使得它在文化正當性的角逐中，具有致勝的本錢。然而在這個演變過程中，現代主義位置與來自不同意識形態勢力團體（左翼、右翼、在朝、在野）的政治原則以及受制於市場的經濟原則之間，關係極其錯綜複雜，充分反映在它迂迴的發展軌跡上。

在威權政府的社會統治下，主流文學必然在相當程度上內化了主導文化意識形態，同時受制於政權本身所施予的具體的限制和約束。在不同歷史時段、不同的非西方現代社會中，「政治性」他律原則對文化場域有不同程度、不同形式的主導或壟斷（像中國大陸文革時代政治原則的全面覆蓋文化生產場域，是絕少的極端個例）。與一九四九年後的中國大陸相比，戒嚴時代的當代台灣文學場域無疑具有相當高的半自主性。一九五〇年代中期以後，主流文學創作者揭櫫「純文學」概念，背後隱藏的不啻是摒拒政治動員與合理化文學自主性的策略。相較之下，同時出現的現代主義位置，對藝術自主原則有更強的自覺，使得這個美學位置在文化正當性的獲取上自始就占有優勢。占有現代主義美學位置的文學參與者左右了文學場域中對文學的主要認知形式，並且在一段時間內掌握了界定文學性質的主導權。然而在此同時，現代主義位置與主流文學位置也有相當的結合。一個最好的例子，是文學創作者對「中國性」的美學化（aestheticization），劉紀蕙教授於二〇〇〇年出版的新書中對這個現象有很精湛的描述[10]。

像余光中——「他的中國不是地理的，是歷史的」[11]；「杏花。春雨。江南。六個方塊字，或許那片土地就在那裡面」[12]——王鼎鈞——〈單身漢的體溫〉，《左心房漩渦》——那樣自覺地把「中國」抽象化、美學化的例子也許不多[13]，卻極為鮮明地顯示出：主導文化在文學產品中的轉化模式，可以具有極為豐富的文化正當性。這種美學效應和典型國族建構中，政治因素直接賦予作品象徵資本的模式最不同的地方，在於受到高度菁英文學觀啟發的現代主義美學化形式，在自主性漸強的文學場域運作規則下，憑藉豐富的文化正當性，很容易從他律性原則的主控中脫逸出來。美學化的「中國」從現實中游離出來，變成是可以置換的。當林懷民於一九八〇年代置換、重新想像這個美學化的中國（或）台灣時，他的作品訴諸的仍是現代主義位置所累積的文化正當性。

美學位置必須在政治正當性和文化正當性之間取捨游移，是受政治他律性原則籠罩下的社會中，文化舞台上的主戲。以此追溯當代台灣不同美學位置發展的歷史軌跡，或可讓我們對當代台灣文學場域的變遷有比較整體性的描述。

過去二十年間最重要的文學史現象，莫過於國民黨主導文化所孕育的主流美學位置與從邊緣移向中心的本土美學位置，兩者間的激烈較勁，其核心正是兩者角逐「界定文學論述正當性」的壟斷權。本土位置界定的「台灣文學」於一九九〇年代逐漸取得政治正當性。然而一九九九年春天的經典選拔

10 劉紀蕙，《孤兒．女神．負面書寫：文化符號的徵狀式閱讀》（台北縣新店市：立緒文化，二〇〇〇）。
11 〈四月，在古戰場〉，《消遙遊》（台北：大林，一九六五），頁一八二。
12 「杏花。春雨。江南。六個方塊字，或許那片土地就在那裡面。而無論赤縣也好神州也好中國也好，變來變去，只要倉頡的靈感不滅美麗的中文不老，那形象，那磁石一般的向心力當必然長在。因為一個方塊字是一個天地」〈聽聽那冷雨〉，《聽聽那冷雨》（台北：純文學，一九七四），頁三二。
13 更廣義的例子不勝枚舉，如張曉風。

事件卻充分顯露出文學生產場域內結構的複雜性。這個國家文化機構和媒體合辦的台灣當代文學經典選拔，無疑是代表著主流位置在新的文化場域秩序中的自我調整。一方面，主流媒體爭取界定「台灣文學」的籌碼，相當大的程度上來自現代主義位置所累積的文化正當性——這由入選的文學作品和大多數評論者解讀經典的參考框架中，可以很明顯地看得出來。而另一方面，從本土位置發出的抗議，則急切地企圖護衛新近取得的「台灣文學」之政治正當性。其中最尖銳的批評，除了強調從被壓制的邊緣地位爭取政治正當性歷程的艱辛，並直接指控主流位置篡奪本土位置所累積的象徵資本。這種敘述充分顯示出在抗爭事件激烈演出的背後，是本土位置和現代主義迥然相異的歷史軌跡。拜威權政府的高壓政策所賜，占有本土位置的文學參與者必須從對文化正當性的追求，轉為爭取政治正當性——葉石濤是最典型的例子——因此而錯失了在文化場域中累積文化正當性的機會和特權。八〇年代蓬勃興起的本土化運動對主流文學生態所產生的衝激，其透過本土論述的效應遠大於作品創作，而多數大河小說的政治正當性勝過文化正當性。就像邱貴芬教授所指出的，某些本土文學史論述更因此而無法超越這種落差，無法正視文化正當性在文學場域運作中占有關鍵地位的事實[14]。

值得注意的一點是，大多數本土抗議者在抗議選拔不公的同時，對國家文化機構是「正當性賦予者」、「公共資源分配者」的角色卻一致予以默認，似乎預示著在新的文化場域秩序中，政治的力量在正當性文學論述的角逐競賽中仍將扮演舉足輕重的角色。這也許是目前這個階段大家不得不接受的現實。然而，我個人十分寄以厚望的，是台灣文學研究體制化，成為一種具有正當性的學術領域後，自身所產生的動力。只是我們需要持續警惕的，是怎樣維護它的自主性，不讓政治或商業的他律性原則妨害到它專業性內在規律的成熟與發展。

14 邱貴芬教授在〈台灣（女性）小說史學方法初探〉裡指出：「現有的台灣文學史論由於在創作年代正值台灣國家認同劇烈翻動之時，文學史的建構被納入國族建構的工程，不免強調國家的政治立場與文學作品在國族論述爭奪戰裡所扮演的角色。這樣的關注點導致許多作品被排除於文學史的敘述之外」（《後殖民及其外》〔台北：麥田，二〇〇三〕，頁四一）。

第二章

「文學體制」、「場域觀」、「文學生態」

——台灣文學史書寫的幾個新觀念架構[1]

在美國從事當代台灣文學史書寫，由於閱讀對象的考慮，不得不包含一些基本背景及歷史脈絡的介紹，使得我必須經常從較遠的距離做一些整體性的思考。這樣的角度使我深刻感覺到，台灣文學過去幾十年在各種複雜的歷史因素交會下豐富多樣的迭續發展，具有相當高的學術研究價值。因此我近年來的努力方向，傾向於將當代台灣文學史當作一個「個案研究」，希望研究的成果能夠增進人們對全球化脈絡裡跨越疆界文學現象的了解。

二十世紀，東亞社會在不同的時段裡出現了對外有限制開放的，所謂「軟性威權主義」。這種統

1 本文原宣讀於二〇〇二年十一月二十二—二十四日國立成功大學主辦「書寫台灣文學史」國際研討會；後發表於《現代中文文學學報》六・二、七・一期（二〇〇五年六月），頁二〇七—一七。

治形態所形成的主導文化，不可避免地與全球性的文化潮流，如現代主義、後現代主義等，產生特殊形式的互動。解嚴初期，我原本想要從這個角度去探討台灣戒嚴時期，主導文化與文學生產機制之間的關係。未料解嚴後十餘年間的發展，在在顯示出台灣文學生產及消費模式又產生了一些新的、相當基本性的變化。為了解釋這段時期文學場域底部邏輯的更替，我覺得必須調整焦距，尋找一個更適切的批評典範——並且，更重要的，必須重新思考台灣文學場域在解嚴之前已然快速邁向市場本位的這個事實。

解嚴後「台灣文學」逐漸成為一個正式的學術研究範疇。我這裡想要指出的，是一個令人感到無奈的趨勢：正值「台灣文學」的象徵地位大幅提高之際，嚴肅文學在社會知識階層的日常生活裡所扮演的角色卻急遽下降。原因之一，無疑是在經濟進一步自由化之下，本地的文學生產面臨了來自全球文化市場五花八門、背後有雄厚資本支撐的文化產品之競爭。這種現象的崛起固然相當突兀，但也絕非發生於一夕之間；不免讓我們對既有的台灣文學研究方法，產生一種反省。回顧多年來這方面的著作，多半傾向於使用「政治」與「美學」分據兩端的二元分析架構，對市場層面——特別是市場力如何透過文化生產機制對美學形式所產生的影響——極少做深入的分析。因此，如何改用一個「三元」分析模式，將市場層面系統的納入考量，而重新勾勒台灣當代文學發展的歷史軸線，成為一個有意義的課題。

在我的擬想中，這種新的文學史書寫應當試圖解釋政治、美學、市場這三種因素如何在當代台灣的歷史場景中形塑文學現象：一方面從微觀的角度檢視個別作家與文化生產機構之間的互動，另一方面從宏觀的角度追溯台灣文學場域從一九五〇年代初幾近全面的政治主控，直至九〇年代市場專業導向之間所歷經的大方向變化。我把這種研究稱之為「脈絡式研究」，是一個以「文學生態」為觀察對象的研究方向，以便跟承襲新批評主義精神的文本研究，以及受傳統實證主義影響的資料性文學史書寫做個區分。

從跨疆界文學比較研究的觀點來看，目前台灣的文學生產，顯然已經遠離單純的政治力宰控，而是在快速專業化、自主性增強的文化場域中，在過往世代餘留的高層文化追求與新興的市場現實之間尋覓一條生路。這個現狀顯然不單是台灣特殊歷史環境的產物，而同時是諸多跨疆界因素的匯集——包括本地以及全球經濟現代化的進程、後殖民、冷戰及後冷戰的國際政治秩序。因此，它和其他當代東亞社會（包括中國大陸）的文化發展有不同的地方，也有平行、可資比較之處。

為了歸納出一些理論上有意義的通則，作為跨疆界文學現象比較的基礎，我們不只需要追溯台灣當代文學場域裡政治力與市場力漸次轉換的軌跡，也必須考慮與之息息相關的，各種不同文學或藝術形構（literary or artistic formations）彼此競逐主導位置的複雜過程。在這個層面上，研究者立即面對的挑戰，是如何非化約性地思考外在（政治、經濟、意識形態等）因素對（包括文本構築、美學範疇的興替等）文學現象所產生的直接或間接的影響。

經過若干探索，我覺得彼得·何恆達（Peter Uwe Hohendahl）的文學體制觀與布赫迪厄的文化生產場域理論，相當有助於我們整體性地思考當代台灣文學場域的發展[2]。我希望做到的是，在這兩個以德、法兩國文學為參考架構的理論基礎上，發展出一些實際有用的分析框架（analytical scheme），來幫助我們系統性的梳理跨越半世紀繁複龐雜的文學史資料，而同時避免化約性地將政治經濟因素與文學現象做直接的（布赫迪厄所謂「短路式」的）勾連。限於篇幅，下文我只能重點式的介紹一下我怎麼運用這個分析框架來探討當代台灣文學史的課題。

一、「文學體制」

何恆達認為，以體制為出發點的文學研究和傳統文學研究基本上的不同，在於它所關注的對象：

> 首先……〔這個研究〕直接關注的對象，既非文本分析，也不是文本的起源或傳播，而是書寫與閱讀所賴以發生的**基本狀況**……一個以文學體制為中心的理論應該對這些基本狀況做**系統性**的處理。當我們提及文學典律和規範時，我們著重的並非個別的文學作品特徵，而是一整個**體系**。第三，文學體制所呈現的獨特性質，它與其他文化、社會體制之間的關係……應該得到釐清。最後，我們認為**歷史因素**應該被納入考量，這包括不同的歷史世代、社會形構，以及文學體制本身的演化過程。[3]（引者強調）

當代台灣文學發展的基本狀況，我們或者可以借用布赫迪厄的場域觀來解釋。場域觀認為，愈趨向於自主性的文化場域，文化生產者愈能夠將象徵資本的分配掌握到自己手中；因此他們與外緣性的文學正當性原則（externally derived principle of legitimacy）之間，永遠存在著緊張的競爭關係。一九四九年後的當代台灣雖然以政治嚴控文化場域肇端，卻因在冷戰結構裡必須維繫「自由社會、市場經濟」的表象，而使得文化生產場域一向擁有某種程度的半自主性。從一九六、七〇年代以後的社會經濟發展，更加速了文學場域自主化的進程。而在此同時，文化生產機構仍大體受到國家機器的控制，文學生產籠罩在國民黨主導的文化氛圍裡，因此必須將來自政治及經濟的雙面制約，依據文學場域內部運作的邏輯加以轉化，而造成文學寫作和閱讀的「基本狀況」發生底部邏輯的遞變，文學場域逐漸由國家主控轉移至市場導向。

至於如何界定當代台灣的「文學體制」呢？何氏將文學體制分成抽象的和實體的兩個不同層面：前者包括不同世代的主導性美學觀、不同社會階層或群體對文學社會功能所持的共識，以及影響文學生產及接受的規範和典律——翻譯成布赫迪厄的術語，即為社會上大多數人體驗、界定、欣賞，及品鑑文學所依據的美學範疇；後者，實體層面的文學體制，則指的是「將文學觀念、典律、規範傳播於

2 Peter Uwe Hohendahl, *Building a National Literature: The Case of Germany 1830-1870*（《建立一個民族文學：德國個案　一八三〇—一八七〇》）（Ithaca & London: Cornell University Press, 1989）。以下引文引自此書。

3 Ibid, p. 34.

社會大眾的具體、物質性的機構或組織」[4]。

探討抽象性文學體制時，我們處理的對象不是個別的文本或作家，而是一個美學範疇。在座有幾位學者曾經做過當代台灣文學裡「中國想像」的研究，我認為就是一個處理抽象性文學體制的好例子。因為這是一九四九年後初期，在國家機器以強制性建立的文化生產結構下，與其他歷史長遠的文化因素結合，所滋長的一個重要的主導性美學範疇。值得強調的是，體制研究所著重的，並非個別美學範疇在當前現實政治上的意涵，而是它在文化場域裡，依據場域內部運作規律所發展出的典範、慣例，以及這些典例與外在社會歷史變化、其他美學潮流之間所產生的互動事實。以「中國想像」為例，早期它與另一個涵括性更廣的主導性美學範疇，「純文學」，彼此呼應；在現代主義思潮極盛時，產生微妙的「美學化」蛻變；在本土思潮衝激、泛亞洲文化市場浮現時，又出現了「中國」符號被多重置換的現象等。

我想在這裡特別強調的一點是，正如何恆達所說，如果我們不把文學體制抽象和實體的兩個層面一併思考的話，便無法凸顯美學觀念的社會實踐這個重要的課題。以台灣的例子來說，一九五〇年代國家機器主控的文化政策與文學生產機構與組織，已經受到相當多學者的重視。然而如果不把它和當時所建立的影響久遠的美學範疇一併思考，則容易落入單向度的資料蒐集，以及「回復歷史真貌」這個認識論上極有疑問的迷思。同樣的，另一個重要的研究領域，是七〇年代中至八〇年代末之間的文學副刊。體制研究的目標，不在於史料的呈現，而是要在史料的基礎上檢視此一時期文學生產與接受的「基本狀況」——如果根據前面所提的假設，我們要檢視的，是副刊在台灣文學場域由政治主導到市場本位的加速過渡中，所扮演的關鍵性角色，和它對既存美學範疇的挪用及改變。扼要的說，此時的文學副刊相當成功地將主導文化的意識形態，轉譯成迎合市場的美學形式，而在同質性甚高的主流閱眾中建立了極高的聲望和影響力。同時，我們也絕不可忽視文學體制本身演化的歷史持續性；比如說，六、七〇年代現代、鄉土文學所奠立的抽象層面的文學體制，包括菁英文學觀、高層文化追求等基本的美學範疇，持續在這個由副刊主導的中產文學體制中扮演重要的角色。透過學者參與的書評和評審，這兩個表面上過時的文學形構，對當時文類位階的演變和正當性文學論述的界定有舉足輕重的影響，造成了八〇年代的文類位階混淆的過渡現象。

二、「場域觀」之一：文學場域「自主化」進程

在布赫迪厄的分析架構裡，文化生產場域存在於一般權力場域（general field of power）之內，但是有它自己的運作規律。權力場域裡政治和經濟的力量只能依循一種**折射關係**對文學生產產生作用。「馬克思學者所論及的『外在決定因素』（external determinants）——例如經濟危機、科技演化或政治革命——只能透過它們在文學場域結構裡造成的變化來呈顯其影響力。」而要了解文

4 Ibid, p. 29.

學場域結構裡的這些變化，必須要先了解它的運作規律。[5]（引者強調）

布赫迪厄對文化生產場域的討論，主要以十九世紀後半葉的法國社會為參考對象。布氏在〈市場與象徵性產品〉一文裡說，法國的知識界及藝術界，其時已漸次脫離中世紀、文藝復興，及宮廷貴族所掌控的、建立在文學領域之外的「正當性」，而逐步趨向於自主。而這個過程是和下面這些現象同時發生的：文化消費者數量增加，因而賦予文化生產者起碼程度的經濟獨立；對應於不同類型的消費群體，多樣性的品鑑機構及評論者於焉出現——後者愈來愈明顯地依循著場域內部邏輯所認可的「文化正當性」彼此競爭，對取決於外在領域（政治、經濟、宗教、意識形態）的正當性原則產生抗拒[6]。

儘管這個場域觀處理的是資本主義初期，商品市場出現時的文學發展狀態，和我們研究的歷史時段有某種程度的吻合，然而不可忽視的是，現、當代中國和台灣的文學場域裡，決定文學正當性論述的外在因素，屬於政治性的遠遠超過屬於經濟性的。尤其重要的，是一種以民族主義和現代化啟蒙為精神基礎的文學正當性論述，它結合了傳統中國及現代西方知識分子社會自我角色定位，和新舊殖民、內部鬥爭等政治現實所附加的急迫性，在現、當代中國、台灣的文學場域裡始終是一個普遍被接納的「抽象文學體制」。這種文學正當性論述（可視為「廣義」的政治性文學論述）於一九四九年後被國家統治機器收編，成為官方文學論述（「狹義」的政治性文學論述）的藍本；但同時更是不同種反對文化形構（如鄉土、本土）的正當性基礎。

我們如果不把這個文學場域的重要屬性——亦即「決定文學正當性論述的政治性外在因素」——適當地納入場域觀的分析架構裡，便容易產生基本性的觀念混淆。舉例來說，當代台灣很重要的一個美學範疇「純文學」，很容易使人聯想成英文裡的"pure art"，或"pure literature"。而事實上，兩者的語義範疇顯然不是對等的；原因在於這兩種「純粹」文學主張所反彈的對象，是各自所屬文學場域中妨礙文學自主性發展的，不同的「外緣」正當性。對於「純藝術」原則在歐洲的出現，布赫迪厄採用了一個負面邏輯來解釋：他認為這個概念的出現，是基於文學生產者對市場將藝術商品化的反動，因此格外強調「藝術作為純粹象徵符號」這個屬性，企圖凸顯藝術的「無價」及「非功利性」。如果我們仔細分析在當代台灣歷史場景裡出現的「純文學」美學範疇，可以發現它所標榜的，是文學的「非政治性」、主觀性，及個人性——因比特別標榜所謂的「抒情傳統」——而並非明顯地反商品化，更沒有任何與西方「藝術為藝術」一辭經常掛鉤的非道德傾向。從文學生態脈絡的角度來看，「純文學」產生的體制背景和倡導者的「宿習」（habitués，請參閱下節引述之定義），這個美學範疇與一九四九年後的主導文化間有互為表裡的密切關係。

5 Pierre Bourdieu, *The Field of Cultural Production*, pp. 181-82.

6 Ibid, p. 112.

三、「場域觀」之二：「美學位置」

文學場域裡的每個「位置」具有某種特殊屬性（或資產），我們依據這些屬性（或資產）界定它與場域中其他位置的相對關係。每個位置（即便是占有主導地位的位置）都結構性地依賴其他的位置而存在。一個場域的結構就是由這些特定屬性（或資產）所構成的資本的分配結構。這些屬性（或資產）的多寡是場域中決定成敗的關鍵，由此而決定參與文學活動者獲益（如文學聲望）的可能性。[7]

每個文類（如小說）或次文類（如通俗小說），以及作家、出版社、文學評論者、刊物、文學流派都可以有相應的位置。而我們這裡所採用的是比較抽象廣義的「美學位置」（artistic position）。文學生產場域的主要動力，來自各種位置之間的競爭關係。占有不同位置的文學活動參與者不斷地彼此角逐界定正當性文學論述的主導權。而他們從事這種競爭活動所採取的策略，往往和文學活動參與者個人的「宿習」、「氣性」（habitus, disposition）有關；而這種習性則是由個人過去種種文學或非文學經驗所導向、組構和形塑的。「要了解作家和藝術家的活動——尤其是他們的作品——必須先認識到這些是兩種歷史軌跡交會的產物：作家和藝術家所占有的位置的歷史軌跡，和構成他們特有習性的過程之歷史軌跡」[8]……在這個理論基礎上，我以為我們可以在當代台灣文學生產場域中分辨出主流、現代、鄉土，與本土這四種具有不同歷史軌跡的美學位置。而這四個位置之間的互動，主要表現在

「文化意義上的正當性」（cultural legitimacy）和「政治意義上的正當性」（political legitimacy）的消長上。這個消長的軌跡必然取決於它們個別所擁有的或強或弱的「文化資產」和「政治資產」[9]。

布氏曾以「位置」的觀念來討論法國十九世紀後半葉象徵主義詩派、布爾喬亞劇場，和社會小說之間在當時文學場域裡的結構關係。這裡他著重的顯然不是這些文類在傳統意義上的美學屬性，而是它們在場域中所占有的結構位置——其個別屬性取決於各文類生產及消費者的社會階級、所擁有之經濟及教育資本等因素。我認為用這個分析框架來思考在台灣當代幾十年間先後起伏的文學形構，有相當程度的適用性。在當代台灣文學生產場域中的「主流」、現代、鄉土，與本土四個主要的文學形構，各自擁有與特定社會政治因素密切相聯的美學範疇，遵奉不同的文學正當性論述，在幾十年間隨著外在歷史因素的變化而興衰起落，並以複雜的方式彼此交叉互動。即便在某個藝術潮流消退之後，它的美學形式和意識形態仍然持續在文學場域中扮演或輕或重的角色——雖然在新的文學場域中，它所占有的結構位置，擁有的象徵資產必然有所不同。而同一個結構位置，也可能產生質變，由不同的文學參與者、不同的美學範疇所主導。這一點在傳統的分期法中比較不容易清楚地描述。而採用場域觀「美學位置」的分析框架，可以更適切地幫助我們追溯這些文學形構在不同時空之下，具有連續性

7 Ibid, p. 30.

8 Ibid, p. 61.

9 以上引自本書第七章，〈現代主義文學在台灣當代文學生產場域裡的位置〉，參見本書二七二頁。

而又不斷蛻變的發展軌跡。

在這個討論中，最具有歷史特殊性的，自然是由政治力支撐的「主流」美學形構所占有的位置。「主流」位置在資本主義發達的西方社會裡，通常是市場以及執政黨意識形態的共同產物；而另一個極端，在政治力強勢主導（如極權政體統治下）的社會裡，「主流」美學位置通常反映由國家機器、教育體制背書的官方意識形態。然而這些模式都不全然適用於當代台灣，無法滿意地解釋它繁複的文學現象和文學場域的歷史發展軌跡。我因此嘗試結合雷蒙·威廉斯對主導、另類與反對文化形構的分析，文學體制研究，及場域觀美學位置等觀念，來重新勾畫一九四九年以降的當代文學場域變遷。

需要先註明的一點是，威廉斯的文化形構所指的是較廣義的「文化」——“whole ways of life”或整個的生活層面——而布赫迪厄的文化場域則更偏重精緻文化——如文學、音樂、藝術——的生產領域。我們因此必須將文化領域和文學領域做進一步的分辨。

主導文化形構與「主流」文學位置

一九四九年後初期，國家機器對知識生活及藝術生活嚴加控制，文化活動的參與者不得不默認這種生態裡政治掛帥的前提。當政府的文化政策由強制性（coercive）轉型為主導性（hegemonic）之後，文化生產者對這種生態的內化與妥協，仍然對文化生態具有強大的影響力，自然而然形成一種保守的主流文化形態，這一點從當代台灣文學場域裡通行的美學範疇（如對抒情性、非政治性的肯定）可以得到明證。

從國民黨控制的實體的文學體制層面來說，我們可以辨別出兩種近代史傳統的延續：一方面，由國家機器主導的文學機構、組織運作方式，高度承襲抗戰時的集體動員典範；另一方面，民國時期在大陸都會裡發展的「文壇」，逐漸圍繞著媒體、雜誌等現代文化體制而復甦。即便在一九七〇年代中期以後，市場因素和現代化的媒體經營導致主流文學的重組，這兩種潛流仍然具有間接形式的影響。

一九八〇年代末的解嚴對文學生產及消費模式所帶來的鉅大衝擊，差可用英文"The Great Divide"一辭來形容。「專業作家」、「流行文學」等新的分析範疇的浮現，顯示著界定文學正當性的論述典範已有所更替。而主流文學的構成因素，文學生產及消費的遊戲規則，已明顯地更加趨近於發達資本主義社會裡的專業化、文化分層、市場區隔等模式。

另類文化形構與現代主義文學位置

在廣義的文化領域裡，早期的現代主義潮流和晚近的後現代主義有很高的同構性。它們同樣提供了受外來思潮激發的另類文化視野，其所持的以美式自由主義或基進意識形態為本的文化主張，對台灣保守的主導文化造成衝擊，卻不直接威脅到統治階層的政治基礎。同時由於其組成分子多為社會上的菁英階層，兩種思潮都很快地被主流吸納。

現代主義和一九五、六〇年代席捲台灣知識界的美式自由人文主義之間的關聯，已經受到許多學者重視；我們甚至可以把現代主義視為台灣戰後成長的一代知識分子的啟蒙思潮。而現代主義在當代台灣文學場域裡的影響，更遠超過它的文化意識形態層面。現代主義作家和評論者對「藝術自主」原則的成功引介及傳播，和他們對高層文化的推崇，長久以來一直決定著台灣文學場域裡的正當性論述。以至於在市場因素激增的七、八〇年代裡，儘管文類位階有了新的演變，評論者仍然大體沿襲著菁英文學的解讀框架，相當程度地掩蓋或推遲了「中產文學」、「流行文學」等更適切的分析範疇的使用。

反對文化形構與鄉土派及本土派位置

在威廉斯的架構裡，一九七〇年代的鄉土派和八〇年代的本土派在當時都占有反對文化形構的結構位置，儘管兩者對主導文化的挑戰側重在不同的面向——鄉土派的左翼批判主導文化的右翼意識形態，戮力撻伐以此發展出的政治迫害；而本土派主要從不同民族主義的角度，抗議主導文化的基石，具有強大族群歧視性的「中國中心意識」（Sinocentrism）。

這樣的詮釋自然是以廣義的文化層面出發。若以布赫迪厄文學場域的角度來檢視鄉土、本土文學形構的發展軌跡，則有另一番圖景。囿於篇幅，先暫且撇開鄉土文學，而單就本土文學形構來談：它一方面從一九四九年後初期的僻處文學生產場域邊緣，歷經七、八〇年代逐漸公開的抗爭，到解嚴後強勢地競逐主導位置，無疑是呈現了一個上升的走勢。然而另一方面，本土文學形構的象徵位置急劇上升的十餘年，也正好趕上台灣文學場域快速邁向市場導向的「自主性」，導致文學生產和消費中的商業性及專業性都益趨增強。這使得本土文學形構在論述與創作實踐兩方面呈現出明顯的不平衡狀態。

解嚴後的文學生產場域蛻變

扼要地說，解嚴前的十五年間，儘管政治力仍然主導著實體的文化生產機構，市場力已把整個文化場域快速推向相對性的自主（relative autonomy），而奠下了大分水嶺之後文化發展的基礎。解嚴後台灣社會的民主多元化、全球資本主義的高度進襲，以及國家機器逐漸退出直接的文化干預（轉而扮演管理者和資源分配者的角色），則共同促成了文化場域的快速專業化發展。

解嚴後，文學場域內部運作規律在文學現象與外在政治經濟等因素之間，扮演了愈來愈強的仲介作用。某些新的遊戲規則和運作策略逐漸浮現。出版品包裝、作家明星化、長篇小說的出現（顯示出文學生產者對這個專業必須做出較長期的投資）只是其中較明顯的幾項。同時值得注意的是解嚴前文學體制發展的餘緒。比如說不同的文學形構逐漸褪去原本的意識形態印記，彼此之間產生更頻繁的互動（其動機多半是仿效既有的成功實例，企圖吸納其他創作者吸引閱眾的祕訣）。值得注意的是，即便當作家更主動地採用議題性題材、開發以特定閱眾為對象的「賣點市場」（niche market）時，他們仍然經常訴諸於文學場域裡既有的幾個美學範疇。除了借用其正當性之外，自我的反身投射（self-reflexivity）也無疑是自主性增高的文學場域中常見的現象。而伴隨著這個現象的，通常是文學生產者修正抽象文學體制裡的主導性觀念。最近幾年，若干文學、電影創作者對菁英文學觀的反彈或謔仿，應可視為他們對場域內新的遊戲規則產生了更高自覺的表徵。

最後我想藉這個機會談談一個小小的心得。過去幾年我和研究生討論布赫迪厄的場域觀時，經常聽到的一個意見是：他的觀察有許多都是我們已經熟知的一些現象。我想藉這個意見的基本假設來反省一下我們運用「理論」處理文學時的基本態度。

場域觀和大多數我們習見的人文學科論述不同，是一個依循社會科學典範發展的理論——換句話說，它是建立在「普遍可行」（universal applicability）的前提上，企圖對定義範圍內所有的存在現象加以詮釋。用這樣的理論架構來探討文學藝術的創作行為，自然有先天的局限——比如對個人創作力過於理性化的處理。然而從另一個角度看，它對我們目前文學研究的偏頗不足之處，卻有極好的匡正作用。在過去二、三十年來理論盛行（theory boom）、批評典範迅速更替的情況下，許多人在把某種特定理論運用到文學分析上時，往往是擷取它所提出的，前人所未見的啟發性觀點，以此來重新審視手中的文學資料（具有革命性啟發視野的女性主義及後殖民理論，尤其促生了許多這類的研究）。然而在實際操作上一個普遍的缺失，是在採用這些論述現成的觀點時，注重的是它的「結論」，而非達到結論的推論過程或基本邏輯。因此經常對研究對象的歷史特殊性無法做準確的辨識。我們運用像場域觀這一類定義嚴格，企圖重新界定基本現象的理論架構時，反而較易對它的基本假設、適用對象做更確切的理解、分析，或質疑、修改，而增加我們對研究對象歷史特殊性的處理能力，使我們的研究成果更有可能做出有意義的、具有原創性的貢獻。

第三章

《恐怖分子》和當代台灣文化發展中的大分水嶺[1]

大衛‧哈維（David Harvey）認為一九七〇年代末是後現代狀況明顯浮現的關鍵時刻，一個重要因素是西方工業生產線向（包括東亞在內的）非西方地區的擴延[2]。許多學者也不約而同地採用了同樣的分析模式，包括它的年代分期，對發生在非西方地區「彼岸」的文化現象來進行研究。在我看來，這是有問題的。無論是否採用「現代性／後現代性」作為主要參照系統，我認為更合理的做法是

1 英文原著為"*The Terrorizer* and the 'Great Divide' in Contemporary Taiwan's Cultural Development," in *Island on the Edge: Taiwan New Cinema and After*. Eds. Chris Berry and Feii Lu (Hong Kong: Hong Kong University Press, 2004), pp. 13-25。

2 David Harvey, *The Condition of Postmodernity: An Enquiry into the Origins of Cultural Change* (Cambridge, MA.: Basil Blackwell Inc., 1989), pp. 191-94.

將這個區隔兩者的「大分水嶺」放置在當地的歷史脈絡中——把它歸位到一個可資辨識的文化轉型確已萌發的時間點上，與當地社會、政治和經濟領域中的決定性變化相互參照。

一九八七年的解嚴為台灣的文化發展帶來了一個「大分水嶺」，終結了歷時四十多年由政治主導的文化生產，催生了一個更為表裡如一地受制於市場規律、反映全球化效應的新形態的文化場域。楊德昌評價極高的一九八六年電影《恐怖分子》覆蓋的恰好是這一新舊時代交替、過渡所打開的空間，這部電影出現的時間點，和影片內容明顯的反身指涉性使它成為有助於今天回顧這一重要歷史轉捩點的視窗。

從一九七〇年代中期至八〇年代末期，大分水嶺之前約莫十五年間，台灣的文化生產已經明顯地從附屬於政治轉為受媒體和出版工業商業運作規律的支配。然而，儘管社會經濟的轉變促進了中產階級藝術形式的蓬勃興起，文化市場的價值取向仍持續被早期（五〇年代末期至七〇年代初期）現代主義運動「高層文化追求」的菁英品味，以及接踵而至的鄉土文學潮流前衛議題所定調[3]。（現代主義運動引介了西方的美學概念，而由七〇年代台灣外交挫敗所引發的鄉土潮流則具有社會主義和民族主義的雙重性格；它們分別體現了台灣戰後世代知識菁英兩種不同的追求目標。）我認為，在這樣的語境中，《恐怖分子》對「中額文學」（middlebrow literature）現代主義式的批判具有里程碑的意義，它顯示出台灣的藝術從業者對這一過渡時期所發生的「藝術文類位階」蛻變已經有了很高的自覺意識。《恐怖分子》所預告的是，先進資本主義社會中更加分殊化、區隔化和專業化的文化秩序即將到來，而台灣戒嚴時期所發展出的獨特文學生態就此畫下句點。

解嚴後台灣新的文化秩序受到商品市場的宰制，而後者則被愈演愈烈的全球化過程所滲透；過去十年間台灣新電影的發展軌跡是個很好的佐證。如果說《恐怖分子》形式上的自我反身指涉是現代主義式高層文化取向的表徵，那麼晚近新電影作者對現代主義的挪用性質則不盡然相同。如今，台灣的電影工作者顯然更為自覺地運用各種策略，以達到將作品放置到正在被重新組構的全球文化體系之中的目的。

一、「大分水嶺」之前：《恐怖分子》對中產藝術形式的批判

一九八二至八三年間台灣新電影萌發之際，包括《小畢的故事》（一九八三）和《我這樣過了一生》（一九八五）等幾部影片意外的票房成功，讓台灣新電影在主流文化市場中有了一個立足點。而實際上，這一個運動的某些成員其實懷有相當菁英主義傾向的訴求：期望能夠提升藝術感受性的層次[4]。

3 台灣於一九七二年被迫退出聯合國，其後經歷了一段時期的外交孤立。有關現代主義和鄉土、文學運動的討論，請參閱本人 *Modernism and the Nativist Resistance: Contemporary Chinese Fiction from Taiwan* (Durham, N. C.: Duke University Press, 1993)。

4 幾位研究不同時期現代中國社會文學發展的學者都不約而同地觀察到這個動機所扮演的關鍵性角色，應該不是出於偶然。我本人的討論集中於戰後台灣的高層文化追求；王瑾和張旭東兩位學者都提到「將文化、美學感受力現代化」是後毛澤東時代中國大陸「高層文化熱」、現代主義文學的基本訴求。參見 Jing Wang, "Variations of

侯孝賢、楊德昌等幾位富有才華的藝術家們的早期作品中可以覺察到前輩菁英文化潮流的影子，明顯地有別於新電影運動初期大多數影片中典型的中產視野與格局。存在於這個高層文化取向和中產文化環境之間的潛在張力，終於引爆了一九八五至一九八七年之間的一場「商業？藝術？」之爭。在這場論爭中，許多藝術從業者開始認真思考，處身於一個商業化了的環境中有哪些生存之道；新電影運動的成員從此分道揚鑣，走上不同的發展途徑[5]。

在楊德昌的《恐怖分子》中，可以很明顯地看到這種對當時藝術生態的反思。文化場域的轉變直接衝擊到人們藉以評鑑賞析「藝術」的概念範疇、用來區分藝術產品的分類機制，和有關藝術形式之間高下位階的共識。透過《恐怖分子》中對中產藝術形式反諷式的處理，懷有菁英意識的楊德昌以一種在當時的文化參與者中罕見的敏感度，記錄了這一場正在醞釀的文化風暴。

《恐怖分子》有個標籤式的現代主義主題：生活模仿藝術，而並非藝術模仿生活。值得進一步琢磨的是電影如何透過對兩位「準藝術家」反諷式的刻畫來呈現這一主題。兩位「準藝術家」之一是位中產階級女性，在副刊上發表了一篇轟動的流行小說；另一位是個家境富裕的男孩，他業餘攝影傑作的創意襲自安東尼奧尼（Michelangelo Antonioni）的《春光乍現》（*Blowup*, 1966）。這些貌似藝術的活動成為被禁錮在台灣日趨富裕的現代都會中，去個性化的封鎖空間裡的人們，透過虛擬的角色扮演來追求夢想的管道。電影不斷對「小說」和「攝影」的擬真價值做出否定，刻意強調這兩種模效性藝術形式的消蝕和退化：女作家責怪她無法進入狀況的苦惱丈夫搞不清「小說」和「現實」之間的差距；富家男孩迷上了混血「外國妞」，把她的照片仿效《春光乍現》做成了巨幅拼貼，卻並不誠心相信自己對她信誓旦旦的承諾。

二、兩種批評視野的遇合

在二十世紀將近尾聲時才出現的《恐怖分子》中的現代主義主題，不免讓西方評論者有種似曾相識的感覺。著名理論家詹明信評論這部影片的文字就是個極好的例子。文章裡出現了諸如「已是陳年故物的現代性」、「老式的反身指涉」，和「現代主義的餘緒」之類的形容詞：

> 讓《恐怖分子》與眾不同的，不是片中人物的階級身分……而是它的主題所呈現的**已是陳年故物的現代性**：藝術與人生的對照、小說與現實、模效與反諷……。格外讓人矚目的……是這些主題**老式的反身指涉**：生活對藝術的模效、小說世界與現實生活中偶發事件的不謀而合，此等如今

---

the Aesthetic Modern," *High Culture Fever: Politics, Aesthetics, and Ideology in Deng's China* (Berkeley: University of California Press, 1996), pp. 42-48; Xudong Zhang, *Chinese Modernism in the Era of Reforms: Cultural Fever, Avant-garde Fiction, and the New Chinese Cinema* (Durham, N. C.: Duke University Press, 1997), p. 13。

5　請參考收入焦雄屏編著，《台灣新電影》（台北：時報，一九八八）第三章裡詹宏志、小野、李焯桃、齊隆壬及吳念真的文章，頁八一—一二四；特別是第五節〈電影宣言：民國七十六年台灣電影宣言〉，頁一一一—一一八。另外同書第十八章收有白羅和李焯桃所寫的相關文章，頁三八七—八九、三九〇—九六。

大家已熟知其中奧祕的**現代主義遺緒**。特別是影片的主題藉由「文學寫作」和「文學創作者角色的不可靠性」來體現，對這部帶有鮮明當代性印記的影片來說，令人有倒退的感覺。[6]

耐人尋味的是，台灣當地的評論者把這個讓詹明信感到「時光倒退」的、將文學主題化的「現代主義的餘緒」理解為進步的指標。焦雄屏將《恐怖分子》譽為台灣第一部探討「電影」或「電影創作」本質的作品[7]。另一位重要的評論者詹宏志則讚許楊德昌能夠率先對「國際電影語言」做技巧性的運用[8]。這些直率的意見陳述了一個事實：遲至一九八〇年代末，西方現代主義在台灣仍是個有特殊地位的高層文化典範。簡言之，這些當地評論者與詹明信基本上看法一致，都把《恐怖分子》視為是「遲來的」或「衍生性的」現代主義作品；而支撐這個看法的是一個以歐洲為中心的現代主義系譜[9]。

這自然並非事情的全貌。一九九〇年代初，一個與「遲到的現代主義」觀點截然對立，將非西方地區當代文化產品，解讀為全球性「後現代狀況」徵候的強勢詮釋架構已經開始盛行[10]。這應該是詹明信前述引言最後一句的背後含意；他的看法是，在「後現代晚期資本主義的國際都會城市」裡，典型的現代主義紀德（Gide）式道德性判斷「不合時宜、也不可行」，而《恐怖分子》便是一個鮮活的例證[11]。

這裡我並不打算針對詹明信有關《恐怖分子》的詮釋提出不同意見，或是辯解「後現代狀況」在非西方社會的語境裡到底意味著什麼。我的主要目的是想嘗試勾勒一個以本土為主的系譜；在這個系譜裡，楊德昌使用現代主義主題的重要性將由不同的標準來衡量。詹明信針對《恐怖分子》裡中產女作家得獎小說的讀者群所提出的疑問提供了一個極好的出發點。

三、副刊文化生態

正如一九九七年一本副刊研討會論文選集所顯示的，副刊是中國現代報業一個獨特的傳統[12]。它是一份閒暇讀物，也是進行嚴肅文化對話的論壇。在當代台灣，主要報紙的副刊還同時扮演著文學出版的領航角色。特別是一九七〇年代中期至八〇年代末期這段時間，副刊取代了曾經孕育現代主義和

---

6 Fredric Jameson, "Remapping Taipei," in *New Chinese Cinemas: Forms, Identities, Politics*. Ed. Nick Browne, Paul G. Pickowicz, Vivian Sobchack, and Esther Yau (New York: Cambridge University Press, 1994), p. 123.

7 焦雄屏編著，《台灣新電影》，頁七八。

8 同前註，頁九五。

9 很明顯的，詹明信將這部電影放置在一個歐洲中心的文學現代主義系譜裡；他把片中多重交疊的情節拿來和多部二十世紀西方現代主義經典相比：包括紀德的《偽幣製造者》（*Les Faux-monnayeur*, 1925），雷諾瓦（Jean Renoir）的《遊戲規則》（*La Règle du jeu*, 1939），法斯賓達（Rainer Werner Fassbinder）改編自納博科夫（Vladimir Vladimirovich Nabokov）小說的電影《絕望》（*Despair*, 1978），和康拉德（Joseph Conrad）的《間諜》（*The Secret Agent*, 1907）。

10 見學者張英進下列討論及引述：Yingjin Zhang, "The Idyllic Country and the Modern City: Cinematic Configurations of Family in Osmanthus Alley and The Terrorizer," *Tamkang Review* 25.1 (1994): 81-99.

11 Fredric Jameson, "Remapping Taipei," p. 123.

12 瘂弦、陳義芝編，《世界中文報紙副刊學綜論》（台北：行政院文化建設委員會，一九九七）。

鄉土文學潮流的菁英同人雜誌，一躍而成文學生產的重量級倡導者兼審鑑者。絕大多數的戰後嬰兒潮世代小說創作者都是經由獲得副刊年度文學獎而展開他們的文學生涯[13]。

副刊文學獎在《恐怖分子》這部影片裡有相當大的可見度：片中描寫一對中產階級夫婦，妻子辭去正常工作，全心投入副刊小說競賽參賽作品的寫作。當她終於如願以償贏得首獎時，銀幕上首先出現了措辭誇張的報紙頭條，接著是電視錄影棚裡的一幕：一整排電視屏幕同時播放著她回答記者採訪的重複影像。詹明信把這一幕的寓意解讀為文學在媒體時代和電視、電影相較之下明顯被削弱的地位，並加以評論說：「我們不清楚電影裡什麼人真正讀了這篇獲獎小說……」[14]。

然而詹明信顯然誤讀了這一個情節。熟知當時情況的觀眾不可能領會不到這部電影針對副刊在一九七、八〇年代台灣文化生活中的權威性地位所做的微妙嘲諷。片中電子媒體複製新受封作家接受電視訪問的片段，是一年一度副刊文學獎公布儀式中人人熟悉的一幕。如此暗含譏諷地呈現這個公共空間裡極富戲劇性的場面，在渲染當時那個獨特文化氛圍的同時，也邀請親身參與了這個文化的本地觀眾對它背後的社會支撐力加以反思。

台灣禁止發行新報刊、並限定報紙印刷頁數的嚴格出版法於一九八八年解除，在此之前，副刊是四九年後知識階層最普遍的家庭讀物。由於一般新聞受到嚴格的審查，千篇一律，報紙在某種程度上靠副刊來吸引訂戶。在電子媒體充分自由化之前，報紙堪稱台灣最為先進的文化產業。其中得政府青睞的《聯合報》和《中國時報》更是傲視同儕。副刊擁有豐富的財務和人力資源，在當時半封閉的台灣社會裡成為人們接觸外面世界的一扇窗口；每年諾貝爾文學獎得主宣布時，副刊的大事報導間接證明了這一點。副刊主辦的種種文化活動，如隆重的頒獎典禮、飯店豪華大廳的酒會、優越的稿酬等所營造的節慶氣氛和富裕感，襯托出台灣於一九八〇年代脫離戰後經濟匱乏、進入蓋・德柏（Guy Debord）所謂消費時代「展觀社會」的一種過渡景觀[15]。

副刊文學獎的優勝者一夕之間成為社會名流，他們的作品則迅速由副刊周邊的主流出版社付梓。副刊文學在知識人口結構中的某些部分流傳度甚廣，《恐怖分子》中富家男孩的女友便是個典型代表。電影一開始時，女孩在床上閱讀的那本小說是洪範書店出版的，當時的觀眾一眼就能從書的封面辨認出來。儘管片中的女孩顯然是個有經驗的文學讀者，深知小說故事原屬虛構，不可當真，然而她還是免不了受到其中行為模式的影響，這由她跟富家男孩分手時戲劇化的自殺企圖可窺知一二。

副刊文學無可否認的流行性格並不妨礙它在一九七、八〇年代被賦予的正統文化地位。從事文學審鑑的人員（編輯、文學獎評審、出版人等）以及創作者本身（多為戰後嬰兒潮世代）所用來識別、鑑賞文學的範疇，深深受到前二、三十年的菁英現代主義和鄉土文學潮流的影響。副刊文學至少在表

13 我的新書《台灣文學生態：從戒嚴到市場》（*Literary Culture in Taiwan: Martial Law to Market Law*, 2004）對副刊在當代台灣文學生產中所扮演的重要角色有部分討論。參見盧非易，《台灣電影：政治、經濟、美學，一九四九—一九九四》（台北：遠流，一九九八）。

14 Fredric Jameson, "Remapping Taipei," p. 138.

15 Guy Debord, *The Society of the Spectacle*, trans. Donald Nicholson-Smith (New York: Zone Books, 1995).

面上不背離這些原則。只是高層文化典範和實際市場需求之間必然產生的牴觸卻愈來愈不可避免。譬如說，《恐怖分子》裡中產夫婦中的妻子表面上是因為無法忍受生活本身無意義的重複——一個標誌性存在主義式主題——才開始寫作的；在某個鏡頭裡，她直視觀眾，用令人立即聯想到台灣現代主義小說的腔調述說她的苦悶。然而另一方面，她對文學的追求卻是步步為營地遵循著現代社會裡中額文學如何被生產、認可與消費的標準模式。

這便觸及了本文論證的核心。副刊文學的蓬勃對於此一歷史時刻台灣創作者和讀者藉以識別、賞鑑文學的文類位階之演變有著不可輕忽的影響。不同於將文學寫作視為嚴肅的智識活動的戰後世代現代主義與鄉土文學作家，一九八〇年代的創作者將文學看成一種事業，而副刊文學獎無疑是一個通往成功的進身階。然而由於過往年代高層文化嚮望的餘緒猶存，這個演變在八〇年代流行的文學論述中並未充分地被認知。評論者和創作者齊心協力，讓這個高層文化幻景持續發酵，造成了頗多對中額文學藝術形式的不當分類或過度評價。《恐怖分子》對中額文學和藝術類型保持了一定的「反諷距離」，以此而達到的祛除迷思的效果，要等多年之後才在台灣文化圈裡適度地被領會。

四、環繞副刊的文化生態與「新電影」

台灣戒嚴時期文化場域中存在的結構性矛盾，毋寧是造成菁英批評論述和主流文化產品的中額性質之間距離的主要原因，而《恐怖分子》的自我反身指涉是脫離這種困境的一個有意義的指標。要理解這個現象，我們必須先探討副刊文化的政治意涵，然後才能處理它和台灣新電影、以及新電影扛鼎之作《恐怖分子》之間的關係。

副刊體制強勢的文化主導地位，是軟性威權政府在台灣社會經歷著市場轉型的過程中所實施的文化控制之產物。威權政府對大眾傳播媒體的監控特別緊密；因此一九四九年後早期的副刊主編多是受國民黨政府信賴的外省人。這些主編和其他政治上受眷寵的文化參與者在當代台灣選擇性地繼承了民國時期中國大陸的五四傳統，其中包含了作為「新文學」催生者的副刊——「新文學」是一種以白話文為媒介，具有積極性、教誨性的文學，是五四知識分子試圖「啟蒙群眾」的主要工具。在台灣，副刊在文化領域裡的分量有增無減，並且被賦予各種政治性的使命。

副刊被欽定為一個維護正統中國文化的體制，早些年被國家機器用來在曾經受日本教育的台灣民眾間推廣國語，並承擔灌輸意識形態的功能。到了一九七〇年代鄉土文學運動興起，副刊轉而成為官方論述和反對言論之間相互角力的場所。通過政府信任的文化參與者（比方說政工幹校出身的聯合報副刊主編），國民黨政府得以對一九七七至七八年間激烈的鄉土論戰做出某種程度的掌控和約束。論戰過後，當局技巧地運用副刊來收拾殘局、彌合對立派系、重新鞏固主導文化意識形態[16]。

副刊主編於一九八〇年代面臨了不同性質的挑戰。一方面，台灣社會如此快速的成長使得國民黨

16　參見瘂弦編，《眾神的花園：聯副的歷史記憶》（台北：聯經，一九九七）。我在《台灣文學生態：從戒嚴到市場》第六章開頭對此現象有部分討論。

在政治社會層面的束縛不再有效，然而另一方面文化生產的硬體機構（如報業）仍然受到國家機器的管制和監督。擁有豐富人脈、個人魅力，和其他社會資源的副刊主編於是施展謀略，機敏地扮演了一個斡旋於統治當局與企求改革的民間勢力之間的中介者角色。他們成功地將國民黨欽定的主導文化轉譯成投合同質性甚高的保守中產讀者品味的出版物，釀造了一個新的文化生態。事後證明，這個文化生態成為滋養好些重要新興藝術類型——包括主流劇場、副刊文學和新電影——的肥沃土壤[17]。

在台灣新電影和副刊文學之間存在著一個特殊的共棲共生關係。兩個文化類型都從戰後嬰兒潮世代的自我身分追尋中汲取動能；這個年齡層的藝術創作者此時剛好步入成熟階段。兩者皆在很大程度上得益於一九六、七〇年代台灣文學復興所積累的文藝資源；早期新電影作品中有極高的比例改編自這個時期的小說。不少創作人才同時跨越兩個藝術類型：最知名的包括作家兼編劇朱天文和吳念真、創作者出身的文化官僚小野、小說家兼導演張毅；其他如評論者詹宏志在兩個領域中都有相當大的影響力。雖說台灣文學的成就是新電影最初追隨和模效的對象，然而由於影片的可轉譯性遠遠優於文學，又適逢華語電影在國際舞台上驟然崛起，於是不假時日，後者便在藝術層次和有效處理當代議題的兩方面超越了前者。

在台灣新電影發展的過程中，政府文化機構——特別是中央電影事業股份有限公司（中影）和行政院新聞局——扮演了一個堪稱正面、卻暗含玄機的角色。在提供資源給缺乏經驗、非商業取向的年輕電影從業者的同時，也對他們的藝術表達造成某種程度的囿限。從這個意義上說，如《聯合報》、《工商時報》和《中國時報》等主流報紙的文化版面所做出的貢獻可說是不亞於前者。

新電影的倡導者大多來自嬰兒潮世代，他們與文化機構中的開明人士聯手，形成壓力團體，和國家機器展開了熱烈積極的協商：一方面要求解除意識形態上的管制，另一方面責成政府提供資源，協助他們對抗赤裸裸的市場壓力。焦雄屏選錄於《台灣新電影》一書中當時所發表的文章和其他歷史文獻顯示，新電影的推手們將所謂的「保守勢力」視為頭號敵人[18]。這些「敵人」指的不只是那些反對意識形態鬆綁的政府官員，也同時包括許多對電影懷有歧視，把它全然當作「娛樂」看待的社會人士。新電影支持者極力主張將電影定位為「文化」，甚至是「高雅文化」，其目的在於奠立一個合法性基礎，以利於他們爭取更多公共資源（一個相關的背景是「娛樂事業」產品通常會被科以重稅）。

在這個協商過程中，高層文化美學觀扮演了一個極為關鍵、但也不乏曖昧意味的角色。一方面，新電影作者嘔心瀝血的美學經營有助於將電影確立為一種正當性藝術，具備接受公共資源補助的資格；同時他們提升群眾文化素養的菁英主義動機頗能迎合政府文化機構的道德性訴求。另一方面，高層文化的論述修辭，卻在某種程度上掩蔽了新電影推手的真正目標。他們之中許多人只是單純地期望能夠克服各式各樣的障礙，讓電影從業者能夠好好製作電影——不論是具有政治性或商業取向的電影。這個努力大體上是成功的。事實顯示，新電影和副刊文學同樣都獲得了相當豐裕的公共資源，於是開啟了一個主流文化的再生契機，打造出一個台灣文化發展的黃金時代。不過這些中產文化產品卻

17 *Literary Culture in Taiwan*, chap. 6, part 2.

18 焦雄屏編著，《台灣新電影》。

大部分以菁英文化的包裝行世——這或許可以用來解釋為什麼當時的文學和電影評論如此強調諸如人道主義、家庭倫理，以及其他一些政府所推崇的主導文化價值。

如上所述，心態保守的政府與文化從業者之間維持了一個互惠的關係，這讓那些在純粹藝術追求上更有企圖心的新電影作品在國內市場上的表現差強人意。然而這種情況難以持久。隨著經濟自由化腳步加快，文化分層與市場區隔的現象變得更為顯著。《恐怖分子》裡自我反身式的批判透露出藝術創作者在「大分水嶺」前夕對周遭現實中所發生的變化已經有所自覺。若是我們考慮到這個分化效應實際上有多麼重大，那麼《恐怖分子》的先兆意涵就更加清楚了。

五、大分水嶺之後：跨國文化空間

解嚴後的政治與經濟自由化所釋放出的能量，將台灣文化場域的蛻變更加明確地推往前段所述及的方向。由於國民黨政府改變了它長久以來透過國家所支持的文化體制來推行一個保守性主導文化的做法，使得文化生產扎扎實實地落入了消費市場的掌握中。與此同時，經濟自由化為本地消費者引進了全球市場上數量和種類都極為龐大的文化產品[19]。這個衝擊對本地的文化生產者來說，有如一場徹頭徹尾的方位崩解；我們可以從一九八、九〇年代之交連續出現的、斷言不同類型藝術形式「死亡」的宣告中——純文學（副刊文學之屬）之死、新電影之死，和小劇場（崛起於八〇年代末的後現代前衛劇場）之死——窺知一二[20]。

實際上，本地文化生產自然還是繼續存活著——只是必須對文化場域的全盤結構性重組做出調適。被宣告「死亡」之後的新電影，其發展過程中的若干面向大可用來闡明這種變化的性質。作為台灣文化產品進入全球體系的前哨，新電影一方面沿襲了之前本地文化發展的積累，另一方面也展現出若干明顯來自於與跨國電影生產場域裡支配規律互動所產生的特質[21]。稍後的討論將試圖指明，侯孝賢、楊德昌、蔡明亮等作者導演對現代主義主題和美學意識持續而益見成熟的運用，對塑造他們個人風格具有決定性的影響。然而我也要同時強調：現代主義在西方的全盛期退潮許久之後，又意外地在台灣作者導演的手中經歷了一場小規模的復興；這個現象毋寧是構成文化全球性擴展的一個元素，因

---

19 包括好萊塢電影，以及香港流行歌曲、日本暢銷小說、日本與韓國電視劇等亞洲流行文化。

20 以向陽為代表的作家和編輯於一九八、九〇年代之交屢屢在文章或演講中對「純文學」之死表達惋惜。一九九四年夏，《人間副刊》在天母舉辦了一系列小劇場展演，當時許多評論者一致認為人們對小劇場運動的熱情業已退潮。參見鍾明德博士論文"The Little Theatre Movement of Taiwan (1980-89): In Search of Alternative Aesthetics and Politics (Ph. D. diss., New York University, 1992)。電影方面，見迷走、梁新華，《新電影之死：從《一切為明天》到《悲情城市》》（台北：唐山，一九九一）。

21 這裡我將布赫迪厄原本以國家為單位的文化場域理論挪用來理解全球化時代發生於國際層次的跨國電影生產。對布赫迪厄來說，所有社會形構都是由一系列以高下層級方式存在的場域——經濟場域、教育場域、政治場域、文化場域等——所組成的。每個場域都是一個空間結構，有它自己的內在規律和權力關係。見 *The Field of Cultural Production*, p. 6.

為全球化原是一個具有無比強勁含納性，同時可將時空界限消除無痕的過程。

蔡明亮的《愛情萬歲》（一九九四）、《河流》（一九九六）和《洞》（一九九八）將怪獸般的城市視為現代文明的象徵。毋庸置疑的，電影中許多標誌性的現代主義特質有著純屬本土的肇因，即晚近在台灣出現的資本主義都會文化所帶來的疏離和非人性化現象。蔡明亮這些文化批判表面上看來似乎是時空倒置，實際上卻有力地揭露了在不久之前仍被歸類為「第三世界」的地區中所發生的一個特殊現象：「壓縮的現代性」。我們只需將《愛情萬歲》與侯孝賢早十年拍攝的電影《戀戀風塵》（一九八六）中所描繪的台灣首府台北互相對照，便可以清楚地感受到資本主義式都會擴張在當地被極度壓縮的發展進程[22]。

兩部影片都是以居住在台北、但與這個城市的財富與榮耀大體無關的「邊緣」人物為主角。但是它們之間的對比卻十分尖銳。貧窮，一九八〇年代新電影中出現的壓倒性主題，也是將《戀戀風塵》裡兩小無猜的戀人痛苦地拆開的原因，在蔡明亮的當代都會寓言中幾乎全然消逝無痕。一起消失的是具有實質內涵的人際關係。這個傳統人際關係是侯孝賢電影中在城市打拚的年輕人過於沉重的負擔，但也是他們感情慰藉的來源。像許多六、七〇年代的台灣人一樣，這些年輕人在都會城市裡覓得一份卑微的工作，將所得寄回窮困的鄉下貼補家用。如果說《戀戀風塵》嚴肅的人道主義關懷讓人聯想到歐洲二戰結束後的「新寫實主義」——片中的摩托車情節與《單車失竊記》有強烈的呼應——那麼《愛情萬歲》則是自覺地採用存在主義劇場和歐洲經典藝術電影的形式技巧，來冷峻地呈現現代人空虛的生存狀態。

將二十世紀末物質富裕的台北與一九六〇年代法國新浪潮電影中的歐洲城市做鏡像對比，這自然不是一個無心的巧合。它在表層意義上指向一個現代性的線性發展觀：資本主義式的社會現代化沿著一條直線向前邁進，它所激發的文化領域裡的現代主義也是如此。當然，這種觀點不可能完全正確。同時必須納入考量的，是導致蔡明亮採用那些高度經典化現代主義形式技巧的體制性因素。

國民黨政府在後冷戰時期的外交角力場裡的縱橫捭闔，意外地給了新電影不少助力，讓它得以順利地進軍全球性舞台。從一九八〇年代末期開始，面對中華人民共和國日漸升高的壓力，同時受到台灣新電影在國際影展得到初步認可的鼓舞，新聞局開始技巧地將電影納入為台灣爭取更大「國際生存空間」的外交議程中。政府支助的年度參展活動將台灣新電影引進一個跨國電影生產的「次場域」、環繞著國際影展的流通網絡。這使得台灣的電影從業者開始服膺一套統御著「國際藝術電影」的創作標準、慣例和成規，並從而尋得一個最佳的切入點。若說以國族史詩的方式處理文革題材讓張藝謀和陳凱歌得以將他們的作品在主流藝術電影全球市場中取得一席之地，一九九〇年初期至中期這段時間裡，現代主義主題和美學設計則幫助台灣新電影找到了它自己的位置。

美學現代主義被台灣的作者導演用來充當一種文化通行證，這個觀點並不見得與其他（如「壓縮現代性」）的詮釋框架互相牴觸。只是如果能把跨國電影生產視為一個布赫迪厄所界定的「場域」，誠然將有利於進行一個更為全面的歷史脈絡分析。如果接受「文化參與者始終是在運用某些特定的策

22　參見*The Field of Cultural Production*, p. 6.

略、俾求達到某些特定的效果」的說法，那麼研究一九九〇年代初以降的台灣新電影，就必須考慮到下列因素：「藝術電影」本身的運作規律及其特定觀眾對電影成品的預期如何影響到台灣新電影從業者的「位置攫取」策略。

我們可以把楊德昌最新一部作品《一一》（二〇〇〇）當作「全球性決定性因素先於純粹本地性」的一個樣本。首先，這部電影將若干具有標誌性的現代主義主題放置在一個不折不扣的後現代語境中，比如片中強調原創性藝術／科技發明——「向人展示他們所看不到的東西」——的救贖功能，認為它足以挽救氾濫的物質主義和貧乏的精神生活。其次，片中的美國、台灣和日本不再被拿來象徵資本主義式現代化進程的幾個階段；相反的，它們只不過是在同一條電腦軟件生產鏈上占據了不同位置的地理單元——這毋寧是今日以資訊科技為軸心的全球化資本主義的一個特徵。

然而正如《一一》的例子所明白昭示的，這個全球性現象同時含帶有地區性的效應。拜經典現代主義之賜，台灣新電影在國際影展流通網絡中如今占有一席之地；而在此同時，過去十年間他們在亞洲內部也獲得了相當可觀的實質性和文化性的資本。舉例來說，侯孝賢對純粹美學境界的探索延續了當代台灣藝術創作者以西方為楷模的高層文化追求，而受到他「長鏡頭」技巧影響的追隨者則大多數是泛亞洲文明區塊之內的導演（包括中國大陸、日本和南韓）[23]。

同時令人矚目的是，涵蓋了中華人民共和國、台灣、香港、華人僑居地的「大中華」文化語言圈內的電影從業者所形成的合資關係及人際網絡，在這段時間內經歷了倍數的成長。許多新標籤，像「華語電影」、廣義的「中國電影」等，開始被使用，試圖給這個急速發展的「跨國」現象一個新的身分認證。

將這個新的跨國電影的個別成員連結起來的共通性因素有許多；「平常美學」是其中之一，可以追溯至一九四〇年代上海作家張愛玲。張愛玲精緻世故的都會傳奇在華人讀者群的魅力持久不衰，延續了超過半世紀。先是將她塑造成香港、台灣的超級文化偶像，從八〇年代起，又在後社會主義的中國掀起了強勁的流行風潮。受到張愛玲小說和風格影響的電影和文學難以計數；後者包括嚴浩的《滾滾紅塵》（一九九〇）、關錦鵬的《紅玫瑰、白玫瑰》（一九九四）、陳可辛的《甜蜜蜜》（一九九六）、許鞍華的《半生緣》（一九九七）、侯孝賢的《海上花》（一九九八），和王家衛的《花樣年華》（二〇〇一）。

結論

本文的第一部分建議將《恐怖分子》色彩鮮明的現代主義主題視為一九六、七〇年代——彼時正值楊德昌的青少年時期——台灣本地現代主義運動的餘緒。台灣的現代主義文學運動受美式自由主義意識形態影響，公開提倡以西方為楷模追求高層文化；在此同時，它也應該被看作是台灣戒嚴初期一

23 著名電影學者大衛．波德威（David Bordwell）曾有文章詳細介紹侯孝賢對幾位年輕亞洲導演的影響（文章發表於二〇〇三年威斯康辛大學的研討會，「光輝的島嶼：台灣電影與流行文化」）。

個強勁的「另類」文化形構（借用雷蒙・威廉斯的術語）[24]。如前所述，延綿不斷的高層文化追求在八〇年代初的新電影運動中仍昭然若揭；而也正是在八〇年代這段時間裡，台灣的文化場域快速地向市場移動，藝術的評價標準也隨之改變。到了《恐怖分子》出現的時刻，周遭的文化氛圍已大幅改觀，以至於我們對它的「另類」性的理解，必須從它所針對的商業取向文化的蓬勃興起——而不再是政治性的文化干預——來著眼。《恐怖分子》裡自我反身指涉的現代主義形式設計讓它與片中所描繪的、在這種語境中茁壯的各類中產文化形式之間，保持了一個批判性的距離。大分水嶺之後，雖然台灣新電影導演仍然潛心於現代主義主題和美學形式的襲用，但大環境裡全球化趨勢的效應也開始日益彰顯。由於藝術電影流通網路是台灣創作者參與跨國電影生產的主要管道，如今他們對歐洲現代主義經典特質的挪用也染上了策略性自我定位／自我推銷的色彩，難免受到藝術電影特殊運作規律的支配。總而言之，要想清楚地了解經典現代主義在這個時期的台灣新電影裡究竟是以何種樣貌呈現，必須將跨國電影生產場域的某些特殊面向一併納入考量。這些面向包括：人際網絡的形成；美學潮流和技巧創新在以地理及文化／語言劃分的區域內部或區域之間的傳播；文化生產者的位置攫取策略；場域內部運作規律與文化親近性、現代化進程、地緣政治等因素之間的互動。

---

24 Raymond Williams, "Cultural Theory," *Marxism and Literature*, pp. 108-20.

第四章 台灣文學裡的「都會想像」、「現代性震撼」，與「資產階級異議文化」[1]

一

近年來許多學者熱衷於研究「都會想像」，把它視為人們對「現代性」主觀體驗的一個重要內容。嚴格說來，這裡所謂的現代性指的多半是呈現在資本主義社會裡的現代性。資本主義帶來了工業化和商業化，人口向城市集中，使得城市裡出現了與過去的人類文明大相逕庭的物質環境和人文景觀。「都會景觀」（metropolitan cityscape），亦即大城市裡的建築風格、空間結構、賣場活動、街市風

1 本文原發表於二〇〇四年十一月二十七日在台北市政府文化局主辦之台北學國際學術研討會「重訪台北：隱喻想像與賦形流轉」；後收入張宏生、錢南秀主編，《中國文學：傳統與現代的對話》（上海：上海古籍出版社，二〇〇七），頁七一一—二七。

景、居民日常生活等，於是成為人們想像現代性、感知「現代性震撼」的實體媒介。

這類研究的一個重要影響來源是班雅明（Walter Benjamin, 1892-1940）寫於一九二、三〇年代的一些論著。包括班氏以歐洲城市如莫斯科、威尼斯、柏林等為對象的一些文字素描，和他研究法國象徵主義詩人波特萊爾（Charles Baudelaire）的著名論文[2]。這些文章的一個核心主題是十九世紀中葉崛起的現代性都會（以巴黎為典型）對人類心靈所造成的震撼。班氏所提出的一些富有創意的概念，如集體遺忘、城市的歷史記憶、邊緣、救贖、都會神話等，在過去一、二十年裡被眾多學者一再引述並多面向地加以發揮[3]。

班雅明的都會研究和二十世紀初期的現代主義美學之間無疑有著十分密切的關聯。他在泛屬現代主義的前衛藝術運動（如超現實主義）裡，看到與都會經驗相對應的表達形式，如斷片組合、跳接、視覺效應等。他本身的寫作風格也充分顯示出現代主義美學的一個基本特色：曖昧性（ambivalence），一種充滿了自我牴觸、好惡相剋，對某種人、事、物同時具有雙重矛盾的情感狀態。

在台灣，現代主義文學於一九三〇年代後半期，和五〇年代中期至七〇年代之間，曾經兩度風行。發生這個文學潮流固然很大程度是受到西方現代主義作品和思潮的啟發，它的接受和流行也勢必和台灣居民的都會想像，以及他們透過城市風貌和生活樣態的改變所體驗到的「現代性震撼」之間，有著某種對應關係。另一方面，東、西方現代化進程有著不同的時間表，不同的歷史動力，而因應於現代化所產生的現代主義文學也必然呈現不同的特性和發展軌跡。

另一位重要的學者威廉斯曾經極力強調「都會性」（metropolitanism）及「世界性」（cosmopolitanism）

與現代主義文學和前衛藝術之間的緊密關聯[4]。他從左翼行動主義的立場出發，認為現代主義文學藝術屬於一種「資產階級異議文化」（bourgeois dissidence）。資產階級在歐洲崛起的歷史時刻自然早已過去。可是在威氏一九八八年去世後出版的《現代主義的政治》（*The Politics of Modernism*）一書裡，提到了在一九四五年之後，全球普遍出現了一個新興的資產階級；他對這個新興資產階級透過前衛藝術表達出進步思想的可能性，仍然抱持相當程度的期待[5]。

二十世紀後半葉，台灣和許多其他非西方社會一樣，經歷了快速的現代化，也同時見證了新興資產階級的崛起。那麼，我們是否也在當代台灣看到了所謂的資產階級異議文化？如果答案是肯定的，它在文學領域裡的表現為何？和大家所熟知的現代主義文學運動，以及台北都會發展的歷史進程之間，又存在什麼樣的關聯？

---

2 Walter Benjamin, *Illuminations*. Ed. Hannah Arendt. Trans. Harry Zohn (New York, Harcourt: Brace & World, 1968).

3 Graeme Gilloch, *Myth and Metropolis: Walter Benjamin and the City* (Cambridge, UK: Polity Press; Cambridge, MA.: Blackwell, 1996).

4 Raymond Williams, *The Politics of Modernism: Against the New Conformists*. Ed. Tony Pinkney. London (England); New York : Verso, 1989.

5 同前註，頁六一。

二

談到台灣文學與台北市所呈現的現代都會人文風貌之間的關係，大家都會想起施淑教授發表於《呂赫若作品研究：台灣第一才子》（一九九七）裡的一篇文章，〈首與體——日據時代台灣小說中頹廢意識的起源〉[6]。文章裡談到日據時代殖民政府實施的一些新政策和城市規畫，以及伴隨著殖民現代化而出現的新都會景觀，如何改變了人們的時空概念與文化想像。一九三〇年代中期以後出現的帶有現代主義風味的小說，在某種意義上可以看作是這種殖民現代性在文學場域裡的表徵。這種文學潮流在此時出現，和當時返國的留日知識分子一種特殊的心態有關。這些台灣社會上的新菁英分子儘管身在台北，卻對記憶中有如第二故鄉的日本現代都會充滿懷念和嚮往，形成一種文化上的「雙鄉」現象[7]。

戰後台灣社會所經歷的快速現代化，充分展露於首善之區台北的市景變化中。而深受西方影響的現代派也在一九五〇年代末、六〇年代初興起，在文藝界裡帶領風騷，達一、二十年之久。這兩者之間是否有著如班雅明論述裡提到的，存在於十九世紀歐洲城市和文學之間的對應現象？我曾經向和白先勇、王文興、陳若曦一起創辦《現代文學》的歐陽子女士提起這個問題。她十分肯定地表示，儘管她本人在六〇年代初期的寫作，深受現代主義文學觀念和技巧的影響，然而她記憶中當時的台北並非一個現代性大都會。要等到六〇年代中期以後，受到越戰影響，台北才漸漸繁榮，指標性的大百貨公司也才相繼出現。這兩者（戰後台灣現代主義運動和台北都會現代性的進一步發展）之間有一個短暫的時間落差。

按照一般的定義，台北應該是早在二十世紀初就開始具備一個現代城市的規模，遑論一九五、六〇年代。然而我們這裡所關注的，並非社會科學上的定義，而是人們對現代都會的主觀想像。如果說當時台北的物質環境不能激發創作者典型的都會想像，重要的原因恐怕是由於欠缺一種蓬勃自由的消費文化。太平洋戰爭結束後台灣遭受到的政治經濟重創尚未平復，國府遷台初期物質生活普遍匱乏，台灣居民與外界的溝通受到層層限制。我們回想五〇年代一般文學作品裡的人物，對這個「非常時期」的自處之道，通常是強調應該怎樣以堅毅的精神來克服困難，超越物質生活上的局限。這種「克難」心態在有些六〇年代的文學作品裡被延續了下來，甚至被昇華為一種愛國主義和精神美德。張曉風的散文就是一個極好的例子。

在直接受到現代主義洗禮的作品裡，我們則看到更多以冷冽的筆調所描繪的貧窮——不只是個人或普羅階級的貧窮，而是社會上普遍的匱乏。關注貧窮的作家不限於具有鄉土主義傾向的陳映真、黃春明和王禎和。被公認為現代派經典之作的王文興小說《家變》裡有台北狹窄破舊的公教人員宿舍、污穢的公廁、簡陋的辦公室——有一次當主角范曄全家到陽明山遠足時，罕見地出現了與這一切大不相同的深宅大院，主角的媽媽略帶神祕地說：「有錢人住的」；足見「富裕」和一般台北居民之間距離

6 發表於陳映真等著，《呂赫若作品研究：台灣第一才子》（台北：行政院文化建設委員會，一九九七），頁二〇五—二一三。

7 同前註。

是如此的遙遠，以致在他們的心目中好奇多於嫉恨。此外，當時台北城內許多地段顯然尚未被商業區全盤占領；可解釋主角何以花了相當大的篇幅，以抒情的筆調描寫住家附近一條河流上的自然美景。

白先勇的作品裡對台北這個城市的描繪則屬於另一個典型。《臺北人》故事集留給讀者最深刻的印象，莫過於坐落在仁愛路或天母的公寓或官宅的豪華客廳。然而這些場景在故事裡最主要的功能是與一九四九年前的上海做對照。換句話說，作者的都會想像主要是以另一個城市作為投射對象。在白先勇小說的圖景裡，台北的都會現代性此時仍處於微弱的萌芽階段，可以〈永遠的尹雪艷〉裡的成功企業人士徐壯圖為代表。徐壯圖所隸屬的新興中產階級，在往後數十年中將成為台北都會發展的主力，而在故事裡與代表著往日上海繁華與罪孽的上流社會交際花尹雪艷交往時，卻不幸受剋身亡，透露出某種程度的象徵寓意。

台北的當代都會發展是台灣整體社會在二十世紀下半葉現代化進程的最重要表徵。如果說興盛於一九五、六〇年代的現代派作品並不包含以台北為對象的都會想像，那麼它和我們一般所習稱的現代主義之間的確切關係為何？這涉及到中西比較文學、文化研究裡的一個核心議題，我們不妨在下面做一些學理上的釐清。

三

在台灣的文學批評辭彙裡，「現代主義」通常用來指涉一個發展於西方十九世紀後半葉到二十世紀初期之間的重要文藝風潮，它所屬的流派，以及主要的美學特徵。它並不像英文字「modernism」，同時是一個普通名詞，可理解為「人們對『現代性』（modernity）這個特殊的歷史經驗在文化層面上所產生的反應」。一九六、七〇年代受到新批評主義影響的台灣文學研究者，側重於個別作家的創作行為，以及文本的藝術特質，因此當他們使用這個詞彙時，通常指的是受到西方現代主義文藝思潮影響或啟發的本地文學創作。近年來文化研究興起，注意力轉向文學的生產、流通和接受等周邊現象，以及制約文學活動的經濟、社會力量如何在文化場域中運作。這就必然牽涉到非西方社會遭遇現代性時，與西方迥然不同的歷史脈絡。受到九〇年代流行的後殖民論述的啟發，許多學者們已經嘗試對發生在非西方國家的現代化歷史經驗重新做出界定，依據它們不同的特質而提出「殖民現代性」、「翻譯現代性」、「另類現代性」等新詞彙。這自然也衝擊到我們對台灣的現代主義文學的思考方向。

李歐梵教授於二〇〇一年出版的《上海摩登：一種新都市文化在中國，一九三〇—一九四五》（*Shanghai Modern: The Flowering of A New Urban Culture in China, 1930-1945*）一書裡對屬於「準現代主義」的「新感覺派小說」的論點頗值得我們參考[8]。李書大意是說，由於一九三〇年代上海作家對甫來乍到的現代性充滿了憧憬和擁抱，因此沒有留下足夠的批判空間，寫出像班雅明那樣愛憎相斥的典型現代主義作品。以在西歐特定歷史時空裡發生的現代主義美學特質做標準，來檢視非西方社會裡

---

8 Leo Ou-fan Lee, *Shanghai Modern: The Flowering of a New Urban Culture in China, 1930-1945* (Cambridge, Mass.: Harvard University Press, 1999).

受其影響啟發的現代派作品，原是比較文學學科裡常見的研究角度。李書不同之處，在於它把重心放在三〇年代上海所出現的現代性的特徵和歷史脈絡，因此在前提上回應了「另類現代性」的說法。

另一種十分具有說服力的看法，則是將現代性的生命週期拉長，把二十世紀晚期的資本主義全球化和跨國文化流動的現象，視為是現代性全球性擴散的一個新階段，而非所謂的「後現代」。出現於西歐的現代性，本質上具有向全球擴散的動能，在過去三、四個世紀經歷了許多斷裂、分歧、重複、和蛻變，至今仍處於「未完成」狀態。這個看法不止一個藍本，社會學家紀登斯（Anthony Giddens）提供了一些基本概念。

紀登斯對現代性做了一個簡單的定義：「現代性指的是十七世紀出現於歐洲，其後影響幾乎遍及全世界的，關乎社會生活和社會組織的特定模式」[9]。這個現代性具有全球化的傾向，包含四個主要面向：國族國家、世界性資本主義、國際分工，及大規模武力。與這些面向相對應的是四個現代特有的體制：資訊管制與社會監督、資本累積與市場運作、軍事力量管理（對行使暴力工具的控制）、工業化（對自然的轉化和環境發展）[10]。其中第一、二兩項——資本主義市場競爭和營利原則，以及政府的社會監督——直接影響文學的生產和消費模式，其運作規律也在無形中改變了人們對文學基本功能、美學價值的傳統認知。而都市則無疑是這兩種現代特有的體制——亦即國家的監督體制（無可諱言的，二十世紀中期許多非西方國家維持威權政治體，都高度依賴對文化的掌控）和遵循市場邏輯的文化工業——生存及發展的主要場所。出版業和媒體、制定文藝政策和執行審查工作的政府機構、評鑑及研究作品的學院，以及作為消費者主體的中產階級，大多集中於都市。文化場域裡大部分的競爭、協商、主要促銷活動也在都市中進行。因此不論作家和讀者群是否局限於城市居民，都市的繁榮直接影響到文學的體制層面。

國府遷台初期，台灣文學生產體制受到國家的監督大於市場的主導。一九五〇年代作家協會、文藝獎金委員會，和官方掌控的文學雜誌都是設置在政治首腦的台北。因為文藝政策和國家意識形態緊密掛鉤，主導論述中不免承襲了傳統的載道觀，將文學放置在高層文化位階，注重作品的道德教化性。影響所及，副刊雜誌也都維持著保守的正統形象，而主流文學作品則多面呼應這種道德論述和國家的政治需求。這和都會描寫的「道德化傾向」（不屑於頹廢、奢華的行為；勉勵時人堅毅克難、與政府共體時艱）無疑有直接的關聯。而一九五六年發生的幾個指標性事件——停辦文獎會、現代詩宣言、《文學雜誌》創刊、《自由中國》新文藝方向——則意味著文藝政策的轉型，和文學生產體制的自由化。在這個新的體制環境中滋長的台灣現代主義和社會的現代化同步進行。與其說現代主義文學的興起反映了現代化對台灣社會的衝擊，不如把它們看成是同一歷史驅動力作用於不同場域的結果。

如此將台灣現代主義運動看作非西方社會現代化的一環，可以幫助我們了解為什麼它立即落入了「資本主義／社會主義」二元現代化方案的左右路線之爭。現代主義的引進大多透過台北的高等學府及同人雜誌進行。學府殿堂本著維護發揚高層文化的使命感，吸收當時在歐美盛行的自由人文主

---

9 Anthony Giddens, *The Consequences of Modernity* (Cambridge [U.K.]: Polity Press, 1991).

10 同前註。

義——如阿諾德、李維士的文化論述，主張文學是探索普世價值及終極生命意義的活動——和與之配套的新批評理論，目的無非是借用西方右翼文學典範來發展在地的菁英文學，是一種文學內部的現代化運動。而和現代派作家屬於同一年齡層的鄉土文學倡導者則依循左翼文學路線，批判現代派的菁英美學觀；他們主張抵制西方文化帝國主義的入侵，標榜文學應該為低層民眾代言的社會功能。

這兩個對立的文學運動延續了自二十世紀初期以來，中國和台灣的知識分子，對應該採用何種現代化方案的不同主張。兩種方案的原型均起源於西方，而現代派與鄉土派對現代性的具體批判，也大體是先入為主地採信了西方現代化的論述。更重要的，就體制層面而言，兩者同樣是台北菁英階層知識分子的產物，高度依賴同仁型的校園文學雜誌（《現代文學》、《筆匯》、《文季》）和報紙副刊來推展運動。前面提到的體制環境改變是運動發生的必要條件。在這個意義上來說，現代主義不過是這個階段台灣文藝現象的一個有限的成分而已，與普通定義下的「modernism」（即對現代性歷史經驗的文化反映）是有差距的。無怪乎台灣的現代派小說裡缺少典型的以都市為主的現代性想像，卻充滿了以自由主義出發，對國民黨新傳統主義主導文化（如保守的父系中心倫理）的批判，多少承襲了五四的反傳統論述。而鄉土文學雖然記錄了農村在台灣戰後工業化過程中受到的衝擊，對都會的批判相對地空洞。更具歷史意義的，是整個鄉土文學運動所反映的退出聯合國引發的社會焦慮、民族主義，以及省籍人士對資源重新分配的迫切要求。

四

文學體制環境的改變是外在政治經濟環境變遷的結果，同時也意味著文學場域的結構、運作規律，以及支配原則的調整。中國和台灣的現代文學發展過程中曾經有過四波規模大小不一的現代主義運動，先後發生於一九二、三〇年代的上海，三〇年代後半日據下的台灣，五〇年代末至七〇年代國府遷台後的台灣，和八〇年代文革結束後的大陸。大體而言，這個文藝潮流都是伴隨著一個向外開放，以資本主義模式快速現代化的時期。尤其是後兩波的現代主義文學潮流，更是在短短的一、二十年之內幾乎被全面性商業發展下的通俗文化所淹沒。這種發展軌跡迫使研究者將注意力投向現代主義文學「二度接受」的現象。

「二度接受」的現代主義美學，其出現與消失、興盛與衰敗，主要受到文學場域裡內部邏輯的左右，而並非直接反映現代性到來之後的文化波動。當代台灣現代文學運動發生之際，現代主義美學在歐美社會裡已然經典化，因此擁有極大的文化資本，在本地文化場域內不同位置之間的競爭占有絕對的優勢和加持的作用。這種優勢固然很快地招致反彈，卻仍然深刻而長久地影響文壇內文學功能界定、評鑑標準等觀念架構。

要想深究現代主義美學在非西方國家「二度接受」的現象，必須考慮到現代性的一個基本特質，即「反饋性」（self-reflexivity）。根據紀登斯的定義，現代社會裡出現的一個特殊現象是，人們對自身某種行為或社會狀況從事系統性思考所得到的新知識，經常反過來對這種行為或狀況的未來走向產生影響。當現代性在二十世紀中晚期由歐美向非西方國家加速擴散時，有關的論述和美學形式也必然對現代性在當地的發展產生形塑的作用。戰後現代主義美學被引介到台灣的時間點，正好是台灣社會正要進入新一波快速現代化之前。因此台灣現代派和鄉土派的作品不但不代表當地居民對已然到來的現代性的反應，反而由於這些作品在人們心中植入對現代性先入為主的想像，應該被視為台灣社會現代化的一個形塑力量。

一九七〇年代台灣現代派和鄉土派之間的爭議，充分顯示本地知識分子如何先於事實地接受了西方現代化論述（包括反現代化論述）裡對現代性的一些概念和立場。現代派作家對西方國家近幾個世紀以來發展的理性化社會組織和啟蒙性的個人主義甚為嚮往。而鄉土派則將注意力集中於世界各地現代化進程中一再發生的城鄉爭奪戰。都市化和商業化造成了城鄉之間的對立緊張關係，彼此爭奪屬民——他們的戶籍、勞動力、和認同感。無怪乎七、八〇年代台灣鄉土文學作品中最常見的主題，是經濟起飛時期湧現的內部移民。這些作品以從東部、南部鄉下到台北謀生的工人或白領階級為主體，強調現代化都市裡的階級剝削、個人的孤絕感和勞動力被異化的現象。最膾炙人口的小說如黃春明的〈蘋果的滋味〉和〈兩個油漆匠〉，陳映真《華盛頓大樓》系列裡的〈上班族的一日〉、〈夜行貨車〉、和《趙南棟》，以及王禎和的〈小林來台北〉，都屬於這個類型。除了以台北和道德淳樸、從事傳統農業生產的南部鄉村做對比，不少作品也反映出當代台灣的特殊歷史狀況，如美日新殖民主義和跨國資本主義的昌盛。一個典型的例子是黃春明〈蘋果的滋味〉，將都會發展與這些入侵勢力的關係做了妥切的象徵性處理。故事描寫從南部到台北打工，不幸被美軍轎車撞斷雙腿的江阿發的一家遭遇，以台北到處可見的違章建築、新建國宅，和作者譃稱為「白宮」的坐落於半山腰的美國天主教醫院，呈現出第一世界和第三世界之間的鴻溝，並以蘋果的澀味象徵美援的虛偽，和受惠者必須付出的沉重代價。

儘管我們習慣性地把現代派和鄉土派看作對立的文學流派，兩者的美學觀也顯然背道而馳，他們在意識形態層面上卻有某種程度的重疊，均或多或少承襲了西方現代化論述中對資本主義的負面性批判態度。王文興於一九八一年出版的《背海的人》（上），主角逃離台北，到落後的深坑澳漁港避賭債，四周充斥著赤裸裸的貧窮。究其原因，根據主角的推度，不外是台北像磁鐵把所有的資源都從鄉下吸走了。一九八七年出版了兩個較少為人所知的作品，王文興的短劇〈M和W〉和陳映真的《趙南棟》。兩者不約而同地對八〇年代物欲橫流的台北表達出強烈的焦慮感。現代派作家李永平遲至九〇年代的《海東青》、《朱鴒漫遊仙境》，更將墮落的台北都會描寫成人間煉獄——作者對這個城市「惡之華」式的描述直接呼應西方文學傳統。

上述的討論或許可以說明，儘管一九八〇年代之前台灣小說中不乏對都會現代性的批判，其受西方現代主義既有典範、論述概念的影響大於來自親身的體驗。弔詭的是，台北在八〇年代以降的快速都會發展，大幅改變了文學生產和消費形態，使得此一類型批判現代性的作品逐漸失去了體制上的依附。以菁英知識階層為主的現代派和鄉土派相繼式微，取而代之的，是以戰後嬰兒潮作家為主，具有中產性格的副刊文學。下文一節我們就來探討一下這個一般來說偏向保守的副刊作家群，透過都會印象而表達的「現代性震撼」。

五

如果像學者大衛・哈維（David Harvey）所說的，「後現代狀況」起於工業生產組織結構性的改變，這個改變也造成生產線由西方世界向東移，以及連帶產生的、亞洲四小龍的崛起[11]。一九八〇年代的自由化和國際化也是台灣退出聯合國、與美斷交後，政府為克服外交孤立所採取的一個對策。都會發展是這一切必然的結果。儘管許多學者認為西方文化發展已經到了所謂的「後現代」時期，然而，從台灣社會本身來說，許多典型的「現代性震撼」刻正發生，這可以從文學對台北的描寫中窺見一二。

一九七〇年代中期以後，台灣的經濟發展使得大眾流行文學迅速擴張，高層文化的生存空間愈來愈受到擠壓。從七〇年代中兩大報年度文學獎成立起，至八〇年代末解嚴之間，副刊，以及與副刊掛鉤的出版社，是主導文學生產消費的重要體制，已充分具有以都會為中心的現代文化工業規模。而戰後嬰兒潮作家是參與文學活動的主體；他們在國民黨教育制度下成長，相當程度地內化了當代主導文化[12]。一種特殊的過渡型文學生態於焉產生。

更仔細一點觀察，這個副刊興盛期還可區分為前後兩期。基於特殊的歷史背景，前期出現了不少具有正面世界觀的中產文類，對都會現代性的反省較弱。此時以台北為背景的副刊小說裡，沒有菁英文學流派作家對都市的成見，也不注重經營象徵意涵，主題內容更加貼近普通市民的生活經驗，典型的人物是日益繁華的城市裡自足的小康階級，字裡行間經常洋溢著一種常被鄉土論者陳映真譴責的

「幸福意識」。蔣勳甚至用「歡喜讚嘆」為他的一本文集命名；即使在黃凡表面上看來批判都市生活的寫作裡，我們仍然可以看到一種難以掩飾的自豪，慨嘆當代的台灣居民是有史以來最富裕的中國人。而類似的次文本也明顯存在於像《我這樣過了一生》、《油麻菜籽》等由副刊小說改編、票房極佳的早期新電影。這些多少反映出台灣剛脫離戰後匱乏年代陰影的真實感觸。

一九八〇年代中期以後，副刊文學裡出現了對台北人文地理風貌自覺性頗高的描述。尤其值得注意的，是作者對都會所代表的現代性開始表達出一種複雜的曖昧情緒，有別於先前現代派和鄉土派對都會現代性所持的理性認知。朱天文的〈炎夏之都〉和《世紀末的華麗》裡的短篇系列是最佳的例證。《世紀末的華麗》在某種意義上是二十年前白先勇《臺北人》的續篇。這二十年間經濟起飛和大量城市擴建使得台北的物質環境產生了鉅大的變化。六〇年代白先勇的《臺北人》活在過去動亂的陰影和失鄉的夢魘中，而八〇年代末朱天文小說中的台北居民則對眼前的生活有著無可如何的失序感，透露出一種遲來的「現代性震撼」。〈炎夏之都〉和《世紀末的華麗》裡的諸篇小說把對台北的描寫感官化，使得這個城市獨有的氣味和氛圍僭越了故事背景的地位，無所不在，成為真正的主角。〈炎夏之都〉裡台北是一個怪獸，有煉獄般的炎熱；〈柴師父〉裡的年輕女孩必須換幾趟公車穿越飛沙走

11 David Harvey, *The Condition of Postmodernity*, ch. 11.

12 許多嬰兒潮小說作者透過獲得副刊文學獎而成名，包括黃凡、蔣曉雲、袁瓊瓊、蕭颯、廖輝英、鄭寶娟、朱天文、朱天心等。

石的台北沙漠；〈帶我去吧，月光〉的佳瑋每日清晨從這個城市洶洶然向前衝去的市聲中醒來；〈尼羅河女兒〉裡在麥當勞打工的女主角則幻想跨越時光隧道回到乾淨的文明初期的古埃及。而由〈尼羅河女兒〉改編成的同名電影裡，台北的誘惑力和凶險墮落則融為一體；片頭更將台北比喻成聖經裡的所多瑪，是個充滿罪惡，被詛咒的城市。就像班雅明的論述中所強調的都會神話，台北這個城市被賦予了獨特的個性，成為城市居民感受「現代性震撼」的具體象徵，充滿了愛憎交加的曖昧感，不再是鄉土文學作家從知性角度出發，對資本主義階級剝削的單向度譴責[13]。

一九八〇年代副刊作品裡的都會想像多了一個新的成分，即對此時的台北已快速轉變為一個「全球化都市」（global city）的自覺。我們記得《孽子》裡的龍子在台北殺了人，躲到紐約，一去十年，恍如隔世；可見六〇年代的台北與外界是處於何等隔絕的狀態。在朱天文寫於一九九〇年的〈世紀末的華麗〉裡，台北的時尚流行則已然與巴黎、紐約、東京、羅馬同步。二十五歲的模特兒米亞，對台灣一夕間跨越了與第一世界之間鉅大鴻溝的事實，視為當然。正如晚近學者對全球化都市特徵的形容所顯示，藉著交通資訊和電子媒體的聯繫，某一都會裡的居民和世界上其他都會之間的親近感，遠超過他們和地緣相鄰的非都市區域之間的認同[14]。有一次米亞乘公車越過了台北市地界，下車便恍然不知身置何處。寄生於現代都會的雅痞，極為接近班雅明筆下的漫遊者，儘管意識到本身在現代都會結構中邊緣的位置，卻又無可救藥地依戀、隸屬於都會生活，與城市之間存在著相互依存的關係。

六

一九九〇年代以降，台灣的文化生產和消費模式更加趨近發達資本主義社會。解嚴後的政治和經濟自由化，加速了全球性資本主義入侵和跨國文化流通，造成文化場域結構上根本性的轉變。其中傳統定義下的「文學」所占有的空間愈來愈萎縮，幾乎成為一個夕陽工業。八〇年代副刊生態所滋養的中產文類如今必須與全球市場上各種流行文化（流行音樂、日劇、韓劇等）競爭有限的消費群和自我生存空間。從這個角度回顧，解嚴前十餘年毋寧是當代文化發展向資本主義現代性挪移的一個過渡時期。而文學中的都會想像也必然受到這種整體變革的影響。

早年現代派與鄉土派之間對資本主義現代性的疑慮或譴責，反映在作品裡的台北都會負面形象。一九七、八〇年代興起的中產文類對台北的正面描述，則在八〇年代中期以後逐漸以更為曖昧的形態呈現。九〇年代文學作品中台北市都會性格的複雜性仍有待更全面而周延的分析探討；這裡只打算從

13 這種透過台北探討台灣現代性的主題，和副刊小說同棲的一九八〇年代電影也極為顯著——楊德昌的《青梅竹馬》英譯即為*Taipei Story*；而一九八六年的《恐怖分子》更藉由副刊小說獎表現都會中產文化生態。

14 Saskia Sassen, *The Global City: New York, London, Tokyo* (Princeton, N.J.: Princeton University Press, 1991); Arjun Appadurai, *Modernity at Large: Cultural Dimensions of Globalization* (Minneapolis: University of Minnesota Press, 1996).

「中產階級異議文化」的角度提出一兩點初步觀察。

前面提到威廉斯認為，現代主義文學及前衛藝術是資產階級表達異議的一個特殊文化形式，而一九四五年之後在全球出現的新興資產階級，也理應具有經由前衛藝術表達出進步思想的傾向[15]。我以為台灣解嚴前後（從八〇年代末至九〇年代中）爆發的激進思潮相當程度呼應了這種說法。然而值得強調的是，這種異議文化在小劇場、視覺藝術、另類音樂、藝術電影中的表現似乎比文學中來得更醒目、更有焦點、更豐富。九〇年代的小說創作似乎大體承襲了解嚴前中產文類的規格，溫和、妥協、批判意識較弱，這也可由作品中對台北的刻畫得到印證。

早年黃春明〈我愛瑪莉〉、王禎和〈小林來台北〉、陳映真《華盛頓大樓》、《趙南棟》裡的台北都會上班族扮演的是資本主義（尤其是跨國公司）商業體系或者已經妥協墮落、或者內心仍然充滿矛盾的買辦角色。一九九〇年代的主流小說裡，「雅痞」已經成為都會想像的一個重要主體。然而作品中再現的台北似乎較之八〇年代的副刊小說更為抽象化，空洞而不真實。我們經常在作品中看到一個台北的對照體（double）或「鏡像」（mirror image）：如李昂《迷園》裡的家族花園；朱天心的〈古都〉裡的京都和《漫遊者》裡的異域；張大春《野孩子》、《城邦暴力團》裡地下幫派控制的幻想之都；舞鶴小說《餘生》裡的原住民部落。不同於早期小說中強調城鄉對比所傳達出的清楚訊息，這種參照法更像一種「離異」（othering）的手法：即藉著文本中與台北呼應的另一個所在，讓台北呈現在一種陌生的眼光下，成為一個與自己有距離的「他者」。除了少數例外——如《迷園》和〈古都〉裡有較為直接的批判性——我們只能覺察到作者對已經到來的現代情境之抵制或迴避。

文化研究的資料顯示，在發達資本主義社會裡，由於主導文化的強力運作，文化上的收編與抗拒經常是同步進行，交互影響，同時透過協商而維持著葛蘭西（Antonio Gramsci）所謂的「妥協的平衡」（a compromise equilibrium）[16]。大多數具有抗拒意味的次文化或前衛藝術，通常只有極短的數年壽命，便消失或變質。另一方面，由於文化生產場域中流行文化所占有的比重大幅增長，吸引更多傑出的人才參與創作，產生優秀作品的機率相對提高。消費大眾因此培養出包容性較強的品鑑模式，傾向以對待不同藝術「類型」（genre）的差異辨識態度，來欣賞占有不同位階的文化產品。愈來愈多的研究者開始轉從消費者的角度來思考，認為即便是保守、具有剝削性的流行文化產品，也能在因人而異的接受語境中提供進步性解讀的空間。這一類非菁英式的分析典範對我們了解解嚴後台灣的文化生態頗有幫助。

從文學研究這個學門的角度來看，這也意味著我們需要做一些基本觀念上的調整。在發達資本主義社會的文化生產場域裡，娛樂功能和經濟規律凌駕一切，而傳統定義下的「文學」作品競爭力相對減弱，遠比不上強勢的電影、電視等視覺藝術類型。我們對文學史的研究，顯然更有必要放在文化生產場域的整體脈絡中進行。這次台北學研討會跨越疆界，囊括了討論小說、電影、戲劇、舞蹈、繪

---

15 Raymond Williams, *The Politics of Modernism*, p. 61.

16 Antonio Gramsci, *Prison Notebooks*. Ed. Joseph A. Buttigieg. Trans. Joseph A. Buttigieg and Antonio Callari (New York: Columbia University Press, 1991).

畫、流行歌曲等——未曾將廣告包括進來似乎是個缺憾——不同藝術類型的論文，對正在尋找一個新的文學史研究典範的學者來說，無疑提供了極有價值的參考。

第五章

二十世紀中國現代主義和全球化現代性

——台灣新電影的三位作者導演[1]

二十世紀中國文學中的現代主義已經被納入西方學術話語中的一個話題。從近十幾年來致力於討論這一話題的三部英文著作約略可見一斑：本人的《現代主義與本土對抗：當代台灣中文小說》（*Modernism and The Nativist Resistance: Contemporary Chinese Fiction From Taiwan*, 1993），張旭東的《改革時期的中國現代主義：文化熱，先鋒小說和中國新電影》（*Chinese Modernism in The Era of*

1 本篇由金林翻譯，鄭國慶、張誦聖校訂。英文原題"Twentieth-century Chinese Modernism, the Globalizing Modernity, and Three Auteur Directors of Taiwan New Cinema"，原發表於 *Geo-Modernisms: Race, Modernism, Modernity*. Eds. Laura Doyle and Laura Winkiel (Bloomington: Indiana University Press, 2005), pp. 133-50）。中文發表於《福建論壇：人文社會科學版》二〇一三年八期（二〇一三年八月），頁一一五—一二三。

Reforms: Cultural Fever, Avant-garde Fiction, and The New Chinese Cinema, 1997），以及史書美的《現代的誘惑：書寫半殖民地中國的現代主義（1917-1937）》（*The Lure of the Modern: Writing Modernism in Semicolonial China, 1917-1937*, 2001）。然而，這裡需要做出一個重要的觀察，即它們並非關於一個單獨的綜合性運動在不同階段的研究，而是在三個不同的歷史時期，三個現代中國歷史中產生過的現代主義文學潮流的個別例子。史書美處理的是民國時期（一九一一—一九四九）中段的現代主義文學。那一時期國民政府以南京、上海等沿海城市作為其政治和經濟基礎，通過鞏固其在中原地區的勢力，建立了名義上統一的中國，雖然它經常處於被軍閥和「半殖民」的帝國主義統治割據的狀態。我的著作關注一九六〇及七〇年代受美國影響在台灣興盛的現代主義文學潮流——國民黨統治的中華民國於一九四九年失去了對中國大陸的統治權後退居於此。最後，張旭東的研究處理的是更近期的後毛澤東時代中華人民共和國的現代主義現象。中國共產黨在中國大陸建立的政權在文化大革命（一九六六—一九七六）崩潰後開始從社會主義體制後撤。

這三個現代主義浪潮由戰爭和革命區隔，並各自纏繞著特定時代的政治因素。它們本質上是獨立發展的產物，其間極少直接或間接的傳承可言。雖然如此，現代主義總是「返回」影響於更大的「現代中國」歷史框架中，同一文化和語言場所，這邀請了我們更深入地探索超越其實際接觸的連續性問題。本章的第一部分將之放置在中國語境與西方現代主義的全球傳播中，考察這些現代主義潮流的明顯結構性相似的寬廣含義。焦點在於現代主義藝術如何被抽離它的原始語境，以特有的文化邏輯重新植入中國文化場域。這種邏輯包括正在進行的「文學」作為一種現代體制的轉型，以及文化場域內政治正當性和文化正當性兩者的角力。這兩種正當性都取決於「高層文化」的規則，與中國現代性這一概念緊密相關。

臨近二十世紀末，一些戲劇性的轉變同時在台灣和大陸的文化體系中出現，兩岸社會裡市場主導的文化環境導致前兩次現代主義浪潮的影響很大程度上消散並破碎化了。然而在「大分水嶺」之後，個別藝術家繼續開發現代主義的主題修辭和美學成規，此時他們對現代主義的挪用已不再是由一些引人注目的集體議題所驅動。本章第二部分以檢視台灣新電影三位導演的作品來說明這一現象。現代主義，不再是當代台灣本土文化景觀的有機組成部分，而是作為一種有效的美學工具讓這些個人藝術家將自身嵌入一個正在被重新組構的全球文化體系中。

一、現代主義和中國迂迴的現代化進程

上文提到的三部關於中國現代主義文學的著作中，只有我的著作主要關注「美學現代主義」。另兩位作者對現代主義的定義更寬泛，使之包含了更大範圍內對現代性狀況的文化反應。這一差異當然可以用台灣的現代主義文學潮流持續時間更長並在文化界獲得更顯著的地位來解釋。然而，即使台灣的現代主義文學也植根於整體的社會政治環境中，因此需要一個更為整體性的處理。我在《台灣文學生態：從戒嚴到市場》中探索了這一主題。此外可以一併觀之的是李歐梵的《上海摩登：一種新的都市文化在中國，一九三〇—一九四五》和王瑾的《高層文化熱：鄧小平時代中國的政治、美學和意識

形態》，兩書大致涉及了和史書美與張旭東的研究相同的時期，也都把中國現代主義潮流放置於更大的歷史語境中。

總的來說，新的關於「中國現代主義」的研究方向正試圖擺脫傳統的「影響—接受」模式，該模式潛存著認為中國現代主義在某種意義上是「蹈襲」和「虛假」的貶損意味。同時，借助後殖民與後現代話語，最近的學術著作傾向於對中國現代性進行更本土中心式的定義。從下列流行的術語能夠看出這一點：另類現代性、被壓抑的現代性、「殖民現代性」，以及「翻譯現代性」等[2]。

這些批評範式相較於數十年來主導中國文學研究的「新批評」式的文本中心路徑，有著明顯的優點。但是擴大探討範圍以納入社會政治維度也導致一些方法學上的不妥。其中有很多是由於對下述二者缺乏區分：作為一個特定的美學現象的現代主義，與作為對現代性的文化反應的、更寬泛的現代主義定義[3]。

二、脈絡式的研究方法

因此在討論文學與中國現代性關係時，我想強調一種更完善的、理論上更充實的概念框架的重要性。首先，它要有助於理解現代主義文學潮流作為一種特殊的藝術形構，在文化生產場域中與其他形構的競爭和互動。根據布赫迪厄的觀點，文化場域由它自身的內在規律所支配，然而同時它嵌在社會普遍性的權力場域，特別是政治和經濟權力。

現代主義藝術形構在文化整體中的競爭位置，與中國社會曲折繞道的現代化進程所產生的真實世界的政治，這兩者之間有明顯的密切關聯。值得注意的是，中國所有的這三次現代主義潮流都發生於政府（國民黨或共產黨政府）在西方協助下循資本主義模式啟動現代化方案的歷史時期。原因很明顯。在這些時期——即民國中期、一九四九年後的台灣、後毛澤東時代的中國——與外部世界的溝通管道更加開放了；受過西方教育的雙語知識階層占據了社會中有影響力的位置；另外通過翻譯和其他形式的媒介，文化參與者獲得了更便捷的管道，得以接觸在西方中心已經被經典化的創造性產品和美學規律（此處即為現代主義作品與審美概念）。

儘管時代氛圍有利於現代主義的引入，抵抗依然存在。每次現代主義潮流都以一場公共領域內旨在正人視聽的「中西文化論戰」為前奏。鑑於西方文化的合法性在二十世紀初已經通過五四新文化運

---

2 例如，可參見一九九〇年代以來出版的下列著作：David Der-wei Wang（王德威）, *Fin-de-siècle Splendor: Repressed Modernities of Late Qing Fiction, 1849-1911* (Stanford, Calif.: Stanford University Press,1997); Tani Barlow ed, *Formations of Colonial Modernity in East Asia* (Durham, N.C.:Duke University Press, 1997); Lydia He Liu（劉禾）, *Translingual Practice: Literature, National Culture, and Translated Modernity-China, 1900-1937* (Stanford, Calif.: Stanford University Press, 1995); 廖炳惠，《另類現代情》（台北：允晨文化，二〇〇一）；Rey Chow（周蕾）, *Women and Chinese Modernity: The Politics of Reading between West and East* (Minneapolis: University of Minnesota Press, 1991).

3 Letty Chen（陳綾琪）在 *Chinese Literature: Essays, Articles, Review* 上發表的關於 Leo Lee（李歐梵）和 Shu-mei Shih（史書美）著作的書評，從不同角度表達了同樣的方法論關注。

動（大約於一九一九至一九二七年間）牢牢確立了，這場戰鬥相對而言並不難獲勝。在五四運動的啟蒙和救亡兩個旗號下，西方文明被認為具有啟蒙中國人民，使他們得以將國家從帝國主義勢力的瓜分下拯救出來的效能。在這些作為開幕儀式的「中國對西方」論辯中，激進者鼓吹「全盤西化」的聲音從著名的發言人如胡適、李敖、劉曉波那裡都能聽到。受到他們否定自我姿態的激勵，作家和藝術家熱切地對傳統社會關係、倫理，和諸如儒家這樣長期存在的體制，進行重新審視和嚴厲批判，並且由此為隨後在文學領域展開的一切奠下了一個「現代主義」的基調。

對現代主義潮流來說更難以應付的對抗，來自於具有民族主義思想的左翼知識分子。五四運動後不久，知識分子群體發生了意識形態上的分裂，其結果是國民黨人與共產主義者間發生政治鬥爭，資本主義與社會主義的現代化模式之間持久的角力。現代主義從此與自由主義意識形態、資本主義經濟、個人主義、世界主義，以及親西方的外交取向掛鉤；而中國版的「現實主義」，或一種十九世紀歐洲現實主義的改良版本，則被那些擁護社會主義意識形態、平等主義經濟原則、集體主義、本土民族主義，以及反帝國主義議題的左翼知識分子奉為圭臬。文學領域內無數圍繞這兩種主義的白熱化「文學論爭」和派系冤隙與美學問題並無關聯；它們本質上更是信奉不同現代化方案的兩個意識形態陣營之間，以文學為名的政治拚鬥。

僅僅說現代中國文學領域極度政治化是不夠的；用布赫迪厄的概念觀之，是政治場域和文化生產場域之間高度的互相滲透。例如在文化大革命期間，兩者甚至壓縮重疊合而為一。並不令人驚訝的是，一方面這三次現代主義文學潮流的興盛都得益於政府開展資本主義現代化，另一方面也正是政治領域內的橫蠻力量讓它們產生急劇的衰頹。第一波中國現代主義被一九三七年爆發的抗日戰爭截斷。第二次，一九四九年後台灣的現代主義浪潮受到一九七七至一九七八年間鄉土文學論辯的強烈干擾；這一論戰是台灣一九七二年被迫退出聯合國引發的文化抗議浪潮之高峰。最後，一九八九年天安門事件陡然抑止了中國後毛澤東時代十年間改革派知識分子的能量蘊積，其中現代主義文學潮流扮演了核心的角色。

三、體制性層面

前面的討論說明了中國現代主義潮流多麼深刻地植根於社會整體的權力場域。這一場域由兩種彼此爭奪的力量所驅動：經由發達資本主義經濟，或是社會主義的現代性理想願景來推動現代化。然而，中國現代主義有另一個維度——體制性維度。它更直接地將中國現代主義與整體現代性的全球擴張聯繫起來，尤其是藝術上的現代主義向非西方地區的傳播。我將利用紀登斯在《現代性的後果》和布赫迪厄在《文化生產的場域》中的概念框架來處理這一問題。

紀登斯對現代性的定義大致如下：「『現代性』指的是十七世紀出現於歐洲，其後影響幾乎遍及全世界的，一套社會生活和社會組織的特定模式」[4]。為強調現代性固有的全球化傾向，他通過四個

4 Anthony Giddens, *The Consequences of Modernity*, p. 1.

「唯現代所獨有的」體制——即監控管理、資本主義、產業主義、軍事力量——仔細地追蹤了全球化的主要維度（包括民族國家體系、世界資本主義體系、國際分工、世界軍事秩序）之間的關係[5]。然而，我想補充的是，我們今天所理解的文學——在這個討論中我姑且用這一名詞來廣泛代表其他創造性文化類型——可以被恰當的視為一種現代社會裡的體制，一種隸屬資本主義的次制度，其原因在於文學的生產、散播、消費如今都愈來愈依賴出版業，而出版業根本上又被「在競爭性勞動和產品市場語境下的資本積累」[6]的潛在邏輯所控制。

布赫迪厄的分析凸顯了這一點。在概述十九世紀法國文化生產的現代場域發展時，布赫迪厄指出知識和藝術生活逐步從外部的正當性來源——即前幾個世紀以來宮廷或教會的美學和倫理需求——中擺脫出來，向更高的自主性穩步邁進[7]。蘊含於更大的政治和經濟權力場域，文化場域此後展現為自律與他律（分別以「純藝術」的為藝術而藝術原則，與暢銷書所依循的商業邏輯為代表）這兩種對立的正當性原則間持續競爭的所在。「純藝術」的興起和提倡絕對性非功利主義，是市場商品化趨勢所激發的對抗效應。

在二十世紀中國，文學作為一種現代體制的發展極為曲折反覆，因為現代形式的文化工業扎根一再被內戰、外國侵略和共產主義革命打斷。大體而言，支配文學場域的正當性原則與布赫迪厄以法國為例所歸結出的，非常不同。

面對迫在眉睫的帝國主義侵略，中國現代文學的奠基者及其五四運動的繼承者為文學籌設了一個「高層文化」的角色，將其定位為啟蒙民眾並將中國建設為現代民族國家的載體。他們的遺產依然存在：現代中國的文學話語因這一規畫不堪重負，使得寫作實踐極易被政府的文化管控和知識分子的政治抵抗這二者所吸納或侵用。政治正當性原則因而主導了現代中國文化場域。

同時，文學的體制性維度使其在生產、流通、消費的模式上無可避免地受制於現代文化工業的運作規律。中國的文化參與者與其說是在追尋文學和藝術自律的正當性原則，不如說是在尋求一種名副其實的（不被政治正當性原則所界定的）文化正當性原則，讓他們在自身的文化世界中能有效地去容納和制衡主導性話語。我認為，美學現代主義正好回應了這一需求。已由西方中心所欽鑑的現代主義在線性的進化模式中被接受為最「先進」的藝術形式。現代主義文學藝術的內容和形式被認為是由現代生活節奏所決定，非傳統文藝可匹敵，而與技術粗糙的左翼作品相比也享有優勢地位。如學者們經常指出的，中國的文化參與者對現代主義的熱切追求，是出於一種民族主義激發的、使中國人美學感受力現代化的願望。

因此，中國現代主義潮流有一個重要的政治維度，儘管它明白宣稱要用文化正當性取代政治正當性。不同於西方在資產階級資本主義發展時建立的「純藝術」體制，「藝術自主性」受到中國現代主義者（例如，大陸和台灣的「現代派」；朦朧詩、尋根派，以及後毛澤東時代中國的第五代導演）的

---

5 Ibid., pp. 55-64.

6 Ibid., p. 59.

7 Pierre Bourdieu, *The Field of Cultural Production*, 1993), p. 112.

擁護，主要是用來批判受政治規約的主導性文化，並且作為抵制政治干預及動員的陣地。在近兩次中國現代主義潮流的全盛期，即一九六〇和一九七〇年代的台灣以及一九八〇年代的大陸，現代主義藝術家們都與當時充滿活力的自由派知識分子結成同盟，並深受其影響。面對加速經濟現代化卻延擱政治改革的威權政府，中國自由派知識分子歡迎進口的現代主義美學和它潛含的意識形態，並策略性地以它作為工具來挑戰國家壟斷文化話語的合法性。現代主義藝術家和自由派知識分子之間的結盟、共生關係下，產生了可能是現代中國歷史上最優秀的文學和電影作品，這在前文所提相關論著中有完整的敘述。

四、一個新的譜系

採納體制性視角讓我們能夠以一種有意義的方式來思考，中國三波獨立發生的現代主義之間的「連續性」。如之前提到的，第一次現代主義浪潮被抗日戰爭（一九三七—一九四五）爆發打斷了。近來有學者指出這八年的整體性抗戰如何導致了文化參與者大規模遷移，以及都會中心文化出版產業的解體。更重要的是，作家們在愛國主義下的戰爭參與行動使得文化控制權轉移到擴增的軍事周邊機構人員的手中，同時，一種戰時模式的文學動員及審查機制被建立起來[8]。這份遺產延續到內戰時期（一九四五—一九四九），並在一九四九年後大陸和台灣兩地的文化場域中持續發揮強大的影響力。

從這角度來觀察，一九六〇年代台灣所經歷的第二次現代主義浪潮和一九八〇年代中國大陸的第三次浪潮都發生於對文學生產的集體主義式、準軍事化控制明顯鬆懈的時期。與這兩次浪潮相對應的，是文化場域重新朝更大的自主性前進，以及文化參與者追求支配這一場域的新的文化正當性原則。由於美學現代主義更能滿足這一場域自身的內在邏輯，它在說明脫離政治統馭的過程中發揮了重要的功能。歷史上的這兩個時期因此培育了數目可觀的卓越藝術家。

然而，中國現代主義的這一「黃金時代」又只是個短暫的現象，事後看來，或許可歸因於此時兩地的文化場域快速轉向一種市場主導的自主性。儘管從表面上來看，一九六〇年代台灣和一九八〇年代大陸的現代主義熱是被諸如鄉土文學論戰和天安門事件這樣高能見度的公共事件所澆熄的，但是真正抑止現代主義潮流成長的是快速資本主義現代化所造成的文化場域內部結構之轉型。受到一九八七年台灣解嚴和一九九二年鄧小平南巡的推動，海峽兩岸的文化場域在二十世紀最後十年中變得更加區隔化、分殊化，和專業化。學院裡研究興趣轉向「流行文化」這一新興範疇，對現代主義造成了相當大的打擊——它菁英主義的高層文化形象如今失去光彩，甚至成為一個瑕疵。

總而言之，現代主義引入中國社會，與作為全球化現代性一部分的、依附於市場的文學體制之播散是緊密交織、難以分割的。一九九〇年代之前，中國現代主義的歷史面向（即，它如何作為一種藝術形式與在地的多重力量互動，並參與社會現代化的整體進程）至關緊要。中國藝術家們如何採用現

8 參見Charles Laughlin的論文，"The Battlefield of Cultural Production: Chinese Literary Mobilization during the War Years," *Journal of Modern Literature in Chinese* 2.1 (July 1998): 83-103。

代主義的主題修辭和美學觀念，很大程度上是被中國文化場域中的具體動能和支配法則所制約的。之前學界常常以「移植」的概念來凸顯這一「全球／在地化」現象。進一步沿用這一隱喻，中國現代主義潮流或是過早夭折，不然就是在一個壓縮成十到十五年的時間表內發育成長，這使得現代主義很難在中國土壤中牢牢扎根。

但這並非全部，即使在一九八〇年代末、一九九〇年代初台灣和大陸的「大分水嶺」之後，中國現代主義的問題依然有其重要性，但現在必須在一個不同的參考框架中加以檢驗。簡言之，美學現代主義的實踐已經變得分散、零碎，更多成為個別事件，這是文化生產的體制性環境另一次重大改變的結果。

五、全球化加劇時代的現代主義與台灣新電影

儘管於一九九〇年代兩次現代主義潮流在台灣和後毛澤東時代中國都逐漸消退，但殘留的影響一直存在，並在特定的個體或群體藝術家中伺機而出。這一現象可從一九九〇年前後的「大分水嶺」之後，文學創作體制環境的一些根本性變化來解釋。在中國大陸，文化產業的私有化釋放了大眾消費的強大力量，造成了從事更菁英式文藝工作者的危機感。而台灣的文化場域則變得與發達資本主義社會更形相似，更加區隔化、分殊化與專業化，放眼皆是富於野心的文化經紀人和積極適應新遊戲規則的藝術家。簡而言之，市場促使兩地的文化場域邁向更大的自主性，有效地抑制了直接的政治干預，同

時也邊緣化了「菁英主義」的藝術活動。圍繞著現代主義的光環來自於它與政治主導相抗衡的效能，如今正在消失。現代主義潮流不再是文化場域中一個強勁有發展潛力的藝術形構，開始崩解消散，只保留了對美學社群內少數成員的吸引力。

然而出乎意料地，由於晚近逐步加劇的全球化進程，現代主義的經典主題和美學形式又轉而扮演了一個新的角色。全球資本主義的影響在後社會主義大陸和後戒嚴台灣能夠格外暢行無阻，和兩地政府以經濟自由化為重點的政策改革有關。一方面全球市場上多樣化的文化產品開放給國內消費者，另一方面一些中國文化產品也進入國際市場[9]。電影產品——包括大陸第五代導演作品、台灣新電影，以及更為流行的香港類型電影——在這一過程中扮演了先驅者的角色。對本文來說，台灣新電影的例子特別有探討價值，因為美學現代主義在相當關鍵的意義上形塑了其最著名代表人物——導演侯孝賢、蔡明亮、楊德昌——的個人風格。在更具體討論他們的作品之前，我先對台灣新電影運動做一個簡要的介紹。

六、台灣新電影

台灣新電影興起於一九八二至一九八三年前後。它是一九七〇年代末以來在香港、台灣、大陸階

9　此前中國的文化產品主要出口到世界上不同的華人僑居地區，特別是東南亞。

梯式交錯發生的跨域中國新浪潮電影的一部分。以台灣的歷史語境而言，這次潮流的驅動力來自於嬰兒潮一代藝術家的成熟和國民黨統治意識形態的衰變。一個重要的影響來源是前一個十年的鄉土文學運動，這一運動號召藝術家們走出象牙塔，並對台灣當代社會政治現實投入更多關注。同時還有一個偶然性的契機：前身是政府宣傳機器的黨屬中央電影事業股份有限公司為了搶救台灣瀕臨破產的電影工業，採納新方針，擢用了一批認真而有企圖心的年輕導演。初期的新電影是一個相當中產階級的文化產物，融合鄉土寫實和通俗感傷情節，以獲取台灣同質性甚高的主流觀眾之青睞。然而其中一些成員，最知名的如侯孝賢和楊德昌，卻抱持明顯帶有早先現代主義文學潮流印記的高層文化願景。

一九八〇年代末、一九八七年解嚴前後出現了轉捩點，個別台灣新電影導演的成就開始在國際上受到認可。像許多其他第三世界電影一樣，台灣新電影也透過國際影展流通網路進入跨國電影場域，比如目前已成為經典的侯孝賢電影《悲情城市》首度登場等[10]。台灣新電影獲得國際聲譽有一個獨特的政治背景，顯露出此類後殖民時期跨國文化現象特徵。中國大陸政府在重新崛起的十年後，開始更積極地向國際社會成員施壓，要求它們抵制台灣的國家地位。（中華人民共和國認為台灣，或中華民國，是一個叛離的省份，而且到目前為止絕大多數國際組織還拒絕給與台灣會員資格，包括世界衛生組織〔WHO〕。這在二〇〇三年SARS爆發時成為一個爭論的焦點。）在愈加孤立的情況下，台灣政府向它的文藝工作者徵求奧援。國際電影節被視為台灣爭取拓寬其「國際生存空間」的一個活動場所，這使得台灣新電影的參與者受益多端。他們絕大多數的產品——甚至包括蔡明亮大膽顛覆道德、觸犯亂倫禁忌的《河流》——都受到政府的補助。每年由政府贊助到全球各地電影節參展的旅行，更讓新電影的參與者獲得累積知識經驗、建立人脈的機會，並最終在全球「藝術電影圈」占有一席之地。

台灣新電影的導演們對現代主義修辭和美學的偏好，是台灣現代主義潮流的遺產，這幫助他們一開始就在全球藝術電影圈中找到自己的定位[11]。與此同時，在台灣更加徹底商業化的內部市場中，這一傾向讓他們的電影成為「票房毒藥」——甚至此前捍衛新電影的批評家們如今也對他們的傲慢和「自我耽溺」的菁英追求有所訾議。不久之後，地位較穩固的作者導演——主要是侯孝賢、楊德昌、蔡明亮——轉向國外為他們的作品尋求資金，不再將台灣主流觀眾當作電影創作的主要對象。這是一個典型的「文化全球化」場景：這些作者導演們從本土語境中被「抽離」出來，「重新植入」跨國文化系統[12]。全球藝術電影觀眾的賞鑑品味使這些導演必須更深地吸納「經典現代主義」，驅使他們以更原創的方式來使用現代主義的主題修辭和形式設計。在此過程中，他們獲得絕佳的良機，對於資本主義現代性如何在二十世紀末降臨於一個前第三世界地區的種種，做出富有個人意義的美學反思。

---

10 這部電影獲得了一九八九年威尼斯影展金獅獎。

11 在同一脈絡中，以文化大革命為中心事件的民族史詩片，已經幫助張藝謀和陳凱歌等大陸導演置身於主流全球電影市場中。

12 這些術語是紀登斯在討論現代性全球化的體制時使用的。

七、侯孝賢（一九四七—）

儘管風格的抒情性已經成為侯孝賢電影的一個總體特徵，對於台灣新電影早期作品的國內觀眾來說，更為突出的是一種「本土人文主義」：《風櫃來的人》（一九八三）和《戀戀風塵》（一九八五）處理了台灣經濟起飛期間從農村移居城市的年輕人之拮据困境；《戀戀風塵》和《童年往事》（一九八五）使用閩南和客家方言忠實反映出此前的電影基於政治宣傳原因都試圖忽視台灣多族群多語言的現實狀況。侯孝賢這一時期的作品也有微妙的政治性。他經常旁敲側擊地批評國民黨當局自我欺瞞式的政治迷思及其「成功」運用文化作為意識形態灌輸工具的做法，以此低調地為鄉土運動宣導者對政府當局全力推行資本主義現代化弊端的批評而背書。解除戒嚴令後，侯孝賢馬上以當時仍為政治禁忌的一九四七年二二八事件——這一歷史創傷是由國民黨軍隊為鎮壓暴動屠殺了上萬名本省台灣人所造成——為背景來表達他對政治侵犯個人生命世界的強烈譴責。

在某種意義上，侯孝賢於一九九〇年代上半期的作品，特別是他的歷史三部曲——《悲情城市》、《戲夢人生》（一九九三）、《好男好女》（一九九五）——繼續參與台灣知識分子集體努力試圖重新講述被官方敘事扭曲了的歷史。這一主題維度已經被大量討論過了。針對我們的討論，侯孝賢罔顧一般觀眾的喜好而朝向更純粹唯美主義的演變值得進一步探究。《戲夢人生》中侯孝賢過度使用標誌性「長鏡頭」，《好男好女》中錯綜處置敘事成規，以及《南國再見，南國》（一九九六）中碎片式的情節線索，都將本土電影觀眾拒於門外，而據說在電影節中那些具有美學素養的觀眾也只引起了冷淡的反響。甚至連華語電影界極具影響力的批評家、侯孝賢的長期支持者焦雄屏也對這一發展感到不滿。

侯孝賢趨近「純形式」的極端美學位置於一九九八年的《海上花》達到一個頂點。這部充分展示精湛技藝的電影即使在藝術電影觀眾中也引起了兩極化的反應。《海上花》改編自一部晚清通俗小說，由十九世紀末上海英租界高級妓院中妓女與她們的有錢主顧之間一系列的浪漫糾葛構成。儘管它表面上沒有指涉台灣本土，但它承載著侯孝賢那一藝術群體——即，將戒嚴時期國民政府所孕育的保守、妥協、新傳統主義的主導文化內化了的嬰兒潮一代主流藝術家——所特有的文化政治和意識形態印記。後解嚴時期，隨著日益蓬勃的台灣民族主義支持者嚴厲抨擊國民黨所經營的中國中心文化意識形態，例如像侯孝賢和他的長期合作者編劇朱天文那樣的中年藝術家們，發現自身處在一個曖昧無奈的痛苦位置上。而美學現代主義堅實的文化正當性對他們來說有激勵和加持的效果，同時提供給他們進行間接政治表述的空間。譬如《海上花》即蘊含著一種褒揚庶民日常生活中世俗現實、禮讚人性中良善素質的「平常美學」——這是國民黨官方文學話語（作為其反共策略的一部分）中的一個核心成分。這部電影對無足輕重的瑣事高度精練而異常優美的演繹，凸顯了現代主義美學的觀念，即將日常經驗轉譯成特殊地位享有意義來源的風格。同時，這部電影通過細緻入微的關注日常現實和社交舉止，將十九世紀異域情調的妓院轉化得讓人感到親切、熟悉，並蘊含著典範性的人文品質。

這一獨特美學意識形態的不同面向在侯孝賢電影和朱天文——朱在侯孝賢的藝術發展中扮演了關鍵性的角色——小說的幾個場景中有明顯的呈現。例如，在以台灣民間傳奇藝術家李天祿的生平為藍本的《戲夢人生》中，這位布袋戲大師本人一度出現在銀幕前，講述了這樣一則軼事：一九四五年日本向盟軍投降後最初那段混亂失序的日子裡，他經常和其他台灣人一起去洗劫墜毀的飛機。這位無產民間藝術家如此義正詞嚴地為自己辯護：他把飛機殘骸支解賣掉得到的錢，是自己的唯一收入，讓他能夠繼續表演布袋戲，並且把這份藝術的傳承餽贈給台灣人民。或是在朱天文受到高度讚揚的小說《荒人手記》（一九九四）的結尾部分，同性戀主人公小韶發現唯一能克服存在的虛無方式就是繼續寫作。這裡我們可以覺察出其與現代主義美學概念的共鳴：對具有超越世俗法律和道德常規的藝術價值之肯定，以及將準宗教的救贖力量投注於寫作這一創造性活動。這些美學觀念可以很容易地追溯到台灣的現代主義文學浪潮，其代表作家如王文興和李永平長年獻身於語言和形式的實驗，他們小說中的現代主義意識形態昭然若揭[13]。

除了《海上花》，侯孝賢在一九九〇年代的大部分作品——《好男好女》、《南國再見，南國》、《千禧曼波》（二〇〇一）——都特別關注個人被拋入世紀末台灣社會流沙漩渦中的迷惘失措生存狀態。這些電影對於生活在繁榮的當代台灣社會邊緣，脆弱受傷的個人展現出深厚的同情，呼應了一九七〇年代鄉土主義者對逼近的資本主義現代性之批判。這裡我想借用紀登斯的說法來描述侯孝賢對現代性的特定回應方式。在《現代性的後果》中，紀登斯列舉了人們「對現代性風險狀況所做的適應方式」之四種類型：「實用主義式的接受」、「犬儒式的悲觀主義」、「永續性的樂觀主義」和「激進的參與」[14]。我將它們稍微寬泛地解釋為「對現代性給我們的生活世界帶來的負面影響之應對方式」。侯孝賢對於現代性負面結果的反應也許可以被恰當地指認為一種「實用主義式的接受」，不過他將這一不得已的接受過程裡產生的同情與無力的苦澀感導入一種間接的提升行為中：現代主義美學讓他創造出一個生活的替代文本，在那裡，現代生活惱人的現實得以被捕捉、凍結、轉化成有特定素養的觀眾美學的愉悅來源。接下來，我也將結合紀登斯提出的其他幾個類型來討論蔡明亮和楊德昌對於這一現代性問題的態度。

八、蔡明亮（一九五七—）

如果說侯孝賢的大部分電影都富於涉及台灣社會政治歷史的豐富生動細節，那麼蔡明亮的作品具有一種極簡主義的樣貌，使它們適用於一種寓言式的解讀。象徵資本主義現代性的現代城市龐大巨獸般的形象，是貫穿蔡明亮所有電影的母題：《青少年哪吒》（一九九二）、《愛情萬歲》（一九九四，金馬獎獲獎作品）、《河流》（一九九七）、《洞》（一九九八）、《你那邊幾點？》（二〇〇一）。這些電影中繁華富裕的都會風景與一九八〇年代台灣新電影作品中昏暗窮困的貧民窟有天壤之別。如果說之前那些富於人文主義關懷的電影中的角色常常因為承負傳統類型社會（特別是家庭）的責任而不堪重荷，那麼蔡明亮的電影則充滿苦悶的孤立個體，和他們焦慮但徒勞無功的、追求有意義的人際關係。這一主題在他的獲獎電影《愛情萬歲》中經由「錯置」這個重複出現的母題有效地傳達出來。這

13 參見我在*Modernism and the Nativist Resistance*第四章的討論。

14 Anthony Giddens, *The Consequences of Modernity*, pp. 134-37.

部電影的主角是三位衣著入時的「無家可歸者」——因為瘋狂高漲的房價購不起房屋的城市新人類——他們暫住在房地產仲介阿美還沒賣掉的一套空盪盪的公寓裡。以分發靈骨塔廣告傳單為業的孤僻男同性戀小康，在用偷來的鑰匙潛入豪華公寓之前，先按門鈴，是為了確定裡面沒人在。阿美的鬧鐘偽裝公雞的啼叫——這曾經熟悉的聲音如今並不存在於城市居民清晨起床時迎接他們的噪音中。而主人公們用來吃飯、洗澡、洗衣服、試圖自殺、做白日夢、做愛、自慰的空盪盪的公寓，只是他們深深渴望的、真正的家的虛假替代品。蔡明亮用這一劇情設計來強調幾位主角生命中明顯缺席的內容——家，以及穩定持久的人際關係——以此突出「疏離」這一現代主義的標誌性主題。

在西方現代主義全盛期過去近半個世紀後，一個中國藝術家以其為範本拍攝這樣「經典的」現代主義電影有什麼含意？蔡明亮在一次採訪中提到，在馬來西亞一個封閉地區長大的他來到台灣時正趕上經濟快速繁榮，親身見證了失控的城市擴張，使得他對於資本主義現代性如何徹底地改變生活世界格外敏感。大學期間，蔡明亮學習了西方戲劇，並導演過沙特（Jean-Paul Sartre）的話劇。這也許能幫助我們解釋為何他選擇使用常見的經典現代主義語彙來描述台灣近期出現的疏離、非人性化的現代狀況。毋庸諱言，蔡明亮後期電影中——如《河流》、《洞》、《你那邊幾點？》——出現大量二十世紀早期至中期存在主義文學的回響，特別是以啟示錄式末日景象和聖經寓言的象徵手法來暗示原罪與通過上帝恩典的救贖，這些相對中國本土傳統來說明顯異質的主題無疑是「借用的」。

蔡明亮比台灣新電影的第一代導演年紀要輕，一九九〇年代初他的電影生涯起步時，台灣電影已經開始在國際上嶄露頭角。諳熟與效仿高度經典化的西方藝術傳統，使他迅速在國際藝術電影圈中獲得認可和重視。而他後期電影中愈來愈顯著的自我指涉性更是援用了長久以來受圈內肯定的一項現代主義形式設計。穿插在《洞》這部影片中、戲仿一九五〇年代香港歌舞片的超現實主義舞蹈場景，以及在《你那邊幾點？》中出現的楚浮（François Truffaut）《四百擊》（*Les quatre cents coups*）電影片段，明白指出影響蔡明亮電影藝術的中西方靈感來源，並同時向它們「致敬」。

如此，蔡明亮自覺地將他對一種「遲來的」現代性的個人反應，用一套可以被全球觀眾識別的藝術語言加以重塑，將他的電影表述輸編到已經確立的現代主義修辭符碼中。這種有意識的模仿實踐必然帶有一種戲仿的性質，加深了蔡明亮對現代生活悲觀視景中隱含的犬儒主義：空虛的現代人心靈；超越人類控制範圍的大規模災難的潛在威脅；以及伴隨著我們每日存在經驗的、軀體衰敗的無形腐蝕力。按照紀登斯的說法，我將蔡明亮作品的精神底蘊描述為「犬儒式的悲觀主義」[15]。

九、楊德昌（一九四七—）

即使在台灣新電影進入跨國空間後，無論在侯孝賢的國族史詩或蔡明亮的都市寓言中，台灣的地方性依然在相當程度上被刻意凸顯。然而從一九九〇年代中期開始，這一核心關注發生了微妙的轉變；例如，《海上花》的故事發生在晚清，蔡明亮《你那邊幾點？》中大約一半的場景在巴黎拍攝。

15 Ibid.

可以說，近期的台灣新電影產品愈來愈呈現出一種普遍性，有削弱「台灣」——其名義上的標誌物——本身特殊性的趨勢。這一種傾向也許可以用另一關鍵事實加以說明：那就是，這些電影所最常描述的對象，台北，在二十世紀末儼然已蛻變成一座後現代「世界性城市」。這在楊德昌最後一部傑作《一一》中表現得極為顯著：這部電影中的台灣上層中產階級使用英文名字、在跨國公司任職、投資美國的共同基金和雅虎股票，還頻繁往來於台北、美國、日本、中國大陸之間。

在這部電影中，楊德昌重溫了從他早期作品如《海灘的一天》（一九八三）和《恐怖分子》（一九八六）一開始就反覆出現的現代主義主題與形式設計。例如，N. J.的妻子敏敏和他的前女友阿瑞所經歷的情感危機，透過楊德昌擅長的光影迴射手法，以極具視覺衝擊力的影像傳達給觀眾：鏡頭中，這兩個女人的形象分別被台北和東京穿透建築物玻璃幕牆、氾濫到室內空間的閃爍發光之都市街景所吞噬、淹沒了。這部電影還回顧了一些楊德昌早期電影的主題，例如：對存在本質的焦慮感突然無預警地來襲、青少年混亂、誤入歧途的自我探尋最終導致意外死亡——自殺或謀殺。然而，將《一一》與早先台灣現代主義文學運動中處理相似主題的作品——如陳映真一九六七年的短篇小說〈第一件差事〉[16]——進行比較，我們就能看出明顯的演變跡象。最值得一提的是，楊德昌在《一一》中加入了一種積極的正面人物類型——以日本軟體工程師大田，和N. J.八歲的兒子洋洋（楊德昌本人的化身？）為代表——以開展他對當代台灣社會的批判，並對折磨他片中眾多角色的混亂精神追尋提供了一種解答。

楊德昌本人的工程師背景——他獲得佛羅里達大學電機工程碩士學位——也許促成了他洞悉資本

主義和工業主義這兩種主要現代體制結合下對社會的有害衝擊。作為資訊技術全球生產鏈條中的一環（台灣在世界個人電腦產量中占有很大比例），讓台灣陷入了國際與國內市場的凶猛競爭，而許多人所憑藉的生存策略便是非法盜版（N. J.公司的生意被一家抄襲日本軟體的「山寨」公司搶走）。而這部電影要展現的，是台灣人為經濟繁榮付出的代價：貧瘠的心靈、空虛的生活方式，和喪失道德標準。大田這一理想化的日本人角色與他們的精神窘境形成了鮮明對比。不僅精通高層文化（他是很有天賦的鋼琴師），由於他的誠摯無欺，大田還擁有與自然和諧溝通的能力（鴿子感到安全而停在他肩膀的場景顯示了這一點）。而片中他那句箴言，「生活不應該是那麼複雜的」，讓他散發出「東方智者」的靈光。最重要的是，大田想像人類是有可能通過科技發明來提升人性的，因此才會說：虛擬實境的技術所以至今只製造出了打鬥和殺戮的電子遊戲，是因為「我們人類不了解自己」。

對N. J.的兒子洋洋——一個準哲學家、科學家和藝術家——的刻畫補全了導演認為科學創造性是現代生活一部分的這一積極展望。小男孩在浴缸中「實驗」各種巧妙的辦法來解決他日常生活中遇到的難題，比如報復討厭的校長。他曾拍攝了一摞人們後腦杓的照片，向他們展示「他們自己永遠看不見」的另一半現實。在全片結尾的葬禮場景中，洋洋讀了一封寫給剛去世的外婆的信，告訴她說他已經找到了一件能讓他長大後的生活有意義的事：「我要給別人看他們看不到的東西。」這個場景很可以被解讀為作者導演對他自身職業動機的夫子自道，是對他自己追求電影藝術價值的肯定。按照這部

16 陳映真是台灣現代主義／鄉土主義文學與文化流派中的關鍵人物。

電影中反覆出現的，將視覺的獲取等同於人類知識的方程式，小男孩的這個願望指向的，是對如何將科技與人性做完美融合的探索。這部電影最終喚起的，是啟蒙式的自我認知和自然理性，將其視為可能矯治當代台灣精神痼疾的配方；所揭示的是對於現代性整體上抱持的理智和樂觀態度[17]。如此看來，楊德昌對於現代性的獨特觀點似乎與紀登斯所說的「永續性的樂觀主義」更為接近[18]。

結論

從一個較大的語境觀察，二十世紀的三次中國現代主義浪潮都發生在政府支持經由西方協助發展資本主義式現代化的時期，而它們的歷史功效部分來自於隨之引入的，諸如自由主義和啟蒙理性等意識形態。作為文化場域中的一種藝術形構，現代主義潮流深深地浸滲於中國知識分子的高層文化訴求，並且在「文化正當性原則」與「政治正當性原則」的場域競爭中享有優勢地位——由於歷史原因，後者向來統御著現代中國文化場域。這一局面從一九八〇年代末、一九九〇年代初開始，在台灣和大陸都經歷了劇烈的改變。戲劇性的政治和經濟自由化，以及更高程度的開放加快了文化場域趨向市場主導的自主性進程。全球化勢力也起了作用；國內消費的進口外國文化產品增長，而中國藝術家如今取得了更大的國際能見度。

第二部分是以三位國際知名的台灣新電影作者導演為例，對上一現象所做的個案研究。台灣新電影的導演們繼承了此前台灣現代主義潮流的美學現代主義傾向，以此作為有效的文化貨幣經由國際電影節在世界藝術電影圈中為自己定位。他們主要觀眾群目標由國內轉向了國際，意味著他們更大程度上依賴已經確立的現代主義主題修辭和形式設計，以確保他們作品的吸引力。同時，此類「遲來的」現代主義實踐的一大顯著價值建立在這樣的事實上：當全球化現代性影響的後果「變得比之前更為激進和普遍」[19]時，它們意味深長地標記了個體藝術家對此的不同反應。

最後，我想對一些或許終將為台灣新電影導演們傑出的現代主義成就畫上句號的新情況提出一些初步的觀察。跨國電影產業是一個由競爭法則絕對支配的動力場域，新來者總是必須要找到與眾不同的適當位置以自我確立。為了爭奪提供給亞洲電影人有限的投資，台灣新電影資深的批評家和推動者焦雄屏採用了一個新策略：在一個被稱之為「三城記」的計畫中，她把一組六部電影打包起來，邀請來自大陸、台灣、香港的青年才俊擔任導演[20]。這個計畫成功地吸引了來自法國、台灣、大陸的七方

17 值得注意的是上述三位台灣新電影的導演中，沒有一位展露出近於行動主義的精神，即紀登斯的第四種類型：「激進的參與」。如果考慮到一九八〇年代末期至一九九〇年代中期台灣興盛的激進文化潮流，這一缺席就更為引人注目。一個合理的解釋是這些導演深受此前台灣具有菁英主義「不參與」傾向的現代主義潮流的影響。在一九九〇年代之前，他們已經度過了個性形成時期。

18 Anthony Giddens, *The Consequences of Modernity*, pp. 134-37.

19 Ibid, p. 3.

20 在美國德州大學奧斯汀校區受過電影批評訓練的焦雄屏，在過去十年中擔任過各種國際電影節的評委，是蓬勃發展的華語電影與國際電影界之間一個重要的仲介人物。

投資，並且已經獲得了兩個獎項。

對我們來說，這種新的投資策略值得注意的地方，在於它可能為台灣以及大陸的年輕導演指出一個新方向。這個計畫明顯背離了此前主導性的藝術電影模式，將它的目標設定為能迎合中國以及全球觀眾的、製作精良、有市場潛力的作品。例如，獲獎作品《十七歲的單車》選擇單車作為影片的中心形象，乃基於它在電子媒體上與「中國」產生的自然聯想。這部電影還為了獲得市場號召力而使用流行文化偶像——著名電影明星和時裝模特兒——作為演員。台灣新電影在二十世紀最後十年創造了令人難忘的小規模復興「中國現代主義」，而目前對於拋棄「現代主義」高層文化的預設，又為此次復興的未來注入了一種不確定因素。

第六章

現代主義、台灣文學，和全球化趨勢對文學體制的衝擊

這篇文章大體是依據二〇〇六年五月在國立台灣大學文學院一場演講修改而成的[1]，累積了我過去三、四年尋找一個新研究方向的一些初步想法，從個人經驗出發，不是一篇思慮周延的論文，也不免有些「大而無當」，還盼望得到《中外》讀者的慷慨指教[2]。題目裡「現代主義」和「台灣文學」是我多年來關注的課題，兩者都在全球化加速的二十一世紀初受到不小的衝擊，產生了一些質變，使得許多舊有的研究典範不再適用，鞭策我們去探尋更具詮釋力的分析框架。比如說，以東亞為範疇的比較文學框架。全球化和區域整合是一體的兩面；近二十年來的全球化趨勢下，東亞地區茁生了一個

1 在此謹向比較文學學會理事長邱漢平教授、祕書長李紀舍教授，和台大外文系系主任邱錦榮教授表示感謝；尤其要謝謝李教授有關演講細節的熱心安排。

2 本文原發表於《中外文學》三五卷四期（二〇〇六年九月），頁九五—一〇六。

強勁、生氣盎然的文化市場，區域內部的文化交易量驟增，學者們也開始用心思索這個地區所呈現的、有別於西方的現代性樣貌。儘管由於語言障礙，我自己未來親身從事東亞比較文學研究的可能性很低，但仍想藉這個機會和各位分享一下長久以來受到相關議題的吸引和啟發的經驗。

第一、二節先從「非西方社會現代化進程與美學現代主義之間的對應關係」和「冷戰時期東亞社會文學場域的同構性」的角度切入；最後一節則略述把文學當作一個「現代性社會體制」來研究的重要性。全球化趨勢下新的文化生態逐漸成形，隨之而來的是文類位階的調整和美學意識的轉變。或許回溯一下「文學」當初被形構成一個現代性體制時的歷史狀態，可以提供一些有用的線索，幫助我們透視此刻正在發生的諸多看來頗為陌生的文化現象。

一、非西方社會現代化進程與美學現代主義（aesthetic modernism）之間的對應關係

前幾年，一位在日本早稻田大學任教的年輕學者岩淵功一（Koichi Iwabuchi）出版了一本書，《全球化重心移位：流行文化與日本跨國主義》（*Recentering globalization: Popular Culture and Japanese Transnationalism*, 2002），討論日本電視劇在東亞國家——包括台灣——被接受的狀況，頗受到美國媒體研究學者的注意。美國主流學界大多仍未擺脫西方中心的研究模式，習慣性把東亞當作一個單一性整體看待。而岩淵功一強調的即是東亞地區內部的個別社會，由於現代化進程的落差而呈現極其不同的「時空意識」（orientation toward temporality）。日本中年婦女著迷於香港流行歌手，背後的心理

動機是她們把現在的香港看成是過去的日本；香港所代表的是她們所懷念的經濟泡沫之前的日本。許多從台灣到大陸旅遊的人也曾有過類似的感觸；某個小城鎮看起來像是三十年前的台灣……。

我自己也曾經多次遭遇到這種對「現代性時程落差」的提示。一九八八年，我剛開始撰寫《現代主義與本土對抗：當代台灣中文小說》，向慕尼黑國際比較文學學會提交了一篇論文。那幾年中國大陸也正在對包括朦朧詩、尋根文學、先鋒小說等的現代主義文學思潮做出反思，有學者提出「偽現代主義」的批判概念。如眾所周知，類似的爭議在一、二十年之前的台灣鄉土文學論戰時就發生過，我因此十分期待和與會的大陸學者進行一些對話。然而出乎意料的，大會把我的論文安排在一個涵蓋了中東、非洲、東歐、拉丁美洲文學的場次。聽眾對我的論文反應冷淡，我報告完畢也就急著離開會場，不料一位日本學者卻趕上來說：「我覺得妳提到的這些現象，現代主義美學怎樣被接受、被抗拒、被當作文化帝國主義或『頹廢』等等，和日本的情況簡直太相像了，十分神奇……。」過了好一陣子我才領悟到他指的是戰前的日本，比我論文裡談到的早了至少二、三十年。我於是記起曾在另一個偶然的機會得知，戰後美學現代主義進入台灣與進入埃及的年代和過程也有驚人的相似處。隔年（一九八九），侯孝賢的《悲情城市》在威尼斯國際影展獲得金獅獎，從此將台灣新電影推向了國際舞台。有位朋友提醒我，黑澤明的《羅生門》在一九五三年得到同一個影展的最高獎項。當時我得到一個有用的啟示：一九六〇年代台灣的現代文學運動是二十世紀北大西洋文化向全世界（「非西方」的廣大區域）持續擴散現象中的一環；所謂的「特殊性」必然是相對意義下的特殊性。但對於「現代性時程落差」背後所牽涉到的一些議題卻存有許多疑問。比如說，非西方社會的現代化腳步是否與文化潮流（如現代主義運動）有著簡單而易於辨識的對應關係？

對從事文學研究的人來說，這其實是一個老問題。馬歇爾・伯曼（Marshall Berman）在一九八二年就曾如此總結一九六、七〇年代論者的一個共識：現代主義是人們在文化領域裡對歷史現代性來臨的反應。詹明信「三段式對應」的說法——寫實主義跟資產階級資本主義、現代主義跟盛期資本主義、後現代主義跟晚期資本主義之間的對應——則對這個問題提供了一個左翼的宏觀詮釋。新馬克思主義和批判理論在學界盛行的八〇年代末，不少文學研究者對這個論點都抱著姑且接受的心理（儘管它所預設的歷史決定論和隱含的歐洲中心立場後來遭到批判）。文化地理學者大衛・哈維（David Harvey）更在一九八九年的《後現代狀況：對文化變遷之緣起的探究》（*The Condition of Postmodernity: An Enquiry into the Origins of Cultural Change*）裡詳細闡述了近世時空概念的轉換對（主要是西方）美學意識、藝術表達形式所造成的決定性影響。

如果我們接受紀登斯（Anthony Giddens）的說法，「肇始於西歐的現代性在過去幾個世紀裡持續向全球擴散，到了二十世紀晚期進入了一個加速、強化的階段」，那麼是否也可以用這些框架來解釋，在此一階段以快速現代化樣板的姿態崛起於東亞國家的「美學現代主義潮流」？這個問題自然不容易回答。尤其是在後殖民、後現代、文化研究等理論典範興起之後，不論在英語世界或華語世界，文學研究者的興趣似乎從文學場域的「美學現代主義」直接跳到了歷史脈絡裡的「現代性」，對兩者之間的複雜對應關係卻缺乏深度的探討。

拜新一波的數位科技革命之賜，視覺藝術類型逐步取代文學功能的力不可擋發展走勢，愈來愈受到學者的重視。從某種意義來說，晚近視覺藝術研究的興起，讓美學現代主義與廣義的現代性之間的關係重新成為一個焦點。基於好奇，我大略瀏覽了一下美國「現代主義研究學會」（Modernist Studies Association）的網站，從上面登錄的出版品和研討會題目看來，大多數學者（尤其是英文系出身的）在處理這個關係時基本上做了一個利落的切割。也就是說，把美學現代主義看成是某一類藝術形式（如超現實、抽象性）、概念（實驗、前衛），或效應（驚悚效果）的集合名詞，儘管曾一度根植於人們的「現代性歷史經驗」，如今卻早已被轉化為一套易於辨識的、自由浮動的美學性質或創作傾向。這幾年以中文寫作的文學研究裡，也有愈來愈多作者使用「文學現代性」這個詞彙——不過經常是籠統地指涉在中國或台灣社會進入「現代」歷史情境後所產生的一些文學特質，並不特意區分出受到西方現代主義影響的作品或相關的美學性特質。

我以為如果把東亞作為一個框架來研究，或許可以讓我們對上述議題的整體輪廓有些更清晰的透視。如果將台灣、中國大陸、日本在二十世紀不同時段裡所發生的現代主義文學運動和當時歷史脈絡之間的關係稍作對比，可以觀察到一個有趣的現象：現代主義作為一個文化場域裡的美學運動，當它輸入台灣（一九三〇年代的後半期；一九五〇年末期至一九六〇年代）、中國大陸（一九三〇和一九八〇年代），或是戰前的日本、戰後的南韓，似乎都巧合地是在當地社會進入一段快速經濟成長的現代化時期「之前」，而不是「之後」，因此顯然無法純粹將它視為對「現代性」的文化反應。

或許我們可以用紀登斯「反饋性」（reflexivity）的概念來嘗試描述這個關係。紀登斯認為反饋性是現代性很特殊的一個屬性；以社會學這個現代學科為例，它對某些社會現象或行為所研究的結果，會反過來影響人們對這些特定現象或行為所持的態度，並修正它們未來的走向。比如對人口或婚姻制度的研究知識，在社會上流傳後必然對人們這方面的行為模式或社會規範產生作用。由這個觀點來看台灣的現代主義爭議，不管是現代派或鄉土派對現代化情境的批判，在某種程度上都是先於事實、先入為主的；換句話說，由西方輸入的現代主義美學概念及作品反饋性地左右了台灣知識階層對各種現代性社會體制接受或排拒的態度。

另一個觀察角度是從跨國文化場域的運作規律著眼。二十世紀以來東亞文化產品在西方被賦予高度評價的數量不大，其中具有現代主義美學性質的——從半世紀前的黑澤明到本世紀初的韓國藝術電影——卻占了絕大的比例。台灣新電影的發展途徑頗能凸顯這種運作規律。新電影原本是個非常中產階級的文化現象——一九八〇年代初讓新電影在本地市場立足的片子，像《小畢的故事》、《我這樣過了一生》，無可否認具有中產性格——一旦透過國際電影節網絡被納入跨國文化體系之後，便很快地從台灣本土電影工業脈絡中被抽離。由於在「藝術電影」跨國次文化場域中，現代主義美學是通行的文化貨幣（cultural currency），被塑造成作家導演（auteur director）的台灣新電影導演於九〇年代以後的作品，大多呈現出極為精緻、令人矚目的現代主義美學——就這些特殊案例而言，文化場域（不論是單一地區或跨國的）內部規律的制約，至少和反映歷史社會層面的現代性是同等重要的決定因素。

二、冷戰時期東亞國家文化場域的同構性

自由主義在一九四九年以後的當代台灣學界裡占主導地位，因此比起外緣的文學分析模式——亦即偏重政治社會因素對文本形塑力的分析模式——從個體、文本出發的內緣文學研究模式，如偏重美學的形式主義、心理分析、現象學等，相對來說成就較高。而布赫迪厄的文化場域理論以「場域」（field）和「宿習」（habitus）的概念，聲稱希望在內緣和外緣分析模式之間做一些溝通和連結。我在第二本英文書《台灣文學生態：從戒嚴到市場》，試圖從這個角度來描繪當代台灣文學發展的一些重要趨勢。下一步，則是希望把這一段時期的台灣文學生態放置在更大一點的框架裡，比如說二十世紀後半葉的東亞，做些比較。

一九九六、九七年左右，我任教的系所舉辦了幾個南韓文化的研討會。在此之前我也像很多人一樣，對台灣東亞鄰國的當代文化發展極度無知。研討會裡有一篇論文介紹了一九九〇年代初一個韓國電視劇，《沙漏》（*Sandglass*）。作者形容它受歡迎的程度時說，這個連續劇每晚播放時，街上都很難叫到計程車。印象裡這個劇的內容不外是透過一些浪漫愛情故事來描述韓國威權時代激情的學運分子抗議政府的活動，因此推想它在剛進入民主時代的韓國社會所發揮的政治療傷作用，應該和《悲情城市》有相似之處。雖然《悲情城市》在藝術形式上十分精緻（而非流行文化的電視劇），問世時所受到的熱烈反應也同樣和台灣社會對二二八歷史創傷的集體記憶有關。更重要的是，這兩個作品也同時為社會一般民眾提供了一個回味、沉澱（帶有某種程度的懷舊色彩）他們對威權政府所懷有的複雜、

矛盾情感的機會。兩者所以受到國內前衛之士的抨擊，認為他們不夠激進，對威權政治的批判性不夠，其原因可能不在於作品的內容，而更是情感形式上傾向主流的基調。

這幾年「韓流」席捲東亞，很多人開始體悟到南韓跟台灣在二戰之後驚人的歷史平行發展之處。有些時間點的確看起來像是巧合。比方說幾乎同時的一九七九年高雄事件和南韓光州事件；一九八七、八八年台灣解除戒嚴，韓國也因為舉辦奧運關係，出乎意料地順利從軍政府轉形成實行民主的文人政府；戰後兩者同屬分裂國家，對前殖民者日本和美國文化霸權同樣懷有十分曖昧的感情；也與台灣同為「亞洲四小龍」的成員，在一九七、八〇年代締造東亞經濟奇蹟。更吸引我注意的是兩個社會裡的文化場域好像也呈現出某種結構上的雷同，特別是其中受到威權政府背書的主導文化，以及與之相對應的主流美學位置。前述兩個作品雖然分屬不同文類，卻同樣體現了一個事實：長期以來被創作者和大眾讀者所內化的主流審美意識，即便在威權時代終結的時刻，仍然統馭著人們的情感結構。

布赫迪厄提醒我們，外在環境的政治、經濟或科技變革對文學的影響，並非直接反映在文本裡，而是透過它們加諸於文化場域的結構、場域內部規律的根本性影響，產生一種「折射」效應。如果說二十世紀後半葉冷戰秩序中的東亞各國在地域政治位置上有相似之處，這種相似性是否也反映在社會的文化場域結構上？這種特殊的地域政治位置是否對不同東亞社會的當代文學生產造成可相比較的制約效應？十分巧合的，幾個月前歐洲一個出版社邀我審一本書稿，內容是比較當代台灣和日本（一九六〇至一九八〇）的小說，以此討論兩地所經歷的「『奇蹟』現代性」。我很高興地發現這本書的作者對日本這段時期裡主導文化的看法，和我對台灣文化生態的理解十分相似，認為都具有保守性、妥協性和新傳統主義的特質，只是我們在用詞上有「柔性威權主義」（soft authoritarianism）和「柔性極權主義」（soft totalitarianism）的差異。

我以為一九五〇年代初台灣的剛性威權主義（hardcore authoritarianism）於一九五六年就有了一個明顯的轉折，而到了蔣經國時代（一九七〇年代中至八〇年代末）更可以被稱之為一種「柔性威權統治」。而前述論著的作者對日本二戰之後長期執政的自民黨也有類似的看法。重點在於這兩個社會快速現代化的過程中，由政府倡導或背書的現代化論述都同樣呈現保守、傳統、經濟掛帥的特性，對當時文化場域裡的運作規律產生某種程度的制約作用。或許我對占有主流位置的台灣作家的妥協性會更加強調一些。比方說在五〇年代的一些作家，如朱西甯、林海音等，基於認同當時政府的反共國策，所顯示的妥協性不但是自發的選擇，久而久之甚至轉化成為一種創作風格。儘管這本論著十分著重主題分析，和我採用的分析典範不太相同——比如說把台灣的黃春明以越戰為背景的〈小寡婦〉和反映美軍占領日本的作品做主題性比較——書稿的結尾卻幾乎達到一個相同的結論。簡單說，這種特殊生態對文學生產的制約（比如說對現代主義批判性的削弱）來源是結構性的。正因如此，我們對於像日本和台灣在許多方面——大小、人口、國民性、現代化進程——都極為不同的東亞社會，基於兩者在冷戰時期的文化場域可能呈現的同構性，也可以做有意義的比較。

我們還可以從反方來論證冷戰秩序下的地域政治如何影響東亞社會的文化生態。大陸學者陳小眉寫的《西方主義》（*Occidentalism*）一書曾經引起不少注意，她的主要論點是，中華人民共和國官方對西方文化的負面論述，真正目的在於控制自身內部的知識階層。姑且不論它的論述內容，讓我印象深刻的是書中指出，唯一和中國大陸有同樣的文化邏輯的國家是北韓。或許這些例子可以幫助我們擺脫對政治意識形態本身的過度重視，而把焦點移到文化場域的結構和內部統馭規律——後者應該可以成為東亞比較文學的一個基礎。

我們或許可以進一步把東亞現代社會文化場域的同構性，追溯到文學論述裡「正當性原則」（legitimacy principle）的性質。布赫迪厄認為兩種截然相反的正當性原則之間彼此競爭，是所有文化場域中主要的動力來源。他以十九世紀後半葉法國社會為參考對象，指出「市場」是當時文化場域裡「外緣性正當性原則」（heterogeneous legitimacy principle）的主要源頭，相對於光譜另一端「純藝術／純文學」的「內緣性正當性原則」（autonomous legitimacy principle）——後者是以藝術或文學自身媒介（如語言、色彩）的內在屬性為源頭。如果以同樣的邏輯推論，我們會發現二十世紀的中國文學場域裡「市場」和「純文學」顯然並非最重要的正當性原則來源；政治性使命（救亡、啟蒙、國族建構、現代化等）才是。市場只有在某些歷史時段（如中國大陸於一九二八至一九三七年這十年間，和一九八〇年代以後；台灣於一九三〇年後半葉，和一九六〇年以後）發展得較為順暢，卻經常被政治性的重大轉變（戰爭、革命、威權統治）所中斷，讓政治性正當性原則又重新成為統馭文化場域的主要力量。這樣的研究角度把專屬於二十世紀的東亞歷史環境納入考量，對過去以東亞社會相似的傳統文化——同屬儒家思想影響範圍，對文學書寫的社會功能、知識階層的天職、文學藝術的教化性等有類似觀點——為基礎的研究方法應該有補足作用。

三、文學作為一種「現代社會體制」

把廣義的文學（或狹義的文化）視為一個「現代社會體制」自然是一種文藝社會學的概念。這個概念分兩個層面，一個是比較抽象的，一個是比較具體的。抽象的層面包括美學的部分，比方說寫作的成規；分辨什麼是好的文學、什麼是不好的文學的評價標準，以及廣為流通的審美意識等等。具體層面包括出版社、文學社團、雜誌等關係到文學生產、傳播、消費的硬體機構或組織。剛才提到，二十世紀晚期現代性的加速向全球擴散對整個文學體制造成了極大的衝擊，使得許多原有的研究典範變得不再適用。比方說，文化帝國主義一直是討論非西方國家文學一個很重要的概念。然而過去二、三十年裡「全球化都市」（global city）在「第三世界」如雨後春筍般崛起，如今紐約、巴黎、東京、台北、上海這些世界型大都會之間的生活方式差異，漸漸不如各個都會和它鄰近鄉村地區之間的差異來得大。全球性文化散布的網絡既然已經改變，我們很難再一成不變地繼續使用一個優勢文化的區塊叫「西方」，和一個非西方的劣勢文化區塊對立的文化帝國主義批評典範。

「全球化都市」之間愈來愈同步的流行文化、雅痞生活方式、青少年次文化等也使得傳統文學研究所關注的文類位階有了新的面貌。菁英文化和流行文化之間原本垂直的高下位階無形中被拉平，成為並列、同為選項的平等關係。而更令人矚目的是文化在掌管國家機器的官員眼中的地位改變。一位研究日本歷史的同事告訴我，日本政府一向都是以傳統文化藝術來打造日本的國際形象，但是大約在三、四年前卻突然轉而強調流行文化產品——鑑於日本漫畫、動畫影劇、「可愛產品」等在全世界流行的強勁態勢，這個轉向自然容易理解。反觀台灣解嚴後，流行文化在文化場域內占有的區塊也大幅擴張，在批評論述中也明顯地被賦予更高的正當性。官方和知識分子更清楚地意識到文化具有的外交潛能，將文化視為國家產業內容，呼籲創作者「建立台灣自己的文化品牌」。在學院內從事文學教學的朋友們更不會不意識到，文學研究的版圖正在被重新劃定。傳統的文學研究題材逐漸萎縮，新興科目如文化研究、視覺藝術研究等快速成長。這些改變所涉及的往往是文學體制最基礎的層次。而造成這些根本性變化的，是許多正隨著全球性資本主義的擴張和數位科技革命而日新月異的其他現代體制。

或許正是想要理解目前發生的一些文化現象欲望，使得美國學界裡的中國學者興起了研究早期現代性文化體制的熱潮，而其中許多是歷史學者。他們的發現對文學研究自然也很有啟發性，因為要探討現代文學體制是如何形成的這個問題必然牽連到其他一些現代體制的歷史性轉化。比方說大眾教育（mass literacy），使得文學不再是士族階級的菁英產物；或印刷資本主義，讓文學的生產、傳播、消費被納入現代市場機制；或國族打造、殖民統治……。二〇〇六年四月的舊金山亞洲學會年會裡有一位歐洲學者認為，一般人把五四運動視為白話文興起的一個重要里程碑並不完全正確；白話文被體制化的過程其實開始得更早，五四的重要性其實「只」在於奠定了「白話文學」的地位。會裡不止一篇論文都牽涉到白話文學的體制化過程。有些人提出通行的白話文書寫風格、或五四文學大家（如魯迅）的經典化都和當時少數知識分子的成功策略性操作有關；他們掌控了教育體系和出版社的人際脈絡，得以將自己的作品變成白話文的普及教材。一位講評人頗不以為然地質疑：這樣的論點是否太過於強調市場的重要性？魯迅的崇高地位難道和他個人的人格、作品的質量無關？這個典型的提問方式把「市場」和「創作者的文學成就」視為彼此對立，恰好是將文學作為體制的研究模式所要解構的思維邏輯。正如布赫迪厄所說的，文學這個場域之所以特殊，是因為人們對文學價值的信念、以至於關乎審美標準的知識，都是必須被創造、被生產出來的。我在別的地方也曾經提過，一九八〇年代的台灣兩大報副刊，作為一個主導文學生產、傳播，以及欽定正當性文學論述的體制，如何有效地形塑了當年通行的文類屬性和審美意識。「新文學」或「白話文學」是一個體制性很強的歷史產物，以這個角度來檢視它的藝術性面向，應該有助於解答許多長期困擾文學史研究者、看似純屬「文學性」的議題。

對中國（或甚至東亞）現代性形成的歷史性探討，有助於我們理解當代文學（文化）生產、傳播、消費的體制環境變化（全球性文化體系的重組、跨國文化流動路徑的改道）背後的基本驅力。半個世紀之前，文化工業（cultural industry）的概念興起，是研究現代文化理論史上一個重要里程碑。回顧它的出現背景，是一小群左翼知識分子（法蘭克福學派）為了躲避法西斯政權從歐洲流放到美國，對美國當時流行文化所體現的「商業法西斯主義」所提出的批判。這些左翼學者最擔憂的，是勞動階級每天以被動的形式消費大公司的決策階層所製造的流行文化，會因此喪失了對資本主義剝削的自覺和反抗意識。這種對流行文化的貶斥和焦慮，在光譜右端的知識分子也不斷呼應。然而，在晚近全球化趨勢下的文化生產形式，似乎已經超越了菁英或流行的範疇，而有更進一步的發展。一位學者奈斯特·坎克里尼（Nestor Garcia Canclini）提出的「文化的工業化」（the industrialization of culture）

概念適切地傳達了這個訊息[3]。大意如此：二十世紀後半葉，物質生活的科技化、工業化和組織化帶來了更為徹底的，使「文化」脫胎換骨的「文化的工業化」。近年來的數位科技革命更將這個過程推到了一個新的境界。在這「最後的階段」裡，文化被納入資訊高速公路，同時，過去以國家為單位的文化生產網絡也快速地被整合到一個新的全球性文化體系內。

長久以來人文教育的一個基本精神來自於文化與經濟的對立與區分。如今文化活動和經濟活動，以至於國家的產業政策、外交政策，都愈來愈合為一體了。文化既然成為國家經濟的一部分，國家機器對文化操控的方式也愈來愈翻新，愈來愈有「創意」。過去十年韓國政府和企業合力打造的文化奇蹟，中國大陸目前推動的「孔子學院」，是最醒目的實例。無怪乎從保守到激進、不同立場的學者都開始關注國家的文化政策，希望能夠對它產生影響力。前面提到的岩淵功一發明了一個名詞，「品牌民族主義」（brand nationalism），頗能捕捉這一波「文化戰爭」的基本精神。

對文化外交功能的新思維可由近年來流行的「柔性威力」（soft power）一辭得到印證。一九九〇年代初發明這個詞彙的政治學家約瑟夫‧奈伊（Joseph S. Nye Jr.），曾經針對美國發動伊拉克戰爭的反恐政策做出這樣的批評：

> Soft power is the ability to get what you want by attracting and persuading others to adopt your goals. It differs from hard power, the ability to use the carrots and sticks of economic and military might to make others follow your will. Both hard and soft power are important in the war on terrorism, but

attraction is much cheaper than coercion, and an asset that needs to be nourished.[4]

這段話大意如此：國家為了達到它的政治目的，使用的方法應該是試圖吸引對方，說服人家接受你的想法。這與用胡蘿蔔跟棍子那些威脅利誘的方法很不相同。剛性威力和柔性威力對反恐戰爭固然都很重要，但試圖去吸引別人比威脅利誘便宜得多，因此是十分值得培養的資產。

好萊塢電影一向被公認為將美國的柔性威力發揮到極致。傳統人文學者大概對如此冠冕堂皇地將文化納為外交策略難以苟同。然而我們也無法否認以文化來展現「柔性威力」所反映的，是民族國家如何試圖掌握全球化趨勢下文化生態所提供的新契機。從台灣或東亞社會的立場來看，還有一個重要的意涵。幾世紀以來現代性的不均衡發展在全球資本主義虛矯的弭平作用下彷彿有一些翻轉的可能；至少，先進國家與後進國家的文化工業之間的互動，似乎出現了一些新的遊戲規則。如何在這種現實考量和人文研究的理想之間取得平衡，大約是台灣的文學研究者所面臨的挑戰之一吧？

3 見Nestor Garcia Canclini, "Cultural Industries and the Globalization of Culture" (http://www.unesco.org/culture_and_development/discussion/cancli.html)。

4 "Propaganda Isn't the Way: Soft Power," *The International Herald Tribune* (January 10, 2003).

第七章
試談幾個研究「東亞現代主義文學」的新框架
——以台灣為例

許久以來，我一直希望能在不同的框架下，檢視一下過去對一九四九年後的台灣現代主義文學運動所提出的一些觀點，而「東亞視野」可說是我最近兩三年來探索的一個主要方向[1]。儘管近來國內外都意識到以東亞為框架的文化研究重要性，但是明顯存在許多由於知識、語言背景產生的障礙，因

1 本文原發表於《台灣文學研究集刊》五期（二〇〇九年二月），頁四一—五七。係根據筆者二〇〇八年五月在美國聖塔芭芭拉加州大學「重返現代：白先勇、《現代文學》與現代主義國際研討會」和七月在廈門大學「海峽兩岸台灣文學現代性」研討會上的發言稿整理而成，包含若干不成熟的構想，有待進一步發展求證。有關我過去對台灣現代主義文學運動的討論，請參見《文學場域的變遷：當代台灣小說論》（台北：聯合文學，二〇〇一）；*Modernism and the Nativist Resistance: Literary Culture in Taiwan*。

此我也希望藉著發表這篇報告，呼籲有心人士組成多元背景的研究團隊——尤其是希望能夠吸收具備不同語言特長的年輕學者——共同朝這個方向來努力[2]。另一方面，這篇報告也延續了我過去十幾年來在方法學上的思考，試圖藉由諸如「文學場域」、「文學體制」等文藝社會學的概念，提出一些和大多數既有文學史不太相同的研究方向。

一九九〇年代以來「文化研究」學科的興起，對文學領域的研究方向可謂影響匪淺。其中最引人關注的，是研究者逐漸將重點從文學作品的本身，轉移到文學生產的語境（或者說「脈絡」），進一步引發了我們對「文學」，作為一個現代社會體制，和現代化進程中所產生的物質文明之間對應關係的關注。這個關注直接影響到我們習用的「現代主義」一詞的語意範疇。

馬紹爾‧伯曼（Marshall Berman）於一九八三年出版的《一切堅固的東西都煙消雲散了：現代性體驗》（*All That Is Solid Melts Into Air: the Experience of Modernity*）中，對「現代主義」提出了一個經常被引述的界說。扼要的說，他認為在社會層面所產生的「現代化」（modernization），和抽象的綜合性概念「現代性」（modernity），以及文化領域裡的「現代主義」（modernism）三者之間，存在著一定程度的對應關係。在這之前，也就是上世紀一九六、七〇年代，研究英美文學的學者在提到現代主義一詞時，多半是指十九世紀中葉至二十世紀上半葉之間發生於歐美的一個特定文化風潮。同時由於當時盛行新批評主義的分析模式，他們的研究重點通常集中於現代主義文學的美學特性和形式結構。伯曼的定義提出後不久，大約從八〇年代末、九〇年代初開始，文學研究者對「現代主義」（modernism）一詞的使用便開始出現廣泛的分歧。儘管仍有許多學者以「文學現代主義」（literary modernism）為主要的鑽研對象，愈來愈多的人卻開始藉由對文學的分析，來探討廣義的「現代性」（modernity）——有別於狹義的「文學現代性」——有關的議題。

以研究中國文學的英文著作為例，周蕾於一九九一年出版的《婦女與中國現代性：東西方之間閱讀記》（*Woman and Chinese Modernity: The Politics of Reading Between West and East*）中用鴛鴦蝴蝶派小說討論女性與「中國現代性」的關係，王德威在《被壓抑的現代性：晚清小說新論》（*Fin-de-siècle Splendor: Repressed Modernities of Late Qing Fiction, 1849-1911*, 1997）提出的晚清小說中呈現的、後來被五四經典所邊緣化的「壓抑的現代性」，都可以說是屬於後者。頗值得注意的是，李歐梵在《上海摩登：一種新都市文化在中國，一九三〇—一九四五》中，除了明確地聚焦於現代化進程中出現的物質文明與文化生產（包括文學生產）之間的關係，還十分自覺地點明，他所討論的對象僅限於上海這個都會地區——因為在二十世紀上半葉，中國其他地方並未出現如此先進的現代物質文明。二〇〇五年，紐約大學張真在她的《銀幕艷史：都市文化與上海電影，一八九六—一九三七》（*An Amorous History of the Silver Screen: Shanghai Cinema, 1896-1937*）一書中借用芝加哥大學電影學者米麗安・韓森（Miriam Hansen）提出的「庶民現代主義」（vernacular modernism）的概念，來探討一九二〇、三〇

2　我對大陸和香港的文學僅有粗略的認識。由於日文閱讀能力十分有限，只能借助於翻譯的材料；目前接觸到的包括葉渭渠、唐月梅以中文撰寫的日本現代文學史；小林秀雄、柄谷行人、前田愛等人文學評論的英譯本；以及美國學界裡出版的一些相關論著。

年代的中國電影。二〇〇八年五月在美國聖塔芭芭拉加州大學「重返現代：白先勇、《現代文學》與現代主義國際研討會」研討會上，來自南京大學的大陸學者劉俊把五四文學和台灣現代派文學視為平行的文化現象來做比較，也無疑是採用了廣義的「現代主義」概念，減輕了對美學現代主義特性的挖掘，而更為側重它和「現代性」以及社會「現代化進程」之間的相聯性。

一旦我們把注意力放在現代主義和現代性、社會層面的現代化之間的關聯性上，「東亞」的研究框架就顯得格外重要，不可忽視。和西方相比，東亞社會的現代性是「後發」的，不僅是硬體的現代化體制亦步亦趨地借鑑、追踵於西方，文化領域裡的活動也不斷受到西方藝文思潮的衝擊和啟發。過去一個世紀裡，現代主義風潮在不同的東亞地區，不同的歷史時段裡一再地反覆出現。傍隨著這個風潮的「東亞現代主義文學」究竟有多少成分的自發性，成了研究現代東亞「文化轉譯」現象最佳的案例。我所構想的研究計畫最終希望能對這個議題提出比較完整的看法——發表這篇報告不過是想試著踏出第一步。

一、現代主義文學運動的發展週期

二十世紀末葉冷戰結束後，加速全球化的資本主義經濟體系和前所未有的數位科技革命全面性地穿透了我們的日常生活，逐步催生了若干嶄新的文化生態。這個發展態勢給了我們新的啟示，讓我們把過去一個世紀以來東亞現代主義文學所反映出的文化接受、文化轉譯的複雜現象，放置在不同的框架中思考。

首先，當前的歷史語境提醒我們，必須更深切地體會東亞內部各地區遲速不同的現代化進程，在文化發展層面的意涵。新自由主義下加速的經濟全球化直接促成了以東亞為主體的文化市場的勃興，出現了各式各樣、以饒富市場價值的流行文化為主體、跨越傳統國界的「新興文化型構」（emergent cultural formations）。正如阿君．阿帕度萊（Arjun Appadurai）在一九九〇年代初所觀察到的，跨國文化流動現象充滿了斷裂、片面和不均衡的發展。[3]晚近東亞文化研究學者對這個現象中所涵有的「歷史時空感知」上的差異性有相當敏銳的觀察。[4]他們認為，儘管東亞內部各地區的文化母體，在現實意義上位處於同一地理時空，但由於各自現代化發展的階段不同，造成有極大差異的主觀歷史時空意識。早稻田大學的岩淵功一在《全球化重心移位：流行文化與日本跨國主義》（*Recentering globalization: Popular Culture and Japanese Transnationalism*, 2002）第五章裡有這樣的討論：九〇年代日本流行文化雜誌讚揚來自其他東亞地區的女性偶像歌手的方式，充分顯露出一個潛在的心理因素：他們把這些地區的「現在」看成日本的「過去」。也就是說，他們把自己對經濟泡沫化之前的日本的

3 Arjun Appadurai, "Disjuncture and Difference in the Global Cultural Economy," *Modernity at Large.*

4 施淑教授在〈首與體——日據時代台灣小說中頹廢意識的起源〉（收入陳映真等著，《呂赫若作品研究：台灣第一才子》（台北：行政院文化建設委員會，一九九七，頁二〇五—二三）中對一九三〇年代台灣小說的討論中所涉及的歷史時空感知問題可以與此相提並論。

懷舊感，投射到像越南等正在生氣勃勃、快速現代化的其他亞洲地區。岩淵功一屬於前衛的文化研究學派，他對這個現象持有明確的批判態度。隨後更提出，九〇年代中期以後，日本中年女性粉絲對香港流行歌手的崇拜，似乎包含了對另一種「亞洲現代性模式」的認知。只是我們卻仍然可以在其中覺察到先進資本主義社會的日本居民，潛意識裡不承認自己和現代化落後於日本的東亞鄰居身處「同一時代」的優越心理。

這個例子本身所關注的主觀歷史時空意識，對我們來說很有啟示性。許多學者都曾經指出，全球化市場快速地弭平傳統形式的差異，卻同時製造出新的差異。這些新的差異、新的不平等，不只是以國家為單位，更存在於同一國家不同地區之間（如城鄉之間、新區與老區之間、沿海與內地之間，等等）。新崛起的都會如上海、北京，其人文生態和世界上其他「全球性都市」（global city）如香港、紐約之間愈來愈相似；和比鄰的農村或城鎮間的落差卻愈來愈顯著。在韓國外國語大學研究生院擔任助理教授的年輕韓國學者曹永翰（Younghan Cho），最近在尚未發表的一篇論文中對「東亞感性」（East Asian sentimentality）的敘述，很可以總結晚近文化研究學者對這個現象在東亞文化生產上意義的觀察[5]。他認為當前「東亞感性」獨特的地方，在於它的"asymmetric but synchronous spatialities and its uneven but simultaneous temporalities"。我把這句話的內容意譯如下：不同的東亞地區存在於同樣的地理座標上，卻擁有不對等的「空間性」；它們隸屬於同一歷史座標，所展現出的「時間性」卻呈現著落差。

從某種意義上來說，這個時空不對等的現象，在上世紀末全球化帶來的文化發展大分水嶺之前就已經以不同的形式存在多時了。現代主義風潮多次在二十世紀不同階段發生於不同的東亞地區——僅以中國和台灣而論就有四次之多——它和當時當地的現代化進程有什麼對應關係，是個牽扯著「歷史決定論」爭議、現代化進程中「時空意識壓縮」現象的複雜問題。從文學史的角度來看，各個「現代文學支流」在文本和運動層面呈現了參差平行的現象——各個現代主義運動之間極易發現片面的雷同和相異之處——無疑是我們琢磨現代東亞文化轉譯的規律，探討新的比較文學框架的重要起點。

其實，以往對東亞各地現代主義風潮的觀察，都曾不可避免地觸及「時空不對等」的現象，不過所關注的多是東、西之間的不對等。我自己討論台灣現代文學運動時也提到一個「時程壓縮」（compressed timetable）的現象：西方歷經一百多年發展成熟的現代主義文學到了我們這裡，大幅縮短了它的發展週期。而改革開放後的中國大陸，現代、後現代幾乎是同步發生，濃縮程度更烈。其實，小林秀雄於一九三〇年代就對日本現代主義文學和西方原初版本之間的時間落差，表達了十分類似的看法。誠然，以個別的東亞現代主義運動而言，時程壓縮的比例大小不盡相同。這使得我們不得不把注意力放到這些運動的發展週期上。就這一點來說，日本、台灣和改革開放之後的中國大陸，較之於三〇年代大陸和台灣、香港、馬華的現代主義風潮，到目前為止經過了比較長的發展週期，對研

5 Cho, Younghan. "Desperately Seeking East Asia Amidst The Popularity of South Korean Pop Culture in Asia," *Cultural Studies* 25.3 (March 2011): 383-404.

究者來說，是更有利於做整體分析、比較的案例[6]。

關注現代主義運動發展週期，必然是關注這一運動在個別文化生產場域裡的位置如何形成、茁壯、衍生、擴散的路徑和軌跡。文學研究者在建立文學系譜時，往往特別關注直接性的影響和傳承。比如說日本作家透過劉吶鷗對上海新感覺派小說的影響、詩人紀弦如何銜接四九年前後大陸和台灣的現代詩等。這些事實固然重要，但是很大程度建立在歷史的偶然性上。我認為更加不可忽視的，是現代主義文學作為一個結構位置，在整體文化場域裡出現、擴展的軌跡，以及現代主義文學和其他同時並存的美學位置之間的競爭、互動關係。這自然牽涉到場域本身的結構、它的內在支配規律，以及兩者對這個位置的加持或制約作用。

我對中國大陸現代文學史著作的情況不甚熟悉，然而去年讀到洪子誠教授的《當代中國文學史》，十分驚豔，覺得他的論述很大程度是從文學場域內的結構關係這個角度出發的。倫敦大學瑪格麗特·希倫布蘭（Margret Hillenbrand）教授於二〇〇七年出版的《文學、現代性與對抗政治：二十世紀六〇年代至九〇年代的日本和台灣小說》（*Literature, Modernity, and Practice of Resistance: Japanese and Taiwanese Fiction, 1960-1990*）一書，處理台灣和日本上世紀六〇年代至九〇年代的小說，也可以用來闡明以場域角度出發的文學研究框架。一九六〇年至一九九〇年這段時期的日本和台灣文學，在整體規模、民族背景、審美意識、國際能見度各方面都相差甚巨，而作者卻將這兩個表面上不對等的文學傳統拿來做平行的研究。比較的基礎，近的來說，是這兩個社會同時受冷戰時期國際間地緣政治的制約，而呈顯出的文學生產場域在結構層面上的類似性；遠的來說，兩者同屬儒家傳統文化圈、共同擁有東、西文明激烈碰撞下社會體制重構的現代經驗，因此在對文學功能、作家定位的共識上有雷同之處。而這段時期，日本一黨獨大的自民黨和台灣戒嚴體制下的國民黨，同在美國的奧援下展開一種特殊的東亞現代化模式，其由官方主導的務實而功利、經濟掛帥的現代化論述，對文學場域的支配規律有著隱形而確鑿的約束力，也使得兩地作家在處理現代主義議題、吸納現代主義美學的策略上，有相當程度的可比性。

把發展週期作為一個研究焦點，有助於我們更為細緻的觀察、理解現代主義在較長的時間軸、不同媒介的文化類型（電影、音樂、繪畫、廣告）裡的擴散狀態。這些擴散的路徑和方式，頗具有標示「東亞現代主義文學」與它的影響源（歐美現代主義）之間是否存在根本性差異的功能。一般說來，東亞現代主義文學的初期發展，通常在美學形式和意識形態內容方面，樹立了諸如實驗創新、道德越界、認知置疑等典範。這些或者可以大衛．哈維（David Harvey）在《後現代狀況》中拈出的現代主義核心精神，「本質上的雙面性」（duality），來做一個概括的理解，而簡扼地聯繫到大家耳熟能詳的一些台灣現代派的特徵：比如無情的挖掘心靈奧祕，質疑中產社會的道德規範，對事物本質裡無法彌合的雙面性之理性容忍等等。而同時十分重要的一個面相是，現代主義的菁英性格，在吸引創作者追隨

6　在日本，現代主義風潮大致可說起於第二波現代化高潮之際，以一九二四至一九二五年之間東京大地震之後的新感覺派為代表，儘管其後被戰爭打斷，戰後卻仍接續發展；而在台灣和大陸的現代主義美學從一九五〇、一九七〇年代末開始至今，影響所及已達二、三個世代的創作者。

的同時，也無形中規範了他們的自我身分定位與「他者」想像的模式。二〇〇八年五月美國聖塔芭芭拉加州大學慶祝白先勇七十壽辰的研討會，讓不同世代受現代主義影響的小說家（黃春明、施叔青、李渝、朱天文、舞鶴）有個齊聚一堂的難得機會。這些不同年齡層的小說家，寫作風格迥異，出道的年代和台灣的現代主義運動不盡吻合，可說是現代主義風潮擴散面的代表人物。他們的發言有一個顯著的共同點，是這些作者（包括李渝發言中屢次談及的郭松棻）身心投入，生死以之，將文學視為嚴肅的生命志業的態度——這個與現代主義美學和意識形態緊密相關的特質，值得我們進一步思索。

由於大環境的歷史因素，英美學界是冷戰時期台灣現代主義運動最重要的影響源。現代派的文學觀主要受到形式主義以及由形式主義衍發的新批評主義的形塑。他們師法的西方作家也以英美為主——艾略特、葉慈、亨利・詹姆士等的影響，遠大於如布萊希特（Bertolt Brecht）、安德烈・布列東（Andre Breton）等一九三〇年代歐陸的左翼現代主義者。如果將台灣現代派作家與它的主要影響源，即兩次大戰之間在英美盛行的、如艾略特等人所代表的新古典主義支派相比，可以更清晰地梳理出台灣戰後現代主義的特色。比如說，大衛・哈維在《後現代狀況》一書中形容兩次歐戰之間的現代主義，認為是既具英雄氣質，也充滿了災難性。有段話大意如此：當一整套啟蒙理性信念逐漸被消解、多重觀點浮現時，人們將社會行為賦予某種美學意涵的可能性就被開啟了……尤具吸引力的，是對「永恆性」神話的召喚……這種神話或者載負了將我們從充滿偶然性、混沌無序的宇宙中救贖出來的任務，或者更具規畫性地，提供動力，為人類的努力開展出一個新的方案[7]。這種將文學賦予「類宗教」使命的信念，在台灣現代派作家中明顯可見。我曾在《現代主義與本土對抗：當代台灣中文小說》中略加描述。大體來說，台灣現代派基本上對啟蒙理性有著正面的詮釋與傳承。啟蒙理性將前現代的形上學意義系統（基督教、儒家皆屬之）的內涵，區分成為道德、科學、藝術的獨立知識領域；各個領域受其獨特的內在邏輯支配，擁有不同於其他領域的價值判準。這與新批評主義重視文本的藝術性內在邏輯，形式主義主張文學語言獨具「文學性」（literariness），以及自由主義所主張的社會文化分層（故而替文化菁英主義奠立了基礎），在精神上有基本相通之處。而台灣現代派小說家中走得最遠的，往往賦予「文學」以崇高的終極價值，鋾鑄文字到了全篇詩化的地步。如果說他們的潛在意識裡將文字的構築賦予取代形上學意義系統的功能，那麼就容易理解為什麼這個信念會成為當代台灣文學場域內在規律上菁英藝術觀的基礎。從余光中的現代散文構想，王文興、李永平的長期實踐，到朱天文所謂的文字鍊金術，所傳達的，是現代派作家對美學形式超驗性（transcendental）價值的肯定，將「文字風格」視為意義系統充分且必要的載體。創作者殫精竭力地試圖改造語言，似乎唯有達到完美的形式掌控，方能駕馭道德、認知系統裡固有的矛盾和缺憾，在一個不同的層次上建立新的秩序。因此我們看到，不只是王文興、李永平等通常被大家歸類為現代派的作家，包括郭松棻、朱天文、舞鶴等，都將極大的生命時光和精力投注於某種終極追求，孜孜不懈地構築具有宗教性質的個人化意義系統或「神話」。

如果進一步考慮前面所說的「現代主義精神的擴散過程」，我們可以覺察到，在後面一批的作家

---

7 David Harvey, *The Condition of Postmodernity*, p. 31.

身上，現代主義與當代台灣文化場域內其他位置產生了重要的融匯互動；如朱天文所受副刊文化生態的滋養、舞鶴在本土潮流中投射於原住民的想像、郭松棻在海外學運中的中國認同等。同時，也只有把發展週期納入考量，才能更準確的處理另一個重要現象：晚來後到的現代主義作家免不了會受到也不斷在持續演變的西方（或世界其他地方）美學或意識形態潮流的影響。他們從不同的現代主義亞流，或與之對立的傳統（如法國新小說，歐洲新浪潮電影、義大利新寫實電影、後現代主義等）所汲取的資源，必然與較早傳入的現代主義美學產生互動。這對歷時較長的日本、戰後台灣，以及格外濃縮的一九八〇年代以降的中國大陸現代主義風潮尤其不可忽視。

相對來說，現代主義在一九三〇年代的中國大陸和台灣都未能充分發展便不幸夭折，然而相隔數十年後卻在兩地都重新開啟了一個收穫更為豐碩的風潮。儘管在日本被戰爭切斷，戰後卻延續擴散；盛行一時的存在主義，甚至更晚的大江健三郎都有顯著的現代主義特徵。從另一個角度來看，這些現象所昭示的，是存在於現當代東亞文學場域裡一個持續對西方影響開放、吸納的結構性元素。對於這個結構性元素，我想採用文學體制的觀念來重新做個表述。

二、東亞現代文學作為一種現代社會體制[8]

我採用的是培德‧布爾格對文學體制的定義，兼顧硬體和軟體的層面。前者包括承載文學生產、傳播、接受功能的有形組織、機構和環境，如出版社、文學社團、雜誌、文學獎等。後者則是較為抽象的美學傳統、藝術成規、審美意識、品鑑標準等。採用體制的觀點，可以更深入地理解「現代文學」和諸多在同一歷史時段扎根、生長的現代體制之間複雜的互動情況——尤其是那些在東亞現代社會裡扮演主導地位的現代體制，像與國族打造緊密相關的白話文（文言一致）運動；在戰爭、革命時期畸形發展的泛軍事化文學動員與集體主義；或是威權政體統治下無所不在的文化審查、監控體系等等。而各地以華文書寫的現代文學發展屢次經歷了截然的斷裂，往往使得正在茁壯的藝術形式——包括現代主義——中途夭折。而二十世紀初以來造成這種觸及基本層面的體制翻轉的肇因，早先是革命、戰爭、政體和意識形態信仰的轉換，晚近則是經濟政策轉向，以及全球性資本主義擴散和數位科技革命。

前面提過，在我們所處的二十一世紀的歷史語境裡，革命性躍升的數位科技和傳播技術，與全球化市場經濟結合，帶來了空前快速，幾何式成長的跨國文化流動。過去一個多世紀以來，文化生產經

8　採取的是培德．布爾格對文學體制的定義，兼顧硬體和軟體的層面。前者包括生產、傳播、接受的組織、機構、環境，如出版社、文學社團、雜誌、文學獎等，後者則為美學傳統、藝術成規、審美意識、品鑑標準等等。幫助我們觀察文學體制和其他現代體制之間的交會互動。普及教育、國族打造、白話文運動、資本主義市場、印刷資本主義、都會文化工業、泛軍事化、集體主義。對文化生產、接受品味的影響。中文書寫的文學史經歷了若干截然的斷裂，最主要是體制層面的。反觀中文寫作的現代文學史，文學體制經歷了數次的全面性翻轉，往往使得正在茁壯的藝術形式中途夭折。造成這種觸及基本層面的體制翻轉的原因有政治、戰爭、革命、經濟政策轉向，更有全球性的和科技性的大變革。

歷了一波接一波的「工業化」——數位科技革命顯然將這個「文化工業化」推至最新的一個階段。被數位科技翻新的藝術傳遞媒介和途徑被納入商業網絡，藝術生產和消費的機制產生大幅變革，必然造成重畫「文學」的版圖。以文字書寫主導的傳統菁英文學觀，在視覺藝術和文化研究快速冒生的學術研究領域裡明顯地受到衝擊。公共領域對此警訊十分敏感。一九八〇年代末、九〇年代初，台灣文藝界充滿了「純文學已死」的喟嘆之聲。而中國大陸由於市場經濟的猛勢發展，在目前這個階段對嚴肅文學所造成的挑戰，較之於其他社會相應的現代化階段來得更為嚴峻。然而，在這「文學」看似瀕臨滅絕的時刻，也正是我們提出一些根本性問題的時刻。儘管傳統定義下以文字書寫的「文學」似乎是走上了夕陽產業的命運，從另一個角度看，「文學」某些重要的功能正逐漸被若干使用其他媒介、載體的藝術創作（尤其是電影）所取代。我們似乎應該重新劃定「文學」範疇，發展出一個廣義的「文學」概念，探討這個廣義的「文學」在全球文化體系的重構過程裡扮演的新角色。而我們在這樣一個重新界定文學內涵的時代，討論東亞現代主義文學，面臨著更為複雜的歷史語境。

回顧現代主義出現的關鍵性肇因，除了對「文學藝術再現指涉世界之有效性」的徹底質疑，也同時是對「文學藝術演變成一種現代社會體制」這個現象的挑戰和顛覆。（事實證明，現代主義者的創作實驗，開發、拓展了藝術媒介的物質性和形式潛能，在推進文化的工業化過程中，扮演了重要的角色，和它顛覆體制的初衷似乎背道而馳。）這個運動的強勁爆發力，很大程度來自於它對傳統文學認知範疇的根本性撼動。從這個角度來看，我們很容易聯想到，一個多世紀以前，在東亞各地區的「文學」認知範疇，也曾經歷了一個激烈而根本性的再造過程。日本學者柄谷行人在一九七〇年代末寫的

《日本現代文學的起源》對這個再造的過程有精采的論辯。他以夏目漱石為例，敘述在十九世紀末、二十世紀初，東西文明碰撞，知識系統高下位階逆轉，文化資本易勢的歷史時刻，日本文學所經歷的根本「翻轉」（inversion）。在以打造現代國族國家的「言文一致」運動中，新的敘述模式誕生了，連帶產生的，是與前現代完全相異的認知心理結構、基本知識範疇。我以為，這個寧靜的文化革命是東亞各個社會所共同經歷的——即使各地在時序上不盡相符。我同時認為——這一點和柄谷行人的想法不盡相同——這個「翻轉」在過去一個多世紀以來，在適當的水土環境裡一再以不同的形式被激發、被反覆操演，持久不息。而一波又一波的現代主義潮流正是這個冗長過程裡最尖銳、強度和亮度極高的具體呈現。現代主義的強大擴散潛力，其美學典範對創作者的持久吸引，或許正是來自於它的深層結構裡對認知模式的根本性翻轉。而不論研究者如何論辯各種不同版本現代主義的在地性，它與整套起源於西方的現代知識系統所帶來的衝擊總是有著不可分的牽連。

在我們的想像中，來自於西方的現代知識系統的對立面，是淵源於前現代的本國傳統。對文學創作者來說，這關係到兩套不同的、決定文字藝術命脈的美學資源——我想在最後一節稍微談一下這個議題。

三、台灣現代主義運動

一九四九年後發生在台灣的現代主義運動有些什麼特色呢？在以白話中文為媒介的文學體制發展

史上是否有特殊的貢獻？

美國中文學界公認馬斯頓・安敏成（Marston Anderson）對寫實主義在民國時期如何被接受、轉化的研究十分有見地。概略地說，安敏成認為，由於中國知識分子（包括作家和評論者）強烈關注文學的道德層面和作品在歷史當下所具有的政治效益，以至於很大程度上忽略了西方寫實主義文學流派的核心議題：對「文學再現真實」過程中，語言作為敘述媒介的適切性等、牽涉到人類認知模式的質疑和探索。我想這恰好可以用來說明台灣現代主義運動最突出的一面。任何一個現代主義潮流裡，語言實驗、形式創新、偏離傳統敘述模式都是最顯而易見的標誌；這些特性最終其實指向了作家對文學語言「再現」功能的重新塑造。然而需要留意的是，許多作家的語言實驗動機出自於追隨既有成規的多，不見得反映出對認知模式的自覺。這或許可以解釋為什麼有些出色的前衛作家，像台灣的施叔青，大陸的余華，很快就放棄語言實驗，回到傳統敘事模式。我因此認為，針對現代主義影響的討論，最好用對語言實驗比較持久、自覺性高的作家做例子；這大約也是我在台灣現代主義作家中特別關注學院派小說家的原因。

可以說，台灣現代主義文學的一個特色之一，是產生了最為接近西方某些特定的現代主義派別的創作成品。台灣多數現代派小說家所具有的學院性格，使得他們能較為深刻地體現作為影響源的西方現代主義作品的精神。這種自覺性的追隨和一定程度的仿效，自然反映在現代派作家在西化位置光譜中的自我定位，和他們汲取美學資源的策略與態度上。在台灣現代主義運動已經發展了半世紀的今天，我們應該重新檢視「西化」與「本土」、「現代」與「傳統」二元對立的弔詭關係。上節談到，現代東亞文學場域裡，存在一個持續對西方影響開放吸納的結構性元素；而以看似對立面的本國傳統，作為自己實踐現代主義美學精神的資源，其實是建構現代東亞文學體制的一個重要策略。一九六、七〇年代，余光中提倡了一個並非廣為人知的現代散文運動，在〈下五四的半旗〉、〈我們需要的幾本書〉等文章裡，用十分形式主義的觀點，主張以開拓其物質性潛能的方式改造白話文。而古典詩詞正是他實踐現代主義美學的重要資源。白先勇對《紅樓夢》文學藝術的承襲眾所周知；而他近年來積極投入《青春版牡丹亭》的製作，頗為成功地借助現代化舞台設計，賦予傳統美學一個新生命。這些，和川端康成早期參與現代主義的新感覺派，其後卻致力開發日本傳統美學資源也許應該一併討論。

最後，我想再以王文興的例子，來說明「西化」與「本土」、「現代」與「傳統」之間如何無法做簡單的化約。一般公認，王文興是台灣現代主義最徹底的實踐者。他於一九八〇年代末曾經說過，他的小說語言想要體現的是一個「trans-mimetic」，或「超越寫實」的概念。這個名詞本身的明確含意或許並不重要；值得注意的是，王文興當時如何認真地把自己定位為一個十九世紀以來西方文學寫實傳統的「後來者」——彷彿再度確認了他「極端西化」的公共形象。然而事實卻不盡如此。二〇〇七年夏天，中央大學主辦了一個《家變》研討會，共有六次[9]。在其中一次的座談中，我請教王文興

9 每次研討會首先播放王文興自己朗讀《家變》的錄音——中央大學易鵬教授申請了一個國科會計畫，花了一、兩年的時間在錄音室裡專業錄製的——接著以精讀文學經典的方式解說這本小說。

對白話文的看法。他非常肯定地回答說，白話文是一個非常貧瘠的文學媒介；如果我們可以用文言文寫作，馬上就能海闊天空。在另一次座談裡，呂正惠教授問王文興：《家變》是不是以他的母語福州話寫的？呂教授這個問題顯然含有讚美的意思——他認為當代大陸小說為什麼那麼生動，就是因為採用方言的緣故。對這個問題，王文興毫不猶豫地回答說：不可能，如果真是模仿福州方言，那讀者就「更加」看不懂了。這個回答大家倒是很容易理解，因為現代主義重要的美學認定之一，就是文學必須將原始素材消化溶解了之後，重新鑄造。真正令人瞠目以對的是，王文興在遲疑了片刻之後說道：我的小說語言是模仿英文的。

這個表白所牽涉到的，是個美學資源的問題。王文興選擇從英文的現代文學經典裡尋找典範，著重的無疑是英文經典著作裡對語言的講究，提煉、轉化的方式，和對聲調、節奏的運用。他接下來的發言大意如下：由於白話文發展歷史短暫，無法提供很好的典範，因此不得已要從其他的文學傳統裡汲取滋養。他對於中國文言文裡豐沛的美學資源，由於白話文的通行而無法被創作者所用，不無扼腕之意。如此說來，對台灣的現代主義作家來說，「傳統」和「西方」同為以現代白話中文為創作媒介的美學資源選項——不禁讓我們聯想起白話詩論戰的若干重要論點，以及許多學者已經指出的，白話文運動推崇語言透明性的謬誤。王文興在座談會上的發言，證明他在對待美學資源的見解和態度上，和台灣其他重要現代派作家——如余光中、白先勇、王禎和、李永平——是彼此呼應的；儘管各人在寫作實踐上所採取的策略有極大差異。

我以為戰後台灣受到現代主義影響至深的作家，是現代中國文學史發展至今，第一批極端自覺地將語言看作一種美學資源，致力於開發它的物質性潛能的創作者。這種態度的背後，是將由語言鑄造的「風格」和體現個人生命終極追求的「意義」等同的「類宗教」情操。從這個角度來做自我的定位，來規畫自己的創作生涯，可以說是完成了一個文學創作典範的轉換。在以中文為媒介的「現代文學體制」發展史上，寫下了重要的一章。

第八章

台灣冷戰年代的「非常態」文學生產[1]

一、「冷戰文化」的另類分期

冷戰結束了將近二十年，二十世紀中葉的文化生產在學術界逐漸成為熱門的研究對象。第二次世界大戰結束之後，國際勢力範圍重新劃定，政治板塊移動，形成了所謂「三個世界」，以及「自由民主國家」與「共產極權國家」對峙的局面。這個時期，是許多我們這一代甚至下一代人仍舊視為理所當然的許多價值觀念萌芽成形時期，而有些固定思考模式早已被普遍內化，甚至形成了一種意識形態

1　本篇原發表於陳建忠主編，《跨國的殖民記憶與冷戰經驗：台灣文學的比較文學研究》（新竹：清華大學台灣文學研究所，二〇一一），頁一七—三九。

枷鎖，或是具有侵略性、倨傲凜然的「正義之聲」。

二〇一〇年九月三十至十月三日，我任教的德州大學舉辦了一個大型的國際會議，「冷戰時期的文化」（"Cold War Cultures: Interdisciplinary and Transnational Perspectives"），約有九十個場次，三百多人發表論文。我覺得會議有個特色頗值一提：即對冷戰所造成的若干「始料未及」（"unintended consequences"）的後果多有著墨。例如主題演說之一，紐約大學的歷史教授Greg Grandin以拉丁美洲為例，說明冷戰對新自由主義的擴散其實也有遏止的作用——這一點涉及的領域和本篇報告關係較少，因此不多談。其二則是凸顯「冷戰文化」如何透過迂迴的途徑和潛移默化的方式，塑造主流社會認知，因此所造成的文化效應往往超出了政策制定者的原始動機。比如二十世紀中期以降以美國為核心向全世界擴散的流行文化，基本上是冷戰的產物。也就是說，在美蘇對壘、核武毀滅人類的威脅下所產生的娛樂文化，也包含了不少舉世聞名的經典傑作，如一九六〇年代Stanley Kubrick的*Dr. Strangelove*和*2001: A Space Odyssey*，以及007 James Bond偵探小說及電影[2]。

若想認真地將具有「以迂迴間接的方式形塑主流認知」特性的冷戰文化作為一個分析範疇（analytical category）來研究台灣，我想有些基本的問題必須釐清。首先是如何分期的問題。一般說來，冷戰以一九四七年開始，一九九一年結束[3]。然而在這個主流學界公認的歷史時段的最初十年，東亞許多地區其實是處於極度慘烈的「熱戰」狀態，如一九四六至一九四九年發生在中國大陸，並直接波及台灣的國共內戰，和一九五〇至一九五三年的韓戰。而甫脫離日本殖民統治、復為左右翼分裂的韓國、台灣，或戰敗被盟軍戰領的日本（一九四五—一九五二），則在過渡政局之下充滿了紛亂不

安。此時這些地區的文化生產模式與已經確然處於「戰後世代」的歐美社會大不相同，學術研究理應

2 儘管大會企圖涵蓋較廣的政治地理版圖——六個主題演講中，包括卸任美國大使，也包括了以中東、歐洲、拉丁美洲的視角出發的研究——東亞學者仍然寥寥無幾。不過其中賓州州立大學沈雙教授的報告和大會的基調倒是十分吻合：她研究受美國新聞處（USIA; USIS）支持在香港和東南亞發行的《中國學生週報》，發現該文藝刊物雖然最初以推廣冷戰文宣為宗旨，但久而久之，它的影響卻超出了預期，在間接的層面上滋養了馬華文學後殖民式的本土化趨勢。

3 http://en.wikipedia.org/wiki/Cold_War

At the end of World War II, English author and journalist George Orwell used the term Cold War in the essay "You and the Atomic Bomb" published October 19, 1945, in the British newspaper Tribune. Contemplating a world living in the shadow of the threat of nuclear war, he warned of a "peace that is no peace", which he called a permanent "cold war",[1] Orwell directly referred to that war as the ideological confrontation between the Soviet Union and the Western powers.[2] Moreover, in The Observer of March 10, 1946, Orwell wrote that "[a]fter the Moscow conference last December, Russia began to make a 'cold war' on Britain and the British Empire."[3]

The first use of the term to describe the post–World War II geopolitical tensions between the USSR and its satellites and the United States and its western European allies is attributed to Bernard Baruch, an American financier and presidential advisor.[4] In South Carolina, on April 16, 1947, he delivered a speech (by journalist Herbert Bayard Swope)[5] saying, "Let us not be deceived: we are today in the midst of a cold war."[6] Newspaper reporter-columnist Walter Lippmann gave the term wide currency, with the book Cold War (1947).[7]

採取另一類型的分析範疇。然而，大多數以第一世界角度觀看的學者，把冷戰時期發生在美蘇兩國境外的戰爭視為「代理戰」（proxy wars）（這類代理戰在亞洲、中南美、東歐、中東等地不間斷地發生一直持續到冷戰結束），因而並不覺得有發展另一種分析範疇的必要。

二〇一〇年清華大學舉辦的「跨國的殖民記憶與冷戰經驗：台灣文學的比較文學研究國際學術研討會」將殖民記憶和冷戰經驗並列，這自然是非常合理的「台灣觀點」。但是如果要認真建立一個有普遍理論性、可以合理地將台灣文學納於其內的跨地區比較框架，那麼或許需要一個新的分期方式、一個不同的有效分析範疇來對待二十世紀中晚期的東亞文學生產。二〇〇九年八月，新加坡國立大學中文系傅朗教授（Nicolai Volland）舉辦了一個研討會，題目是"The Cultures of Emergency: Cultural Production in Times of Upheaval, 1937-1957"，我把它簡單譯為「非常時期的文化生產」。這個研討會以一九三七至一九五七這個充滿戰亂、極端動盪的二十年裡，華人社群的文學生產為主要探討對象；而主辦人也聲稱希望未來能將研究範圍擴大到整個東亞地區。我覺得，以「非常時期」特殊文化生產的角度出發，或許可以開啟一個新的分析視野。

研究當代台灣文學的人都知道，一九五六年是一個重要的分界點：中華文藝獎金委員會和《文藝創作》停刊，夏濟安創辦《文學雜誌》，紀弦發表現代詩「橫的移植」宣言，《自由中國》文藝欄的走向，等等跡象，都顯示出一種新文化紀元的來臨。我在寫《台灣文學生態》的時候，曾經就這個年代的國民黨文化政策電話採訪王鼎鈞。王先生提到，當時他在中國廣播公司任職，一天突然接到上面指示，要大家到街上購買流行歌曲唱片，來取代當時充斥電台音樂節目的反共歌曲。顯然，這是國民黨文藝政策有意識的轉向，從「非常時期」的「高壓」（coercive）手段，轉變到較為溫和的「懷柔」（hegemonic）式文化掌控。根據王鼎鈞的臆測，這個驟然轉向可能來自於黨和軍之間高層較勁的結果。後來我看到公視製作的孫立人紀錄片，頓然體悟到，相關的歷史肇因應該是遠遠超出了島內的政治生態。一九五三年七月，重新劃定二十世紀後半葉東亞政治板塊的韓戰結束；一九五四、一九五五年《中美共同防禦條約》簽訂，美國第七艦隊進駐台灣海峽。儘管中共在韓戰結束後的一年之間對國民黨領地採取密集攻勢（大陳島於焉失守），然而由於開始接受蘇俄援助發展重工業，不免受到國際上美蘇之間冷戰僵局的牽制。新加坡國立大學徐蘭君曾經在一篇論文中討論：中共為了宣傳婚姻法所拍製的電影《梁山伯與祝英台》（一九五二），為什麼會在較為陰柔的越劇版和較為陽剛的川劇版中選擇了前者？她提出的解釋是，這部影片後來在周恩來一九五四年參加日內瓦會議時播放，極可能是中共在威懾世人的韓戰之後，藉由此片向國際社會展示溫和的姿態——其接受冷戰格局的意向不言而喻。

一九五六年可說是台灣從熱戰威脅緩解之後，由緊急備戰狀態的「非常時期」文化生產模式，轉向循由較為迂迴的路徑來塑造主導文化、逐步「邁向常態化」的轉折點。政治高壓趨緩，逐漸形成「軟性威權主義」，文化生產展現出另外一套、更為接近「冷戰文化」的特性。嚴格說來，由於戒嚴法的施行，即便在一九五六年之後，台灣的文化生產仍然只能說是「高度受到國際冷戰情勢的影響」，和西歐、美國社會典型的冷戰文化有很大的差異。然而一九五六年前後的轉變卻不可謂不大。比方說，台灣左翼作家常說一九五二年是最寒冷的一年，白色恐怖迫害最烈，顯然是受到嚴峻的國際情勢影響（韓戰的爆發幾乎將冷戰破局，轉變為各方都想極力避免的第三次世界大戰）[4]。總而言之，國民黨在從大陸撤退來台的最初幾年，東亞局勢未定，心態上延續國共內戰，文化生產模式無疑屬於「非常時期」。理論上說，這與一九四一至一九四五年太平洋戰爭期間、日本殖民政府在韓國台灣強勢動員「皇民化文學」，或抗戰後期上海孤島的特殊文學生產模式，由於同樣受制於由上而下的文化動員和嚴苛監控，性質上應有許多相通之處。

一九五六至一九八七年之間的台灣文化則須納入另一種典範。為了構建比較文學的視野，我們對台灣這個「邁向常態化時期」的文化生產可以大致歸納出一些特性來：比如說受到由國家主導的現代化論述之規範和制約；在配合經濟發展主義的保守政策下，訴諸儒家傳統的教誨式文類特別發達；一方面受到政府文化審查機制的干擾，另一方面文化生產場域自主性增長、場域多元化、市場機制逐漸成熟。而這個典範似乎也出現於二十世紀不同的東亞地區：例如戰後與台灣政治形勢轉變呈現高度平行、也同樣經歷了強人之後的軟性威權主義與反對文化運動的南韓；一九六〇至九〇年代間一黨獨大、市場高度發展、受美國流行文化影響的日本；一九九二年鄧小平南巡以後的中國大陸等等。

上述一些極為初步的討論，目的在於提出這樣一個可能性：綜合比較二十世紀中葉東亞各地區圍繞著戰爭革命的「非常時期」，和緊急歷史狀態消失後的「邁向常態化時期」，似乎可以探尋出一些有效研究現、當代東亞地區文學生產特質的新分析框架。必須特別強調的是，從這個角度進行比較的基礎，是文學場域的結構性類似，而非歷史肇因本身的性質、文化生產規模的大小、或狀態持續時間的長短。我以為從結構性、關係性的思考為主，才能排除過於拘泥於經驗主義的蔽障，達到提升理論層次。有一個現成的例子或者可以用來說明這種「結構性類似」的存在。二〇〇九年新加坡的研討會上，儘管會議主旨明確地劃定了「一九三七至一九五七」的時間範疇，然而與會者卻不約而同地將十年後才發生的文革時期的文化生產納入討論。如此基於直覺，把文革時期極左政治所產生的「非常態」文化生產的樣貌，拿來和其他類型（特別是戰爭時期）等同類比，顯然超越了對歷史肇因的考量。或許可以說，如何修正我們對「非常時期」文化生產分析範疇的定義，使之涵蓋更大的光譜，更能闡明此類文化生產的結構，凸顯其產品的美學特質，正是建構現代東亞比較文學理論框架必須面對的挑戰。

從這個思路推展，我過去對一九六〇年以後的台灣現代主義文學的研究，理應可由「邁向常態化」文化生產的典範來加以闡釋，而進一步與二十世紀東亞其他地區的文化生產相互參照。有跡象顯示：這樣的比較應該是有發展潛力的。例如我曾用「保守主義、妥協主義、新傳統主義、中產品味」來描述台灣戒嚴時期主導文化的特質，而前兩年讀到牛津大學的何依霖（Margaret Hillenbrand）教授所著 *Literature, Modernity, and the Practice of Resistance Japanese and Taiwanese Fiction, 1960-1990*（Brill, 2007），喜見書中也使用了「保守主義、妥協主義，和新傳統主義」來形容日本一九六〇至一九九〇年間「一黨民主」下的日本文學生產。而「中產品味」的特質，則似乎和許多學者對冷戰與美國流行文化之間緊密因果關聯的說法不謀而合。

4　韓戰於一九五三年即進入邊談邊打的狀態。

我們甚至可以進一步探索：從整體文化生產環境來看，上述兩種典範是否並不限於一九三七至一九五七的動亂年代，或與之交錯的冷戰時期，而竟是二十世紀東亞多數社會最常見的文化生產形態的縮影？比方說，台灣一九一九至一九四一年的日本常態殖民時期，相對於太平洋戰爭爆發後的特殊動員時期，文化生產更接近於典型「邁向常態化」。又如魯迅筆下五四後期北京段祺瑞政府的文化干預，呈現諸多「非常時期」文化生產的特性；而他在一九二七至一九三六年之間定居的上海，正值國民政府積極現代化的十年，都會化加速，此時當地的文化場域似可以「邁向常態化」的典範論之。如果說後殖民理論的許多灼見，來自於成長在前殖民地的學者們對殖民體制下文化生產邏輯、特殊心理機制的深度反思，那麼我們這兩種現代東亞最常見的文化生產形態，難倒不應該做進一步的系統性探索嗎？

基於以上的思考，我將二〇〇九年在新加坡研討會上所發表的英文報告重新加以整理，以中文寫成下面的講稿；同時為方便起見，將「非常時期」和「邁向常態化時期」的文化生產統稱為「非常態」文學生產。討論中所舉之文學史案例大多是從《台灣文學生態》裡摘取出來的，也有小部分引自更早的《現代主義和本土對抗》。

自然，我們也必須對這個新分析範疇的理論基礎做進一步的交代。所謂「常態」，指的無非是主要受市場機制規範的資本主義式文化生產運作。正如評論者桑梓蘭教授所指出的，這樣的假設有默認「歷史終結論」、將資本主義形態當作人類社會發展極致之嫌。對此我暫時做以下的辯解：

首先，根據紀登斯的說法：「資本主義市場」原就是近世源於西方、向全球擴散的「現代性」的四大體制之一[5]。其次，這個框架主要根據布赫迪厄的文化生產場域理論；該理論所描述的文化生產場域漸次「自主化」的進程，一再發生在二十世紀的東亞，儘管經常被中斷，或被捲入尖銳的意識形態對立。無可否認的是，這個「自主化」的驅力在「邁向常態化」的時期往往扮演了極為關鍵的推動角色，是文學場域產生結構性變化的重要觸媒。最後，或許有人會提出，二十世紀末葉的數位革命和加速全球化已經開啟了一個嶄新的紀元，而布赫迪厄理論所適用的，不過是此前延續了十九世紀中期以來所發展的資本主義社會文化生產模式。我的回答是，研究當代東亞必須面對的，不是單純的紀元改換，而是各地區階梯式的多重過渡。所謂的「常態文化」在大多數東亞社會方興未艾，這個典範所預設的生產、流通、接受和評鑑的機制，以及相應的美學意識，仍舊是我們今天必須處理的對象。

二、「非常態」文化生產的三個面向

（一）透過文學場域結構實踐的政治主導

現代國家裡許多政治層面的問題往往需要透過意識形態方式來解決。而「非常態」式的文化動員和掌控，是這種解決方式的一種特例，有它自己的發展邏輯和路徑。比方說，在戰爭、革命、殖民地

5 Anthony Giddens, *The Consequences of Modernity.*

占領或歸還初期等歷史非常時期，統治勢力為了控制文化以達到特定政治目的，典型的手段是透過頒行緊急文化政策，或設立臨時文化機構。這種時候，通常是目標明確，毫不掩飾地將某種意識形態——不論是愛國主義或敵愾同讎，將占領目的合理化的歷史話語（如「大東亞共榮圈」），或革命理想的權威性表述——強制規定為文化產品必須配合展示的內容。非常情勢趨緩或結束後，這類露骨的陳述通常很快消失，但是許多「硬體」結構、文化動員的操作模式，或訴諸於情感及普遍真理的文學修辭，卻可能存留很長一段時間，並且伴隨著人們對艱苦歲月的記憶，持續扮演著支撐某種類型文化生產、賦予廣泛被認可的正當性作用。這往往是較為溫和的主導文化不易被察覺的支配邏輯。不過在此同時，它們本身也受到文化場域邁向常態化之驅動力的影響而轉型，並不時激發出反對型或取代型的文化形構。國民黨撤退抵台之後，如何從前六、七年「非常時期」式的文化動員和掌控，過渡到生產出無數經典文學作品的「邁向常態化時期」，可說是這種發展路徑的一個極好案例。

研究案例必須建立在有效的比較框架之上。我們要以更具普遍性的分析範疇來思考特殊性的歷史肇因，方能將不同歷史中的非常時期（皇民化的台灣、韓國、中國東北、華北；日本本土的戰爭動員、戰後盟軍占領；抗戰時期前、後階段上海），透過有效的比較，歸納、辨識出支配文學場域運作的通則，作為理解「非常態」文化生產的基礎[6]。

有別於其他文學批評方法，我們的研究重心在於：來自文學場域之外，尤其是政治勢力的主導和動員，如何透過文學場域的結構和支配規律而具體實現。現代東亞地區的非常時期，顯然各有其獨特的樣貌，受制於不同的政治經濟意識形態肇因，而各自具有其歷史特殊性。然而性質迥異的不同歷史肇因，在影響文化場域時，掌權者根據什麼準則、什麼價值，來劃定文化生產的疆界、評鑑文化產品的優劣，運用什麼樣的機制來達到這些目標，可能有高度的相似性。以二十世紀中葉的劇變之後分屬冷戰對立陣營的東亞為例，其文學場域結構性的傳承中，更有不同變數的排列組合，其所形成的接納、吸收，或排斥的標準因此呈現極其弔詭的「同異交叉」現象。

以一九四九年後的兩岸為例，不同於從個別或群體作家出發的研究方式，我們希望透過結構性比較，辨識出一些基本的通則。就四九年後的台灣文化場域來說，由於國民黨政府對日據時期殖民文化的壓制，其結構性的傳承主要來自民國時期後段大陸沿海都會或抗戰陪都的文學生態。如此產生的文學史特徵於是十分弔詭地和一九四九年後的大陸文學生產有參差平行之處。比方說，學者羅福林（Charles Laughlin）認為抗戰時期泛軍事化的文藝動員模式，直接影響到中華人民共和國建國初期的文學生態，致使“literature of approval”，或讚歌式的文學，成為一種主導形式；而韋艾德（Edwin A. Winkler）則以“sunism”，「陽光主義」，來形容台灣戒嚴時期側重光明面、教誨型、勵志型的文藝政策。兩岸或多或少也都承襲了戰爭時期集體的文藝動員精神。在社會主義時期的中國大陸，集體創作

6 比方說以普遍範疇來理解戰後台灣的歷史因素，國家安全（對岸的威脅）、族群衝突（二二八、少數統治）、改朝換代（以中華文化取代日本殖民文化的正當性）等等。韓戰以後，反共無望，國府漸處困境，促使它以本身利益的考量而採取長期規畫，並逐漸走向外銷經濟、自由化和國際化的路線。以「流亡政府」的範疇來理解，可以幫助我們與其他地區的殖民或後殖民做更細緻的區分。

受到官方意識形態的背書，不在話下；即便在台灣，各種官方（及官方涉足之媒體）所辦文藝雜誌、文藝營等也延續了很長一段時間。對這些歷史因素的充分認知，應該可以讓我們更準確地描述兩岸對角線式的文化體制和意識形態。兩種社會體制對公共與私有空間的劃定方式無疑有巨大差異，直接反映在文學的實踐上；比方說兩岸都有各自的「健康寫實」版本，然而強制性的程度和整體場域的支配邏輯、實踐機制則大相逕庭。大陸延續共產黨延安時代整風運動所影響，使用「負面教材」；台灣的文藝政策則以正面道德性教誨為基調，社會效應間接而局面。如此正視不同面向的結構性，才能充分描述繁複弔詭的「同異交叉」、「參差平行」的現象，而不以冷戰的二元思維一以蔽之。

（二）規範型文學體制的美學意涵

基本上我們沿用培德・布爾格的「文學體制」概念；儘管在所指涉的歷史時段、所欲批判的文化現象上與布爾格或他所承襲的法蘭克福批判理論有所不同。任何文學體制，即便是那些公然為政治服務的，都可能有著與它相對應的美學意涵；而我們觀察的一個主要對象，便是種種美學意涵如何為統御勢力在社會上的施展扮演了仲介的角色。根據布爾格的界定，文學體制有兩個互為表裡的層面，我把它稱為硬體和軟體。和婚姻、法律等社會體制一樣，文學的生產流通與接受，也是一種受到集體共識所支撐、約定俗成的行為。不論在「非常時期」或「邁向常態化時期」，統治勢力都須透過硬體文化機構，來掌控各種象徵性和實質性的資源分配機制，進而決定、影響文學參與者的生存環境、選擇條件和藝術成就。控制實質性的資源分配是最基本而有效的手段；然而實質性的資源分配也必須仰賴象徵性特質來宣示、證明其正當性。也就是說，無論什麼時候，統治勢力都必須訴諸文學體制的美學層面來達到動員和主導的目的。

正面的動員

「非常時期」文學生產所規範的作品內容——如強調戰爭的苦難和仇恨，激發敵愾同讎之氣（反共文學、戰鬥文藝），或訴諸群體中多數個人共有的強烈情感元素，如階級仇恨——是比較容易辨識的。而「邁向常態化時期」對美學資源的利用和操縱則更加隱微、迂迴；但仍然有跡可循。往往是對特殊類型文化傳統的鼓勵、接受或排斥——雷蒙．威廉斯的「選擇性傳統」（"selective tradition"）。展現在文學生產場域裡，則常常是對連帶的歷史系譜、創作類型——甚至包括容易附會的文學傳統細微支流——賦予正當性，承認其美學資源的時令價值（民間文學、「中國傳統文化」、抒情傳統）。

值得進一步深思的，是現代東亞被政治因素高度滲透的文學生產裡，其美學意涵所經常訴諸的道德或倫理成分，是否呈現某種通性？它對受眾的感染力是否建立在某些共同的文化基礎上[7]？對於如何具體實踐這樣的跨域比較，我曾經提出「參差平行」的比較原則。比如二〇一〇年八月龍應台在北京大學的演講中，所引述的激發高貴情操的道德性警句，所描繪的歷史文化傳承系譜，生動地呈現出

7 劉紀蕙，《心之拓樸：一八九五事件後的倫理重構》（台北：行人文化實驗室，二〇一〇）中對這方面由心理分析和近代歷史事件的敘述值得參考。

台灣一九四九年後戒嚴初期主導文化美學層面[8]。如果拿來和中華人民共和國前三十年的精神價值標竿做參差類型的比較，應該有助於闡發這個議題。又如台灣一九六、七〇年代的現代主義，含有對戒嚴初期主流文化中的新傳統主義、保守的中產美學品味反動的成分；和八〇年代大陸文學對現代主義的挪用也明顯具有相當程度的「參差平行」，都是在「邁向常態化時期」，其主要驅力都是對受到政治勢力背書的"aesthetic hegemony"之逆反。跨出華人社會的比較自然難度更高。比如台灣七、八〇年代，掌握文學生產評鑑機制的《聯合報・聯合副刊》（尤其是副刊主編瘂弦）強調抒情傳統，一方面吻合文人藉由「純文學」規避政治路數，另一方面則協助政府達到柔性統馭文人的目的。當時台灣文學場域正從政治駕馭過渡到市場主導，和日本戰後橫光利一對「純文學」和「純粹文學」的論述所反映的歷史現實似乎存在某種程度的參差平行。回到前面所提，一九五六年以後，台灣文化生產和西方資本主義社會冷戰文化具有某種程度的相通處——簡單來說，是在政治意識形態的縮小直接作用範圍，以深埋的方式進入日常生活，訴諸基本人性，而因此具有普遍性說服力。我們因此極易引用葛蘭西、雷蒙・威廉斯所提的 hegemony 概念來分析它的運作邏輯；但也必須掌握「參差平行」的原則，才不至於忽略大環境的差異。

負面的掌控

「非常時期」文化生產的強制性掌控無過於對逾越警戒線者的嚴厲懲罰，如逮捕或整肅。「邁向常態化時期」的負面掌控則經常依賴掌權者對「安全地帶」——即林培瑞所說的"permissible scope"——

邊界的劃定。劃定的尺度可鬆可緊，端看政治氣候的微妙變化。這也是文學參與者「自我檢察」的底線。在風險高的年代，對底線的揣摩和掌握成為文藝參與者的一個必備能力。政治氣氛趨緩時，故意測試底線卻成為一種刺激性的危險遊戲，甚至有增強創作能量的正面效應；這在一九七、八〇年代的台灣和九〇年代以降的中國大陸都是不可忽視的背景因素。

（三）文學參與者的應對策略

「非常態」文化生產最負面的表徵之一，是在短期內，來自政治權力的象徵性暴力劇烈地改變了文化場域內的支配規律，從而使得選擇繼續參與場域內活動的個人必須做出自發性的或被動性的選擇。而這樣的改變並不見得是在緊急狀態結束後便消弭無形。前面說到，在非常時期政治當局採取非常手段來干預文化生產，經常是透過對硬體（文藝機構、刊物、出版等）和軟體（美學層面）的雙重掌控。這些原都是一些臨時性的措施，但是透過正式頒布的政策和設置文化機構，對文化資源分配及訂定藝術審評標準原則，往往對文化場域的整體結構造成長期性影響。重組文化場域結構，在一些明顯的臨時政策取消後，仍然構成「邁向常態化時期」文化生產的體制環境，和廣泛被內化、看似理所當然的主流美學意識。如果沿用布赫迪厄的經濟學比喻，那麼「非常態」文學生產的一個重要特徵，是個別文學參與者所擁有「文化資本」的時令價值，是由市場之外的勢力以武斷的方式所決定的。因

8 龍應台演講，「文明的力量——從鄉愁到美麗島」，二〇一〇年八月一日於北京大學百年紀念講堂。

為這個時價對個別創作者在場域內所占有的位置、獲取位置的策略，和位置徙動的軌跡，都有決定性的影響，因此不可小覷。

隨著「非常時期」的到來，文化場域結構的劇烈重組經常造成文化幣值的大幅升貶。這也成為個人追求象徵利益時決定進入或退出文化場域的最重要因素（我們理論上假設，個人參與文化活動的目的是獲取更大的利益——儘管這個利益經常是象徵性大於實質性的）。「非常時期」文化資本的轉換，最致命的莫過於文學寫作所賴的基本媒介，語言（如戰後日據時期作家所面臨的），但同樣的邏輯可以用來分析比較不直接、非負面的影響。如女性作家在政治高度敏感的文壇中反而占有優勢，可能是一九四九年後台灣、孤島時期上海女作家興盛的原因之一。意識形態傾向、家庭階級成分則是中華人民共和國最初三十年時令價值震盪劇烈的文化資本。文學參與者在「非常時期」選擇不出場，或伺機入場，必須具備掌握新的遊戲規則本能——布赫迪厄所謂的"feel of the game"——學習如何有效地運用、增強自己的文化資本。而「非常時期」的遊戲規則也必然有極大的不確定性；參與者必須承受更高的風險，包括情感性的（與採取不同抉擇的其他文學參與者之間關係的變化）和道德性挑戰。「邁向常態化時期」大家所最關切的，往往是文化名人道德操守上的污點或與政治勢力妥協（漢奸、叛國、背信），或者反過來，肯定與讚美抗拒者。事實上，這些褒貶往往是相對性的，更大程度地反映出評論者本身所處的時代和價值判準。不論真假，「非常時期」裡有效的抗拒其實是極為罕見的。更值得關注的是在種種不利條件之下，個別或群體文學參與者所採取的應對策略及其驅動因子——這些才是構成當時文壇活動全貌最重要的元素。

一九四九年後「非常時期」台灣的文學場域裡，對文學參與者吸納、排除的標準和機制，以及由此所造成的場域內外省、本省籍作家生態不平衡的現象，大家已經耳熟能詳。即便在邁向常態化的初期階段，不少結構性的元素仍然持續發揮效能。對此時的文學參與者應對策略稍作整理，大概可以勾勒出下列幾項：自發性的支持政府反共立場、配合性的自我審查、迂迴式的抗拒或批評，以及另開蹊徑引介取代性文化價值體系。「非常時期」的文化參與者以前三項策略為主，逐步正常化時期則更多採用後兩項策略。

三、「位置」、「美學位置」，與文學史案例

這一節重訪兩個我過去從布赫迪厄文學場域理論所引申的概念，以便更清楚地闡釋上節對「非常態」文化生產的運作機制，並藉由台灣文學史個別案例來加以圖示。

（一）「位置」

表面上看起來，文學參與者的應對策略好像是屬於有意識的行為，而個人對美學形式的取捨也應該是具有自主性的抉擇；雖則經過後結構主義理論的洗禮，這樣的簡單化理解仍然相當普遍。個人在某個時期對規範性正面價值的認同或懲戒性負面價值的規避，久而久之，往往演變成為自發的信念或內化的禁忌，亦即布赫迪厄所說的「宿習」（habitus）。更為關鍵的，是個別文學參與者進入文化場

域的管道，生涯規畫的路線，都無法不受到文化生產硬體結構，及附著於其上的美學意識形態的加持或囿限。個別文學參與者和文化生產「硬體」之間的關係，是相當被動的，即使有選擇的餘地，可資選擇的選項也是被多重先決條件所限定。影響個人選擇的立即因素包括自發的（如剛剛提到的應對策略）、半自發的（天生的性向），還有更常見的「偶然」因素。不論肇因為何，其效果是，入場的文學參與者得以和某類文化生產硬體，以及附著於這些硬體之上的人際網絡建立關係，於是在整個文化場域的權力資源分配體系中占有一個「位置」。

「位置」對占有位置的個人來說，不但提供機會，也必然對其行為和抉擇形成某種程度的制約。個別文學參與者在文化生產場域中占有一個舉足輕重的「位置」，便可享用它供給的機會，擬定策略，發展自己的文學生涯。而最能讓人脫穎而出的策略，往往是建立在既定的象徵圖列或權力資源分配體系上，引進新的元素，發揚、顛覆或改動現有的秩序。占有某個位置的同時，也必然受到它的誘導或制約，大多數人在潛移默化中發展出自己的「宿性」——對場域內潛規則的本能掌握。這是比較抽象的「位置」界定；由於抽象意義下界定的「位置」常有個別具體的對應實體，因此我們也可以用「位置」來指稱這一個編輯的職位、一篇爭議性論文、一本新出版的暢銷著作等等。重點是，我們可以從關係性、結構性的思維來理解文學現象，匡正經驗主義的弊病，跨越偏重「外緣」和「內緣」的方法學之間的鴻溝，回應社會學裡常見的、「整體結構」（structure）和「個體能動性」（agency）兩者之間孰輕孰重的難題。

一九五〇至六〇年間活躍於台灣文壇的主流作家，大多在不同程度上展現出「自發性支持政府反共立場、配合性自我審查、迂迴式抗拒或批評」的某些特性。我在《現代主義與本土對抗》中對一九五〇年代作家林海音、朱西甯、琦君、潘人木等的討論，便是為了凸顯當時主導文化顯現在文學作品裡的上述幾個面向；若從我另一本書《台灣文學生態》的架構來看，他們所占有的位置則應是受到官方認可的「主流」位置——因為這時的焦點已經移至場域內的權力關係網絡。其實，要想說明個人與存在於場域內、可資選擇的位置之間的複雜關係，一些表面上看起來不合情理的例外事件，反而更能凸顯出問題的臨界點，說明對理解「主流」位置和對其所繫資源的掌握，遠不如表面看來單純。

姜貴出版《旋風》的坎坷經過是一個極佳的案例。《旋風》出版所遇到的困難，看似意外，事實上足以凸顯作者對文藝動員政策（政府鼓勵作家創作「反共文學」）和市場需求（排斥舊小說，偏好「現代」中產品味）的雙重誤判。反共文藝要的不是真正的歷史檢討或對共產黨行徑的體悟，而是政治宣傳和動員。市場寧可接受潘人木具有新小說形象的中產浪漫現代小說，對具有譴責小說風格的「舊小說」有排斥感。姜貴初度迎合政府反共國策受挫後，自費出版《旋風》——這顯然並不是在文學場域裡獲得有利位置的最佳途徑——並利用冷戰時期特有的額外機制，在獲得反共名人如胡適等人的序言背書後，由美國新聞處支持的明華書局正式出版；未料市場反應仍然相當冷淡。此外，即使在姜貴引用特殊資源，成功促成《旋風》出版的同時，美學資源仍然扮演一定的角色：胡適的序言中除肯定姜貴的反共主題，同時也稱許他「白話文寫得這麼好」。這個案例暴露了隱藏在表層之下的文學生產運作規律，也同時提醒我們，必須正視當時市場與政治雙重力量交織的狀態，與大陸文革時期的市場機制幾近缺席極為不同。「反共文學」的口號對姜貴產生了誤導，市場的品味偏好對姜貴在舊小說傳統下的作品不予青睞，以致《旋風》必須仰賴代表著另一個評鑑系統、另一個文化場域規律的海外學者夏志清來賦予文學正當性（consecration）。

另一個例子是《文友通訊》成員之一的李榮春。鍾肇政於一九五六、一九五七年發起這個素樸的「準」同仁雜誌，提供一個掌握場域內主流支配規律予位居邊緣的文學參與者，增強資本（操練用國語寫作的技能）的平台。其實，幾位成員都具有某種程度的進場條件（鍾理和和李榮春曾居住過中國，廖清秀參加過中國文藝協會主辦的「第一屆小說研究班」受到趙友培賞識），然而對他們不利的進場標準，除了語言，更重要的應該是布赫迪厄稱之為"social capital"的社會關係網絡。沒有比李榮春的經歷更能說明這種資本的重要性了。和姜貴一樣，李榮春一方面被「非常時期」官方表面的文學動員修辭所誤導，另一方面則受限於超出政治範疇之外的場域運作因素。一九五六年以前，文獎會無疑是一個典型的「非常時期」文學評鑑機制，規範性色彩鮮明、文學性則屬次要。李榮春根據中日戰爭時作為日本軍事周邊組織（台灣農業義勇團）在中國大陸的經驗（一九三八—一九四六）所寫成的《祖國與同胞》，於一九五三年獲得文獎會獎金；其後小說自費出版，影響甚微。返回鄉下老家居住後，生命中大部分年月靠打零工維持生計，專事寫作；而幾十年累積的創作成品，卻直至一九九四年去世後，才由他的姪子出版。李榮春的案例格外發人深省，因為它所顯示的是幾重不利因素的總和，包括進場資格由某個群體所壟斷以及缺少累積社會資本的外在和內在條件。資料中顯示，王鼎鈞曾經有對李榮春「文字不夠好」的評語。後來友人介紹他到某個文藝機構工作，不久因故辭去。幾經周折，性格木訥的李榮春始終沒有在文學生產的關係網絡中占據到一個有利的位置。儘管他對現代主義美學的實踐極其真摯，和另一位虔誠的現代主義創作者王文興一樣，數十年如一日，無怨無悔，但卻未能受到許多其他作家唾手可得的美學資源滋養。

姜貴和李榮春都應該算作失敗的案例。但即使是一些著名的成功案例，也充分顯示「非常態」文學生產大環境對個別文學參與者關鍵性的影響，和「常態」的文學生產有本質上的區別。

（二）「美學位置」

在台灣文學場域逐步邁向常態化的年代裡，不同類型的美學意識形態和相應的文學生產硬體組成了幾個易於辨識的文化叢聚體，或者說文化形構，在幾十年的時光裡，互相抗衡結盟，此消彼長。我最早把它們大略分為政府背書的主流文化形構、另類的衝激性或取代性文化形構（現代主義、後現代主義），和對抗性文化形構（鄉土、本土）。用場域結構的角度來看，主流、現代、鄉土、本土又可看作是四個「美學位置」。

「美學位置」的說法初聽似乎容易引起誤解。有時聽人簡述：「台灣文學場域裡有主流、現代、鄉土、本土四個位置」，尤其不妥；因為一旦只剩下標籤，就容易淪為實體性、本質論的思維模式，而這正是場域論原本想要糾正的。所以我想或許應該加以註解：「美學位置」指的是場域中出現的圍繞著某些核心文藝概念、作家群、關鍵事件的「結構位置」和「關係網絡」；一方面包含個人和文學生產機構（硬體）和美學成規（軟體）之間所建立的較為長久性的關聯，以及因此所形成的人際網絡，另一方面也包括形塑這些機構和美學成規的外緣（如歷史、政治、意識形態、科技）和內緣（文藝潮流、個人才分、性向）等因素。

用關係性、結構性的思維方式來理解「美學位置」，適用對象本來不限於「非常態」的文化生產。文化場域中總是不斷有新的美學位置出現，不僅意味著場域常態性的新陳代謝，也是個別文學參與者文學啟蒙、養成和發展之結構背景的重要形成因素。舉例來說，人約二、三十年前，Asian American Literature 或「原住民文學」都還不是一個「美學位置」，儘管有些Asian American 或原住民作家已經在寫作。得到體制承認，形成了網絡，其特殊美學性質被具有象徵性權威的文學參與者指認或發明出來，才出現這樣的美學位置，加入整個文學場域象徵性及實質性資源的分配體系，成為一個有實力的競爭者。此時開始寫作或研究的文學參與者必然受到這個位置所具有的美學屬性之加持或制約，得以運用它專屬的獲利機制（這個利益在很大意義上是指「成功」和成功帶來的象徵利益），而產生發揚、修改、重新界定，或顛覆這些美學屬性的動機和行為。

我認為「美學位置」的概念對於探索現代東亞文學發展的特殊運作規律應該很有幫助。或許因為在這段文學史中，文學場域整體受到政治力主宰的時間特別長，而此類場域中呈現的群體位置和網絡關係，由於其對主宰性的外緣驅力有相當直接的受制關係，呈現的總體樣貌具有易於辨識的「單向度」特性。在文學生產受到國家意識形態機器所掌控，政治場域與文化場域高度重疊的期間，極易產生單向度的文學產品——試看中國文革——而由「非常時期」逐步邁向正常化的時期，最顯著的表徵，則經常是多樣化，場域內位置數量激增。一九七、八〇年代的台灣，改革開放時期的中國大陸，二〇〇三年後的中國大陸電影生產都是極佳的案例。這也可以用來解釋為什麼戒嚴時期的台灣文學場域裡呈現出相當易於辨識的「美學位置」，而這些群體位置在解嚴之後卻逐漸分崩離析。

個別文學參與者與「美學位置」之間不必然具有一對一的關係；關係的性質也經常因時而異。這是為什麼場域論要求我們將文本分析與脈絡研究結合起來——這裡的脈絡所指的即是文學創作者與美學位置所歷經發展軌跡的雙重歷史。我在寫《現代主義與本土對抗》第一章時，覺得必須先交代現代派創作背景裡的「主流文學位置」，最初構想中除了朱西甯、林海音、潘人木、琦君之外，還有第五位，鍾肇政。後來卻只處理了前面四位，原因回想起來應該是這樣的：儘管在鍾肇政的作品內容裡看到與另外幾位作家類似的主流美學意識形態屬性，但是他的生涯軌跡卻是在非常不同的關係網絡中進行的。在《台灣文學生態》的分析架構裡，才能更適當地討論鍾肇政作為主流、本土兩個對立位置之間介面的角色，也因此得以展示「社會資本」的多重性。鍾肇政和前面所提的李榮春形成強烈對比，一個重要因素是，他是個天生的行動者，和林海音一樣，擁有豐沛的個性資本。這讓他透過《文友通訊》、《台灣文藝》和《自立晚報》副刊等文學體制，將本土美學位置在整個台灣文學場域結構中有效地擴展。

至於「非常態」文學生產中的「美學位置」對個別文學參與者的藝術取向、養成經驗和文學史地位的影響，和常態文學生產中還有哪些重要的差異，在東亞不同社會、歷史時段中又有怎樣的變調，無疑還有極大的探索空間。這裡僅用葉石濤和余光中兩位當代台灣文壇泰斗來做一些簡單的圖示。葉、余兩位都是早慧型的文藝青年。葉石濤十九歲加入西川滿主編的《文藝台灣》，太平洋戰爭末年被徵召入伍，險些赴戰場當砲灰；一九五〇年代更受到三七五減租改變家運、牽連入獄的舛運，連小學教師的職位都因為國語發音不標準而得來不易。國共內戰，余光中隨家人逃難遷徙，廈門大學學業沒有完成就被迫在陌生地域重新扎根。這些都是與大多數同代人所共享的歷史災難；更能彰顯美學位置如何主宰個別文學參與者的命運，自然是鉅變後的台灣五〇年代「非常態」文學生產中，進場機制、資源分配網絡、文化資本時令價值等機制運作對兩位作家的影響。

一般進入文學場域的基本條件，包括先天的稟賦和後天的文學養成。許多人都討論過葉石濤如何從早年《台灣文藝》時期的唯美浪漫，大幅轉變為後期的推崇寫實鄉土。從場域結構的角度來看，一九五、六〇年代圍繞著《文友通訊》、《台灣文藝》而出現的本土位置之美學屬性，同時包含了日據時期歷史傳承，以及當代文壇中對省籍作家的諸多不利因素。這些正是召喚葉石濤，成就他日後歷史地位的重要因素（對日據時代作家的評介、翻譯、〈台灣鄉土文學大綱〉的撰寫等等）。而在他發揮這個位置所賦予的能量的同時，也承受了這個位置在當時文學場域支配規律的制約（如葉石濤被人詬病之「三民主義文學」主張）。

相對而言，一九五〇年代的資源分配規律對余光中是極其有利的。於師大英語系結識梁實秋，在蓬勃的詩壇中嶄露鋒芒，占有詩欄編輯的有利位置，六〇年代又受冷戰外交之賜得到美國國會資助在美國大學任教一年。然而同時，與威權時代主流位置不可分的美學及意識形態屬性，也在余光中身上實現了多重契合、加持和制約。七〇年代余光中旅居香港，在冷戰陣營對峙前沿寫下具有強烈爭議性的〈狼來了〉，捲起鄉土論戰的硝煙。除了早期獲得的實質性文化資源，更值得思考的文學史議題是美學資源。余光中的文學成就，很大程度來自於他挑戰附著於主流位置的美學屬性，例如他對承襲自大陸民國時期新文學傳統的當代散文文體的批判（〈下五四的半期〉、對五四作家朱自清的文本分析）。而支持這個挑戰，以及作為他所提出的新美學秩序的依據，無疑是他在台灣的「邁向常態化時期」中，透過大學外文系輸入的歐美現代主義中所汲取的豐富美學資源。

結語

最後，我想把話題帶到另一個我所關注的題目上：一九四九年後的台灣現代主義文學。這一波的現代主義受到兩次歐戰中現代主義「新古典」支流的影響甚鉅。二十世紀二、三〇年代臻於極盛的"high modernism"戰後在美國學院被經典化，與受形式主義影響的新批評主義，同為台灣學院派現代主義的主要影響源。影響的路徑和管道（美國新聞處、台大外文系、愛荷華創作班、耕莘文教院）和冷戰地緣政治有著千絲萬縷的關係，在此無法詳述。從某個角度看，這是一種文化上的「新殖民主義」；從另一個角度看，也無疑是冷戰年代一個"unintended consequence"，始料未及地塑造了台灣當代藝術上極高的成就。討論這個現象，第一重要的，是拒絕將它和東亞「非常態」文化生產的歷史脈絡做簡單的剝離。其次，我以為對美學現代主義的脈絡式研究，是將視野擴展到東亞脈絡一個極好的出發點，也是排除單向度理解「非常態」文化生產利弊的一個具體實證。

第九章

重訪現代主義

——王文興和魯迅[1]

我相信自己今天所以有這個榮幸受邀做專題演講，是因為從一九七〇年代末期起，就非常忠實地每隔十年寫一篇有關王老師作品的論文。幸好王老師寫得比較慢，讓我有足夠的時間醞釀一些新觀點。這幾年，康來新和黃恕寧兩位教授接力賽般一連辦了幾個會議——二〇〇六年的「家變六講」、去年（二〇〇九）加拿大卡加利大學的研討會，和今天的大會——我很幸運的都有機會參加。但同時，該說的也都說得差不多了，於是不得不另闢蹊徑。在國外，經常很自負地意識到，台灣最重要的

1「演繹現代主義：王文興國際研討會」演講，國立中央大學主辦，二〇一〇年六月四至五日。講稿經整理發表於黃恕寧、康來新主編，《無休止的戰爭：王文興作品綜論》（上）（台北：國立台灣大學出版中心，二〇一三），頁二一七—二三九。

華文作家竟然是我的啟蒙老師！不免覺得自己對王老師作品的詮釋占有先天優勢。一回到國內情況就不同了，放眼望去，曾經受到王老師啟蒙的學者和教授們比比皆是。這也是我決定嘗試將王老師的寫作生涯和魯迅做個比較的原因。我對魯迅的知識顯然遠遠比不上許多研究民國時期文學的學者；不過這裡我的主要著眼點是「東亞比較文學」——尤其是二十世紀現代主義在東亞地區的傳播和接受。

一、構建東亞比較框架，勾勒參差平行狀況；比較魯迅與王文興，探討現代主義屬性

讓我先從幾個比較文學學者經常遇到的課題談起。正如昨天李歐梵教授所說的，現在大家不必太關心到底是誰影響了誰的問題，可以直接放心地把台灣文學的成就，拿來跟西方做平行比較。這樣一個健康的心態要拜上世紀末流行的後殖民論述所賜。然而另一方面，在全球化的網絡時代，各個人文領域都受制於"attention economy"，想要不流於自說自話，無人注意，我覺得必須努力建立一些大一點的比較框架。昨天曾珍珍教授把王老師的作品與艾蜜莉・狄金生（Emily Dickinson）做比較，提到有關瞬間跟永恆的問題，無疑是現代主義的核心關注。如果能把王老師的創作理論和實踐與現代主義在東亞所啟發的不同典範做一些連結，應該是吸引更多學術關注的最佳途徑。

許多學者們公認，王老師的創作和他所堅信的一些文學理念，為二十世紀後半葉的台灣，樹立了一個現代主義美學的典範。那麼我進一步想問，在王老師的創作文本裡，有哪一些性質可以支撐這樣的一個假設？顯然，這樣一個提問方式，仍是沿著傳統比較文學「影響研究」的思路而來的。有人可

能會質疑：是否還是預設了一個與原始影響源之間不對等的「主僕」關係？

近年來，大環境醞釀的一些新的指導概念是和這個分析框架背道而馳的。比方說，西方英美學界出現諸如「全球性現代主義」（global modernism）、「地域性現代主義」（geo-modernism）、「草根現代主義」（vernacular modernism）等詞彙。一個正面的動機，是想把「現代主義」這個美學範疇從歐洲中心論的主導論述中解放出來。當然，嚴格說來，這些討論大體仍是西方學界內部的對話。不過新的指導概念在非西方學術圈裡也激發一些對應的趨勢；這些趨勢同樣是想將西方現代主義中「普遍主義」（universalism）的預設翻轉過來，旨在強調它的對立面。比如說現代主義的「在地呈現」，像廖炳惠所提的另類現代性，邱貴芬對台灣現代主義的新詮釋，林秀玲發言提到的本土性，或是大陸學者張真追隨乃師米麗安・韓森（Miriam Hansen）、對一九二〇年代中國電影「草根現代主義」的討論。新的觀看角度將聚光燈照向一些被主導敘事所掩蓋的面相，意義重大。然而負面效應也隨之而生；包括對「高層文化追求」的否定或貶抑。但一個不爭的事實是，觸發台灣現代主義的一個強烈動機，正是對西方菁英文化的高度嚮往。李歐梵教授的發言，證明了那時候台灣作家所汲取的滋養，主要是透過英美名校教授學者所歸納的文學概念。他們所推崇的一系列經典作品，凝聚了二十世紀中期在西方學院中被體制化的現代主義精髓，也正是台灣作家主動模效的範本。這個嚮往高層文化的時代氛圍跟眼下占有主導地位的流行文化無疑是彼此排斥、各有自己的地盤。我們聽林靖傑導演說，年輕世代的讀者完全不知道王老師的作品，連名字都沒有聽過，顯示台灣社會文化生態過去幾十年轉變得多麼快速，產生了多麼大的斷層——這其實也是二十世紀中期以來全球各地陸續發生的現象。此時此刻若要回溯現代主義的興發和傳衍路徑，必須正視一個歷史事實：我們所要研究的，是台灣文化生態發生大逆轉之前的現象。因此李教授提醒我們的也就是，我們要做的是個歷史工作。

「高層文化追求」是東亞各地現代化進程中一個必經的階段，在不同地理時空所展現的具體內容之間，類似性似乎高於歧異性——尤其是從結構性的角度來審視。我把它稱之為「參差平行」，認為是切入東亞比較文學的一個理想入口，這裡先舉幾個例子簡單說明。比方說日本對西方現代主義接受得比較早，儘管在戰後產生了變調，它的傳衍週期相對來說比較長。中國／台灣文學史可說有四波現代主義風潮，一九三〇年代大陸與日據台灣、台灣戰後，以及大陸一九八〇年代。儘管週期不同，具體現象內容互異，但可以找到的可比性更強。這也是我嘗試將王文興和魯迅相比的基礎。

研究東亞現代主義，最理想的做法自然是直接的跨域比較。白先勇、王文興帶領台灣現代主義小說創作風潮的角色，與一九二〇年代川端康成和橫光利一有什麼同異之處？這需要熟稔台灣、日本現代文學的學者來回答。同樣的對比邏輯可以應用到戰後台灣和大陸民國時期。巧合的是，去年（二〇〇九）開完卡加利大學研討會之後，我正好心血來潮開了一門閱讀魯迅散文的課，備課時常有一種奇特的感受，彷彿不時聽到和讀王文興老師作品時極為類似的「聲音」。為了從思想背景的角度來解釋這種難以言喻的「神似」，我先求助於幾位現代主義的理論大師。

大家所熟悉的詹明信曾經說過（大意如此）：一個社會進入現代性的陣痛，來自於「去神聖化」（desacralization），亦即對前現代賦予事物終極價值的形上意義系統的解構。對於西方基督教文明來說，這個被解構的顯然是圍繞著造物主「上帝」。在中國人的歷史脈絡裡，相對應的則最可能是具有

「準宗教」地位的儒家文化思想體系。儘管在兩位作家所身處的、相距半世紀（一九二〇至一九六〇）之久的華人社會裡，儒家文化的形貌已大為不同，但王文興與魯迅在創作生涯的前十幾年，都卯足了全力批判這個體系的社會基石——傳統家庭倫理——似乎可以從這個角度來理解。而且絕非巧合的，兩者都一度以西方為模本，描繪了一個想像中的理想父子關係。

魯迅於一九一九年發表了一篇重要文章，叫〈我們現在怎樣作父親〉——一個拒絕傳統、不要求子女無條件履行孝道的父親。王文興的《家變》，諷刺性地說，是「我們現在怎樣作兒子」——一個以行為背離孝道的叛逆兒子[2]。雖然兩者對傳統的批判切入角度不同，傳達的訊息卻極為類似。更令我驚訝的，是這兩篇性質不同的作品所訴諸的獨特修辭方式。兩者皆使用極端理性——甚至可以說是過度理性——的思維邏輯，和與其相輔相成的現實主義精神，來衡量現代人遵循傳統倫理的實際利弊，呼籲一種現世的集體道德觀。簡言之，是把「子」的個體健康發展，放在「父」的尊嚴和利益之上。而背後的思想框架，是人類進化的需要。

如何將解構前現代意義系統與現代主義文學屬性互相聯繫起來呢？韋伯（Max Weber, 1864-1920）有幾句話對我啟示很大。大意是說，啟蒙理性，作為西方現代性的基礎，基本上是把前現代總合性的形上意義系統區分成三個不同的範疇，道德、科學和藝術；三者各自獨立存在、受制於其本身的內在邏輯。儘管我並沒有充分開展這個論述的哲學訓練，然而卻直覺地意識到，這個啟蒙理性的基本邏

2〈我們現在怎樣作父親〉最初發表於一九一九年十一月《新青年》月刊六卷六號。

輯，是貫穿王文興和魯迅作品的一個重要軸線。它體現在幾個重要面相上，如以科學理性來思考道德範疇的問題，對生命終極意義的高度自覺等。而更重要的，是兩者的藝術取向都深受「現代主義」（對「現代性」衝擊的文化反應）影響。以下我希望藉著對兩位作家作品的討論來闡明這一點。

側重於文本闡釋的方法學應該是台灣外文系出身、尤其是選過王老師小說課的學者們所相當熟悉的。新批評「文本細讀」（close reading）的訓練培養出這樣的自信：覺得可以準確地在文本中指認出作品的美學屬性，以供我們在一個更高的抽象層次上做系統性的意義組合，就好像我們腦子裡有一套分門別類的清單。（而後結構主義的洞見則是，那些供給我們辨識、申論文本美學屬性的清單，甚至是我們所採用的分類、歸納、演繹的模式，都是透過包括閱讀的個人生活經驗所累積，所內化的知識和能力。）二十世紀中葉，現代主義在英美學術體制裡被經典化，之後幾乎每十年都有學者認真地重新整理這套清單。極具代表性的是歐文浩（Irving Howe, 1920-1993），在其主編的《文學藝術裡的「現代」概念》（*The Idea of the Modern in Literature and the Arts*, 1967）序言中，羅列了十幾、二十項「現代主義」文學特徵。這本書也蒐集了寫於一九四、五〇年的幾篇文章，都是早期為現代主義定調的扛鼎之作，基本上形塑了大多數人對現代主義文學的常識性認知。出版於一九七六年的《現代主義，一八九〇—一九三〇》（*Modernism 1890-1930*, eds. Malcolm Bradbury and James McFarlane），許久以來都是大學通用的教科書，則是進一步描述歐洲各地現代主義風潮的複雜歷史脈絡。到了一九八三年，馬歇爾．伯曼（Marshall Berman, 1940-）在他著名的《一切堅固的東西都煙消雲散了：現代性體驗》（*All That Is Solid Melts Into Air: the Experience of Modernity*）一書裡，闡發馬克思對現代性的洞見，並首度強調現代主義在全球的散播。

的確，大約每十年就出現一波對現代主義的重新詮釋。遲至一九八九年，大衛・哈維發表《後現代狀況》，為了要準確界定後現代主義，還是必須使用新的分析框架——包括哈氏影響甚大的時空壓縮概念——對現代主義的基本屬性再做一次描述。我這裡便想要引用哈維所提出的一個現代主義核心特質，「現代主義雙面性」（modernist duality），來進行王文興和魯迅作品的比較。

關於「現代主義雙面性」，哈維所舉的例子也是圍繞著瞬間和永恆之間的弔詭。不過我選擇對這個雙面性做一個更廣泛些的理解，這樣的調整源自我處理的對象所共同擁有的文化深層認知模式。二十世紀東亞受到西方現代主義影響的先驅作家，包括夏目漱石、魯迅、芥川龍之介、川端康成、王文興等，似乎都對事物本質的雙面性有一種高度的敏感、體悟和焦慮，並且有意識地在作品中展示、凸顯，或是試圖駕馭、超越這樣一個雙面性。而在此同時，他們又內化了理性思維的要求，寧可悲劇性地來面對這個雙面性，而拒絕用另一個意義系統來統合或消解它。從這個角度來比較魯迅和王文興，不論所發現的例證是正面的還是反面的，都指向一個可比的基礎和潛在的學術意涵。除了魯迅和王文興早期作品裡對解構前現代意義系統所表現的極為類似的激進立場外，他們對生命終極意義的道德性關注也十分引人矚目。而兩位曾經站在西化潮流前沿的創作者，身處「現代文學體制」在東亞社會發展進程中的不同階段，堅持獨立思考，並積極地與當代左、右對峙的知識論述互動，讓這個比較可能觸及的歷史層面格外豐富。

方法學上，限於時間，我只能非常簡略地說一下，我採用的比較範式——一是我剛才提到的參差平行，一是文類演化週期——希望能兼顧一般人文研究所忽視的社會學面相。在比較不同版本的東亞現代主義時，不單只著重作家作品或風潮本身，而同時將接受週期的長短先後、個別元素不同作用等充分納入考量。我相信，借鏡社會科學對「比較單位」的嚴謹設定，必然有利於我們處理跨越多重時空的複雜交錯現象比較。

李教授說，我們應該要回到歷史當時的場景。冷戰的大環境下，英美現代主義大師——尤其是一九二〇、三〇所謂兩次大戰之間新古典主義流派的艾略特、喬哀斯、葉慈等在美國學院裡被經典化的一批作家——是形塑我們基本認知的主要影響源，也是區分台灣現代主義典範和其他東亞支流時的一個重要面相。相較之下，魯迅接受現代主義的時間點，應該是一九〇七至一九〇八年他在日本留學期間，遠在這一支「盛期現代主義」（high modernism）形成之前。就是到了一九三〇年代，魯迅對二次大戰之間英美派的現代主義也是相當蔑視的；相對來說，他更為肯定東歐或蘇聯的文學。除了蘇聯布爾什維克革命成功在當代普遍享有的聲譽，也可和現代主義本身在西方演化的進程做聯繫：從早期未來主義對機械文明的讚揚、對現代性所持的樂觀前瞻，到一九二〇年代新古典主義英美現代主義大家——如艾略特《荒原》（*The Waste Land*）裡所表現的——對現代性在日常生活中造成的灰色、枯索、無意義的悲觀幻滅，對魯迅和王文興同代的現代主義作家自然具有不同的典範性意義。尤其是魯迅通曉德文，尼采（Friedrich Wilhelm Nietzsche）對他的影響超乎尋常。而浪漫時期的文學餘緒，恰好是鍾情新古典主義派的台灣現代派作家所想要刻意清除的。戰後台灣現代派在東亞諸多現代主義版本中最突出的一點，即在於能相當深刻地體現兩次歐戰之間，英美新古典流派現代主義作品的書卷氣和曖昧張力。哈維特別強調這個支派的悲劇特質——可說是在不同時空結構下對尼采的一脈相承：

兩次歐戰之間的現代主義是既具有英雄氣質，也充滿了災難性。當一整套啟蒙理性信念逐漸被消解，多重觀點浮現時，人們將社會行為賦予某種美學意涵的可能性就被開啟了……尤具吸引力的是對「永恆性」神話的召喚……這種神話或者負載了將我們從充滿偶然性、混沌無序的宇宙中救贖出來的任務，或者更具有規畫性地，提供動力，為人類的努力開展出一個新的方案。[3]

這段話呼應了一個我們耳熟能詳的說法：在現代主義盛行的歷史瞬間，文學藝術被賦予一種「類宗教」的使命，在尼采宣稱「上帝已死」之後，成為宗教的替代品；而創作者在將創作視為一個賦予終極意義的行為時，卻同時充滿了自我否定的悲劇性自覺。

在台灣作家作品中不難看到這樣的信念。對某些作家來說，這或許只是一種籠統而模糊的姿態，對王文興老師的文學創作來說，卻扮演了基石的角色。正是這種對現代主義美學精髓的深刻體現，造成他在當代台灣文學發展史上的特殊地位。也只有從這個角度，才容易理解為什麼像李永平、朱天文、舞鶴這幾位風格迥異的嬰兒潮世代重要作家，都曾在不同的場合公開表示過王老師美學理念對他們的影響。一般的理解，這個影響的重點來自於王老師對小說語言的超標要求。然而「語言鍊金術」

---

3 David Harvey, *The Condition of Postmodernity*, p. 31.

指的如果只是修辭層面，那不過是現代主義的文學末節。不休不撓地探索語言所負載的認知、符號、徵兆功能；在具體開展的「敘事」過程中，連結到對生命終極奧祕的探索衝動；以及在理性地接受知識局限後仍然無法消解的好奇心：這些，才更為貼近現代主義文學所占據的那個特定歷史瞬間。

我就是在這個層面上覺察到魯迅跟王文興作品的驚人相似性。儘管他們的作品題材、文類範式、哲學框架——更別提對他們個人的歷史解讀——都存在無可否認的差異，而他們的重要人生抉擇和意識形態立場，從表面上看，也是南轅北轍，然而，用一個比喻來說，兩者之間透露著相似的「震動頻率」。而這一種震動所顯示的，是回應某些「現代主義」核心議題。我因此認為這個比較可以當作探討東亞現代主義傳播中「參差平行」現象的一個案例。

二、從寫實來到現代，符號關係產生鬆動；窺探生命終極意義，拒絕消解本質雙面性

會議中彭明偉的論文提到——也是過去如顏元叔等人強調過的——《家變》裡以阿拉伯數字標誌的章節，有很強的臨場感，非常寫實，無疑是這部小說觸動讀者心弦最成功之處。然而我想請各位注意的是小說另外一個特點：就是呈現主角范曄意識中理性推理的一個奇特方式。不管是在某些章節裡對孝道、對迷信所做的一些批判，或是范曄年紀漸長時回想他父母生活習慣上不體面的地方及個性上的缺陷，都有過激——過度理性，反而凸顯出非理性——以至於帶有荒謬的意味。比如說，范曄的長篇獨白中強調，吳經熊說孔子所以提倡孝道，完全是因為他年幼時就沒有父親的緣故；還有范曄十一

歲時跟他媽媽爭論生日祭品可不可以吃、什麼時候可以吃的那種得理不饒人的強硬態度。從推論模式來看，是以理性去推知科學性的真理。但是作者讓主角過分拘泥於推理邏輯，暴露生活中「儀式」的虛構性，卻並不以阿拉伯數字標誌的章節所構成的小說內部世界中去消解這些矛盾。使得未經消解的、理性跟非理性共存的雙面性，成為這部小說一個顯著、令讀者不安的一個特質。在此同時，作者讓以A、B、C、D英文字母標示的章節系列承擔了統合提升的功能，很大程度上利用當時盛行的知識論述——如佛洛依德心理學、神話研究、存在主義等——所代表的意義系統，來構築一個象徵層面，把真實生活中無法消解的事物本質上的雙面性做一個暫時性的統合。我認為這是一種以「現代主義雙面性」——理性與非理性其實是一體兩面——為基底，極為突出的個性刻畫。這個特性在魯迅作品中也有同樣鮮活的呈現。

如果我們把理性與非理性本質上的「互為表裡」，跟近現代文學史的發展做某種連結，會發現從寫實主義到現代主義之間，經歷了一個很重要的轉折：即是對文學作品「再現」的功能開始產生了質疑。這起於「符徵」（signifier）與「符旨」（signified）之間的對應關係鬆動，也可以說是一種由理性主義觸發的認知模式之重構。與之緊密相連的，是對「符號」或「徵兆」（sign）指向意義核心的可靠性滋生了充滿焦灼的關注，以及帶有懷疑的試探。我覺得這可以幫助我們理解現代主義文學所占據的那個歷史瞬間，也是我在王老師和魯迅的作品裡找到的一個關鍵性可比處。

對「符號」或「徵兆」的質疑和挑戰，在王文興早期作品中最突出的是短篇小說〈命運的迹線〉。少年主人公用人為方式把手掌上的生命線延長了以後，它看起來竟然好像是真的一樣——這是否意味著命運，或者是主宰命運的那個全能所在，也竟然有被人愚弄的可能性？這個情節常讓我聯想到希臘悲劇裡的《伊底帕斯王》（*Oedipus the King*），或是莎士比亞（William Shakespeare）的《馬克白》（*Macbeth*），其中所出現的具有曖昧預示潛力的「徵兆」都同時產生了誤導的功能：主人公相信自己對這個徵兆的解釋，所採取的想要爭得榮顯或避免厄運的行為，恰巧讓他落入命運的陷阱。「徵兆」彷彿是透露天機，卻是命運愚弄人的幫凶。

會議上也有人提到《背海的人》裡面的爺算命卜卦時所做的預言，有時其實是一時興起，隨口胡謅的。然而讓爺全身發毛的是，這個未加思索衝口而出的預言竟然應驗了——或者更準確一點說，部分應驗了。爺打開的，是個潘朵拉的盒子，牽扯出了符徵跟符旨之間所有可能的關係排列組合。解碼的行為無法持續，留下了懸疑感卻繞梁不去。

對「符號」或「徵兆」的質疑中一個重要的元素是經驗層次與象徵層次的難以區分。我以為這也是魯迅經典作品〈狂人日記〉的特點。魯迅在這篇小說裡賦予了「吃人」這個母題極為沉重的象徵意涵：儒家思想的積澱對中國社會、中國人那種持續千載而又滲入底層的戕害，被比喻成「吃人的禮教」。無須說，對這個寓言的闡述和發揮是歷來魯迅評論中的大宗。從文學的角度來看，這篇作品所以具有本文所關切的「現代主義」特徵，正是來自於這個隱喻的雙面性：「吃人」不全然是個隱喻，而是同時發生在經驗世界的真實事件。故事的最大張力，來自於象徵與經驗兩個層面的摻混、難以分割。小說裡狂人引述史書記載的吃人事件，如易牙烹子、戰爭圍城時的易子而食，理論上說皆非虛構；更何況小說裡還有個實指的具體吃人事件。有一次鄉下來了一個佃農，跟狂人的哥哥說：我們村子裡最近打死了一個惡人，我們把他的心挖出來吃了；為的是這樣可以增強吃的人的膽量。我用的版本裡有個註腳，說這個情節影射的是一個才發生不久的歷史事件：清兵處死革命黨徐錫麟之後，把他的心拿出來吃了。這個聯結表面上看十分有助於從國族寓言的角度來解讀魯迅。然而更讓我覺得震撼的，是後來得知徐錫麟是魯迅的浙江同鄉，留日時的前後同學（據說魯迅對這件違反人道的事還組織留日學生抗議）。我以為再如何將重心移至「吃人」的文化國族象徵意義，都不足以消解這個在經驗層面所可能引發的靈魂震撼。進食動物的肉類是日常發生的事，但如果吃的是同類是否屬於人類必須遵守的絕大禁忌，而破壞禁忌又有什麼道德意涵？〈狂人日記〉裡的另一個細節——寫狂人懷疑他的哥哥將病死的幼妹身體混入家人的飲食，因此他可能在不自覺的狀態下吃了人——顯然是刻意凸顯、激發讀者對經驗層次「吃人」的想像。

有關生命道德的「形上」思考——超出對現世的國族文化批判——才是標誌著現代主義歷史瞬間的典型產物。而魯迅於一九二二年寫的兩個短篇，〈兔和貓〉和〈鴨的喜劇〉，乍看無甚深義，分量頗輕，卻十分有助於這個方向的思考，恰巧是因為這兩個短篇只談到生命，沒有牽涉到社會批判（這顯然也是這兩個作品一般不受重視的原因之一）[4]。

主人公的鄰居家裡買了兩隻兔子，不久生了一窩小兔子，引起街坊間大人小孩一片欣喜。然而幾經波折，惹人憐愛的小兔子卻防不勝防地被一隻大黑貓吃掉了。就像徐錫麟事件對魯迅來說可能是經

4〈兔和貓〉和〈鴨的喜劇〉最初均發表於一九二二年，後收入《吶喊》（北京：新潮，一九二三）。

驗世界裡的一個「震撼」（trauma）一樣，這篇小品所描述的，也是敘述者對日常生活中的同類相食所產生的驚詫和憤怒，儘管所牽涉的是動物（而非人）的生命。

如果震撼的程度稍輕，那麼魯迅便有餘裕來消解這種情緒——或者說，來填補若循著理性思路來推想這個事件的意涵所必然抵達的黑洞——這在魯迅同年發表的另一篇散文〈鴨的喜劇〉裡表達得很清楚。與魯迅相熟的一位俄國訪客（雙目失明的詩人兼政治放逐者）渴望入夏在北京聽到蛙鳴，便買了一些蝌蚪養在院中的荷花池裡。後來又從一個鄉下人那裡買了兩隻可愛的小鴨。不料當他教完書回家，房東卻告知池裡蝌蚪都已經被鴨子當成飼料吃掉了。敘述者對這個小意外表現得十分含蓄，顯然是不得不理性接受現代性的科學真理——自然界生物賴之維繫生命的「食物鏈」現象。從某種意義上來說，這種集體生命的規律也可以適用於〈兔和貓〉；只不過由於經驗上的情感作用（表現於對小兔子的生動摹寫）讓消解困境的敘事框架難以產生撫慰的作用。如下的感慨清晰地表達了敘述者對生命黑洞的推想：

那兩條小生命，竟是人不知鬼不覺的早在不知什麼時候喪失了，生物史上不著一些痕跡……。我於是記起舊事來，先前我住在會館裡，清早起身，只見大槐樹下一片散亂的鴿子毛，這明明是膏於鷹吻的了，上午長班來一打掃，便什麼都不見，誰知道曾有一個生命斷送在這裡呢？我又曾路過西四牌樓，看見一匹小狗被馬車軋得快死，待回來時，什麼也不見了，搬掉了吧，過往行人憧憧的走著，誰知道曾有一個生命斷送在這裡呢？夏夜，窗外面，常聽到蒼蠅的悠長的吱吱的叫聲，這一定是給蠅虎咬住了，然而我向來無所容心於其間，而別人並且不聽到……

假使造物也可以責備，那麼，我以為他實在將生命造得太濫了，毀得太濫了。5

人類本身難以接受「生命的存在本無意義」這個虛無的終極答案，這自然是個極度普遍的文學母題。上面所引魯迅的抒情感嘆裡，也能看到中國傳統宇宙觀的影子：「天地不仁，視萬物為芻狗。」然而我們也可以同時指認出「現代性」視角和「現代主義」的敘事框架。如最後一句話裡把「造物」擬人化，多少便預設了行為動機、道德責任等「神人性格」，與存在主義的思路相符。〈鴨的喜劇〉裡的敘述者不得不被動地接受，生命消失其實是無時無刻不在發生的自然事件，而〈兔和貓〉的主人翁除了發出如上的感慨外，甚至宣稱：

造物太胡鬧了，我不能不反抗他了，雖然也許是倒是幫他的忙……6

結尾時並且暗示會用氰酸鉀把貓殺掉為兔子報仇。這跟《背海的人》的爺，以及〈命運的迹線〉的少年妄想跟宇宙主宰開啟對話的行徑如出一轍。另一方面，魯迅抗拒科學性真理的方式更為激進，

5《魯迅全集》卷一（北京：人民文學，一九八一），頁五五二—五三。

6 同前註，頁五五三。

更接近尼采式「明知不可而為之」的悲劇性反抗。

廣義的存在主義思潮在二十世紀東亞文學作品裡激起了廣大的回響，從這個角度討論魯迅和王文興作品中的「現代主義」表徵必然會有所獲。限於篇幅，以下只集中《家變》和自然規律、生命週期最有關的部分，尤其是作者如何使用「接受並凸顯雙面性」的現代主義策略來處理終極生命奧祕的難題。比起魯迅撰寫〈兔和貓〉和〈鴨的喜劇〉的一九二二年，王文興著作《家變》的年代（一九六五—一九七二）諸多「現代性」敘事系統已經發展得十分成熟；而王文興的學院背景也讓他可以充分汲取、利用這些思想資源。《家變》主題背後的一個重要哲學基礎，就有當時流行的神話研究的影子：神話批評明白宣示，必須有象徵性的弒父，才能維繫人類的集體生命於不墜，這是自然界的週期循環定律之一。然而我們更關心的，是作家如何回應如存在主義、神話研究、心理分析等現代人詮釋生命的敘事系統？在這裡我們看到和魯迅有別，卻同屬富有「現代主義」核心精神的美學表徵。

在尋父旅途中，范曄在某個車站前看到了許多人排隊賣血。他對這些「父親」為了養育他們的家庭而做出的犧牲發出了真誠的感慨。這裡呈現的是一個極具普遍性的道德敘述，具有經驗層面的真實性，也符合儒家主導文化中對父子關係的標準敘事。但如果放置在《家變》這本小說的脈絡中，卻只代表了一個片面視角，這和小說結尾所揭示的赤裸真理——在這個父親缺席的現代核心家庭裡，兒子邁入成年；母親跟兒子相處得十分和諧，身心康健——顯然強烈牴觸。但是作者堅持不用任何更高層次的道德敘述來彌合、消解這種雙面性。這個具有現代主義特徵的結局是這本小說最受人爭議之處。儘管它的道德顛覆性和魯迅〈兔和貓〉暗示的結尾明顯不屬於同一層次，但卻都同樣帶有現代主義歷史瞬間的鮮明印記。

把「情」奉為文學創作的主要動機，在中國有很長的傳統。然而魯迅和王文興這兩位受現代啟蒙精神洗禮的作家，清醒地運用理性邏輯去推知真相，於是無可避免地走到懸崖邊緣——一個必須面對「未知」、接受「事物本質雙面性」的境地。兩者都採用西方現代主義前行者所提供的美學資源，嘗試用某種象徵意義系統去暫時統合、詮釋這個充滿張力的雙面性，卻拒絕用傳統道德敘事把它做簡單的彌合。這個特徵對照出現代中國文學作品裡最為人詬病的泛道德主義，其基本運作模式就經常是使用簡單高蹈的敘事框架來消解或掩蓋事物本質的雙面性。

三、回顧前現代民俗道德，堅守文化時空相對性；擬想另類宇宙圖像，回應現代化歷史課題

更饒有興味的，是兩位作家在某些場合，似乎是鐵了心腸，不但決計不去消解事物本質的雙面性，反過來還衷心禮讚某些違情悖理的「人間世」奇象。王文興老師有篇膾炙人口的文章，叫〈士為知己者死〉。文章最主要的論點是：傳統中國文學中屢屢出現的一個特殊故事類型，是俠士為了感謝某人知遇之恩、不惜輕擲性命，以求報答。而這是西方文學傳統中所沒有的，因此可被視為中西文學之間一個顯著的分別。我還記得一九八六年王老師在輔大「文學與宗教」國際會議上首次發表這篇文章的情況。當時康來新老師和一位天主教神父都提了一個類似的問題：這種自我犧牲能不能拿來跟天主教徒的殉教相比？王老師堅定地回答說：「絕對不一樣。」

我以為，文章裡一方面強調這種「士為知己者死」的行為在現實生活的「意義不對稱」，另一方面卻條理清晰地賞析以這種行為作為題材的文學作品之美學意涵，這兩者之間構成的張力是這篇文章最吸引人的地方。作者感嘆：被文人稱許為俠義之士的一介平民，為了感謝「知己」一些金錢財物的餽贈，不惜以生命報答，這種本質上具有商業性的行為，明顯地呈現價值上的不對等。正是這樣的「超出」、不對等和不計較，把我們帶進了不以工具理性為統御原則——甚至隱含了對理性的輕藐和否定——的道德價值範疇。

> 財物的贈與不能和生命的贈與相比，但俠義之士是不計較對等和多寡的。這種報恩確是甚商業的買賣，但俠士以身相報的無私是至為高尚的。[7]

作者也試圖從社會的角度對這個現象做一些解讀。首先，藉著《聊齋》裡的〈田七郎〉，王文興提出這類作品反映出的封建文化，和「掌制一切行為」的儒家禮教制度：

> 這種禮教制度產生了武公子一類的階級。他們，只因有錢，便美其名為俠義，實則以金錢購買好漢的生命，為其犧牲，為其奴使。[8]

而〈田七郎〉凸顯了「當時，社會中，這一個制度的龐浩，相對社會諸人的渺小，跟無力」[9]。

其次，他認為追根究柢，造成這個文化現象的基本原因是「飢寒」，因為：「古代不遇之徒，餓死窮巷，是普通之又普通的事」[10]。最後，文章裡也提醒讀者文人在「經典化過程」中的重要角色；這類特殊行為是受到「執筆為文的知識階級」的讚許，才可能出現在文學作品中。

以上所引很能顯示出浸淫於「現代性」的知識分子，運用理性的分析性思維，從社會學角度出發的現象詮釋。這是韋伯所說的「科學」範疇。更充分彰顯作者「現代主義」立場的，是對另一個文化時空人們行為動機所展示的「同情心」和「同理心」——這屬於尊重「道德」意義系統的自主性。這裡我要引進另一個範疇，「美學」或「藝術」範疇。現代主義，和與現代主義共生的形式主義批評（新批評的前身）都充分肯定「美學」範疇的獨立性。這是構成二十世紀現代性歷史情境的主要成分，也是王文興藝術觀的重要基礎。〈士為知己者死〉大部分篇幅花在討論「文學敘事」的本身，便充分展示了這種藝術理念。文章除了列舉古書中描述「士」如何為了報答「知己者」輕生的故事外，並給予《聊齋》的〈田七郎〉最高的評價，其著眼點是自主文類歷史演化的系譜：認為這個故事在情節上集《國語》、《史記》、《水滸》中同類故事情節之大成。在此同時，作者讚美〈田七郎〉裡的寫

7 王文興，《書和影》（台北：聯合文學，一九八八），頁一一一。
8 同前註，頁一三。
9 同前註。
10 同前註，頁一一〇。

實細節，認為這些描述生動地展現了當事人在跟命運協商過程中的悲劇性掙扎，張力之強，甚至將報恩的行為延續到死後。這種悲劇性的傷懷本身就具有現代主義的美學特色：

> 本文，所以，不只是擬圖一談中西文學的不同，也是對已成歷史舊相的文學面貌的，一個，紀念性的回顧。[11]

許多評論者都提過魯迅一篇散文，叫〈女吊〉[12]，寫他回憶四十年前兒時紹興家鄉一種表演給神、人和冤鬼的社戲，可見當時民間想像的冥界與一般人界之間有不少通道，就像是一個「平行時空」。〈士為知己者死〉和〈女吊〉同樣是知識分子在二十世紀的現代時空，觀看中國屬於「前現代」民間社會裡的一種特異行徑。前者是中國傳統文學記載中一種特殊的「報恩」行為，後者則是凸顯「復仇」。魯迅文章一開頭便向他同時代、城裡的進步知識分子挑釁：

> ……不過一般的紹興人，並不像上海的「前進作家」那樣憎惡報復，卻也是事實。單就文藝而言，他們就在戲劇上創造了一個帶復仇性的，比別的一切鬼魂更美，更強的鬼魂。這就是「女吊」。[13]

表演時有個穿著紅色衣裝的女鬼出場。悲情女子上吊之前著妝換上紅衣是為了有利於將來做厲鬼復仇，顯然是無知的受壓迫者被逼到絕境的自我安慰。然而這「死而不後已」的強烈情操，正是文章中魯迅讚美慨歎的焦點。

而同時吸引我注意的，還有魯迅和王文興都成功地展示了民間某些激越的情操如何被「敘述」成為具有文學感染力作品的過程。上文已經說過〈士為知己者死〉怎樣對「文類演化」的過程多加著墨。〈女吊〉裡對民間社戲如何在生活細節中操演「儀式」以及種種建立在集體默契上的象徵舉措有充滿興味的描述：像孩童們臉上畫幾筆顏色，騎馬到墳地，插戟邀請無名墳主的冤鬼一同觀戲；職業演員扮的男吊上台表演七七四十九種吊死法時，須雇人在台後扮演王靈官，以鏡窺照，若察覺台上有兩個人（即真的吊死鬼現身），便以棍將假鬼趕下台逃逸——不然他會真的在戲台上喪命。

值得注意的，這些敘事中有些突出的「漏洞」——不合常情、不合常理的地方——最為引人注目，亟需作者提供一個合理說詞。王文興以現代社會科學常識企圖說明俠士不對等的報恩行為之發生緣由。而魯迅採取的策略有兩種。一是親和貼切地呈現民間人鬼不分、邏輯打結的那份天真曚昧的狀態，這個讓評者讚賞有加的優點，可說是來自於一種拿捏得宜的擱置常識判斷的敘述姿態。

11 同前註，頁一四。
12〈女吊〉最初發表於一九三六年，後收入《且介亭雜文附集》（上海：三閒書屋，一九三七）。
13《魯迅全集》卷六（北京：人民文學，一九八二），頁六一四。

中國的鬼有些奇怪，好像是做鬼之後，也還是要死的，那時的名稱，紹興叫作「鬼裡鬼」。但男吊既然早被王靈官打死，為甚麼現在「跳吊」，還會引出真的來呢？我不懂這道理，問問老年人，他們也講說不明白。14

另一種則是明張旗鼓地借古諷今。文章結尾魯迅諷刺地說，儘管這些吊死鬼後來好像更有興趣「找替代——找替死鬼是戲台上的精彩片段——常忘了復仇，但是鄉間村婦並沒有必要擔心有人要來向她們復仇——不像那些道貌岸然極力規勸人們不要復仇的有心者」：

被壓迫者即使沒有報復的毒心，也決無被報復的恐懼，只有明明暗暗，吸血吃肉的兇手或其幫閒們，這才贈人以「犯而勿校」或「勿念舊惡」的格言，——我到今年，也愈加看透了這些人面東西的祕密。15

〈士為知己者死〉和〈女吊〉同樣捕捉了二十世紀知識分子本身受到現代主義洗禮，在現代時空理性主義的立足點上，回身觀望「前現代」文明遺跡時的側影。兩位作者都深深被平民的素樸情操所吸引，對階級差異、體制壓迫的廣泛存在感到憤而不平。然而由於時代大環境和個人生平背景的不同，兩者所持的態度不免有十分顯著的差異。王文興堅持理性區辨，擴大容忍度，在接納雙面性的同時凸顯它的張力；魯迅身處傳統到現代較早的過渡期，更具有抗拒性，集中能量揭露、攻擊、譴責道學家所支撐的文化意義系統。而兩篇文章的主體，則都在於文學敘述意義產生的過程，顯示出高度的形式自覺。這也是最能將魯迅和王文興與同輩作家區分出來的現代作家特質。下面談論的兩篇小說，是他們以特定傳統文類為摹本的「重寫」作品，無疑是這種現代性形式自覺的高度展現。

中國「前現代」文學的傳承，長久在一個相對穩定的社會基礎和文化疆界之內進行，儘管不斷更新，基本上是一個較為封閉的系統。互文指涉的操作和功能因此格外顯著。在實際創作上，「重寫」的美學意涵獲得高度認可與實踐。像宋朝初期江西詩派，主張將前朝經典成品做一兩個字的改動，就足以成就一個全新的美學經驗——這種反身指涉的理念和操作，只有在傳統蘊積豐富、自主性甚高的文學場域內才能夠運作。而王文興老師的〈明月夜〉和魯迅《故事新編》裡的〈鑄劍〉，在這個體系已漸行漸遠的二十世紀，重寫古典小說志怪傳奇文類，可說是極具深意。

〈鑄劍〉擺明是個奇幻文類[16]。工匠為君王鑄成絕世名劍，卻為之所殺，生性懦弱的兒子矢志為父報仇，幸得黑衣人自願相助。後者先將工匠兒子砍殺，攜帶其頭顱，喬裝優人，找暴君尋仇。最後的一個場景是黑衣人手刃暴君首級後自刎，三個頭顱躍進沸滾的鼎內互相咬殺。這裡的報仇，

14 同前註，頁六一八—一九。
15 同前註，頁六一九。
16〈鑄劍〉完成於一九二七年，原名〈眉間尺〉，後收入《故事新編》（上海：文化生活，一九三六）。

和〈士為知己者死〉所描述的報恩一樣，也是浩大無邊，死而不後已。將復仇的意志昇華到超越動機（來歷不明的黑衣人）、超越死亡、超越自然規律，這個奇幻情節的範本，或許可追溯到魯迅幼時所鍾愛的《山海經》：神話人物刑天與天帝相爭，他的頭被天帝砍掉後，卻「以乳為目，以臍為口，執干戚而舞」，繼續反抗。如此尼采式地完全放逐了現世邏輯，任憑想像力憑空跳躍，來表現憤怒反抗的強烈情操，可說是西方浪漫主義的路數。在此同時，故事裡的神怪性也指向一個「泛生靈論」（anthropomorphism），即遠古初民不把人和其他生靈做嚴格區分的初民宇宙觀。相比之下，〈明月夜〉的人物場景事件則全是日常所見，平凡瑣碎，卻冷不防對超自然現象背後的隱密藍圖提出暗示性的假設，從而將「未知」、符號、徵兆、命運等等議題，一古腦全放在檯面上。〈鑄劍〉全然揚棄理性原則，任由新的敘述邏輯浮現。〈明月夜〉則是窮追不捨，絲毫不放鬆地將理性推論原則和它的局限性作為凝視的對象。在〈鑄劍〉裡魯迅顯然想利用「先於儒教」的另類意義系統來和重視現世倫理的儒家文化相頡頏。而〈明月夜〉和王老師其他與宗教有關的作品一樣，則是與源自西方的基督教進行對話。志怪傳奇、宇宙奧祕都是屬於「子不語」的範疇；而兩篇「重寫」都在傳統形式內引進了一個另類的意義系統。表面上兩篇小說南轅北轍，占據了文類光譜的兩極位置，但卻共同表達出作者在在受到關閉文化系統之外、饒富形上學「未知」潛能的衝激而產生的回應，是作者身處文學史上「現代主義歷史瞬間」的明證。

現代主義當然很難一概而論，總結來說，我以為王文興老師和魯迅作品所透露出的幾個特質，如對終極生命意義的道德性關注、對理性與非理性實為一體之兩面的體悟、拒絕以傳統敘述框架來消解事物本質的雙面性，以及對藝術自主範疇內在規律的自覺，可能是現代主義來到東亞那個特定歷史瞬間一個共通的美學表達方式。這或許可以回應前面所說的，一個傳統社會與現代性相遇，必然得對本身固有的，賦予事物終極價值的前現代形上意義系統——西方基督教文明、儒家禮教、封建社會秩序——做出解構。這和現代主義美學的核心精神、特定的文本策略之間，都有十分緊密的關聯。

引用書目

中文：

七等生，《僵局》（台北：林白，一九六九）。

——，《精神病患》（台北：大林，一九七〇）。

——，《巨蟹集》（台南：新風，一九七二）。

——，《離城記》（台北：晨鐘，一九七三）。

——，《我愛黑眼珠》（台北：遠行，一九七六）

——，《沙河悲歌》（台北：遠行，一九七六）。

——，《來到小鎮的亞茲別》（台北：遠行，一九七六）。

——，《削瘦的靈魂》（台北：遠行，一九七六）。

——，《隱遁者》（台北：遠行，一九七六）。

——，《白馬》（台北：遠行，一九七七）。

——，《情與思》（台北：遠行，一九七七）。

——，《銀波翅膀》（台北：遠景，一九八〇）。

——，《老婦人》（台北：洪範，一九八四）。

——，《譚郎的書信》（台北：圓神，一九八五）。

七等生，《重回沙河》（台北：遠景，一九八六）。
水晶，《青色的蚱蜢》（台北：文星，一九六七）。
王文興，〈現代文學一年〉，《現代文學》七期（一九六一年三月），頁四—六。
——，《龍天樓》（台北：大林，一九六七）。
——，《玩具手槍》（台北：志文，一九七〇）。
——，《家變》（台北：寰宇，一九七三；洪範，一九七八；一九七九，三版）。
——，〈鄉土文學的功與過及其經濟觀和文化觀〉，原載《夏潮》四卷二期（一九七八年二月），頁六四—七四；後收入尉天驄主編，《鄉土文學討論集》（台北：遠景，一九七八），頁五二五—四六。
——，《十五篇小說》（台北：洪範，一九七九）。
——，《背海的人》（上）（台北：洪範，一九八一）。
——，〈手記續鈔〉，《聯合文學》二卷一期（一九八五年十一月），頁九八—一〇七。
——，〈士為知己者死的文學——王文興演講詞〉，收入輔仁大學外語學院編，《文學與宗教：第一屆國際文學與宗教會議論文集》（台北：時報文化，一九八七），頁四六三—七四。
——，〈無休止的戰爭〉，《文星》一〇三期（一九八七年一月），頁一〇四—一〇五。
——，《書和影》（台北：聯合文學，一九八八）。
——，〈M和W〉，《聯合文學》四卷五期（一九八八年三月），頁八〇—八九。
——，〈五省印象〉（上），《聯合文學》六卷四期（一九九〇年二月），頁三五—四七。
——，〈五省印象〉（下），《聯合文學》六卷五期（一九九〇年三月），頁二一—三一。
王拓，〈是「現實主義」文學，不是「鄉土文學」〉，原載《仙人掌》二期（一九七七年四月），頁五三—七三；後收入尉天驄主編，《鄉土文學討論集》（台北：遠景，一九七八），頁一〇〇—一九。

王禎和，《三春記》（台北：晨鐘，一九七五）。
——，《嫁粧一牛車》（台北：遠景，一九七五）。
——，《香格里拉：王禎和自選集》（台北：洪範，一九八〇）。
——，《美人圖》（台北：洪範，一九八二）。
——，《玫瑰玫瑰我愛妳》（台北：遠景，一九八四）。
——，《人生歌王》（台北：聯合文學，一九八七）。
王德威，《眾聲喧嘩：三〇與八〇年代的中國小說》（台北：遠流，一九八八）。
古繼堂，《靜聽那心底的旋律：台灣文學論》（北京：國際文化，一九八九）。
司徒衛，《五十年代文學論評》（台北：成文，一九七九）。
白少帆等主編，《現代台灣文學史》（瀋陽：遼寧大學出版社，一九八七）。
白先勇，《謫仙記》（台北：大林，一九六七）。
——，《臺北人》（台北：晨鐘，一九七一）。
——，《紐約客》（香港：文學書局，一九七五）。
——，《寂寞的十七歲》（台北：遠景，一九七六）。
——，〈談小說批評的標準——讀唐吉崧〈歐陽子的《秋葉》〉有感〉，《驀然回首》（台北：爾雅，一九七八），頁三三一—五三。
——，《驀然回首》（台北：爾雅，一九七八）。
——，《孽子》（台北：遠景，一九八三，初版；一九八四，六版）。
——，《明星咖啡館：白先勇論文雜文集》（台北：皇冠，一九八四）。
向陽，〈文學．社會與意識型態：以七〇年代「鄉土文學論戰」中的副刊媒介運作為例〉，收入國立台灣師範大學國文系編，《第二屆台灣本土文化國際學術研討會論文集》（台北：國立台灣師範大學，一九九六），頁三一七—三三〇。
朱自清，《背影》（香港：中流，一九七六）。
朱西甯，《大火炬的愛》（台北：崇光文藝，一九五二）。
——，《狼》（高雄：大業，一九六三；台北：皇冠，一九六六）。
——，《鐵漿》（台北：文星，一九六三；皇冠，一九八〇）。
——，《貓》（台北：皇冠，一九六六）。
——，《破曉時分》（台北：皇冠，一九六七）。
——，《冶金者》（台北：仙人掌，一九七〇）。
——，《朱西甯自選集》（台北：黎明文化，一九七五）。
——，《微言篇》（台北：三三，一九八一）。
——等，《小說家族》（台北：希代，一九八六）。
朱炎，〈我讀日頭雨〉，收入聯合報編輯部編，《聯合報六八年度短篇小說獎作品集》（台北：聯合報社，一九七九），頁三三五—四三。
何欣，〈歐陽子說了些什麼〉，《文季》一期（一九七三年八月），頁四六—六〇；後收入葉維廉主編，《中國現代作家論》（台北：聯經，一九七九），頁四一九—三八。
余光中，《消遙遊》（台北：大林，一九六五）。
——，《焚鶴人》（台北：純文學，一九七二）。
——，《聽聽那冷雨》（台北：純文學，一九七四）。
——，〈十二瓣的觀音蓮——我讀《吉陵春秋》〉，收入李永平，《吉陵春秋》（台北：洪範，一九八六），頁一—九。

李永平，《拉子婦》（台北：華新，一九七六）。
——，《吉陵春秋》（台北：洪範，一九八六）。
李昂，《混聲合唱》（台北：中華文藝月刊社，一九七五）。
——，《愛情實驗》（台北：洪範，一九八二）。
——，《她們的眼淚》（台北：洪範，一九八四）。
——，《花季》（台北：洪範，一九八五）。
——，〈我的創作觀〉，《暗夜》（台北：時報文化，一九八五），頁一八一—一八七。
——，《暗夜》（台北：時報文化，一九八五）。
——，《一封未寄的情書》（台北：洪範，一九八六）。
——，《年華》（台北：時報文化，一九八八）。
李歐梵，〈王文興的悲劇——生錯了地方，還是受錯了教育〉，《文星》一〇二期（一九八六年十二月），頁一一三—一一七。
——著，吳新發譯，〈中國現代文學的現代主義——文學史的研究兼比較〉，《現代文學》復刊一四期（一九八一年六月），頁七—三三。
李豐楙，〈緒論〉，收入李豐楙等編著，《中國現代散文選析》（台北：長安，一九八五），頁一—二四。
汪景壽，《台灣小說作家論》（北京：北京大學出版社，一九八四）。
周作人著，楊牧編，《周作人文選》兩卷（台北：洪範，一九八三）。
林海音，《綠藻與鹹蛋》（台北：臺灣學生，一九五八）。
——，《城南舊事》（台北：光啟，一九六〇）。
——，《婚姻的故事》（台北：文星，一九六三）。

——，《燭芯》（台北：愛眉文藝，一九七一）。
——，《林海音自選集》（台北：黎明文化，一九七五）。
——等，〈《家變》座談會〉，《中外文學》二卷一期（一九七三年六月），頁一六四—七七。
邱貴芬，〈台灣（女性）小說史學方法初探〉，《後殖民及其外》（台北：麥田，二〇〇三），頁一九—四七。
侯立朝，〈聯經集團三報一刊的文學部隊——從歐陽子的自白看他們的背景——〈我愛博士〉與《家變》的比較分析〉，《中華雜誌》一七四期（一九七八年一月），頁四七—五三；後收入尉天驄主編，《鄉土文學討論集》（台北：遠景，一九七八），頁六六六—八四。
封祖盛，《台灣小說主要流派初探》（福州：福建人民，一九八三）。
施叔青，《約伯的末裔》（台北：仙人掌，一九六九）。
——，〈那些不毛的日子〉，《現代文學》四二期（一九七〇年十二月），頁一八二—九七；後收入《拾掇那些日子》（台北：志文，一九七一），頁一—二五。
——，《拾掇那些日子》（台北：志文，一九七一）。
——，《琉璃瓦》（台北：時報文化，一九七六）。
——，《台灣玉》（福州：海峽文藝，一九八七）。
施淑，〈鹽屋——代序〉，收入李昂，《花季》（台北：洪範，一九八五），頁五—一八。
——，〈首與體——日據時代台灣小說中頹廢意識的起源〉，收入陳映真等著，《呂赫若作品研究：台灣第一才子》（台北：行政院文化建設委員會，一九九七），頁二〇五—二三。
施淑端（李昂），〈新納蕤思解說：李昂的自剖與自省／施淑端親訪李昂〉，《暗夜》（台北：時報文化，一九八五），頁一五五—七九。
柄谷行人著，趙京華譯，《日本現代文學的起源》（北京：生活・讀書・新知三聯，二〇〇六）。

洪子誠，《中國當代文學史》（北京：北京大學出版社，二〇〇七）。

胡秋原，〈論「王文興的Nonsense之Sense」〉，《夏潮》四卷三期（一九七八年三月），頁六一—七〇；後收入尉天驄主編，《鄉土文學討論集》（台北：遠景，一九七八），頁七三一—五八。

胡蘭成，《今生今世》（台北：遠行，一九七六）。

唐文標，〈僵斃的現代詩〉，《中外文學》二卷三期（一九七三年八月），頁一八—二〇。

——，〈隱遁的小角色〉，收入張恒豪編，《火獄的自焚：七等生小說論評》（台北：遠行，一九七七），頁一八五。

——，〈序：一九八四年的台灣經驗〉，收入唐文標主編，《一九八四台灣小說選》（台北：前衛，一九八八），頁一—一一。

唐吉崧，〈歐陽子的《秋葉》〉，《中華日報》，一九七二年五月十七—十九日。

夏志清，〈白先勇論〉（上），《現代文學》三九期（一九六九年十二月），頁一—一五；後收入白先勇，《臺北人》（台北：晨鐘，一九七三），頁二九一—三一二。

徐復觀，〈評台北有關「鄉土文學」之爭〉，《中華雜誌》一七一期（一九七七年十月）；後收入尉天驄主編，《鄉土文學討論集》（台北：遠景，一九七八），頁三三二—三三三。

袁良駿，《白先勇論》（台北：爾雅，一九九一）。

袁則難，〈痴兒了卻公家事——淺談白先勇的近作《孽子》〉，《現代文學》復刊二〇期（一九八三年六月），頁七—一八。

迷走、梁新華，《新電影之死：從《一切為明天》到《悲情城市》》（台北：唐山，一九九一）。

高全之，〈七等生的道德框架〉，收入張恒豪編，《火獄的自焚：七等生小說論評》（台北：遠行，一九七七），頁九一—一一二。

尉天驄主編，《鄉土文學討論集》（台北：遠景，一九七八）。

高行健，《現代小說技巧初探》（廣州：花城，一九八一）。
康來新，〈王文興如是說（上）（中）（下）〉，《中央日報》，一九八七年十二月二十九—三十一日，第一〇版。
——編，《王文興的心靈世界》（台北：雅歌，一九九〇）。
張宏生、錢南秀主編，《中國文學：傳統與現代的對話》（上海：上海古籍，二〇〇七）。
張恒豪編，《火獄的自焚：七等生小說論評》（台北：遠行，一九七七）。
張漢良，〈淺談《家變》的文字〉，《中外文學》一卷一二期（一九七三年五月），頁一二二—四一。
張誦聖，〈從《家變》的形式設計談起〉，《聯合文學》三卷八期（一九八七年六月），頁一九六—九九；後收入《文學場域的變遷：當代台灣小說論》（台北：聯合文學，二〇〇一），頁一五九—六七。
——，〈現代主義與台灣現代派小說〉，《文藝研究》四期（一九八八年七月），頁六九—八〇；後收入《文學場域的變遷：當代台灣小說論》（台北：聯合文學，二〇〇一），頁七—三六。
——，〈台灣現代主義文學潮流的崛起〉，《台灣文學學報》七期（二〇〇七年十二月），頁一三三—六〇。
——，〈二十世紀中國現代主義和全球化現代性——台灣新電影的三位作者導演〉，《福建論壇：人文社會科學版》二〇一三年八期（二〇一三年八月），頁一一五—二三。
——著，謝惠英譯，〈王文興小說中的藝術和宗教追尋〉，《中外文學》一五卷六期（一九八六年十一月），頁一〇八—一九。
——著，應鳳凰譯，〈台灣現代主義小說及本土對抗〉，《台灣文學評論》三輯三期（二〇〇三年七月），頁五二—七六。
曹雪芹，《紅樓夢》。
梁實秋，〈第一輯　浪漫的與古典的：現代中國文學之浪漫的趨勢〉，《梁實秋論文學》（台北：時報文化，一九七八），頁三—二三。

——，〈第二輯　文藝批評論：結論〉，《梁實秋論文學》（台北：時報文化，一九七八），頁二三一—三七。

許津橋、蔡詩萍編，《一九八六台灣年度評論》（台北：圓神，一九八七）。

郭楓，〈橫行的異鄉人——序《巨蟹集》並談新小說〉，收入張恒豪編，《火獄的自焚：七等生小說論評》（台北：遠行，一九七七），頁二二三—二二八。

陳建忠主編，《跨國的殖民記憶與冷戰經驗：台灣文學的比較文學研究》（新竹：清華大學台灣文學研究所，二〇一一）。

陳映真，〈四十年來台灣文藝思潮之演變〉，《中華雜誌》二八七期（一九八七年六月），頁三—三六。

——，《我的弟弟康雄》（陳映真作品集．小說卷一九五九—一九六四，一，卷一）（台北：人間，一九八八）。

——，《思想的貧困（訪談卷：人訪陳映真）》（陳映真作品集．訪談卷：人訪陳映真，卷六）（台北：人間，一九八八）。

——，《陳映真作品集》十五卷（台北：人間，一九八八）。

——，《鳶山》（陳映真作品集．隨筆卷．卷八）（台北：人間，一九八八）。

——，《鞭子和提燈》（陳映真作品集．自序及書評卷．卷九）（台北：人間，一九八八）。

——等著，《呂赫若作品研究：台灣第一才子》（台北：行政院文化建設委員會，一九九七）。

陳國城，〈自我世界的追求〉，收入張恒豪編，《火獄的自焚：七等生小說論評》（台北：遠行，一九七七），頁七七—八九。

彭歌，《不談人性．何有文學》（台北：聯合報社，一九七八）。

焦雄屏編著，《台灣新電影》（台北：時報文化，一九八八）。

琦君，《琴心》（台北：國風社，一九五三）。

——，《菁姐》（台北：今日婦女半月刊，一九五六；台北：爾雅，一九八一）。

——，《煙愁》（台北：光啟，一九六三）。
——，《琦君小品》（台北：三民，一九六六）。
——，《繕校室八小時》（台北：臺灣商務，一九六八）。
——，《紅紗燈》（台北：三民，一九六九）。
——，《七月的哀傷》（台北：驚聲文物供應，一九七一）。
——，《三更有夢書當枕》（台北：爾雅，一九七五）。
——，《琦君自選集》（台北：黎明文化，一九七五）。
黃春明，《莎喲娜拉．再見》（台北：遠景，一九七四）。
——，《鑼》（台北：遠景，一九七四）。
——，《小寡婦》（台北：遠景，一九七五）。
——，《兒子的大玩偶》（台北：大林，一九七七）。
——，《青番公的故事》（台北：皇冠，一九八五）。
黃恕寧、康來新主編，《無休止的戰爭：王文興作品綜論》（上）（台北：國立台灣大學出版中心，二〇一三），頁二一七—三九。
楊青矗，〈台灣文學的世界性——與李歐梵、非馬、許達然、向陽對談〉，《楊青矗與國際作家對話：愛荷華國際作家縱橫談》（高雄：敦理，一九八六）。
楊絳，《幹校六記》（香港：廣角鏡，一九八一）。
瘂弦編，《眾神的花園：聯副的歷史記憶》（台北：聯經，一九九七）。
瘂弦、陳義芝編，《世界中文報紙副刊學綜論》（台北：行政院文化建設委員會，一九九七）。
葉石濤，〈台灣鄉土文學史導論〉，《夏潮》一四期（一九七七年五月），頁六八—七五；後收入尉天驄主編，《鄉土文學討論集》（台北：遠景，一九七八），頁六九—九二。

——，〈論七等生的《僵局》〉，收入張恒豪編，《火獄的自焚：七等生小說論評》（台北：遠行，一九七七），頁九—二二。

葉渭渠、唐月梅，《日本文學史（現代卷、近代卷）》（北京：經濟日報，二〇〇〇）。

葉維廉，《中國現代小說的風貌》（台北：四季，一九七七）。

——主編，《中國現代作家論》，（台北：聯經，一九七六）。

廖炳惠，《另類現代情》（台北：允晨文化，二〇〇一）。

輔仁大學外語學院編，《文學與宗教：第一屆國際文學與宗教會議論文集》（台北：時報文化，一九八七）。

銅豌豆，〈從「批評的道德」到「道德化的批評」——文學論戰和政治氾濫〉，《南方》九期（一九八七年七月），頁八—一三。

銅豌豆等，〈鄉土文學論戰十年——文化霸權的競逐〉，《南方》九期（一九八七年七月），頁六—三七。

齊益壽，〈鄉土文學之我見〉，《中華雜誌》一七五期（一九七八年二月）；後收入尉天驄主編，《鄉土文學討論集》（台北：遠景，一九七八），頁五七八—九五。

劉春城，《黃春明前傳》（台北：圓神，一九八七）。

劉紀蕙，《孤兒．女神．負面書寫：文化符號的徵狀式閱讀》（台北縣新店市：立緒文化，二〇〇〇）。

——，《心之拓樸：一八九五事件後的倫理重構》（台北：行人文化實驗室，二〇一〇）。

劉紹銘，〈前言〉，《現代文學》一期（一九六〇年三月），頁二。

——，〈十年來的台灣小說：一九六五—一九七五——兼論王文興的《家變》〉，《中外文學》四卷一二期（一九七六年五月），頁四—一六。

——，〈七等生「小兒麻痺」的文體〉，收入張恒豪編，《火獄的自焚：七等生小說論評》（台北：遠行，一九七七），頁三九—四一。
——，〈三顧七等生〉，收入張恒豪編，《火獄的自焚：七等生小說論評》（台北：遠行，一九七七），頁一四一—五一。
——，《那長頭髮的女孩》（台北：文星，一九六七；台北：大林，一九七八）。
——，《秋葉》（台北：晨鐘，一九七二）。
——，《移植的櫻花》（台北：爾雅，一九七八）。
——，〈論家變之結構，形式，與文字句法〉，《中外文學》一卷一二期（一九七三年五月），頁五〇—六七；後收入《歐陽子自選集》（台北：黎明文化，一九八二），頁二九五—三一九。
——，《王謝堂前的燕子：〈台北人〉的研析與索引》（台北：爾雅，一九七六）。
——，〈關於我自己：回答夏祖麗女士的訪問〉，《移植的櫻花》（台北：爾雅，一九七八），頁一五三—二〇一。
——，〈藝術與人生——從「真假之間」的主題談起，兼談國內文壇的一些問題〉，《現代文學》復刊六期（一九七九年一月），頁七—二六；後收入《歐陽子自選集》（台北：黎明文化，一九八二），頁二六九—九四。
——，《歐陽子自選集》（台北：黎明文化，一九八二）。
——，《生命的軌跡》（台北：九歌，一九八八）。
——編，《現代文學小說選集》兩卷（台北：爾雅，一九七七）。
潘人木，《哀樂小天地》（台北：純文學，一九八一）。
——，《漣漪表妹》（台北：純文學，一九八五）。
潘榮禮、蕭國和編著，《這樣的教授王文興：從鄉土文學論戰到農業問題論戰》（高雄：敦理，一九七八）。
蔡源煌，《海峽兩岸小說的風貌》（台北：雅典，一九八九）。
鄭明娳，《現代散文縱橫論》（台北：長安，一九八六）。

——，《現代散文類型論》（台北：大安，一九八七）。
鄭恆雄，〈文體的語言的基礎——論王文興《背海的人》的〉，《中外文學》一五卷一期（一九八六年六月），頁一二八—五七。
——，〈從記號學的觀點看《背海的人》的宗教觀〉，收入輔仁大學外語學院編，《文學與宗教：第一屆國際文學與宗教會議論文集》（台北：時報文化，一九八七），頁三九三—四二〇。
鄭樹森，〈四十年來的中國小說〉，《聯合報．聯合副刊》，一九八九年八月十一—十二日，頁二七。
——，〈導言〉，《現代中國小說選》卷一（台北：洪範，一九八九），頁③—⑧。
魯迅，〈我們現在怎樣作父親〉，《新青年》六卷六號（一九一九年十一月）。
——，《吶喊》（北京：新潮，一九二三）。
——，〈鑄劍〉（原名〈眉間尺〉），《故事新編》（上海：文化生活，一九三六）。
——，〈女吊〉，《且介亭雜文附集》（上海：三閒書屋，一九三七）。
——，《吶喊》（北京：人民文學，一九七三）。
——，《徬徨》（北京：人民文學，一九七三）。
——，《魯迅全集》卷一（北京：人民文學，一九八二）。
——，《魯迅全集》卷六（北京：人民文學，一九八二）。
盧非易，《台灣電影：政治、經濟、美學，一九四九—一九九四》（台北：遠流，一九九八）。
龍應台，《龍應台看小說》（台北：爾雅，一九八五）。
——，〈一個中國小鎮的塑像〉，《當代》二期（一九八六年八月），頁一六六—七二。
——演講，「文明的力量——從鄉愁到美麗島」，北京大學百年紀念講堂，二〇一〇年八月一日。
聯合報編輯部編，《聯合報六八年度短篇小說獎作品集》（台北：聯合報社，一九七九）。

隱地編，《琦君的世界》（台北：爾雅，一九八〇）。
顏元叔，《文學批評散論》（台北：驚聲文物供應，一九七二）。
———，《文學的玄思》（台北：驚聲文物供應，一九七二）。
———，〈苦讀細評談家變〉，《中外文學》一卷一一期（一九七三年四月），頁六〇—八五。
———，《文學經驗》（台北：志文，一九七七）。

英文：

Anderson, Marston. *The Limits of Realism: Chinese Fiction in the Revolutionary Period*. Berkeley and Los Angeles: The University of California Press, 1990.

Arac, Jonathan. *Critical Genealogies: Historical Situations for Postmodern Literary Studies*. New York: Columbia University Press, 1989.

Appadurai, Arjun. "Disjuncture and Difference in the Global Cultural Economy," *Modernity at Large: Cultural Dimensions of Globalization*. Minneapolis: University of Minnesota Press, 1996, pp. 27-47.

Au, Chung-to. *Modernist Aesthetics in Taiwanese Poetry since the 1950s*. Leiden: Brill, 2008.

Bakhtin, M. M. "Discourse in the Novel," in *The Dialogic Imagination: Four Essays*. Ed. Michael Holquist. Trans. Caryl Emerson and Michael Holquist Austin: The University of Texas Press, 1981, pp. 259-422.

Barlow, Tani ed. *Formations of Colonial Modernity in East Asia*. Durham, N.C.:Duke University Press, 1997.

Barthes, Roland. *S/Z*. Trans. Richard Miller. New York: Hill and Wang, 1974.

Bell, Daniel. *The Winding Passage*. New York: Basic Books, 1980.

Benjamin, Walter. *Illuminations*. Ed. Hannah Arendt. Trans. Harry Zohn. New York, Harcourt: Brace & World, 1968.

Berman, Marshall. *All That Is Solid Melts Into Air: the Experience of Modernity*. New York: Simon and Schuster, 1982.

Berry, Michael. *A History of Pain: Trauma in Modern Chinese Literature and Film*. New York: Columbia University Press, 2008.

Birch, Cyril. "Images of Suffering in Taiwan Fiction," in *Chinese Fiction from Taiwan: Critical Perspectives*. Symposium on Taiwan Fiction, University of Texas at Austin, 1979. Ed. Jeannette L. Faurot. Bloomington: Indiana University Press, 1980, pp. 71-85.

Booth, Wayne. *The Rhetoric of Fiction*. Chicago: University of Chicago Press, 1961.

Bourdieu, Pierre. *The Field of Cultural Production: Essays on Art and Literature*. Ed. Randal Johnson. New York: Columbia University Press, 1993.

Bradbury, Malcolm and James Mcfarlane. "The Name and Nature of Modernism," in *Modernism: 1890-1930*. Ed. Malcolm Bradbury and James Mcfarlane. Penguin Books, 1976, pp.19-55.

Braester, Yomi. *Witness Against History: Literature, Film, and Public Discourse in Twentieth-Century China*. Stanford: Stanford University Press, 2003.

Bürger, Peter, "Institution Kunst als literatursoziologische Kategorie," *Vermittlung-Rezeption-Funktion*. Frankfurt a. M., 1979, pp. 173-99.

——. *Theory of the Avant-garde*. Trans. Michael Shaw. Minneapolis: University of Minnesota Press, 1984.

Canclini, Nestor Garcia. "Cultural Industries and the Globalization of Culture," (http://www.unesco.org/culture_and_development/discussion/cancli.html).

Carver, Ann C. and Sung-sheng Yvonne Chang ed. *Bamboo Shoots After the Rain, Contemporary Stories by Women of*

Taiwan. New York: The Feminist Press, 1990.

Chang, Sung-sheng Yvonne. "Language, Narrator, and Stream-of-consciousness: The Two Novels of Wang Wenhsing," *Modern Chinese Literature* 1.1(September 1984): 43-55.

——. "Modernism and Contemporary Fiction of Taiwan," *Proceedings of the XIIth Congress of the International Comparative Literature Association: Space and Boundaries*. Ed. Roger Bauer and Douwe Fokkema. Munich: Iudicium Verlag Press, 1988, pp. 285-90.

——. "Elements of Modernism in Fiction from Taiwan," *Tamkang Review* 19.1-4 (Autumn 1988-Summer 1989): 591-606.

——. "Chu T'ien-wen and Taiwan's Recent Cultural and Literary Trends," *Modern Chinese Literature* 6.1/2 (spring/fall, 1992): 61-84.

——. *Modernism and the Nativist Resistance: Contemporary Chinese Fiction from Taiwan*. Durham, N.C.: Duke University Press, 1993.

——. *Literary Culture in Taiwan: Martial Law to Market Law*. New York: Columbia University Press, 2004.

——. "*The Terrorizer* and the 'Great Divide' in Contemporary Taiwan's Cultural Development," in *Island on the Edge: Taiwan New Cinema and After*. Ed. Chris Berry and Feii Lu. Hong Kong: Hong Kong University Press, 2004, pp. 13-25.

——. "Twentieth-century Chinese Modernism, the Globalizing Modernity, and Three Auteur Directors of Taiwan New Cinema," in *Geo-Modernisms: Race, Modernism, Modernity*. Ed. Laura Doyle and Laura Winkiel. Bloomington: Indiana University Press, 2005, pp. 133-50.

Chatman, Seymour. *Story and Discourse: Narrative Structure in Fiction and Film*. Ithaca and London: Cornell University Press, 1978.

Chen, Chang-fang, and Mei-hwa Sung. "Elements of Change in the Fiction of Taiwan of the 1980s," *The Chinese Pen*

(Summer 1989): 31-42.

Chen, Lingchei Letty. *Writing Chinese: Reshaping Chinese Cultural Identity*. Palgrave Macmillan, 2006.

Cheng, Stephen. "Jamesian Techniques in 'Delirious Mutterings at Midnight'," *Tamkang Review* 11.1 (Fall 1980): 43-64.

Chi, Pang-yuan. "Moving Beyond the Boudoir," Trans. Susan Ku. *Free China Review* 41.4 (Apr. 1971): 26-32.

Cho, Younghan. "Desperately Seeking East Asia Amidst The Popularity of South Korean Pop Culture in Asia," *Cultural Studies* 25.3 (March 2011): 383-404.

Chow, Rey. *Woman and Chinese Modernity: The Politics of Reading between West and East*. Minneapolis: University of Minnesota Press, 1991.

Chung, Mingder. "The Little Theatre Movement of Taiwan (1980-89): In Search of Alternative Aesthetics and Politics. Ph. D. diss., New York University, 1992.

Debord, Guy. *The Society of the Spectacle*. Trans. Donald Nicholson-Smith. New York: Zone Books, 1995.

Giddens, Anthony. *The Consequences of Modernity* (Cambridge [U.K.]: Polity Press, 1991).

Deppman, Hsiu-Chuang. *Adapted for the Screen: the Cultural Politics of Modern Chinese Fiction and Film*. Honolulu, T.H.: University of Hawai'i Press, 2010.

Eagleton, Terry. *The Ideology of the Aesthetic*. Oxford and Cambridge, MA.: Basil & Blackwell, 1990.

Faurot, Jeannette L. ed. *Chinese Fiction from Taiwan: Critical Perspectives*. Symposium on Taiwan Fiction, University of Texas at Austin, 1979. Bloomington: Indiana University Press, 1980.

Fokkema, Douwe W. *Literary History, Modernism and Postmodernism*. Amsterdam/Philadelphia: John Benjamins Publishing Company, 1984.

Foster, Hal ed. *The Anti-Aesthetic, Essays on Postmodern Culture*. Port Townsend, Washington: Bay Press, 1983.

Free China Review Seminar. "Reflections on Reality," Trans. Merisa Lin and Winnie Chang). *Free China Review* 41.4 (April 1991): 20-25.

Gardner, William O. *Advertising Tower: Japanese Modernism and Modernity in the 1920s*. Cambridge, Mass.: Harvard University Asia Center, distributed by Harvard University Press, 2006.

Gilloch, Graeme. *Myth and Metropolis: Walter Benjamin and the City*. Cambridge, UK: Polity Press; Cambridge, MA.: Blackwell, 1996.

Gold, Thomas B. *State and Society in the Taiwan Miracle*. Armonk, New York/London: M. E. Sharpe, 1986.

Goldblatt, Howard. "Introduction," in *The Drowning of an Old Cat and Other Stories*. By Hwang Chun-ming. Bloomington: Indiana University Press, 1980, pp. xi-xiv.

——. "The Rural Stories of Hwang Ch'un-ming." in *Chinese Fiction from Taiwan: Critical Perspectives*. Symposium on Taiwan Fiction, University of Texas at Austin, 1979. Ed. Jeannette L. Faurot. Bloomington: Indiana University Press, 1980, pp. 110-33.

——. "Sex and Society: The Fiction of Li Ang," in *Worlds Apart: Recent Chinese Writing and Its Audiences*. Ed. Howard Goldblatt. Armonk, New York & London, England: M. E. Sharpe, 1990, pp. 150-65.

—— ed. *Worlds Apart: Recent Chinese Writing and Its Audiences*. Armonk, New York & London, England: M. E. Sharpe, 1990.

Gramsci, Antonio. *Prison Notebooks*. Ed. Joseph A. Buttigieg. Trans. Joseph A. Buttigieg and Antonio Callari. New York: Columbia University Press, 1991.

Gunn, Edward. *Unwelcome Muse: Chinese Literature in Shanghai and Peking 1937-1945*. New York: Columbia University Press, 1980.

——. "The Process of Wang Wen-hsing's Art." *Modern Chinese Literature* 1.1 (September 1984): 29-41.

Guy, Nancy. *Peking Opera and Politics in Taiwan*. Urbana: University of Illinois Press, 2005.

Habermas, Jürgen. "Bewusstmachende oder rettende Kritik--die Aktualitat Walter Benjamins," in *Zur Aktualitat Walter Benjamins*. Ed. S. Unseld. Frankfurt: Suhrkamp, 1972, pp. 175-223.

——. "Modernity Versus Postmodernity." *New German Critique* 22 (Winter 1981). Rpt. as "Modernity--An Incomplete Project." in *The Anti-Aesthetic, Essays on Postmodern Culture*. Ed. Hal Foster. Port Townsend, Washington: Bay Press, 1983, pp. 3-15.

Hansen, Miriam. "Benjamin and Cinema: Not a One-Way Street," *Critical Inquiry* 25.2 (Winter 1999): 306-43.

——. "Fallen Women, Rising Starts, New Horizons: Shanghai Silent Film and Vernacular Modernism," *Film Quarterly* 54.1 (2000): 10-22.

Harvey, David. *The Condition of Postmodernity: An Enquiry into the Origins of Cultural Change* (Oxford, England; New York, NY, USA: Blackwell, 1989).

Hassan, Ihab. "Pluralism in Postmodern Perspective," *Critical Inquiry* 12.3 (Spirng 1986): 503-20.

Hawkes, David and John Minford. *The Story of the Stone*. Penguin Books, 5 vols. 1973-82.

Hegel, Robert E. "The Search for Identity in Fiction from Taiwan." in *Expressions of Self in Chinese Literature*. Ed. Robert E. Hegel & Richard C. Hessney. New York: Columbia University Press, 1985, pp. 343-60.

Hillenbrand, Margaret. *Literature, Modernity, and the Practice of Resistance: Japanese and Taiwanese Fiction, 1960-1990*. Leiden and Boston: Brill, 2007.

Hohendahl, Peter Uwe. *Building a National Literature: The Case of Germany, 1830-1870*. Trans. Renate Baron Franciscono. Ithaca & London: Cornell University Press, 1989.

Hou, Chien. "Irving Babbitt and Chinese Thought," *Tamkang Review* 5.2 (October, 1974): 135-85.

Howe, Irving. "The Idea of the Modern," in *Literary Modernism*. Ed. Irving Howe. Greenwich, Conn.: Fawcett Publications, 1967.

Hsia, C. T. "Appendix I: Obsession with China: The Moral Burden of Modern Chinese Literature," *A History of Modern Chinese Fiction*. New Haven: Yale University Press, 1971, 2nd ed, pp. 533-54.

——. "Preface," *A History of Modern Chinese Fiction*. New Haven: Yale University Press. 1971, 2nd ed, pp. xlv-xlix.

——. "The Continuing Obssession with China: Three Contemporary Writers," *Review of National Literatures* 6.1 (Spring 1975): 76-99.

——. "Foreword," *Chinese Stories from Taiwan: 1960-1970*. in *Chinese Stories from Taiwan: 1960-1970*. Ed. Joseph Lau. New York: Columbia University Press, 1976, pp. x-xxvii.

Huang, I-min. "A Postmodernist Reading of *Rose, Rose I Love You*," *Tamkang Review* 17.1 (Autumn 1986): 27-45.

Hwang, Chun-ming. *The Drowning of an Old Cat and Other Stories*. Trans. Howard Goldblatt. Bloomington: Indiana University Press, 1980.

Iwabuchi, Koichi. *Recentering Globalization: Popular Culture and Japanese Transnationalism*. Durham, N.C.: Duke University Press, 2002.

Jameson, Fredric. *Marxism and Form: Twentieth-century Dialectical Theories of Literature*. New Jersey: Princeton University Press, 1971.

——. *The Political Unconscious: Narrative as a Socially Symbolic Act*. Ithaca, New York: Cornell University Press, 1981.

——. "Literary Innovation and Modes of Production: A Commentary," *Modern Chinese Literature* 1.1 (September 1984): 67-77.

——. *The Ideologies of Theory: Essays, 1971-1986. Vol.1, Situations of Theory*. Minneapolis: University of Minnesota Press,

1988.

——. "Remapping Taipei," in *New Chinese Cinemas: Forms, Identities, Politics*. Ed. Nick Browne, Paul G. Pickowicz, Vivian Sobchack, and Esther Yau. New York: Cambridge University Press, 1994.

Jeffrey C. Kinkley, "From Oppression to Dependency: Two Stages in the Fiction of Chen Yingzhen [Ch'en Ying-chen]," *Modern China* 16.3 (July 1990): 243-68.

Kleeman, Faye Yuan. *Under an Imperial Sun: Japanese Colonial Literature of Taiwan and the South*. Honolulu: University of Hawai'i Press, 2003.

Kobayashi, Hideo. *Literature of the Lost Home: Kobayashi Hideo-Literary Criticism, 1924-1939*. Ed and trans. Paul Anderer. Stanford: Stanford University Press, 1995.

Kwan-Terry, John. "Modernism and Tradition in Some Recent Chinese Verse," *Tamkang Review* 3.2 (October 1972): 189-202.

——. "The Dilemma of Modern Chinese Poetry," *Tamkang Review* 2 (1972).

Lai, Ming-yan. *Nativism and Modernity: Cultural Contestations in China and Taiwan under Global Capitalism*. Albany, New York: State University of New York Press, 2008.

Lau, Joseph Shiu-ming. "'How Much Truth Can A Blade of Grass Carry?': Ch'en Ying-chen and the Emergence of Native Taiwanese Writers," *The Journal of Asian Studies* 32.4 (August 1973): 623-38.

——. "The Concepts of Time and Reality in Moderns Chinese Fiction," *Tamkang Review* 4.1 (1973): 25-40.

——. "'Crowded Hours' Revisisted: The Evocation of the Past in *Taipei Jen*," *Journal of Asian Studies* 35.1 (1975): 31-47.

——. "Obsession with Taiwan: The Fiction of Chang Hsi-kuo," in *Chinese Fiction from Taiwan: Critical Perspectives*. Symposium on Taiwan Fiction, University of Texas at Austin, 1979. Ed. Jeannette L. Faurot. Bloomington: Indiana University Press, 1980, pp. 148-65.

——. "The Tropics Mythopoetized: The Extraterritorial Writing of Li Yung-p'ing in the Context of the *Hsiang-t'u* Movement," *Tamkang Review* 12.1 (Fall 1981): 1-26.

——. "Echoes of the May Fourth Movement in Hsiang-t'u Fiction," in *Mainland China, Taiwan, and U.S. Policy*. Ed. Hung-mao Tien. Cambridge, Mass.: Oelgeschlager, Gunn & Hain, Publishers, Inc., 1983, pp. 135-50.

——. "Celestials and Commoners: Exiles in Pai Hsien-yung's Stories," *Monumenta Serica* 36 (1984-85): 409-23.

——. "Death in the Void: Three Tales of Spiritual Atrophy in Ch'en Ying-chen's Post-Incarceration Fiction." *Modern Chinese Literature* 2.1 (Spring 1986): 21-28.

——. "Text and Context: Toward a Commonwealth of Modern Chinese Literature," in *Worlds Apart: Recent Chinese Writing and Its Audiences*. Ed. Howard Goldblatt. Armonk, New York & London, England: M. E. Sharpe, 1990, pp. 11-28.

—— ed. *Chinese Stories from Taiwan: 1960-1970*. New York: Columbia University Press, 1976.

—— ed. *The Unbroken Chain: An Anthology of Taiwan Fiction since 1926*. Bloomington: University of Indiana Press, 1983.

Laughlin, Charles A. "The Battlefield of Cultural Production: Chinese Literary Mobilization during the War Years," *Journal of Modern Literature in Chinese* 2.1 (July 1998): 83-103.

Lee, Leo Ou-fan. "'Modernism' and 'Romanticism' in Taiwan Literature," in *Chinese Fiction from Taiwan: Critical Perspectives*. Symposium on Taiwan Fiction, University of Texas at Austin, 1979. Ed. Jeannette L. Faurot. Bloomington: Indiana University Press, 1980, pp. 6-30.

——. "Beyond Realism: Thoughts on Modernist Experiments in Contemporary Chinese Writing," in *Worlds Apart*: Recent Chinese Writing and Its Audiences. Ed. Howard Goldblatt. Armonk, New York & London, England: M. E. Sharpe, 1990, pp. 64-77.

——. *Shanghai Modern: The Flowering of a New Urban Culture in China, 1930-1945*. Cambridge, Mass.: Harvard University

Press, 1999.

Lin, Sylvia Li-chun. *Representing Atrocity in Taiwan: The 2/28 Incident and White Terror in Fiction and Film*. New York: Columbia University Press, 2007.

Lindfors, Sally Ann. "Private Lives: An Analysis of the Short Stories of Ouyang Tzu, A Modern Chinese Writer," Phd. Diss. The University of Texas at Austin, 1983.

Lippit, Seiji M. *Topographies of Japanese Modernism*. New York: Columbia University Press, 2002.

Liu, James J. Y. *Chinese Theories of Literature*. Chicago and London: The University of Chicago Press, 1975.

Liu, Lydia He. *Translingual Practice: Literature, National Culture, and Translated Modernity-China, 1900-1937*. Stanford, Calif.: Stanford University Press, 1995.

Maeda, Ai. *Text and the City: Essays on Japanese Modernity*. Ed. James A. Fujii. Durham, N.C.: Duke University Press, 2004.

Mancall, Mark ed. *Formosa Today*. New York and London: Frederick A. Praeger, Publisher, 1964.

Martin, Fran. *Situating Sexualities: Queer Representation in Taiwanese Fiction, Film and Public Culture*. Hong Kong: Hong Kong University Press, 2003.

McFadden, Susan. "Tradition and Talent: Western Influence in the Works of Pai Hsien-yung." *Tamkang Review* 9.3 (Spring 1979): 315-44.

Miller, Lucien. "A Break in the Chain: The Short Stories of Ch'en Ying-chen." in *Chinese Fiction from Taiwan: Critical Perspectives*. Symposium on Taiwan Fiction, University of Texas at Austin, 1979. Ed. Jeannette L. Faurot. Bloomington: Indiana University Press, 1980, pp. 86-109.

——. "Introduction," in *Exiles at Home: Stories by Ch'en Y'ng-chen*. By Ch'en, Ying-chen. Trans. Lucien Miller. Ann Arbor: University of Michigan, Center for Chinese Studies, 1986, pp. 1-26.

Ng, Daisy Sheung-Yuan. "Li Ang's Experiments With the Epistolary Form," *Modern Chinese Literature* 3.1-2 (Spring/Fall 1987): 91-106.

——. "The Labyrinth of Meaning: A Reading of Li Ang's Fiction," *Tamkang Review* 18.1-4 (Autumn 1987-Summer 1988): 141-50.

Nye, Joseph S. "Propaganda Isn't the Way: Soft Power," *The International Herald Tribune* (January 10, 2003).

Pai, Hsien-yung. "The Wandering Chinese: The Theme of Exile in Taiwan Fiction." *The Iowa Review* 7.2-3 (Spring-Summer 1976): 205-12.

——. *Wandering in the Garden, Waking from Dream: Tales of Taipei Characters*. Trans. Hsien-yung Pai and Patia Yasin. Bloomington: Indiana University Press, 1982.

——. *Crystal Boys: A Novel by Pai Hsien-yung*. Trans. Howard Goldblatt. San Francisco: Gay Sunshine Press, 1990.

Ou-yang Tzu. "The Fictional World of Pai Hsien-yung," in *Chinese Fiction from Taiwan: Critical Perspectives*. Symposium on Taiwan Fiction, University of Texas at Austin, 1979. Ed. Jeannette L. Faurot. Bloomington: Indiana University Press, 1980, pp. 166-78.

Poggioli, Renato. *The Theory of the Avant-garde*. Trans. Gerald Fitzgerald. Cambridge, Mass.: The Belknap Press of Harvard University Press, 1968.

Pollard, David E. *A Chinese Look at Literature, The Literary Values of Chou Tso-jen in Relation to the Tradition*. Berkeley, Los Angeles: University of California Press, 1973.

Průšek, Jaroslav. *The Lyrical and the Epic: Studies of Modern Chinese Literature*. Ed Leo Ou-fan Lee. Bloomington: Indiana University Press, 1980.

Rawnsley, Ming-Yeh T. *Cultural and Social Change in Taiwan: Society, Cinema and Theatre*. New York: Routledge, 2011.

Robinson, Lewis Stewart. "Double-edged Sword, Christianity and Twentieth-century Chinese Fiction," *Tamkang Review* 13.2 (Winter 1982): 161-84.

Rojas, Carlos. *The Naked Gaze: Reflections on Chinese Modernity*. Cambridge, Mass.: Harvard University Asian Center, 2009.

Said, W. Edward. *Orientalism*. New York: Vintage Books, 1978.

Sang, Tze-lan Deborah. *The Emerging Lesbian: Female Same-sex Desire in Modern China*. Chicago: University of Chicago Press, 2003.

Sassen, Saskia. *The Global City: New York, London, Tokyo*. Princeton, N.J.: Princeton University Press, 1991.

Schulte-Sasse, Jochen. "Foreword: Theory of Modernism versus Theory of the Avant-Garde," in *Theory of the Avant-Garde*. By Peter Bürger. Trans. Michael Shaw. Minneapolis: University of Minnesota Press, 1984, pp. vii-xlvii.

Shan, Te-hsing. "Wang Wen-hsing on Wang Wen-hsing," *Modern Chinese Literature* 1.1 (September 1984): 57-65.

——. "The Stream-of-consciousness technique in Wang Wen-hsing's fiction," *Tamkang Review* 15.1-4 (Autumn 1984-Summer 1985): 523-45.

Shih, Shu-mei. *The Lure of the Modern: Writing Modernism in Semicolonial China, 1917-1937*. Berkeley: University of California Press, 2001.

——. *Visuality and Identity: Sinophone Articulations across the Pacific*. Berkeley: University of California Press, 2007.

Shu, James C. T.. "Iconoclasm in Taiwan Literature: 'A Change in the Family.'" *Chinese Literature: Essays, Articles and Reviews* 2.1 (January 1980): 73-85. Rpt. as "Iconoclasm in Wang Wen-hsing's *Chia-pien*," in *Chinese Fiction from Taiwan: Critical Perspectives*. Symposium on Taiwan Fiction, University of Texas at Austin, 1979. Ed. Jeannette L. Faurot. Bloomington: Indiana University Press, 1980, pp. 179-93.

Steinberg, Erwin R. *The Stream of Consciousness and Beyond in Ulysses*. Pittsburgh: University of Pittsburgh Press, 1973.

Thornber, Karen Laura. *Empire of Texts in Motion: Chinese, Korean, and Taiwanese Transculturations of Japanese Literature*. Cambridge, Mass.: Harvard University Asia Center, 2009.

——. *Ecoambiguity: Environmental Crises and East Asian Literatures*. Ann Arbor: The University of Michigan Press, 2012.

Toynbee, A. J. *A Study of History*. London: Oxford university press, H. Milford, 1934-1961.

Trilling, Lionel. "On the Modenrist Element in Modern Literature," *Beyond Culture*. By Lionel Trilling. 1961. Rpt. in *Literary Modernism*. Ed. Irving Howe. Greenwich, Conn.: Fawcett Publications, 1967, pp. 59-82.

Wang, C. H. (Wang, Ching-hsien). "Fancy and Reality in Ch'i-teng Sheng's Fiction," in *Chinese Fiction from Taiwan: Critical Perspectives*. Symposium on Taiwan Fiction, University of Texas at Austin, 1979. Ed. Jeannette L. Faurot. Bloomington: Indiana University Press, 1980, pp. 194-205.

Wang, David Der-wei. "Radical Laughter in Lao She and His Taiwan Successors," in *Worlds Apart: Recent Chinese Writing and Its Audiences*. Ed. Howard Goldblatt. Armonk, New York & London, England: M. E. Sharpe, 1990, pp. 44-63.

——. *Fin-de-siècle Splendor: Repressed Modernities of Late Qing Fiction, 1849-1911*. Stanford, Calif.: Stanford University Press, 1997.

——. *The Monster that is History: History, Violence, and Fictional Writing in Twentieth-century China*. Berkeley: University of California Press, 2004.

Wang, Jing. "Taiwan *Hsiang-t'u* Literature: Perspectives in the Evolution of a Literary Movement," in *Chinese Fiction from Taiwan: Critical Perspectives*. Symposium on Taiwan Fiction, University of Texas at Austin, 1979. Ed. Jeannette L. Faurot. Bloomington: Indiana University Press, 1980, pp. 43-70.

——. "Variations of the Aesthetic Modern," *High Culture Fever: Politics, Aesthetics, and Ideology in Deng's China*. Berkeley: University of California Press, 1996.

Wang, Yuejin. "Mixing Memory and Desire: *Red Sorghum*, A Chinese Version of Masculinity and Femininity," *Public Culture* 2.1 (Fall 1989): 31-53.

Williams, Raymond. *Marxism and Literature*. Oxford, New York: Oxford University Press, 1977.

——. *The Politics of Modernism: Against the New Conformists*. Ed. Tony Pinkney. London (England); New York: Verso, 1989.

Wong, Lisa Lai-ming. *Rays of the Searching Sun: The Transcultural Poetics of Yang Mu*. No. 23 in New Comparative Poetics Series. Brussels: P. I. E. Peter Lang, 2009.

Yang, Robert Yi (Shui Jing). "Form and Tone in Wang Chen-ho's Satires," in *Chinese Fiction from Taiwan: Critical Perspectives*. Symposium on Taiwan Fiction, University of Texas at Austin, 1979. Ed. Jeannette L. Faurot. Bloomington: Indiana University Press, 1980, pp. 134-47.

Yeh, Michelle. "Shapes of Darkness: Symbols in Li Ang's *Dark Night*," in *Modern Chinese Women Writers, Critical Appraisals*. Ed. Michael S. Duke. Armonk, N.Y., London: M. E. Sharpe, Inc., 1989, pp. 78-95.

Yip, June Chun. *Envisioning Taiwan: Fiction, Cinema, and the Nation in the Cultural Imaginary*. Durham, N.C.: Duke University Press, 2004.

Zhang, Xudong. *Chinese Modernism in the Era of Reforms: Cultural Fever, Avant-garde Fiction, and the New Chinese Cinema*. Durham, N.C.: Duke University Press, 1997.

Zhang, Yingjin. "The Idyllic Country and the Modern City: Cinematic Configurations of Family in Osmanthus Alley and The The Terrorizer," *Tamkang Review* 25.1 (1994): 81-99.

Zhang, Zhen. *An Amorous History of the Silver Screen: Shanghai Cinema, 1896-1937*. Chicago: University of Chicago Press, 2005.

聯經評論

現代主義・當代台灣：文學典範的軌跡

2015年4月初版　　定價：新臺幣450元

著者　張誦聖
發行人　林載爵

叢書主編　胡金倫
校對　吳美滿
封面設計　許晉維

出版者	聯經出版事業股份有限公司
地址	台北市基隆路一段180號4樓
編輯部地址	台北市基隆路一段180號4樓
叢書主編電話	(02)87876242轉203
台北聯經書房	台北市新生南路三段94號
電話	(02)23620308
台中分公司	台中市北區崇德路一段198號
暨門市電話：	(04)22312023
台中電子信箱	e-mail：linking2@ms42.hinet.net
郵政劃撥帳戶第	0100559-3號
郵撥電話	(02)23620308
印刷者	世和印製企業有限公司
總經銷	聯合發行股份有限公司
發行所	新北市新店區寶橋路235巷6弄6號2樓
電話	(02)29178022

行政院新聞局出版事業登記證局版臺業字第0130號

本書如有缺頁，破損，倒裝請寄回台北聯經書房更換。　ISBN 978-957-08-4557-0 (平裝)
聯經網址：www.linkingbooks.com.tw
電子信箱：linking@udngroup.com

國家圖書館出版品預行編目資料

現代主義・當代台灣：文學典範的軌跡/張誦聖著．初版．臺北市．聯經．2015年4月（民104年）．480面．14.8×21公分（聯經評論）
ISBN 978-957-08-4557-0（平裝）

1.台灣文學　2.當代文學　3.文學評論

863.2　　104005954